长水当歌

记录内蒙古自治区水利改革发展历程

李建国◎著

经济日报出版社

图书在版编目（CIP）数据

长水当歌／李建国著. -- 北京：经济日报出版社，2020. 10

ISBN 978-7-5196-0726-5

Ⅰ. ①长… Ⅱ. ①李… Ⅲ. ①新闻报道-作品集-中国-当代 Ⅳ. ①I253. 6

中国版本图书馆 CIP 数据核字（2020）第 206428 号

长水当歌

作　者	李建国
责任编辑	高　远
责任校对	刘　颖
出版发行	经济日报出版社
地　址	北京市西城区白纸坊东街 2 号 A 座综合楼 710（邮政编码：100054）
电　话	010-63567684（总编室）
	010-63584556（财经编辑部）
	010-63567687（企业与企业家史编辑部）
	010-63567683（经济与管理学术编辑部）
	010-63538621　63567692（发行部）
网　址	www. edpbook. com. cn
E - mail	edpbook@ 126. com
经　销	全国新华书店
印　刷	北京建宏印刷有限公司
开　本	710×1000 毫米　1/16
印　张	32. 5
字　数	500 千字
版　次	2021 年 1 月第 1 版
印　次	2021 年 1 月第 1 次印刷
书　号	ISBN 978-7-5196-0726-5
定　价	88. 00 元

序

Xu

一部新闻作品集，往往记录一段历史。李建国的《长水当歌》就是这样一部新闻作品，它记录了内蒙古自治区几十年水利改革发展的历程。当他嘱咐我为其写个序言时，我却十分尴尬，感觉自己既无资历也无水平为他写序，但又不好意思一推了之，毕竟我们都是新闻工作者，有太多的共同语言。况且，我比他长两岁，权当以“老大哥”自居。写在这里，也作为进一步交流吧。

我和李建国的认识，缘于我在中国水利报社当编辑，他在内蒙古自治区水利厅记者站做记者、站长。报社一些大的选题，需要地方记者站协助实施，我每次找到他，他都会全力支持；一些地方上的稿子，大多由地方记者采写，内蒙古的稿子多是由他来写。于是电话、邮件、微信联系，沟通较多。我也曾去内蒙古自治区采访，李建国积极配合并协调相关事宜，彼此有了更进一步的了解。几年前，他们举办新闻写作培训班，还约我去做了交流。

因为工作关系，我们渐渐熟悉起来。于是发现，他热爱新闻事业，热爱水利工作，爱得很深，爱得很执着，乐此不疲，勤奋努力，兢兢业业，任劳任怨。

应该说，李建国也是一位“老”记者了。早在 2001 年他就成为中国水利报社的正式记者。他这记者和报社的记者有所不同，他本身就是内蒙古水利厅的人，还兼任黄河报记者、站长和内蒙古电视台驻水利厅记者站记者及站长。20 世纪八九十年代，他就业余开始新闻宣传报道，还曾担任《中国西部开发报》《内蒙古日报》《北方新报》等报刊的特约记者。

身兼数职，自然写稿任务繁重，而且各家媒体的定位、要求、报道重点不一样，所以往往一个新闻，也要写出不同的立意、角度和特点。还好，李建国以他超常的勤奋，诠释着一名记者的责任和担当，一篇篇文章见诸报端。

内蒙古草原广阔、山高路远。自治区有 12 个盟市、103 个旗县（区），东西直线距离 2400 公里，南北 1700 公里。从前交通不是十分便利，只能乘火车，偏远的地方，坐火车三天两夜；即便现在方便了，坐飞机到了还得倒汽车，也要一天的时间。在这种情况下，李建国几乎踏遍那里的山山水水。

这也练就了他一副好“脚力”。他经常深入基层采访报道，及时准确地反映内蒙古自治区水利工作情况、成就和经验。深入基层查实情、动真情，通过判断、辨别，凝于笔端，而且笔耕不辍，写出诸多高质量的新闻稿件。我从内蒙古自治区的来稿、发稿情况发现，自治区水利新闻几乎都是他一个人在写。

由于工作等原因，内蒙古自治区记者站多年来仅他一个人，他的工作也并非只是新闻宣传，李建国还承担全区水利政务信息编写、水利志、水利年鉴、水情教育、水利杂志、水利舆情、水文化等十多项工作，对应十多个有关部门。工作事项杂，工作头绪多，工作任务重，可见一斑。

尽管如此，他采写了新闻稿件约五百多万字，成绩可赞。近百次荣获水利部、内蒙古党委宣传部、水利部宣教中心、中国水利报、黄河报、内蒙古日报、河南省报业等“全国水利系统优秀宣传工作者”、优秀新闻作品奖、优秀记者、十佳记者、宣传成绩突出奖、优秀站长奖云云，从业以来，连年获得中国水利报、黄河报等优秀记者表彰。同时，还十多次被评为内蒙古党委、政府办公厅信息工作先进个人；十多次被评为内蒙古水利厅优秀党员、“全区最美水利人”“全区水利学会工作先进个人”、中国水利年鉴工作先进个人等。

他在个人频受表彰的同时，还培养了一大批通讯员、新闻爱好者。

此集时间跨度 20 多年、洋洋洒洒 40 多万字，也只是汇集了他的一小部分新闻作品，其中不乏精品，包含部分与他人合作的作品。分为创新发展篇、防灾减灾篇、美丽家园篇、民生福祉篇、长水当歌篇 5 部分，以新闻的形式，基本记录了内蒙古自治区水利改革发展的历程。

李建国也是作家型的新闻工作者，对书海一往情深，泛舟夜航、不知疲倦。好在，文学创作和新闻写作虽然不同，但还有一些血缘关系。从本质上说，都应该从事件的表象中发掘深刻的内涵。建国一手新闻，一手文学，在其指间都发挥到妙处。

文学创作也好，新闻写作也罢，当以真诚、真实为要。李建国的作品紧扣时代脉搏，在当时来说及时、准确、高效，语言通俗、朴实、生动。读他的新闻作品，大草原上曾经的人和事，尚可追忆，或在眼前。我在阅读这些作品时，分明能看到他奔波在漫长的途中，深入边缘农牧区，弓身伏案灯下的一个个身影。

“无一字无来历，无一语不生动，无一篇不警策”，是明代袁中道给人作序的溢美之词。其实，每个舞文弄墨之人无不追求“三无”的境界。文章本是千古事，得失只有寸心知。因为和李建国有相同的职业、相同的爱好，所以或有相同的感受。摆在眼前40多万字的这本书，字里行间都是作者的心血和智慧。

新闻是易碎品，昨日的新闻已成旧文，但是收集在一起就成了珍贵的资料。它不仅是内蒙古自治区水利改革发展的记录，也是记者不断增强“脚力、眼力、脑力、笔力”的丰硕成果，是对记者这个职业的最好纪念。

是为序。

赵学儒

2020年8月7日

（作者系中国作家协会会员、中国报告文学学会会员）

目　录

CONTENTS

创新发展篇

防灾减灾篇

美丽家园篇

民生福祉篇

长水当歌篇

创新发展篇

我区大型灌区节水改造项目进展顺利

按照国家计委、水利部的安排，去年，我区6处大型灌区被列入全国大型灌区节水改造项目。项目实施方案经审查批准后，今年开始组织实施。目前，各项目区建设进展顺利。

2000年，我区的河套灌区、伊盟南岸灌区、呼市托克托县麻地壕扬水灌区、包头市土右旗团结扬水灌区、赤峰市英金河灌区、通辽市西辽河等6处灌区被列入全国大型灌区节水改造项目。项目总投资为8550万元。在具体实施过程中，各项目区本着优化配置水土资源、以水资源效益利用为中心、提高灌溉水的利用率和水分生产率、推进灌区农业现代化进程、为农业可持续发展提供保障的原则，加强建设管理，严格实行“三项制度”，确保各项工程按批准的实施方案进行。目前，英金河灌区项目已完成投资810万元，占计划投资的70%，完成土石方13万立方米、混凝土3700立方米；西辽河灌区完成投资150万元，占计划投资的14%，完成土石方1万立方米；河套灌区完成投资550万元，占计划投资的12%，完成土石方16万立方米、混凝土2500立方米；团结灌区、麻地壕灌区、伊盟南岸灌区项目建设也积极推进，预计各项目区的建设任务可于今年10月底全部完成。

按照水利部的部署和要求，自治区水利厅在抓好大型灌区节水改造等节水示范项目建设的同时，积极推进以用水户参与灌溉管理为主的灌区管理体制和运行机制的改革。通过对大中型灌区进行以节水增效为中心的续建配套和更新改造，积极稳妥地推进灌区管理体制改革；通过转换经营机制，加强工程管理，提高经济效益，使大型灌区尽快走上自我发展、良性运行的轨道，为农牧业和农村牧区经济的发展提供强有力的支撑。到目前，我区6处大型灌区共有1500多个单元实行了改制、改组，成立农民用水者协会500多个。

（原载于2001年7月13日《内蒙古日报》）

水利工程——风光无限

“十五”规划开局之年，我区水利系统抓住国家实施西部大开发战略的机遇，紧紧围绕“十大工程”和十六个重点项目，强化措施，狠抓落实，超额完成了自治区下达的各项任务。

农田草牧场水利基本建设 饱尝连续三年旱灾之苦的各族农牧民，进一步激发出兴修水利的热情，在各地掀起了以水为中心的农田草牧场基本建设热潮。在此基础上，各级水利部门着力抓好节水增效示范县、节水增产重点县、大型灌区续建配套与节水改造等重点工程项目建设。今年，全区累计投资 13 亿余元，投工 1.57 亿工日，水利工程开工 10.81 万处，新增农田有效灌溉面积 286 万亩，新增节水灌溉面积 338.85 万亩，牧区建成灌溉草库伦 9192 处，发展饲草料基地灌溉面积 32.84 万亩。

水土保持生态建设 全区完成水土保持治理面积 935 万亩，是年度任务的 144%。其中，建设水平梯田 124 万亩，建设沟坝地 22.5 万亩，种树种草 728 万亩。

人畜饮水解困工程 我区继圆满完成“九五”期间人畜饮水“380”工程任务以来，今年，完成投资 1.2 亿余元，新打机电井 1091 眼，建截伏流工程 48 处，解决了 61 万人、250 万头（只）牲畜的饮水困难。

重点水利工程项目 尼尔基水利枢纽工程、绰勒水利枢纽工程已开工建设，河套灌区续建配套与节水改造一期工程、红山水库除险加固二期工程、三盛公水利枢纽除险加固工程、晓奇水利枢纽、美岱水库、乌兰木伦水库、包头引黄入市、黄河支流十大孔兑治理等工程的前期工作均在抓紧进行中。

（原载于 2001 年 12 月 27 日《内蒙古日报》）

加强灌溉管理　深挖节水潜力

内蒙古巴彦淖盟大力开展节水建设

内蒙古巴彦淖盟大力实施节水改造等措施，有力带动和促进了农牧业和农村经济的发展，2001 年全盟农业增加值达到 44.2 亿元，增长 4.1%，农民人均收入也提高到 2465 元，增长 7.13%。

在河套灌区节水示范区的带动下，全盟上下不断加快以节水为中心的农田草牧场水利基本建设。各市、旗（县）依靠地方群众投工投劳，合理开发井灌区，敷设低压管道，衬砌支渠以下群管渠道，全盟新增节水灌溉面积 33.05 万亩，是计划任务的 118%。

全盟结合农田五配套和中低产田改造，把平地缩块作为节水建设的重点来抓，减少了田间灌溉定额。2001 年共完成平地缩块面积 130.03 万亩，仅此项就节水 3640 多万立方米。

2001 年建成了套海镇可供 4 个乡（镇）的 40 多个村社饮水的水厂，采取集中供水的办理，解决了 2.99 万人、61.67 万头牲畜的饮水及改水问题。

近年来，巴盟通过强化灌溉管理，在灌溉面积增加 100 多万亩、间套复种面积增加 150 多万亩等增水因素的情况下，引黄水量由 1987 年的 56.7 亿立方米稳定在近年的 50 亿立方米左右，使单方水的效益明显提高。一是全盟高度集中水权，全面实行计划用水，并确立了以供定需的思想。细化测流量水，划小收费单元，调动农户节水的积极性。三是加强田间用水管理，以村或村民小组成立包浇组织，制定奖罚措施，实行“一把锹”浇地、“异地包浇”等多种方式和方法，减小田间灌水定额。四是在测定渠道水利用系数的基础上，根据不同年份来水情况，按不同种植结构的田间灌水定额，制定分水计划，以保证有限的水量发挥最大的灌溉效益。五是改进田间灌溉方法，推广水旱塘、开沟覆膜暗灌、秸秆覆盖等田间节水灌溉技术，减少田间无效蒸发。六是调整种植结构，根据市场需求，引导农民计算投入产出，种植瓜类、葵花、苜蓿等节水型作物，节水减费，降低成本。同时，尽量按渠道种植需水同步的作物，以减少灌水次数和用水量。

巴盟通过实施以节水为中心的灌区改造，深化水利管理体制改革，取得了十分明显的经济效益和社会效益。2001 年生态用水增加 1 亿多立方米，在保证灌溉的情况下，年引黄 49.59 亿立方米，比 1999 年少引黄河水 4.86 亿立方米，亩均毛用水量由 632 立方米减少到 575 立方米，由此减少农民水费支出 1900 多万元，全灌区平均每亩减少水费 2.5 元以上，降低了农业生产成本，一定程度上提高了灌区农民的种植效益和农产品的竞争能力，而且在控制土壤盐碱化，有效缓解黄河水资源紧缺矛盾，满足下游地区生产、生活和生态用水等方面产生了显著的社会效益。

（原载于 2002 年 1 月 23 日《黄河报》）

河套灌区深化用水制度改革

近年来，巴盟不断加强水利建设，大力实施节水改造等措施，在近几年连续大旱的情况下，仍夺取了农业丰收。

河套灌区续建配套与节水改造工程作为西部大开发的标志性项目，得到了水利部和自治区政府的高度重视。1998 年至 2001 年，河套灌区的节水改造投资近 1.68 亿元，衬砌骨干渠道 83 公里，节水工程控制面积达到 124 万亩，建成了控制面积达 4.3 万亩的隆胜节水示范区。对存在严重运行隐患的大型工程——总干渠第二分水枢纽进行了较为彻底的除险加固。从已完成的工程看，节水效益十分显著。杨家河干渠衬砌后渠道水的利用系数由原来的 0.74 提高到 0.94；隆胜示范区内，四级渠系水的利用系数由原来的 0.5 提高到 0.889，亩均用水量由原来的 478 立方米减少到 359 立方米，亩均节水 120 立方米。灌溉行水时间也比原来缩短了 2/5。

在节水示范区的带动下，全盟上下不断加快以节水为中心的农田草牧场水利基本建设。各旗县市依靠地方群众投工投劳，合理开发井灌区，铺设低压管道，衬砌支渠以下群管渠道。全盟新增节水灌溉面积 33.05 万亩，是计划任务的 118%。全盟结合农田五配套和中低产田改造，把平地缩块作为节水建设的重点来抓，减少了田间灌水定额，2001 年共完成平地缩块面积 130.03 万亩，仅此项就节水 3640 多万立方米。

随着灌区农业节水力度的加大，地下水位普遍下降，水质也发生了变化。2001 年建成了套海镇等可供 4 个乡镇的 40 多个村庄饮水的水厂，采取集中供水的办法，解决了 2.99 万人、61.67 万头（只）牲畜的饮水困难问题。

近年来，巴盟通过强化灌溉管理，在灌溉面积增加 100 多万亩、间套复种面积增加 150 多万亩等增水因素的情况下，引黄水量由 1987 年的 56.7 亿立方米稳定在近年的 50 亿立方米左右，水的效益明显提高。具体做法是全盟高度集中水权，全面实行计划用水，如在秋浇中实行了按量供水，供够关口的原则；细化测流量水，划小收费单元，调动农户节水的积极性；加强田间用水管理，以村或村民小组成立包浇组织，制定奖罚措施，实行“一把锹”浇地、“异地包浇”等多种方式和方法，减小田间灌水定额；在测定渠道水利用系数的基础上，根据不同年份来水情况，按不同种植结构的田间灌水定额，制定分水计划；改进田间灌水方法；推广开沟覆膜暗灌、秸秆覆盖等田间节水灌溉技术，减少田间无效蒸发；调整种植结构，引导农民种植瓜类、葵花、苜蓿等节水型作物，节水减费，降低成本。同时，尽量按渠道种植需水同步的作物，以减少灌水次数的用水量。

通过实施以节水为中心的灌区改造，深化水利管理体制改革，2001 年引黄 49.59 亿立方米，比 1999 年少引黄河水 4.86 亿立方米，亩均毛用水量由 632 立方米减少到 575 立方米，由此减少农民水费支出 1900 多万元，全灌区平均每亩减少水费 2.5 元以上。

（原载于 2002 年 1 月 31 日《内蒙古日报》）

变“有人用没人管”为“有人用有人管”

内蒙古敖汉旗小型水利工程产权改革收益显著

内蒙古敖汉旗为彻底扭转长期以来形成的小型水利工程“有人用、没人管”的局面，充分发挥工程效益，自2000年开始进行小型水利工程产权制度改革以来，已收到了明显效果。

这个旗在小型水利工程产权制度改革上，采取以下几种方式：一是拍卖经营权，如已有的机电井，经村民代表大会讨论通过，本着公开、公正、公平、合理竞争的原则，拍卖给个人；二是采取承包经营的方式将机电井等小型水利工程有偿或无偿地承包给有经营能力的人进行管理；三是新打配机电井全部做到产权明晰。

这些小型水利工程产权改革后成效显著，一是加强了水利工程的管理；二是调动了广大群众搞水源工程建设的积极性。通过政策引导和利益驱动，群众独资或联户打井的积极性非常高，打配的56眼机电井，可扩浇1万亩耕地；三是促进了土地的合理利用和种植业结构的调整。全镇已有部分农民自发将分散的土地集中调到一块种植。

该旗牛古吐乡的主要做法是：一、广泛发动群众，鼓励农民主动承包；二、成立产权制度改革领导小组，负责指导全乡的产权制度改革工作；三、抓典型，探索产权改革新路子；四、多方协调资金，支持群众个人集资建小型水利工程。这个乡通过推行小型水利工程产权改革，共承包出去机电井9眼、小土井157眼、小塘坝6处、扬水站点10处、小水库3座。新增小水源工程14处，2001年全乡群众投资水利设施100多万元。由于加强了管理，新增了工程，扩大灌溉面积7000亩，改善灌溉面积4000亩。

（原载于2002年3月1日《黄河报》）

兴农固基河套灌区展新颜

编者按：内蒙古巴彦淖尔盟紧紧围绕“两改一提高”的目标，把节水作为革命性措施，大力开展节水建设，积极推进水利体制改革，使河套灌区在节水改造、水费计收、群管体制改革等方面走在了全国400个大型灌区的前列，并被水利部确定为重点示范灌区。

巴盟是内蒙古的“粮仓”。近几年来，该盟不断加强水利建设，经过长期不懈的努力，河套灌区已成为全国三个特大型灌区之一。虽然近几年来连遇大旱，但通过大力实施节水改造等措施，有力带动和促进了农村经济的发展。去年全盟农业增加值达到44.2亿元，增长了4.1%；农民人均收入提高到2465元，增长了7.13%。

加大节水力度　取得明显效益

河套灌区续建配套与节水改造工程作为西部大开发的标志性项目，得到了内蒙古自治区政府的高度重视，水利部对该灌区的节水改造投资也在不断增加。1998～2001年河套灌区的节水改造投资达到16789万元，其中国家投资1亿元，地方匹配6789万元，共衬砌骨干渠道83公里，节水工程控制面积达到124万亩，建成了控制面积4.3万亩的隆胜节水示范区，整治陈旧性渠道14公里，重建改建各类建筑物2178座，对存在严重运行隐患的大型工程——总干渠第二分水枢纽进行了较为彻底的除险加固。

从已完成的工程看，节水效益十分显著。杨家河干渠衬砌后渠道水利用系数由原来的0.74提高到0.94；隆胜示范区内，四级渠系水的利用系数由原来的0.504提高到0.889，亩均用水量由原来的478立方米减少到359立方米。灌溉行水时间比原来缩短了2/5。

在节水示范区的带动下，全盟上下不断加快以节水为中心的农田草牧场水利基本建设。各旗县市依靠地方群众投工投劳，合理开发井灌区，铺设低压管道，衬砌支渠以下群管渠道。全盟新增节水灌溉面积33.05万亩，是计划任务的118%。另外，全盟结合农田五配套和中低产田改造，把平地缩块作为节水建设的重点来抓，减少了田间灌水定额。2001年共完成平地缩块面积130多万亩，仅此项就节水3640多万立方米。

加强灌溉管理　深挖节水潜力

近年来，巴盟通过强化灌溉管理，在灌溉面积增加100多万亩、间套复种面积增加150多万亩等增水因素的情况下，引黄水量由1987年的56.7亿立方米稳定在近年的50亿立方米左右，单方水效益得到明显提高。这归功于一是全盟全面实行计划用水，以供定需。二是细化测流量水，划小收费单元，调动农户节水的积极性。三是加强田间用水管理，以村或村民小组成立包浇组织，制定奖罚措施，实行“一把锹”浇地、“异地包浇”等多种方式和方法，减少田间灌水定额。四是在测定渠道水利用系数的基础上，根据不同年份来水情况，按不同种植结构的田间灌水定额，制定分水计划。特别是在黄河来水偏少，用水矛盾尖锐的情况下，他们试验示范作物非充分灌溉，以保证有限水量发挥最大效益。五是改进田间灌水方法，推广水旱塘、开沟覆膜暗灌、秸秆覆盖等田间节水灌溉技术，减少田间无效蒸发。六是调整种植结构，根据市场需求，引导农民计算投入产出，种植瓜类、葵花、苜蓿等节水型作物，节水减费，降低成本。同时，尽量按渠道种植需水同步的作物，减少灌水次数和用水量。

该盟通过实施以节水为中心的灌区改造，深化水利管理体制改革，取得了明显的经济和社会效益。2001 年在生态用水增加 1 亿多立方米并保证灌溉的情况下，该盟年引黄水量 49.5 亿立方米，比 1999 年少 4.86 亿立方米，亩均毛用水量由 632 立方米减少到今年的 575 立方米，减少农民水费支出 1900 多万元。全灌区农民的种植效益和农产品的竞争能力得到增强，土壤盐碱化也得到控制。

（原载于 2002 年 4 月 9 日《中国水利报》）

我区水利建设浓墨重彩绘新图

近年来，我区水利建设投资规模、建设速度、经济效益均创自治区成立以来最高水平，为自治区经济社会的可持续发展发挥了基础保障作用。

自治区水利发展“十五”计划确定了“十大工程”和“十六个重点项目”中，尼尔基水利枢纽、绰勒水利枢纽、红山水库除险加固二期工程、河套灌区配套与节水改造一期工程已开工建设。三盛公水利枢纽除险加固工程即将开工。哈拉沁、乌力吉木仁枢纽、扬旗山、乌兰木伦、前天子水库等地方建设项目，年内陆续开工建设。这批调水、蓄水骨干工程建成后将对我区防洪减灾、减少水土流失、合理利用水资源发挥重要作用。

防洪工程及病险水库除险加固投资建设力度大，江河防御标准显著提高。1998 年到 2000 年，我区防洪工程下达投资 21.36 亿元，安排工程项目 380 处，目前已完成283处。到2001年底，全区大江大河及其重要支流建设加固堤防5534公里，治理险工和河道197公里，建成水库461座，总库容75.9亿立方米。

水土保持生态建设步伐加快，全区共治理水土流失面积7.1万平方公里，占全区水土流失面积的38%。

以节水灌溉为重点的农田草牧场场水利基本建设健康发展。到2001年底，全区建成万亩以上灌区169处，建成并配套机电井26万眼。农田灌溉面积达到3708万亩，其中节水灌溉面积1420万亩，占全区有效灌溉面积的三分之一多。牧区建成以水为中心的灌溉草库伦10.4万处，饲草料地灌溉面积达到339.3万亩。

农村牧区人畜饮水解困工程投资力度加大，建设速度不断加快。全区共解决了583万人、1843万头（只）牲畜饮水困难。

（原载于2002年10月7日《内蒙古日报》，本文获二〇〇二年度《内蒙古日报》社通讯员优秀作品三等奖）

三盛公枢纽除险加固开工

近日，在举国上下学习、贯彻十六大精神之际，内蒙古黄河三盛公水利枢纽除险加固工程破土，这标志着自治区水利发展“十五”计划中的“十六个重点项目”之一进入了实施阶段。

黄河三盛公水利枢纽工程位于内蒙古巴彦淖尔盟磴口县境内的黄河干流上，是目前黄河干流上唯一一座闸坝型水利枢纽。工程1959年开始动工兴建，1961年投入运行。工程以农业灌溉为主，兼顾防洪、供水、交通运输、发电等综合利用，是河套灌区一首制引水的“龙头”工程。运行40年来，累计引水近2000亿立方米，发展灌溉面积910余万亩，平均年递增15万亩，使河套灌区成为全国3个特大型灌区之一。运行以来，抵御了3次5000立方米每秒以上的特大洪水，有力地保护了灌区200多万人民生命和财产安全。在供水方面，工程担负着包钢的工业用水任务，保证了包钢生产用水的稳定。枢纽工程桥贯通了黄河两岸，促进了自治区西部经济的发展。工程运行以来，为自治区经济和社会发展，发挥了不可替代的社会效益、经济效益和生态效益。但由于长期未进行彻底的维修加固，工程病害老化现象日益严重。1999年，经水利部和自治区专家组鉴定为“三类闸”，亟须除险加固。2000年，工程被列为自治区实施西部大开发的重点项目。2002年2月，水利部黄河水利委员会批复工程初设报告，5月国家计委、水利部下达了投资计划，2002年9月，通过公开招标，圆满完成了6个标段的招标投标工作，工程进入了施工前的各项工作。枢纽按百年一遇洪水设计，千年一遇洪水校核。工程总工期2年，总投资19562万元。目前，首先实施了总干渠进水闸的施工。

（原载于2002年12月7日《中国水利报》）

水　利

扬帆破浪　全面加速

2003年，我区水利工作将按照国家水利工作方针和新的治水思路，突出水利建设的重点，抓住“亮点”，力争羊年实现扬帆破浪，全面加速。

继续积极推进自治区“十五”水利发展计划确定的“十大工程”和“十六个重点工程项目”的实施。多渠道争取建设资金，力争完成对绰勒水利枢纽、乌力吉木仁水利枢纽、扬旗山、哈拉沁、美岱、乌兰木伦水库及红山水库除险加固、三盛公水利枢纽除险加固等8项“十五”重点建设项目。西山湾和前夭子水库续建工程年底竣工验收。黑河下游额济纳绿洲抢救与生态保护工程也要完成年度建设任务。

突出抓好以节水为重点的农村牧区水利建设。下大力气解决农村牧区的人畜饮水困难。今年将启动二期工程，计划解决50万人、150万头（只）牲畜的饮水困难问题。大力发展集中规模的供水工程，提高供水保证率。全区计划新增农田灌溉面积200万亩，新增节水灌溉面积300万亩；牧区建设节水灌溉草库伦6000处、20万亩。作为水利部2003年启动实施的三项新“亮点”工程之一的牧区水利，今年要抓住《内蒙古自治区牧区草原生态建设水资源保障规划》已通过水利部审查的契机，把牧区水利建设作为今年和今后水利工作的重点，加大工作力度，实现保护生态与发展畜牧业的“双赢”目标。巩固和扩大水土保持生态建设成果。全区今年水土保持治理面积650万亩，水土保持生态保护面积1.3万平方公里。

（2003年2月17日内蒙古电视台新闻联播播出，报纸原载于2003年2月20日《内蒙古日报》）

内蒙古着力抓好“十大工程”

内蒙古自治区水利建设在今后5年中，重点在“找水、蓄水、治水、节水、用水”5个环节上下功夫。作为水利部今年启动实施的“亮点”工程之一的牧区水利建设工程是自治区水利建设的重点。2003年牧区草原生态建设水资源保障工程可行性研究报告已编制28份，项目涉及10个盟市的54个牧业、半牧业旗县，计划新增灌溉饲草料地145万亩，需投资8.28亿元。按照自治区水利“十五”发展计划，将着力抓好“十大工程”的实施。

江河堤防及河道整治工程。主要是黄河、辽河、嫩江、额尔古纳河及其重要流域，新建堤防183.42公里，加固堤防1434.36公里，新建堤防736公里，治理险工险段139处。同时，计划对41条重要中小河流进行治理，新建堤防281.77公里，加固堤防479.57公里，防洪标准提高到20～30年一遇。

蓄水调水控制性骨干工程。总投资2.71亿元的绰勒水利枢纽工程2002年4月开工，总工期3年。哈拉沁水库总库容6730万立方米，2002年开工，总工期2年，总投资9985.46万元。扬旗山水库2002年10月开工，总库容9598万立方米，总投资1.244亿元，总工期30个月。乌兰木伦水库2002年11月开工，总工期2年，总投资6778.48万元。日前由国务院审定立项的赤峰市三座店水利枢纽工程，总投资7.024亿元，建设期4年，建设等级为国家大（Ⅱ）级，设计标准为500年一遇，设计洪峰流量5720立方米／秒，最大坝高53.68米，最大坝长614米，总库容3.03亿立方米。计划新建美岱沟、毕拉河口、文得根、海勃湾、晓奇、乌力吉木伦、白音花、白音泡子、红吉、德尔斯保冷等大中型水利控制性工程，总库容63.87亿立方米。

病险水库、水利枢纽除险加固工程。抓好红山水库、三盛公水利枢纽等

26 座已立项的病险水库加固。红山水库除险加固工程 2002 年 6 月开工，总投资 1.982 亿元，施工期 3 年，工程量计划完成土方 80.6 万立方米，石方 185 万立方米，钢筋混凝土 6.8 万立方米，金属结构 1500 吨；三盛公水利枢纽除险加固工程 2002 年 11 月开工，总投资 1.956 亿元，总工期 2 年。

城市防洪工程。呼和浩特、包头等重要城市防洪标准要达到 100 ~ 200 年一遇洪水，一般城市要达到 50 年一遇防洪标准。积极争取赤峰市、乌海市等城市的防洪工程列入投资计划建设。

农田草牧场节水灌溉工程。计划新增有效灌溉面积 5000 万亩，新增节水灌溉面积 1500 万亩。2003 年上报国家 49 个节水灌溉示范项目，发展节水灌溉面积 9 万亩。2003 年发展农田灌溉面积 100 万亩，发展节水灌溉面积 300 万亩。

城乡供水工程。新建或改建呼和浩特、包头、锡林浩特等城市和乡镇供水工程，新增年供水量 3.98 亿立方米。

农村牧区人畜饮水工程。今后 5 年，力争每年解决 50 万人、150 万头（只）牲畜的饮水困难。到 2007 年底，基本解决全区农村牧区人畜饮水困难，农村牧区自来水普及率达到 60%。

干旱半干旱地区集雨节灌工程。今后 5 年计划建设水窖、旱井等集雨工程 15 万处，发展集雨节灌面积 30 万亩。

水土保持生态建设工程。2003 年计划综合治理水土流失面积 650 万亩。重点治理项目有黄河流域淤地坝建设工程、黄河水土保持生态建设重点项目、东北黑土地保护治理项目等。全区计划完成水土保持生态保护面积 1950 万亩，建设淤地坝 1500 座。

防汛抗旱指挥系统工程。建成黄河、海滦河、松辽河流域防汛抗旱通信调度指挥系统以及自治区防汛抗旱办公室计算机网络的互联，基本实现重点旗县以上防汛抗旱信息传输、防洪抗旱决策计算机化。

（原载于 2003 年 3 月 13 日《中国水利报》）

我区水利建设呈现“三高”局面

近五年来，国家投资到内蒙古的水利建设资金43亿多元

我区水利建设保持了强劲的发展势头，呈现出资金投入多、建设规模大、发展速度快的“三高”局面。

据统计，1998年至2002年，国家共下达内蒙古水利投资43.36亿元。5年来，自治区共安排下达黄河、辽河、嫩江防洪工程520项，总投资22.754亿元。经过几年大规模建设，江河防洪标准显著提高。有22座病险水库除险加固工程开工建设，将增加蓄水能力4.21亿立方米。黑河生态保护和综合治理工程——黑河下游额济纳绿洲抢救与生态保护工程已经国家批准立项，总投资4.95亿元，2002年安排的工程已开工建设。被广大群众亲切地称为“民心工程”“德政工程”的农村牧区人畜饮水解困工程，5年争取国家建设资金7.76亿元，到目前共建成各类人畜饮水工程10566处，其中自来水工程2480处，解决了282.24万人、822.37万头（只）牲畜的饮水困难（其中改水人口29.56万人）。以节水灌溉为重点的农田草牧场水利基本建设持续、健康、快速发展。5年来，全区共投入农村牧区水利建设资金达68.7亿元，新增农田灌溉面积1020万亩，农田灌溉面积累计达到3997万亩，节水灌溉面积累计达到1770万亩；牧区建成草库伦3.6万处，发展饲草料灌溉面积181万亩。水土保持生态建设投入资金达10.33亿元，兴建各类水保工程16万处，治理水土流失面积4709.48万亩。同时，我区还在全国率先制定颁布了《内蒙古自治区农业节水灌溉条例》；制定颁发了《内蒙古自治区取水许可制度实施细则》《内蒙古自治区水利建设基金筹集使用、管理实施细则》和《内蒙古自治区水政监察实施细则》等。现在全区已有11个盟市、78个旗县成立了水政监察队伍，专职水政执法人员有3400名。有8个盟市、67个旗县成立了水务局，为水资源的统一管理、可持续利用提供了体制保障。

（原载于2003年4月8日《内蒙古日报》，2003年4月9日中国水利网）

工作扎实　发展快速

内蒙古大江大河治理渐入佳境

内蒙古大江大河治理工作近年来保持了扎实、快速发展的态势。1998年至2002年，全区大江大河治理共完成投资30多亿元，累计完成堤防建设3234公里，已有24座病险水库进行了除险加固。今年1至5月，全区江河堤防防洪工程共完成0.65亿元，完成堤防建设35公里，10座病险水库除险加固工程投资立项，大江大河治理工作全面铺开，进入历史发展最好时期，对全区经济和社会可持续发展起到了积极的保障作用。

长期以来，内蒙古防洪工程比较薄弱，堤防基础差、标准低，加之投入不足，部分堤段的整治只是零敲碎打，不能从根本上解决问题，溃堤险情等时有发生，给黄河防凌防汛工作带来极为不利的影响。近年来，按照国家加快大江大河治理，确保江河在防洪标准内安全度汛的方针，内蒙古认真做好各项前期工作，积极争取国家建设资金。1998年至2002年，全区共安排下达黄河、辽河、嫩江防洪工程514项，总投资22.94亿元。截至2002年12月底，完成防洪工程444项，是项目总数的86%。目前在建工程28项，未开工42项，共完成投资19.96亿元，是计划总投资的87%，累计完成堤防3234公里、戗台142.91公里、穿堤建筑物320处，河道险工治理及控导工程337.4公里。其中，黄河堤防防洪工程完成投资8.41亿元，完成堤防825.7公里，戗台108公里、穿堤建造物850.7公里、戗台34.44公里、穿堤建筑物46处、河道险工治理及控导工程39处共118.4公里，辽河流域堤防防洪工程现已完成投资.58亿元。完成河道险工治理及控导工程49.88公里。目前，全区江河堤防工程已竣工验收282项，工程质量全部合理，其中优良率达到56%。经过几年大规模的治理，全区大江大河防洪标准显著提高，几年来，在槽蓄水量大、水位高等不利情况下，黄河堤防发挥了巨大的防凌减灾效益，确保了沿黄两岸国家和人民生命财产的安全。

内蒙古的水库、水利枢纽也为自治区经济发展和生态系统的发送提供了重要的水源保障。但由于全区水库、水闸大多建成于20世纪六七十年代，因客观条件限制和老化失修，病险情得不到流通量，极大地制约了工程效益的发挥。经普查、鉴定，全区有334座水库存在不同程度的病险情，占全区水库总数的73%。内蒙古列入《全国病险水库除险加固专项规划报告》的水库有106座。1998年以来，国家已立项投资的水库34座，其中大型水库6座、中型水库28座，总投资10亿多元。目前，已开工建设的24座水库，累计完成投资2.8亿元，完成工程量土方157.4万立方米、石方143万立方米、混凝土结构5.66万立方米、金属结构602吨。在各项制度和强有力的措施保障下，工程设计规模、结构等方面均满足实际需要，达到了除险加固的目的，效益明显，绰勒、扬旗山水利枢纽、美岱、乌兰木沦水库等自治区近年来重点实施的水利工程，截至目前，累计完成投资8000多万元，完成土石方103万立方米。病险水闸除险加固工程目前主要为黄河三盛公水利枢纽。该工程总投资1.95亿元，自2002年开工以来，共完成土石方开挖6.52万立方米，进水闸金属结构设备拆除完成86.3%，累计完成投资6000万元。这批病险水库、水利枢纽除险加固工程的实施，将进一步增加工程蓄水能力，对调节江河径流。合理开发利用优化配置地表水资源，发挥重要的保障作用。

（原载于2003年6月24日《黄河报》）

内蒙古水利厅三个职能部门揭牌

2003年岁末，内蒙古自治区水土保持局、水土保持工作站、水政监察总队等3个部门同时揭牌成立。

内蒙古是我国水土流失较为严重的省区之一。近年来随着水利改革与发展，水土保持和水行政执法机构不健全，对全自治区的水土保持工作和水行政执法工作造成不利的影响。自治区水利厅有关负责人表示，内蒙古水土保持局和水土保持工作站的成立，为全面贯彻执行《水土保持法》及其配套法规，更好地组织协调全自治区的水土保持工作提供了组织保证，必将进一步推进和促进全自治区的水土保持生态建设。内蒙古水政监察总队的成立，将对加强行政执法和水资源管理工作、推进《水法》《防洪法》《水土保持法》的深入贯彻执行发挥重要作用。

（原载于2004年1月15日《中国水利报》，本文另一作者为荆茂涛）

拖欠水费2000万供水企业陷困境

包头将用法律讨回巨额水费欠款

为包头市生产和生活供水的源泉部门——包头市供水总公司目前已举步维艰，原因是近年来全市有5万多户用水单位拖欠水费，金额总计2000多万元，使原本生龙活虎的企业陷入窘困。

包头市为内蒙古最大的工业城市和人口城市。据了解，包头市供水总公司担负着全市15000多户企业、行政事业单位及服务行业和100多万城市居民的供水任务。水费收入是这个企业维持正常生产运转的唯一来源。但是，从20世纪90年代开始，一些单位和部门只顾自身利益，大局观念淡薄，只顾尽情用水，不管缴纳水费。对水费缴纳能拖则拖，能欠则欠，找种种借口不交水费，从而使水费拖欠户越来越多，数额也越来越大，给供水企业造成巨大亏损，使供水企业连简单的再生产都难以维持，导致职工人心涣散，队伍不稳。同时，也极大地影响了企业改制工作的开展。尽管《包头市城市供水管理条例》已颁布实施，供水总公司也从多方面做了大量工作，但由于没有实施停止供水，使得催缴水费无力，拖欠水费者依然故我。

到目前，全市共有55821户单位拖欠水费，欠资总计达2391万元。拖欠水费的大户依次是：工业企业1031户，拖欠水费890万元；公用行业5户，拖欠水费539万元；其他52629户，拖欠水费424万元；行政事业单位367户，拖欠水费349万元；商企服务1789户，拖欠水费189万元。

为尽快摆脱困境，确保全市生产和生活供水安全，日前，包头市水务局制定出两项措施：一是规定所有拖欠水费的单位在今年6月底前交清欠资，否则，将根据《包头市城市供水管理条例》有关规定，除追缴水费外，还处以1～2倍的罚款，直至停止供水。二是按照新水法和《包头市水资源管理条例》及《包头市城市供水管理条例》，加大对违章取水等违法违规行为的查处力度，严格执法程序，杜绝各类违法行为的发生，使全市供水行业逐步走上良性运行轨道。

（原载于2004年5月8日《中国水利报》，2004年4月29日《黄河报》）

包头市重拳狠击偷盗水

夜半砸门为哪般

凌晨的居民住宅小区里，格外的寂静。突然，一阵“噼里啪啦”和“稀里哗啦”的爆响过后，紧接着“嗵嗵嗵”“咣咣咣”的巨响惊醒了熟睡中的人们。响声过后，包头市水务局昆都仑区供水监察中队队长好不容易才推开自家已被砸撬得不像样子的防盗门。出门一看，自家的几个窗户空空荡荡，碎玻璃堆积满地。他马上明白了，这是蓄意报复。

发生在2005年4月这一天凌晨2时许的惊心动魄的一幕，着实把人们吓得够呛，足足让周围的居民们回味了好一阵子。

因打击自备井和私自偷接供水管网线上的自来水行为而遭报复或恐吓的事件也不仅仅这一桩。

然而，这并没有把包头市水务局供水总公司的监察人员吓倒。在他们看来，这似乎是司空见惯。但是，严格执法，不徇私情，顶住压力，不惧报复的信念是任何外力都扭转不了的。

堵截“黑色暗流”

包头市是水资源严重缺乏的城市，列居全国100个缺水城市之中。据统计，全市人均水资源占有量仅为全国人均占有量的17.8%，居民生活和工农业生产用水70%以上引用黄河水。特别是近几年来，随着全市经济的快速发展，水资源短缺已成为制约经济发展的“瓶颈”。可是，在实际供用水市场中，却存在着一些用水户不把水当作商品，认为是“天上给的，地下流的”，是大自然赋予的，用水是白用，收啥费。所以，既不拿用水交费当回事，更缺乏节约用水的意识。更有甚者，受个人利益的驱使，大肆破坏城市公共供水设施的有之，盗用城市公共供水的行为也屡屡发生，像一股“黑色暗流”在城市中悄悄涌动。

这种偷盗水行为不仅造成了水资源的浪费，而且严重扰乱了城市公用水市场秩序，侵犯了供用水双方的合法权益。在全面开展节约型社会的当今，包头市作为自治区节水型城市试点，必须进一步加大力度治理全市水市场，从重从严规范水环境。

整顿水环境，就首先向不道德的用水和违法偷盗水者宣战。

为了遏制这股“黑色暗流”的泛滥，严厉打击盗用城市公共供水行为，纠正违章用水和规范不道德用水行为，包头市水务局向包头市政府汇报了情况，经批准，包头市水务局、包头市质量技术监督局联合下发了《关于集中开展防范和打击盗用城市公共供水专项整治行动的通知》，从 2005 年 4 月起至 10 月份对举报查实的违规用水、盗水行为予以重点打击、集中治理。与此同时，向全市群众发出了专项整治行动的通告，并在包头市的报纸、电视台、电台等主要媒体上进行了公告，发放了宣传材料，设立了举报电话。鼓励广大市民对违法违章用水行为进行举报，经查实情况属实的，予以适当奖励，对举报人给予保密。

这次集中专项整治行动分成 3 个阶段进行。第一个阶段从 4 月份至 5 月份，为宣传和调查摸底阶段；第二个阶段从 6 月份至 8 月份，用 3 个月的时间进行集中整治；第三个阶段从 9 月份至 10 月份，为全面整顿规范阶段。整治范围是市区内使用城市自来水和地下水的所有用水户。重点整治全市工业企业、行政事业单位、居民用水、纯净水生产企业、商企服务行业和建筑工地等用水户。

这是包头市迄今为止在水行业中开展的宣传力度最大、涉及范围最多、影响面最广的一次声势浩大的活动，也是一项难度较大、深受一些牵扯到自身利益之人反对和忌恨的工作。市水务局和质量技术监督局联合出击，经过一个多月的调查摸底，掌握了全市用水户的较为详细的第一手材料。

由于行动前期宣传报道充分，各项工作深入人心，得到了广大市民的理解和支持。

深入追查

普查工作开始后，供水总公司青昆营业所组织人员对长期使用自备井做水源地的用水户进行普查，在普查的取水化验中，发现白云路南端有两栋商用店铺使用的全部是自来水。为了找到进水接管点，工作人员费了好大周折。他们先通过从包钢物业小区管理处查管网布局图，然后找小区管道维修人员了解管网的走向，再找退休人员询问当时建房时的管网布局情况，还通过挖探坑寻找管道，又走访群众、居民用户等多种方法，连续查找了 10 多天，功夫不负有心人，终于找到了两条十分隐蔽的偷接供水管线的接管点，并查明了两栋商铺的业主。两栋商铺是 1994 年建的，共有店铺 26 间，其中，有 3 个较大的浴场，1 个洗车行，2 个饭店，20 间小店铺。两栋商铺建房时就从供水管线上私接了两条直径 50 毫米的管线，供店铺使用，至今已用自来水近 11 个年头了。经进一步查实，业主接管时既没有提出申请，也没有经过供水部门批准，更没有向供水公司交纳过水费，完全属于私自在供水管线上接管盗用自来水，是偷盗水行为。工作人员按照国家有关法律法规和国务院、自治区、包头市《城市供水管理条例》的规定，供水公司依法对有偷盗水行为的业主进行相应的处罚。根据业主盗水的直径 50 毫米的管径流量计算，每小时水量为 18 吨，每天盗用水量为 432 吨，11 年来，共盗用水量为 1734480 吨，按平均水价估算，给供水企业造成经济损失 330 万元。11 年里，两栋商铺铺设的两条管线总计盗用水量为 3468960 吨，使企业蒙受了 660 万元的经济损失。

这是一起典型的偷盗水事件，其性质十分恶劣。

4 月 28 日，工作人员会同公司监察大队及新闻单位人员，到现场进行现场化验，并向周围群众做了更进一步的了解，当场对其中的一条偷接的供水管线拆除截断。由于另一根接管线的接点在用户院中，该用户拒绝开门，工作人员无法执行断水封闭工作。为了避免发生冲突，给整个专项整治行动造成不必要的消极影响，包头市供水总公司报请市水务局，要求与公安部门协同，严厉查处予以打击，对盗水业主进行法律制裁，追回企业及国家损失。

包头市水务局高度重视这一案件，立即做出反应。在公安部门的有力配合下，堵截了盗接的供水管线，对业主进行了必要的处罚，同时，根据实际，限令其分期偿还水费。

在专项整治活动初期，包头市供水总公司在有关部门的密切协助下，普查了2357市内用水户，到5月份，查处违法违章案件17件，查处率达100%，其中偷盗水案件10起，其他违章案件7起，举报违章案件10起，经查实后全部处理完毕。第一仗，初战告捷，取得了阶段性胜利。同时，也极大地鼓舞了士气，并进一步激发了群众检举揭发偷盗水行为的积极性。

不惧险难严执法

知法犯法者，总是受利益的驱使。利益中，总裹挟着层层叠叠的包袱。在依法打击偷盗水行为的同时，这种包袱就起到了其“保护”的作用。

专项整治行动期间，供水监察大队的执法者们，几乎不同程度地受到过恐吓、辱骂、威胁甚至蓄意报复和利诱。有通过打电话的，有用信件方式的，有当面质骂的，有扬言绑架家人的，也有拦路威逼的，还有许诺钱财的……

但是，不管使用什么方式和手段，监察人员打击偷盗水行为的目标没有变，他们誓要还全市水市场一个清白，还广大群众一个明白，让国家的损失降至最低。他们面对各种不利，心里坦然、执法坦然。

包头市供水总公司总经理温全来说：“那段时间是公司面临压力最大的时候，也是工作最难的时候。但我们有法律为依据，有市委、市政府的政策作支柱，在市水务局领导的有力支持和领导下，在市质量技术监督局和公安等部门的大力协助下，我们顶住了压力，战胜了困难。使这次防范和打击盗用城市公共供水违法犯罪专项整治行动取得了显著成效。”

包头市供水总公司供水监察大队赵宝昌说：“我们不怕打击报复，不在乎威逼利诱，就是怕不被人理解。有人跟我们说，‘差不多就行了，何苦得罪这么多人。再说，这些人基本上都有‘根子’。现在‘惹’了他们，小心哪天‘吃不了兜着走’。’说实在的，我们也这样想过，但是，当一到了工作岗位上时，奇怪得很，那些想头早不知丢到哪去了。心里只有一个想法，就是一定要把这件事查个水落石出，对得起单位，对得起国家，对得起社会，也对得起自己的良心。因为，我们是执法者。”

案件在线

在供水总公司的办公桌上，记者看到这样两份报案材料。

其一：案件事实

2005 年 5 月 9 日，包头市供水总公司供水监察大队接到举报：昆区 83 街坊一浴池私接管线盗用自来水。

接到举报后，供水监察大队立即对该浴池展开调查，经查实，该浴池自今年重新开业以来，一直用暗管私接偷盗自来水，并隐藏于地下。盗用水量约 12960 吨，折合水费 56376 元。

盗水行为被查处后，浴池老板于次日到供水监察大队接受处理。在承认自己的偷盗水行为并作了讯问笔录后，该老板拒不接受进一步的处理。

包头市供水总公司认为，该浴池老板的偷盗水行为已严重侵犯了国家财产，且数额较大。根据我国《刑法》的有关规定，其行为已构成盗窃罪。特请公安部门依法追究其刑事责任。同时，追缴供水总公司的水费损失 56376 元。

其二：案件事实

2005 年 5 月 9 日，包头市供水总公司供水监察大队接到举报，反映东河区某小区自来水压力不足。

接到举报后，供水监察大队立即对该小区附近的供水管线进行查看，当检查到一浴池时，发现有一暗管。经查实，该浴池 2004 年 4 月以来，一直用暗管私接偷盗水，并将暗管隐藏于墙内。同时，还有私自改动水表的行为。经调查，该浴池盗用水量约为 26568 吨，折合水费为 115570.80 元。

该浴池老板盗水行为被查处后，一直不接受处理，严重侵犯了国家财产，且数额较大。根据我国《刑法》的有关规定，其行为已构成盗窃罪。特请公安部门依法追究其刑事责任。同时，追缴供水总公司的水费损失 131544 元。

翻看了“水事违法案件调查笔录”后，记者发现，凡此类违法盗用水者，大到一个企业或大型洗浴场，小到一家店铺或小饭馆，在未被检举或发现前，竟没有一家去主动缴纳水费，而尽情地让这白花花的自来水中饱私囊。给国家造成了损失，给社会造成了恶劣的影响。

假如没有这次打击行动，群众不去举报，这些偷盗水者还要“偷盗”到什么时候？这股巨大的“黑色暗流”还要流淌到何时？还会给国家造成多么大的损失？

专项整治成果显现

在普查工作中，包头市供水总公司的工作人员，克服巡查范围点多、线长、面广的困难，采取联合打击、协调作战的方式，坚持监察一起，处理一起，规范一起的原则，采用跟踪复查、随机抽查的办法，共普查街道 81 条，普查用水户 15059 户。其中，200 平方米以上饭馆 528 家，普通洗浴 97 户，特殊行业 509 户（包括高档洗浴、洗车行、游泳馆、高档美容美发业等），其他三产业 13361 户，使用井水水源 298 户，双水源 27 户。查处违法违章用水案件 86 起，追缴水费 1451248.33 元。其间，共接到群众举报 83 起，查处 83 起，查处率达到 100%，其中，经核查属违法违章用水的案件 9 起。根据要求，普查过程中，工作人员做到了逐户查验水表、试水验表，保证了水表准确无误，统计完整。

通过半年多的开展打击偷盗水集中专项整治行动工作，全市违法违章用水的行为得到了严厉打击，水市场秩序得到了进一步规范，盗水势头得到了有效遏制，确保了城市供水管网的安全，维护了国家、社会公共利益和城市供水企业的合法权益。

（原载于 2005 年 12 月 27 日中国水利网，2005 年 12 月 29 日《黄河报》，2006 年 1 月 13 日《中国水利报》）

内蒙古水利科技全力为新农牧区建设加劲

内蒙古在水利科研、试验和技术推广取得显著成绩的基础上，今后将进一步加大科技投资，创新管理体制和运行机制、研究水资源与生态保护、因地制宜凝练重大研究课题和重大科技成果转化项目。这是记者从 9 月 14 日召开的全区科技工作会议及内蒙古自治区水利学会 2006 年学术年会上获得的消息。

近年来，内蒙古水利科技紧紧围绕水资源短缺、干旱洪涝灾害、生态环境恶化三大问题，突出发展节水型农业推进节水灌溉技术的研究和技术推广；加强以生态建设为中心的水土保持技术的深化研究及技术推广；针对全区水资源短缺以及分布不均等问题，对水资源合理利用、开发、管理，水资源优化配置和国民经济可持续发展等问题进行研究；针对全区“十五”水利规划，研究、引进和推广新技术、新结构、新材料和新工艺，共取得水利科技成果60余项。其中，《内蒙古西部水资源合理配置及可持续利用战略研究》《内蒙古河套地区节水改造工程综合节水技术试验与示范研究》、国家重大攻关项目《内蒙古阿左旗荒漠区滴灌示范区建设与研究》等8项成果达到国际先进水平。国家重大科技专项（“863”项目）《北方半干旱集雨补灌旱作区（内蒙古准格尔旗）节水农业综合技术体系集成与示范》《内蒙古岭东南地区旱作农业节水灌溉试验示范研究》《内蒙古黄河流域水土保持工程水文频率模型研究》等15项成果达到了国内领先水平，为促进自治区水利事业发展提供了强有力的科技支撑。同时，全区水利系统申报自治区科技进步奖50项，经自治区评审委员会评审，获得一等奖3项，二等奖3项，三等奖12项。申报自治区农牧业“丰收奖”7项，获得一等奖3项，3等奖2项。

在水利科技投入方面，逐步建立和完善了“以政府投入为主导，以社会投入为主体”的多层次、多元化、多渠道的水利科技投资体系。据不完全统计，全区用于水利科技的专项经费已达到6887万元。自治区水利厅每年用于水利科技的专项经费200万元，5年共安排1000万元。根据国家和自治区有关政策，还在水利工程建设项目和水保建设项目投资中安排0.1%～1%的科技专项经费，用于工程相关的科研、试验与技术推广应用工作，5年共安排2000多万元。同时还积极组织申报科技部、水利部、国家自然基金委员会以及自治区科技厅的科技项目，共争取科技项目23项，总投资3887万元。

在深化水利体制改革方面，对自治区重点支持的内蒙古水利科学研究院实行了减员增效、分流人员、调整结构，逐步向科研与生产相结合的方向发展；对各盟市水利科研站所都调整了专业方向，将其改制为水利技术推广站，使科技人员走向生产第一线，并逐步建立健全了科技服务体系，特别是基层科技人员主要从事技术推广工作，使水利科技真正贴近群众、贴近农牧民，让广大群众享受水利科技带来的实惠。通过调整科研机构的布局，实现了既有利于鼓励创新，又有地区特点，科技攻关与技术推广各有侧重。分配制度实行以岗定酬、按任务定酬、按业绩定酬，取代了按职位、级别定酬的传统分配制度。对科研项目实行招标、课题组人员自由组合、首席专家负责等办法，收到了实效。

在科普等方面，组织编制了《内蒙古水土保持常用草树栽种与管理技术》（1–5册）《地方抢险知识》《机电井的修复》等科普读物。并结合水利技术的推广和示范工作，积极组织各级水利科技人员踊跃参加科技下乡活动，以举办培训班、科技咨询、现场参观、示范等形式，把农村牧区急需的实用水利科学技术送到广大农牧民手中，收到了显著成效，被自治区评为全区“三下乡”先进集体。加强水利标准化建设，组织制定了《半干旱丘陵山区集雨节水灌溉工程技术规程》《高寒地区水稻节水灌溉技术规程》《内蒙古自治区行业用水定额标准》等10项地方行业标准。

自治区水利厅副厅长于长剑表示，今后，自治区水利厅将继续给予水利科技工作专项经费支持，主要用于社会公益事业科学研究、应用技术开发和推广为主的水利科技工作。各级水行政主管部门要多方开辟经费渠道，结合重点工程建设，加大水利科技投入力度，水利企事业单位要立足当前，放眼长远，依靠科技进步谋求发展。要重视水权、水价、水市场的理论研究；注重地下水相关问题的研究以及以微咸水利用和雨水利用技术为代表的新型水源开发利用技术的研究；要加强节水防污型社会建设重大问题的研究；研究水资源利用与生态保护之间的问题。在防洪减灾与大江大河综合治理方面，要加强防洪减灾策略的研究，逐步建立实时监测、预警预报、抢险救灾于一体的应急管理体系；以黄河、辽河为重点加强水沙资源利用关键技术、河道整治及水沙关系等方面的研究。要围绕自治区“北水南调”“东水西调”工程建设与国民经济布局和生态系统间的耦合关系等开展关键技术及重大问题研究，研究开发水利工程除险加固和堤防防渗加固技术。水利科技工作者要围绕重大研究问题，凝练重大课题，因地制宜开展具有战略性、前瞻性重大科学研究，为科学决策提供支持。要完善规章制度，营造政策环境，把培养和造就优秀水利科技人才、调动广大水利科技人员的积极性作为水利科技工作者的基本目标，要建立科技人才激励机制，在分配制度上要重实绩、重贡献，向优秀人才倾斜。各地要制定相关政策和管理办法，努力营造水利科技成果向现实生产力转化的良好政策环境。要有组织、有计划地推广应用先进技术和成果，优先推广获奖科技成果的推广转化。要应用新机制充分调动广大技术人员的积极性，加强科技奖励工作，做好各种科技奖励的管理工作，优先支持获奖科技成果的推广转化。

（原载于2006年9月18日中国水利网）

2006年11月，内蒙古水权转换项目的第一个标志性工程——鄂绒硅电联产项目水权转换节水改造工程通过核验，成为黄河流域第一个实施完成的水权转换项目，这对全面推进节水型社会建设有着重要意义——

内蒙古：水权转换催生制度创新

内蒙古是个水资源严重短缺的地区，特别是沿黄地区的6个盟市，人口、耕地、GDP分别占自治区总量的33%、27%和55%，而水资源量仅占12%。而沿黄地区又是实施内蒙古确定的呼、包、鄂3市“金三角”“能源转化”和“西电东送”战略的重点地区。根据近期拟建大型工业项目测算，仅鄂尔多斯市就将年增用水量2.4亿立方米，而水资源的严重短缺制约着这一区域优势产业的发展。

2002年6月，鄂尔多斯市达拉特电厂四期工程通过自治区水利厅向流域主管部门申请增加取水指标，但由于水量分配等原因，传统的依靠增加水资源供给来发展经济的办法遇到了障碍。

经济发展离不开水，用水的瓶颈如何突破？这是摆在水利部门决策者们面前亟待破解的难题。

水权转换　节水支撑

由于历史和自然条件的原因，内蒙古存在着用水结构不合理、农业用水比例过大、水资源利用效率低、灌溉用水浪费严重等问题。一方面是水资源不能有效支撑工业的快速发展，另一方面是有限的水资源在粗放的农业灌溉方式下被大量浪费。如何化解这一对矛盾？“水权转换和出售，使水的利用从低效益的经济领域转向高效益的经济领域，提高水的利用效率”“水权的转让并不是放弃农业灌溉，而是通过高效节水和加强管理，把农业节余下来的水权让给城市，做到农业和工业的协调发展”等水权水市场理论，无疑为解决内蒙古水资源短缺问题提供了充实的理论依据。让项目业主投资农业节水工程，把灌溉过程中渗漏损耗的无效水量节约下来，通过水权转换的方式，转移到工业项目上来。这是解决工农业用水矛盾，调整用水结构的有效途径。

投资节水、转让水权。水利部高度重视这一实践探索，及时制定了有关政策、规范。2003 年 4 月，黄河水利委员会印发了《关于在内蒙古自治区开展黄河取水权转换试点工作的批复》，同意在内蒙古开展黄河干流水权转换试点，通过灌区节水改造，把节约的水量有偿转让给拟建的鄂尔多斯达拉特电厂四期工程、鄂绒硅电联产项目等的用水，实行水权转让。

科学的理论和国外成功的实践为内蒙古解决水资源问题指明了方向，也由此铺开了解决自治区经济建设中水资源瓶颈制约的探索之路。2004 年 3 月，自治区成立了由水利厅厅长挂帅的自治区水权转换协调领导小组，设立了水权转换项目办公室；2005 年 1 月，全区水权转换工作会议研究部署了节水改造工程实施进度等相关工作，深入探讨了一些亟待解决的困难和问题；随后，鄂尔多斯市政府成立水权转换领导小组、水权转换节水改造工程施工指挥部，确保在夏灌前完成黄河南岸灌区总干渠 20 公里的衬砌任务；2005 年 9 月，鄂绒硅电联产项目水权转换节水工程完工并投入运行，共完成鄂托克旗、杭锦旗黄河南岸 42 公里干渠衬砌节水改造工程，完成投资共计 8044.72 万元，工程全部投资由鄂尔多斯电力冶金股份有限责任公司承担，年可转换水量 1880 万立方米。2006 年 11 月，该项目通过黄委会核验。

从 2003 年 4 月达拉特发电厂与鄂尔多斯市水利局达成水权转换协议开始，截至目前，全区有 37 个项目拟采用水权转换方式，其中正式签订了水权转换协议的有 16 个项目，目前已实施项目 7 个，已完成节水改造工程项目 6 个，转让资金总额达 4.05 亿元，水权转换水量达 7778 万立方米。

政策引路　创新体制

内蒙古水权转换工作在水利部、黄委会的指导和支持下，在自治区党委和政府的领导下，勇于实践，大胆探索，逐步形成了一套基本思路和做法。

在政策规范引导下进行制度创新。水权转换重在制度创新，水权转换的最大意义就在于通过建立一种体制和机制，协调解决水资源对经济发展的制约问题，保障水资源与经济、社会、环境协调发展。

在借鉴成功经验的基础上，自治区出台了《内蒙古自治区农业节水灌溉条例》和修订的《内蒙古自治区实施〈水法〉办法》，对自治区实行水权转换做了原则性规定。水利部《关于内蒙古宁夏黄河干流水权转换试点工作的指导意见》和黄委会《黄河水权转换管理实施办法（试行）》下发后，2004 年 12 月，自治区政府正式批转了水利厅《关于黄河干流水权转换实施意见（试行）》。目前，自治区水利厅正在制定《内蒙古自治区水权转换节水工程建设资金管理办法》。鄂尔多斯市和包头市也制定了保障工程实施的一系列规章制度。这些政策法规的出台和规章制度的建立，规范和推动了自治区水权转换工作。

在明晰水权前提下科学制定水权转换规划。自治区政府于 2004 年 11 月将 58.6 亿立方米引黄指标分配到沿黄 6 个盟市，各地再逐级分解到各用水户。按照黄委会批复的《内蒙古自治区黄河水权转换总体规划报告》测算，内蒙古“引黄灌区可节水 20.4 亿立方米，其中渠道衬砌 13.42 亿立方米，调整种植结构节水 2.41 亿立方米，缩减地块及平整土地节水 4.58 亿立方米”。到 2010 年，黄委会批准内蒙古各引黄灌区通过工程措施节水的水权转换水量将达到 2.711 亿立方米。

依靠政府和行业监管推动水权转换。水权转换成功与否，事关自治区经济社会发展战略大局。为搞好水权转换工作，自治区政府多次召开会议，研究部署工作，通过科学划分职责、合理确定目标，层层抓好落实。突出重点分阶段稳步推进。在水权转换的不同阶段，工作重点各有侧重：起步阶段，重点抓制度建设，抓可研、论证、初设等前期工作；随后的重点是抓工程招投标、工期进度、质量和管理。渠道节水工程只有在灌溉间隙期才能实施，施工工期短是节水工程实施的最大难点。为此，将全年分为三个施工期，每个工期 1 个月左右，以保证工程顺利实施。

积极推进灌溉管理模式改革，统筹协调资金投入并集中使用。根据水权转换的统一部署，进一步深化水权改革，探索“黄灌局管理到斗渠，协会管理用水户”的专群结合的管理模式，清晰界定了灌区管理机构的权力和责任，规范了管理行为；全面推进用水者协会管理改革，建立用水者协会制度，推动用水户参与末级渠系管理，增强用水户的水权意识。为确保水量供需平衡，也相应制定定额管理制度，协会用水超过定额实行累进加价，对超用水和浪费水的行为进行加价收费。

水权转换　一举多赢

水权转换为自治区经济社会可持续发展带来了新的持久动力。水权转换有利于提高水资源的利用效率和效益。水权转换是在不增加黄河分水指标的前提下，一方面通过农业灌溉工程的节水改造，促进农业节约用水（按照总体规划，内蒙古引黄灌区的渠系水利用系数将提高 16% ~ 30%）；另一方面通过价格机制促进工业企业采用新的工艺技术，促进工业节水，提高水资源的利用效率和效益。

水权转换有利于拓宽农业灌溉工程节水改造的投融资渠道。新中国成立以来，国家和地方各级政府投入到沿黄灌区节水改造的资金是 6.03 亿元，占全部节水改造资金的 8.6%。如果按照已批准 2010 年的转换水量实施节水改造，可吸纳社会资金 23 亿元左右，这将改变农业节水工程历来依靠国家无偿投入的传统模式，拓宽了农业灌溉工程节水改造的投资渠道，极大地弥补了农业节水工程的资金缺口。

水权转换有利于促进区域经济社会的持续快速发展。水权转换使企业用水得到有效保障，改善了地区经济发展基础和招商引资环境，加快了能源基础工业项目的申请立项和建设步伐，大量的投资将带动区域经济快速增长。在保障经济社会发展的同时，没有超采地下水资源，没有超指标使用黄河水，赢得了良好的生态效益。同时，水权转换有利于灌区农业增收和减轻农民负担。水权转换后，灌区输水渠道特别是末级渠系的输水条件将得到极大改善。随着农业灌溉条件的改善，农作物产量将稳定增长，同时由于减少了末级渠系的输水损失，农民承担的水费将大大减少。以鄂尔多斯南岸灌域水权转换为例，在渠道全部衬砌以后，农民每年每亩可减少水费支出 12 元左右。

通过水权有偿转换，形成了以工业发展反哺农业，以农业节水支持工业发展用水，经济、社会、资源、环境健康发展的良性运行机制，走出了一条成功解决干旱地区经济社会发展用水的新路，达到了工业发展和保持农业发展后劲，实现农民致富的“双赢”目标。

（原载于 2007 年 2 月 27 日《中国水利报》）

做好水权转换的四点启示

内蒙古成功的水权转换实践不仅创造了有益的经验，也为我们如何进一步做好水权转换带来了启示。

第一，加强政府社会管理是水权转换的保障。水权、水市场理论为干旱地区解决水资源短缺问题提供了现实可行的制度框架。水权转换是利用市场机制对水资源进行优化配置的一种有效方法。由于水权转换涉及企业、农民用水户、水管单位等多个主体，影响到经济社会发展的多个方面，因此，只有政府加强社会管理，才能保证水权转换在公开、公正、公平的环境中顺利进行。

第二，明晰初始水权是水权转换的基础。明晰水权是水权管理的重要环节。如果一个流域内的各地区水权不明确，这个流域的水权转换工作将会遇到极大的困难，即便勉强实行，也会引起种种社会矛盾甚至利益冲突。因此，无论流域大小，都必须先进行初始水权分配，然后才有可能开展水权有偿转换工作。

第三，正确发挥市场、政府、用水户的积极性是水权转换的动力。灌区与工业企业之间这种有偿转换水权的方式，充分体现了市场的调节作用，既调动了企业投资参与农业节水改造的积极性，又保护了农民的合法用水权益，得到了灌区和用水农户的欢迎。对农民来说，水权转换带来了工程改造投资，灌区渠道的输水条件得到极大改善，在减少输水损失、降低水费的同时，有利于增产增效。对企业来说，通过水权转换，企业发展获得了稳定的水资源保障。对政府来说，水权转换既拓宽了农业灌溉工程节水改造的投融资渠道，有利于用水结构调整和地方经济发展。这样“一举多赢”的事情，自然有广泛的市场潜力。

第四，厉行节水是水权转换的关键。在水资源短缺、区域取用水总量已达到总量控制上限的情况下，所转换的水权只有通过厉行节约获得的水权才能做到有偿转换。否则，原有用水户不节水或节水较少，新用水户又大量增加用水，这种情况下的水权转换只会加剧当地水资源的紧张状况，造成事与愿违的结果。因此，做好水权转换工作，必须狠抓节水工程的落实，真正实现节约用水的目标，确保有限的水资源发挥最大的效益。

（原载于 2007 年 2 月 27 日《中国水利报》）

内蒙古水利水电勘测设计院喜庆建院 50 周年

从内蒙古自治区东部的巍巍兴安岭到西部阿拉善的黑河额济纳绿洲治理工程，再到云南省牛栏江黄角树水电站和马来西亚“绿野仙踪”船闸的勘测设计，内蒙古自治区水利水电勘测设计院的技术人员踏遍了全区的山山水水、沟沟坎坎，规划设计了自治区 90% 以上的水利工程，同时，也实现了立足全区，服务全国，走向国际的目标。50 年来，内蒙古自治区水利水电勘测设计院取得了令人瞩目的业绩。8 月 28 日，为设计院付出心血和智慧的全院新老职工欢聚一起，同庆这个为之骄傲的单位 50 岁生辰。

内蒙古自治区水利水电勘测设计院成立于 1956 年，1996 年，经自治区党委批准内蒙古自治区水利水电勘测设计院升格为内蒙古水利厅所属的副厅级事业单位。建院 50 年来，该院先后完成了黄河内蒙古段防洪规划、西辽河、海滦河、内陆河、松辽流域、海拉尔河流域等规划，完成了黄河、西辽河、海河、嫩江、松花江、额尔古纳河等江河的水利水电综合开发规划，以及全区水资源综合利用规划等勘测设计项目 2300 多项。目前，水设院已成为自治区水利水电行业唯一的甲级设计单位。拥有总资产近亿元，业务范围涉及了水利枢纽、水电站、工程勘察、工程测量、防洪工程、水土保持、水资源评价论证、环境影响评价、洪水影响评价、工程评估咨询、市政给排水、农业综合开发、农业灌溉、城市与工业供水、风力发电等多个方面。具有建设部颁发的工程设计水利行业和电力行业新能源风力发电甲级、工程勘察综合类甲级、国家测绘局颁发的测绘甲级、国家发改委颁发的工程咨询甲级、水利部颁发的水文水资源评价甲级、建设项目水资源论证甲级、建设项目水土保持方案编制甲级、建设监理甲级等资质证书。2002 年，通过了 IS O 9001（2000 版）国际质量管理体系认证。并率先在全国同行业中取得了风力发电设计甲级资质证书，先后完成了乌兰察布市风电发展规划、大唐国际内蒙古卓资风电厂设计等项目，拓宽了业务领域，创造了良好的效益。

全院现有在职职工 618 人，其中专业技术人员 396 人，共有 49 个专业，27 个工种，具有了实现年总产值 1.5 亿元以上的生产能力。建院以来，共获得省部级以上科技成果奖 65 项。在大型灌区设计、多泥沙河流水库、水利枢纽、城市工业供水以及灌区节水改造等多方面拥有先进成熟的技术经验。如 20 世纪 80 年代设计建成并投入运行的河套灌区总排干沟洪圪卜排水站，设计排水量 100 秒立方米，担负着河套灌区 960 万亩耕地的排水和山洪退水任务。该排水站具有大流量、低扬程的特点，1996 年荣获了自治区科技进步一等奖，1997 年获全国第七届优秀设计银质奖。

现在，该院坚持以科学发展观统领全院工作，抓住西部大开发和振兴东北老工业基地的历史机遇，实施“科技兴院、人才强院”战略，不断深化改革，开拓创新，在确保完成好自治区主管部门下达的社会公益型工程设计任务基础上，不断拓展工作领域，生产态势蒸蒸日上。

（原载于 2007 年 8 月 21 日黄河网，2007 年 8 月 30 日中国水利网，2007 年 8 月 31 日《内蒙古日报》，2007 年 9 月 1 日《黄河报》）

黄河水权转换：探求共赢之道

“农业节水，工业买单”“既满足了各方用水需求，又实现了水资源的高效节约利用”——这是专家对黄河水权转换制度在宁夏、内蒙古自治区试点 5 年来的形象描述和成效评价。

11 月 12 日—13 日，黄河水权转换研讨会在内蒙古鄂尔多斯市召开。各方专家现场参观引黄灌区节水改造工程，就 2003 年以来的黄河水权转换实施效果和制度体系建设进行总结研讨。

黄河水权转换是依据水利部可持续发展治水思路和水权水市场理论，按照“投资节水、转让水权”的设计，让工业投资农业节水改造，农业结余水量转让给工业使用，旨在解决黄河水资源供需矛盾，提高水资源利用效率和效益。

变思路　破瓶颈

随着黄河流域经济社会的快速发展，用水需求急剧扩大。据有关部门预测，黄河多年平均河道外总需水量将由每年587亿立方米增加到2030年的651亿立方米。尤其是随着黄河流域能源、重化工基地的开发建设，工业用水需求增长迅猛，预计2030年流域内工业需水量将达127亿立方米，较2000年翻一番，届时流域内用水矛盾将更加突出。

一方面是用水需求不断增加，而宁夏、内蒙古已经用完国务院“八七”分水方案确定的指标，再额外增加取水指标已不现实。但另一方面，黄河流域的农业用水却存在着惊人的浪费现象。内蒙古、宁夏两地农业用水占总用水量的90%以上，而且水资源利用系数较低，仅为0.4，相当于60%的水被浪费。在此情形下，黄河水权转换被提上日程。

2003年4月开始，黄河水利委员会会同内蒙古、宁夏两自治区水利部门在宁夏青铜峡灌区、内蒙古黄河南岸自流灌区启动水权转换试点，首批选择内蒙古达拉特电厂、宁夏大坝电厂等5个用水工业企业投资建设节水设施，对农业灌区进行渠道衬砌。目前，已累计审批水权转换试点项目26个，其中内蒙古20个、宁夏6个。26个项目合计转换水量2.28亿立方米，节水量2.57亿立方米。节水工程总投资达12.26亿元。

谋发展　显成效

据介绍，目前已获批复的水权转换项目进展顺利。宁蒙两区完成衬砌总干渠、分干渠、支渠、斗渠、农渠共计近1800千米，建设各类渠系建筑物3.1万余座，累计完成投资7.98亿元，完成水权转换水量1.64亿立方米。

在实施过程中，黄委会依据《水利部关于水权转让的若干意见》和《水利部关于内蒙古、宁夏黄河干流水权转换试点工作的指导意见》，相继出台了《黄河水权转换管理实施办法》《黄河水权转换节水工程核验办法》，具体规定了执行技术审查制度、节水效果评估制度、行政审批制度、组织实施与监督管理制度、水权转换节水工程核验制度，初步构建了黄河水权转换管理体系、技术体系和监测体系。宁蒙两区也制定了相应的水权转换实施细则、资金使用管理办法等制度。

黄河水利委员会水调局局长安新代表示，随着制度体系的不断完善，黄河水权转换积极稳妥推进，目前在用水总量不增加的情况下，探索出了解决缺水地区水资源问题的途径，支持了工业发展，提高了水资源利用效率。同时拓宽了灌区节水改造融资渠道，农业基础设施得到改善，提高了水资源利用效率，降低了农业生产成本，保护了农民权益。这当是农业支持工业、工业反哺农业的新型经济社会发展之路。

（原载于2008年11月21日《中国水利报》，本文另两位作者为徐清华、生效有）

江河安澜百业兴

走上集约化　产业化发展之路

巴彦淖尔市临河区城关乡治丰村农民武三喜高兴地说："搞了这个节水灌溉工程，我的收入比过去增加一倍多，浇水省时省力不说，还减了不少水费开支。"

随着自治区经济社会快速发展和水资源供需矛盾的日益突出，农牧业灌溉方式逐渐从大规模开发利用地下水、地表水向节水灌溉转变。

从"九五"开始，大力发展节水灌溉已经成为全区农田草牧场水利基本建设的一个显著特点。在国家的大力支持下，我区实施了河套灌区节水改造工程，有力地推动了灌区节水改造建设步伐。

目前，全区有效灌溉面积2284万亩，节水灌溉面积2724.6万亩，饲草料灌溉面积523万亩。赤峰市设施农业节水灌溉、乌兰察布市大田马铃薯特色节水灌溉、呼和浩特市和林格尔县现代农业节水灌溉等6个农牧业节水示范园区的建设，标志着我区农牧业水利逐步走上了集约化、产业化发展轨道。

驱车行进在平展的黄河大堤上，退休不久的老周不时被眼前的堤防工程激动着。"我参加工作那会儿，哪有像样的堤坝呢，差不多都是用土筑起的低矮的土塄，有的地方还没有堤坝。后来，也不间断地修堤，但总是感觉不像堤防，现在，你看这堤防修的，简直快成高速公路了。"

老周说得没错，30年来，我区在主要江河修筑堤防近1600公里，保护人口 351.42 万人，保护耕地 547.21 万亩。水利部门坚持抢防并重，最大程度减轻冰凌干旱灾害损失，科学应对了 1981、1998 等较大洪水、2008 年特大黄河冰凌汛灾害和 2001、2004、2008 等年份干旱灾害，将洪灾干旱损失降到了最低限度，发挥了显著的减灾效益。尤其是“十五”以来，国家加大了投资力度，大规模的堤防加固工程建设，使我区大江大河及重要支流的防洪减灾能力普遍增强，防洪标准也由 5 至 20 年一遇提高到 20 至 50 年一遇。

据自治区水利厅厅长戈锋介绍，改革开放初期，“水利是农业的命脉”理论指引人们大规模打井发展灌溉，修建水利工程。随着经济社会发展对水利需求的不断延伸，水利从单一为农牧业服务扩展到为整个经济社会发展服务上来，水利发展目标、速度、规模、水平与经济社会发展需求相适应，成为新时期水利工作的主要目标。水利发展思路的重大调整，使水利工作方法实现了由“农牧业灌溉型水利”向“资源节约型水利”转变；由“重建轻管”向“建管并举”转变；防汛抗旱工作实现从“被动抵御”向“主动应对”转变；从被动防汛抗旱向主动防汛抗旱转变，从应急防汛抗旱向长期防汛抗旱转变，从低效防汛抗旱向高效防汛抗旱转变，从“控制洪水”向“管理洪水”转变，注重给洪水以出路，促进“人水和谐”；由“农村牧区水利”向“城乡水务一体化”转变的“四大转变”。

构筑北疆　生态屏障

改革开放至今，我区不断加强水土保持生态建设，全力构筑祖国北疆生态屏障。水土保持生态建设资金投入逐年增加，工程项目建设力度不断加大，取得了显著成效，实现了生态、社会和经济效益的统筹兼顾。

在水土流失重点治理区，把加强生态建设与调整产业结构结合起来，把加强生态建设与农牧业生产经营方式结合起来，把改善生态环境与增加农牧民收入和当地经济结合起来，全区水土流失治理以每年 650 万亩的速度递增。

切实加强草原区和风沙区水源工程建设，科学开发利用水土资源，既解决了农牧民的饮水困难问题，又增加了生态用水，改善了区域生态环境和农牧民的生产生活条件，为加快群众脱贫致富步伐，促进经济社会可持续发展作出了积极贡献。特别是“十五”以来，按照自治区党委、政府提出的“把自治区建设成为我国北方重要生态屏障”战略要求，水土保持生态建设呈现出全面发展、协调推进、效益彰显的良好态势，为从根本上改善和遏制草原生态持续恶化的状况，全力构筑起我国北方重要的生态防线，维护边疆稳定起到了重要的保障作用。目前，水土保持治理面积达到9.096万平方公里。

（原载于2008年12月17日《内蒙古日报》）

璀璨明珠崛起时

内蒙古鄂尔多斯市水权转换成就经济腾飞

黄河水奔流欢腾，空冷机浅唱低吟。一股股如油水流，万千千腾跃经络。水，能载重社会，也能载重历史。黄河水权转换，就是一艘装载着大工业冲刺的破冰之舟。

把分给农业的部分水，让给工业用，不仅仅是工业出钱为农业节了水。因为水，承载着这个地区的兴衰，承载着这里人们的向往，也承载着这里的一切。

谋发展　找出路

对地处干旱、半干旱的内蒙古来说，黄河是其中西部地区唯一的客水资源，黄河流域自产地表水资源总可利用量为6.5亿立方米，国家分配给内蒙古的黄河水量为58.6亿立方米，被沿黄地区利用80%以上，剩余不足20%的黄河水成为国家产业政策及地下水利用开发保护的“底牌”，内蒙古沿黄地区便无水资源开发的潜力，而矿产资源极其丰富的中西部地区（包括鄂尔多斯），有许多项目因没有水无法上马。一方面是农业灌溉分配的水资源额度比重过大，灌溉方式落后，渠系不配套，水资源浪费严重；一方面是诸多工业项目等“水”开工，经济社会的发展遇到了水的“瓶颈”制约。怎样用工业的资金提高农业用水灌溉率，实现农业、工业共赢？内蒙古的水利决策者们积极开拓着思维。

他们深入解读了国家政策和水利部新时期治水思路，并综合工农业发展现状，要解决黄河水资源供需矛盾，只能从节约用水、提高用水效率上找出路。农业存在巨大的节水潜力，给水权转换创造了条件。通过水权转换，企业出资为灌区兴修输水渠系、衬砌渠道，提高渠道水的利用系数，把节省出来的黄河水，用来解决企业发展生产之需。于是，运用水权水市场理论进行黄河水权转换的思路明朗起来。在政府引导下的企业“投资农业节水，有偿转换水权”的黄河水资源管理新模式应运而生。2003 年 4 月，在水利部和黄河水利委员会的支持下，作为全国水权转换的首批试点地区，自治区启动了鄂尔多斯市达拉特电厂四期水权转换工程。不到两年，试点取得了成功，随即催生了多个项目的正式实施。按照自治区的总体规划，鄂尔多斯市水权转换节水改造工程建设从 2005 年开始至 2007 年结束。

水权转换工程的实施，犹如一个强劲的助推器，使内蒙古参与西部大开发和“西电东送”战略及保证自治区国民经济和社会持续、健康、快速发展搭上了“直通车”。

自治区副主席郭启俊在黄河水权转换研讨会上对此给予高度评价：“内蒙古实施了以行业水权转换为主要特色的水权制度的探索和尝试，并在鄂尔多斯市取得阶段性成果，基本达到了在不突破用水总量的前提下，通过调整用水结构，实现农业、工业和生态的多赢目标。这是水利行业保障自治区经济社会发展的一个重大举措。”

显生机　强经济

2005 年是鄂尔多斯人尤其是工农界值得记忆的年份，鞭炮鸣响在杭锦旗自流灌区的渠畔，彩旗招展在挥锨铲土的工人身边，轰鸣的挖掘机在振臂舞动，水权转换工程正式在鄂尔多斯启动。

数百名修渠大军在市水权转换指挥部的直接指挥下，分头在总干、分干和支、斗、农、毛渠上摆开了战场。工程技术人员如老师般悉心指导，工人们像铺砌自家地面一样精量细铺，一条条渠道光溜笔直，一块块预制板铺设匀称。

“似工艺品、赛艺术品”，参观者如是评价；“做这样的活儿，干这样的事儿，我们高兴，我们自豪。”工作者说。当曲曲弯弯的土渠经过几个月的修葺，变得平平展展，当水流欢畅地奔涌向前，当人们喜悦着憧憬着，无论谁，都会为这一切摩拳擦掌，都会豪情满怀。鄂尔多斯正在书写着她崛起的灿烂和辉煌。

达拉特电厂四期建设工程处主任刘支援指着衬砌完成的工程说："我们深知，节水是企业生存和发展的关键，十分珍惜这来之不易的水，采取科学的管理手段，围绕节能降耗主题，加大技改，采用成熟的节水新工艺，对各取用水环节进行经常性检查并制定措施，奖励节水工作突出的运行人员，努力降低各系统用水量。我们还通过多种宣传教育手段来倡导全厂职工节约水资源，增强水资源的忧患意识和危机感，使节水观念深入人心。四期工程能有现在的规模，年发电量达 68 亿多千瓦时，创产值 14 亿元，年用水量仅为 31 万吨取得这样的成绩，水权转换起了支柱性作用。"

到 2008 年 10 月，鄂尔多斯已累计完成水权转换投资近 6.9 亿元，转换水量 1.3 亿立方米每年，完成各级渠道衬砌 1584.7 公里，配套建设各类渠系建筑物 29764 座。企业通过水权转换取得了用水权，使经济效益得到近百倍增长。

主持和决策水权转换工作的自治区水利厅厅长戈锋说："'农业节水，工业用水，富一方百姓，强一域经济'是水权转换的根本。水权转换工程的实施，不但直接减轻了项目区农民的负担，提高了农业效益，而且从根本上解决了企业发展用水的难题，使一大批重点工业项目得以实施，有力促进了地方经济发展。这也是鄂尔多斯市实现水资源配置、高效利用、缓解水资源供需紧张矛盾的有效途径，是解决重点工业项目用水的迫切需求，更是推动当地经济社会又好又快发展的'发动机'。水权有偿转让的方式，改变了无偿剥夺农民用水权益的传统做法，充分体现了市场的调节作用，为内蒙古节水型社会建设起到了很好的示范和带头作用。"

共受益　享多赢

家住杭锦旗吉日嘎朗图镇的王福强老人对水权转换工程颇有感触："我们以前浇水每亩地不光用水多，还很费时，水费也比现在高。自打搞了渠道节水衬砌工程后，渠道水流速快了，浇地时间缩短了，也不用费太多的时间了。我家 40 多亩地，光水费一年就省了近 500 块钱。我活了 70 多岁，还没见过这样的事情，工厂拿钱修渠，节了水咱农民得好处，工厂也有水用了。老百姓对这个工程直跷大拇哥儿，说它是‘民心工程’‘致富工程’，一点也不过分。”

鄂尔多斯市委副书记王程熙兴致勃勃地告诉记者，经过3年多的实践，以工农业发展为目标的水权转换工作已在鄂尔多斯市产生了巨大的经济社会效益，显现了“八赢”：一是水权转换为重大工业项目提供了生产用水，摆脱了“瓶颈”制约，有力地支持了区域经济的快速发展。转向工业领域的1.3亿立方米水量全部发挥效益后，共可保证14个工业项目的用水需求，每年新增工业产值265.5亿元，新增利税80多亿元，增加财政收入近50亿元。二是拓宽了水利工程建设融资渠道，灌区工程状况得到明显改善，水资源利用效率显著提高。从1999年至2005年近6年间，国家实施的大型灌区续建配套与节水改造工程，仅为鄂尔多斯市黄河南岸自流灌域投入资金3823万元，对建设分干渠进行了12公里的渠道衬砌和总干、分干的部分建筑物改造。而水权转换3年，就完成投资6.9亿元，衬砌各级渠道1584公里，使得灌区工程状况得到大幅度改善，并且改变了地方长期依靠国家投资的思想观念，拓宽了水利基础设施建设的融资渠道，有力推进了灌区节水改造步伐。同时，水资源使用效率有了较大程度的提高。三是输水损失减少，水费支出下降，为农民赢得了实惠。据初步分析，按照目前农业用水价格，南岸自流灌区每立方米水价5.3分，转换水量1.3亿立方米，每年共减少水费支出689万元。据调查，当地农民2006年较2005年亩均水费支出减少了10.69元。四是优化了用水结构，提高了水资源利用效率。据测算，鄂尔多斯市农业单方水平均效益为2.88元，工业单方水平均效益为125元，是农业用水的43.4倍，如按照1.3亿立方米转换水量计算，黄河水资源利用毛效益将增加158.81亿元。五是在保障经济社会发展的同时，赢得了良好的生态效益。节水改造工程实施后，渠道两侧大片积水全部消失，灌区土壤盐碱化明显好转，大片中低产田正在改造成为高产田。六是积极推进了灌区水权制度改革，促进农民直接参与用水管理。在节水改造工程开展的同时，市里相继编制出台了《南岸自流灌区用水总量控制方案》《南岸自流灌区水权细化方案》和《南岸自流灌区管理局管理体制改革方案》，并以万亩田间示范工程为单位，对用水者协会进行管理改革，促进了农民直接参与用水管理。七是水权转换工程的实施直接促进了黄河南岸灌区管理机构的改革。八是为现代农牧业示范区建设奠定了坚实的基础。

一个水权转换工程使企业焕发了生机，企业的兴起带动了整个地区经济社会的快速高效发展，而且赢得了一连串的效益，这不能不让人感叹水权转换的生命力和强大的支撑力。水权理论转化为实践，从真正意义上实现了水资源管理制度的创新。

目前，鄂尔多斯市正在迫切寻求水权转换二期工程建设。它将是鄂尔多斯市实现水资源优化配置、高效利用、缓解水资源供需紧张、矛盾突出的有效途径，也必将成为解决重点工业项目用水和加快鄂尔多斯市经济发展的强劲动力。

（原载于 2009 年 2 月 5 日《中国水利报》，本文另一位作者为生效有）

水权转换闯出科学发展之路

——内蒙古自治区水利厅厅长戈锋谈内蒙古水权转换

为加快区域经济发展，近年来，内蒙古开展了黄河水权转换工作，为缓解黄河流域水资源供需矛盾、保障经济社会发展用水需求作出了巨大贡献。就此，记者采访了自治区水利厅厅长戈锋。

本刊记者：作为首个实施水权转换试点的地区，内蒙古是如何推进水权转换工作的呢?

戈锋：开展水权转换是落实科学发展观的一项具体实践。水权、水市场理论为内蒙古解决水资源问题指明了方向。2003 年，黄委会同意在内蒙古开展黄河水权转换试点，通过灌区节水改造，把节约的水量有偿转让给达拉特电厂四期工程用水。2004 年，水利部把内蒙古列为全国水权转换试点省（自治区）。我们将水权转换作为优化配置黄河水资源、突破沿黄地区经济社会发展水资源“瓶颈”制约的关键举措积极推进，大胆探索，形成了一些初步的经验和做法。

第一，在政策法规引导下进行制度创新。水利部和黄委会有关水权转换文件下发后，自治区批转了水利厅《关于黄河干流水权转换实施意见（试行)》。出台的《内蒙古自治区农业节水灌溉条例》，修订的《内蒙古自治区实施〈水法〉办法》中，都对水权转换做了原则性规定。这些政策法规的出台和规章制度的建立，规范和推动了水权转换工作。

第二，在明晰水权前提下科学制定水权转换规划。根据自治区政府和上级文件精神，2004 年水利厅编制了《内蒙古自治区黄河水权转换总体规划报告》，2005 年得到黄委会批复。规划分析了各灌区现状用水情况、存在的主要问题，并按工程节水、调整种植结构节水、平地缩块田间节水，分析了各灌区的节水潜力，制订了节水改造建设方案，在确保灌溉用水和初始水权的前提下，以衬砌工程节水为基础，提出内蒙古黄河干流引水灌区的可转换水量和农业节水向工业用水有偿转换的规划方案。

第三，以政府宏观调控能力为保障加强监督和引导。我们成立了自治区、盟市、旗县三级水权转换领导机构，及时调处水权转换工作中出现的新情况、新问题，并采取 4 项措施加强对水权转换工作的监督和引导。一是坚持把总量控制、不增加用水总量作为水权转换基本原则。二是强化水权转换总体规划、水权转换节水工程可行性研究和建设项目水资源论证等基础性工作。三是加强水权转换工作监督管理，严把审批关，实施用水定额管理。四是严格资金管理，确保水权转换资金全部用于农业灌溉节水工程。这 4 项措施，对保证试点工作顺利进行发挥了极其重要的作用。

第四，以节水为中心狠抓灌区节水工程的落实。水权转换关键是转让的水权必须是切实通过节水工程的实施节约出来的，这样农民的用水权益才能得到保障。在实际操作中，我们一方面狠抓节水改造工程建设进度，实施总量控制，并开展了已建工程验收和节水效果的监测以及评估工作，确保节水工程取得实际成效。

第五，以改革为动力有效促进节水目标的实现。在做好水权转换的同时，把水价改革、灌区管理体制改革与水权转换工作同步推进，实现良性互动。

本刊记者：内蒙古水权转换取得的效益如何？目前情况怎样？

戈锋：通过实践，水权转换取得了“多赢”的效果。一是在未增加黄河取水总量的前提下，为当地拟建工业项目提供了生产用水，促进了区域经济的快速发展。二是拓宽了水利融资渠道，灌区节水工程建设速度加快，提高了水资源的优化配置。三是保护了农民合法用水权益，输水损失减少，水费支出下降，农民得到了实惠。四是丰富了水权、水市场的理论内涵，在全国起到示范作用。内蒙古作为最先开展试点工作的地区，水权转换工作正逐步完善和成熟起来。内蒙古水权转换为水资源可持续利用和经济社会可持续发展走出了一条成功的路子。

3 年间，自治区水利厅共受理水权转换项目 35 个，计划转换水量 2.56 亿立方米，占水权转换总量的 66%。黄委会批复或审查的项目 16 个，计划转换水量 1.47 亿立方米，占近期规划转换水量（2.71 亿立方米）的 54%。

（原载于 2009 年 2 月 5 日《中国水利报》，本文另一位作者为生效有）

内蒙古：强筋壮骨成效显著

内蒙古 2008 年第四季度新增中央预算内投资水利项目 6 项，下达计划总投资 26288 万元。新增水利投资下达后，内蒙古把它作为头等大事，迅速将计划分解下达到各有关盟市、单位，掀起了新一轮较大规模的水利基础设施建设，取得了显著实效。

2008 年第四季度新增中央水利投资安排情况

多年来，由于资金不足，内蒙古水利基础设施建设一直处于薄弱状态，不能从根本上解决实质性问题。这次中央较大规模的水利投资，为内蒙古水利建设注入了强劲动力。

截至目前，内蒙古共安排水资源监测、呼伦湖水资源配置、山湾子水库除险加固、防洪工程项目、跨界河流治理和农村饮水安全在内的 6 个项目。

农村饮水安全项目安排投资 5563 万元，其中中央预算内投资 4450 万元，地方投资 1113 万元。饮水安全工程新增投资计划涉及内蒙古 4 个盟市、18 个旗县，共建设 1856 个工程项目，其中集中供水工程 90 处、安装单户水处理设备 1766 套。

黄河内蒙古段近期防洪工程项目安排投资 7797 万元，其中中央预算内投资 4797 万元，地方投资 3000 万元。为确保内蒙古 2009 年凌汛安全，自治区安排了 2600 万元国家资金和 1726 万元地方配套资金用于四段堤防加固。工程开工建设以来，已完成总投资 7637 万元，占计划总投资的 97.9%，其中完成国家补助投资 100%，完成地方配套投资 94.6%。

内蒙古“十一五”水资源监测能力建设项目，总投资 412 万元，本次安排投资 328 万元，其中中央预算内投资 219 万元，地方投资 109 万元。该项目主要安排鄂尔多斯市、巴彦淖尔市 2 个监测分中心水质监测能力建设，目前两个水环境监测分中心仪器设备购置已完成，100% 完成国家投资。区域水资源配置工程总投资 7600 万元，其中中央预算内投资 4500 万元，自治区配套 3100 万元。山湾子水库除险加固工程总投资 4282 万元，本次安排投资 1250 万元，其中中央预算内投资 1000 万元，地方投资 250 万元。内蒙古赤峰市敖汉旗山湾子水库除险加固工程由赤峰市敖汉旗负责实施。目前该工程已完成国家投资 970 万元，占计划的 97%。

加快水利基础设施建设采取的主要措施

内蒙古对 2008 年第四季度新增中央预算内投资水利项目给高度重视，专门成立了加快水利基础设施建设领导小组，负责协调自治区水利系统加快水利基础设施建设工作。

为加快工程建设进度，水利厅专门下发了《关于加强水利基础设施建设前期工作及建设管理工作的通知》，对项目前期工作、计划申报、投资安排及下达、工程建设管理、资金管理、配套资金落实、检查和监督等方面作出了具体部署。

一是明确了责任主体和责任人。对于 2008 年第四季度新增中央预算内投资水利项目，自治区自上至下都建立和完善了责任制，保障了工程顺利进行。

二是抓好前期工作。严格按照有关规定，要求只有具有相应资质的水利设计单位才能承担项目的设计工作，凡是不符合要求的内容，一律不能进入设计批复内容。

三是严格执行建设管理制度。在工程建设管理过程中，始终坚持“三项制度”、合同管理制和政府质量监督制等建设管理制度，确保工程有序进行。

四是管好用好项目建设资金。工程项目资金均建立了专用账户，专款专用，严禁挤占、挪用、滞留资金，确保资金使用科学合理、规范有效、公开透明，充分发挥资金效益。

新增中央水利建设投资产生了明显效益

2008年新增中央水利建设投资饮水安全项目的实施，可解决10.34万人的饮水安全问题；黄河内蒙古段近期防洪工程加固堤防30.8公里，有效地提高了部分堤防段落的防洪标准；“十一五”水资源监测能力建设项目，可进一步提高自治区鄂尔多斯市、巴彦淖尔市2个监测分中心水质监测能力；山湾子水库除险加固工程的实施，将使山湾子水库效益得到充分发挥，能够保护下游群众的生命财产安全，恢复灌溉面积11万亩。同时这些项目的实施，也带动了当地水泥、石料、机械、运输业的发展，增加了就业人数，促进了当地经济的发展。

（原载于2009年4月10日《中国水利报》）

节水，通往增产增效之路

——记内蒙古北方渠灌区节水改造技术集成与示范项目建设

近几年，内蒙古河套灌区巴彦淖尔市城关镇治丰村村民温子林的生活特别舒心，用他自己的话说，就是“这光景越过越好了”。

仲夏季节，记者在北方渠灌区节水改造技术集成与示范项目区采访，走进温子林新盖的砖瓦房。温子林热情地领记者参观他的新家：“我这家里和你们城里的差不多吧？家电、空调就不用说了，要啥有啥。”他指着院子里停着的一辆崭新的轿车说：“这不，小汽车也让儿子给开回来了。你说这光景以前咱敢想吗？”

接着，温子林又把话题转到生产上：“这两年，我们这个示范区推广农田平地缩块为主的田间节水改造技术。过去淌一次水得好几个小时，而且得几个男劳力提闸放水，现在一个妇女就能开闸，半个来小时就淌完了，不仅缩短了灌水时间，而且大大减轻了劳动强度，还能防止土壤盐碱化呢！”

多少年来，河套灌区灌溉设施老化失修，尽管年年修修补补，也不能从根本上解决适时灌溉的问题。2006 年落户治丰村的“十一五”国家科技支撑计划重点项目——北方渠灌区节水改造技术集成与示范项目，彻底改变了这种局面。

科学布局　精心安排

北方渠灌区节水改造技术集成与示范项目由内蒙古水利科学研究院承担，内蒙古河套灌区管理总局、新疆水利水电科学研究院、内蒙古农业大学、巴彦淖尔市临河区水务局、河套灌区总排干沟管理局和新疆巴音郭楞蒙古自治州水利管理处参与。

据课题组组长程满金介绍，临河治丰节水示范园区以农业生产为主，主要种植小麦、玉米等粮食作物以及葵花、瓜菜等经济作物。项目区引水条件较好，地理位置、田块面积、种植结构、社会经济状况等方面都具有代表性。项目组从六个方面对示范区进行规划设计：一是开发利用地下水，发展管道输水和渠道衬砌节水；二是对示范区内的斗、农渠全部实施防渗衬砌，采用不同的断面结构形式和不同的衬砌材料，提高渠系水利用系数；三是对示范区内各级渠道建筑物工程实施配套建设；四是在示范区内全面实施渠、沟、林、田的配套建设；五是建设示范区内灌溉量水与土壤墒情监测系统；六是在示范区内建设一处科研试验基地。

2007 年 6 月，示范园区田间节水改造工程开始建设。为把示范园区建设成灌区田间节水改造工程的典型项目，课题组立意高远。程满金介绍说：“北方渠灌区节水改造技术集成与示范项目的根本目的，是要把田间节水改造技术、渠道高效输配水技术和灌区用水管理技术这三个关键技术结合起来，探索出一系列高效节水农业技术研究成果和技术集成模式，用来指导我国北方大型灌区的节水改造配套建设，帮助灌区农业在水量控制条件下实现可持续发展，为新农村建设提供有力的科技服务。”

他们是这样说的，更是这样做的。项目实施以来，课题组人员制定了详尽的实施方案，在临河区有关部门的大力支持下，对群众投工投劳完成的任务，严格按照项目实施方案进行统一规划，统一标准，统一验收，并按照要求把任务落实到镇、村、组和地块。同时，临河区水务局还组织专业技术人员深入施工第一线，利用农闲向农民讲授节水灌溉技术和高效种植技术，引导农民科学种植。农民们高兴地说："水务局的同志教我们怎么节水、怎么种植农作物才能提高收成，可实用了。"

在进行以渠道衬砌为主的工程节水改造的同时，按照项目确定的综合节水思路，课题组积极开展了平地缩块、低压管道输水灌溉、温室大棚滴灌等节水措施和用水管理的试验示范。首先是示范区全部按1亩以内的标准进行平地缩块；其次是发展低压管道节水灌溉；再次是引进滴灌技术，对温室大棚蔬菜种植进行试验示范；最后是根据课题用水管理技术集成要求，全面建设标准化农民用水户协会，积极探索新形势下水利工程群管机制。

严格要求　打造典型

打造典型示范要从基础工作开始，科学地实施好每一项内容。

节水改造工程建设严格按照《内蒙古河套灌区利用自治区政府专项资金节水改造工程工作手册》的要求，执行项目法人责任制、招标投标制和建设监理制，形成了建设单位负总责、施工单位保证进度与质量、监理单位全程监控、质监部门全程监督的质量管理体制。一是在工程开工前，建设单位及时主动与巴彦淖尔市水利工程质量检查站办理了工程质量全程监督手续，并在施工过程中主动接受质检站对工程质量的监督检查。二是要求施工单位按照工程质量管理及水利部有关质量管理的规定要求，对涉及结构安全的试块、试件及材料，在项目法人和监理人员的监督下现场取样，进行质量检测，经检验不合格的，一律不得用于工程建设。施工单位严格施工，狠抓质量，确保建一处、成一处、见效一处，努力创建精品工程。三是要求监理人员严格履行监理职责，对预制构件的浇筑、渠道衬砌、建筑物安装等实行旁站监理，严把质量关。同时，根据灌区的地理、地质、气候等自然条件和农时对施工的影响，积极探索科学合理的施工组织方法。在田间工程建设中，充分利用夏灌前的有利时机，以镇为单位组织示范区农田水利基本建设大会战，集中时间，集中人力物力，突击推进。对土方量大的工程，引导群众采取"一事一议"的办法，进行机械化施工，加快工程建设进度，提高工程建设质量。渠道衬砌和建筑物配套建设则充分利用夏灌前和每轮灌溉间隙，集中力量，抢抓进度，确保工程和灌溉工作顺利进行。

2008年9月，来自中国灌区协会、中国灌排发展中心、中国水利水电科学研究院等单位的专家组对北方渠灌区节水改造集成与示范课题进行了中期检查，对示范区取得的成绩给予了肯定，认为课题实施以来，各参加单位完成示范区节水改造工程建设任务，并已取得阶段性研究成果，为河套灌区田间节水灌溉工程与中低产田改造工程建设提供了示范样板和科技支撑，真正体现了新农村建设的要求。

通过参建各方的共同努力，目前工程进度和质量达到最优控制，进度完全符合项目科研工作的需要，质量优良率达到90%以上，实现了打造精品工程的目标。

实现多赢　持续发展

近年，课题组开展了田间节水灌溉技术、地面节水灌溉技术、渠道衬砌新材料及新技术、土壤墒情自动化监测系统、末级渠道量水技术等一系列实验工作，均取得可喜成果，基本掌握了几种材料的力学特性、适用范围、施工技术要点及技术经济指标，为大面积推广应用提供了科学依据。

程满金告诉记者："大搞防渗衬砌工程是河套灌区解决引黄灌溉供需矛盾，提高灌区节水的主要措施之一。而探索一种经济实用的新型防渗衬砌材料，是加快渠道防渗衬砌工程实施步伐所面临的重要课题。我们在渠道衬砌新材料的试验研究方面，主要应用了土壤固化剂和膨润土防水毯等防渗材料。这些材料适用于内蒙古季节冻土地区大、中、小型灌区的干、支、斗、农渠渠道衬砌。"

采访中，治丰村村长吕继新告诉记者："项目实现了渠道衬砌的工程节水、以平地缩块为主的田间节水、以科学种植和合理调整种植结构为主的农艺节水及以农民用水户协会为主的管理节水四大目标。这是个实实在在为老百姓服务的项目。"

"我叫马虎，过去确实是有些'马虎'。以前渠系不配套，浇水不及时，加上渠道水流速慢，渗漏严重，村民们经常因为浇水产生纠纷，我也就马马虎虎了。可自从搞了灌区节水改造技术项目后，灌溉和生产条件改善了，灌溉效率提高了，我可一点也不敢'马虎'了。这要再不认真拾掇自个儿的地，不仅对不起自个儿，更对不起这个项目和项目组的专家。"治丰村五组村民马虎打开棚圈让记者看他满圈的猪羊鸡，“2008 年，我们全家人均纯收入 24952 元，比项目实施前提高了 51%，光是种植业的人均纯收入就 8900 元呢。”

目前，该项目区已完成示范投资 592.57 万元，推广节水农业示范技术近 20 项，衬砌改造斗渠、农渠 28 条，渠道衬砌率达 100%，推广平地缩块面积 2600 亩以上，改造利用荒地近 500 亩。2008 年，示范区综合节水率达到 10.8%，水综合利用率达到 92.8%，良种覆盖率达到 85% 以上，辐射带动河套灌区 6 万亩农田，项目区小麦亩产平均提高 20%。

不仅要科学用水，还要科学管水。这是项目组既定的规划之一。项目落户治丰村后，课题组即组织动员村民在民主选举的基础上，组建农民用水户协会，明确了各方的权利、责任和义务。用水户代表审议通过了协会灌溉管理、工程管理、水费计收标准与使用、财务管理、奖惩等管理办法和规章制度，按照“多用水多交费”的原则，辅以合理的水费计收方式，增强了农户节水意识，减少了农业灌溉用水。农民用水户协会的成立，做到了灌区用水公开、公正、透明，减少了农民的水费支出，促进了农村的和谐与发展。

为了让农民便捷地掌握用水情况，课题组结合引进先进设备和技术，自行开发了土壤墒情自动化监测系统。该系统根据墒情实时数据和对历史数据的分析，为灌溉管理提供干旱指标，确定灌水时间和灌水定额，为水量调度制定用水计划；发布与农业生产相关的墒情、水情信息，对农民灌溉、播种、收割等重要农事活动提供指导信息，彻底改变了过去灌区土壤墒情采集手段落后、实时性差、间隔周期长等状况，从而形成了一套完整的适用于大型灌区的土壤墒情自动化监测系统解决方案和拥有自主知识产权的系统技术产品，为大型灌区的工农业生产提供了可靠服务。该系统也填补了河套灌区信息化建设的空白，为灌区信息化建设奠定了坚实基础。

课题组在农渠和毛渠上应用的文丘里量水槽，具有造价低、量水准确的特点，为协会管理和亩次计费奠定了基础。有了这种在灌区斗渠上的自动量水设施，农民通过计算机屏幕，就能知道自己田里的土壤需水量和已用水情况，让农民用上了“明白水”，协会管的是“清楚水”。目前，该设备已在示范区推行 286 套。

一个节水改造技术项目，短短 3 年多的时间，就培植出示范样板，不仅带动了农民稳健致富，而且极大地改善了农业综合生产条件，提高了农业综合生产能力，降低了农业生产成本，有效地保障了国家粮食安全，产生了较好的经济效益、社会效益和生态效益。这不能不说是一个大有作为的课题。

（原载于 2009 年 8 月 11 日《中国水利报》）

内蒙古水利：强区利民的助推器

水利兴，民生稳。内蒙古水利经过几代水利人艰苦不息的努力，从艰难的起步到历史性跨越，从建区治水到改革兴水的不同阶段，随着治水思路的深刻转变，民生水利使广大人民群众得到了更多、更大的实惠。

民生的保障

新中国成立 60 年来，伴随着社会的发展，内蒙古水利已成为自治区经济社会发展的强劲支撑，日趋凸显出其保障经济社会又好又快发展的基础作用。

指着一望无际的堤防，老干部张振华说："20 世纪五六十年代那会儿，这些都是土筑起的土塄，有的地方还没有堤坝。后来，经过几十年不间断修堤，你看现在这堤防修的，平展展的和公路一样了。" 60 年来，内蒙古各级政府多方面筹措资金，主要江河已修筑堤防 5750 公里，保护人口 942.37 万人，保护耕地 2255 万亩，防洪标准从 5 年一遇至 20 年一遇提高到 20 年一遇至 50 年一遇，为沿河地区经济与社会发展及人民生命财产安全提供了有效的保障。

水库是保障工农牧业生产和人民群众生活的重要设施，60 年来，全区建成大中小型水库 491 座，总库容达到 76.7 亿立方米。大力推进水土保持生态建设，共治理水土流失面积 15371 万亩。水利改善着人民群众的生存环境。自治区始终把饮水安全作为执政为民的大事来抓，鄂尔多斯市准格尔旗农民齐虎说："近些年来，我们生活上的点点滴滴都反映出国家的巨大变化和生活水平的提高。就拿水来说，多少年来，我们一直到 20 多里外的地方拉水吃，2000 年以后就不一样了，拧开水龙头自来水就流出来了。" 到目前，全区农村牧区共解决 850 万人、2558 万头（只）牲畜的饮水安全问题。仅"十一五"

以来，各级水利部门解决了全区农村牧区428万人的饮水安全问题。

大力发展灌溉面积，保证粮食安全。全区已发展灌溉面积5383万亩，各地积极采取各种节灌措施，共发展节水灌溉面积3014万亩，在仅占耕地25%的灌溉面积上，生产出占全区总产量60%以上的粮食和绝大部分的经济作物，充分显示出水利工程在促进自治区农牧业生产上的巨大潜力。近年来，实施了242座病险水库除险加固工程，进行了14个大型灌区节水改造，基本形成了保障民生、服务民生、改善民生的水利发展格局，让水利发展成果惠及广大人民群众。

发展的基石

新中国成立的60年，也是内蒙古水利建设事业不断发展的60年。水利改革取得重大突破，依法治水管水深入推进，传统水利向现代水利加快转变，水利成为自治区经济社会发展的坚强基石。

——水利为群众生命财产安全提供保障。受全球气候变化的影响，内蒙古极端水旱灾害事件呈频率加快、强度加大、危害加深的态势。各级水行政主管部门把保障人民群众的生命安全和供水安全放在首位，全面落实以行政首长为核心的各项责任制，加强水情、雨情、墒情等方面的监测预测预报工作，强化应急预案的编制与完善，防汛抗旱工作协调有力、扎实有效。在今年全区大部分地区遭受严重干旱时，各级抗旱指挥机构及时启动预案，科学调度水资源，全力推进由单一抗旱向全面抗旱转变，为保障城乡人民用水安全，最大限度减少干旱对工农业生产造成的损失提供了坚实的保障。

——水利为经济社会发展奠定基础。随着经济社会发展和水资源条件的变化，内蒙古区域水资源供需矛盾日趋突出。各级水利部门按照区域经济社会发展规划要求，科学规划、统筹兼顾、合理开源、优化配置，从20世纪50年代开始，建成了三盛公水利枢纽、红山水库等大型水利调蓄工程，以及红花尔基、大石门、绰勒、三座店、“引绰济辽”一期工程等一批大中型水源工程，不断提高对地表水的开发利用和调蓄配置水平。水利部门统筹各行业用水需求，加大对非传统水源开发力度，积极探索水权转换、用水补偿等水资源配置机制，大力推进节水型工业、节水型城市建设，着力提高水资源利用效率和效益，充分发挥水资源配置在优化结构、提高效益、降低消耗、保护环境方面的基础性、导向性作用。2008年，全区万元GDP用水量为255立方米，万元工业增加值用水量为62立方米，提前完成自治区确定的“十一五”节水型社会建设目标任务。

——水利对经济快速增长形成有力拉动。各级水利部门准确把握国家投资趋向，超前开展黄河防洪工程、农田水利建设、大中型水源工程等前期工作，积极争取国家水利投入。“十一五”以来，已累计争取国家水利投入近50亿元，完成了近100亿元的水利固定资产投资。特别是去年第四季度以来，各级水利部门认真贯彻中央扩大国内需求一系列政策措施，进一步加强前期工作，加快审批审查进度，加大项目申报争取力度，争取到国家投资16亿元，带动了30亿元的水利固定资产投资，大规模、高强度的水利建设投入，对自治区经济的平稳较快增长起到了强有力的拉动作用。

——水利为经济社会发展服务的思路实现重大转变。水利厅党组明确提出，水利工作必须站在国民经济和社会发展全局的背景下审视和谋划发展。按照贯彻落实科学发展观的要求，结合国家宏观经济形势，水利厅提出了以改善和保障民生为目标，以“管好资源权、放开建设权、搞活经营权”为核心的现代水利发展思路。水利工作定位与思路的调整，升华了治水实践经验和治水理念，完善了科学发展的新思路，奠定了科学发展的新基础，形成了科学发展的新机制，开创了科学发展的新局面。

——依法治水提升了水利管理水平。随着涉水利益格局发生的变化，内蒙古根据国家法律、法规，结合自治区实际，先后出台了10件地方性法规、8件政府规章和30件水利规范性文件，各类水事活动基本上做到有法可依。全区三级水行政执法网络基本建立，执法体制逐步理顺，执法保障不断加强，水事纠纷与水事案件的调处率90%以上。

——各项水利改革增强了公共服务功能。各地立足实际，以涉水事务一体化管理为目标，积极探索水务管理体制改革。全区有7个盟市42个旗县组建了水务局，为促进区域水资源的合理配置和节约保护奠定了体制基础。内蒙古在全国率先推进黄河水权制度改革，按照“企业投资节水，农业有偿转让”的基本思路，农业向工业新增项目转换水量1.86亿立方米。黄河南岸灌区在一期转换1.3亿立方米水量的基础上，通过实施现代农业高效节水工程，还可向工业新增项目转换水量1亿立方米。黄河水权制度改革和岱海灌区等用水补偿机制的探索，在总用水量不增加的情况下，通过调整用水结构，解决了工农业用水矛盾，促进了水资源的优化配置。组建内蒙古水务投资公司，并确定为自治区人民政府水利基础建设投融资平台，政府主导、市场运作、社会参与的多元化水利投融资格局逐步形成，将有力推动自治区水利建设的快速发展。大力推进水利工程管理单位改革，到 2008 年年底基本完成全区 305 个水管单位的改革任务。

——精神文明花常开，党风廉政弦紧绷。水利厅党组始终按照落实科学发展观和构建和谐社会的要求，坚持以人为本，抓思想、强管理、促创建，两个文明建设取得了可喜成绩。近年来，厅党组紧紧围绕水利中心工作，积极引导干部职工树立正确的世界观、人生观、价值观，并把提高机关文明水平作为中心环节，开展了具有行业特色的精神文明创建活动，呈现出全方位、多层次蓬勃发展的良好态势。红山水库管理局、内蒙古水利水电勘测设计院等被国家文明委授予全国文明单位。黄河工程管理局、黄河辽河工程局股份有限公司辽河分公司被评为自治区级文明单位。红山水库和三盛公水利枢纽被评为国家水利风景区。目前，全区已有 18 个国家水利风景区。黄河三盛公水利枢纽除险加固工程和绰勒水利枢纽工程被评为全国水利系统文明建设工地。

自治区水利厅于 1995 年被呼和浩特市赛罕区政府命名为“文明单位”之后，1997 年又晋升为市级文明单位，后由自治区直属机关工委管理，并改称区直“文明机关”。档案工作晋升为自治区特级。

崇高的使命

自治区水利厅厅长戈锋表示，站在新的起点上谋划水利科学发展是内蒙古水利部门面临的新使命。

随着治水实践的深入开展，内蒙古水利还将遇到许多新情况、新矛盾、新问题。水利工作必须坚持以党的十七大和十七届四中全会精神为指导，深入贯彻落实科学发展观，努力构建区域防洪抗旱减灾体系、城乡水资源优化配置和高效利用体系、水环境保护与生态保障体系和较为完善的水利管理与运行保障体系，确保防洪安全、供水安全、粮食安全和生态安全。

——进一步加快水利基础设施建设步伐，在提高水利保障能力上有新跨越。加快黄河、嫩江、辽河等大江大河治理，积极推进锡林郭勒盟供水工程、“引绰济辽”、包头磴口工业统一供水等大中型水资源配置与调蓄水利工程前期工作，争取国家批准建设黄河防洪工程，使黄河内蒙古段防洪能力逐步达到20年一遇至50年一遇标准；加快三座店、德日苏宝冷、大石门水利枢纽和“引乌济通”等重点水利工程建设进度，开工建设海勃湾水利枢纽工程，持续提升水利对经济社会发展的保障能力。

——进一步解决涉及民生的水利问题，在推进民生水利上有新成效。在防灾减灾中保障民生，在水利建设中服务民生，在水利管理中改善民生，在水利改革中突出民生。坚持兴利除害结合，防汛抗旱并重，实现从控制洪水向洪水管理转变，从单一抗旱向高效抗旱转变。加快农村饮水安全工程建设步伐，确保2013年年底前解决规划内农村牧区饮水安全问题；加快病险水库除险加固步伐，启动大中型病险水闸除险加固，到2010年年底前完成大中型和重点小型水库除险加固任务；推进大型灌区续建配套和节水改造，启动实施大型灌溉排水泵站更新改造，推进牧区水利和节水灌溉示范项目建设，力争到2020年基本完成全区14个大型灌区续建配套和节水改造任务；切实加强直接关系人民群众生命安全、生活保障、生存发展、人居环境、合法权益的民生水利建设，努力形成保障民生、服务民生、改善民生的水利发展格局。

——进一步加强水资源管理，在促进水资源集约开发、节约利用和有效保护上有新举措。以水资源配置、节约和保护为重点，以总量控制与定额管理、水功能区管理等制度建设为平台，以推进节水防污型社会建设为载体，以水资源论证、取水许可、水资源费征收、入河排污口管理、水工程规划审批等为手段，实行最严格的水资源管理制度，全面提高水资源管理能力和水平，着力提高水资源利用效率和效益。加快推进包头市等国家、自治区节水型社会建设试点，推动各行业各领域全面开展节水。组织实施主要江河流域取水许可总量控制方案，全面推进水功能区划制度的实施。加大水污染防治力度，完善突发水污染和水生态事件应急预案，全面推进水资源保护工作。在巩固现有黄河水权转换工作的基础上，积极稳妥地推进跨地区水权转换，尽快启动黄河南岸现代高效集约农业节水水权转换试点，以水资源的可持续利用支撑经济社会的可持续发展。

——进一步加大水利改革攻坚力度，在构建水利科学发展的长效机制上有新突破。建立健全流域与区域相结合、城市与农村相统筹、开发利用与节约保护相协调的水资源综合管理体制，强化水行政主管部门的水资源管理与监督职能，继续推进水务一体化。建立健全水利投融资机制，提高水利投资在各级政府基础设施投入中的比重。适应国家实行适度宽松的货币政策，探索建立政府与市场相结合的水资源配置与开发经营机制，积极推进水利投融资体制改革，尽快做大做强自治区水利投融资平台。健全完善加快水资源配置重点工程的前期和建设工作机制，准确把握投资趋向，加快审批进度，落实配套资金，坚持建管并重，深化水利改革，为争取国家投资奠定基础。充分发挥水利对扩内需、保增长、保民生、保稳定的重要作用，着力推进水资源优化配置与节约保护，促进自治区经济社会又好又快发展。

盛世治水，水利盛世。内蒙古水利作为国民经济和社会发展的重要基础设施，将继续以蓬勃向上之势为自治区经济社会又好又快发展提供强有力的支撑和保障。

（原载于 2009 年 9 月 29 日《中国水利报》）

黄河海勃湾水利枢纽工程开工

4 月 26 日，国家西部大开发和内蒙古自治区“十一五”水利发展规划重点建设项目——黄河海勃湾水利枢纽工程在内蒙古乌海市正式开工建设。

黄河海勃湾水利枢纽是黄河内蒙古段唯一一座调节控制性水利枢纽。工程总投资 27.41 亿元，是一座集防洪、防凌、发电、改善生态环境等功能于一体的大型水利枢纽工程。水库总库容 4.87 亿立方米，最大坝高 18.2 米，年平均发电量 3.82 亿千瓦时，建设工期为 46 个月。

黄河海勃湾水利枢纽工程是我国黄河综合治理规划的干流梯级枢纽工程之一，建成后将配合上游龙羊峡、刘家峡水库的防凌调度，与下游三盛公水利枢纽工程共同构成完善的防凌工程体系，提高黄河内蒙古河段防洪标准，为平稳封河、开河创造良好条件，减轻宁蒙河段防凌负担。同时，枢纽电站还将利用发电调峰优势，向蒙西电网提供 3.82 亿千瓦时电，缓解蒙西地区的供电矛盾。该工程对促进沿黄地区经济社会发展，调配沿黄各盟市水资源，调节乌兰布和、库布其、毛乌素三大沙漠交汇区域的小气候，改善区域生态环境都具有十分重要的作用。

（原载于 2010 年 5 月 7 日《中国水利报》）

内蒙古全面启动“四个千万亩”节水灌溉工程

内蒙古自治区政府日前下发通知，要求全区各部门认真贯彻执行《内蒙古自治区新增“四个千万亩”节水灌溉工程发展规划纲要（2010年—2020年）》。

规划纲要针对内蒙古农牧业灌溉发展面临的农牧业灌溉用水比重大，用水效率低，农牧业灌溉用水结构不合理，工程性缺水与资源性缺水并存，灌溉工程老化失修严重，节水灌溉发展滞后，农牧业灌溉发展缺乏刚性约束，资源浪费问题突出等矛盾，制定了解决内蒙古资源性、工程性、结构性缺水矛盾最直接最有效的措施。

通过新增“四个千万亩”节水灌溉工程的实施，到2020年，内蒙古节水灌溉总规模达到6000万亩左右，农牧业灌溉用水总量控制在150亿立方米左右。规划农区涉及12个盟市65个旗县，牧区涉及10个盟市51个旗县。主要建设任务：一是全面完成1000万亩大中型灌区节水改造任务。二是全面完成1000万亩井灌区结束改造任务。三是全面完成1000万亩旱改水灌区节水建设任务。四是全面完成1000万亩牧区节水灌溉饲草地配套建设任务。五是建立较为完善的水源工程体系、节水灌溉工程体系，建立较完善的灌溉管理和社会化、专业化服务保障体系。

“四个千万亩”节水灌溉工程估算总投资359亿元。其中，农田节水灌溉工程296亿元，牧区饲草地节水灌溉工程63亿元。平均年投入强度40亿元，年新增农田灌溉面积100万亩、饲草地灌溉面积50万亩、节水改造面积240万亩。

（原载于2010年9月10日《中国水利报》）

解决水短缺的多赢之策

——内蒙古鄂尔多斯市实施二期水权转换工程纪实

水泥预制板在温暖的棚室中静静地等待着大展身手，穿着工衣戴着乳胶手套的工人们在用切割机裁切着钢材和角框。在鄂尔多斯市达拉特旗吉格斯太镇二期水权转换的施工现场，记者看到的是一派繁忙景象。

“二期水权转换事关全市经济社会更好更快地发展，事关水利建设发展大局。我们从项目申报得到批复后，就一直抓时间，赶速度，保质量，确保各项工程按时或提前完工。时间不等人，天再冷，人可不能不动，我们不能有一点松懈。”站在冷风抽人的黄河边，鄂尔多斯市水利局局长刘占平指着工地说。

鄂尔多斯市二期水权转换工程是2010年经水利部黄委会批准实施的重点水利建设项目。该工程是在2005年实施的水权转换一期工程的基础上，又一次实施的以农业节水灌溉为主的工程。

自治区水利厅厅长戈锋在谈到鄂尔多斯市实施二期水权转换工程时强调，这既是为了促进区域与流域、工业与农牧业、农村牧区与城市水利协调发展，也是作为保障和改善民生的重大举措来实施，作为经济社会协调发展的重要方面来推进，更是为了不断破解水利发展制约因素，保障城镇、重点工业项目用水需求，动员全社会力量来推动水利跨越式发展的一个重要步骤。

谋长远　为经济发展再输血

据刘占平介绍，黄河在鄂尔多斯市是一条过境河流，每年流经的过境水量300多亿立方米。自治区分配给鄂尔多斯市黄河水的初始水权指标只有7亿立方米，目前指标已全部用完。鄂尔多斯市一方面水资源严重短缺，另一方面由于经济社会条件的限制，水资源利用率和效益却很低，特别是农牧业用水，浪费特别严重。以水权转换工程实施前的2004年为例，全市用水总量为 17.2 亿立方米，其中农牧业用水 14.6 亿立方米，占 85%，创造的 GDP 却仅为 10% 左右，而创造大量社会财富的工业和城市用水仅占 15% 左右。在农牧业用水中，水的利用系数不到 0.40。

随着鄂尔多斯市经济社会的快速发展，工业项目对水资源的需求急剧增加，供需矛盾也日益凸显。水资源匮乏已成为制约地方经济特别是工业经济发展的主要“瓶颈”。鄂尔多斯市的水权转换工程就是在这种背景下开始实施的。

鄂尔多斯属北温带半干旱大陆性气候区，多年平均年降水量 348.3 毫米，而多年平均年蒸发量却是 2506.3 毫米。一期水权转换工程实施后，鄂尔多斯市工业用水依然十分紧张。缺水一直是悬在鄂尔多斯头顶上的一把利剑。

穷则思变，富须思进；思水若渴，水即命脉。水，难为了鄂尔多斯，水亦成就了鄂尔多斯。鄂尔多斯人想方设法解决水问题。为了进一步解决工业项目用水指标不足的问题，在顺利实施完成一期水权转化工程基础上，针对扬水灌区节水改造和现代农业高效节水工程实施迫在眉睫的实际，他们积极上报了二期水权转换工程规划和科研报告。2009 年 8 月，黄委会批复了《鄂尔多斯市引黄灌区水权转换暨现代农业高效节水工程规划》。2010 年 10 月，又批复了《鄂尔多斯市引黄灌区水权转换暨现代农业高效节水工程可行性研究》。这两个批复的落实，拉开了二期水权转换工程的序幕。

二期水权转换项目是为贯彻落实鄂尔多斯市“城乡统筹，集约发展”战略，推进全市工业化进程，进一步加大工业反哺农业力度，建设现代化农业的重要举措，对有效解决重大工业项目用水问题，提高灌区农业综合生产能力，改善周边生态环境具有深远意义。尤其是对于这个既是典型的缺水城市和新型的工业城市，又是最具发展潜力的魅力城市来说，水就是进一步提升其城市品牌的一大要素。

按照批复，二期水权转换工程规划总投资 14.22 亿元，年节约水量 1.36 亿立方米，年可转换水量 9960 万立方米。工程涉及杭锦旗、达拉特旗 2 个旗沿河 13 个乡镇，总灌溉面积 94.2 万亩，其中，杭锦旗自流灌溉面积 32 万亩，达拉特旗及杭锦旗境内扬水灌溉面积 62.2 万亩。工程自 2009 年开始到 2012 年结束，分 4 年实施完成。

细谋划　统筹全面夯实基础

据二期水权转换项目部负责人耿威介绍，实施节水工程，是鄂尔多斯市二期水权转换的根本目的。为此，采取了严格的节水措施。一是工程性节水措施。主要是对扬水灌域现有的33座提水泵站进行整合，按十大孔兑分割成的自然地块条件整合为10个独立运行的浮船式泵站，衬砌扬水灌区内470条总长度为986.7公里的骨干渠道，并将灌区内24.92万亩农田由渠灌改为喷灌，将10.08万亩农田由渠灌改为滴灌。根据灌溉形式的不同和农业机械化作业需求，在灌区内改造畦田44.92万亩，井渠双灌面积14.28万亩。二是非工程性节水措施。主要是优化引黄灌区90.2万亩农田的种植结构，将粮、经、草比例由现状自流灌区的64：26：10和扬水灌区的65：25：10调整为40：30：30。

二期水权转换把信息化建设放在了重要位置。在灌区内完成水位信息监测采集、信息传输、计算机网络、综合数据库、信息处理系统基础上，建立灌区地理信息系统、用水管理子系统、渠道规划维护管理子系统、水费管理子系统、综合查询子系统等的建设，并在10个浮船式泵站建成投入运行时同步接入监控系统，工程建成后，南岸灌区实时引退水信息将接入黄委水量调度中心。

为确保二期水权转换工程的顺利实施，鄂尔多斯市总结经验，吸取教训，多管齐下，建立了严格的保障措施：一是进一步加强制度建设，出台了《鄂尔多斯市二期水权转换管理办法》。二是在灌区内建设信息化、自动化管理系统，对节水进行实时、精确的数字化管理。三是推进灌区管理体制改革，妥善安置分流人员，明确了资金来源和用途，组建了专业维修养护队伍，推行管养分离。四是严格实行总量控制、定额管理制度，坚决执行计划用水和分时段水价制，严禁开荒耕种。五是成立扬水灌区用水管理专门机构，引入市场机制，组建维修养护专业队伍，加强改造后灌区的养护。六是启动水权二级市场，在加快建设进度，确保工程整体性、连续性的同时，加强地方政府对水资源的宏观调控，实现水资源优化配置。七是发展现代农业，调整种植结构，实现“二次节水”。灌区内农田全部作为现代农业示范基地打造，普及节水，推进规模化种植；八是转移农民，提高人均土地占有量，推进以规模化经营为基础的现代农业。

目前，鄂尔多斯市现代农业示范基地内 50% 以上的人口实现转移，户均土地基本达到 100 亩，收入显著增加，未出现因水权转换工程实施而盲目开荒的现象。

严管理　力争实现多赢目标

耿威向记者详细介绍了对于申请用水的企业怎样履行申请程序和对其进行管理等问题。为保证二期水权转换工程的顺利实施，该市制定了共 8 章 37 条的《鄂尔多斯市黄河水权转换二期工程实施办法》，从工程前期管理、计划管理、资金管理、项目建设管理、项目建后管理到项目监督等，都作了明确而又严格的规定。

耿威表示，按照"办法"规定，用水企业提出用水申请，由市水利局通过资料审核、实地考察方式审查其用水规模及方案，并回复受理意见。用水项目所需支撑性报告由用水企业委托具有相应资质单位编制。水权转换二期工程建设地点、规模、内容、标准由水权转换建设管理处提出，市水利局局长办公会议决定后上报自治区水利厅，初步设计经自治区水利厅批准后，由水权转换建设管理处执行。市水利局负责办理有关手续并上报自治区水利厅和黄委会。组织水权受让企业与水权转换建设管理处签订水权转换二期工程用水协议书，明确转换水量、期限、金额及支付方式、双方权利与义务、违约责任等。

水权受让企业与水权转换建设管理处签订水权转换用水协议书后 10 日内要支付建设资金的 80%，在水权转换工程开工前支付建设资金的 20%。水权受让企业在工程开工前，一次性支付 5 年的运行维护费，5 年后再一次性支付第二个 5 年的运行维护费，按此办法共分 5 次付清所有运行维护费。如水权受让企业不按规定支付运行维护费，市水利局责令其停止取水，情节严重的，依照《中华人民共和国水法》和国务院《取水许可和水资源费征收管理条例》的相关规定处理。

鄂尔多斯市水利局局长刘占平充满信心地说："我们详细算了一笔二期水权转换预期效益的账：一是依托二期工程，可打造高标准的现代农业示范基地 94.2 万亩，届时区域内将形成高端的现代农业生产力。二是推进区域内种植业结构的调整，使农业内部结构更为合理，将进一步提高农业效益和农民收入。三是转换出的近1亿立方米的黄河水资源，将推动一大批重大工业项目的落地实施。进一步加快鄂尔多斯市新型工业化步伐，早日建成国家中西部能源重化工基地。四是进一步提高水资源的使用效益。按2005年鄂尔多斯市工业单方水效益125.04元计，转换出的近1亿立方米水资源全部用于工业，效益达125亿元之多。五是将进一步加快鄂尔多斯市节水型社会建设的步伐。”

二期水权转换，使鄂尔多斯市将要再一次尝到甜果。“农业节水，工业用水，富一方百姓，强一域经济”是水权转换工作的实质，也是鄂尔多斯市要着力实现的多赢目标。

归根结底，不论是“鄂尔多斯现象”，还是人们谈论中的“鄂尔多斯模式”，离开了水，这些“现象”“模式”就无从谈起。水，永远是鄂尔多斯发展放不下、摆不脱的重要因子，也是鄂尔多斯成就今天的情缘。

（原载于2011年4月14日《中国水利报》）

黄河三盛公水利枢纽工程
举行安全运行50周年座谈会

金秋十月，塞外河套，八百里金川之源，黄河干流上目前最大的一项制闸坝型工程——黄河三盛公水利枢纽迎来了安全运行50周年纪念。

内蒙古自治区水利厅副厅长康跃出席座谈会并致辞。内蒙古黄河工程管理局局长王继军致欢迎词。河套灌区管理总局、鄂尔多斯市南岸灌区管理局负责人发言。黄河工程管理局党委书记张占厚主持座谈会。

黄河三盛公水利枢纽是国家根治黄河水害，综合开发黄河水利第一期工程的主要项目之一，也是目前黄河干流上唯一的拦河闸式枢纽工程。工程在党中央、国务院的高度重视和关怀下，于1959年开工兴建，1961年竣工。它的建成运行，掀开了自治区水利建设史上的光辉一页。50年来，工程发挥了巨大的经济效益、社会效益和生态效益。随着灌区水利基础设施大规模的建设，河套灌区已成为国家和自治区重要的商品粮、油生产基地，灌溉面积由工程建设前的近300万亩增加到目前的近900万亩，河套灌区已成为我国三个特大型灌区之一；鄂尔多斯市南岸灌区也已成为内蒙古重要的商品粮基地和东胜煤田粮油副食品基地。50年来，工程为河套、南岸两灌区的农业灌溉供水，为支持地方经济社会发展、加快推进地区工业化、城镇化和农牧业现代化进程提供了有力保证。

50年来，黄河三盛公水利枢纽工程经受了1964年、1967年和1981年超过5000m³/s的三次大洪水和1988年、1993年、2002年和2004年特大凌汛的考验。特别是2008年，黄河内蒙古段遭遇了建闸40多年来最为严峻的开河冰凌险情，通过启动北总干渠、沈乌干渠分凌减灾方案，首次在工程运行上实现防凌分洪。按照自治区防指提出的“提前分凌、主动破冰、严防死守、应急滞洪”16字工作方针，统筹协调“拦、调、分、疏、滞、泄、察、守”等各项防凌措施，三盛公水利枢纽工程发挥了重要的凌水调控作用，采取应急分凌措施4年来，既减轻了下游防凌压力，又为河套灌区和乌兰布和沙漠进行了生态补水，为保障人民群众生命财产安全和自治区经济社会发展起到了不可替代的基础保障作用。50年来，在科学有效和安全管理工程的前提下，内蒙古黄河工程管理局在水利枢纽控制运用、防凌防汛、维修养护、工程观测、水文测验、泥沙淤积处理、险工治理、水力发电等方面，做了大量开创性的工作，积累了丰富的管理经验。这些经验，既指导了枢纽工程本身的管理实践，又对国内同类工程设计、施工、运行管理有一定借鉴作用。该枢纽在可持续发展的道路上，取得了显著的灌溉效益、防洪效益、工业供水效益、水力发电效益和生态旅游效益。

水利厅有关处室负责人、河套灌区管理总局、鄂尔多斯南岸灌区、磴口县政府负责人参加座谈会。

（原载于2011年10月24日中国水利网站）

内蒙古水利普查进展顺利

2011年开展的水利普查清查登记工作，是全面做好水利普查工作的重要前提。这一阶段工作尽管涉及范围广，调查对象多，质量要求高，时间紧，难度大，但内蒙古全区各级水利普查机构按照自治区水利普查办公室（以下简称区普查办）的要求，紧紧围绕国务院水利普查办（以下简称国普办）的统一部署，全面加强组织推动，细化工作安排，狠抓工作落实，积极争取普查经费，水利普查清查登记阶段各项工作进展顺利。

建立普查组织体系
夯实普查组织保障

政府组织推动是做好水利普查工作的前提。2010 年 1 月，国务院下发《关于开展第一次全国水利普查的通知》，对全国范围内开展第一次水利普查工作进行了部署。同年 2 月，内蒙古自治区人民政府成立了内蒙古自治区第一次全国水利普查领导小组；6 月，自治区水利厅成立自治区水利普查领导小组办公室；与此同时，各盟市、旗县（区）也成立了相应的水利普查机构，形成了上下联动的组织体系。

2011 年 3 月 7 日，自治区人民政府办公厅下发了《内蒙古自治区人民政府办公厅关于切实做好水利普查前期各项准备工作的通知》，要求各级政府主要领导高度重视水利普查工作，尽快落实普查经费，认真做好两员培训，细化实施方案，强化台账建设，对水利普查工作从政府层面上进行了推动，起到了积极的促进作用。全区各盟市、旗县（区）积极行动，采取切实可行的措施，落实通知精神，成立机构，明确工作职责，分解工作任务，签订水利普查责任状，将水利普查纳入领导班子目标考核体系，围绕阶段工作内容进行有针对性的检查督导，激励了各部门做好普查工作的积极性和主动性。

有了强有力的组织体系，普查员、普查指导员的培训工作得到强力推进。按照区普查办编写的《内蒙古自治区水利普查培训实施方案》，在区普查办承办培训班的同时，各盟市、旗县（区）结合当地情况，进行了形式多样的水利普查专业培训。据统计，第一阶段全区共培训人员 23941 人，第二阶段共培训 23845 人，培训达到了预期效果。2011 年来，区普查办先后组织了 10 多个工作组 200 多人次，对水利普查前期准备阶段、清查阶段的工作开展了督导检查，覆盖了全区所有盟市、旗县（区），及时解决了普查工作中遇到的难点问题，大大提高了水利普查的工作效率。区普查办编写了《内蒙古自治区第一次全国水利普查近期宣传工作实施意见》及《内蒙古自治区第一次全国水利普查宣传工作方案》，并充分利用电视台、报纸、杂志、网站、LED 屏、手机短信和发放纪念品、张贴宣传画、组织宣传活动等形式，对水利普查进行了大规模宣传报道，提高了水利普查的社会认知度，营造了全社会关心、重视、支持水利普查的良好氛围。

技术体系支撑得力
专业指导深入到位

内蒙古自治区水利水电勘测设计院、水文总局、水土保持工作站、水保监测站 4 个单位发挥其技术支撑作用，在承担水利普查 8 个专项的水利普查任务的同时，还积极与盟市、旗县（区）联系，通过公布答疑热线电话、建立 QQ 群等形式，对工作中出现的疑难问题及时予以解决，并针对不同阶段、不同时期的水利普查任务，深入盟市、旗县（区）开展技术指导和重点帮扶工作，确保了水利普查工作的顺利开展。

区普查办 3 次组成由区普查办工作人员、流域机构及技术支撑单位技术人员组成的联合督导组，对全区 12 个盟市、计划单列市、101 个旗县（区）的水利普查工作进行督导检查及技术指导；对各个专项的清查工作成果进行审核讨论，并对清查工作中存在的共性问题，由各专业组形成文字材料，下发到各盟市、旗县（区），以指导盟市旗县的水利普查工作。

2011 年，区普查办还相继参加了由黄委会举办的黄河流域第一次全国水利普查工作会议、由松辽委组织召开的松辽流域第一次全国水利普查对象清查登记阶段及各相关专业技术研讨工作会议。会上，鄂尔多斯市、杭锦旗、扎兰屯市、科尔沁右翼前旗等被选为典型盟市、旗县（区）做会议交流。

建立质量控制体系
严格把好数据质量关

区普查办下发了自治区水利普查质量控制工作细则，针对对象清查制定了一系列数据汇总、审核、抽查、验收等质量控制技术规定，各盟市也相应制定了质量控制工作方案。目前全区水利普查质量控制体系已初步建立，普查数据质量必将得到较大提升。

2011 年 7 月 6 日，区普查办召开了第一次全国水利普查清查登记阶段成果审核会议，自治区水利普查领导小组各成员单位、水利厅业务处室的专家对清查成果进行了认真分析、审核，同时，要求各级普查办要进一步做好清查成果的抽查、验收和查漏补缺工作，形成最终的清查成果，为下一步普查对象的确定提供准确依据。区普查办组成 6 个质量抽查工作组于 2011 年 7 月 13~25 日，对全区水利普查清查登记阶段的工作进行抽查、验收，为全面开展国家级清查数据质量审核、抽查等工作奠定了良好的基础。

国普办和松辽委水利普查办组成抽查工作组，于 2011 年 7 月 25 日至 8 月 1 日对鄂尔多斯市准格尔旗、包头市固阳县、乌兰察布市凉城县水利普查对象清查工作进行抽查、评估，被抽查单位清查登记阶段成果均达到国普办的要求。

落实普查经费
加强资金管理

全区各级水利普查机构充分发挥沟通协调能力，积极争取经费，取得了可喜成绩。特别是自治区水利厅计财处、区普查办，积极与政府、财政部门沟通落实普查经费，投入大量的时间和精力，多措并举，不厌其烦，攻坚克难，不辱使命，圆满落实了自治区级普查经费。截至目前，全区共落实到位普查资金 19721 万元，其中国家补助经费 2700 万元（已到位），自治区补助盟市、旗县经费 6840 万元（已拨付），自治区本级 4956 万元（已到位），盟市本级 1051 万元（已到位），旗县（区）4174 万元（统计数据）。各盟市、旗县继续落实好 2012 年普查经费，列入各级财政预算，为水利普查提供强有力的经费保障，有力地推动了全区水利普查工作的良性运行。

区普查办转发了财政部和国普办联合下发的关于正确使用水利普查专项资金的通知。自治区成立了由财政厅牵头，水利厅计财处及区普查办配合的水利普查资金使用督察组，对自治区水利普查专项资金的使用与管理进行督导检查。对各资金使用单位提出了三项要求：一是建立完善的资金管理制度。建立一套行之有效的普查专项资金管理制度，规范普查专项资金使用，及时足额发放普查员和普查指导员劳务费，提高资金使用效益，严禁任何截留、挤占和挪用普查资金的行为。二是明确职责。按照统一管理、分级负责的原则开展水利普查监察审计工作。各级普查机构提请本级财政、审计、纪检监察等部门提前介入，对普查专项经费使用实行全过程监督，确保资金使用安全合规。三是加大监督力度。加强事前预防和事中检查，保障资金管理规章制度切实执行。2012 年年初，区普查办组织开展了普查经费使用管理监督检查活动，对中央补助经费、自治区补助经费的使用情况进行抽查。

经过全区上下的共同努力，全区已初步完成清查登记工作，对象清查取得了阶段性成果。内蒙古地处北方高寒地区，冬季无法开展外业工作，普查数据外业采集时间短、任务重，区普查办结合当地特点及时下发文件要求各盟市、旗县（区）在进入冬季前全面完成普查对象的外业数据采集工作。全区紧急行动，在短短一个月的时间内基本完成了普查数据的外业采集工作，为顺利完成 2012 年的水利普查工作提供了基础保障。

（原载于 2012 年 4 月 20 日《中国水利报》）

内蒙古启动“四个千万亩”高效节水灌溉工程

7 月 28 日，内蒙古自治区政府在赤峰市举行新增“四个千万亩”节水灌溉工程启动仪式，并召开全区农牧业高效节水现场会。自治区副主席刘新乐、水利部总规划师周学文出席会议并讲话。

据了解，内蒙古按照统筹规划、合理布局、以水定发展、高效节水的原则，规划到 2020 年，以黄河流域为重点完成 1000 万亩大中型灌区节水改造任务，以嫩江流域为重点完成 1000 万亩旱改水节水建设任务，以西辽河流域为重点完成 1000 万亩井灌区配套节水改造任务，以东部牧区为重点建设节水灌溉饲草地达到 1000 万亩，节水灌溉总规模达到 6000 万亩，农牧业灌溉用水总量控制在 150 亿立方米。一是农业灌溉用水实现零增长，地下水超采区用水实现负增长，农村牧区水资源高效利用、优化配置体系基本建立；二是基本实现农牧业节水现代化，农田和饲草料地灌溉工程体系、服务体系基本完备，灌溉水利用系数达到 0.7 以上；三是粮食生产能力稳定在 500 亿斤以上，种植业防灾减灾避灾能力和综合生产能力明显增强；四是灌溉饲草地总产稳定在 210 亿斤，牧区草原生态保护节水灌溉工程保障体系基本形成，实现水草畜均衡发展。

内蒙古自治区政府强调，要重点研究出台有关节水灌溉设备材料补贴政策，引进、扶持和鼓励企业建设喷灌、滴灌设备生产基地，降低投入成本，加快节水灌溉发展。要整合土地整理、农业综合开发和小农水等资金，建立以规划为统筹、以项目为依托、部门相协调的政府资金整合新机制。要严格制度，建立健全流域与区域相协调，城市与农村相统筹，地表水与地下水相结合，节约保护与开发利用相配套，总量控制、定额管理及地下水采补平衡的水资源管理体制和机制，确保水资源安全和可持续利用。要深入推进水管体制改革，积极推进水价改革，大力推进水利工程产权制度改革，以乡镇或小流域为单元，建立健全基层水利服务体系，按规定核定人员编制，经费纳入县级财政预算，全面提高基层水利服务能力，发展农牧民用水合作组织和专业化服务组织。

（原载于 2011 年 8 月 5 日《中国水利报》）

内蒙古黄河镫口统一供水一期工程通水

内蒙古黄河镫口统一供水一期工程于本月 6 日正式竣工通水。工程的建成可实现向黄河南岸鄂尔多斯市和北岸包头市土默特右旗等工业集中区统一供水，是内蒙古自治区打造“呼包鄂经济圈及沿黄经济带”的重要骨干供水工程。

黄河镫口统一供水一期工程集取水、净水、引水于一体，总投资 3 亿多元，工程取水规模为 1.4 亿立方米 / 年。工程以黄河水为水源，采用岸边泵站抽取黄河水，净水厂分别建在黄河南北两岸。一期工程建设主要内容包括岸边取水泵站、北岸净水工程和穿黄工程。

该工程于 2006 年经水利部黄河水利委员会批准启动，2007 年自治区水利厅责成内蒙古水务投资（集团）有限公司牵头实施该项目，2009 年工程正式开工建设。

工程建设遵循“相对集中、统一取水、就近供水、政府协调、多元投资、市场化运作”的原则实施，充分利用自治区政府搭建的水利融资平台，以财政专项资金为引导，以政府信用为基础，采取政府主导、市场运作、社会参与的多元化融资方式建设。

内蒙古水务投资集团公司作为工程项目法人，在工作中不断总结统一供水工程建设的市场运作经验，为加快后期工程建设步伐，为自治区沿黄经济带的全面协调可持续发展提供水利保障。

内蒙古镫口供水有限责任公司负责工程的生产运行管理，拟采取自主管理、委托管理、社会化管理相结合的运行管理模式，本着精简、高效、满负荷的原则合理设置岗位。在工作中，公司摸索出一套运行管理体系：生产经营、水质净化、设备维护等由公司自主管理；取水泵站委托内蒙古镫口扬水灌区管理局运行管理；部分后勤职能（如食堂、门卫、绿化、保洁、供暖等）委托社会化管理；人员招聘录用采取分期、分批进行，先招聘配置中层以上管理人员、专业技术人员、财务人员，建立企业基本运行管理框架。

包头市、鄂尔多斯市从建设资源节约型、环境友好型社会的高度出发，深入贯彻落实中央和自治区关于加快水利改革发展的战略部署，优化配置和高效利用黄河镫口供水一期工程提供的水源，积极落实沿黄两岸工业园区的供水计划，切实保护好地下水源和其他水源，努力提高供水工程的综合效益。

（原载于2011年9月16日《中国水利报》）

切实提高水资源供应保障能力和综合利用水平

9月9日，内蒙古召开全区水利工作会议，要求全区各级充分认识加快水利改革发展的极端重要性，紧密结合内蒙古实际，全面贯彻中央水利工作重大战略部署，努力推动水利跨越式发展。自治区党委书记、人大常委会主任胡春华，自治区党委副书记、政府主席巴特尔出席会议并讲话。

胡春华强调，要切实增强水资源供应保障能力。要加快建设一批保障地区经济社会发展的重大水利工程，稳步推进大中型水库等重点水源工程建设，鼓励和支持农村牧区兴建小微型水利设施。要统筹协调水资源配置，在工程条件适宜的资源性缺水地区，适当规划建设跨流域、跨区域调水工程，加快江湖河连通工程等配套建设，结合各地实际加快建设一批规模合理、标准适度的应急水源工程，充分利用黄河凌汛期增加生态补水。要探索跨区域水权转换、水煤组合等方式加强区域协作，实现水资源效益最大化。

胡春华强调，要着力提高水资源综合利用水平。加快农牧业节水改造是转变用水方式的重中之重，要把农牧业节水作为解决内蒙古水资源供需矛盾最直接、最有效的战略措施切实抓好，大力发展节水型现代农牧业。要大力推广使用节水灌溉技术，实施好新增“四个千万亩”节水灌溉项目，建设一批区域性、规模化节水灌溉示范带。要努力打造节水型工业体系，发展工业必须坚持量水而行、因水制宜，特别是兴建煤化工项目，必须坚持依水布局、煤随水走，严禁取用地下水发展高耗水产业，鼓励使用工业循环水和中水，实施节水技术改造和示范工程。城镇布局要充分考虑水资源的支撑能力，严禁盲目兴建不切实际的景观工程。生态建设要遵循自然规律，科学种树种草，努力实现绿化美化与水源涵养双赢。要在全社会牢固树立节水意识和水资源保护意识，使节约用水成为每个公民的自觉行动。

胡春华要求，不断完善水资源管理体制机制。要认真落实最严格的水资源管理制度，从严核定水域纳污容量，建立水功能区水质达标评价体系，强化排污口和水功能区监管。要把水资源管理纳入县级以上地方党政领导班子实绩考核体系。要加快水资源管理体制改革，对水资源综合利用、水环境治理和防洪排涝等实行统筹规划、协调实施，积极推进城乡水务一体化管理，鼓励有条件的地方实施取水、供水、用水、排水、污水处理回用统筹配置与运营。要积极稳妥地推进水价改革，对工业和服务业用水，逐步实行超额累进加价制度，拉开高耗水行业与其他行业的水价差价。对城市居民生活用水逐步实行阶梯式水价，稳步推进农业水价综合改革。

巴特尔指出，要正确处理经济社会发展与水资源条件的关系，夯实农牧业现代化水利基础，着力提高防汛抗旱减灾能力，加大水环境保护和治理力度，保障城乡居民饮水安全，加快水利科技进步，全面推进水利事业发展。一是夯实农牧业现代化水利基础。力争到 2020 年全区节水灌溉总规模达到 6000 万亩左右，农牧业灌溉用水总量控制在 150 亿立方米，基本改变农牧业靠天吃饭局面。二是正确处理经济社会发展与水资源条件的关系。抓好重点水库、水利枢纽建设。积极推进跨流域、跨区域调水工程前期工作。积极推进水权转换。科学规划产业布局，实现水煤资源的跨区域优化组合。三是着力提高防汛抗旱减灾能力。加强黄河、辽河、嫩江干流及重要支流堤防建设和城市防洪工程建设，尽快达到国家防洪标准。加快病险水库除险加固，加强山洪灾害防治和中小河流治理。加强小型农田水利建设，加大“以奖代补”“一事一议”财政奖补力度。加强抗旱水源建设。四是加大水环境保护和治理力度。实施湖泊水生态环境综合治理，全面启动实施《地下水保护行动计划》。五是保障城乡居民饮水安全，到2013年全面解决规划内农牧民及林场职工饮水安全问题。六是加快水利科技进步。

（原载于2011年9月20日《中国水利报》）

内蒙古：东风凭借力 助推大水利

2011年，内蒙古自治区借助中央1号文件和中央水利工作会议精神的东风，在水利改革发展的路途上，扎实、有力地迈出了跨越式发展的步伐，水利工作取得突破性进展。

2011年中央1号文件出台后，2月22日，内蒙古自治区党委、政府出台了《关于进一步加快水利改革发展的实施意见》的自治区1号文件，进一步明确了新形势下水利的战略定位，水利改革发展的指导思想、主要原则、目标任务、工作重点和政策举措。中央水利工作会议后，自治区党委、政府召开全区水利工作会议，提出了“兴水是治本之策，节水是当务之急，努力向科学管水要效益”的新时期治水思路，再次对水利工作作出动员部署。水利厅认真贯彻落实中央、自治区加快水利改革发展决策部署，采取有效措施，强力推进各项政策措施的落实。

推动各项政策措施的落实全力推进水利项目前期工作

2011年自治区1号文件印发后，参照中央的做法，水利厅提出了《关于加快水利改革发展的实施意见重要政策措施分工方案》，协调自治区党委办公厅、政府办公厅于2011年5月16日以内党办发［2011］14号文件印发，将自治区1号文件提出的7个方面58项政策措施，逐一分解到27个部门，明确牵头部门与配合部门，要求按年度将分解任务落实情况上报自治区党委、政府。为推动重要政策措施分工方案的落实，水利厅协调自治区党委督查室下发了督查通知，督促各有关部门向水利厅报送落实情况。截至2011年11月25日，已有21个部门反馈了贯彻落实情况。近日，水利厅将汇总情况上报自治区党委、政府。自治区人大常委会高度重视2011年中央1号文件、自治区1号文件的贯彻落实，开展了水利工作专题调研和重点提案督办工作，并于2011年11月14日在自治区人大常委会第二十五次会议上，听取了自治区政府关于全区水利工作的报告，对贯彻落实情况给予了充分肯定，对加快水利改革发展提出意见。各盟市党委、政府（行署）迅速行动，阿拉善盟、兴安盟、包头市、鄂尔多斯市、呼伦贝尔市等出台了加快水利改革发展的贯彻实施意见，巴彦淖尔市、呼伦贝尔市召开了水利工作会议，进一步部署加快水利改革发展工作。目前，自治区政府批准了《内蒙古自治区水资源费征收标准》，除生活、农牧业用水外，征收标准基本提高一倍，将矿坑疏干水纳入征收范围。水利厅、财政厅修订了《内蒙古自治区水利建设基金筹集使用管理办法》，进一步扩大水利建设资金筹集范围，待自治区政府常务会议审议批准。目前，有关部门正在研究制定从土地出让收益中提取10%用于农田水利建设的具体措施，自治区统筹50%。在自治区政府金融办的配合下，水利厅与12家银行签署金融支持水利建设战略合作备忘录，内蒙古水务投资（集团）公司与4家银行签订项目贷款协议，项目贷款金额3亿元。

按照2011年自治区1号文件提出的水利发展目标，水利厅组织编制了《内蒙古自治区水利发展“十二五”规划》，并配套编制了21个专项规划，制定了“十二五”水利发展总体目标。经初步匡算，未来五年，全区水利固定资产总投资需求规模为803亿元，需要中央安排投资452.87亿元（约占总投资56.39%，年均90.57亿元），地方投资和市场融资350.13亿元（约占总投资43.61%，年均70.03亿元）。规划项目数量是“十一五”的3倍，规划投资规模是“十一五”的2.57倍。通过与各盟（市）逐类逐项对接，汇总确定“十二五”期间自治区规划建设11类水利工程共3615项，其中2011年亟须完成前期工作的有2876项。水利厅制定了《水利工程建设项目前期工作管理暂行办法》，实行项目前期工作分级负责制，严格责任考核和奖惩措施。重点水利工程前期工作取得了阶段性进展。经积极争取与协调，国家发改委批复了黄河内蒙古段近期防洪工程，核定工程总投资13.8亿元。按照自治区党委、政府2012年开工建设内蒙古文得根水利枢纽的总体要求，倒排时间表，积极推进文得根水利枢纽项目前期工作，水利部水利水电规划设计总院已经对项目建议书进行了预审查；扎罗木得水利枢纽项目可研报告经水利部审查待批；尼尔基下游灌区项目可研近期将由水利部向国家发改委报送审查意见；国家发改委正在审批绰勒水库下游灌区项目建议书。

全面完成年度水利建设任务防汛抗旱工作成效显著

截至 2011 年 11 月 25 日，自治区已下达水利项目投资计划 64.82 亿元，其中争取国家资金 35.55 亿元，自治区投资 16.02 亿元，盟（市）、旗（县）和市场融资 13.25 亿元，已经超过了 2010 年全年投资水平。同时，国家已超前下达 2012 年投资计划 12.02 亿元，其中，国家投资 9.06 亿元。按照自治区党委、政府的统一部署，水利厅启动实施了“四个千万亩”节水灌溉工程，开工建设了黄河近期防洪工程和黄河流域内蒙古段“十大孔兑”治理工程。加快推进安全饮水、病险水库除险加固、中小河流治理、水土保持等重点民生水利建设。海勃湾、扬旗山等重点水利工程建设进展顺利，部署开展了 2011—2012 年农田草牧场水利基本建设。黑河流域近期治理工程内蒙古项目（黑河下游额济纳绿洲抢救与保护工程）总体竣工验收，黄河镫口统一供水一期工程已建成通水。组织开展了 2011—2012 年农田草牧场水利基本建设，全区新增节水灌溉面积 404 万亩，完成水土流失治理面积 726 万亩，解决了农村牧区 131 万人安全饮水问题，超额完成了自治区政府下达的各项任务。

全区防汛抗旱工作成效显著

一是举全厅之力取得了黄河防凌工作的全面胜利。二是积极开展防汛工作。2011 年，面对包头市、赤峰市和通辽市局部地区严重的汛情，自治区防指加强协调指挥，全力抗洪抢险，取得了受灾群众全部安全转移安置和抢险堵口的全面胜利。三是全力推进抗旱工作。2011 年，自治区局部地区旱情严重，自治区防指切实加强领导，强化措施，加强监测会商，全面落实抗旱责任制，在保证水工程安全的前提下，增加工程蓄水量，最大限度地扩大浇灌面积和供水范围，千方百计、多方筹措资金，开展抗旱水源工程建设和抗旱物资储备工作，为粮食生产大丰收提供了有力的水利保障。申请中央特大抗旱补助经费1亿元，用于全区50个抗旱服务队购置抗旱设备。目前，全区已组建盟市级抗旱服务队4支，旗县级抗旱服务队87支，乡级抗旱服务队58支，抗旱能力显著增强。四是超前部署黄河防凌工作。目前，黄河即将进入封河期，2011年11月1日，水利厅召开2011—2012年度全区防凌工作会议，针对目前黄河和其他河流防凌工作中存在的问题和出现的新情况，早部署、早落实，统一思想，周密安排，完善措施，落实责任，确保防凌安全，确保人民生命财产安全。

建立健全水法规体系积极落实最严格水资源管理制度

水利厅积极开展《西辽河流域水量分配方案》《自治区取水许可总量控制方案》和《自治区实行最严格水资源管理制度实施方案》编制工作，开展地下水保护工作，严格黄河水量调度管理。自治区引黄超用水量连续两年控制在5%以内，达到黄委会下达的控制指标。积极落实黑河水量分配方案，启动实施跨盟（市）黄河水权转换，落实用水总量控制红线。大力推进规划水资源论证，严格执行建设项目水资源论证制度，严格万元GDP、万元工业增加值用水量指标考核，积极推进呼和浩特、包头、鄂尔多斯、二连浩特市节水型社会试点建设，落实用水效率控制红线，促进经济社会发展与水资源承载能力相适应。开展全区入河排污口核查工作，严格入河排污口监督管理，落实水功能区限制纳污红线。协调自治区党委组织部将用水总量、用水效率和水功能区限制纳污控制指标列入盟（市）党政领导班子年度目标考核体系，建立水资源管理责任和考核制度。

建立健全水法规体系，抓紧完善水资源配置、节约保护、农村牧区水利、水土保持等领域的法律法规。起草了《自治区地下水管理办法》《自治区节约用水条例》《自治区新增“四个千万亩”节水灌溉工程实施办法》。深化水行政许可审批制度改革，实行水利项目前期工作技术审查与行政审批相分离，下放部分行政审批事项，开展水资源管理、水土保持、河道管理、黄河清障等专项执法行动，加大水行政执法力度，强化水法规宣传教育，加强水事纠纷协调处理工作，健全预防为主、预防与调处相结合的水事纠纷调处机制，完善应急预案，强化水利规划对涉水活动的管理和约束作用。水利部门代表自治区政府向自治区人大常委会报告全区水利工作，高度重视人大代表建议，深入调研农村牧区饮水安全工程建设情况。

加快推进水利改革发展促进水利科技信息化建设

继续实施水利项目前期工作行政审批制度改革，将部分病险水库项目审批权下放到盟（市）承担。实行水利项目勘察设计公开招标，深入开展水利工程建设领域突出问题专项治理，初步建立自治区水利建设项目信息公开平台，推进诚信体系建设。积极推进城乡水务一体化管理，鼓励有条件的地方实施取水、供水、用水、排水、污水处理回用统筹配置与运营等，引导内蒙古水务投资（集团）有限公司投资城市供水、污水处理等，巩固了全区水务改革的成果。继续推进水务投融资体制改革，支持内蒙古水务投资（集团）有限公司融资运作重大水利项目，启动了发行 15 亿元企业债券和中期票据工作，与中国农业发展银行达成“十二五”期间贷款 100 亿元信用额度合作框架。同时，与呼伦贝尔等盟（市）合作建立政府投融资平台。继续推进小型水利工程管理体制改革，积极争取中央财政资金，进一步落实国有水利工程维修养护经费。与自治区党委政研室合作开展了建立健全基层水利管理体系调研工作。

组织编制了《内蒙古自治区“十二五”水利科技发展规划》和《水利公益性行业科研专项经费项目实施方案》。与水利部合作成立了内蒙古高效节水灌溉技术推广站，积极申请水利公益性行业专项经费项目。逐步完善地下水监测网络、水环境监测网络，为最严格水资源管理制度的实施提供基础支撑。2011 年已完成列入国家地下水监测网络的监测点建设规划，在通辽市科尔沁区、呼和浩特市地下水超采区布设地下水动态观测井 30 眼，购置 2 辆移动水质监测车。目前，自治区已开展了黄河干流防洪工程数据库建设，水资源管理信息系统进入实施阶段。

加大改革发展宣传力度强化政策落实监督检查

自治区党委、政府将 2011 年中央 1 号文件的贯彻落实列入加快转变经济发展方式监督检查的重点，细化监督检查实施方案，加强各级纪委、监察部门对 2011 年中央 1 号文件贯彻落实情况的监督检查。监察厅与水利厅开展了对自治区 1 号文件贯彻落实情况的监督检查，确保加快水利改革发展政策措施的落实。

自治区党委、政府认真落实中宣部、中央外宣办、水利部等八部门联合出台的《关于切实加强水利公益性宣传的意见》，自治区党委宣传部、水利厅联合下发《关于做好 2011 年中央、自治区 1 号文件精神宣传工作的通知》，要求切实把水利纳入公益性宣传范畴，大力宣传 2011 年中央 1 号文件、自治区 1 号文件。水利厅与内蒙古日报社达成合作协议，利用一年时间重点宣传报道 2011 年中央 1 号文件、自治区 1 号文件精神的贯彻落实情况，与区内各主要媒体通力合作，全方位报道自治区水利工作成效。

东风凭借力，助推大水利。内蒙古水利正在科学发展的大道上阔步前行。

（原载于 2012 年 1 月 29 日《中国水利报》）

内蒙古：制度建设驱动节水发展

“近年来，内蒙古节水型社会建设不断推进，包头市、呼和浩特市、鄂尔多斯市和二连浩特市先后成为节水型社会试点。鄂尔多斯市在成功实施了一期水权转换工作后，目前，二期水权转换工作正在该市深入推进。此外，巴彦淖尔市、包头市水权转换工作也在积极进行。节水型社会建设已逐步推开。”自治区水利厅副厅长康跃介绍说。

在鄂尔多斯市达拉特旗黄河边，记者看到春暖复工的水权转换工程现场，工人们在紧张地忙碌着，一块块预制板平整整地铺展，一条条渠道光溜溜地延伸。

近年来，内蒙古积极推进节水型社会建设。坚持把节水型社会建设作为落实科学发展观的一项中心工作来抓，节水型社会建设取得了一定成效。

内蒙古自治区地处干旱半干旱地区，水资源紧缺。全区水资源总量为 545.95 亿立方米，分别占全国水资源量的 1.92% 和西部地区水资源量的 3.5% 左右。从总量上讲属水资源严重紧缺省区。从分布上讲东西不均、年季不均，导致区域性水资源供需矛盾十分突出。与全区水资源供需矛盾日益突出的现实相比，用水浪费问题却非常严重，节水水平与水资源形势不相适应，在生产和生活领域存在严重的生产型、结构型和消费型浪费。用水浪费进一步加剧了水资源的供需矛盾。在这种形势下，管好用好有限的水资源，实现水资源的合理开发、优化配置、全面节约和有效保护，加快推进节水型社会建设步伐，这是基于内蒙古区情、水情的必然选择和必由之路。

内蒙古自治区制定的《节水型社会建设“十一五”规划》，明确了“十一五”期间节水型社会建设的目标和主要任务。各级人民政府出台了推进节水型社会建设的相关政策。大力推进制度建设与体制改革；成立了农民用水户协会，公众参与节水型社会建设的机制正在形成。建立和完善节水经济调节机制；全面开展节水型社会试点建设，带动我区节水型社会的全面开展。“十一五”期间以来，自治区保持了平均 17% 的高增长率，而用水总量部分地区实现了零增长甚至负增长。截至 2010 年底，全区灌溉面积达到 5668 万亩，有效灌溉面积达到 4541 万亩，节水灌溉面积达到 3493 万亩；全区节水灌溉面积占有效灌溉面积的 56%。全区农业亩均毛用水量从 2005 年的 376 立方米 / 亩减少到 2010 年的 362 立方米 / 亩。2010 年全区农业灌溉水有效利用率已达 45%。2010 年万元工业增加值用水量为 44 立方米，万元 GDP 用水量为 156 立方米左右，圆满实现自治区“十一五”节能减排实施方案目标。

建立政府调控、市场引导和公众参与的节水机制，节水工作取得新进展

内蒙古在节水型社会建设中进行了一系列的探索与实践。一是建立政府调控、市场引导和公众参与的节水机制，节水工作取得新进展。完善节水政策法规。2001 年，自治区人大常委会制定出台了《内蒙古自治区农业节水灌溉条例》，明确节水灌溉资金按照受益者合理承担与政府扶持相结合筹集的原则，并使自治区成为全国第一个出台农业节水灌溉方面法规的省区；2004 年 5 月，自治区人大常委会修订的《内蒙古自治区实施 < 水法 > 办法》，将节约用水单列一章，详细规定了发展节水型工业、农业和服务业的具体措施。2007 年 5 月，自治区政府作出了《关于建设节水型社会的实施意见》，明确了建设节水型社会的指导思想、基本原则、工作目标和主要措施，为“十一五”期间全区节水型社会建设明确了方向。

二是加强对节水工作的领导。2001 年，自治区政府成立了自治区节水工

作领导小组，分管副主席为组长，水利厅厅长为副组长，成员包括建设、经委、农业等部门负责人，办公室设在水利厅。为贯彻落实中央、国务院关于建设节水型社会的战略部署，2006年，自治区政府在自治区原节水领导小组的基础上，调整组建了自治区节水型社会建设领导小组。各盟市、旗县也相应成立了节水领导小组，健全节水管理机构。

三是以水资源的高效与循环利用为目标，大力推进工业节水工作。重点是对高耗水的工业项目，引导企业增加节水改造资金投入，促进废污水循环利用和综合利用，推动企业节水取得新进展。为积极探索发展节水型工业的有效途径，2008年、2010年自治区经委与水利厅分别两次在全区范围内开展了节水型工业示范园区和企业创建工作，并对30个节水突出单位进行了奖励。

四是将节水灌溉作为革命性措施来抓，大力发展节水农业。内蒙古农牧业灌溉用水占全区总用量的80%左右，灌区的节水改造是节水的主战场。按照发展现代农业的总体要求，自治区加快推进节水高效型农牧业建设，通过加大喷灌、管灌、渠道衬砌等实用节水灌溉技术的推广力度，大力发展节水灌溉，大力实施了“四个千万亩”节水灌溉工程。

五是以确保城市供水安全为目标，努力推动城市节水。严格限制城市自来水可供区域内的各种自备水源，对自备水源井进行有计划地封停，对所有自备水源提高水资源费征收标准，用经济和行政手段逐步递减许可取水量直至完全取消。

初步形成了以总量控制、定额管理为核心的节水型社会管理体系

积极开展水资源综合规划编制工作，经过水资源调查评价、水资源供需平衡、水资源配置几个阶段后，目前，已基本编制完成，这为全区范围内的实行用水总量控制奠定了基础。为实现自治区工业化发展对水资源的可持续利用，自治区发改委与水利厅联合发布了《内蒙古自治区工业发展水资源可持续利用规划》，实现了水源的科学合理配置。同时，自治区还完成了黄河干流初始水权量分配，配合松辽委开展了大凌河、霍林河初始水权分配试点工作。依据《水法》规定，2003年，内蒙古制定颁布了《自治区行业用水定额标准》，根据新的形势要求，2010年，内蒙古重新修订了自治区行业用水定

额。为严格控制排污总量，加强水功能区管理，自治区水利厅与环保厅已审查完成了自治区水功能区划的修订报告，下一步将上报政府批复实施。建立入河排污口登记制度和审批制度，对重要水功能区和重要排污口进行实时监控，重点加强饮用水水源地保护，确保城乡居民饮用水安全。此外，《内蒙古自治区“十二五”节水型社会规划》已编制完成，待政府批复后实施。

试点引路，典型推动，节水型社会试点建设取得阶段性成果

按照水利部建设节水型社会试点的统一部署，通过积极争取，2005 年，水利部正式批准包头市为全国节水型试点城市。按照水利厅组织审定的《包头市节水型社会建设规划》及水利部批准的《包头市节水型社会建设实施方案》，包头市的工业节水取得显著成效，农业节水稳步推进，生活用水的节水意识普遍提高，城市污水利用率逐步提高。2008 年，呼和浩特市和鄂尔多斯市成为全国第三批节水型社会试点城市。2010 年，二连浩特市成为全国第四批节水型社会试点城市。自此，内蒙古 4 个盟市成为了全国节水型社会建设试点城市。《呼和浩特市节水型社会建设规划》《鄂尔多斯市节水型社会建设规划》已通过自治区政府批准实施。《二连浩特市节水型社会建设规划》已通过水利部的审查。

节水型社会建设的宣传教育得到广泛开展

近年来，全区各级水行政主管部门以每年“世界水日”“中国水周”和“节水宣传周”为重点，充分利用各种新闻媒介，广泛深入地开展水法规和节水宣传教育活动，加强与有关部门的配合，开展了具有特色的宣传活动，并取得很好的宣传效果，使全社会的水法制观念和节水意识显著增强，为全面推进节水型社会建设提供了良好的社会氛围。

加强管理，开展节水执法监督检查

按照自治区人大常委会 2009 年监督工作安排，为推动《水法》《自治区实施 < 水法 > 办法》的贯彻实施，加强水资源管理，建设节水型社会，自治

区人大常委会组织在全区范围内进行了执法检查。为相应水利部、国家发改委、财政部3部委推动各项水资源管理制度的落实，进一步强化水资源管理、节约和保护工作的决定，2009年11月至2010年4月，在全国范围内开展为期6个月的水资源管理专项检查工作，内蒙古已完成了自查工作。通过执法检查，各级政府高度重视节水型社会建设，全民节水意识逐渐增强，水资源保护工作得到有效推进，水资源管理得到进一步强化，执法体系进一步完善，违法案件的查处工作取得一定成效。

再生水、矿井水等非常规水源纳入统一配置

非传统水源已经成为内蒙古工业发展的重要水源，所以将非常规水源纳入水资源统一配置，不仅可以缓解水资源供需矛盾，保障项目发展用水，而且有利于减少排污，提高水资源利用效率，节约用水保护水环境。近年来，内蒙古在矿井水管理和利用方面做了大量工作，疏干水利用量到2008年已达到1.2亿m^3，不仅有效缓解了内蒙古水资源供需矛盾，还从源头上控制了入河污染物，维持了河湖的环境健康。2009年以来，自治区水利厅继续加大非传统水源的配置工作，全年共审查批复各类建设项目需水量为2.64亿立方米，其中非传统水源用水配置量占到批复总量的22%。

自治区水利厅水资源处处长王宝林介绍说："与在节水型社会建设工作中，自治区大力推进水权转换工作，鄂尔多斯市黄河南岸灌区在一期水权转换1.3亿立方米水量已完成的基础上，通过高效节水、调整种植结构等措施，再转换水量1.0亿立方米，用于新增工业项目用水。二期水权转换工程规划总投资14.22亿元，年节约水量1.36亿立方米，年可转换水量1.0亿立方米。按计划，今年底完成工程建设。"

（原载于2012年第5期（下半月号）《水与中国》

明珠的律动

——黄河海勃湾水利枢纽工程建设侧记

严寒的冷酷挡不住工程建设者的火热身影，他们有的推车拉运入库物料，有的挥锹铲除废弃水泥，有的用扫帚清扫垃圾……记者在黄河海勃湾水利枢纽工程工地看到，工人们正在清理施工现场，迎接开春施工的好时机。

各标段工程有序进行

据大唐国际海勃湾水利枢纽项目工程部副部长孔庆峰介绍，2011 年 4 月主体工程开始施工以来，各参建单位采取多项措施，克服不利地质因素和气候条件的影响，全力抓基础工程建设，在确保质量的同时提高效率，保证工程按计划如期推进。

2012 年是黄河海勃湾水利枢纽主体工程施工的高峰年。截至目前，泄洪闸标段土方开挖、碎石桩施工、塑性混凝土防渗墙、混凝土浇筑等，均按照设计进度推进。运输黏土的库周路已具备通车条件，库周路绿化工作已经开始进行。

有效化解征地和移民矛盾

据工程移民处负责人介绍，按照建设征地移民安置设计报告，海勃湾水利枢纽工程水库淹没影响范围涉及乌海市的乌达区、海勃湾区、海南区 3 个区近 70 平方公里，影响总户数为 2287 户 6813 人。

当地政府及施工单位积极做好征地和移民工作的协调沟通，妥善解决了影响工程开工建设和施工进度的各方面问题。积极会同有关部门就库区各项实物指标进行复核，并分别于 2009 年 12 月 22 日和 2010 年 4 月 8 日与阿拉善盟行署、乌海市 3 个区政府签订了《建设征地和移民安置投资包干协议书》。

2011年10月，在内蒙古自治区发改委的主持下，完成了黄河海勃湾水利枢纽工程截流阶段移民安置及库底清理验收工作。目前，涉及阿拉善盟移民安置工作已基本完成，乌海市的移民搬迁安置工作进展也较为顺利。

目前，水利局、行政执法局等职能部门加紧实施征迁计划，为主体工程的顺利建设奠定了基础。

质量、资金管理有的放矢

内蒙古自治区对海勃湾水利枢纽导流工程即导流明渠和交通桥两个单位工程进行了验收，工程质量评定为合格。主体工程共划分为9个单位工程，115个分部工程。目前，海勃湾水利枢纽工程未出现质量事故，现场施工质量得到有效控制，全年验收评定了269个单元，优良243个，合格26个，优良率90.3%。优良率满足工程创优的要求，得到自治区专家组的好评。

链接——

黄河海勃湾水利枢纽工程是国家“十二五”重点建设项目，是一座具有防凌、发电等综合利用工程，也是黄河内蒙古段唯一一座调节控制性工程，设计库容4.87亿立方米，设计防洪标准为100年一遇，建设工期46个月。建成后将与上游的刘家峡、龙羊峡等水利枢纽或水电站共同调节下泄流量，有效减少黄河内蒙古段凌汛灾害发生。每年还可发电约3.82亿千瓦时，并将改善位于乌兰布和沙漠、库布其沙漠和毛乌素沙地交会处的乌海市及其周边地区的生态环境，提高居民生活质量，实现城市转型，打造滨水宜居城市。

（原载于2013年3月1日《中国水利报》）

内蒙古：建信息平台助经济发展

自2010年开展第一次全国水利普查以来，内蒙古水利普查工作得到自治区党委、政府和水利厅党组的高度重视。按照国务院水利普查工作的总体安排，2010年2月，自治区政府成立了内蒙古自治区第一次全国水利普查领导小组。同年6月，内蒙古自治区第一次全国水利普查领导小组办公室成立。随后，各盟市、旗县（区、市）也成立了相应的水利普查机构，形成了上下联动的组织体系。

自治区水利普查工作以科学发展观为指导，围绕水利中心工作，各级水利普查机构精心组织，水利普查各项工作在国普办、流域机构普查办的正确领导下，各级水行政主管部门积极配合，全区各级普查办以及近2万名普查员、普查指导员共同努力，水利普查员走村串户，跋山涉水，走近江河湖库，深入工程现场、经济活动一线，准确记录，科学填报，以对党、国家和人民高度负责的精神，勤勤恳恳工作，兢兢业业普查，为全区水利普查顺利实施发挥了应有的作用，以实际行动诠释了“献身、负责、求实”的水利行业精神，全面查清了全区河湖水系、水利工程、灌区、水土保持、地下水的基本情况，掌握了河湖治理与保护、利用现状，摸清了经济社会的用水状况及经济社会发展对水资源的需求，查明了水利行业能力建设及管理状况，收集整理形成了全面反映水资源及其开发、利用、保护、监测和管理等方面基本情况的海量信息资源，形成了自治区迄今为止最全面细致、系统权威的基础水信息体系，为全面建立自治区基础水信息平台奠定了坚实基础。目前，内蒙古已圆满完成普查成果数据上报工作，通过了国普办审核，进入成果发布阶段。此次水利普查积累了很多好的经验和做法，也涌现出许多感人的事迹。

组织机构健全　组织保障得力

2011年3月7日，自治区政府办公厅下发通知，要求各级政府主要领导高度重视水利普查工作，尽快落实普查经费，认真做好普查员、普查指导员

"两员"培训，细化实施方案，强化台账建设，对水利普查工作从政府层面上给予有力支持，起到了积极的促进作用。全区各盟市、旗县区积极行动，采取切实可行的措施，落实通知精神，成立机构，明确工作职责，分解工作任务，签订水利普查责任状，将水利普查纳入领导班子目标考核体系，围绕阶段工作内容进行有针对性的检查督导，调动各部门做好普查工作的积极性和主动性。同时，各地普查工作得到了同级政府的高度重视，夯实了普查组织保障工作。

两员选聘严格　人员培训到位

按照国普办有关文件精神，自治区在选聘"两员"时严格把关，组建了一支经验丰富、责任心强、认真负责、长期稳定的普查队伍。截至 2010 年 12 月底，共选出"两员"19772 人，其中，普查员 15352 人、普查指导员 4420 人。

自治区普查办根据全国水利普查培训工作方案，编写了《内蒙古自治区培训实施方案》，2010 年 12 月 13 日开始进行水利普查综合、专业普查、档案管理、保密管理等方面的培训，培训期数为 21 期，累计培训 4866 人次，普及了水利普查业务及保密、档案工作管理知识，提高了普查工作人员的业务能力和管理水平。全区各盟市、旗县区结合当地情况，采取集中培训、一培到底、实地培训、现场预演等形式，开展了形式多样的水利普查专业培训工作。第一阶段全区共培训人员 23941 人，第二阶段共培训人员 23845 人，培训达到了预期效果。

技术支撑得力　专业指导到位

为高质量、高水平地完成水利普查工作，自治区普查办先后成立专家咨询组、技术调查组，解决普查过程中遇到的技术问题与困难，内蒙古自治区水利水电勘测设计院、水文总局、水土保持工作站、水土保持监测站 4 个单位作为技术支撑单位，承担水利普查 8 个专项任务。通过公布答疑热线电话、建立 QQ 群等形式，对工作中出现的疑难问题及时给予解决，并针对不同阶段、不同时期的任务，深入盟市、旗县区开展技术指导和重点帮扶工作，确保了水利普查工作的顺利开展。

自治区普查办组成由区普查办工作人员、流域机构及技术支撑单位技术人员组成的联合督导组，3 次对全区 12 个盟市、计划单列市和 101 个旗县区的水利普查工作进行督导检查及技术指导，对各个专项的清查工作成果进行审核讨论，将各专业审核意见以文字材料形式下发到各盟市、旗县区。

2011 年，自治区普查办还相继参加了由黄委会举办的黄河流域水利普查工作会议、由松辽委组织召开的松辽流域普查对象清查登记阶段及各相关专业技术研讨工作会议。会上，鄂尔多斯市、杭锦旗、扎兰屯市、科尔沁右翼前旗等被选为典型盟市、旗县区作会议交流。

质量控制科学　督导检查有力

自治区普查办下发了水利普查质量控制工作细则，针对对象清查制定了一系列数据汇总、审核、抽查、验收等质量控制技术规定。各盟市相应制定了质量控制工作方案，全区质量控制体系初步建立，真正做到了质量控制从基层做起，技术前移，问题前置。

国普办会同流域机构普查办组成督导组，分阶段、分任务督导检查水利普查工作，对一些进度较慢、普查工作推动不力的盟市、旗县区进行了通报批评，要求其迅速整改。自治区同时加大水利普查督导检查工作力度，建立了自治区督导盟市、抽查旗县区，盟市督导旗县区，旗县督导乡村的联动机制，确保每次督导全覆盖。自治区普查办先后组织 10 多个工作组、200 多人次，覆盖全区所有盟市、旗县区，针对水利普查不同阶段工作任务开展了督导检查，保证了普查方案和技术要求的全面落实。

各盟市对当地工作同时进行了不间断的监督检查。巴彦淖尔市对所属旗县区进行严格抽验，普查办人员深入泵房、企业，现场核实数据，检查工作日记，对抽验过程中发现的问题就地梳理，督促整改，收到了明显的成效。兴安盟突泉县普查办以县委、政府两督查室的名义开展督导工作，对两次以上检查还落后的乡镇、村主要负责人予以免职处理。

落实普查经费　加强资金管理

内蒙古自治区水利厅党组高度重视水利普查工作，积极协调普查经费的落实。自治区本级水利普查经费预算18084.07万元，实际落实到位17546万元。盟市水利普查经费预算9185.3万元，实际落实到位3071.69万元。旗县水利普查经费预算29240.81万元，实际落实到位13141.77万元。自治区财政厅对全区工作突出的盟市、旗县区以“以奖代补”的形式，下拨经费500万元。自治区普查办在本级经费预算中对各盟市及旗县区补助6840万元，于2011年年底落实到位。

自治区普查办先后转发了财政部、水利部《关于印发第一次全国水利普查经费使用管理办法的通知》等，印发了《内蒙古自治区第一次全国水利普查经费使用管理监督检查月活动方案》，规范了自治区各级水利普查办普查经费的使用，自治区财政厅、水利厅对普查经费进行了监管和审计。截至目前，没有发现资金使用不当现象。

开展宣传动员　营造舆论氛围

按照国普办《第一次全国水利普查近期宣传工作实施意见》等要求，自治区普查办编写了《内蒙古自治区第一次全国水利普查近期宣传工作实施意见》及《内蒙古自治区第一次全国水利普查宣传工作方案》。自治区普查办先后定期向国普办及流域机构报送水利普查旬报44期、工作周报11期，向各级政府水利普查机构报送简报19期。

自治区普查办充分利用电视台、报纸、杂志、网站等宣传媒介，以手机短信、发放纪念品、张贴宣传画、组织宣传活动等形式，对水利普查进行了多形式、全方位的宣传报道，提高了水利普查的社会认知度，营造了全社会关心、重视、支持水利普查的良好氛围。

利用网站进行宣传。开设了水利普查网站，利用国普办水利普查网站、自治区水利厅网站、黄委会水利普查网站对水利普查工作做了相关报道。

利用主流媒体进行宣传报道。在《内蒙古日报》上开设水利普查专栏，及时报道工作动态等。在内蒙古电视台新闻综合频道插播水利普查宣传片，起到了宣传动员的作用。

进行大型水利普查宣传活动。与自治区水利厅联合，利用2011年5月由自治区党委宣传部、自治区科学技术厅、自治区科协及呼和浩特市政府联合举办的“2011年内蒙古科技活动周暨全区第十六届科普活动宣传周活动”，布设展板，发放宣传单。

发放纪念品。为全区“两员”及水利相关部门统一制作印有水利普查宣传内容的T恤18000件、雨伞18000把、纸杯16万个、宣传台历18200个。

开展水利普查进社区活动。自治区普查办与呼和浩特市普查办联合开展水利普查进社区活动，选择10个社区，张贴宣传画、宣传标语，赢得群众对水利普查工作的理解与支持。

利用《内蒙古水利》杂志，图文并茂进行宣传。在呼和浩特市各主要地段LED屏播放水利普查宣传片。与此同时，各盟市、旗县区也进行了全方位的宣传。

加强部门配合　完善档案管理

自治区普查办根据国普办及流域委《第一次全国水利普查档案管理办法》《第一次全国水利普查档案验收办法》，结合自治区实际情况，编制了《内蒙古自治区第一次全国水利普查档案管理实施细则》《内蒙古自治区第一次全国水利普查档案验收实施细则》，成立了档案管理工作组，普查办负责人任组长，选派4名责任心强的同志负责本级普查资料的整理、归档工作。

内蒙古自治区水利厅高度重视水利普查档案管理工作，由自治区普查办牵头，自治区水利厅办公室、自治区档案局等部门组成档案验收组，对全区水利普查档案进行验收，完成了全区所属12个盟市的档案验收和部分旗县区档案的抽验工作。

树立先进典型　弘扬先进事迹

3年多来，全区水利普查工作中涌现出一大批典型人物与可歌可泣的先进事迹。

阿拉善右旗地广人稀，交通不便。在水土保持风蚀野外调查过程中，由于风蚀点分散，再加上草原网围栏较多，常常要绕上好几倍的路程才能到达。20个野外风蚀点的调查，普查员用了20天时间，走了3000多公里路程。

锡林郭勒市西苏旗人民政府原副旗长、全国水利战线劳动模范、68岁高龄的牧区水利专家格日勒图，曾在水利战线上工作了50多个年头，为自治区牧区水利工作作出了巨大贡献。在此次水利普查工作中，他参加了牧区水源地、水源井普查工作。3 月的二连浩特依然是寒冬，沙土飞扬气候严寒。3 月 13–23 日，格日勒图带领普查人员深入 4 个嘎查进行逐井逐户调查、访问，详细核查了牧区所有水利工程，登记核对原有水源、工业用水及水源地境内水井的坐标位置、工程总量、使用情况和完好程度，利用 20 多天时间完成统计汇总工作，最后成果以图表和普查报告形式成册成文。

在水利普查数据汇总平衡阶段，由于时间紧、上下协调工作量大，呼伦贝尔市普查办职工梁心蕊手术后的第二天在病床上坚持工作。有时为了核实数据，不分昼夜，同事们常在睡梦中惊醒。就是这样在规定的时间内，完成了普查数据汇总、审核及上报工作。

赤峰市水利普查档案的归档整理工作繁杂、耗时，不能在正常工作时间内完成，需要利用下班及节假日时间。档案管理人员多数是女同志，考虑到这些同志家里孩子小和晚上加班安全问题，市普查办副主任杨立慧坚持与同志们一起加班，并动员档案管理人员家属协助工作，完成水利普查档案的归档整理工作。

内蒙古水利普查形成的成果及其开发应用，对于科学谋划水利长远发展，提高水利服务经济社会发展能力，实现水资源可持续利用具有十分重要的意义，必将对自治区水利事业发展产生积极而深远的影响。

（原载于 2013 年 3 月 26 日《中国水利报》）

行走基层看节水

——“节水内蒙古行”记者采访录

内蒙古自治区水资源供需矛盾日益突出，节水已经迫在眉睫。特别是要在全民中做好宣传，让人们合理用水、高效率用水，不浪费水资源，切实保护我们赖以生存的水资源，让人们认识和理解到节水工作是一项重大的社会工程。

2013 年 9 月开始，内蒙古在全区范围内组织开展了以“知水、惜水、护水”为主线的“节水内蒙古行”活动。各路媒体记者深入基层、群众、企业、田间地头，挖掘基层典型经验，采写了大量生动鲜活的新闻报道，取得了极好的宣传效果。

行走在企业现场

9月23日，“节水内蒙古行”记者采访组第一站来到鄂尔多斯市，在中国华能达拉特发电厂，吸引眼球的是一座正在工作的空冷系统。“达拉特发电厂目前共有8台机组，其中1～6号机组使用的是传统的湿冷系统，7、8号机组采用空冷系统，循环水工作倍率增加，节省了水资源，减少了排放量。仅此一项，每年节约100万元左右。”发电厂刘副厂长边介绍边给我们算着他们的节水账。

在达拉特旗吉格斯太镇位于黄河岸边的二期水权转换的浮船式泵站旁，鄂尔多斯市水务局副局长张海滨如数家珍地说：“2003年4月，黄委批准达拉特发电厂四期扩建工程，达拉特发电厂是最早得益于自治区水权转换一期项目的工程，也是工业反哺农业的典型。实施水权转换，在取水许可总量控制的前提下，保障了新建工业项目的用水需求，解决了制约缺水地区经济社会发展的水资源问题，实现了水资源由低附加值行业向高附加值行业的流转。到现在，鄂尔多斯市满足了37个工业项目用水需求，为经济社会发展提供了水资源保障。”

鄂尔多斯市水务局局长白银宝告诉记者，节水管理为重，法制为要。工业用水和排水，始终是各地节水工作中的难题。开展节水型社会城市试点建设以后，鄂尔多斯以水资源论证审查和取水许可管理等行政措施为切入点，采用国家清洁能源生产一级标准，从源头上促进企业节约用水。同时，以优先配置用水指标等激励机制，提高企业自觉节约用水的积极性，培育了一批高标准的节水型企业。

行走在田间地头

“用水户协会成立后，我们浇地用水省了不少。”巴彦淖尔市五原县套海镇响导村李玉生对记者说，自从有了用水户协会，村民都能明明白白用水、明明白白交费了。记者在水渠旁看到安装的流量计数器，每户浇地用水量，都可以轻松计算出来。

据巴彦淖尔市乌拉特前旗新安镇庆华村改制渠道农民用水户协会会长王长命介绍，协会能够更好地提供灌溉服务，协调用水事务。协会通过编制需水计划，签订供用水合同，制订用水计划，加强灌溉管理，加强测流量水管理来实现强化供、用水的经济管理，实现按量收费，促进了农业节水。

农民用水户协会是巴彦淖尔市农业水价综合改革试点（示范）项目的一部分。据河灌总局局长武银星介绍，农业水价综合改革项目涉及4个旗县区，惠及人口9265户3.76万人，涉及灌溉面积24.66万亩、农民用水户协会18个。目前已经完成各项目区的相关技术人员、农民用水户协会骨干等培训1万余人次，使得相关人员及农民用水户协会成员清楚地掌握了农业水价综合改革的重要意义、目标和主要任务，掌握农民用水户协会规范化建设的主要内容和程序，了解农业终端水价改革的必要性，水价的构成核算、管理水费计收以及项目的监测。

通过实施农业水价综合改革项目，对末级渠道进行衬砌节水改造和建筑物更新配套，不仅进一步提高了水利工程服务和保障农业生产的能力，改善了渠道输水条件，提高了输水速度，大幅度缩短了轮灌期，项目区农田可以适时浇上水，达到了增产增收的目的，而且通过建筑物改造，实现了渠道防渗、节水节费的目标。

在“节水内蒙古行”的采访中，记者了解到，截至2012年年底，乌兰察布市节水灌溉面积达到336.36万亩。

“节水灌溉实现了农业生产由粗放型到集约型、由广种薄收到精种高产的转变，抗御自然灾害的能力明显提高。”乌兰察布市水利局李鹏程介绍。除了经济效益，生态效益也在节水的过程中凸显。

2010年展开的卧龙山水保造林工程经过900多个日夜的奋战，将过去兴办乡镇企业遗留下来的30余处深沟大坑依次填平。如今的卧龙山，云杉、油松、樟松、杨树绿意盎然，山桃、金叶榆、丁香、榆叶梅、黄刺梅满山遍野。“水保造林工程与节水灌溉的实施，不仅改变了集宁周边地区生态环境和人居环境，同时加强了水资源保护，对防止地下水水位下降、减少化肥和农药对地下水的污染具有显著作用，为全市经济社会实现可持续发展留下了宝贵的空间。”李鹏程分析说。

记者在锡林郭勒草原上看到，时针式喷灌的节水灌溉项目显示出巨大效益。

“建成的灌溉饲草料地，使1844万亩天然草场得到休养生息，充分发挥了大自然的自我修复能力。”锡林郭勒盟水利局办公室主任韩钢介绍。

行走在家庭学校

“我们家家户户都准备两个盆，洗完菜的水存起来，能浇花还能冲马桶，绝不让它浪费掉。”家住乌海市海南区新世纪小区的居民王凤春大妈说，“洗菜洗碗不要开着龙头冲。另外，淘米水用来洗碗、洗菜和浇水，这些方法都能省水。我们这个小区都是这么做的。”

记者在乌海市一所中学看到，学校所有用水的地方都安装了节水器具，并在学生中有的放矢开展多种形式的节水教育和宣传，使节水意识深深种植于学生心中。同时，让学生影响家庭，树立节水观念。

“乌海市在公共场所和居民住宅推广节水型水龙头、节水型便器系统、IC卡水表等节水器具，同时安装计量设施并以表计量，目前，全市新建住宅小区及商铺全部安装了用水计量设施，旧住宅小区的安装率也大幅度提高。市场上的非节水型卫生洁具基本停止了销售，生活用水浪费现象逐渐减少。”乌海市水务局副局长左英说，“另外，我们通过进企业、进社区、进学校，将水法教育、节水宣传向各个系统、各个领域拓展。同时，创新宣传方式，寓教于乐，通过录制节水宣传电视专题片、制作节水宣传公益广告、举办节水知识竞赛等方式进行广泛宣传，进一步增强了全民的水忧患意识。”

通过“节水内蒙古行”，我们学习到很多关于节水的知识，了解了节水型社会建设的进程，感到节水永远是全社会的共识，是每个人的义务和责任，是必须遵循的、不可松懈的使命。

（原载于2013年12月3日《中国水利报》）

十余项重点工程编织内蒙古大水网

内蒙古有10余个项目列入172项节水供水重大水利工程。自治区要求尽早编制项目年度实施方案，尽快完成审批工作，早日开工建设，发挥效益。

内蒙古水利厅厅长戈锋说：“根据统筹规划、突出重点的要求，自治区集中力量有序推进全局性、战略性节水供水重大水利工程，推动全区经济社会发展再跨新台阶。自治区纳入国家今明两年和‘十三五’期间分步建设实施的172项节水供水重大水利工程，涉及灌区、水利枢纽、大江大河治理和跨流域调水等四类十余项。”目前，这些工程正有序推进。

灌区工程。河套灌区等大中型灌区续建配套与节水改造骨干工程。其中列入国家大型灌区续建配套与节水改造骨干工程的项目共14项，规划总投资80.4亿元；列入国家重点中型灌区续建配套与节水改造骨干工程的项目共80项，规划总投资40.6亿元。

田间高效节水灌溉工程。主要包括节水增粮行动和小型农田水利重点县项目，其中节水增粮行动共800万亩，规划总投资80亿元；小农水重点县项目每年约6000万元。该工程涉及11个盟市，各级水利部门将按照国家下达的年度投资计划编制完成实施方案，报自治区水利厅审批后尽快实施。

尼尔基水利枢纽下游内蒙古灌区工程。灌区位于呼伦贝尔市莫旗南部，地处嫩江和诺敏河交汇地带，涉及莫旗的尼尔基镇和汉古尔河镇。工程建设后可将灌溉面积发展到30.3万亩，工程总投资约9.19亿元。该工程初步设计已经自治区发展改革委和水利厅审查，近日批复后，尼尔基水利枢纽下游内蒙古灌区管理局即可进行招标，力争2014年年底前开工建设。

绰勒水利枢纽下游内蒙古灌区工程。绰勒水利枢纽位于兴安盟扎赉特旗境内，地处嫩江右岸一级支流绰尔河的中下游。工程建设后可使灌区面积发展到41.02万亩，工程总投资7.63亿元。该工程可研报告已经国家发改委评估，设计单位正按照评估意见进行修改完善，力争2015年下半年开工建设。

水利枢纽工程。东台子水库工程是一座以防洪、供水为主，兼顾灌溉和发电等综合利用的水利枢纽工程，库容 3.2 亿立方米，年供水量 5340 万立方米，下游灌溉面积 63.4 万亩，工程总投资约 19 亿元。该工程项目建议书已通过国家发改委评估，力争 2016 年年底前取得初步设计批复并开工建设。

毕拉河口水利枢纽工程位于内蒙古鄂伦春自治旗境内的诺敏河干流中游河段，坝址下距诺敏镇 10 公里，距齐齐哈尔市约 275 公里，是一座具有防洪、发电、供水、灌溉、环境用水等综合效益的水利枢纽工程。水库总库容 28.55 亿立方米，电站总装机容量 240 兆瓦，年发电量 4.4 亿千瓦时，水库设计水平年发展灌溉面积 42.83 万亩，工程总投资 79.66 亿元。该项目正在前期论证中，力争 2015 年年底前完成项目建议书的编制并通过水利部审查。

大江大河治理工程。嫩江干流治理工程。涉及鄂伦春自治旗、莫旗以及扎赉特旗，建设内容包括加高培厚堤防，险工险段处理，新建、重建、维修涵闸，及建设堤防路面等，工程总投资 5.04 亿元。该工程可研报告已经国家发改委评估，初步设计审批工作加快进行，力争 2014 年年底前开工建设。

黄河内蒙古段防洪二期工程。该项目可研报告已经水利部水规总院审查，设计单位正按照初步审查意见进行修改完善，力争年底前通过水利部审查，2015 年 6 月底前取得国家发改委批复。项目初步设计力争在 2015 年下半年获得水利部的批复，2016 年上半年开工建设。

跨流域调水工程。引绰济辽工程。工程由水源工程和输水工程组成。规划在绰尔河干流中游建设文得根水库作为水源，输水工程自北向南穿过洮尔河、霍林河，自流输水至西辽河流域通辽市四河屯调节池。文得根水利枢纽为水源工程，总库容约 19.82 亿立方米，电站装机容量 43 兆瓦，多年平均发电量 7809 万千瓦时，下游灌区面积 71.29 万亩。水源枢纽工程至乌兰浩特输水段长约 70 公里，乌兰浩特至通辽长约 310 公里，工程总投资约 182 亿元。该工程分文得根水利枢纽、乌兰浩特输水段和乌兰浩特至通辽段两段工程。2012 年，水利部批复了引绰济辽工程规划。文得根水利枢纽及至乌兰浩特输水段工程，项目建议书已通过国家发改委评估，工程总投资约 95 亿元，力争 2014 年 10 月底前取得批复。乌兰浩特至通辽段输水工程项目建议书已上报水利部待审，工程总投资约 87 亿元，力争 2014 年年底前通过水利部审查并报送国家发改委，2015 年 6 月底前取得批复。2015 年年底前编制完成引绰济辽工程可研报告并通过水利部审查，力争 2017 年下半年开工建设。

南水北调西线工程。该项目正在前期论证中，按照国家统一安排，力争

2015年年底前完成一期工程项目建议书。

为加快推进内蒙古节水供水重大水利工程建设，自治区政府成立了工程建设领导小组。同时加快前期工作进度，保障必要的前期工作经费，进一步加强前期工作技术力量的投入，提高前期工作质量，确保工程设计深度。监督检查方面，各盟市及项目法人于每月5日前，将工程进展情况报送领导小组，及时研究解决重点问题，为项目快速推进创造有利条件。

（原载于2014年8月29日《中国水利报》）

走出水资源制约的瓶颈

——内蒙古自治区开展水权转换工作综述

积极开展水权交易试点是党的十八大和国务院《关于进一步促进内蒙古自治区经济社会又好又快发展的若干意见》的具体要求，也是落实最严格水资源管理制度的重要内容，可为内蒙古自治区经济社会可持续发展提供水资源支撑和保障。自治区从2003年开展黄河流域水权转换试点工作。全区水权转换工作分两个阶段：第一阶段为盟市内水权转换阶段，第二阶段为跨盟市的水权转换。在探索实施水权转换工作过程中，还要处理好政府与市场、水权转让与实行最严格水资源管理、理论与实践、现有法律与水权转换等方面的关系。

目前，盟市内水权转换工作进展总体顺利，通过水权有偿转换，形成了以工业发展反哺农业，以农业节水支持工业发展用水，经济社会、资源环境协调发展的良性运行机制，走出了一条成功解决干旱地区经济社会发展用水的新路子。

试点引领　探索突破制约新路

自治区煤炭等矿产资源富集，所创造其GDP占全区的65%，在自治区经济社会发展中占有重要的地位，但全区水资源可利用量约89亿立方米，其中黄河分水 58.6 亿立方米。黄河分水由于受到"丰增枯减"原则的制约，年度干流分水基本在 50 亿立方米左右。全区域水资源已经没有进一步开发利用的潜力。"自治区水利厅积极探索解决制约水资源短缺的新路子。只有通过水权转换，才能缓解区域水资源供需矛盾。"自治区水利厅厅长戈锋说。

从 2003 年开始，自治区就开展了黄河流域水权转换试点工作。目前，已批复沿黄各盟市转换水量 3.32 亿立方米，解决了 50 多个大型工业项目的用水指标和立项上马问题，可为约 1000 亿元工业增加值提供水资源支撑，同时，为沿黄灌区筹措了 30 余亿元节水改造资金，取得了"多赢"的效果，破解了自治区水资源短缺的难题，取得了巨大的经济、社会和生态环境效益。

鄂尔多斯市是盟市内水权转换工作开展较好的地区。鄂尔多斯市水务局局长白银宝说："我们一期（1.30 亿立方米）水权转换工作分为两个阶段：一是'点对点'阶段，即一个企业对应一个地块或渠道搞节水工程；二是'点对面'阶段，即统一搞节水工程，再根据企业转换水量，虚拟划分该水量所对应的地块或渠道。"

鄂尔多斯市水权转让一期节水改造工程已完成，累计完成投资 6.9 亿元，转让水量 1.3 亿立方米。目前，工程已经通过竣工验收和黄委会组织的取水工程核验，一期调整指标也获得黄委会批复同意。鄂尔多斯市水权转让二期工程转让水量约 1 亿立方米，节水改造工程已完成工程总投资的 70% 以上，计划 2014 年年底全部完成。鄂尔多斯市一、二期工程转让指标共 35 个项目，已有 27 个项目取得水行政主管部门水资源论证批复文件，其余 8 个项目正在开展水资源论证等前期工作。

成效初现　推动盟市间水权转换

为了进一步调整自治区黄河流域用水结构，早在 2006 年，自治区就下发了《关于进一步调整黄河用水结构有关事宜的通知》，拟从河套灌区调整 3.6 亿立方米引黄水量，用于沿黄五盟市工业发展的后备水源，此引黄指标需通过水权转换方式取得。

随着自治区经济社会的发展和京津冀地区对清洁能源需求的加大，沿黄工业项目需水量大幅度增加，沿黄各地工业对水资源旺盛的需求也都为盟市间水权转换的实施提供了保障。据统计，仅鄂尔多斯市目前因无水指标而无法开展前期工作的项目达300余个，需水量达5亿立方米左右。

为了有效推进跨盟市水权转换工作，经自治区政府常务会议同意，自治区批转了《内蒙古自治区盟市间黄河干流水权转换试点实施意见》，该文件对盟市间水权转换的原则、总体目标、实施主体、责任分工以及资金管理等均进行了明确。巴彦淖尔市印发了《关于促进河套灌区农业节水的实施意见》，积极支持盟市间水权转换工作。

2014年4月，黄委会批复了《内蒙古黄河干流水权盟市间转让河套灌区沈乌灌域试点工程可行性研究报告》。通过企业投资河套灌区进行节水改造工程建设，以及整合大型灌区节水改造等项目的投入，2020年以前完成河套灌区节水改造工程建设，节水量可达10亿立方米左右，扣除超指标用水量后可转让水量为5.6亿立方米，试点工作暂按转让3.6亿立方米考虑，其余指标2亿立方米视3.6亿立方米转让指标实施情况另行启动，3.6亿立方米转让指标分三期实施，实施期为2013—2017年，2020年以前完成河套灌区节水改造，实现河套灌区转让后指标内用水。

机制跟进　组织措施完善得力

在水利部出台《关于内蒙古宁夏黄河干流水权转换试点工作的指导意见》、黄委会出台《黄河水权转换管理实施办法》、自治区政府批转了水利厅《关于黄河干流水权转换实施意见》和《自治区水权转换节水改造建设资金管理办法》后，地方也制定了相应的文件。这些文件的出台，是对国家和自治区的有关规定的细化和补充，丰富和完善了水权转换规章制度，使其更具有可操作性，使水权转换工作有法可依、有章可循。

为切实加强对水权转换工作的领导，成立了自治区、盟市、旗县三级水权转换领导工作机构。各级政府都是分管领导负总责，亲自抓。自治区水利厅成立了以厅长挂帅的水权转换领导工作小组，并下设办公室，具体承担水权转换的日常工作。各盟市也成立了以市长为组长，分管计划、工业、水利的副市长为副组长的水权转换工作领导小组，同时成立了节水工程施工指挥部，这些领导机构的成立有效地保障了节水工程建设，为搞好水权转换提供了组织保障。

鄂尔多斯市、巴彦淖尔市根据自治区对各盟市黄河水权细化成果，结合水权转换后灌区引黄指标情况，对灌区水权进行了进一步细化工作，将水量分配给各斗口用水者协会并细化到各用水户。指标的细化，有利于各用户清楚其可用水量，并根据水量合理确定其种植规模和种植结构。同时，鄂尔多斯市政府还提出统一组织节水工程的建设，从过去的“点对点”方式改为“点对面”，即由当地政府统一组织进行前期工作和工程建设，统一水权转换单方水价格，综合考虑项目的核准进度、资金到位情况与项目需水、节水工程节水量，虚拟划分企业水权转换所对应的地块或渠道。

目前，自治区取用水指标的配置和交易主要以政府为主导，市场在资源配置中仍处于从属地位。2014 年 1 月自治区水利厅成立内蒙古自治区水权收储转让中心有限公司（简称水权收储转让中心），主要职责是盟市间水权收储转让，行业、企业结余水权的收储转让，投资实施节水项目并对节约的水权收储转让，新开发水权的收储转让，水权收储转让项目咨询、评估和建设，国家和流域机构赋予的其他水权收储转让。依托这一交易平台，通过市场手段优化配置水资源，充分发挥市场在资源配置中的决定性作用，提高水资源在经济结构调整中的基础性地位，促进水权向高效率、高效益行业和企业自由流转，促进产业升级和经济结构调整，以水资源的可持续利用支撑区域经济社会的可持续发展。

戈锋说：“在国家实行最严格水资源管理制度的背景下，自治区开展黄河水权转换工作，在用水总量不增加的前提下，一方面提高了灌区的农业用水效率，一方面解决了工业用水问题，探索出一条农业反哺工业的新路子。”

（原载于 2014 年 12 月 9 日《中国水利报》）

内蒙古：依托 12 项工程稳步推进重点项目

内蒙古水利厅近日制定《自治区重大水利工程项目推进实施方案》，确保重点项目稳步推进。

确定总体目标和任务。近期以国家确定的 12 项重大水利工程为依托，突出抓好在建和拟开工项目进度，加大项目前期工作力度，全力推进重大水利工程项目建设。自治区今年及“十三五”期间确定重大水利项目 22 项，总投资约 1484 亿元，其中，纳入 172 项重大水利工程的有 12 项，规划总投资约 546 亿元；自治区重大水利项目 10 项，规划总投资约 938 亿元。力争 2015 年全年完成水利建设投资 200 亿元以上。2015 年开工建设重大水利工程项目 6 项，其中，国家重大水利工程 3 项：绰勒水利枢纽下游内蒙古灌区工程、黄河内蒙古段防洪二期工程等；自治区重大水利工程项目 3 项：重点水源工程、重点供水工程、重点湖泊治理工程。2015 年续建重大水利工程项目 10 项，其中，国家重大水利工程项目 4 项，即辽河干流治理工程、尼尔基水利枢纽下游内蒙古灌区工程、河套灌区等大型灌区续建配套与节水改造骨干工程和田间高效节水灌溉工程；自治区重大水利工程项目 6 项，即农村牧区安全饮水、江河治理、病险水库除险加固、四个千万亩节水灌溉工程、水土保持生态建设和抗旱水源工程。2015 年推进重大水利工程项目前期工作 6 项，其中国家重大水利工程项目 5 项，即引绰济辽、嫩江干流治理、东台子水库和毕拉河口水利枢纽工程等；推进自治区 1 项重大引调水工程。

明确完成时限和要求。2015 年安排的中央水利投资计划，在年底前重大水利工程年度中央投资计划完成率要达到 90% 以上，其他水利工程年度投资计划完成率要达到 80% 以上。

抓好时间节点控制。黄河内蒙古段防洪二期工程：可行性研究报告争取在 6 月底前取得国家发展改革委批复；9 月底前完成初步设计审查，12 月底前完成初步设计批复并开工建设。绰勒水利枢纽下游内蒙古灌区工程：初步设计概算已经国家发展改革委核定。2015 年续建 4 项国家重大水利工程项目：辽河干流治理工程、尼尔基水利枢纽下游内蒙古灌区工程、河套等大型灌区续建配套与节水改造工程和田间高效节水灌溉工程。推进嫩江干流治理工程、东台子水库工程、毕拉河口水利枢纽工程、引绰济辽工程等 5 项国家重大水利工程项目前期工作，力争早日取得国家发展改革委批复。2015 年积极推进农村牧区安全饮水工程、江河治理工程建设、病险水库（水闸）除险加固工程、重点水源工程建设、重点供水工程、四个千万亩节水灌溉工程、水土保持生态建设工程、抗旱水源工程、重点湖泊治理工程、加快重大引调水工程前期工作 10 项自治区重大水利工程项目。

推进各类水利工程前期工作。加大前期工作经费投入，抓紧制定前期工作进度方案，逐项明确任务分工和时间节点，合理配置勘测设计及审查力量，确保前期工作达到相应的深度。

编制水利投资三年滚动规划。超前开展项目前期工作，具备实施条件的方可申报项目和资金，确保资金下达后能够及时支付。中小河流治理、水土保持、新建小型水库等工程，提前2年做好项目储备，确保投资计划下达后能够立即组织实施。

提高资金保障能力。通过政府注入资本金、进行投资补助、贷款贴息等方式发挥好政府投资的引导带动作用，建立权力、机会和规则公平的投资环境和合理的投资收益机制。进一步研究把引调水和水源工程等作为吸引社会资本的重要领域，充分发挥地方政府水利投融资平台的作用，调动社会资本参与水利建设和管理的积极性，创新投资运营机制和融资方式，推广运用政府和社会资本合作模式，完善价格机制和价格政策，吸引社会资本参与重大水利工程建设，提高资金保障能力，同时加大金融支持重大水利工程建设力度。

加强组织领导。自治区政府和相关盟市成立领导小组，落实责任分工。项目可研报告批复后，加快项目落地实施，推动工程尽早开工建设。续建的工程项目，确保顺利推进。同时抓好施工质量和安全，建立和落实工程质量领导责任制、工程质量终身负责制，由项目法人对工程质量负总责。

强化工程建设管理。重大水利工程建设实行“五制”，项目建设内容、规模、标准、投资要严格按照批准的可研报告和初步设计执行，不得擅自增加建设内容、扩大规模、提高标准。切实强化工程质量与安全管理。严格投资计划和资金管理，加强监管审计，管好用好各项建设资金。坚持建管并重，确保工程长期发挥效益。

实行投资计划通报制度。落实分级监管职责，按具体项目或打捆项目类型制定本地区、本单位水利建设项目年度实施方案，逐月计划。对存在问题较多、投资计划执行较慢的盟市进行点名批评并约谈，必要时下发督办函，并要求10日内提出分析报告和整改方案。自治区将根据有关情况赴相关地方开展约谈和专项督办，以切实推进水利建设项目投资计划执行进度。

（原载于2015年4月17日《中国水利报》）

内蒙古农牧民种植农作物有了“模式图”

3月29日，内蒙古水利厅在呼和浩特组织召开了“内蒙古新增四个千万亩节水灌溉工程科技支撑项目”成果审查会，审查并通过了内蒙古水利科学研究院和内蒙古农业大学等单位编制完成的《大兴安岭岭东南地区大豆膜下滴灌综合节水技术集成模式图》《内蒙古中部阴山沿麓马铃薯中心支轴式喷灌综合节水技术集成模式图》《典型草原区典型牧户青贮玉米卷盘式喷灌综合节水技术集成模式图》。

专家认为，针对内蒙古不同地区喷灌、膜下滴灌大豆、马铃薯和青贮玉米在推广过程中存在的主要问题，通过集成先进实用技术制作的3套推广应用系列模式图，对农牧民有效利用大型喷灌、膜下滴灌技术，科学合理地灌水施肥、提高作物产量有积极指导作用，对推动自治区高效节水灌溉技术的发展具有重要的现实意义。模式图以“需求牵引，模式集成，应用至上”为原则，以自治区主要种植的作物大豆、马铃薯、青贮玉米为重点，将水利、农艺、农机和管理技术有机整合，体现了综合节水技术集成的特点。模式图与自治区农牧业生产实践紧密结合，与农牧民生产需求相适应，对不同作物生育阶段、生产基础条件、作物灌溉制度、农艺与农机配套技术、管理技术等各关键环节进行了翔实描述和规范，图文并茂、结构清晰、简明实用，可以指导基层技术人员与广大农牧民合理把握农时，科学种植和灌水施肥。

此外，“主要作物高效节水灌溉制度试验研究成果”也通过了审查。该成果针对高效节水灌溉条件下不同地域、作物和人工牧草，开展灌溉制度试验研究，对实现水资源总量控制、定额管理、高效节水灌溉工程规划设计，及指导农牧民科学合理灌溉具有重要的现实意义。项目组3年来分别开展了玉米大型喷灌、大豆喷灌和滴灌等9项田间灌溉试验，结合节水灌溉条件下农艺和农机措施的改变，研究了喷灌、膜下滴灌6种作物的耗水量及耗水规律，提出了不同水文年型9项高效节水灌溉制度的推荐应用成果，具有先进性、实用性和可操作性，为农牧业种植区建立了可看、可学、可借鉴推广的示范样板，对自治区高效节水灌溉发展起到了科技支撑作用。

（原载于 2015 年 4 月 17 日《中国水利报》）

科技为农饮安全添翼

——内蒙古用科技支撑牧区饮水安全工程建设侧记

拧开水龙头，一注清冽的水流直喷水缸中。"这两年我们也和城里人一样，喝上干净卫生的自来水了，"在内蒙古锡林郭勒盟苏尼特左旗，牧民那木拉高兴地给我们沏茶倒水，"以前的水哪有这么好喝，又苦又涩，喝得人总闹病"。

那木拉家安装的是太阳能提水系统。利用太阳能设备发电，通过最大功率点跟踪、变换、控制等装置驱动传感器带动高效水泵，将水提至地面供农牧灌溉或人畜饮用。这是内蒙古自治区农村饮水安全建设的一个缩影。

内蒙古大部地处干旱、半干旱地区，降水量少而分布不均，水资源匮乏，水质较差，农村牧区饮水安全问题突出。自治区党委、政府始终高度重视农村牧区饮水安全工作，把解决农村牧区饮水安全问题作为自治区"十项民生工程"之一，加强组织领导，积极筹措建设资金，大力实施农村牧区饮水安全工程，努力改善农村牧区供水条件。

"十二五"期间，自治区规划解决农牧民饮水不安全人口 501.7 万人。2011—2014 年，内蒙古自治区共下达农村牧区饮水安全工程建设资金 37.5 亿元，解决了 422.6 万农牧民的饮水安全问题。2015 年，计划解决农牧民 79.19 万人的饮水安全问题。目前，全自治区饮水安全覆盖率达到 95%，自来水普及率逐年提高，农村牧区饮水安全状况得到较大改善。这一成果的背后，是自治区水利厅积极采用先进科技促进农村牧区饮水安全工程建设的强力支撑。

重推广　新设备使饮水工程"鸟枪换炮"

"运用技术集成，把有关牧区安全饮水的新技术，通过引进、组合集中在一个供水工程中，从而构成一个较完整的牧区饮水安全体系。集成的目标是在保证牧户满足国家规定饮水安全的四项指标前提下，针对不同用水对象、水源、水质和其他条件，合理选择设计方案，形成技术上先进可行，运行上安全可靠，管理上方便灵活，经济上合理承受的方案。”内蒙古水利厅农牧处负责人说。他进一步介绍，通过找、打、改、扩、引、拉、蓄水7个方面，选择多种集成模式，坚持优先找好水源的原则；采用核磁共振、物探等找水技术确定井位，设计井型；引进潜孔锤钻凿技术，既解决了基岩区牧民缺水问题，又加快了施工进度，降低了成本。锡林郭勒盟苏尼特左旗基岩区面积占土地面积37%。受钻探设备限制，过去基岩裂隙水基本无法开采利用，居住在该区域的牧民多年缺水，引进潜孔锤钻机后，已完成42眼基岩井。

同时，该盟还在移民点、人口较多的嘎查等地的自来水工程中采取集中提水处理，取得良好效果。提水设备也推陈出新，从提兜、手摇水车、辘轳提水、20世纪70年代长轴深井泵配柴油机等，发展到目前的潜水电泵配长电、柴油发电机组、风光互补发电、风力提水等各种机械提水装置。此举不但解放了劳动力，也确保了水质安全。同时，机械提水可以把井口封闭，并使用水设备人畜分离，降低了通过水介质传播人畜共患疾病的概率。

包头市青山区当铺集镇饮水安全工程采用供水领域新一代节能型产品——管网叠压（无负压）变频供水设备，串接在自来水管网压力不足处。此设备在保证自来水管网下游用户用水的同时，还有效满足辖区生产、生活用水需求。它无须水池或水箱，也不需设置大型气压罐，大大节省了占地面积和资金。供水体系从自来水管网至用户水龙头为全封闭布局，与传统给水设备相比，节能30% ~ 90%，并且水体不与空气直接接触，过滤部件选用食品级不锈钢制造，无二次污染，环保清洁。

传统上用电带动的水泵进行抽水时，需要拉电线到水源处，往往距离几公里甚至更远，并且电能随着距离损耗严重，成本很高。为此，锡林郭勒盟水利局2014年分别在锡林浩特市、苏尼特左旗、苏尼特右旗、西乌珠穆沁旗、太仆寺旗等地部分居民家成功安装风光互补太阳能提水系统。此系统可在水源处就近安装，不论是山地还是坡地，只要有良好的光照就可以稳定工作，非常灵活。提水系统全自动运行，无须人工值守，一次投资，系统可使用20 ~ 25年。

值得一提的是，此系统可以对蓄电池荷电状态、逆变器输出最大功率、水泵运行、切入切出和水位管理等进行智能化统一管理和控制，实现机电一体化。经测试，此套装设备运行良好，深受广大牧民欢迎。技术创新方面，它具有多项优点和专利，可以在连续 3 ~ 4 个阴雨天正常使用，并且出水量稳定，操作方便。为保证供电稳定，多管齐下保证电源，此系统在光照好的情况下直接用太阳能电池板的电源，在阳光不好的情况下用储能电池。与其他提水技术比，具有成本低、效率高、适用范围广的优点。

克难题　实用技术有效改善牧区饮水现状

“发展家庭牧场供水是牧区水利当前和今后一个时期的重要任务。包括牧场家庭生活用水、牲畜饮水。其中，家庭牧场供水技术是牧区实现现代化的先行力量。”内蒙古自治区水利厅农牧处负责人介绍。通过简单易行的实用技术，把清洁的水源输送到牧民家中，能有效、快速解决生活、畜牧问题，改善饮水现状。

苏尼特左旗在浅水丰富的区域每个或 2 ~ 3 个小区建一处水源，用管道将水送到各个轮牧小区。居住点通过建储水窖（15 ~ 30 立方米），减少拉水次数，增加储水容量。同时，针对全旗牧民缺水情况，采取牧民分工协作的社会化服务方式、项目补贴结合牧民自筹的投资方式，成立以水源井为核心，以送水服务为支撑，以分散在牧户家的水窖为终端的草原送水服务队。

呼伦贝尔市针对金河镇、好里堡镇地区饮用水常年不达标的实际，为切实解决该地区居民正常饮水和 17 万头（只）牲畜用水问题，在两个镇安装了家用水处理设备 3880 套，经过 5 级处理后的水最后进入储水箱，由用户随时取用。这种水处理设备还具有加热功能，可实现冷、热水直饮，得到了群众的一致好评和当地政府的肯定。

阿巴嘎旗建设的水窖容积为 30 立方米。水窖每次储满后可解决 500 只羊（按一只羊每天需水量 5 升计算）12 天的饮水问题，不但解决了牧区牲畜的饮水问题，也解放出大量劳动力。牧民能够从事其他经营性生产活动，增加收入。

在缺水严重的苏尼特左旗，记者看到，靠近水源居住的家庭牧场，通过管道、变频泵或压力罐实现供水“自来水化”。牧民把储水窖建在住房附近或房子底下，利用变频泵建成家庭自来水供水系统。结合改水改厨改厕，室内安装了热水器，有了水冲卫生间，牧民生活条件发生巨大变化，缩小了城乡差距。同时此设备在牧区牲畜饮水上，实现了“适时、适量、适质”，解决牲畜饮水的需要，根据牧场水源、经济条件和草场使用方式设计供水方式，实现“私人订制”。

除高氟　确保牧民喝到甘洌自来水

锡林郭勒盟地下水含氟高，严重影响居民的身体健康。长期饮用含氟量高的水，人体摄入过量的氟，会对牙齿、骨骼、神经系统等造成一系列损害。近年来，该盟根据地下水不同类型水质，采取分类处理、分散与集中处理相结合的办法，取得明显效果。主要采用家庭式降氟设备——华奥牌无动力净化水装置、北京新水天润 CF-R-5 型设备、浙江蓝海 LJD-F 型设备等。这些设备的共同特点是降氟效率高，性能稳定，操作简单，运行方便，不消耗能量，不产生废水，很适合居住分散、无电地区使用，为解决中、高氟地区的分散牧户的饮水安全找到了出路。

乌兰察布市四子王旗是神舟飞船的主着陆场，这里的牧民一直被高氟水困扰着。在自治区水利厅的大力支持下，市旗两级水利部门依托科技成果，从考虑低费用、高效率处着眼，因地制宜、因水制宜，采用先进的双层内胆无动力除氟解决方案，成功为 1864 户牧民配备了除氟净水设备，在实际运行和使用中受到牧民好评。

为提升牧区群众饮用水水质，使牧民能够喝到健康的水，今年 5 月，锡林郭勒盟东乌珠穆沁旗水利局组织专业人员，深入牧区，为水质较差的东部 3 个嘎查集中安装了 80 套小型家用降氟改水设备，并对受益牧户进行技术指导。该设备具有美观、占用空间小、操作便捷、除氟效果明显等特点，能够有效改善水质，深受牧区群众的喜爱。

（原载于 2015 年 7 月 9 日《中国水利报》，获《中国水利报》2015 年第三季度好新闻奖，本文另一作者为王海军）

信息化助推内蒙古农村饮水安全建设

2015 年，内蒙古自治区计划解决农牧民 79.19 万人的饮水安全问题。目前，全自治区饮水安全覆盖率达到 95%，自来水普及率逐年提高，农村牧区饮水安全状况得到较大改善。信息化建设在农村饮水安全建设中成为重要“助推器”。

巴彦淖尔市乌拉特前旗在大佘太镇饮水安全实施自动化工程，是迄今为止内蒙古农村饮水安全工程 GPRS 无线控制末端点最多的项目。此水厂集中解决该镇群众饮水安全问题，实现了水厂控制中心对水源地远程控制、水质监测、流量、压力值采集、视频监控等数据的远程控制管理与分析处理。

据介绍，这个自动化监控管理系统总体结构设计是在数据通信、视频监控、流量监控、水质监测、信息网络、软件系统初步设计和方案分析论证的基础上，充分考虑信息流量、信息流程传输体制、输水工程水源地、水厂信息自动化系统工程基础设施的利用等因素，构建的农村饮水安全工程水源水厂自动监控系统。

各水厂进水口及主要分水口的流量监控系统通过 GPRS 网络将数据传输到集控中心，水厂管理站集控中心采集的水质、压力、流量等监测数据可以通过数据共享到乌拉特前旗水务局。工程集控中心配置数据服务器、工业计算机、交换机和打印机等设备，控制中心核心软件通过 GPRS 无线路由器发送、接收及分析处理各监控站点上传的数据信息，同时，配备有向水务局上报数据信息的接口，以满足后期与地区水务局的数据信息交换要求。

此工程的自动控制系统包含水源井液位自动控制系统和变频恒压供水系统。具体工作流程是系统监测蓄水池内的蓄水水位，根据当前蓄水池水位值来控制水源井水泵的开合状态，当液位处于低位时，供水水源井泵自动供水，而当液位处于高位时，自动停止水源井水泵。恒压供水系统根据压力反馈信号和设定的压力值进行比较，通过变频器进行控制，从而实现变频恒压供水。当压力超过高压报警压力时，水泵自动保护停止运行，并发出报警信号。

水质监测系统涉及水质自动在线测量指标为余氯、浊度等。传感器经数据采集终端有线传至控制中心，由监测分析系统进行计算分析得出水质检测信息并及时报告水质状况，确保水质安全供应。

此系统能实时、形象、真实地反映被监控对象，不但极大地延长了人眼的观察距离，而且扩大了人眼的机能，它可以在恶劣的环境下代替人工进行长时间监视，让人能够看到被监视现场实际发生的一切情况，并通过录像机记录下来。同时报警系统设备对非法入侵进行报警，产生的报警信号输入报警主机，报警主机触发监控系统录像并记录。目前，工程设备运行良好，软件系统稳定可靠，操作简易，能机动调整控制送水用户，合理使用水资源、降低了劳动强度、节约了运营成本。末端点监测数据准确、回传及时，可以实时监测管网用水情况及管路送水情况。内蒙古东部的赤峰市在林西县查干沐伦联村，也运用了饮水安全工程自动化监控管理系统。

管理系统主要包括通信系统、集控中心网络系统、自动化控制系统、水质监测系统、管网末端点监测系统、安防监控系统以及应用管理系统软件7个部分，涉及28个管网末端点监测系统，这是内蒙古东部区域末端点监测、控制技术要求最好，控制点数量最多的项目。操作人员可根据需要在集控中心的工作站通过鼠标点击控制软件界面上相应的控制按钮，及时开启或关闭水源井供水水泵，达到高效与轻松的产水管理目标。

据赤峰市水利局负责人介绍，该系统主要是提供数据的传输通道，将采集到的各种信息进行上传下达，因此，通信系统是整个系统工程全局性的建设内容。当地拟在水厂管理站与水源地之间建设有线网络传输，用于对水源地取水点视频监控，并将视频信息传输到水厂管理站集控中心。

值得一提的是，该系统可以对水源地取水口处以及水管站厂区内情况进行实时视频监控，将实时信号统一传输回送至集控中心，由集控中心统一实时将视频信号进行监控分析和统一存储。当有可疑信号发生的时候会自动发出报警信号，及时通知水管站人员及时进行处理，防止事故滞后发现等问题。

（原载于2015年8月20日《中国水利报》）

科技撑起节水灌溉一片天

——内蒙古新增“四个千万亩”节水灌溉工程科技支撑项目实施纪实

内蒙古为实现治水思路的转变，大力发展以新增“四个千万亩”节水灌溉工程科技支撑项目为依托的节水技术。节水技术的运用，成为水资源科学有效和可持续利用的一场革命，科技在农牧业生产中发挥的引领节水的重要作用，对全面实施现代农牧业战略有着不可替代的意义。

内蒙古自治区是全国干旱缺水严重地区之一。农牧业高效节水灌溉建设还处于较低水平，解决农牧业灌溉发展中的用水总量大、节水灌溉技术和装备水平差、灌溉方式粗放和水资源利用效率低等突出问题，必须把节水灌溉作为战略工程全面推进，优化用水布局，调整用水结构，实行最严格的水资源管理制度，在保障发展现代农牧业用水需求的基础上，为工业化、城镇化发展和生态保护留出更多的水资源，支撑经济社会全面协调可持续发展。

2010年，内蒙古出台了《“新增四个千万亩”节水灌溉工程发展规划纲要（2010—2020年）》，规划到2020年，完成1000万亩大中型灌区节水改造、1000万亩旱改水灌区节水建设、1000万亩井灌区节水改造、1000万亩牧区节水灌溉饲草料地建设任务，其中高效节水灌溉面积占74%。根据规划，节水灌溉总规模将达到6000万亩左右，粮食生产能力稳定在500亿斤以上，灌溉饲草料地生产能力稳定在210亿斤以上。农牧业灌溉用水总量控制在150亿立方米，农田灌溉水利用系数由0.5提高到0.74。纲要提出了科技支撑作为重要的保障措施，强调以规划为统筹、项目为依托，建立节水、农技、农机等综合技术集成推广体系，搭建高效节水灌溉技术科研推广平台。

2012年，内蒙古又出台了《关于“新增四个千万亩”节水灌溉工程实施办法的通知》，统筹谋划全区发展节水灌溉战略。同时，还明确了以水利灌溉设施配套为基础，以节水改造为重点，以强基稳粮促牧增效为目标，把农牧业节水作为一项战略工程全面推进，从根本上转变农牧业灌溉发展方式，走提高质量增加效益内涵发展之路，扭转“雨养农业”的局面。

联合科技攻关　支撑节水农业

全自治区实施了新增“四个千万亩”节水灌溉工程科技支撑项目，主要针对不同类型地区节水灌溉工程中存在的关键技术难题，围绕玉米、大豆、马铃薯和牧草等主要作物，开展了大型喷灌、膜下滴灌和渠灌区条件下作物优化灌溉制度、水肥一体化技术、地埋式滴灌技术、农艺与农机配套技术、农田残膜回收技术、信息化技术、效益分析和技术培训与宣传等工作。项目结合国家“节水增粮行动”、小型农田水利重点县、水利部高效节水灌溉推广工作站建设，把试验研究、技术集成和不同类型示范区建设与水利、农业、农机、管理研究结合起来，走出一条“工程带科研，科研促工程”之路。根据节水灌溉工程建设中存在的关键技术问题组织攻关，为“四个千万亩”节水灌溉工程建设和现代农牧业的发展提供科学依据、示范样板和技术支撑。这对实现全自治区农牧业可持续发展具有重要现实意义和深远的战略意义。

内蒙古新增“四个千万亩”节水灌溉工程科技支撑项目得到水利部和内蒙古自治区政府、水利厅、财政厅的高度重视和大力支持。内蒙古水利厅厅长戈锋要求：“大力实施‘科技兴水’战略，结合实施‘四个千万亩’节水灌溉工程，大力推广应用微滴灌、喷灌等高效节水灌溉和管道输水技术，重点实施好节水灌溉工程科技支撑项目，加快推进节水灌溉科技创新，增强水利科技支撑保障能力。”水利厅对科技支撑项目实施给予了高度重视、全力支持和组织协调。

科技支撑需强有力的科技力量和具有承担项目的优秀团队，项目的组织实施较以往的水利科研项目发生了重大变化。一是组成了多部门多学科联合攻关的科研团队。项目由内蒙古水利科学研究院主持，副院长、正高级工程师程满金担当项目团队的领头人。参加单位由水利部牧区水利科学研究所、内蒙古农牧业科学院、中国农机院呼和浩特分院、内蒙古农业大学、内蒙古师范大学、内蒙古政策研究室、赤峰市水利科学研究院、乌兰察布市水利技术推广站和7个示范区旗县水利、农业、农机等28个单位139名科技与管理人员组成。多学科多部门联合攻关，克服了以往单打一搞科研的局面，体现了优势互补、强强联合的优势；二是科研人员层次高，实力强，团队有工程师以上职称者 102 人，体现了老中青相结合，科研项目团队人员最多，专业搭配合理，研究与示范内容全面，是全自治区近年来少有的；三是团队中包括示范区盟市、旗县基层技术人员，形成了科研（高校）单位与基层技术推广部门联合，试验研究、技术集成与示范推广相结合，上下联动服务基层的科研工作机制，为科研成果尽快转化为生产力奠定了基础；四是项目实施采取了“工程带科研，科研促工程”的方式，遵循“需求牵引、应用至上”的原则，采取边总结、边试验、边示范、边推广的技术路线，从自治区地方水利建设基金中落实专项经费 2000 万元，项目涉及 6 个盟市 7 个旗县，涵盖了农业区、牧业区、井灌区。

在项目研究与示范内容上，项目组主要针对自治区不同类型区节水灌溉工程建设中存在的关键技术难题，从 11 个方面开展了试验研究、技术集成与示范推广工作：一是高效节水灌溉技术集成模式研究；二是不同作物高效节水灌溉制度研究；三是玉米与紫花苜蓿地埋式滴灌技术研究；四是农艺节水配套技术集成与示范；五是主要作物膜下滴灌水肥一体化技术研究；六是农机配套技术集成与示范；七是农田残膜回收技术试验与示范；八是示范区节水灌溉工程效益分析；九是高效节水灌溉地方标准、图集、典型设计与培训教材等编制；十是农牧业节水配套政策研究；十一是技术培训与宣传。

需求牵引研究　应用至上推广

项目组积极与各级政府协调，在示范区对农牧民开展宣传普及工作，充分体现“在研究中加强推广，在推广中提高研究”的原则，不断完善研究内容，注重效益监测与评价，将试验研究成果转化到实际应用中。

项目组研究并实施了一系列节水技术，总体采用现有成果与典型经验总结—田间试验研究—综合技术集成—技术标准体系建立—示范推广的模式。项目研究目标是在环境友好和水资源可持续利用的前提下，形成具有内蒙古不同区域特色的农牧业高效节水灌溉标准技术体系和推广保障措施。建成了膜下滴灌、大型喷灌和大型灌区综合配套节水灌溉示范区 7 处，为不同类型地区节水灌溉提供了可看、可学、可借鉴推广的示范样板。

临河示范区研究示范大型灌区节水改造技术，重点开展渠道衬砌结构型式、渠道衬砌冻害防治、新材料应用、作物灌溉制度、田间节水改造、末级渠道量水、信息化技术、灌区用水管理和综合节水技术集成模式等方面的研究工作。已有 4 项成果获自治区科技进步奖和丰收奖，研究成果达到国内领先和国际先进水平。主（参）编国家、行业和地方标准 7 项，主编《大型灌区节水改造工程技术试验与实践》专著和《内蒙古河套灌区渠道衬砌和渠系建筑物设计图集》，编写水利科普读物和技术培训手册 7 册；获国家发明和实用新型专利 4 项；编制玉米、小麦、葵花和加工番茄综合节水技术集成模式图 4 套；制作《渠道防渗技术》《灌区信息化技术》和《水润河套》宣传片 3 部；发表学术论文 40 余篇。这些成果为自治区大中型灌区规划设计、工程施工与灌溉管理提供了科学依据和技术支撑，为国内同类灌区的节水改造提供了科学依据和重要经验。多项成果已在节水改造工程中推广应用，采用新材料、新技术衬砌的渠道长度 1200 公里，累计节水量 15 亿立方米，取得直接和间接效益 5 亿多元，经济、社会和生态效益显著。目前，河套灌区已投资 26.25 亿元，完成支渠以上骨干渠道衬砌长度 403 公里，配套改造各类建筑物 3284 座，初步形成了功能完备的灌排工程体系。灌区灌溉水利用系数由 0.375 提高到 0.415，灌溉定额由每亩 580 立方米降低到 540　立方米，粮食产量由节水改造前的 16.7 亿公斤增加到 2014 年的 33.3 亿公斤，农民人均纯收入由 2270 元增加到目前的 1.3 万元。

赤峰市松山区示范区开展玉米膜下滴灌与地埋式滴灌技术研究，重点开展了玉米膜下滴灌灌溉制度、玉米地埋式滴灌关键技术、水肥一体化技术、农田残膜回收技术等内容的研究与示范，编制了节水技术集成模式图 2 套，制定了管理技术规程地方标准 2 项，提出玉米膜下滴灌和玉米地埋式滴灌灌溉制度 2 套，提出玉米水肥一体化技术与农残膜回收技术，制作滴灌技术宣传片 2 部，这些成果为赤峰市 500 亩膜下滴灌推广提供了科学依据、示范样板和技术支撑。2011—2015 年，赤峰市累计推广玉米、谷子和甜菜膜下滴灌面积 500 万亩。与低压管灌相比，玉米膜下滴灌亩节水 140 ~ 180 立方米，坡地亩增产量 532 公斤，平地亩增产量 200 公斤，年新增玉米产量 16.64 亿公斤，亩均新增收入 300 ~ 400 元，年新增效益 33.28 亿元，高效节水灌溉工程充分显现出“省水、省力、省钱，增产、增收、增效”，取得了显著的经济、社会和生态环境效益。

鄂尔多斯市鄂托克前旗示范区研究示范牧草大型喷灌与地埋式滴灌技术，

重点开展了紫花苜蓿、饲料玉米大型喷灌和紫花苜蓿地埋式滴灌灌溉制度和水草畜平衡等内容研究与示范，编制了综合节水技术集成模式图2套，制定了技术规程地方标准2项。到2014年年底，全旗高效节水灌溉面积达48万亩，占全旗水浇地面积的92%，紫花苜蓿大型喷灌亩节水量50立方米，干草亩产量由550公斤提高到工程实施后的约700公斤，亩增效益240元，取得了显著的经济、社会和生态环境效益。项目取得的成果为全自治区紫花苜蓿节水灌溉提供了科学依据、示范样板和技术支撑。鄂尔多斯市围绕现代农业和现代畜牧业示范基地建设，采用工业反哺农业措施发展节水灌溉，截至2014年，全市已投入资金约10亿元，购进各类大中型喷灌机6647台套，发展大田作物与饲草料地喷灌面积118万亩，建成现代草原畜牧业示范户1170户。通过采取节水灌溉措施，平均亩灌水量较常规灌溉节水70立方米，年累计节水量4.1亿立方米。据最新统计，内蒙古苜蓿节水灌溉面积已达150万亩，居全国首位。

巩固科研成果　提高示范效益

通过4年的试验和示范，节水灌溉工程科技支撑项目取得明显效益，达到了既定的主要技术指标：示范区灌溉水利用率大幅度提高，渠灌区灌溉水利用系数在0.6以上，田间渠系水利用系数提高了20%以上，渠道防渗效果超过了80%，田间平地缩块节水效果提高了15%以上，主要作物水分生产率提高了20%以上；地下水喷灌灌溉水利用系数超过0.8，滴灌区超过0.9。2012—2015年，全自治区新增节水灌溉面积1800万亩，其中高效节水灌溉面积1200万亩。截至2014年，全自治区农业灌溉用水量为135亿立方米，占经济社会用水总量的74%，与2011年相比，农业灌溉用水量减少了25亿立方米，农业用水占用水总量的比例降低了8个百分点。

项目组编制完成《马铃薯膜下滴灌水肥管理技术规程》等9项高效节水灌溉地方标准，已由自治区质量技术监督局于2014年5月发布实施，并于2014年11月举办了全自治区新颁水利地方标准宣贯班。自治区质监局负责人表示，水利厅一次提出并获得自治区质监局批准9项地方标准，是前所未有的。这些标准的显著特点是融合了水利、农业、农机、管理等多方面的技术，在膜下滴灌、喷灌等先进节水灌溉条件下，将节水灌溉技术与农业耕作施肥技术有机结合，形成了先进灌溉条件下的水肥管理技术，并以规程的形式推荐给广大生产管理者。系列标准均是围绕高效节水灌溉工程运行管理方面编制的，服务对象是基层节水灌溉工程运行管理具体操作者，对于改善和提高自治区基层节水灌溉运行管理水平具有现实意义。

几年来，项目组取得了丰硕成果：编制了《西辽河流域玉米膜下滴灌综合节水技术集成模式图》等高效节水综合配套技术集成系列模式图 15 套，模式图具有新颖性和创新性，实现了水利、农艺、农机和管理技术集成创新，填补了国内空白，已作为培训材料在自治区内外宣传推广，深受农牧民欢迎；制定了《紫花苜蓿中心支轴式喷灌水肥管理技术规程》等高效节水灌溉系列地方标准 14 项；规范了高效节水灌溉中灌水、施肥、栽培、机械与管理等技术措施，初步构建了内蒙古自治区高效节水灌溉标准化体系，提升了自治区节水灌溉技术水平，有效促进了内蒙古农牧业高效节水标准化与规范化建设；提出高效节水灌溉条件下主要作物灌溉制度 9 套，主要包括玉米、大豆、马铃薯、加工番茄、紫花苜蓿、青贮玉米和饲料玉米在丰水年、平水年和枯水年 3 种不同水文年型和不同灌溉方式条件下作物节水灌溉制度；提出玉米和紫花苜蓿地埋式滴灌关键技术 2 套，取得了两种作物地埋式滴灌工程技术集成模式图等两项地方标准；提出大型灌区骨干渠道衬砌新材料与保温防冻胀技术，模袋混凝土渠道衬砌适宜衬砌厚度与保温防冻胀措施；提出玉米、大豆和马铃薯膜下滴灌水肥一体化技术施肥方式、品种、次数和施肥量，在控肥增效方面取得新突破，在测土配方施肥基础上进一步提高了肥效利用率、肥料农学效率和增产效果；提出农田残膜回收技术与不同类型地区农机配套技术；编制《河套灌区渠道衬砌和渠系建筑物设计图集》《大田作物膜下滴灌工程设计典型实例》和《大型喷灌机灌溉工程设计典型实例》；制作《玉米膜下滴灌技术》等高效节水系列视频宣传片 11 部；完成了《内蒙古农牧业节水灌溉政策研究报告》和《内蒙古农牧业水价综合改革政策研究报告》2 项；编制高效节水实用技术培训手册 10 册，举办全自治区和示范区旗县高效节水技术与地方标准培训班 13 次，累计培训盟市、旗县管理与技术人员和农牧民 5000 人次；获得实用新型专利 12 项，发表论文 44 篇，培养博士、硕士研究生 13 名。

在自治区水利厅和财政厅的大力支持下，经科研团队 4 年联合攻关，节水灌溉工程科技支撑项目已在 16 个方面取得 76 项单项成果，这些成果已在自治区节水灌溉工程中大面积推广应用，取得了显著的节水增产增效和社会生态效益，提高了自主创新能力和水利、农业与农机科技进步贡献率，为自治区农牧业节水灌溉工程建设提供了科学依据、示范样板和技术支撑。项目组将秉承习近平总书记提出的“节水优先、空间均衡、系统治理、两手发力”新时期水利工作方针，围绕自治区经济社会发展和水利中心工作，不断拓展科技创新之路，为实现水资源可持续利用，全力以赴做好以高效节水灌溉为目标的科技支撑这篇大文章。

（原载于 2015 年 10 月 16 日《中国水利报》）

内蒙古自治区：加快改革发展提升水利保障

五年大发展，五年大飞跃，五年结硕果，五年谱华章。过去的五年，是内蒙古水利惠及民生、支撑经济社会、加快改革发展、锐意攻坚克难的重要五年。五年来，内蒙古各级水利部门在自治区党委、政府的正确领导和水利部的大力支持下，改写了记录，创造了辉煌，民生水利迅猛发展，行业能力迅速提升，水利支撑和保障水平显著提高。

“十二五”期间，自治区水利部门坚持以协调推进“四个全面”战略布局为统领，认真贯彻落实中央、自治区加快水利改革发展决策部署，积极践行以保障和改善民生为目标、以“管好资源权、放开建设权、搞活经营权”为核心的治水思路，开拓进取，扎实工作，全社会累计投入水利建设资金超过 600 亿元，圆满完成“十二五”规划确定的目标任务，水利改革发展取得显著成效。

最严格水资源管理制度　全面落实成绩突出

以全面落实最严格水资源管理制度为抓手，自治区出台《自治区关于实行最严格水资源管理制度的实施意见》，全面建立起覆盖自治区、盟市、旗县三级行政区域的“三条红线”指标体系，并将“三条红线”控制指标列入盟市党政领导班子年度目标考核体系。完成对全区 12 个盟市 2014 年实行最严格水资源管理制度情况的首次考核。自治区在国务院 2014 年度实行最严格水资源管理制度情况考核中等级为良好，排名全国第 13 位。

2011年以来，相继修订和编制了《内蒙古水功能区划》《内蒙古水资源费征收标准》《内蒙古地下水保护行动计划》，并由自治区政府批复执行；出台了《内蒙古节约用水条例》《内蒙古地下水管理办法》，开展了《内蒙古行业用水定额标准》和《内蒙古水资源费征收标准》的修订工作；实施了水资源费超定额、超计划累进加价制度。由自治区政府转发了《内蒙古实行最严格水资源管理制度实施意见》，制定了《内蒙古盟市间黄河干流水权转让试点实施意见（试行）》和《内蒙古水利厅水资源前期工作技术审查实施细则》，编制了《内蒙古节水型单位建设标准》，印发了《内蒙古水功能区管理办法》。法规和制度体系的不断完善，为最严格水资源管理制度的实施提供了保障。严格水量调度管理，将黄河、嫩江和黑河水量调度指标分解下达到相关盟市，全区连续4年完成黄河水调任务；黑河调水使东居延海连续11年不干涸。在鄂尔多斯市成功实施了一期水权转换后，2013年启动了盟市间水权转让试点工作。同年，成立了自治区水权收储转让中心，组建了国内首家水权交易平台。几年来，盟市内水权转换工作进展顺利。《自治区水权试点方案》获批，出台《自治区盟市间黄河干流水权转让试点实施意见（试行）》《自治区闲置取用水指标处置办法》。水权转让工作的开展，在没有新增黄河取水量的情况下，推动了农业节水，保障了工业新增用水，维持了河道生态用水，实现了“多赢”目标，自治区被水利部确定为全国水权试点7个省区之一。

包头市、呼和浩特市、鄂尔多斯市和二连浩特市4个全国节水型社会建设试点均通过了水利部节水型社会建设试点验收，被水利部授予“全国节水型社会建设示范区”称号。“十二五”期间，共安排水资源费2000万元，对三批105家节水型企业和单位进行表彰奖励。严格执行规划水资源论证和建设项目水资源论证制度、取水许可和水资源费有偿使用制度。开展工业园区规划水资源论证工作；对取水总量接近、达到或超过控制指标的地区，通过水权转让的方式解决建设项目新增用水，保证区域取水总量不增加；严格禁止高耗水工业使用地下水，除食品、药品行业外，对于新增工业用水使用地下水的项目一律不予审批；对不符合国家产业政策或列入国家产业结构调整指导目录中淘汰类的，产品不符合自治区行业用水定额标准或不满足清洁生产相关标准的，在城镇公共供水管网能够满足用水需要却通过自备取水设施取用地下水的，以及地下水严重超采的地区取用地下水的建设项目取水申请，一律不予受理；坚持没有论证不发证，没有测试不换证；基本完成了取水许可台账建设工作。大力核查关闭自备水源井，治理区域违规取用地下水行为，减少区域地下水取水量，2012—2014 年，全区共关闭自备水源井和地下水超采区机电井近 3 万眼。2015 年，全区用水总量控制在 199 亿立方米内，万元工业增加值用水量比 2010 年下降 58%，重要江河湖泊水功能区水质达标率达 52%，达到国家确定的阶段性控制目标要求。

高效节水灌溉谱新篇

农业节水大有可为。自治区水利厅以新增“四个千万亩”规划纲要为指导，大力开展小型农田水利重点县、大中型灌区节水改造、东北四省区“节水增粮行动”和西北“节水增效”项目建设，推广喷、滴灌等高效农业节水技术；推进农业水价综合改革，推动了河套灌区等大型灌区农业水价的合理调整。开展了全区典型灌区农田灌溉用水效率测定工作，全区农田灌溉水有效利用系数年均提高一个百分点。

高效节水灌溉两手发力，农牧业节水和利用水平显著提高。五年来，全区共有 40 个旗县纳入中央财政小型农田水利重点县，项目总投资 14.63 亿元；新增“四个千万亩”专项资金（农区）和自治区重点县（农区），累计投资 7.31 亿元，共建设节水灌溉面积 226.8 万亩，其中喷灌灌溉面积 68.9 万亩、微滴灌灌溉面积 99.02 万亩、渠道衬砌灌溉面积 58.39 万亩、低压管道灌溉面积 0.52 万亩；2012 年—2015 年，启动实施了投资 84 亿元的东北“节水增粮行动”，发展节水灌溉面积 800 万亩，为全区大面积发展高效节水灌溉提供了示范先导；涉及 8 个旗县的规模化节水灌溉项目累计投资 4.51 亿元，发展节水灌溉面积 36.72 万亩。以重点项目为依托，新增“四个千万亩”节水灌溉工程快速发展，实现了节水、节地、节能、增产、增收，水资源利用水平明显提高，农业综合生产能力明显提高，带动了农牧业产业化发展，取得了显著的社会、经济和生态效益。全面完成了国家“节水增粮行动”安排内蒙古的 800 万亩。五年来，全区累计新增有效灌溉面积 350 万亩，新增节水灌溉面积 1530 万亩。基层水利服务机构基本实现乡镇全覆盖。

牧区水利发展迅速，成效显著。牧区节水灌溉示范项目覆盖 77 个旗县，总投资 2.28 亿元，新增及改造饲草料地节水灌溉面积 20.92 万亩；新增“四个千万亩”专项牧区节水灌溉饲草地投资 5.2 亿元，新增及改造饲草料地节水灌溉面积 52.05 万亩；14 个自治区重点县（牧区）投入 3.36 亿元，发展节水灌溉饲草地 35 万亩，牧区生态修复和草原保护能力明显提高，生态环境和牧区综合生产能力显著提升。

饮水安全工程建设　重在实现“全覆盖”

“十二五”期间，全区 5 年累计投入饮水安全建设资金 47.71 亿元，解决了 501.7 万农牧民和 34.8 万学校师生的饮水不安全问题，全面完成了“十二五”饮水安全规划建设任务和农村牧区饮水安全全覆盖任务；同时解决了规划外翁牛特旗贫困山区、沙化区 10.3 万人的饮水不安全问题，规划内工程建设任务圆满收官。

2011—2015 年，国家共下达规划内饮水安全工程投资计划 31.70 亿元。截至 2015 年 10 月，“十二五”规划目标任务已全部完成，全区共解决农牧民饮水不安全人口 501.77 万人、学校师生 34.82 万人；建成各类供水工程 96998 处，建成“千吨万人”规模以上供水工程 39 处，受益农牧民 77.79 万人、学校师生 5.35 万人。

规划外工程建设任务全面完成。翁牛特旗是李克强总理第二批党的群众路线教育实践活动联系点。该旗组织水利部门广大干部职工，对全旗农村牧区饮水安全现状进行了详细的调查摸底。到 2014 年 4 月，全旗有 16.6 万农牧民存在饮水不安全问题，其中，规划外 10.3 万人。由于地方财政困难，无资金来源，水利厅配合国家发改委、水利部进行了专项调研，制定了前期工作计划，并多次协调地方保证各项工作有序推进。截至 2015 年 10 月，农牧民的饮水安全问题已全部解决，建成各类工程 280 处，累计完成投资 10831 万元。

圆满完成 90 个区域水质检测中心建设任务，水质检测服务将辐射所有项目旗县。同时，不断推进“三项机制”建立，101 个项目旗县现有 79 个旗县成立了工程专管机构，其他旗县以挂靠水利服务站、水工队等形式对饮水安全工程建后运行管护状况进行监督管理和技术服务。65 个旗县出台了旗县级农村牧区供水工程运行管理办法，86 个旗县建立了水质检测中心，全区 101 个项目旗县区都编制了县级供水应急预案，确保供水安全。制定了严格的水源保护措施，进一步加大水源地保护力度，在《内蒙古自治区农村牧区饮用水供水条例》中明确水源地保护各相关部门应承担的责任，要求各地逐步划定水源地保护区范围，加大对水源地保护区内违规行为的执法检查力度。全区千吨万人以上工程已有 105 处划定了保护区范围。

着力构筑北疆重要生态屏障

以打造祖国北疆重要生态屏障为指导，“十二五”期间，自治区规划水土流失治理面积目标为 2.17 万平方公里。五年间，完成水土流失治理面积 2.43 万平方公里，超额完成了“十二五”确定的目标任务。

“十二五”期间，自治区依托正在实施的国家水土保持重点建设工程、小流域综合治理工程、坡耕地治理工程、国家农业综合开发东北黑土区水土流失治理工程、黄土高原淤地坝工程等一大批国家重点治理工程，加强部门协调，积极整合项目，水土保持工作扎实推进。五年来，国家各类水土保持重点工程共投资 155570 万元，治理面积 2984.64 平方公里，建设淤地坝 63 座，建设清洁小流域 13 条；京津风沙源工程共投资 116660 万元，治理水土流失面积 1736 平方公里，建设水源工程 6209 处，节水灌溉 5179 处。

在加大水保生态修复力度的同时，进一步强化监督执法工作。生产建设项目水土保持“三同时”制度进一步落实，水土流失违法违规行为得到有效遏制，人为水土流失防治工作取得重大进展。水土保持方案申报率、实施率和水土保持设施验收率明显提高，自治区立项的生产建设项目水土保持方案申报率达到 90% 以上。全区各级水行政主管部门累计开展执法检查 5200 多次，查处违法违规案件 168 起。《内蒙古自治区水土保持条例》2015 年 10 月 1 日实施。

水生态建设加快推进。自治区党委政府高度重视生态文明制度建设，先后制定出台了《关于加强生态文明制度建设的意见》和《关于加强生态文明建设的意见》。两个《意见》出台，对自治区水土保持工作发挥了强有力助推作用。为使水土保持管理工作更加规范，自治区发改委与水利厅印发了《内蒙古水土保持工程建设管理办法的通知》；水利厅先后印发了《内蒙古水利厅关于水土保持项目建设管理工作的通知》《内蒙古水利厅关于加强生产建设项目水土保持工程建设监理工作的通知》，从根本上保障了水保生态修复工作有力有效开展。重点湖泊水生态治理成效显著，呼伦湖水生态综合治理“引河济湖”二期工程、新开河疏通工程建成，乌梁素海补水工程加快实施。

水利工程建设全面推进效益显著

“十二五”期间，一批水库、水利枢纽等重点工程建设完成并发挥效益。海勃湾、红花尔基、德日苏宝冷、三座店、阿塔山、美岱、霍林河、扬旗山、乌不浪等“十二五”前开工建设的重点水利工程已基本完工，其中红花尔基、德日苏宝冷、阿塔山、霍林河、乌不浪等重点工程竣工验收，黄河海勃湾枢纽完成了蓄水和首、末台机组启动阶段验收，扬旗山水库完成了蓄水阶段验收。重点水利工程建成后，开始发挥防洪减灾作用，极大提高了区域水资源的调控能力。

重点水利工程建设取得重大进展。列入国家规划的 12 项节水供水重大水利工程有 2 项续建，5 项开工建设，5 项加快推进前期工作。红花尔基、德日苏宝冷、黄河近期防洪工程、海勃湾水利枢纽等自治区重点工程相继建成并发挥效益，扎敦水利枢纽开工建设，小型病险水库除险加固任务全面完成。

黄河内蒙古段二期防洪工程开工建设。该工程是国家确定的 172 项节水供水重大水利工程之一。国家发改委 2015 年 10 月批复可研报告，总投资 450606 万元，总工期 3 年，2015 年 10 月 30 日开工建设。嫩江干流内蒙古段治理工程是国家确定的 172 项节水供水重大水利工程之一。2015 年 10 月，国家发改委批复可研报告，批复工程总投资 5.2 亿元，总工期 1 年，2015 年 11 月开工建设。

病险水库除险加固工程建设，确保了水库工程安全运行。列入《全国重点小（1）型病险水库除险加固规划》（2010 年）的 51 座水库和列入《全国小（2）型病险水库除险加固规划》（2010 年）的 61 座重点水库的除险加固全部竣工，4 座新增大中型水库除险加固项目完工并验收，66 座一般小（2）型和新增 44 座小型病险水库除险加固项目进展顺利。这些病险水库除险加固后提高了防洪标准，增加了调蓄能力，保证了防洪安全，为农牧业灌溉、安全饮水、工业供水提供了保障，为解决粮食安全和民生问题发挥了重要作用。列入全国病险水闸除险加固规划的中型病险水闸 78 座，前期工作有序推进。

大江大河主要支流和中小河流治理工程建设，提高了防洪标准，保障了防洪安全。列入《全国中小河流治理和病险水库除险加固、山洪地质灾害防御和综合治理总体规划》的大江大河主要支流和内陆河流治理工程项目共27个，规划总投资61.7亿元。目前，有26项治理工程可研报告已全部编制完成，其中22项已通过审查，2项正在审查，2项近期将安排审查。85个列入全国中小河流近期规划治理项目，总投资15.29亿元。目前，共完成投资139386万元，已治理河长735.4公里，81个项目完工，其中66个项目通过竣工验收。中小河流2013—2015年规划治理项目120项，规划投资19.40亿元，目前初设已审批119项，批复投资190984万元，中央投资已安排94个项目93256万元，自治区级财政已配套106个项目18940万元；完成工程建设招标110项，已有106项开工建设，完成投资117754万元，已治理河长460公里，现有59项完工或基本完工，竣工验收9项。

规范建设管理，确保工程建设质量、安全和效益。“十二五”期间，针对水利建设任务重、时间紧，水利厅积极推进项目前期工作，保障工程顺利实施，对前期工作中存在的突出问题及时协调解决。组织制定了《内蒙古水利前期工作技术审查专家管理办法》《内蒙古水利前期工作技术审查与行政审批信息公开办法》《内蒙古水利厅水利工程前期工作成果质量评价管理暂行办法》等前期工作管理制度。对有关前期工作编制责任落实、审查责任落实、审批责任落实、质量追究等方面作了明确规定。切实加强工程建设管理，规范招标投标管理工作。2013年，印发《关于水利工程建设项目招标投标进入公共资源交易市场的通知》和《关于水利工程建设项目招标投标全部进入公共资源交易市场的通知》，明确要求政府投资和使用国有资金、依法必须进行招标的水利工程建设项目招标投标从2013年7月1日起全部进入公共资源交易市场进行交易。目前12个盟市已经全部成立公共资源交易市场，中央水利工程建设项目、自治区大型水利工程建设项目、新建中型水利枢纽工程以及厅属水利工程建设项目招标投标进入自治区公共资源交易市场，其余水利工程建设项目招标投标进入盟市公共资源交易市场。2015年5月出台《内蒙古水利工程建设项目招标投标行政监督管理办法》，进一步加强了招投标管理。出台《内蒙古水利厅关于水利工程建设项目招标审批改变为备案管理的通知》，将全区水利工程建设项目招标审批改为备案管理。

强化质量管理工作，确保工程质量安全。印发了《关于进一步加强水利建设工程质量与安全监督管理工作的通知》《关于切实加强全区水利工程建设质量监督管理工作的意见》。按照分级管理原则，划分、明确自治区级、盟市级、旗县级监督范围。已有 38 个旗县成立了质量监督机构。制定了《水利工程质量管理年活动实施方案》，印发了《关于印发水利建设质量工作考核办法的通知》，建立了地方水利工程建设质量工作考核制度，考核结果将作为项目和资金安排的一个重要参考因素之一，厅直单位考核结果将作为单位及领导班子考核、评比、奖励的重要参考因素之一。

推进水利工程管理体制改革，落实维修养护经费。将维修养护经费安排与水管体制改革落实情况挂钩奖补。2014 和 2015 年，每年从自治区水利建设基金中安排 2000 万元，用于大中型水利工程的维修养护，确保水利工程安全运行。同时争取加大中央水利建设基金补助中西部地区公益性水利工程维修养护投入力度，全面提升水利工程管理水平。开展水库大坝注册登记工作。完成了全区所有水库的大坝注册登记复查换证工作。全区 438 座水库编制了大坝安全管理应急预案。建立了全区水库蓄水情况统计平台，对汛期超过汛限水位运行的水库及时提示。

建立了水利建设市场信用体系。制定了《内蒙古自治区水利建设市场主体信用信息管理暂行办法》，印发了《内蒙古水利厅关于建立全区水利建设市场主体信用档案的通知》，信用信息征集覆盖勘察、设计、施工、监理、咨询、质量检测、招标代理及供货等市场主体。在水利厅网站上建立了“内蒙古自治区水利工程建设项目信息和市场信用信息平台”，规范信息报送，实现信息共享，加快建立水利建设市场红黑名单制度。各盟市已在招投标工作中应用平台公布的企业信用信息，作为资格审查的必需条件，其代表业绩和人员必须经公示才给予认可。

水利改革持续发力　水利发展方兴未艾

深化水利改革取得关键进展。深入推进完善水资源管理制度、小型水利工程管理体制改革和水资源资本化改革。小型水利工程管理体制改革确定了 2 个国家级和 12 个自治区级改革示范旗县。试点旗县水行政主管部门对改革范围内的小型水利工程进行登记造册，界定产权归属，发放产权证书，将公益性小型水利工程的维修养护经费纳入财政预算。14 个试点旗县已基本完成改革任务。此次试点地区改革涉及小型水利工程约 8.2 万处，共向产权所有者颁发产权证书约 1.1 万册。完善水利投融资体制，深化水利金融合作，与中国农业银行内蒙古分行签署了战略合作协议，5年间内蒙古农行将为自治区水利建设提供100亿元的意向性授信额度。认真落实中国农业发展银行专项过桥贷款政策，组织承贷主体与农发行有序对接，推动项目落地、贷款落地。创新工程建设管理模式，因地制宜推行水利工程代建制、设计施工总承包等模式，选取河套灌区续建配套与节水改造工程部分项目开展了设计施工总承包试点。深化农业水价综合改革，2014年4个农业水价综合改革试点项目全部竣工验收。继2014年自治区政府批复河套灌区农业供水价格调整后，鄂尔多斯黄河南岸灌区农业水价调整获批。

5年来，自治区防汛抗旱减灾成效显著。有效应对了历年黄河凌汛，成功抵御了2012年黄河内蒙古段1981年以来最大洪水、2013年嫩江流域超50年一遇洪水、额尔古纳水系重要支流超100年一遇洪水和2014年中西部地区严重的春夏连旱。

水利信息化建设步伐加快。初步建立起水利信息化支撑平台。自治区水资源管理系统一期基本建成，国家水资源监控能力建设项目、国家防汛抗旱指挥系统二期工程、中小河流水文监测系统建设全面推进，水文基础设施不断完善。

水利投入稳定增长机制进一步健全。《自治区水利建设基金筹集和使用管理实施细则》出台，自治区水利基础设施建设融资担保公司成立，内蒙古水务投资集团水利建设融资平台作用充分发挥。

回眸这五年，内蒙古水利将普惠民生、保障经济社会发展的成就折射于辽阔草原，印刻在自治区广袤的大地上。在“十三五”期间，全区水利人将秉承“创新、协调、绿色、开放、共享”的发展理念，为构筑祖国北疆亮丽风景线奋力前行。

（原载于2016年1月8日《中国水利报》）

内蒙古水权交易制度改革全面提速

内蒙古自治区水利厅根据水利部《深化水利改革指导意见》，结合工作实际，深入调查研究，广泛听取意见，研究制定了《关于深化水利改革的实施方案》，于 2015 年 11 月正式印发。就此，内蒙古水利厅确定了水权交易制度路线图和时间表。

按照当前与长远结合、需要与可能兼顾的原则，《实施方案》既涉及水利部提出的 10 个方面改革举措，又突出了自治区党委明确的改革任务，同时根据自治区的具体情况，在建立健全用水权初始分配制度等方面有所创新。

《实施方案》明确了自治区水利改革的总体目标是到 2020 年，在水利重要领域和关键环节的改革取得决定性成果，基本建立科学完善的水利体制机制，有利于加快水利基础设施建设，提高公共服务水平；有利于水资源的节约保护和优化配置，促进经济发展方式转变；有利于改善水生态环境，推进生态文明建设。全面提升水利支撑经济社会发展和小康社会建设能力，为打造祖国北疆亮丽风景线提供水安全保障。

《实施方案》重点围绕水行政审批制度改革、水利投融资体制改革、建立健全水权交易制度、完善最严格水资源管理制度、农村牧区小型水利工程管理体制改革等 17 个方面的改革事项提出政策措施和任务目标。明确自治区水利厅深化水利改革工作领导小组，负责全区水利改革总体设计、统筹协调、整体推进、督促落实，各专项改革推进组负责专项改革的推进工作，改革办负责研究制定工作方案，将实施方案确定的各项改革任务分解落实到有关处室和单位，明确改革的时间表、路线图、阶段目标和责任人，加强改革任务统筹安排和综合协调。同时各盟市水利部门要根据本实施方案，结合本地区实际，研究制定本地区深化水利改革的实施方案，抓好组织实施。

根据《实施方案》的规划安排，2016 年，计划全部完成农村牧区小型水利工程管理体制改革，同时探索开展具备条件的农民专业合作社、农民用水合作组织等新型主体开展小型农田水利设施建管一体化试点；出台《内蒙古自治区水权交易管理办法》《内蒙古自治区水文条例实施办法》《内蒙古自治区水土保持补偿费征收使用管理办法》等相关办法条例；积极推进水资源监控能力建设，开展呼伦湖、乌梁素海水生态监测；启动地下水严重超采区压采试点和公益性水利工程代建制试点，完成水利行业协会与行政机关脱钩。

《实施方案》将未来 3 年的水利改革目标任务再次细化，具体到每个年度需出台的改革成果及推进措施的时间节点，明确任务分工和责任主体，加快推进改革。

（原载于 2016 年 3 月 2 日《中国水利报》）

内蒙古持续推进重大水利工程建设

内蒙古水利厅按照总体目标和工作任务，层层传导压力，明确节点要求，全自治区重大水利工程项目推进有力。

内蒙古有 12 项工程纳入国家 172 项重大水利工程，其中，河套灌区等大型灌区续建配套与节水改造工程、田间高效节水灌溉、尼尔基水利枢纽下游内蒙古灌区、绰勒水利枢纽下游内蒙古灌区、辽河干流治理、黄河内蒙古段二期防洪和嫩江干流治理等 7 项工程已开工，引绰济辽工程等 5 项工程正在进行前期工作。

2015 年，国家下达内蒙古自治区河套灌区等大型灌区续建配套与节水改造、田间高效节水灌溉、尼尔基水利枢纽下游内蒙古灌区、绰勒水利枢纽下游内蒙古灌区和辽河干流治理工程投资计划 215935 万元，截至 2016 年 8 月 10 日，已完成投资 198533 万元，投资完成率为 91.9%。

内蒙古还扎实推进毕拉河口水利枢纽等项目前期工作。该水库总库容 15.03 亿立方米，电站总装机容量 180 兆瓦，工程总投资 49.41 亿元。呼伦贝尔市目前正组建项目法人，开展可研编制工作。

内蒙古把加快重大水利工程建设作为重要政治任务，大力抓好工作机制和措施落实，高度重视在建水利工程建设安全生产和安全度汛工作。加强组织领导，成立了重大水利工程建设领导小组及水利重点项目办公室，统筹推进有关工作。层层落实责任，传导压力，自治区政府主要领导多次召开全自治区加快推进重大水利工程建设会议，全面部署工作；自治区政府和各盟市行署、政府签订了责任状，明确了工程建设责任和时限要求，同时，印发项目推进实施方案，明确了时间节点要求，并积极解决盟市、旗县配套资金落实问题。加大监督管理力度，督促落实各项安全生产制度，排查安全隐患。

（原载于 2016 年 8 月 17 日《中国水利报》）

内蒙古水利科技创新成果丰硕

记者近日从内蒙古全区水利科技创新大会上获悉，“十二五”期间，全区争取国家及地方各级水利科技经费达2.13亿元，比“十一五”增长67%；共发布水利地方标准17项，占自治区成立以来发布的65%；“内蒙古自治区新增四个千万亩节水灌溉工程科技支撑项目”在11个方面取得了76项单项成果。

内蒙古通过大力实施“工程带科研，科研为工程”战略，重点在水生态文明、农牧业高效节水技术、水资源开发利用及优化配置、水环境保护、水土保持与生态建设、水利工程建设与管理等方面，开展了重大科研课题研究，取得了一批水利科技成果，为进一步推进科技成果转化和科技创新奠定了基础。

“十三五”期间，《内蒙古自治区水利科技创新实施意见》确定了全区水利科技创新近期、远期发展目标：到2020年，基本完成水利科技体制机制改革任务，水利科技创新能力进入自治区创新型行列；到2030年，建立适应创新驱动发展战略要求、符合水利重大需求的科技创新体系，水利科技创新成效明显提高，综合创新能力达到自治区中等以上水平；到2050年，创新驱动力进一步增强，自主创新能力大幅提升，力争使自治区水利科技创新能力进入国内先进行列。

内蒙古将集中力量加强三大类重点项目研究，切实提高全区水利科技创新能力与水平，加强前瞻性及基础性问题研究，强调“三个超前”，即理念超前、理论超前、方法超前，提出更多原创性成果。落实“项目带科研”政策，确保以基建大项目带出科研大项目，精准解决一批重大关键技术问题；加强关键环节技术攻关，强调“三个结合”，即与国际前沿相结合、与国内经济社会发展需求相结合、与生产过程实际问题相结合，着力突破水利改革发展的重大科技瓶颈、关键技术难题。围绕重大水利工程建设，有针对性地开展材料结构、泥沙淤积、隧洞施工、高效节水等关键技术研究攻关，为大中型水利工程和重点水利项目实施提供科技支撑；加强实用性产品研发，强调“三个突破”，即在技术上有突破、提高生产效率上有突破、增长经济效益上有突破，研发出更多具有广泛推广应用价值的系统和产品；加快建设水利科技创新基础平台和现代化网络系统，重点抓好三个基础平台建设；深入推进三个方面科技体制改革；力争获得一批具有重大实用价值的研究成果，解决全区重大水问题，引领和支撑水利现代化建设；拓展水利科技创新投资渠道，逐步提高水利科技经费在水利建设资金中的比重。

内蒙古还将完善水利科技资源分配和管理机制，最大限度地激发科技人员创新活力，使科研成果服务于重大工程建设，力争建一批工程，出一批成果，培养一批人才。同时，大力开展与农牧业、林业、环保、气象等相关行业的科技合作与学术交流，着力破解水利科技重大问题，特别是加强在防洪抗旱减灾、水资源保护与利用、水生态环境保护、农田水利建设、水利信息化管理等领域的交流与技术合作。

（原载于 2016 年 8 月 31 日《中国水利报》）

内蒙古：重点水利工程建设再加力

内蒙古对全自治区重点水利工程建设进行再动员、再部署、再落实、再督促，以全面完成今年各项水利建设任务。这是从 9 月 23 日全自治区重点水利工程建设推进会议上了解到的。

截至 8 月底，内蒙古中央投资计划完成率仅为 51.2%，距年底前重大水利工程年度投资执行进度达到 90% 以上、其他水利工程达到 80% 以上的目标，还有很大的差距。内蒙古将层层落实责任制，逐级传导压力，制定好时间表、路线图和责任网，及时解决工程建设中遇到的问题；加强前期工作，增加项目储备；统筹做好中小河流治理等薄弱环节项目的前期储备，合理确定工程建设方案，确保前期工作的质量和深度；抓住有利时机，加快建设进度，想方设法利用好建设黄金期加快施工进度；抓住政策机遇，拓宽投资渠道，通过政府注入资本金、投资补助、贷款贴息等方式，充分发挥好政府投资的引导带动作用，集中力量，突出重点，努力加快投资计划下达进度，足额配套地方资金，及时拨付资金，更多地向重大水利工程倾斜；进一步研究引调水工程、水源工程等作为吸引社会资本的重要领域，充分发挥地方政府水利投融资平台的作用，调动社会资本参与建设和管理的积极性；狠抓工程质量，促进工程建设，确保工程安全，加强督导检查，对完不成年度建设任务的地区要予以通报批评，继续实行约谈工程进度滞后的盟市水利局主要负责人制度，必要时将在专项资金拨付、项目安排等方面予以制裁。

内蒙古强调，要部署开展冬春农田草牧场水利基本建设，加快构建大中小微协调配套、蓄引提灌排功能完备的农田水利工程体系，全力推进深化水利改革，切实加强基层水利党风廉政建设责任，实现工程安全、生产安全、质量安全、资金安全、干部安全。

（原载于 2016 年 9 月 28 日《中国水利报》）

尼尔基水利枢纽下游内蒙古灌区：倾心铺水路　清流泽良田

2017 年的新年钟声刚刚敲响，春节的脚步已经近在咫尺。此时，人们本应放下繁重的工作，沉浸在节日的气氛中，可是，在内蒙古莫旗尼尔基镇双龙泉村，却还是机器轰鸣，一派热火朝天的景象。这是尼尔基水利枢纽下游内蒙古灌区（以下简称尼尔基内蒙古灌区）总干渠项目建设施工现场。

尼尔基内蒙古灌区位于内蒙古自治区呼伦贝尔市莫力达瓦达斡尔族自治旗（以下简称“莫旗”）南部，地处嫩江和诺敏河交汇地带。灌区北部依山，东、南以嫩江干流为界，西以诺敏河为界，灌区呈倒三角形，北部东西长约 11 公里，东部南北长 34 公里，西部南北长 30 公里，工程涉及莫旗的尼尔基镇和汉古尔河镇，总面积 323 平方公里，耕地面积 33 万亩。

一项利国利民的工程

尼尔基内蒙古灌区是水利部《加快灌区建设保障粮食安全生产近期重点

建设规划》确定的9个新建灌区之一，工程建设的主要任务是农业灌溉，为商品粮基地建设创造条件。尼尔基灌区工程建设后可增加农业灌溉水量，提高灌区的耕地灌溉率和灌溉保证率，尼尔基内蒙古灌区设计灌溉面积发展到30.27万亩。其中，水田由目前的10万亩增加到20.39万亩，并建设成为自治区级的有机水稻生产基地，改善和提高当地的生产生活条件，将为莫旗实现精准脱贫和经济社会持续快速发展打下坚实的基础。

尼尔基内蒙古灌区工程设计总投资为91969万元，其中，中央预算内补助资金41400万元，地方配套资金30862万元，项目贷款19707万元。建设灌区渠系布置总干渠1条4.683公里，干渠3条共27.50公里，分干渠3条共39.60公里，支渠34条共105.183公里；田间渠道12250条共3055.9公里，衬砌长度500.84公里。排水骨干沟道共布设干沟3条共36.867公里，分干沟1条10.228公里，支沟21条共58.021公里，田间沟道8109条共2018.44公里。灌溉渠系配套骨干建筑物516座，田间建筑物16884座；排水沟系配套建筑物240座，田间建筑物3631座。本次设计共修建山洪沟3条，治理总长度21.834公里，配套建筑物34座。

项目建成后，发展节水灌溉，尤其是喷灌、滴灌及管道输水灌溉等灌溉技术的大力推广，可提高水的利用率，大幅度节约田间灌溉用水，从而有效提高灌溉保证率，灌溉面积将增加到30.27万亩。其中，水稻种植面积从10万亩增加到20.39万亩，增加了10.39万亩。同时，增强了莫旗当地灌区范围内的水稻和旱田的抗旱能力，促进灌区区域内农业稳定增产增收。

同时，通过灌区改造和节水技术的推广，能够基本满足多品种农作物生长的用水需求，推进特色效益农业的快速发展。规划年增产粮食1.24亿公斤，粮食作物增产值1.94亿元；新增灌溉效益8483万元；灌区内农民人均年收入增加3308元。到2020年将实现水稻产值3.5亿元，极大地提高灌区在支撑农业发展方面的综合效益，促进农村产业结构的调整，实现灌区区域内粮食增产、农民增收，有效提高当地农民生活质量。

多项举措加快实施进度

民以食为天。不管到什么时候，农业生产都是重中之重，正因如此，农业灌溉工程的实施力度受到国家的重视和人民的关注。如何加快尼尔基内蒙古灌区工程的实施进度，一直是内蒙古自治区水利部门不断研究和探讨的重大课题。为此，他们也从各个方面开展了大量工作，付出了极大努力。

在组织领导方面，内蒙古自治区相关部门切实发挥地方政府责任主体作用，建立了尼尔基水利枢纽下游内蒙古灌区工程建设领导小组、旗政府工程建设领导小组和建设单位三级指挥联动机制，定期召开调度会，研究解决工程建设涉及的规划、土地、拆迁、料场等实际困难和问题。在确保工程质量的前提下，有序、安全、顺利地推进工程建设，并就设计方案提出合理化建议，积极推进尼尔基内蒙古灌区工程的顺利实施。

同时，他们多方筹集资金，积极争取水利部和水利厅建设投资，争取配套建设资金的落实和拨付工作。积极争取银行贷款，为工程建设提供强有力的资金保障。

除此之外，工程的设计图纸及方案也是工作的重点。内蒙古水利厅加强与设计单位的沟通协调，要求设计单位及时优化设计施工图纸；同时，对设计文件中存在的突出问题和缺项、漏项、错项等内容，要求按程序及时向设计单位提出意见和建议，并出具相关图纸和设计方案。

在施工作业管理方面，内蒙古水利厅按照“年有目标、季有要求、月有计划、周有安排、日有进度”的要求，将项目纳入目标考核管理，认真落实各项工作责任制，责任落实到每一个单位和个人。严格按照安全生产工作要求和作业规范，做好每个施工环节的管理工作，确保工程质量和进度。

为了确保工程实施的进度，内蒙古水利厅积极协调好各部门，加强与发改、住建、水务、林业、环保、国土等部门的沟通协调工作，采取职能对口、专人负责、全程跟踪、积极跟进的办法，形成工作合力，争取各部门的大力支持，形成齐抓共建的工作新格局，有效地推进工程建设年度计划的实施进程。

为切实履行好尼尔基内蒙古灌区工程的安全生产职责，内蒙古水利厅严格要求施工企业安全生产管理人员严格执行各级关于安全生产与管理的各项规定，确保人员安全、施工安全、质量安全、生活安全、汛期安全。灌区管理局成立了安全生产工作领导小组，定期召开调度会，研究解决工程建设涉及的安全生产、安全度汛等工作中存在的实际困难和问题，安全生产工作领导小组专门对灌区工程各项分部工程施工现场的安全生产工作进行监管，确保灌区工程质量。工程开工以来，共召开安全生产专题会议 18 次，组织建设单位、设计单位、施工单位、监理单位开展联合大检查15次，发布情况专报15篇。同时，深入贯彻落实《自治区水利厅转发国务院安委会办公室关于江西丰城发电厂“11·24”冷却塔施工平台坍塌特别重大事故通报的通知》精神，召开专题会议，认真部署开展自查自纠工作，要求建设、施工、设计、监理落实各方主体责任，严格工程管理，进一步明确岗位责任和设备安全管理职责，严格执行安全操作规程和设备维修保养制度。

根据施工工期和防汛要求，内蒙古水利厅编制科学合理的施工作业计划，汛期保证工程重点部位团结渠首、倒虹吸、渡槽三处上游围堰有通畅的过水条件，建筑物内不能堆积大量和较难移动的施工物资和设备影响过流，及时清除团结渠首、倒虹吸、渡槽开挖残渣，以保证过流能力，做到了主汛期内24小时有人现场巡逻值班和防汛物资供应、储备充足。同时，与旗防汛、气象、水文部门建立联系协调机制，由莫旗防汛办设专人负责接收上游水情资料，密切关注天气预报，及时向工地各级防汛组织通报信息，并向旗防汛办反馈信息；保证通信、电力设备畅通。

严格管理确保工程质量

要确保重大工程安全、高效、合理地实施，不但需要力度和干劲，更需要科学、严格的管理，以确保工程的安全和质量。在这方面，内蒙古水利厅同样下了大功夫。

尼尔基内蒙古灌区工程于2015年5月6日开工建设，莫旗人民政府、建设单位召开协调会议、对接会议、设计优化会议共24次，各类现场办公会议15次，上报市水利局工程月报10期，发工程建设会议纪要24期，发工程简报52期，工程收文457份、发文372份。同时，将有关材料发送到参建单位及总部，加强了工程信息沟通，进一步明确了施工重点任务目标，解决施工图纸提供及会审、设计变更、工程优化等问题。为了保证工程质量和安全管理，灌区管理局在施工现场派驻甲方代表，主要职责是协调、沟通项目区乡镇与工程建设相关工作，上传下达，协助监理，监督工程质量与建设进度，及时反馈、报告施工情况。

在工程实施过程中，内蒙古水利厅还主动接受监督，成立了由自治区质监中心站、呼伦贝尔市质监站和旗水务局组成的尼尔基灌区工程质量监督组，对工程建设质量进行全面监督；同时，管理局与中水东北勘测设计研究有限责任公司签订平行检测合同书，作为业主委托的独立质量平行检测单位，2016 年 6 月 15 日，管理局还与内蒙古瑞正建设工程咨询检测有限公司签订了第三方质量检测合同，加强质量控制。形成了政府监督、项目法人全面负责、设计单位服务、监理单位控制、施工单位保证相结合的“五位一体”质量管理机制。

为了做好项目管理工作。内蒙古水利厅下发《关于成立尼尔基水利枢纽下游内蒙古灌区工程建设领导小组的通知》，成立了由政府旗长任组长的尼尔基内蒙古灌区领导小组，负责灌区工程建设生产安全、协调建设进度、组织工程征地和移民搬迁等工作。

《内蒙古自治区人民政府关于尼尔基水利枢纽下游内蒙古灌区工程项目法人组建方案的批复》文件，明确了尼尔基内蒙古灌区项目法人单位是灌区工程建设管理局（是隶属于莫旗人民政府的副处级事业单位，上级水行政主管部门是呼伦贝尔市水利局）。

在工程实施方面，尼尔基内蒙古灌区工程经公开招标，确定了信誉好、技术强、力量大的监理单位和施工单位。第一标段工程施工由内蒙古辽河工程局股份有限公司负责承建，第二标段工程施工由内蒙古黄河工程局股份有限公司负责承建，第一标段和第二标段工程监理均由中水东北勘测设计研究有限责任公司承担。项目法人单位负责协调解决征地、移民、设计等施工中出现的问题，以便于工程顺利实施。

思想上的重视、充足的干劲、科学的方法和规范的管理，成了尼尔基内蒙古灌区工程建设的四根有力支柱，也成了助力工程建设快速向前的飞速旋转的车轮。正是因为这些保障，尼尔基内蒙古灌区进展顺利且高效。

截至目前，尼尔基内蒙古灌区工程开工的分部工程共有 95 个。在不久的将来，灌区全部投入使用后，将为内蒙古自治区乃至全国的粮食生产，发挥出巨大的作用。

（原载于 2017 年 1 月 5 日《中国水利报》，本文另一作者为李鹤雄）

内蒙古：实现良好开局　再谱华美乐章

水，为城市注入精气与灵魂。党的十八大把生态文明建设纳入了五位一体中国特色社会主义事业总布局，开启了社会主义生态文明新时代。内蒙古自治区第十次党代会报告指出，要加快构建水利网等七大网络体系，加快推进重大水利工程建设，实施“引绰济辽”等水资源调配工程，实施河套等大中型灌区续建配套和节水改造工程，统筹解决好资源性缺水和工程性缺水问题，全面提升水资源保障能力；要实施好水土保持等重点生态工程，加快水生态综合治理。这对内蒙古水利事业改革发展提出了新的更高要求。

为塑造祖国北部边疆这道亮丽的风景线，内蒙古水利厅在自治区党委、政府的正确领导下，认真贯彻落实中央、自治区治水兴水决策部署，全力加快水利改革发展，各项工作取得显著成效，实现了“十三五”良好开局。这是贯彻落实党的十八大精神的有力举措，是对人民群众新期待的积极回应。

岁尾年初，辞旧迎新。2017 年，内蒙古自治区水利工作要深入学习贯彻习近平总书记系列重要讲话精神和治国理政新理念新思想新战略，认真贯彻落实习近平总书记考察内蒙古重要讲话精神，按照自治区第十次党代会决策部署，着力构建水利基础设施网络体系，着力落实最严格水资源管理制度，着力推进河长制工作，着力深化水利体制机制创新，着力推进依法治水科技兴水，推动水利各项工作再上新台阶，以优异成绩迎接内蒙古自治区成立 70 周年和党的十九大召开。

崭新的华章即将翻开，水在，美在，幸福就在。

水利建设卓有成效

长期以来，为破解水利瓶颈制约，内蒙古自治区在大规模开展水利工程建设的同时，着力强化水资源管理，全力推进节水型社会建设，不断完善集中式饮用水水源地安全保障体系，严格控制用水总量过快增长，着力提高用水效率，严格控制入河湖排污总量，大力实施最严格的水资源管理制度。围绕实现水资源可持续利用目标，高度自觉地把严格水资源管理作为加快转变经济发展方式的战略举措，在基本建立起最严格水资源管理制度体系的基础上，进一步加大执法监管力度，严守水资源开发利用控制、用水效率控制、水功能区限制纳污“三条红线”，通过严控用水总量，促进用水方式和发展方式转变，引导生产力空间布局、经济结构、发展方式以及生活方式与水资源禀赋条件、水环境承载能力相适应，为自治区经济社会可持续发展奠定坚实的水资源基础。

在年度水利投资方面，截至2016年10月31日，落实中央投资45.44亿元、地方投资17.5亿元，中央投资完成率达到82.9%，地方投资完成率58.6%。其中6项节水供水重大水利工程投资计划完成率为82.3%，其他工程完成率为76.1%。2016年全社会水利投入预计突破201亿元，较2015年增长11.7%。

在重大水利建设方面，12项节水供水重大水利工程全面推进，其中“引绰济辽”工程可研报告水利部审查意见已报送国家发展改革委，可研批复需要的19项支撑性文件，除环评报告外，其余18项已全部完成，目前环评报告按照环保部、水利部调研组意见修改完善，已报环保部，并经环保部环评中心审查；东台子水库工程可研报告水利部审查意见已报送国家发展改革委，可研批复需要的支撑性文件除环评报告外已全部完成；在建的黄河内蒙古段二期防洪工程、嫩江干流治理工程、辽河干流治理工程、尼尔基水利枢纽下游灌区工程、绰勒水利枢纽下游灌区工程、大型灌区续建配套与节水改造工程和田间高效节水灌溉工程进度全面加快。扎敦水利枢纽成功实施截流，大江大河重要支流及内陆河治理工程加快推进。

在民生水利发展方面，启动实施农村牧区饮水安全巩固提升工程，编制完成了《内蒙古自治区农村牧区饮水安全巩固提升工程“十三五”规划》并获自治区人民政府批复，预计全年解决45.5万农牧民和1067名学校师生的饮水安全问题。着力加快农田草牧场水利建设，继续推进新增“四个千万亩”节水灌溉工程，加快尼尔基、绰勒水利枢纽下游灌区建设和10处大型灌区续建配套与节水改造，全力实施西北节水增效、中央财政小型农田水利重点县及牧区节水灌溉项目。预计全年新增节水灌溉面积359万亩，其中高效节水灌溉面积300万亩。有效应对了黄河凌汛和局部洪涝干旱灾害，因灾损失程度大幅度降低。全力推进病险水库水闸除险加固、中小河流治理及山洪灾害防治项目，预计年底前全面完成《全国抗旱规划实施方案（2014—2016 年）》确定的 183 项抗旱引提调水工程建设任务。

在水生态文明建设方面，完成对各盟市 2015 年度实行最严格水资源管理制度考核工作。配合国家考核工作组完成了对“十二五”期末及 2015 年实行最严格水资源管理制度情况的重点抽查和现场检查，“三条红线”各项指标均超额完成国家考核要求，居全国各省（自治区、直辖市）前列。按照自治区水功能区和入河排污口 100% 监测覆盖率要求，继续做好水功能区限制纳污红线基础监测工作及国家重要江河湖泊水功能区本底值监测工作。全力抓好水污染防治行动计划，水利厅牵头负责 11 大项工作任务的落实。完成 12 个自治区级重要饮用水水源地安全保障达标建设评分工作。编制完成了《西辽河流域水量分配方案》。开展合同节水管理试点，确定内蒙古大学、内蒙古农业大学、内蒙古工业大学为试点单位。完成了自治区水土流失重点预防区和重点治理区划分工作，自治区人民政府发布了《关于划分水土流失重点预防区和重点治理区的通告》。出台了《内蒙古自治区水土保持补偿费征收使用实施办法》，落实了水土保持补偿费征收分级缴库和使用管理相关规定。坡耕地综合治理、病险淤地坝除险加固、东北黑土区治理等水土保持重点项目加快实施，全年完成水土流失综合治理面积 760 万亩。

在深化水利改革方面，小型水利工程管理体制改革 14 个试点旗县如期完成改革任务并通过验收，全区涉及改革任务的盟市、旗县均成立了改革领导机构，编制印发了改革实施方案，通过产权界定、创新管理体制机制等方式，明晰了管护权，搞活了经营权，落实了管护经费，初步实现了使小型水利工程良性运行和充分发挥效益，2016 年年底前基本完成小型水利工程管理体制改革任务。在健全水权制度和水价机制方面，编制完成了《内蒙古自治区水权交易管理办法》，已报自治区人民政府待批；盟市间水权转让试点进展顺利，年内完成 10 亿元投资，2000 万立方米水指标成功在中国水权交易所交易；黄河干流水权盟市间转让保障规划及盟市间水权转让二期可研报告已经水利部黄河水利委员会初审，并加快修改完善。编制完成了《内蒙古自治区农业水价综合改革实施方案》并经自治区人民政府印发。在水生态文明建设方面，乌海市水生态文明建设试点实施方案中确定的 23 项指标体系中达标 22 项，25 项工程任务已完成 24 项，2016 年年底完成全部建设任务。呼伦贝尔市水生态文明城市建设试点工作全面展开，河湖生态治理等重点示范项目建设取得阶段性进展。同时，开展水利工程协会与水利厅脱钩试点，积极推进清理规范行政审批中介服务。内蒙古水投集团所属蒙水水资源股份有限公司成功挂牌新三板，内蒙古水投集团向资产证券化迈出实质性步伐，对拓宽水利融资渠道具有重要意义。

在提升行业能力方面，完成了《内蒙古自治区“十三五”水利发展规划》《内蒙古自治区“十三五”水资源合理利用与保护规划》《内蒙古自治区“十三五”节水灌溉发展规划》《内蒙古自治区“十三五”节水型社会建设规划》等规划的编制工作。水政监察、专项执法和水事矛盾纠纷预防调处力度加大。积极推进水利投资项目在线审批，认真开展行政许可和行政处罚等信用信息公示，完成自治区本级水行政执法机构执法证件清理和规范工作。召开全自治区水利科技创新大会，出台了《内蒙古自治区水利科技创新实施意见》，深入贯彻全国、全自治区科技创新大会精神，全面部署了“十三五”水利科技创新工作。水利工程建设管理、资金管理、质量安全管理全面加强，开展了全自治区重大水利工程安全生产巡查；印发了《内蒙古自治区水利稽察工作实施方案》，对盟市水利建设开展年度稽察，提出了整改意见。对口帮扶兴安盟突泉县取得新成效。人大代表建议、政协提案圆满办结。

水利先行再谱华章

2017 年，内蒙古水利工作要深入学习贯彻习近平总书记系列重要讲话精神和治国理政新理念新思想新战略，认真贯彻落实习近平总书记考察内蒙古重要讲话精神，按照自治区第十次党代会决策部署，着力构建水利基础设施网络体系，落实最严格水资源管理制度，推进河长制工作，深化水利体制机制创新，推进依法治水科技兴水，推动水利各项工作再上新台阶，以优异成绩迎接内蒙古自治区成立 70 周年和党的十九大召开。

加快构建水利基础设施网络体系。按照自治区党委关于加强现代基础设施网络建设，构建包括水利网在内的七大基础设施网络体系决策部署，认真编制水利网建设规划，积极实施一批跨地区、跨流域水资源配置工程，着力解决东部地区工程性缺水、西部地区资源性缺水问题。突出抓好重大水利工程建设，加快推进12项节水供水重大水利工程，开工建设“引绰济辽”工程；抓紧在建工程建设，尽快增加实物工程量。强化动态跟踪问效，加大督促检查力度，全面实现重大水利工程年度中央投资计划完成 90% 以上、面上工程完成 80% 以上目标。加快内蒙古支线供水工程前期工作，继续推进大江大河主要支流治理，加快实施大中型病险水库、病险水闸除险加固，全面完成中小河流治理项目。

全力做好防汛抗旱工作。立足防大汛、抗大旱，全面落实行政首长负责制，加快修复水毁灾损水利设施，加强水文气象预报和监测预警，及时修订完善应急预案和调度方案，提早充实防汛抗旱救灾物资。突出抓好重要堤防、水库和在建工程安全度汛，着力防范中小河流洪涝灾害和山洪灾害，扎实做好黄河凌汛防御工作。加大重点山洪沟治理力度，强化防汛抢险队伍建设。加快推进“十三五”抗旱规划编制前期工作，加强抗旱服务组织、抗旱物资储备体系和旱情监测预警系统建设。

着力补齐农牧水利基础设施短板。加快农村牧区饮水安全巩固提升工程建设，大力推进边境牧区饮水安全工程。全力实施新增“四个千万亩”节水灌溉工程，深入开展冬春农田草牧场水利建设，抓好西北节水增效、灌区续建配套与节水改造、小型农田水利重点县和规模化节水灌溉增效示范项目、牧区节水灌溉示范项目建设，加快发展高效节水农牧业。全年新增节水灌溉面积 350 万亩，其中高效节水灌溉面积 200 万亩。

切实强化水土资源节约保护。狠抓最严格水资源管理制度落实，做好各盟市实行最严格水资源管理制度年度考核，配合国务院做好对自治区的考核工作。加大节水型社会建设力度，落实水效领跑引领行动。进一步强化取水许可管理和建设项目、规划水资源论证。加强水功能区和入河排污口监管，继续分级对水功能区和入河排污口实行 100% 全覆盖监测。做好 12 个自治区级重要饮用水水源地安全保障达标建设工作。加快建设国家、自治区地下水监测系统，抓好地下水超采区综合治理工作，继续开展违规使用地下水封井工作。加快呼伦湖、乌梁素海、岱海等湖泊水生态治理，推进水生态保护和修复。加快重点区域水土保持工程建设，全年完成水土流失综合治理面积 650 万亩。

继续深化重点领域水利改革。坚持问题导向，研究 2017 年改革要点和重大举措，制定实施方案，着力落实年度改革任务。狠抓具体改革举措的推进落实和牵头改革任务的统筹协调，注重改革举措效果评估，及时研究解决改革推进中的矛盾和问题。认真贯彻水利部、国家发展改革委召开全面实施水资源消耗总量和强度双控行动会议精神，编制水资源消耗总量和强度双控行动实施方案。进一步深化小型水利工程管理体制改革，全面完成阿荣旗等3个旗县国家农田水利设施产权制度改革和创新运行管护机制试点。继续推进水权制度建设，规范水权交易平台建设。完成呼伦贝尔市全国水生态文明城市建设试点，积极推行河长制。加快推行水行政执法、监督检查、项目稽查领域“两随机一公开”监管。有序推进水利（水保）学会承接政府转移职能试点。切实加强改革试点工作的统筹，及时推广应用行之有效的经验和做法。进一步完善工作机制，严格督察落实，不断提高改革精准化、精细化水平。

深入推进依法治水科技兴水。出台《内蒙古自治区水文实施办法》，加快《内蒙古自治区水资源管理条例》《内蒙古自治区河道采砂管理办法》立法进程。加大水行政执法监督力度，强化水事矛盾纠纷排查化解。落实创新驱动发展战略，积极推进水利科技体制改革，抓好重大水利科技项目攻关，加快成果转化和技术推广。加强水文基础设施建设，加快水利信息化重点项目建设，以水利信息化带动水利现代化。强化水利工程建设质量监控、项目稽查和安全监督，确保水利建设工程安全、生产安全、质量安全、资金安全和干部安全。

（原载于2017年1月5日《中国水利报》）

黄河内蒙古段防洪二期工程：寻求进度质量安全的完美结合

黄河内蒙古段二期防洪工程是国家确定的172项重大水利工程之一，在内蒙古自治区人民政府和水利厅等各有关厅局的努力下，工程于2015年10月30日开工建设，先期开展移民征地等前期准备工作。工程建设涉及呼和浩特市、包头市、巴彦淖尔市、鄂尔多斯市、阿拉善盟和乌海市6个沿黄盟（市）17个旗（县、区），总投资45亿元，计划3年实施完成。工程类型主要有河道治理、堤防工程、险工控导工程建设等。黄河内蒙古段二期防洪工程实施后，将进一步提高黄河内蒙古段防洪防凌能力。2016年，国家下达投资计划 16 亿元，截至 2016 年年末，工程完成投资 17.8 亿元，占年度投资计划的 111.25%。

锁定目标，全力推进工程建设

黄河内蒙古段二期防洪工程线长、面广、点多，参建单位众多，建设管理工作任务繁重。从筹建伊始，项目法人单位——内蒙古黄河防洪工程建设管理局（以下简称“建管局”）就对三年的工作目标、任务进行详细分解，制定了周密计划。在建设过程中，建管局对进度、质量、安全等各项工作严格把控，稳步推进，严格落实项目法人责任制、招标投标制、建设监理制、合同管理制四项制度。

根据工程特点，建管局对该工程采取分段实施，各盟（市）现场管理机构具体负责管理所在河段。2016 年 4 月 13 日，自治区水利厅在呼和浩特举行黄河内蒙古段二期防洪工程建设管理推进会，对推进工程建设工作做出重要部署。

水利部对防洪工程建设高度重视，2016 年 6 次到现场对工程质量、安全、进度、安全生产进行督查、稽查、考核。自治区水利厅领导多次深入施工现场督导检查，水利厅建管处、计财处多次对黄河内蒙古段二期防洪工程阿拉善盟段、乌海市段、巴彦淖尔市段、包头市段、鄂尔多斯市段和呼和浩特市工程进展情况进行检查指导。自治区发改委领导也多次深入现场进行指导。自治区财政厅积极协调有关部门，及时拨付资金，保障工程顺利实施。

建管局积极采取措施，保障工程顺利开展。一是将年度投资计划及资金计划分解，下达到各盟（市）建管机构，明确目标任务；二是先行将征地移民资金拨付到位，保证建设用地及早解决；三是要求设计单位及早出具施工图，保证施工用图到位；四是督促各施工单位及早进场开工建设，完成工程实体；五是及时拨付工程款，采取集中建管人员审核，限时结算的办法；六是分阶段、分层次组织盟（市）建管机构、监理单位、施工单位开展生产动员会；七是积极协调上级主管部门，加快设计变更审查，保证工程及早实施。2016 年共批复 6 项重大设计变更。

作为黄河内蒙古段二期防洪工程重要组成部分的巴彦淖尔市段，2015 年年底完成招标投标，2016 年 1 月 18 日签订施工合同，工程实施大幕随之拉开。黄河二期防洪工程巴彦淖尔市段建设从西至东分为10个标段，建设内容包括压浸平台、工程护坡、顺堤河治理、河道整治等，总投资6.73亿元。工程实施以来，在工期紧、任务重的形势下，各施工单位克服困难，在抓好安全、保证质量前提下，尽可能加快推进工程建设进度。巴彦淖尔市段第五标段——谢拉五河道整治续建工程由2100米连坝和30道坝垛组成，其中1号—7号坝垛位于黄河“几”字形弯道处，黄河主流流经弯道对河岸冲刷严重，1号—7号坝垛建设的目的就是截断流经弯道的主流，迫使主流改道，形成新的河岸，使岸线与原来险工形成一条直线。该段落黄河主河道宽不足50米，水深12米左右，水流湍急。所以，1号—7号坝垛的施工相似于黄河截流，水中进占总长度482米，进占体每前进一步均在黄河主流的顶冲段上，施工难度极大，工程推进困难，往往是当天好不容易推进了一二米，可第二天又退回到了原点，工程进展缓慢。面对巨大压力，施工单位建议：放弃原进占所使用的土枕袋，改用聚乙烯扁丝编织袋（工业运送氧化铝编织袋，简称“吨包”），利用人工配合机械装黏土。“吨包”运输、抛填使用装载机，为提高效率，确保安全，将进占连坝利用浮船与岸边相连，形成快速运输通道。因“吨包”的体积是土枕袋的两倍，转载机一次可运输、投放3包，进入水下后，较好地解决了河水冲刷问题，有效提升了进占速度。

改土枕袋为“吨包”，这一创新之举得到了有关专家、业主、监理等相关单位的一致认可，破解了影响施工进展的大难题。很快，巴彦淖尔市现场建设管理机构组织工程相似的其他几个标段前来学习“吨包”技术，黄河巴彦淖尔市段二期防洪工程水中进占速度加快。高度重视、每日关心着工程建设进度的河套灌区管理总局党委书记张三红，现场观看了“吨包”从装土到入水全过程后，高兴地说：“没有创新就没有发展。五标这一创举开创了巴彦淖尔黄河防洪工程建设新局面，具有里程碑式的意义。今后黄河巴彦淖尔段防洪工程水中进占要多多借鉴使用‘吨包’技术。”

使用“吨包”技术后，效果虽好了不少，可由于进占体两侧临水，施工机械只能一辆运料投放后退出进占体，另一辆再进入，严重制约施工进度。施工单位邀请有关专家现场论证，寻求解决办法。专家指出，若要提高进占速度，关键在“吨包”有效投放点的增加，使“吨包”投放速度加快。最后，施工单位调来拖轮、浮船搭设循环进占道路。经过几天试运行，效果不明显。这次施工单位又大胆提出：将浮船一头搭建在旧岸上，另一头与连坝形成直角进行投放“吨包”，运料距离缩短且途径增加，故投放量增加。在船运公司给出“可行”的答案后，施工单位重新架设浮船。这次，施工进度大大加快。

通过两次技术创新，谢拉五段482米水中进占工程施工只用了52天，平均每天推进9米多，在巴彦淖尔治河进程中可谓前所未有。

2016年12月18日，在第四标段施工现场，我们遇到了头戴安全帽、一路巡查工程质量的该标段承建单位——内蒙古新禹公司副总经理吉仁古日巴。据吉仁古日巴介绍，他们承建的四标总长2400米，投资4300万元。工人都是从外省劳务公司聘请来的，很会做干砌石工程，速度快、质量好。最多时候工地共有300多工人，80多台机械，目前还有160名工人。四标在2017年元旦前完成主体工程，2017年5月底全部完工。

塑造品质，严把工程质量关

建管局在狠抓工程进度的同时，多措并举，严把工程质量关。一是针对工程的特点，制定了工程质量管理办法和实施细则，明确了质量管理职责，并与参建单位签订质量终身承诺书；二是开展质量专项检查，对设计现场服务情况、监理质量管理方面、施工单位质量保证方面开展检查，对原材料检验试验、工序施工、工程实体质量、单元评定内业资料等方面进行检查，对存在的问题限期要求整改，原材料不合格清退出场，工程实体不合格的返工处理；三是联合自治区质量安全监督中心站印发水利工程建设质量与安全法规知识宣传手册，将质量管理宣传到位；配合质监站开展全面质量检查，对存在的问题及时整改；四是积极走出去，组织施工、监理单位人员到宁夏段防洪工程学习取经，向优秀工程看齐。

自治区水利工程建设质量与安全监督中心站对在建的41个施工标段进行了两次全覆盖检查，并进行了多次抽查，对水利部督察、稽查、考核发现的问题限时进行督办整改。

在工程实施过程中，巴彦淖尔市水务局局长、市黄河防洪工程现场建管机构负责人蔺福宝经常在双休日、节假日，独自驾车到施工现场暗访，发现工程建设、管理、安全中存在的问题，及时提出整改意见建议，督促工程质量和进度。

严守规程，全力以赴保安全

为确保工程建设期间的安全，建管局以国家各项安全法规为准绳，严抓生产安全。年初，与各盟（市）建管机构负责人签订了《安全生产责任状》，组织制定了 2016 年《重大事故应急救援预案》。在建设管理过程中，对各参建单位安全组织机构建立情况、安全岗位责任制落实情况、汛前检查防汛物资准备情况、现场施工人员安全交底情况、进场人员“三级教育”情况、特种作业人员持证上岗情况、专职安全员配备及资质是否符合要求、防火制度建立及防火器材配备情况等进行严格监督、检查。同时相应地进行安全大检查，对检查出的安全隐患按严重程度责令立即或限期整改，并对整改情况进行跟踪，把安全隐患消除于萌芽当中，真正做到了抓安全不留死角。积极组织开展 2016 年“安全生产月”活动，促进各项安全生产举措的落实。

黄河内蒙古段二期防洪工程点多面广线长，临水作业面较多，人、机械设备多而杂，存在极大的安全隐患。为了确保安全，在施工现场配置了救生衣，要求运输设备规划行走路线、听从指挥，施工现场秩序井然、安全畅通。经过全体建设者的共同努力，全年未发生任何伤亡事故，安全事故率为零。

面对复杂的施工现场，各参建单位在安全管理上都下了大力气。内蒙古绰勒水利水电有限责任公司十三项目部中标了黄河内蒙古段二期防洪工程巴彦淖尔市段第九标段。12 月的内蒙古已经是数九寒天，黄河岸边气温下降到零下十几摄氏度，寒风刺骨。项目部经理范文静和专职安全员赵燕龙、现场负责人马连福一同巡视现场施工和安全情况。范文静告诉我们，项目部不仅不折不扣地执行建管局和巴彦淖尔市黄河防洪工程建设管理处制定的各项安全规程，绰勒水电公司还按照监理的要求，根据项目实际制订了施工预案和安全措施。比如，临水作业必须穿救生衣，配备救生圈，在现场还要有救生船；设立警示标志，禁止闲杂车辆进入施工现场，通行路段，要提示车辆慢行；砌石施工必须佩戴安全帽等。

据建管局有关负责人介绍，工程开工以来，一直严格执行各项安全规程，未发生过一起安全事故。

截至目前，黄河内蒙古段二期防洪工程全线完成投资 17.8 亿元，堤防加培 46.04 公里，顺堤河治理 70.89 公里，压浸平台 51.88 公里，反压平台 24.05 公里，堤防护坡 59.54 公里。河道整治工程已完成 41 处，水下部分完成 45

处，已完成水下部分78.62公里的连坝填筑、进占及裹护体抛填。完成土方量1363.96万立方米、石方量268.85万立方米，铺设土工合成材料129.53万平方米，砂砾石14.28万立方米，格宾网箱、网笼1428.88万平方米。

虽然进入了数九寒冬，但黄河内蒙古段二期防洪工程依然在建设中，建设者们有一个共同的心愿：愿母亲河岁岁安澜，平安度凌汛。

（原载于2017年1月5日《中国水利报》，本文其他几位作者分别是赵伟、刘亮、周文庭、马健军、梁勇）

水权转换让农田“喝”上黄河水

“去年旗水务局开始实施滴灌工程，今年就可以增产增收。现在村里人见面就谈论谁谁家明年该种什么，因为不再受水的约束，我们想种什么就能种什么。”内蒙古自治区鄂尔多斯市达拉特旗西社村支部书记赵在其说起村里的节水灌溉工程，话也多了，嗓门也大了，手也挥舞起来了。

据他介绍，西社村有耕地2万亩，浇水条件不好，机井打上来的水也是碱水、硝水，只能从28公里以外引黄河水。由于水的限制，人们只能种糜子、玉米、籽瓜、葵花或杂豆等作物，一年忙到头农民的收入很少。

赵在其嘴里说的“滴灌工程”，就是鄂尔多斯市引黄灌区水权转换暨现代农业高效节水工程。工程的总体思路是工业企业出资对农业灌溉系统进行节水改造，节约的水指标用于工业生产。二期水权转换工程建设，是鄂尔多斯市实现水资源优化配置、高效利用，缓减水资源供需紧张、矛盾突出的有效途径，是解决重点工业项目用水和加快鄂尔多斯市经济发展的迫切需求，同时，也为改造沿黄灌区、改善灌溉条件、提升管理和用水水平、推进全市节水型社会建设、推进鄂尔多斯市现代农业建设步伐起到重要的作用。

“仅仅王爱召镇就有2万亩滴灌项目，包括西社村、三座庙庵村、东兴村、新和村、裕太奎村5个村。”达拉特旗水务局副总工程师张冰雪说。水权转让二期工程建设范围涉及达拉特旗8个灌域，规划节水量为6260万立方米。目前，渠道衬砌、泵站整合及畦田改造工程已全部完工，滴灌主体工程也已基本完工，已完成工程节水量4166万立方米，可转让水量3355万立方米。

“过去浇一亩地要花 40 块钱，有了滴灌以后，只需要 20 块钱就够了，费用省了一半不说，还节省了人力和时间。关键是人们想种啥就能种啥，增收这个愿望马上就可以实现了！”赵在其信心满满地说。

（原载于 2017 年 3 月 22 日《中国水利报》）

内蒙古：全力夯实水安全保障体系

2018 年和今后一个时期，是深入贯彻落实党的十九大精神，决胜全面建成小康社会、加快建设亮丽内蒙古的关键时期，也是全面完成“十三五”水利发展目标任务、加快推进内蒙古水利现代化的重要时期。水利厅将认真学习贯彻党的十九大精神，坚持以习近平新时代中国特色社会主义思想为指导，深入践行“节水优先、空间均衡、系统治理、两手发力”的新时期水利工作方针，紧扣满足人民日益增长的美好生活需要，突出抓重点、补短板、强弱项，围绕节约水资源、保护水环境、改善水生态、防治水灾害，着力解决全区水利发展不平衡不充分的突出问题，加快构建与全面建成小康社会相适应的水安全保障体系，努力开创新时代内蒙古水利改革发展新局面。

围绕建设现代化经济体系，加快水利网建设，提升水安全支撑保障能力。牢牢把握自治区总体发展战略，顺应“五化”协同发展要求，以深化供给侧结构性改革为主线，立足服务新一轮东北振兴、呼包鄂协同发展等区域发展战略，聚焦贫困地区，补强水利薄弱环节。全力实施水利网建设规划（2016—2020 年），加快建设一批节水、供水、调水重大水利工程，完善全区水利基础设施网络，充分发挥水利建设的投资拉动作用、经济支撑功能和生态环境效应。突出抓好 12 项节水供水重大水利工程，发挥辐射带动作用。2018 年开工建设引绰济辽、东台子水库工程，基本建成黄河二期防洪工程、绰勒水利枢纽下游灌区工程。加快 LXB 供水内蒙古支线工程前期工作，力争 2018 年开工建设。深化引嫩济锡工程前期论证，加快编制完成工程规划并报送水利部，争取国家早日立项，适时开工建设。科学规划建设一批重点水源工程，积极推进一批中型水库前期工作，加快中型水库建设进度。切实强化动态跟踪问效，加大督促检查力度，全面完成年度中央投资计划重大水利工程完成 90% 以上、其他工程完成 80% 以上目标。力争 2018 年全社会水利投入达到 200 亿元以上。

落实乡村振兴战略，加强农牧水利建设，助推农牧业和农村牧区现代化。围绕提升粮食产能、保障粮食安全，持续强化农田草牧场水利建设，着力夯实农田水利基础，为农牧业生产发展、农村牧区生态宜居、农牧民生活富裕提供有力支撑。围绕“十三五”新增 1230 万亩高效节水灌溉面积目标，大力推进精准高效节水灌溉，加大大中型灌区续建配套与节水改造力度，统筹推进田间渠系配套和用水计量设施建设，抓好西北节水增效、小型农田水利重点县和牧区节水灌溉示范项目。因地制宜推进小型农田水利建设，解决好“最后一公里”问题。2018 年全区完成节水灌溉面积 300 万亩，其中，精准高效节水灌溉面积 200 万亩以上。加快实施农村牧区饮水安全巩固提升工程，扎实推进工程建设、水源保护、水质保障和运行管护，新增受益人口约 30 万人。加快推进牧区储水窖工程，力争 2018 年底前完成建设任务。落实精准扶贫、精准脱贫，聚焦深度贫困地区，打好水利脱贫攻坚战，优先安排实施贫困地区急需的水利项目，解决水利基础设施薄弱问题，夯实贫困地区脱贫致富的水利基础。

围绕建设亮丽内蒙古，统筹推进城乡水生态文明建设，筑牢北方生态安全屏障。牢固树立绿水青山就是金山银山的意识，积极践行人与自然和谐共生理念，按照节水优先、保护优先、自然恢复为主的要求，强化山水林田湖草沙整体保护、系统修复、综合治理，推动形成有利于水资源节约保护的空间格局、产业结构、生产方式、生活方式。深入落实最严格水资源管理制度，切实强化“三条红线”刚性约束。做好各盟市实行最严格水资源管理制度差异化考核。全面推进水资源节约和循环利用，强化水资源消耗总量强度双控和用途管制，积极落实国家节水行动，以农牧业节水为主攻方向，切实把节水贯穿于经济社会发展和群众生产生活全过程。全面推进节水型社会建设，继续开展节水型单位和节水型企业建设，对纳入取水许可范围的取用水户全部实行计划用水管理，开展重点行业水效领跑者引领行动试点工作，完成内蒙古大学、内蒙古农业大学、内蒙古工业大学合同节水管理试点，做好用水定额评估工作，配合开展水资源税改革试点工作。着力解决水环境突出问题，加快落实水污染防治行动计划，强化全区 500 多个水功能区和 300 多个入河排污口 100% 全覆盖监测，继续做好 18 个国家和自治区重要饮用水水源地安全保障达标建设工作，落实农村人居环境整治行动。加大水生态系统保护力度。推进地下水保护和地下水生态治理，严格地下水“五控”即“总量控制、水位控制、水质控制、用途管控、（机电井）数量控制”，2018 年基本建成地下水监测系统。强力推进 33 个超采区综合治理，开展违规使用地下水用户整改工作。强化地下水计量监控，开展农业用地下水计量设施安装及管理工作，结合智慧水利大数据应用，推动河长制各项工作。大力实施江河湖库水系连通，推进包头市周边诸沟河道治理、锡泊河治理等一批水系连通工程。加强呼伦湖、乌梁素海、岱海、黄旗海、泊江海子水生态治理，积极推进河套灌区盐碱化耕地水生态治理工程。认真实施《自治区水土保持规划》，推进黄土高原、东北黑土区等重点区域水土流失治理，加快坡耕地综合整治和生态清洁小流域建设，2018 年全区完成水土流失综合治理面积 924 万亩。完成呼伦贝尔市国家水生态文明城市试点验收工作。

健全防汛抗旱减灾体系，扎实做好防凌防洪抗旱工作，保障人民群众生命财产安全。围绕“两个坚持、三个转变”，加快完善防灾减灾薄弱环节，继续推进黄河、嫩江、辽河等大江大河治理工程，加快中小河流治理、山洪灾害防治非工程措施及山洪沟治理，完善城市防洪排涝体系，提升水旱灾害综合防御能力。力争利用 3 至 5 年的时间，使中小河流治理河段基本达到规划确定的防洪标准。确保 2018 年度汛安全，立足防大汛、抗大旱、救大灾，全面落实防汛抗旱各项责任，加快修复水毁灾损水利设施，提早落实各项预案方案，切实抓好汛前检查、隐患排查和整改落实，统筹做好江河洪水、山洪灾害防御以及城市防洪排涝，着力抓好黄河防凌工作。加快抗旱服务组织、抗旱物资储备体系和旱情监测预警系统建设，强化抗旱用水管理和水量应急调度，确保城乡供水安全。

贯彻全面深化改革要求，创新水利发展体制机制，推进水治理体系和治理能力现代化。着眼构建系统完备、科学规范、运行有效的水利制度体系，继续深化水利重点领域关键环节改革攻坚，充分激发水利发展内生活力。全面推动河长制、湖长制落地见效，加大河长制工作方案落实和督促检查力度，扎实做好建立河湖名录、制定“一河一档”“一湖一档”、编制“一河一策”“一湖一策”和完善河湖监测监控体系等基础工作。针对河湖管理保护中存在的突出问题，有序开展专项整治行动，推进河湖面貌逐步改善。认真贯彻落实国务院办公厅《关于推进农业水价综合改革的意见》和自治区实施方案，以小型水利工程产权制度改革、明晰初始水权为牵引，全面推进农业水价综合改革。推进盟市间水权交易工作，健全完善水权制度，规范水权交易平台建设，积极培育水权水市场。创新水利投融资体制机制，落实中央加大水利投入相关政策，用好金融支持水利政策，进一步规范引导社会资本参与水利建设。持续推进水利“放管服”，进一步转变水行政管理职能，深化水行政审批制度改革，加强事中事后监管，推动水行政主管部门由管理审批型机关向服务监管型机关转变。加快推行水行政执法、监督检查、项目稽查领域“双随机一公开”监管，深入推进水利投资项目在线审批，做好水利厅行政审批事项进入自治区政务服务大厅和网上办事平台相关工作。

开展智慧水利大数据应用项目，从传统水利向现代水利转变。依托信息技术，提升水利治理体系和治理能力现代化质量，通过智慧水利大数据应用助推新常态下自治区经济社会可持续发展。加快推进水利大数据应用，是对政府大数据战略的深入贯彻落实，也是对水利现有体制、机制、技术壁垒的突破，是从传统管理向智能管理的创新发展，加快补齐水利管理短板，为水利事业高质量迈进提供动力引擎。自治区智慧水利大数据应用项目通过大数据、物联网、云计算、移动互联网、人工智能等新一代信息技术与水利建设管理深度融合，整合共享，通过运用防洪减灾、水资源管理、高效节水、水肥一体化、水价改革、水生态保护、河长制和湖长制、水务综合管理等业务应用体系综合打造智慧水利大数据应用的新理念，提升水利监测管理、辅助决策、公共服务信息化水平。完成基于水利云平台的水资源综合管理系统、地下水监测系统、地下水管理应用系统、智慧水井监测管理系统、河长制信息管理系统、水土保持监测管理系统、防汛抗旱指挥系统等 19 个系统，实现对全区 40 万眼地下水取水机井、4000 多条河流和 400 多个湖泊及所有入河排污口、水功能区控制断面等各种水体的精细化监管，建成覆盖全区的水利物联网，形成政府、企业、公众三位一体的智慧水利大数据应用服务体系，有效提升全区水利管理服务水平。

强化依法治水科技兴水，提升水利管理服务水平。加强水文行业管理，加快水文基础设施建设。深入贯彻国家创新驱动发展战略，加大水利科技创新力度，完善水利科技创新体制，加强水利科研平台建设，抓好重大水利科技项目攻关，加速水利科技成果转化应用。积极开展浑善达克沙地生态恢复与综合治理研究。深入推进水法治建设。加强水利重点领域地方性立法，开展《自治区河道采砂管理办法》立法调研。以加强水生态环境执法监管为重点，健全水行政执法体系，提升水政监察能力，强化水利综合执法。及时排查化解水事矛盾纠纷，全力维护和谐稳定水事秩序。坚持建管并重，加强水利建设管理，进一步规范项目法人组建、工程监理、合同管理、竣工验收，完善水利工程建设项目法人责任制。加强水利建设市场监管，全面推进市场信用体系建设，健全守信激励和失信惩戒机制。强化水利工程建设质量监控和安全监督，健全水利安全生产责任体系和监督执法体系，突出抓好水库安全运行管理，坚决杜绝重特大安全生产事故。

（原载于2018年1月1日《中国水利报》，本文另两位作者为李钧剑、谢疆）

完成小型水利工程管理体制改革试点任务

近日，内蒙古自治区14个小型水利工程管理体制改革试点全面完成了改革目标任务并通过验收，为全自治区小型水利工程管理体制改革工作探索了路径，积累了经验。

为建立适应农村牧区经济社会发展要求的小型水利工程管理体制与运行机制，内蒙古自治区于2013年率先启动了2个国家级和12个自治区级小型水利工程管理体制改革试点工作，于2014年印发了《内蒙古自治区深化小型水利工程管理体制改革实施方案》，在全自治区层面推动改革。经过3年多的探索实践，内蒙古自治区理顺了小型水利工程产权关系，健全了工程管护和经费保障机制，促进了农村牧区小型水利工程的安全良性运行。

内蒙古自治区首先严格把控产权界定、明晰权责、确权发证等关键环节。在充分调查的基础上，对改革范围内的农田水利工程进行分类定性、登记造册，通过明确工程的安全责任、使用权限、管理职责、经营利益之间的关系，向产权所有者颁发产权证书，并通过网络、电视台等媒体将产权人和使用管理权人进行公示。目前，全自治区已有39.78万处工程明晰了工程产权，其中，国家所有占9.22%，农村集体组织所有占59.52%，农民用水合作组织所有占 21.04%，受益户共同所有占 7.83%，社会投资者所有及其他形式所有的占 2.39%。清晰的产权归属，为改革奠定了坚实的基础。

自治区根据不同工程类型，抓好落实管护主体、管护责任和管护经费。

对公益性小型水利工程（水库、堤防、淤地坝等），由政府成立专门水管单位，作为工程管护主体，承担工程管护责任，政府将“两费”纳入财政预算。达尔罕茂明安联合旗成立了正科级水库管理处负责全旗 6 座小型水库、部分堤防的管理与维护，经费全额列入财政预算。

对准公益性小型水利工程（农村牧区供水、小型灌区等），由工程所在村作为管护主体，村委会聘任村级水管员负责工程运行管理和维护，管护费用由受益村民按户分摊到电费中，财政给予适当补助。敖汉旗聘任了 240 名村级水管员，乡镇政府拨付每人每年 1000 元补助，维护费用采取一事一议制，由受益村民按户分摊，财政给予适当补助。

对灌溉机电井、田间灌溉设施等经营性小型水利工程，采取联户管理、用水合作组织管理、专业合作社管理和企业承包管理等多种形式，管护费用全部由经营主体承担。达茂旗查干哈达苏木巴音赛罕嘎查的节水灌溉工程管护责任由承包该嘎查灌溉饲草料地的企业内蒙古正丰薯业有限公司承担，受益牧民收入为按亩收取的承包费，工程运行电费和维修维护费由该公司负责。

目前，自治区已将全自治区范围内的 38.16 万处工程的管护主体、管护责任分别落实到了水管单位、基层水利站、用水户协会和受益户，安排维修养护经费共 7.9 亿元。

自治区还着力完善政策、制度体系，构建小型水利工程管护长效机制。先后出台了深化小型水利工程管理体制改革实施方案、验收办法、鼓励和支持农牧民用水合作组织创新发展的实施意见等政策文件，并明确把维修养护经费分配和水利项目安排与改革工作直接挂钩，鼓励先进，鞭策后进。各旗县也结合实际，制定了小型农田水利工程管护补助标准、管护办法、确权发证暂行办法、绩效评价办法、奖补资金使用管理办法等一系列制度措施，促使改革成果常态化、规范化、长效化。

（原载于 2018 年 3 月 7 日《中国水利报》）

内蒙古农田水利设施产权制度改革和创新运行管护机制试点成效显著

内蒙古自治区水利厅坚持狠抓阿荣旗、扎鲁特旗、乌拉特前旗农田水利设施产权制度改革和创新运行管护机制试点工作，努力使试点成为示范。3年多来，试点旗的农田水利设施产权不明晰和管理责任不落实问题得到切实解决，农牧民投工、投劳、投资得到了有效引导，基层政府和群众的积极性调动起来，适合农田水利建设发展的管理机制逐步形成。

在试点实施中，水利厅多措并举全力推进。一是强化组织领导。3个试点旗均成立以旗长为组长，各有关部门负责人为成员的改革试点工作领导小组，及时研究改革中出现的重大问题，提出解决办法和措施。各成员单位明确责任，密切配合，扎实开展试点工作。各苏木镇场负责人深入嘎查村开展宣传工作，为试点工作顺利推进提供有力保障。二是完善政策体系。3个试点旗都制定了试点工作方案及配套政策。扎鲁特旗制定改革方案，明确改革任务、目标、原则、时间进度、工作流程以及相关职责，印发了《扎鲁特旗节水灌溉工程运行管护暂行办法》等一系列文件，为推进试点工作提供了制度保障。三是多方筹措资金。试点旗初步建立了“有人管事、有钱办事”的工作机制。乌拉特前旗建立“工程产权所有者筹集为主，政府绩效考核进行奖补为辅”的机制，3年来共筹集维修养护经费5226万元。阿荣旗走“民建、民营、民用、民管”的社会筹资办水利新路，确保改革任务顺利实施。四是加强基层水利服务能力建设。探索政府购买公共服务的做法，依托现有的堤防管理所、水库管理处、抗旱服务队、打井队等人员成立专业维修养护队伍，承担公益性维修任务。扎鲁特旗专门成立水利工程维修服务机构，解决喷灌、滴灌和维修要求技术高、难度大的水利设施维修难题。阿荣旗充分依靠基层水利站落实运行管理单位管护责任，积极指导农民用水合作组织建设与运行。

试点工作实施以来，成效显著：

建立了项目建设管理公开公示制度。3个试点旗普遍落实了群众对农田水利设施项目的知情权和参与权，项目区群众成为项目建设的一方，主动监督工程质量，对项目立项、建设、管理规范化起到良好的促进作用。扎鲁特旗推行农牧民质量监督员制度，选派村民代表监督施工质量，及时调查和纠正项目建设期间群众举报问题，收到很好的效果。

明确了农田水利工程权属。3个试点旗按照“谁投资、谁所有、谁受益、谁负担”的原则，明晰已建农田水利设施的产权和资产收益归属权，涉及改革的6.9万处农田水利设施全部明晰了工程产权，发放农田水利设施产权证书4400余份，初步解决了以往农田水利设施“国家管不了，集体管不好，农民管不到”的问题。

搞活了农田水利工程设施经营权。探索民间资本参与农田水利建设和管理的新路，提高工程管护效率。阿荣旗采取承包、租赁、股份合作、竞买、农民用水合作等形式，引入市场竞争机制，放开农田水利建设权，收到了较好的社会、经济和生态效益。

初步建立了工程管护长效机制。在确保工程安全、公益属性和生态保护的前提下，鼓励企业、社会组织、个人竞争参与公益性水利工程的运行管护，充分发挥工程的效益。建立落实工程管护经费的长效机制，3年来共落实财政维养资金约3300万元，有效保障了改革任务的稳步推进。

农民用水户协会、用水合作社等专业合作组织得到发展。通过培育、建设农民用水合作组织，初步实现了群管水利工程“民建、民管、民受益”的良性运作。截至目前，乌拉特前旗已组建农民用水合作组织47个，实现了黄灌区全覆盖。阿荣旗在扶持原有15个农民用水合作组织的基础上，又新组建3个农民用水合作组织，参与小型农田水利工程的建设、管理和维护，为农田水利工程良性运行起到了促进作用。

内蒙古水利厅农牧处负责人表示，下一步要重点加强并继续探索民间资本参与农田水利设施建设与管理的有效途径，特别是利用政府的有限补助和奖励资金，最大限度撬动民间资本的投资积极性，促进农田水利设施建设和管理发展；继续探索农村牧区专业合作组织建设管理农田水利设施的新模式，充分发挥专业合作组织在管理水利设施中的作用，建立合作组织管理运行工作考核制度，完善工作机制，既促进农田水利设施的正常运行，又促进合作组织发展；加强对乡镇水利站及村级水管员的业务培训。

（原载于2018年3月28日《中国水利报》）

让节水之花遍地绽放

“我们是共产主义接班人，继承革命先辈的光荣传统……”3月24日，伴随着嘹亮的少先队队歌，内蒙古自治区第六届“珍惜宝贵水资源　共创文明内蒙古”示范性少先队主题队日活动在呼和浩特市红领巾研教基地拉开序幕。

今年“世界水日”“中国水周”期间，内蒙古各地开展了规模空前、多种多样的宣传活动，节水宣传走进学校、企业，走进城市角角落落，节水之花遍地绽放，有力增强了全社会惜水护水爱水意识。

“同学们，我叫蒋鹏，来自扎兰屯市水务局。今天，我和同学们一起学习一个与我们生活息息相关的课题——水。”水利技术人员从保护水资源、节约用水方面为学生们上了一堂生动的水资源知识专业课。扎兰屯市水务局联合媒体、执法部门等单位走进学校，以“关心水、珍惜水、保护水、节约水”为主题，举办少先队主题队会，同时开展有奖征文和手抄报绘画比赛，从小培养孩子节水意识。活动现场设立“节水咨询台”，向大家讲解节水知识，发放宣传画册，采用互动有奖回答的形式充分调动大家的积极性。

在各地中小学校，学生们以表演剧、模特秀、手语、舞蹈等丰富多彩的形式来呼吁大家共同节水爱水，他们还通过现场分享个人节水方法、给自治区水利厅厅长伯伯写信等形式来表明节水决心。

“今天关水龙头三次”“今天淘米浪费了水”……这是小队员们的节水统计表。

“家庭节水调查”“家庭节水手抄报”“家庭节水小故事”“创文明校园　争当文明小卫士”……小册子记录了少先队员们在日常生活中的点滴节水行为。

在内蒙古工业大学，节水知识展板和条幅醒目地摆放在学生宿舍楼门前，向学生普及节约用水知识。这是内蒙古水政监察总队、呼和浩特市水资源管理局共同举办的节水宣传进校园活动。内蒙古工业大学学生会、社团联合会也展示了学生的手绘节水展板，呼吁节约用水，创建节水型校园。

在内蒙古昆明卷烟有限责任公司，办公楼内张贴着节水宣传画册，自治区水利厅宣传队伍和公司员工一起学习《水土保持法律法规汇编》《内蒙古自治区节约用水条例》等水法规宣传册及节水宣传页。带队的水利厅负责人说："企业用水在城市用水中占比较大，增强企业节水意识，使节水减排逐渐成为一种企业自觉行动，对于构建节水型社会具有重要意义。"

自治区水利厅还组织5支青年志愿者服务团队分赴多地，向市民发放宣传画册和纪念品，讲解水利常识，进行有奖问答，呼吁大家积极行动，做江河湖海的保护者和节水惜水的示范者。

在呼和浩特市，市区住宅楼、医院、酒店、公共娱乐设施场所的125处电梯轿厢内，400余块LED屏滚动播出节水宣传口号和图片。在各大主干道、人群密集场所的LED大屏上，处处可见节水宣传公益广告。在3月22日"世界水日"当天，市民收到了公益节水短信，还可通过微信公众平台看到推送的节水宣传口号和节水知识。

"我们将加大水法规宣传力度和涉水违法行为的查处力度，多措并举，在全社会的共同努力下，保护好水环境，为建设天蓝、地绿、水清的美丽家园贡献力量。"自治区水利厅负责人说。

（原载于2018年3月30日《中国水利报》）

内蒙古水利建设事业阔步迈向新征程

40年来，我国奏响改革开放的伟大乐章。内蒙古自治区水利建设稳步推进，防洪减灾能力不断增强，重点水利工程建设步伐明显加快，农田草牧场水利基本建设持续快速发展，农村牧区饮水安全工作成效显著，水资源管理体制不断完善，水资源的优化配置合理利用和水土流失治理生态效益逐渐显现，投融资渠道进一步拓宽，水利各项改革不断深入，水利事业为促进自治区经济社会又好又快发展发挥了强有力的支撑。

水资源节约保护得到加强

在鄂尔多斯市达拉特旗黄河边水权转换工程现场，工人们在紧张地忙碌着，一块块预制板平整整地铺展，一条条渠道光溜溜地延伸。

内蒙古是严重缺水地区，水资源匮乏已成为制约区域经济社会发展的瓶颈。管好用好有限的水资源，提高水资源的支撑和保障能力，是水行政主管部门履行强化社会管理、增强公共服务、参与宏观调控职能的重要任务。

为此，内蒙古积极探索水权转换、节水用水补偿等机制，在全国率先开展了黄河干流水权转换，明确了水权交易的范围和类型、交易程序、交易监管等内容，水利厅组建的水权收储转让中心共批复沿黄各盟市转让水量 1.18 亿立方米，解决了 75 个大型工业项目的用水指标，为全自治区工业的稳定发展提供了水资源保障。

为治理地下水超采，2011 年，内蒙古划定 33 个超采区，并制定了压采计划和措施。目前，33 个地下水超采区全部编制了治理方案，明确了年度治理计划，并按计划开展超采区治理工作。按照超采区治理方案，各地因地制宜通过采取各项措施，确保地下水超采治理进度的顺利推进，并通过考核进一步推进治理措施的有效落实。

此外，内蒙古还不断强化水资源管理的刚性约束。长期以来，全自治区总供水量年均增长不足 1%，远低于同期 GDP 增长速度。2017 年，国家重要江河湖泊水功能区水质达标率为 72.6%，比 2013 年提高 26.3 个百分点。

随着水生态文明城市、节水型社会创建工作的不断深入开展，内蒙古相继实施了防护林建设、京津风沙源治理、小流域综合整治、水污染防治等一批绿色生态工程，使全自治区水环境得到持续改善。

牧区水利建设迈出新步伐

“以前，我们每天要去 30 多里外的地方拉水，费时费力。2012 年，旗水利局给我家打了一眼深水井，配套了太阳能提水设备和太阳能自动饮畜设备。现在，一个水窖能装 60 吨水，够用一个冬天的，就是赶上雪灾，也能安然度过。这在以前，真是想都不敢想的事。”锡林郭勒盟苏尼特右旗赛汉塔拉镇牧民白乙古拉说。

灌溉农牧业在内蒙古农牧业发展中占有极为重要的地位。改革开放以来，全自治区水利工作立足于为农村牧区的经济社会建设服务，通过兴建水利工程、打井配套和加强灌区改造等手段，使农牧业灌溉面积迅猛增长，促进了农业增产和农民增收，推进了现代化农牧业发展进程。

多年来，供水单位运营成本较高、农牧民用水价格偏低，一直困扰着农村牧区水利事业的健康有序发展。从2008年开始，内蒙古实施了30个农业水价综合改革试点和示范项目，累计批复中央和自治区资金2.92亿元，改善灌溉面积50万亩左右，惠及人口2万多户。

同时，内蒙古坚持把以水为中心的小建设、大保护，作为保护草原、发展畜牧业最重要的基础建设来抓，依托自治区财政专项牧区节水灌溉饲草料地建设项目、国家牧区水利试点项目、京津风沙源治理项目等一批重点牧业基础设施项目的实施，大力发展灌溉饲草料地建设，为草原生态修复和环境保护开辟了新的途径。

此外，自治区党委、政府还高度重视农村牧区饮水安全工作，并始终将其列为解决民生、改善民生的重要工作。40年间，已建成农村集中式和分散式供水工程13万余处，累计惠及农牧民1303万人，为改善农牧民生产生活条件，促进农村牧区经济社会发展和新农村新牧区建设作出了重要贡献。

北疆生态屏障稳固提升

在乌兰察布，永兴湖补水出来的一条清澈见底的蜿蜒小河缓缓汇入岱海。近年来，通过疏浚16条河道、异地调水等措施，岱海治理效果初现。

改革开放以来，内蒙古逐年增加水土保持生态建设资金投入，不断加大工程项目建设力度，实现了生态、社会和经济效益的统筹兼顾。

在水土流失重点治理区，坚持以小流域为单元，综合运用工程措施、生物措施、蓄水保土措施，把加强生态建设与调整产业结构结合起来，把加强生态建设与农牧业生产经营方式结合起来，把改善生态环境与增加农牧民收入和推动当地经济结合起来，充分发挥重点工程项目的骨干和带动作用，全自治区水土流失治理面积以每年650万亩以上的速度递增。

特别是“十五”以来，按照自治区党委、政府提出的“把自治区建设成为我国北方重要生态屏障”战略要求，各级水行政主管部门不断加大水保工作力度，生态修复与预防监督力度不断加大，全自治区水土流失治理面积累计达到20326.58万亩，水土保持生态建设呈现出全面发展、协调推进、效益彰显的良好态势，在从根本上改善和遏制草原生态持续恶化状况、全力构筑我国北方重要的生态防线、维护边疆稳定等方面起到了重要的保障作用。

2016年，内蒙古全面启动河长制，这项工作成为统筹解决水资源短缺、水环境恶化、水污染加剧等环境问题，落实习近平总书记关于把内蒙古建设成我国北方重要生态安全屏障，打造祖国北疆亮丽风景线的重要内容和有力抓手。目前，按照中央要求落实了自治区、盟市、旗县、苏木乡镇四级河湖长共6692人，其中河长6450人、湖长534人（292人兼），自治区党委、政府8位领导担任自治区级河湖长。从“见河长”到“见行动”“见成效”，内蒙古河湖面貌已得到明显改观。

“绿水青山就是金山银山”。在习近平生态文明思想指引下，内蒙古水利发展的改革实践，让一幅青山绿水、江山如画的水生态文明图景在边疆草原铺展。一场关乎2500多万各族人民福祉、关乎亮丽内蒙古的水利建设事业，正阔步迈向新的征程。

（原载于2018年12月26日《中国水利报》）

“2019中央及行业媒体黄河行”系列采访活动启动　内蒙古段采访圆满结束

由中国行业报协会联合中国水利报社组织的“2019中央及行业媒体黄河行”系列采访活动日前正式启动。系列采访活动以积极践行习近平总书记生态文明思想为宗旨，围绕黄河流域生态保护，对黄河流域各省区水利改革发展进行宣传报道。

活动首站进入内蒙古段沿黄盟市，记者们深入田间地头、黄河堤防、蓄滞洪区、工矿企业、水利工程、治沙生态区、信息化数控中心、黄河文化博物馆等，踏沙地看生态，入灌区寻节水，观工程探效益，详细采访建设者、农牧民、科技人员及工程管理者，听农牧民和湖区周边群众畅谈河湖治理带来的变化和自身的感受。

采访组出发前，内蒙古自治区水利厅和有关处室负责人与采访组一行进行座谈交流，通报了内蒙古水利及沿黄生态治理成效并回答了媒体提问，包括近年来内蒙古黄河生态保护、黄河防洪工程建设、水资源管理、水权转换、河湖连通、水土保持生态治理、水污染防治、黄河文化建设以及沿黄各地经济社会发展等情况。

目前，活动首站内蒙古段采访已圆满结束。新华社和中国应急管理报、中国环境报等行业媒体及内蒙古自治区主要新闻单位和部分中央驻内蒙古自治区媒体近20名记者、作家参与本次采访宣传活动。采访组行程2000多公里，已刊发新闻20余篇、文学作品近10篇，后续还将陆续推出其他作品。

（原载于2019年11月7日《中国水利报》，本文另一作者为王曼玉）

内蒙古水利史上最大节水供水项目 引绰济辽工程首台TBM始发掘进

内蒙古水利史上规模最大的节水供水项目引绰济辽工程，11月25日在兴安盟突泉县永安镇施工现场迎来了在此落户的首台TBM（全断面硬岩隧道掘进机）“草原吉祥号”，标志着施工向着难啃的硬岩、冻土等复杂地质始发掘进，也表明引绰济辽工程整体积极推进。

伴随着现场喜庆的鞭炮声，“草原吉祥号”TBM像一条巨龙，在技术人员的操作下，缓缓向前挺进。输水隧洞段采用钻爆法+TBM联合施工，共投入5台TBM。此次始发掘进的TBM由中国铁建重工集团有限公司生产制造，主要用于长大硬岩隧道施工，可实现隧道及隧道断面一次成型，集开挖、支护、出渣于一体，机械、电子、液压、激光、控制等技术于一身，具有安全、高效等特点。TBM设计开挖直径4.75米，整机长度295米，重量1000吨，总装机功率3300千瓦，于10月1日～4日陆续进入现场并交付施工单位中铁十八局组装调试。正式投入使用后，预计月均掘进速度可达600米。其余4台TBM预计2020年陆续进场，计划用3年时间打通长达46公里的输水隧洞，确保全线按计划建成通水。

引绰济辽是内蒙古一号水利工程，总投资252.16亿元，总工期56个月，是自治区迄今投资规模最大、施工范围较大、受益地区较广、施工期较长的水利工程。引绰济辽是大（1）型Ⅰ等工程，从绰尔河引水至西辽河，向沿线城市和工业园区供水，结合灌溉，兼顾发电等综合利用。工程由文得根水利枢纽和输水工程两部分组成，输水线路全长390.3公里，自北向南穿越洮儿河、霍林河，采用自流输水方式，涉及兴安盟、通辽市，最终到达西辽河干流莫力庙水库。其中，隧道长183公里，PCCP长203.83公里。该工程设计平均年调水量4.54亿立方米，每年可为沿线灌区提供灌溉用水2833万立方米，直接受益人口112.79万人，可缓解内蒙古西辽河流域严重缺水状况，为蒙东地区实施“水煤组合”战略提供水资源保障，促进区域水资源优化配置和当地经济社会可持续发展。引绰济辽工程受水范围为通辽市科尔沁区、兴安盟盟府所在地乌兰浩特市，两盟市所辖的开鲁县、扎鲁特旗等7个旗（县）城区，以及通辽经济开发区、乌兰浩特工业开发区等11个工业园区。

（原载于2019年11月27日《中国水利报》）

《内蒙古自治区志·水利志（1988—2010）》出版

内蒙古水利厅组织编纂的《内蒙古自治区志·水利志（1988—2010）》日前已由内蒙古人民出版社出版。该志是《内蒙古自治区志》的重要组成部分，是统揽全自治区水利发展的志书。

全志书160万字，设篇、章、节、目、子目5级层次，体裁采用述、记、志、传、图、表、录等，记录了1988—2010年自治区境内23年来水利活动的历史与现状，内容涉及主要江河治理、农田、牧区、水保、防洪、防凌、抗旱、水资源管理、水政、科技、人文等，展示了自治区水利事业的丰硕成果，既是自治区水利工作者辛勤工作、拼搏进取的历史见证，也是了解和研究自治区水利发展史的重要参考资料。

（原载于2019年11月28日《中国水利报》）

把习近平总书记在黄河流域生态保护和高质量发展座谈会上重要讲话精神落到实处

习近平总书记在黄河流域生态保护和高质量发展座谈会上的重要讲话，擘画黄河流域生态保护和高质量发展重大国家战略，为做好新时代黄河治理保护和管水治水工作指明了前进方向、提供了根本遵循，在黄河治理保护历史上具有里程碑意义。

为此，针对内蒙古水利如何践行习近平总书记重要讲话精神，内蒙古自治区水利厅党组书记、厅长刘万华接受了采访。

刘万华表示，黄河流域生态保护和高质量发展同长江经济带发展、长三角一体化发展等一样，上升为重大国家战略。加强黄河治理保护，推动黄河流域高质量发展，解决好人民群众关心的防洪安全、生态安全及水资源高效利用等问题，对维护社会稳定、促进民族团结具有重要意义。内蒙古水利系统要深入学习领会，抓好贯彻落实，细化实化各项措施，切实承担起应担的责任。

一要切实抓好水旱灾害防御工作，力保人民生命财产和经济安全。黄河内蒙古段流域面积 15 万平方千米，占黄河流域面积的 19.1%，流程 843.5 千米，流经 6 个盟市的 17 个旗县。历史上曾多次发生大的水灾，这个教训必须记取。现在沿岸人口众多，经济较为发达，一旦发生大的水灾，后果不堪设想。

在治理黄河的历史长河中，水利在保障防洪安全、供水安全等方面发挥了不可替代的突出作用。新中国成立后，特别是党的十八大以来，在党中央、国务院的高度重视下，黄河内蒙古段治理取得了巨大成就，保障了人民生命财产安全，促进了流域经济发展和社会进步。目前，内蒙古黄河流域初步形成了由干支流水库、河道整治、堤防护岸等组成的防洪工程体系。通过黄河干流一期和二期、重点支流等防洪工程的实施，已建成各类堤防 1043 千米、河道整治工程 105 处、坝垛 3344 道、各类水库 226 座；黄河流域乌兰布和、河套灌区及乌梁素海、小白河、杭锦淖尔、蒲圪卜和昭君坟等6个应急分洪区，极大缓解了凌汛压力。黄河内蒙古段黄河干流的防洪工程体系虽初具规模，但黄河游荡性强、摆动频繁，堤防和河岸抗冲淘能力差，中小水也经常出险，特别是黄河凌汛突发性强，防御难度大；大黑河等十余条重要支流还有较多无堤段，黄河流域防洪减灾能力仍存短板。我们一定要树立安全第一的思想，推动实施黄河干流堤防巩固提升工程和险工险段治理，补齐支流堤防"短板"，加强现有6个蓄滞洪区运行调度和改造提升，争取新建科布尔分洪区，扎实做好每个年度防凌防汛工作，力保黄河内蒙古段安澜。

二要以减少入河泥沙为重点，大力推进黄河保护治理。内蒙古积极推进水土保持生态建设，区域生态环境明显改善。我区在黄河整个流域生态保护与建设中占有重要地位，也是国家"两屏三带"生态安全战略的重要组成部分。自治区已全面建立河湖长制，在保护河湖方面取得显著成效。但我区黄河流域生态环境脆弱，是黄河粗泥沙的集中来源区，水土流失面积占流域总面积的66%，是黄河流域的主要产沙区之一，其中十大孔兑最为严重。近年来，我区以减少入河泥沙为重点，大力推进黄河保护治理，通过采取"保、治、拦、调、控"等措施，有效减少了入黄泥沙量，黄河水沙调控初见成效。但黄河沙患远未消除，对我区的影响仍十分严重。如：海勃湾水利枢纽运行仅5年，已淤积泥沙1.5亿立方米，约占总库容的1/3。为此，我们要围绕减少泥沙入河，实施好各项保护和治理措施，继续推进淤地坝的实施并抓好管护，突出抓好水土保持生态治理，特别是要积极推进黄河十大孔兑治理及黄河多沙粗砂区集中来源区治理，实施一批河湖联通工程，配合有关部门推进水污染防治，努力使黄河水更清。

三要严格管好水用好水，为区域高质量发展提供水资源支撑。内蒙古黄河流域人口相对密集、资源丰富、文化发达、基础设施和工矿企业众多，流域人口占全区的42%，耕地占28%，GDP占全区的64%，是国家重要的能源基地和粮食生产基地，是自治区经济社会发展的"重要引擎"，更是高质量发展的"领头雁"。但由于本区域产水较少，黄河分水不足，煤炭资源的开发又要疏干地下水，煤化工等产业发展增加用水等，进一步加剧了水资源供需矛盾，水资源短缺将长期成为制约该区域经济社会发展的瓶颈。我们必须牢固树立量水而行的发展理念，把水资源作为最大的刚性约束，通过提高用水效率、优化用水结构来解决。只有推动水资源节约集约利用，才能保障高质量发展用水需求。一是推进全社会节水，特别是要严格控制农业用水，不再新增引黄灌溉面积。要大做节水文章，以河套灌区现代化建设为抓手，大力节约农业用水。二是积极推进水权转换，推进流域区域水资源优化配置和用水结构调整，同时用好再生水，努力解决工业等用水指标问题。三是严把用水关，对高耗水、高污染项目坚决说不，将有限的水资源用到高质量发展项目上。

四要立足当前，做好重点保护治理项目的实施和相关工作。黄河的保护和治理最终要落到每个具体项目上。黄河保护治理关键在行动，内蒙古要立足当前，抓好重点工作落实。要持续开展河湖清“四乱”行动并着手建立长效机制，全面完成黄河干流和重要支流的划界工作；继续为乌梁素海生态补水，加快推进岱海应急生态补水工程的立项实施；抓好旱作梯田、淤地坝、清洁小流域等水土保持项目实施，推动流域生态持续好转；推进黄河水毁工程修复和中小河流治理，为防凌防汛打下坚实基础；要瞄准新时代流域综合管理、流域保护发展重大课题的需求，加强黄河水沙调控机制等基础理论及关键问题研究，加快实施黄河流域以水文监测站网、水土保持监测站网为依托的综合监测站网建设，加快黄河流域控制断面监督管理监测能力建设，推进建设黄河流域智慧水利；积极配合自治区发改委等部门做好规划和实施意见的编制工作，主动与沿黄盟市对接，共同抓好大保护、协同推进大治理。

五要谋划长远，为筑牢生态安全提供水保障。国家把黄河流域生态保护和高质量发展上升为重大战略，并将出台重要支持政策，我们要抓住机遇，统筹区域防洪安全和水生态安全等，推动一批重点难点问题解决，推动一批重大项目实施。比如，黄河内蒙古段不具备跨流域调水的条件，南水北调西线工程是解决我区黄河流域资源性缺水的唯一途径，内蒙古要积极配合黄委会，联合其他省区合力推动。黄河滩区约有 1 万居民，这个老大难问题要抓紧推动解决。鄂尔多斯杭锦旗河湖连通项目、巴彦淖尔市黄河故道乌梁素海补水通道工程、包头市小白河与昆都仑河河湖连通工程等，要尽快立项落地等等。这些问题我们要提前研究谋划，积极向水利部、黄委会汇报，做好政策对接、项目对接工作，在国家战略实施中充分反映内蒙古诉求。

总之，内蒙古要进一步提高政治站位，增强“四个意识”，坚定“四个自信”，做到“两个维护”，把学习贯彻习近平总书记在黄河流域生态保护和高质量发展座谈会上的重要讲话精神与贯彻落实中央“十六字治水思路”贯通起来，与“水利工程补短板、水利行业强监管”结合起来，坚持绿水青山就是金山银山的理念，坚持生态优先、绿色发展，以水定需、量水而行，因地制宜、分类施策，上下游、干支流、左右岸统筹谋划，共同抓好大保护，协同推进大治理，把水资源作为最大的刚性约束，推动用水方式由粗放向节约集约转变，推动内蒙古黄河流域高质量发展，促进全流域高质量发展，让黄河成为造福人民的幸福河。

（原载于 2020 年 1 月 8 日《中国水利报》）

内蒙古：勠力补齐短板聚焦强化监管

在全面决胜小康社会的关键之年，内蒙古水利系统深入学习贯彻习近平总书记“十六字治水思路”及在黄河流域生态保护和高质量发展座谈会上重要讲话精神，以“工程补短板、行业强监管”的水利改革发展总基调为抓手，水利系统上下勠力补齐各项工作中的短板，把强化监管作为聚焦点，各项工作效果明显。

防汛抗旱减灾取得历史最好成绩。防灾减灾事关人民群众生命财产安全和社会稳定、经济繁荣。内蒙古始终把防汛抗旱减灾作为事关人民福祉的大事来抓，加强水情监测预报、堤防巡查防守和水利工程调度运用，全力防御黄河凌汛和大江大河、中小河流洪水及山洪灾害；突出抓好水库安全度汛，安排自治区补助资金开展 335 座水库大坝安全鉴定；加强山洪灾害监测预警，制作发放山洪灾害防御图；加强水旱灾害防御机构建设，全年实现库、坝无一溃坝，河道堤防无一决口，山洪灾害致死 1 人，为 1949 年有记录以来最低；经济损失 6.67 亿元，比去年减少 89 亿元。

重大水利工程建设进展良好。加快建设和谋划重点水利项目，发挥水利建设投资拉动作用，提升防洪、供水、生态等综合保障能力。严格落实责任，加密调度会商，强化督导检查，确保工程进度和质量，全年水利投资计划完成率达到 94.1%。重点工程进度全面加快，引绰济辽累计完成投资 107 亿元，占总投资的 42%；东台子水库累计完成投资 10.9 亿元，占总投资 51%。辽西北供水内蒙古支线、引绰济辽二期、引嫩济锡等工程前期工作取得积极进展，为项目立项及开工建设奠定良好基础。

农村牧区饮水安全保障更加扎实。坚持把饮水安全作为水利脱贫攻坚的重中之重，压实主体责任，确保资金投入，加快补齐“两不愁、三保障”饮水安全短板。完成年度饮水安全保障投资约 16 亿元，农村牧区饮水安全巩固提升工程实现受益人口 63.2 万人；实施脱贫攻坚饮水安全清零达标行动，全区剩余的 393 户、862 人建档立卡贫困人口饮水安全全部达标；合力推进氟改水工作，解决了 54.6 万人的饮水型氟超标问题；开展脱贫攻坚饮水安全保障大排查，排查出问题 2833 处，已完成整改 2812 处。

地下水超采得到有效治理。认真贯彻习近平总书记等中央领导同志关于“量水而行”的重要批示精神，起草了“量水而行”退减地下水灌溉面积方案和指导意见，配合水利部完成西辽河流域量水而行以水定需试点方案。印发《自治区地下水生态保护和治理实施纲要》。全区 33 个地下水超采区，年均超采量 6.27 亿立方米，到目前超采量压减到 1.3 亿立方米，完成超采量压减任务 80%；有 22 个超采区基本达到治理目标，其中 19 个完成治理并销号，为 2020 年全面完成治理目标任务奠定了重要基础。

河湖长制向见成效转变。把河湖“清四乱”专项行动作为推动河湖长制落地见效的第一抓手，全区排查河湖“四乱”问题 2709 个已全部整改完成并销号。印发《自治区规范河道采砂的指导意见》，开展全区河湖采砂专项整治行动。完成全区流域面积 1000 平方公里以上河流、水面积 1 平方公里以上湖泊和自治区及盟市领导担任河湖长的河湖管理范围划定工作。启动《自治区河湖管理条例》立法前期工作。

“一湖两海”治理取得新进展。认真贯彻习近平总书记关于“一湖两海”治理的重要指示批示精神，深入研究、论证湖泊水量、水质变化成因，加大生态补水力度，全年为乌梁素海补水 6.15 亿立方米，为岱海补水 211.7 万立方米，呼伦湖水域面积保持稳定，乌梁素海整体水质提高到Ⅴ类，岱海湖面缩减趋势得到控制。岱海生态应急补水方案已通过技术审查，正在履行报批程序。

（原载于 2020 年 1 月 8 日《中国水利报》，本文另一作者为谢疆）

内蒙古首次运用市场机制 开展再生水水权交易

2019年12月30日，内蒙古自治区水务投资集团与鄂尔多斯市杭锦旗政府在呼和浩特举行杭锦旗黄河南岸灌区排干再生水水权交易签约仪式。这是继内蒙古黄河干流跨盟市水权转让试点之后，内蒙古首次运用市场机制开展再生水水权交易的重要探索，也是内蒙古水权制度建设历程中具有里程碑意义的事件。

杭锦旗位于鄂尔多斯市西北部，水资源总量不足，时空分布不均，用水结构不合理，用水效率偏低，是全旗水资源开发利用面临的突出问题。杭锦旗黄河南岸灌区设计灌溉面积56.29万亩，是鄂尔多斯市最大的引黄灌区，涉及4个镇5.3万群众。近年来，依托水权转换节水改造工程，灌区节水工程得以全面配套。但灌区排水不畅，特别是田间排水工程不配套，造成土壤次生盐渍化，全灌区形成盐碱地39.22万亩，其中约8万亩弃耕，严重制约灌区经济发展。同时，灌区排干水矿化度高，排入黄河后会对黄河水质安全构成一定威胁。

为进一步优化配置全旗水资源，保障经济社会发展，解决鄂尔多斯市黄河南岸灌区排干水污染黄河问题，以及当地工业项目用水不协调不充分的矛盾，本着坚持优先配置中水、再生水、非常规水的原则，2019年杭锦旗水利局积极探索，多方考察，提出了《杭锦旗优化配置水资源指导意见》《杭锦旗沿黄灌区水权交易实施细则》，由当地工业园区用水企业投资，将杭锦旗沿黄灌区排出的不合格水通过处理后进行再生利用，将处理生产的水转让给当地工业园区用水企业，并委托内蒙古水权收储转让中心有限公司水权交易平台进行市场化运作配置给鄂尔多斯市杭锦旗新杭能源有限公司等工业企业，以解决工业企业水资源需求问题。

本次配置再生水指标300万立方米，并以此交易作为试点，先期启动。再生水水权交易签约，标志着杭锦旗沿黄排干再生水水权指标交易正式步入轨道，也将为自治区排干再生水开发利用提供经验借鉴。

内蒙古水务投资集团总经理锡林表示，再生水转让利用，既解决了不合格的灌区排干水污染黄河的问题，也推动了健全市场一体化发展机制，是完善区域交易平台和制度建设的重要实践，是推进资源全面节约和循环利用的重大举措，必将对内蒙古乃至全国水权制度建设产生重要影响和积极带动作用。

（原载于2020年1月8日人民网，2020年1月10日《中国水利报》）

内蒙古水利厅织密“检测网”筑牢疫情“防护墙”

连日来，内蒙古水利厅多措并举从严从细从实织密疫情检测网，在做好对办公楼和职工个人防护工作的基础上，根据当前疫情形势，进一步加强对所属家属区的防控，确保从“口”上把好关。

自治区水利厅疫情防控领导小组印发了《关于做好水利家属区疫情管控的通知》，要求厅机关、厅属单位协助社区做好水利厅家属区管控值班。厅长刘万华多次检查和暗访几个水利家属区，他强调，要把人民群众生命安全和身体健康放在第一位，把疫情防控作为当前工作的重中之重，认真落实自治区应对疫情工作领导小组和疫情防控工作指挥部各项要求，全力做好疫情应对防控工作，积极参与社区防控工作，保障全厅各项工作正常开展，水利人要为打赢疫情防控阻击战发挥积极作用。

在健康街水利南住宅区，他指出，值班人员要认真履行职责，做到人员到位、联络畅通、反应迅速，遇有紧急情况特别是疫情信息第一时间请示报告，并及时采取措施妥善应对和处置。值班人员要加强对小区的人员管控工作，要全面准确掌握本小区人员进出情况，加大疫情检测排查力度，发现异常情况及时报告，按照要求采取相应防控措施，一旦出现疑似或确诊病例，要立即向厅办公室报告。要加强外来人员进出管控，对外来人员进行严格检测和登记了解，做到心中有数。

在满都海水利住宅区，他要求值班人员要做好个人防护，要为职工群众提供口罩等必要的防疫物品、设施，加强疫情防控提醒和宣传教育，增强职工群众自我防护意识和能力。

截至目前，全厅上下已积极行动，厅属所有住宅区已全部安排干部职工协助社区轮流值班，切实防范疫情从“口”而入。

（原载于2020年2月6日人民网，2020年2月8日“学习强国”）

内蒙古自治区水利厅全力打好疫情防控阻击战

自新型冠状病毒感染的肺炎疫情暴发以来，内蒙古自治区水利厅党组高度重视，将疫情防控工作作为头等大事，通过电话、手机、微信、短信等方式迅速向全体干部职工传达学习习近平总书记关于新型冠状病毒感染的肺炎疫情防控工作重要指示批示精神，坚决贯彻党中央、国务院和自治区党委、政府的决策部署，结合水利厅实际，认真研究落实举措，安排部署疫情防控相关工作。

生命重于泰山。疫情就是命令，防控就是责任。1月25日自治区政府启动重大突发公共卫生事件一级响应后，水利厅主要领导迅速坐镇指挥，研判形势，召集有关处室、单位负责人进一步细化工作措施，以最严要求、最硬作风、最强举措，严防死守、联防联控。一是强化领导，建立组织机构。成立了以厅党组书记、厅长为组长的自治区水利厅新型冠状病毒感染肺炎防控工作领导小组，印发了《关于做好新型冠状病毒感染肺炎疫情防控工作的通知》《转发自治区人民政府办公厅关于行政事业单位实行弹性工作制的通知》，制定了《节后返程上岗人员疫情防控工作方案》和《节后返岗人员疫情防控应急预案》。深入学习领会中央和自治区领导批示指示和相关会议精神，充分认识当前疫情防控严峻形势，把党中央、国务院和自治区党委、政府各项决策部署及水利厅防控工作措施不折不扣落到实处，为打赢疫情防控阻击战发挥积极作用。二是加强值班值守工作。在继续做好春节期间24小时值班工作基础上，严格执行疫情信息向自治区党委、政府“日报告、零报告”制度，及时准确报送疫情防控信息。三是做好监测摸排工作。印发《关于做好节后返程人员排查和返岗人员管理的通知》，组织各处室、单位迅速摸排外出人员返岗情况，严格落实外地返呼人员全部居家隔离 14 天要求，每日监测排查身体状况；四是加强宣传教育。通过手机短信、微信工作群及公众号、水利网站等渠道和方式深入宣传中央和自治区疫情防控政策措施，深入宣传疫情防护知识，提高干部职工自我防护意识和能力，不造谣、不信谣、不传谣，坚决抵制虚假信息，积极传播抗击疫情的先进人物、事迹的正能量，维护社会大局稳定。

（原载于 2020 年 2 月 6 日人民网，2020 年 2 月 8 日“学习强国”）

“几字湾”跃动幸福音符

——内蒙古黄河流域生态保护和高质量发展侧记

滔滔黄河水流经内蒙古自治区 7 个盟市，形成了一个大大的“几”字。黄河文明与草原文明在这里交融碰撞，汇成了内蒙古沿黄河两岸独具特色的文化。

一年来，内蒙古自治区水利厅围绕黄河“几字湾”进行了一系列规划，推动黄河“几字湾”地区高质量发展，全力讲好内蒙古的“黄河故事”。

高效集约——水资源永续利用之道

内蒙古黄河流域面积 15.19 万平方公里，覆盖 7 个盟市、40 个旗县区，是自治区的工业重点承载区、粮食主产区、文化遗产富集区和经济主要增长极。

然而，这一区域常年降水少，蒸发量大，水资源禀赋差。国家分配给自治区黄河用水指标 58.6 亿立方米，其中 93% 用于农业灌溉。随着经济社会快速发展，一方面大量的工业项目因无水资源配置难以上马，另一方面由于节水工程配套程度低、灌溉模式低效，农业灌溉水利用系数仅为 0.35。工业无水可用，农业大水漫灌，用水矛盾在内蒙古沿黄多地愈加突出。

“黄河水资源量就这么多，搞生态建设要用水，发展经济、吃饭过日子也离不开水，不能把水当作无限供给的资源。”习近平总书记的科学论述时刻警醒着自治区水利人。面对新的发展机遇，深化水权转让、深挖节水潜力，成为内蒙古沿黄地区满足地区经济社会发展新增用水需求的重要手段。

一年来，自治区加快推进跨盟市水权转让。目前，跨盟市黄河水权转让节水改造一期工程已建成，1.2 亿立方米转让水指标已全部配置，二三期水权转让和水权交易工作正在全力推进。通过水权转让，内蒙古引黄耗水量逐年下降，灌溉用水效率大幅度提高，农业灌溉比例由最初的 93% 下降到 86%，用水结构更为合理。沿黄灌区农业灌溉条件得到改善，农作物产量同比增加，农民收入增加。水权转让，使沿黄灌区农民得到了实惠，也让企业用水得到了有效保障，促进了地方经济发展。

仅在鄂尔多斯市，盟市内水权转让水指标就满足了当地 77 个工业项目的用水需求。据测算，这些项目全部投产达产后，每年可增加工业产值近 3000 亿元。

水权转让从无到有，从本地到异地，从政府主导到政府、市场两手发力……内蒙古成功走出一条解决干旱地区经济社会发展用水的新路子。

“习近平总书记的讲话使我们受益巨大，节水是企业生存和发展的关键。”达拉特电厂四期建设工程处主任刘支援说。电厂围绕节能降耗，加大技术改造力度，采用成熟的节水新工艺，对各取用水环节进行经常性检查并制定措施，奖励节水工作突出的运行人员，努力降低用水量，还通过多种宣传教育手段倡导全厂职工节约用水，让节水观念深入人心。“四期工程能有现在的规模，年创产值 14 亿元，经济效益得到近百倍增长，而年用水量仅为 31 万吨，节水在其中起了支柱性作用。”刘支援说。

生态保护——高质量发展必由之路

一年来，内蒙古各级水利部门积极贯彻落实习近平总书记在黄河流域生态保护和高质量发展座谈会上的重要讲话精神，努力让黄河成为造福人民的幸福河。

“我们通过黄河一期、二期、重点支流等工程建设，基本建立了黄河流域内蒙古段防洪减灾体系，初步形成了由干支流水库、河道整治、堤防护岸等组成的防洪工程体系，在黄河生态保护和促进区域高质量发展方面取得了显著成效。”自治区水利厅厅长刘万华说。目前，自治区已建成各类堤防1043.34公里、水库226座，完成河道整治工程105处，6个应急分洪区极大缓解了凌汛压力；已建成的29个视频站，可基本满足防汛和水资源管理需求；通过“保、治、拦、调、控”等措施，黄河水沙调控初见成效；全自治区新增水土流失治理面积1.59万平方公里，区域生态环境明显改善。

背靠母亲河，内蒙古依托沿黄经济带，加快绿色发展，坚定扛起河湖保护重任。2019年以来，自治区水利厅进一步加大生态补水力度，积极利用凌汛水为库布其沙漠补水。目前，沙漠腹地形成了近100平方公里的生态湿地，20多种植物恢复自然生长，10多种水鸟长期栖息，形成沙水相连的自然生态格局，同时为周边农牧民发展养殖业带来了可观的经济效益。

“引来了黄河水，加上有了生态补偿，从去年开始，感觉变化更大了。”杭锦旗农家乐主人张丽清高兴地说，“今年我家准备退耕还林还草地1100多亩，全年收入加起来有20多万元，日子越来越好了。”

位于内蒙古西部的乌梁素海，是自治区最大的淡水湖泊，却一度湖面萎缩、污染严重，直接威胁黄河水生态安全。自治区下决心对乌梁素海采取多项综合治理措施，统筹推进全流域生态修复、综合治理和保护开发：大力开展点源污染“零入海”行动，做到生活污水和工业废水全收集、全处理、全回用，最大限度地减少污染；实施入海前湿地净化、网格水道、芦苇加工转化等工程，促进水体循环，改善湖区水质；关停整顿破坏生态、违法违规矿山企业，对集中连片、功能退化的草原生态系统进行修复整治；利用黄河凌汛期和灌区农业灌溉间隙期，加大乌梁素海生态补水力度。

一年来，乌梁素海治理成效显著。“通过综合治理，乌梁素海湖区整体水质已由过去的地表水劣Ⅴ类提至Ⅴ类，局部水域已达Ⅳ类。”内蒙古水利厅河湖处负责人说。

行走于黄河绵延的“几字湾”，漫步在宽阔平坦的防洪堤上，堤外民房房齐窗明，满载玉米的农用车穿梭往来；远处的村舍被绿树和农田环绕着，羊群如点点云朵洒落在织锦的大地上，像一首田园诗篇，似一幅乡村牧图，又像是跳跃着的幸福音符，映衬着对美好生活的无限向往……

（原载于2020年10月22日《中国水利报》）

防灾减灾篇

乌达区黄河堤防溃决
自治区急调物资抢险

黄河内蒙古乌海市乌达区段堤防12月17日9时溃决后，自治区领导迅速部署抢险，并制定了具体方案。自治区防汛抗旱指挥部及时调拨资金50万元，编织袋5万条，铅丝5吨，救生衣100件，全力支持抗洪抢险工作。抢险资金及物资已于19日凌晨4时全部到位。

我区黄河12月6日开始封冻，封河至乌海市乌达区河段时，由于气温回升，封河界面上下错动，冰下过流能力减弱，大量槽蓄水量滞留在河道内，致使水位迅速上涨，水位最高涨幅2米以上。乌达铁路桥下10公里处堤防与12月17日9时溃决，出岸凌水向乌达区大桥乡五分场、六分场和乌兰乡东风一队、二队等地漫溢，有5个村庄进水，水深达1.5米以上。初步统计，受灾人口近4000人。

险情发生后，自治区副主席、防汛抗旱指挥部总指挥傅守正立即要求乌海市政府做好灾民疏散安置工作，确保受灾群众有房住，不能冻死人、饿死人。黄河防汛总指挥部及时发出了《关于加强内蒙古乌海市河段闲情羌胡紧急通知》。

自治区防汛抗旱指挥部及水利厅有关领导连夜赶赴现场，乌海市党政领导及时组织人员疏散群众，乌海市军分区、武警部队、公安干警及当地干部群众共1000多人组织群众撤离。到目前为止，受淹地区的群众已全部转移，没有人员伤亡。由于凌水漫溢，抢险队伍难以达到决口处，有关人员正在修复通往决口处的道路，以便尽快堵住决口。

目前，由于黄河公路桥上下游全部封河，已淹地区水位开始回落。

（原载于2001年12月20日《内蒙古日报》）

黄河乌海市民堤决口已堵复

在内蒙古自治区党委、政府和防汛抗旱指挥部的精心组织、周密部署下，经过广大军民昼夜奋战，乌海市已决的黄河护村堤于12月23日下午合龙堵复，抢险取得初步胜利。

乌海市黄河出现险情后，温家宝副总理立即做出批示，国家防总、水利部迅速派出工作组赴一线指导抢险工作，工作组始终坚守在防凌抢险第一线。内蒙古自治区党委书记储波、自治区主席乌云其木格及时做出批示，要求尽快堵堤复口，减少损失，妥善安置好灾民。自治区防汛抗旱指挥部及时做出部署，自治区防汛抗旱指挥部副总指挥、水利厅厅长赵文元等始终在现场会同专家组研究抢险堵口方案，指挥抢险工作。乌达区沿河干部群众会同解放军、武警官兵冒着零下15摄氏度严寒，全力以赴，堵口复堤，经过6昼夜连续奋战，决口处护村堤全部堵复。这次决口共造成40平方公里受淹，6个村、近4000人受灾。决口后受灾群众及时转移，无一人伤亡。

为配合乌海市黄河抢险堵口工作，12月21日8时刘家峡水库控制出库流量降为380立方米每秒。目前，乌海市广大军民正发扬连续作战的精神，加高、加固堵复的堤段。

（原载于2001年12月25日《中国水利报》）

内蒙古自治区：防“非”不松劲　备汛措施实

内蒙古自治区防控非典工作开展以来，自治区水利厅党组把此项工作作为当前的一项重要任务来抓，增强防非工作紧迫感和责任感，在采取切实有效的措施确保非典没有在水利系统扩散的同时，进一步加强了各项业务工作的力度。

针对今春内蒙古部分地区降雨偏多，汛期可能提前的情况，自治区防汛抗旱指挥部发出通知，要求各地在做好防非工作的同时，加强防汛工作的领导，切实做好防汛各项准备工作，确保黄河、嫩江、辽河干流不决堤，确保大中型水库不垮坝，力争中小河流、小型水库安全度汛。通知要求：第一，要落实行政首长负责制，汛前要逐级公布辖区内江河、水库、城市、蓄滞洪区等行政首长防汛责任人名单。责任人要对防汛工作进行经常性的督促检查，落实防汛责任制，加强行业防洪工作的组织协调。各地各有关部门汛前要对水雨情测报设施、防洪工程设施、通信预警设施等进行严格检查和安全维护，发现问题及时解决。要求抓紧水毁工程修复，加快病险水库和险工段除险加固步伐，确保各项工程汛期正常运行。要求进一步做好防洪方案和供水调度方案，提高可操作性。要做好防汛抢险物资的补充和准备工作，确保防汛物资足额到位。同时，落实好专业抢险队伍和群防队伍，组织开展技术培训和实战演练。第二，加强水库安全度汛、山洪灾害防治等工作。水库管理单位要认真检查水库安全状况，落实水库安全度汛方案、抢险队伍、抢险物料和应急通信设施，采取一切可能的手段，确保水库安全。山洪灾害已经成为当前全自治区防洪减灾工作中的突出问题，防御山洪灾害责任制是行政首长防汛责任制的重要内容，要层层落实到县、乡、村、户。

（原载于2003年5月15日《中国水利报》）

黄河乌拉特前旗堤防堵复

9月9日凌晨，黄河内蒙古乌拉特前旗大河湾段堤防决口大堤经过数千军民三天四夜的连续奋战胜利合龙。自治区党委、政府于9日向抢险前线发出了慰问电。

9月5日晚，由于黄河南岸鄂尔多斯连降大暴雨，致使黄河南岸一级支流暴发洪水，洪水携带大量泥沙冲入黄河形成沙坝，堵塞了黄河主河道，造成大河湾段水位持续上涨，大堤因长时间浸泡而于当晚21时坍塌决口。

险情发生后，国家防总、水利部、内蒙古自治区党委政府和水利部黄委会高度重视。9月6日，内蒙古军区、内蒙古武警总队和民兵预备役人员火速赶赴一线。为配合抢险堵口工作，刘家峡水库控制了出库流量。内蒙古自治区党委政府及防指领导和当地领导亲临一线指挥，部署抢险。大河湾段共有1万多人参加抢险，动用各类机械190台，耗用编织袋31.5万条、木桩3300根、钢管18吨。目前，受灾群众已得到妥善安置，首批30万元救灾款即将发放到灾民手中。

（原载于2003年9月13日《中国水利报》）

轻点按钮便可从显示屏上观察到库区3公里以内的凌汛情况

科技防凌成为黄河新亮点

秋汛刚走凌汛又来，今年黄河发生了历史罕见的秋汛连凌汛。据了解，目前黄河内蒙古“几”字弯顶部河段已出现“流凌”，河中的冰块、冰花占河面的40%。今年黄河防凌形势不容乐观。

利用现代科技手段防凌，是近年来黄河防凌方式的重大变化。现代科技手段防凌，不但可以改变多年来沿用的人海战术，还可以提高对封开河气象、冰情、水情预报的精确度，让被动防凌变为科学防凌。

12月5日，记者在内蒙古防汛抗旱指挥部看到，工作人员只要打开微机，沿黄各地开河进展情况、险工险段及险情便一目了然，多年贴挂在指挥部墙上的防凌示意图，再也看不到用来标记开河进展的小红旗。

利用现代科技手段防凌，是黄河防凌方式的重大变化。在素有“万里黄河第一闸”之称的内蒙古三盛公水利枢纽，两年前就开始采用无线音视频传输系统自动监视黄河冰情，过去采用手工标记防凌情况示意图的做法，已被输入微机的防凌数据库所代替，监视人员不用到河边就可以准确地观测到库区的冰情变化。

这套防凌防汛自动监视系统，通过设置在拦河闸上可以360度旋转的摄像机，将拍摄到的流凌情况、凌汛水位、闸门开启等数据传输到水情调度中心，工作人员只需操纵防凌防汛监视器上的按钮，便可从显示屏观察到枢纽辖区3公里以内及周边地带的凌汛情况，这样就彻底改变了以往人工野外肉眼观测冰凌的方法，同时还增强了观测的精确度。

（原载于2003年12月9日《中国水利报》）

内蒙古独贵塔拉奎素段黄河凌水溃堤安全转移六千余人

随着三湖河水位的增高，受高水位影响，3月20日凌晨1时50分，内蒙古鄂尔多斯市杭锦旗独贵塔拉奎素段黄河大堤发生溃堤，当地6860名群众已得到妥善转移。

根据当日上午空中侦察情况初步判断，淹没区域约13平方公里。溃堤两处，桩号分别为195+000、196+000，口门宽约为30和50米，大量凌水泄入保护区，保护区有约13平方公里被淹。奎素村1600人、解放村2760人、杭锦淖尔村2500人，共计6860人已全部安全撤离。独贵镇3500人也正在有计划组织撤离。

自治区党政军领导、水利厅领导和当地主要负责人连夜赶赴地点指挥抢险救灾。国家防汛抗旱总指挥部秘书长、水利部副部长鄂竟平，黄河防汛抗旱总指挥部常务副总指挥、黄委会主任李国英等也于当日下午抵达鄂尔多斯市，研究制定抢险方案，进一步落实抢险的各项措施，并与自治区党委、政府和水利厅领导及当地党政领导交换了抢险救灾意见。

险情发生后，自治区和当地立即启动应急预案，同时，自治区向抢险一线紧急调拨编织袋10万条，帐篷64顶，及时运达抢险地点。组织武警官兵220人，解放军预备役100人，应急小分队（托县武装部）220人，投入各类机械210多台加固二道防线，主动把凌水导入已建的应急蓄滞洪区，防止凌水的漫溢。

抢险采取的主要措施：一是主动分凌。通过总干渠、沈乌干渠和南岸灌区加大分洪流量，总流量达到265立方米每秒，有效缓解了下游的凌汛压力。二是主动破冰。20日12时20分，炮兵部队2个连开始对杭锦旗芒哈图河段实施炮击破冰，到16时，共发射炮弹200发。从3月17日以来，到目前，共实施地面炮击破冰 5 次。三是应急滞洪，3 个应急蓄滞洪区目前已具备分洪能力。根据当前险情，将洪水自奎素经小南河泄入杭锦淖尔滞洪区。

（原载于 2008 年 3 月 21 日中国水利网）

内蒙古杭锦旗一溃堤口堵复

经过解放军指战员、武警官兵、预备役部队、民兵和工程技术人员 60 个小时的昼夜奋战，3 月 20 日凌晨，在鄂尔多斯市杭锦旗独贵塔拉奎素段黄河大堤发生的溃堤西溃堤口已于 23 日 20 时完全堵复。抢堵工作从 21 日 8 时开始，共投入 1500 多人，各类抢险机械 80 多台（辆），动用土方 1.2 万立方米。

黄河内蒙古段开河以来，三湖河水文站水位持续上涨，连续多次创历史最高水位。3 月 20 日 1 时 50 分，水位达 1021.21 米，流量为 1640 亿立方米。19 日至 20 日，24 小时内水位再次刷新历史最高纪录。随着三湖河水位的增高，受高水位影响，长时间吃水的大堤于 3 月 20 日凌晨 1 时 50 分溃堤。

险情发生后，自治区党政军、武警及自治区水利厅领导和当地领导连夜赶赴现场指挥抢险救灾。国家防汛抗旱总指挥部秘书长、水利部副部长鄂竟平，黄河防汛抗旱总指挥部常务副总指挥、黄委会主任李国英及抢险专家组等也于当日下午赶赴抢险现场，深入抢险堵口一线，检查指导抢险救灾工作，并到灾民安置点看望了受灾群众。

自治区立即启动有关防凌预案，同时向抢险一线紧急调拨编织袋 10 万条，帐篷 64 顶，运抵抢险地点。组织武警官兵 220 人，解放军预备役 100 人，应急小分队（托县武装部）220 人；抢险投入各类机械 210 多台。加固二道防线，主动把凌水导入已建的应急蓄滞洪区，防止凌水的漫溢。抢险采取的主要措施：一是提前分凌。从 3 月 10 日起到 3 月 17 日，黄河北岸灌区分洪流量 110 立方米每秒。从 3 月 19 日晚，下令三盛公水利枢纽拦河闸关闸，停止下泄，通过总干渠、沈乌干渠和南岸灌区分洪流量达到 265 立方米每秒，分洪总量约 1 亿立方米。有效缓解了下游凌汛压力。二是主动破冰。炮兵部队的 2 个连于当日 12 时 20 分开始对杭锦旗溃堤下游芒哈图河段实施炮击破冰，共发射炮弹 200 发，从 3 月 17 日以来，到 3 月 20 日，共实施地面炮击破冰

5次，发射炮弹640发，效果显著。三是行动迅速，人口转移及时有序。溃堤险情发生后，由于防凌预案落实到位，1.0241万人及时有序地实施了转移无伤亡事件，并得到妥善安置。四是应急滞洪。为及早分洪，缓解防凌压力，自治区防汛抗旱指挥部确定的鄂尔多斯市3个应急蓄滞洪区从3月12日开工以来，鄂尔多斯市政府组织力量，昼夜施工，到3月20日，达拉特旗二狗湾、蒲圪卜和杭锦旗杭锦淖尔蓄滞洪区共完成土方44.53万立方米，新建围堤18.15公里，护村堤8.3公里。3个蓄滞洪区具备了分洪能力。根据险情，将洪水自奎素经小南河泄入杭锦淖尔滞洪区。抢修了二道防线南干渠，保护独贵塔拉镇。五是紧急下拨防凌资金和物资。随着防凌工作进入关键时期，自治区政府紧急动用1500万元水利建设基金，补助沿黄各旗县防凌工程。紧急调拨储物资编织袋9.5万条、土工布1260平方米、应急照明灯具120套、军用帐篷30顶，支援地方防凌抢险工作。自治区防凌前线指挥部从三盛公物资库紧急调拨编织袋10万条，从镫口扬水灌区管理局物资库调拨帐篷60顶，运抵现场。3月22日，国家防总、黄河防总紧急调运的支援内蒙古防凌抢险救灾物资全部运抵了指定地点。

3月23日上午，黄委会副主任廖义伟带领的专家组在自治区水利厅副厅长陈欣和鄂尔多斯市有关领导的陪同下，前往杭锦旗溃堤东口，共同商讨制定了溃口堵复方案。目前，在修筑抢险道路的同时，组织物料，堵口准备工作有序进行。

截至24日，奎素村、解放村重灾区房屋受损严重的住户已经搬到杭锦旗统一组织安排的房屋里，并允许没有进水村庄的村民回家，救灾工作进展顺利。

（原载于2008年3月24日中国水利网，2008年3月25日中华人民共和国水利部网站）

杭锦旗东溃堤口堵复顺利　受灾群众各有所归

鄂尔多斯市杭锦旗独贵塔拉奎素段东部溃堤口从 3 月 24 日零时 30 分开始集中力量堵复以来，到 25 日 8 时，已堵复 40 米左右。目前，300 多人、近百台大型机械正在昼夜紧张施工，力争 25 日晚 24 时前完全堵复。受灾群众中通过投亲靠友、返回镇区和未进水村社的占 75%，其余临时安置的受灾群众生活稳定。

23 日 21 时，在西溃堤口填平的基础上，已具备大吨位车辆运输土方的条件，并且两个溃堤口的工作平台全部建成。抢险救灾前线指挥部迅速对东溃堤口进行堵复，立时，人员、车辆等有序展开行动，堵口进展顺利。

昨日下午，淹没区水已从破堤口排入黄河，排泄量加大到 100 立方米每秒。由于措施得力，排水及时，独贵塔拉镇镇区淹没范围逐渐缩小，水位进一步下降，低洼处的积水用水泵进行强排。具备回迁条件的部分居民已经回到原住处。目前，指挥部正在千方百计拓宽安置渠道，在原有基础上，通过企业帮扶加快安置进度。

为确保供水独贵塔拉镇区的供水，水利部门加紧对镇区内的自来水供水水源设备进行抢修。同时，已组织 2 台移动水罐车对镇区内居民进行生活应急供水。到昨晚，镇区内已恢复供电，镇卫生院现已具备接收急症患者的条件。防疫、卫生部门已派出防疫检疫人员深入凌水退出的村庄，开展居民饮水检疫。收集到动物尸体 30 具，进行了无害化处理。

自治区防凌前线指挥部总指挥、水利厅副厅长陈欣在堵口现场指导抢险堵口工作。自治区水利水电勘测设计院院长路二文带领有关专业技术人员在堵口现场进行地质勘测，为复堤工作做技术准备。自治区水文部门已开始进行淹没区的洪水调查工作。

根据开河凌汛即将结束，水位、流量尚不稳定的实际，自治区防汛抗旱指挥部副总指挥、水利厅厅长戈锋继续在达拉特旗、准格尔旗和包头市检查指导防凌工作，确保黄河开河凌汛顺利通过。

鄂尔多斯市对当前抢险和受灾群众安置等进一步作了部署，要求加快溃堤口堵复进度，25 日前必须堵复；加大独贵塔拉镇排水力度，25 日前基本排完镇区内积水；对杭锦淖尔乡不再进水的村庄进行排水；加快受灾群众牲畜出售，以解决受灾群众的后顾之忧。组织群众进入受灾村庄，实地了解损失，坚定受灾群众转移安置的决心；加大防疫力度，及时消毒处理死畜，保障饮水安全，做好自来水、有线电视抢修，保证25日镇区基本恢复生产生活条件。

（原载于 2008 年 3 月 26 日中华人民共和国水利部网站）

我国用气垫船载人炸冰防凌取得成功

3 月 15 日，内蒙古防凌前线指挥部在黄河包头市官地河段跨河高速公路大桥上游 200 米处，首次利用气垫船直接载人上冰实施爆破炸冰，取得圆满成功。采用气垫船载人直接上冰爆破，这在黄河防凌史上还属首次。同时，也为黄河解冻时冰水混合及河道建筑物附近人员无法上冰作业和近距离破冰开了先河。

自治区防凌前线指挥部总指挥、水利厅副厅长陈欣，内蒙古军区作训处处长翟吉云和防凌前线指挥部及包头市防指有关人员现场指导破冰。

据介绍，实施本次爆破的 4 艘轻型气垫船是专门为黄河防凌设计制造的。每艘可乘载防凌人员 2~3 名，并可装载一定数量的炸药。每艘载重量为 400 公斤。

记者在现场看到，在轰鸣的马达声中，橘红色的气垫船运载着爆破技术人员和炸药，穿行在冰与水的河面上，将破冰人员运到预定爆破位置。人员出仓站在船侧的工作钢板平台上，在冰上打孔钻眼，并在孔内填充炸药后布好引线即乘船撤离现场。当所有人员进入警戒区外后，随着陈欣副厅长点火引爆指令的下达，在“轰轰”的巨响声中，冰面上腾起一排数十米高的水柱，该段冰面被炸开，疏通了河道，爆破取得圆满成功。

（原载于中国水利网站 2009 年 3 月 16 日，2009 年 3 月 16 日黄河网，2009 年 3 月 17 日《中国水利报》，2009 年 3 月 17 日《内蒙古日报》，2009 年 3 月 17 日中国新闻网，2009 年 3 月 17 日《黄河报》）

内蒙古动用轰炸机炸冰疏通黄河河道排除险情

3月18日，自治区防汛抗旱指挥部在黄河鄂尔多斯市达拉特旗恩格贝镇蒲圪卜河段对形成的堆冰实施了轰炸破冰。疏通了河道，炸冰达到了预期效果。

11时30分许，空军3架轰炸机飞临轰炸目标，根据地面铺设的大大的红色“T字”布和空军地面引导组的引导，轰炸机对准河道目标进行了3个轮番的轰炸，弹落之处，随着“轰轰轰”巨大的爆炸声，数十米高的冰水柱冲天而起，轰炸机共投弹36枚，全部命中目标，大量堆冰被炸开，涌动下泄，水位回落，险情排除了，破冰取得了圆满成功。

记者了解到，用轰炸机炸冰，是20世纪50年代初，周恩来总理下达的几十年来未变的命令。

为进一步了解空军出动轰炸机炸冰的情况，记者在炸冰现场采访了自治区水利厅副厅长、防凌前线指挥部总指挥陈欣。据他介绍，轰炸机炸冰，首先顺着河流方向确定的航线，然后瞄准河道主流中心线，从河道中堆冰和冰坝的下游一侧开始投弹轰炸，弹着点沿主流中心线呈直线分布向堆冰或冰坝的纵深延伸。炸弹在重力作用下穿过冰层在水下爆炸，震动波及面大、破坏力极强。炸点从下游向上游方向推进，一般炸到堆冰或冰坝顺流总长度的1/3–1/2处时即可停止，剩余部分的堆冰失去前端支撑会陆续自溃。空军炸冰的特点是威力巨大，可靠性强，只要击中指定部位即可将堆冰和冰坝破除。其打击方式就像一把巨斧当空劈下，弹着点呈直线，一斧一斧地把冰坝劈开，称为“斧劈式”打击。

据了解，内蒙古针对今年严峻的黄河防凌形势，已对阻水河段多次实施了地面炮击，均取得预期效果。

（原载于2009年3月19日中国水利网站，2009年3月19日黄河网）

干渴草原呼唤水利

——内蒙古自治区牧区抗旱的见闻与思考

蓝色天空闲云飘，黄色草原空寂寥。旱魔肆虐盼甘霖，呼唤水利显神效。这是记者日前在内蒙古自治区锡林郭勒盟采访抗旱时的感触。

草色遥看近却无。经过乌兰察布市，一路上，车窗外的草原一片浑黄。置身锡林郭勒辽阔大地，放眼望去，满目土色。“到现在，我们这里就下过几场刚打湿地皮的雨。草长不起来，牲畜也没有吃的，连我们自己吃水都困难了。”锡林郭勒盟阿巴嘎旗宝格达乌拉苏木牧民孟和神情有些黯淡。

旱啊旱　水啊水

锡林郭勒盟今年又是大旱之年。十年九旱是内蒙古自治区的基本特点，而锡林郭勒盟几乎十年十旱。该盟40年的统计资料中，干旱记录就有37年。特别是2000年以来，全盟出现了连续干旱，干旱发生频率达到100%。

锡林郭勒盟属中温带半干旱、干旱大陆性季风气候，寒冷、多风、干旱是这里的显著特点。5~6月份正是植物发芽、生长的季节，降水量却比较少。

作为我国四大天然草原之一的锡林郭勒，草原生产和水的关系犹如鱼水般密切。据锡林郭勒盟水利局负责人介绍，今年全盟旱情严重，入春后气温一直偏低，沙尘暴频发，西部、北部因干旱导致牲畜大量死亡，经济损失严重。截至目前，全盟20.213万平方公里牧区草场就有15.9万平方公里受旱，占全盟草原面积的78.6%。

日头火火地笼着四野。置身在茫茫无垠的草原上，记者感到阵阵揪心，素有“天堂草原”之称的锡林郭勒，野花飘香、蜂飞蝶舞的“天堂”安在？绿浪滚滚、牛逐羊欢、一碧万顷的“风吹草低见牛羊”的美景何现？

“从去年冬天到现在，大部分地区没有有效降雨，长时间的干旱，导致1.33万平方公里的天然草牧场受旱，不能正常生长；土壤墒情差，1万亩农作物不能按时播种，3 万亩青贮玉米种植基地耕作困难；地下水水位呈下降趋势，100 多眼水源井水量不足，牧民普遍远距离拉水解决饮水问题……旱情已严重影响了农牧民正常的生产和生活。”苏尼特右旗水利局局长锡林忧心忡忡。

驱车行进在浑黄的草原上，车轮碾轧着沙土上星星点点的荒草，我们遇到了拉水路上的苏尼特右旗赛罕塔拉镇查干呼舒嘎查牧民呼日查，他每两天就要去 30 里外的大口井拉一次水，一车水约有 3 吨。遇上干旱年份，拉水是他家的头等大事。

额仁淖尔苏木图门嘎查小图门浩特居住着 10 户零散牧户。“我们家 4 口人，有羊 180 只、马 10 匹、牛 40 头，草场 1 万亩。吃水要到 28 里外的地方去拉，拉一次水得大半天时间。因为没有水，牛和马只能寄养在别处有水的人家，光寄养费 1 年就得 1.5 万元。”牧民魏金给记者算了一笔账：每年她家拉水车用柴油 7 桶，每桶柴油 1500 元，全年仅柴油费就花费 1.05 万元，全家 1 年毛收入 6 万元，除去这些开销和其他必须支出的费用外，纯收入只剩下 2 万元。记者了解到，像魏金这样的牧户，在苏尼特右旗乃至全自治区的重旱区还有很多。

在牧区有地下水条件的地方，一般牧民家里都有一口小井，以解决饲草料的生产问题。但一到干旱的年份，小井基本上就干涸了，饮水都成问题，这时候就要到几十公里外的深水井取水。

“我家的小井早就没水了，30 亩青贮玉米地没法下种，看样子这 25 万斤青贮玉米是没有指望了。”苏尼特左旗满都拉图镇巴彦杭盖嘎查牧民丹增指着眼前光秃秃的圈地神情戚戚。

据自治区防汛抗旱指挥部负责人介绍，今年年初以来，全区降水持续偏少，气温偏高，土壤墒情严重不足，特别是中西部偏北地区和东四盟粮食主产区旱情严重。全区牧区可利用草场 68 万平方公里中，有 46 万平方公里受旱严重，其中 1/3 的草场至今没有返青，牧业生产正面临严重的干旱缺水局面。目前，牧区 58% 的草场旱情严重，饮水困难的村屯不断出现，远距离拉水现象突出。

由于持续干旱，目前全区大中型水库总蓄水 12 亿立方米，有 191 座水库干涸，5.65 万眼机电井出水不足，灌溉用水十分紧张。随着地下水水位不断下降，报废机电井数量不断增加。据气象部门预测，6 月份内蒙古中西部及东部部分地区仍然缺少有效降雨。随着气温的升高，旱情还将继续发展。

齐心协力抗御旱魔

内蒙古自治区党委、政府高度重视各地旱情，根据去冬以来气候变化和降水情况，提前运筹，及早安排，研究部署抗旱工作，筹措落实抗旱经费。面对严重旱情，各地立足“抗大旱、科学抗旱、主动抗旱”的指导思想，采取各种有效措施，加强以抗旱减灾为重点的农田草牧场水利基本建设，夯实农牧业生产基础，组织农牧民对现有小塘坝等蓄水工程进行清淤扩建、整修配套和除险加固，充分挖掘现有水利工程潜力，提高蓄水能力，增加抗旱水源，同时提高各类水源工程特别是机电井的配套使用率，使其发挥应有的效益。

旱区各地积极行动，不等不靠。防汛抗旱工作站、水利工程施工队、管理站和水利勘测设计队等水利服务组织，深入抗旱一线，因地制宜，开发水源井，维修机泵，加强抗旱技术指导服务，面对面地指导农牧民抗旱，全方位开展抗旱服务救助工作。各地按照抗旱应急预案的要求，加强对各类水利工程的维护与管理，保证现有水利工程的正常运转，充分发挥水利工程的作用，并在关键区域打抗旱备用水源井，努力扩大补墒灌溉种植面积，全力解决好农牧区出现的饮水困难，竭尽全力减少因旱造成的损失。

同时，各地水利部门千方百计为休牧和禁牧地区出现临时性饮水困难的牧户调剂解决运水水箱或水罐，最大限度地用好抗旱水源。呼伦贝尔市采取政府出资补贴农牧民打抗旱井、建蓄水池、购置抗旱水箱和喷灌设备等措施，指导农牧民扩大地膜覆盖、少耕免耕、坐滤水种面积，种植耐旱、早熟品种。锡林郭勒盟苏尼特右旗举全旗之力，出动100多支抗旱服务队，深入各乡镇苏木和嘎查，帮助牧民打井，拉水，实施节水灌溉，保证牧民生活和生产用水。包头市后山地区大力开展以抗旱节灌为中心的农牧区水利建设工作，达尔罕茂明安联合旗11.9万亩水浇地已有80%实现节水灌溉；石拐区以民办公助水利项目为依托，对缓坡梁地进行节水改造，完成节水灌溉面积1200亩；固阳县计划实施7万亩节水灌溉面积项目和坡耕地改造工程。

据自治区防汛抗旱指挥部办公室人员介绍，截至目前，全区已投入抗旱资金3.6亿元，开工建设各类水利工程1.06万处，完成8594处，投入抗旱人力 238.9 万人次，开动机电井 26.4 万眼，投入机动抗旱设备 14.67 万套，投入机动运水车辆 138.4 万辆，抗旱浇灌面积 2288.5 万亩，已临时解决了 23.8 万人的饮水困难问题。针对当前严重旱情，虽然自治区及各地已投入相当大的财力物力，但由于受旱范围广、灾情重，加之各级财政财力有限，应对日趋严重的旱情十分困难。目前，急需加大投入，继续开发、配套部分抗旱水源工程井和水利抗旱设施，确保群众饮水安全和农田适时灌溉。

呼唤抗旱长效机制

记者调查了解到，内蒙古是持续受旱地区，地方和农牧民把大量财力物力投入到抗旱工作上，但由于抗旱基础设施薄弱和抗旱能力不强，基层抗旱服务组织缺乏抗旱设备，旱情预测预报技术手段落后，直接影响抗旱效果。因此，逐步建立旱情的监测预测体系，提高预测水平十分重要和必要的。然而，由于各地对旱情难以及时掌握，报旱方法和技术相对落后，不能为旱情提供及时准确的基础信息。这就需要在重旱区先设立监测站点，逐级配备有一定素质的技术人员从事旱情测报工作。

水利是农牧业的命脉。尽快改变农牧区水利基础设施建设长期薄弱的局面，建立抗旱减灾长效机制显得尤为迫切和重要。建立抗旱减灾长效机制是解决抗旱中存在问题的关键，其中，抗旱经费的落实又是抗旱工作中关键的关键。目前，抗旱设施落后、陈旧甚至报废无法使用也是困扰各级抗旱部门的一大问题。记者在锡林郭勒盟苏尼特右旗看到，这里的抗旱车辆和打井设备等，好多年前就已报废，但由于没有经费购置新设备，只能修修补补将就着用，直至彻底不能使用。

记者采访了有关专家，他们表示，不断引进推广适应各地农村牧区抗旱的新产品、新技术和新设备，丰富水利抗旱的技术手段是一条必由之路。以锡林郭勒盟为例，该盟属于雨养农牧区，水利抗旱的能力远不能覆盖受旱地区，防旱抗旱的手段相对单一，这需要培训抗旱人员，了解和掌握新的先进的抗旱适用技术，增加水利抗旱的科技含量。

一是为了有效提高农牧业生产防御旱灾的能力，促进农牧业生产可持续发展，提高农牧民群众的生活水平，需要变被动抗旱为主动防旱，变临时抗旱为长远抗旱，建立长效的抗旱机制，易旱地区亟待兴建一批水利抗旱应急水源井。二是继续加大抗旱投入，努力建设全区抗旱减灾体系。按照全面规划、开源与节约并举、防旱和抗旱结合、全面抗旱的原则，坚持以抗旱减灾为中心，以抗旱水源工程建设为重点，着力解决农田、草牧场遇旱、受旱期农村牧区饮水困难及生态与环境用水不足等严重制约易旱区经济社会发展的突出问题；充分调动一切积极因素，广泛筹措水利抗旱建设资金，逐步建立起适应市场经济体制要求和经济社会发展需要的抗旱工程建设和抗旱管理体制及其良性运行机制；基本形成全区比较完善的防旱抗旱、遇旱减灾、工程措施与非工程措施并举及水利抗旱服务保障的工作体系，努力实现由单一抗旱向全面抗旱的重大转变，保障旱区经济社会的可持续发展。这就需要政府在资金投入和建设指导上大力支持。三是尽早启动实施防旱抗旱试点旗（县）的建设。结合各地实际，在抗旱工程的总体布局到具体的抗旱工作实践中，把防旱抗旱工作从农牧业扩展到各行各业，从农村牧区扩展到城镇，从生产、生活扩展到生态，采取综合措施，加强工作前瞻性，提高抗旱工作的主动性。

据专家介绍，内蒙古大部分地区高温少雨，持续干旱，受旱程度深，受灾范围广，持续时间长，给农牧业生产和群众生活带来了极大困难。针对这一地区旱灾的多发性、长期性和严重性，要从群众生存安全和经济社会发展的要求出发，逐步建立健全抗旱救灾的长效机制。各级党委、政府都要把建立长效机制当作项目来抓，建立预警机制，完善救助体系，加大扶助力度，用机制保证农牧区稳定，促进农牧区发展。

一是转变干旱山区群众的思想观念。干旱山区群众信息闭塞，存在“等靠要”思想。要采取政策引导、宣传倡导和提供致富信息等措施，进一步解放思想，开阔视野，增长见识，掌握致富信息，拓宽致富门路，转变农牧民群众的生产生活方式，发展多种经营，增加农牧民收入，增强抵御灾害的能力。二是加强农牧业和农牧区基础设施建设。干旱山区要以梯田建设为重点，并与小流域综合治理、退耕还林还草、整村扶贫开发、种养基地建设结合，提高旱作农业水平。要加快农村人饮解困工程建设，在干旱山区逐步实现人均一眼水窖，保持持久受益。三是加快“旱变水”的步伐。要以新农村牧区建设为契机，加大水利建设力度，加快改造、改建、新修水利工程步伐，扩大有效灌溉面积，按照统筹规划、整合资金、整村屯推进、逐步实施的原则，重点用于异地安置长年遭受旱灾地区人口，逐步减少靠天吃饭人群。四是建立健全行之有效的社会救助体系。要加大公共财政对农牧区社会保障制度建设的投入，进一步完善农牧区“五保户”供养、特困户生活救助、受灾群众补助等社会救助体系。同时，要营造“一方有难、八方支援”的社会氛围和动员机制，依靠全社会的力量，增强抗灾救灾能力，保障受灾群众的基本生活。

旱情不等人，抗旱催人急。草原呼唤牧区水利，我们期待牧区水利为草原大显神威之时。

（原载于2009年6月19日《中国水利报》，本文获《中国水利报》2009年第二季度优秀作品奖）

内蒙古阿尔山市遭遇38年来最严重桃花汛

4月2日，内蒙古兴安盟阿尔山市伊尔施镇由于大量融雪形成桃花水在居民区无法迅速排出，造成居民区进水，截至4月9日，全市共有1564户受灾，无人员伤亡。此次桃花汛是当地38年来最严重的一次汛情，内蒙古自治区水利厅对此高度关注，密切注视灾情发展，及时了解情况，并责成兴安盟水务局迅速采取措施。当地党委、政府正全力救护受灾群众。

桃花水为阿尔山地区春季经常发生的汛情，因积雪融化，雪水下泄时期正值桃花盛开之际，故此得名。桃花水成灾是因积雪厚度较大，又逢气温快速回升，积雪融化迅速，水流下泄迅猛。伊尔施镇为一老林区，由于当地城市基础设施较差，排水设施不完善，积水无法快速排出，造成水流冲毁基础设施、涌入院落房屋。

今年桃花水灾情严重的主要原因：一是自然因素影响。阿尔山去冬今春降雪量较大，总量达46.5毫米，仅3月9日的最大积雪厚度就达35厘米，为1971年以来近38年内气象观测到的积雪最大值。随着气温迅速回升，冬春两季形成的大量积雪在短时间内融化，地表径流集聚下泄，引发桃花水汛情。二是基础设施建设滞后因素影响。由于历史原因，大多数居民现仍居住在20世纪五六十年代建造的“板夹泥”房屋之中，排水管网单一，污水管网空白，致使下泄的桃花水不能及时排出，导致灾情发生。

为支援地方抢险，内蒙古自治区防指紧急调拨编织袋2万条。全市各级领导分守救灾一线，指挥各重点地段抢险救灾工作，投入人力 8435 人次，其中军警部队 582 人次，出动车辆 1125 台次，排水设施 323 台（套），发放编织袋 68410 条，运送土方 2500 立方米，运送炉灰渣 13452 立方米，抢修桥涵 8 处，维修沟渠 7.3 千米、抢筑临时围堰 29.3 公里，转移和安置受灾群众 320 人，投入抢险资金 667 万元。

目前，阿尔山阴坡积雪融化 60% 左右，阳面积雪已大部分融化，桃花汛洪峰和水量不会再增加，来水将从排洪沟正常流出，预计 2 至 3 天即可解除汛情。

据初步统计，此次灾情造成直接经济损失 5572 万元。

（原载于 2009 年 4 月 11 日黄河网）

能力建设是根本

——内蒙古自治区中西部地区旱灾透视

眼下的内蒙古自治区，旱象丛生，旱情遍地。

俗语说："牛马年，好种田。"然而，今年的内蒙古广袤大地，却并没有让农牧民们好好种上田，好好养上畜。

旱魃肆虐

巴彦淖尔市乌拉特后旗是一个牧业旗，地处河套灌区末端。靠着黄河水和提水浇灌的前山地区，绿意甚浓，而占面积更大的后山地区却与之形成鲜明对比：放眼望去，枯黄的原野，冬季般苍凉。

"这个旗和乌拉特中旗，都是巴彦淖尔市的重旱区，从 3 月到现在没有有效降水，年景难过啊。"巴彦淖尔市防办主任赵贵成用脚蹭着冒烟的干土说。

乘车行进在乌拉特后旗荒芜的草原上，记者发现，唯有的一点绿意便是牧民居住的地方——政府投资打的深水井成就了一方绿色，在那里，牧民可以种一些粮食作物和蔬菜，条件允许的话，还可以种一些饲草料。

"我家 5 口人，养羊 960 只、牛 44 头、马 120 匹、骆驼 40 只，全靠买饲草料喂养。因为干旱，6 米的深水井水位已下降了 2 米。过去这口井一次能抽几个小时的水，而现在仅抽 6 ~ 8 分钟就没水了。"潮格温都尔镇西日淖尔嘎查村支部书记阿日本斤说。

记者看到，他家附近 8 米深的大口井，蓄水 600 立方米，灌溉 40 亩地，解决了附近 13 户牧户饲草料地和口粮田的灌溉问题。但，这口井的水位现在下降了不少。

据乌拉特后旗水务局局长王永贵介绍，今年是该旗连续第 6 年干旱，入春至今，该旗前后遭受 8 次强沙尘暴侵袭，累计受灾时间 29 天，全旗平均降雨量仅 5 ~ 9 毫米，靠近中蒙边境一线的广大牧区降水量几乎为零，是近 20 年来降雨量最少的一年，全旗 3650 万亩草场大部分一片枯草，5 个苏木（镇）48 个嘎查（村）2.2 万农牧民全部受灾，1.3 万人遭受重灾，特重旱灾已成定局，农牧业生产遭受的损失高达 4700 多万元。

相邻的乌拉特中旗也正持续遭受着严重的旱灾。由于一直未形成有效降雨，旗内石哈河镇和牧区 5 个苏木全部受灾，且旱情仍在进一步加剧。

赵贵成说："截至目前，巴彦淖尔市今年累计降雨不足 10 毫米，牧区 3.94 万平方公里草场一片枯黄，作物受旱面积 65.7 万亩，特别是边境草场，草根裸露，沙石遍野。"

在乌兰察布市，记者看到的情景是满目昏黄，赤地千里。今年 1~6 月，该市平均降雨 66.6 毫米，是历史同期平均降雨量的 20%。持续的干旱、高温，致使草场和农田虫害严重，全市发生虫害面积 2053.1 万亩，农牧业经济损失达 22.4 亿元。

6 月至今，内蒙古中西部地区和东南部地区出现持续高温天气。目前，中西部大部分地区土壤墒情较差，旱情严峻。锡林郭勒盟、乌兰察布市、巴彦淖尔市、鄂尔多斯市、阿拉善盟及呼和浩特市、包头市、赤峰市受旱严重，部分重旱区出现草地不见绿色、农田不见作物的景象，辽阔的草场和大片的耕地成了不毛之地。

众志成城

针对持续的旱情，内蒙古自治区各级党委、政府动员全社会力量，抗旱保生产。一是加强组织领导，落实责任。广大干部和科技人员包乡包村指导抗灾，扎实推进抗灾救灾各项工作。二是加强抗旱应急水源建设，确保群众饮水安全和粮食生产安全。各地始终把保证群众饮水安全放在抗旱工作的首位，加快各类应急抗旱备用水源工程及配套设施建设，并在重旱区及关键区域打抗旱备用水源井，解决抗旱水源，大力发展喷灌等节水灌溉技术、蔬菜温室大棚等设施农业，尽最大努力缓解饮水困难，保证农业适时播种用水，加大人工增雨力度，提高农牧业防灾、避灾、减灾能力，为农牧业稳定增产、农牧民持续增收提供可靠保障。三是加大保护基础母畜力度，提高牲畜出栏率。四是努力拓宽农牧民增收渠道。组织灾区输出劳力以增加收入，对受灾农牧民进行帮扶，确保其渡过难关。据统计，截至目前，全自治区已开工建设各类水利工程 1.06 万处，完成 8594 处，投入抗旱人数 238.9 万人，投入抗旱资金 4.7 亿元，抗旱浇灌面积 2288.5 万亩，临时解决了 23.8 万人的饮水困难问题。

任重道远

记者了解到，内蒙古自治区农牧业基础设施差，抗旱减灾能力严重不足。全区耕地总面积 1.2 亿亩，但有效灌溉面积只有 4225 万亩，其他耕地基本上靠天吃饭。城乡供水保证率不高，城市供水缺乏备用水源，抗旱基础工作薄弱。

当前，内蒙古自治区抗旱工作依然面临众多问题和挑战。一是各类水源供水能力大幅度下降。水库蓄水严重不足，部分中小型水库和大部分塘坝干涸，机电井出水不足，灌溉水源匮乏。二是饮水困难问题更加突出。特别是牧区受旱地区，饮水原来就很困难，遭受此次特大干旱，远距离拉水现象普遍存在，有的苏木、嘎查拉水距离达 30 公里，重旱区、贫困区、牧区、山区饮水困难进一步加剧。三是由于持续干旱，机电井出水不足、吊泵现象严重，单井控制面积逐年下降，提水费用、拉水费用增加，农牧业生产成本加大，农牧民负担加重。四是由于连年遭受自然灾害，农牧民生产生活非常困难，群众自筹资金能力有限，抗旱资金严重缺乏，抗旱水源工程和机电井配套设施远远不足，给抗旱减灾工作带来很大困难。

自治区防办工作人员强调，内蒙古十年九旱，农牧业生产基础条件差，抗灾能力低。当前遭受的严重干旱，受旱范围之广、程度之深、持续时间之长均为历史罕见。对此，自治区各级党委、政府积极采取各种有效措施，全力以赴投入抗旱工作。但是，由于受旱范围广、灾情重，加之全区各级财政财力有限，且前期抗旱已投入相当多的财力物力，应对日趋严重的旱情远远不够。

据介绍，目前急需继续开发、配套部分抗旱水源工程井和水利抗旱设施，确保农田适时灌溉和饮水安全。自治区计划在农区新打机电井 700 眼，在牧区新打饮水井 400 眼，维修机电井 5000 眼，机泵配套 2000 眼，购置抗旱设备特别是打井机具和运水设备。实施这些抗旱措施，需要抗旱资金 2.14 亿元。

一方面是灾情持续、紧急，一方面是资金缺乏、难以为继。面对长期而艰巨的抗旱任务，内蒙古自治区需要上上下下的大力支持和努力。

（原载于 2009 年 7 月 20 日《内蒙古日报》，2009 年 7 月 24 日《中国水利报》，2009 年 8 月 18 日《人民日报》）

内蒙古统筹调配各类水源工程

降水偏少　各地旱情严重

2011 年 11 月至 2012 年 2 月底，自治区累计降水量为有记录以来的第三个偏少年份，平均降水量仅 3 毫米，2011 年 12 月及以后自治区很少或基本无降水；全区除呼伦贝尔市、锡林郭勒盟东北部有积雪外，其余地区冬季无积雪覆盖；地下水水位呈下降趋势，与多年同期相比，由于降水回补不足，大部分农区特别是粮食主产区地下水水位下降 20 ~ 400 厘米，河道来水、工程蓄水减少。3 月 25 日至 4 月 10 日，除呼伦贝尔市北部有降水外，自治区大部分地区无降水，风沙天气频繁，土壤墒情进一步下降，对农牧业生产极为不利。

赤峰市连续多年干旱。2011 年 10 月到目前累计降水不足 20 毫米，全市 329 条河流断流。干旱给春耕生产造成较大影响。锡林郭勒盟草场受旱面积约为 12.2 万平方公里，因旱造成 6.04 万人饮水困难。巴彦淖尔市乌拉特后旗，

2011年入冬以来几乎无降水，导致全旗640眼筒井、22眼机电井、35眼大口井干枯，造成4460人因旱临时饮水困难。

截至4月18日统计，自治区有2600万亩旱地缺墒，26平方公里草场不同程度受旱，378条河流断流，183座水库干涸，近3万眼机电井出水量不足。目前，土壤墒情较差地区主要为赤峰市北部、通辽市北部、兴安盟南部、乌兰察布市北部、呼和浩特市南部、锡林郭勒盟西部、巴彦淖尔市山旱牧区。

积极行动　采取有力措施抗旱

面对严峻的干旱形势，自治区各级党委、政府高度重视抗旱工作，超前部署，主动应对，确保春耕生产顺利进行，确保城乡居民饮水安全。

一是强化领导，落实责任。自治区党委3月1日召开抗旱备春耕工作会议，认真分析春旱形势，全面部署抗旱保春播各项工作。自治区政府3月12日印发了《关于做好抗旱备春耕工作的紧急通知》。各地按照自治区党委、政府的部署，充分认识抗旱工作的紧迫性，切实加强领导，认真履行职责，全力开展抗旱保春播工作。二是加强水利工程调度，大力推广节水抗旱新技术，把有限的水量优先用于农村饮水和春耕生产。三是各地抗旱水利服务组织深入各苏木（乡）、嘎查（村社），积极打井修井，为农牧民拉送生活用水，解决群众饮水困难问题。四是大力开展抗旱水源工程建设，维修改造各类水源工程，充分发挥各类水利工程在抗旱中的作用，最大限度地扩大浇灌面积。五是进一步加强土壤墒情、河道来水、工程蓄水监测，准确掌握水情、墒情变化。抓住每次降水过程，抢墒播种。

目前，自治区已建成各类蓄水工程2000多处，机电井40多万眼，取水、引水工程3000多处，这些水利工程的投入使用，在抗旱工作中起到了至关重要的作用。眼下，自治区春播工作自西向东陆续展开，截至4月18日统计，自治区已投入抗旱人员50多万人，抗旱开动机电井2000多眼、泵站70多座，抗旱浇灌面积400多万亩。各类水利工程随着春播工作的全面展开，将有力保障抗旱春播、春种工作。

（原载于2012年4月28日《中国水利报》，本文另两位作者为生效有、张然）

预报预警真及时　山洪灾害早知道

——内蒙古实施山洪灾害防治县级非工程措施建设成效显著

一

“那一场山洪真是厉害，不光雨下得大、下得猛，那山洪立马就像决堤的河水一样。要不是政府及时通知群众转移，我们可就遭大殃了。”内蒙古乌兰察布市凉城县蛮汉镇高兰家夭村村民王喜喜至今心有余悸。

让王喜喜记忆犹新的是发生在 2013 年 7 月 14 日凉城县历史上罕见的那次强降水过程。当天，该县大范围强降雨，水利部门利用全县 33 个自动雨量站提供的实时雨量信息，通过县级山洪灾害监测系统随时掌握各个乡镇的降雨情况。监测系统数据显示，高兰家夭村降雨量达 145.5 毫米。当地防办值班人员在第一时间收到监测信息，立即将信息通过预警信息平台发送乡、村责任人，并通过预警平台发送到有危险的预警广播站点，同时将降雨情况和预警信息发送到所有责任人，大大缩短了动员避险时间。依靠县级山洪灾害监测系统，300 多群众及时转移，无一人伤亡。

这是内蒙古 2011 年实施山洪灾害防治县级非工程措施建设项目以来的有效见证。

二

据内蒙古自治区水利厅副厅长康跃介绍，内蒙古山洪灾害防治县级非工程措施建设分 4 个年度，共实施了 74 个旗县区市，分别为 2010 年度 4 个旗县、2011 年度 15 个旗县、2012 年度 40 个旗县、2013 年度 15 个旗县。截至目前，整体建设秩序良好，已有 34 个旗县完成了初步验收，14 个旗县完成了竣工验收，还有 26 个旗县将在 2014 年 5 月底前全部完成初步验收，9 月底前全部完成竣工验收。目前，全区已基本建成了覆盖全部山洪灾害防治区的监测预警系统，预警信息至少可以发送到村一级。该系统在预防近年发生的山洪灾害中发挥了明显的作用，大大减少了人员伤亡。

到 2013 年年底，自治区山洪灾害防治项目 2013 年度中央建设任务和中央补助资金已分级下达，《内蒙古自治区 2013 年度山洪灾害防治项目实施方案》已通过水利部松辽水利委员会审查，将于 2014 年 3 月初组织实施，9 月底完成全部建设任务；2014 年度中央补助资金指标已下达，中央建设任务将于近期下达，要求在 2014 年 9 月底完成全部建设任务；《内蒙古自治区洪水风险图编制项目 2013 年度实施方案》已通过水利部合规性审查，中央补助资金已下达，将在 2014 年 3 月初组织实施，9 月底完成全部建设任务。

通过已建和部分在建山洪灾害防治县级非工程措施建设项目试运行情况来看，系统整体运行正常，在 2013 年汛期，各地水雨情监测和预警系统起到了关键作用。同时，宣传培训和实地演练增强了水雨情监测、预警发布、人员转移、责任落实等各项应急措施的可操作性。

坐在电脑前轻轻点击鼠标便知全旗雨量情况，这是 2013 年 5 月 27 日记者在内蒙古赤峰市敖汉旗抗旱防汛指挥部——敖汉旗山洪灾害防治非工程措施中心信息平台前看到的场景。

该旗山洪灾害防治非工程措施项目是 2012 年 12 月竣工并通过自治区验收交付使用的。值班人员坐在中心信息平台前点击鼠标便知每个雨量点雨情、水情，及时掌握全旗雨情、水情情况。同时，该旗为使身处一线的人员更好地掌握和利用信息平台，培训各乡镇水管站站长、山洪灾害防治村负责人、雨量站、水位站监测管护人员 129 人。

三

内蒙古山洪灾害防治区面积 21.83 万平方公里，人口 1037.74 万人，小流域个数 1605 个，涉及 12 个盟市，74 个旗县区，乡镇（苏木）总数 673 个、受威胁的乡镇 521 个，村总数 8286 个、受威胁的村 4562 个，自然村总数近 4 万个、受威胁的自然村 1.6 万个，受山洪威胁严重的沿河村落 6784 个，受山洪威胁的企事业单位 8734 个。

通过调查，自治区初步划定了防治区内的山洪灾害危险区范围。根据各旗县山洪灾害形成的主要特点，依最高历史洪水下淹没为标准，在调查典型历史山洪灾害发生区域危害程度的基础上，结合各重点山洪区域的气候、地形、地质条件、人员分布等，遵循以人为本的方针，做到防患于未然；通过分析山洪灾害可能发生的类型、程度及影响范围，进行方案对比，采取严格细致、合理的划分办法，按照各旗县水系分布区域，针对山洪灾害隐患点划分出了危险区和安全区。

编制了县级及防治区内的所有乡（镇）、村预案。依据各防治区县、苏木、乡镇及村对应的山洪灾害防御特点、防御现状条件，分别编制各旗县区级、防治区所属苏木镇和村的山洪灾害防御预案。共编制旗县区级预案 74 个，乡镇（苏木）预案 673 个，村预案 4562 个。明确山洪灾害可能发生的程度和范围，绘制山洪灾害风险图，标示山洪灾害危险区、安全区的位置和面积；明确监测预警责任人员及联系方式，明确监测预警内容、监测预警要求；确定需要转移的人员，落实责任人，明确转移原则、转移路线、安置地点等，因地制宜地落实安全转移的各项措施，制定转移安置纪律。

初步分析确定乡镇和小流域的临界雨量、水位等预警指标。依照国家防汛抗旱总指挥部颁布的《山洪灾害临界雨量分析计算细则》计算临界雨量，参考《内蒙古自治区山洪灾害防治规划报告》《内蒙古自治区暴雨特性研究》，估算山洪防治县临界雨量初值， 以 1 小时、3 小时、6 小时、24 小时 4 个时段确定。根据各旗县雨量观测及山洪灾害普查情况，造成山洪灾害的次暴雨量大多数集中在 6 小时、12 小时、24 小时以内，以 3 个不同时段确定预警雨量，“立即撤离雨量”暂时使用预警临界雨量初值，“准备撤离雨量”取各时段“立即撤离雨量”的三分之二。

依据各水位站上下游的防洪标准，通过监测断面水位与流量关系先确定成灾水位，不同的流域，成灾水位也不相同。依据不同的成灾水位确定防洪标准对应的危险区，初步拟定水位警戒指标：当水位站水位上涨到本小流域成灾水位线下 1 米，该水位站的信号为“准备撤离”；若水位站水位上涨到成灾水位线下 0.5 米，该水位站信号为“立即撤离”。

初步建成实时监测小流域危险区的水雨情站网。2010—2013 年，内蒙古 74 个项目县开展了山洪灾害防治县级非工程措施项目建设，共建设监测预警与会商决策平台 74 个、自动雨量站 2161 个、自动水位站 390 个，其中采用卫星通信测站 38 个、采用短波（超短波）通信测站 75 个、视频（图像）监测站 60 个，达到了基本覆盖防治区的目的。

县级和重点地区乡（镇）、村配备必要的预警设施设备。已建预警设备包括简易雨量报警器1251个、简易水位站156个、无线预警广播（Ⅰ型）3410个、手摇报警器4102个、简易预警设备4283个，达到了预警设备覆盖到村的目的。

建立能及时汇集、处理、监视雨水情信息，并及时向全县发出预警信息的县级预警平台。各山洪灾害易发区根据山溪河流暴雨洪水特点和当地通信状况，结合实际工作需要、因地制宜地充分采用ＧＰＳＲ／ＣＤＭＡ公网，监测预警系统在自治区、盟市、旗县三级防汛办公室建立监测预警中心，利用通信、计算机网络、数据库应用等技术手段，建立自治区、盟市、旗县三级山洪灾害防治信息汇集与预警平台，收集山洪灾害防治区水雨情数据信息以及其他部门的相关信息，进行信息查询、山洪预报决策和预警，以及数据备份、会议等服务达到信息共享的目的，为山洪灾害防治提供及时、准确的数据。自治区的监测预警平台设在呼和浩特市内蒙古防汛抗旱指挥部办公室，各防治区所在地均建设有旗县级监测预警平台。

初步建成山洪灾害防治区群测群防体系，落实基层责任制，开展宣传培训演练。对防治区内所有旗县、乡、村确定山洪灾害防御负责人，并建立山洪灾害预警通讯录，建设基层群测群防体系，落实旗县、乡、村山洪灾害防御责任，增强了基层干部群众的防灾减灾意识，提高了自防自救和互救的能力。

大力开展宣传、培训、演练工作，利用会议、广播、电视、报纸、宣传栏、宣传册、挂图、光碟及发放明白卡等方式宣传山洪灾害防御知识，做到进村、入户到人，不断提高人们主动防范、依法防灾的自觉性，增强人们的自救意识和自救能力。组织居民熟悉转移路线及安置方案，在危险区醒目的地方树立明确的警示牌，标明转移对象、转移路线、安置地点等，做到危险区群众家喻户晓。

对山洪灾害防御指挥部人员、责任人，监测预警系统技术及运行维护人，群测群防站点监测预警人员进行培训，使责任人能够熟悉各自组织机构的职责与分工，使系统技术及运行维护人熟悉系统，发现和预防问题，普通故障能自己排除，达到能够维护系统正常运行的水平，使站点监测预警人员熟悉站点的监测、预报等方式，从而保障群测群防工作有序、有效开展。

在山洪灾害防治区内每年开展两次山洪灾害避灾演练，模拟突发暴雨，演练命令传递、警报发布、报警信号、群众转移、家庭对口安置、集中安置、临时安置、救灾物品发放、防疫消毒等课目。演练培训进一步增强了广大干部群众抗灾避洪意识，增强了当山洪灾害发生时自救和互救的意识和能力，减少了人员伤亡和财产损失，有效避免了群死群伤事件。

四

已建成的山洪灾害防治县级非工程措施具体发挥的作用和重要性，验证了项目的实用性和可操作性。

自治区防汛抗旱指挥部办公室负责人表示，内蒙古各实施旗县区市深入落实“监测到点、预警到乡、预案到村、责任到人”的防灾抗灾机制，山洪灾害防御工作取得了显著成效。

及时掌握雨情。在遭受山洪灾害时该系统通过水雨情监测系统能够在第一时间掌握各地降雨情况，为防汛指挥果断决策提供有效的科学依据，及时部署防御山洪灾害各项工作，最大限度避免了人员伤亡事件发生，减少了灾害损失，减灾效果明显。

预报预警效果明显。当地防办值班人员能在第一时间收到监测信息，立即将监测信息通过预警信息平台发送各乡（镇）、村责任人并通过预警平台发送到有危险的预警广播站点，同时，将降雨情况和预警信息发送到所有责任人，起到决策性作用，大大缩短了动员避险时间。

不断完善的防御预案和责任制体系发挥了作用。在山洪灾害防治县级非工程措施项目建设中编制了县、乡、村三级山洪灾害防御预案、对危险区与安全区的划定范围进一步细化，确定人员转移以家为单位，并建立明白卡进行了登记造册。加大宣传力度，再加上平时制定的防汛应急预案、水库度汛方案等各种防御预案、建立健全了各级行政首长负责制，层层落实了责任制，组建了各级防汛抢险队伍。当山洪发生后威胁群众安全时，按照预案启动响应组织群众撤离，减少人民生命及财产损失。

2013 年 7 月 19 日，兴安盟科右中旗敖兰一队当天 1 小时降雨量达 83 毫米，日降雨量达 96.5 毫米。通过山洪灾害系统平台显示预警地点和降雨量，科右中旗防汛指挥部办公室第一时间通知苏木镇做好山洪灾害防御应急措施，并启动应急预案，转移群众 27 人，保障人民生命财产安全，确保了无人员伤亡事故的发生。2013 年，科右中旗防汛办共处置三级预警 12 起，二级预警 4 起，一级预警 4 起，充分说明山洪灾害防治县级非工程措施发挥出了重要的保障作用。

五

内蒙古在山洪灾害防治非工程项目建设上的主要经验和做法。

建立了省、盟市级山洪灾害防治监测预警平台。在建设旗县级监测预警平台的同时，统筹考虑安排建设资金，将自治区、盟市级监测预警平台进行了初步搭建，实现了中央、省级、盟市级和旗县级监测预警平台之间的互联互通和信息共享，使各级防汛部门能够及时掌握山洪灾害实时监测、预警、响应信息和防治情况，对提高各级各部门之间的应急联动、提升综合防灾减灾能力、提高山洪灾害科学管理水平，具有重要意义。

建立了省、盟市异地视频会商系统。建设了省、盟市异地视频会商系统，极大提高了全区防汛工作的效率，节约了会议经费和宝贵的时间。本套系统的建设，在 2013 年抵御海拉尔河流域、嫩江流域大洪水中发挥了重要作用，同时，对于整体提高全区水利工作信息化水平，将起到重要作用。

建设开发了山洪移动巡视预警系统。自治区在建设县级监测预警平台的同时，增加了山洪移动巡视预警系统。各级防汛人员，通过手机或平板电脑，随时随地就能方便、准确、实时地掌握雨水情信息，了解灾情发生状况，为科学决策争取到时间和第一手资料。

建立了省级统筹管理、盟市参与监管、旗县实施建设的三级山洪灾害防治项目建设体系。结合全区实际情况，建立了省级统筹管理、盟市参与监管、旗县实施建设的三级山洪灾害防治项目建设体系。省级防办负责项目统筹管理，从项目招标准入条件及设施设备技术指标的制定、合同签订、竣工验收，省级全程统筹管理，保证了项目建设的质量和大纲要求的建设内容。同时为了调动盟市的积极性，明确盟市防办作为监管单位，负责项目的资金、进度、质量的监督管理，同时明确项目初步验收由盟市防办进行组织。这样，盟市防办的积极性和主动性被调动起来。他们不仅负责项目的监管，还从盟市整体的角度对项目的规划建设、旗县之间的互联互通、上下游之间的信息共享提出来非常好的意见和建议。作为最终用户，项目法人为旗县水利局或项目办，具体负责项目建设管理。他们熟悉当地情况，能够更好地进行项目建设管理，由他们作为项目法人与各承建单位共同查勘现场、讨论建设实施方案，利于因地制宜地做好项目建设。通过以上三级管理，全区项目建设起点高、质量好，得到各级领导、部门和参建单位的好评。

（原载于 2014 年 4 月 18 日《中国水利报》）

内蒙古：百万人齐动　遏制旱情蔓延

内蒙古自治区阿拉善盟入夏后遭受 1961 年以来罕见的春夏连旱，140 天连续无有效降水，气温居高不下，内蒙古中西部地区旱情正在迅速蔓延。8 月 4 日 12 时，自治区防指启动抗旱Ⅲ级应急响应，100 多万人的抗旱力量在一线与旱魔抗争，国家防总工作组和自治区水利厅检查组目前在各重旱区指导工作。

入夏以来，内蒙古旱情主要集中在阿拉善盟大部、鄂尔多斯市西部、锡林郭勒盟西部、巴彦淖尔市山旱牧区等地。截至 7 月 30 日，内蒙古农作物受旱面积达 1520 万亩，其中重旱 700 万亩。干旱已造成 39 万人临时性饮水困难，农牧民生产生活受到较大影响。初步测算，中西部牧区牧草产量与历史同期相比将减产 30%~90%。

内蒙古中西部地区遭受严重旱灾得到党中央、国务院的高度重视。7 月 24 日，按照国务院副总理汪洋重要批示精神，国家防总工作组深入阿拉善盟和鄂尔多斯市实地查看旱情，财政部紧急下达内蒙古区特大抗旱资金 2500 万元，支持自治区抗旱减灾工作。29 日，自治区防指、水利厅赴鄂尔多斯市鄂托克旗、鄂托克前旗抗旱一线，自治区防办加派 2 个工作组，分赴中西部重旱区，加大抗旱指导力度。

面对干旱范围逐渐扩大、旱情逐渐加重、灾情逐渐加深的严峻形势，自治区防指要求：一要认清形势，抓好抗旱工作。各地、各部门务必高度重视，充分认识这场旱灾的严峻性，全面落实各级、各部门、各单位抗旱减灾职责，动用组织全社会力量投入到抗旱减灾工作中。二要高度重视，千方百计保群众饮水安全。切实协调解决农村和牧区调水工作，重点帮扶饮水特困群众，对于群众吃水特别困难的村组，有关地区防指要及时安排送水车供水。三要科学调度，合理利用抗旱水源。四要密切配合，形成抗旱合力。五要加强值守，及时规范上报信息。

各地按照抗旱预案，采取各种有力措施将灾害损失降到最低。旱区各级政府及其组成部门包村包户，县乡两级抗旱服务队为旱区农牧民拉水送水，据不完全统计，旱区抗旱服务队平均每天为受旱严重的农牧户拉送水近 1 万立方米。进一步加强旱情、河道来水、工程蓄水监测，及时报送旱情和抗旱信息。加强水利工程调度，挖掘一切可用水源，优先保障居民生活用水和牲畜饮水。大力开展抗旱水源工程建设，维修改造各类水源工程，最大限度地扩大浇灌面积。积极推进抗旱应急水源工程建设。自治区水利厅成立了抗旱应急水源工程建设领导小组，制定了抗旱应急水源工程建设管理办法和实施方案编制规程，各项目旗县正在开展项目建设前期工作。

截至 7 月 30 日，全自治区开动机电井 17 万眼，泵站 100 多座。抗旱浇灌面积 2396 万亩，临时解决了 30 万人饮水困难。各级抗旱服务队维修改造机电井 3800 多眼，新打机电井 760 多眼。

（原载于 2014 年 8 月 5 日《中国水利报》）

87 支县级抗旱服务队担当生力军

本报讯（记者 李建国 4 月中旬至今，内蒙古中西部地区降水偏少，土壤失墒严重，出现不同程度的旱情。各地水利部门积极采取多种措施，抗旱服务组织全力投入抗旱担当生力军，确保群众生产生活用水。

入夏以来，内蒙古局地旱情持续，截至目前，全区农作物受旱面积 1543 万亩，可利用草场受旱面积 20 万平方公里，有 31026 眼机电井出水量不足，389 条河流断流，160 多座水库干涸，因旱造成 35 万人饮水困难。持续的干旱给山旱牧区农牧业生产带来严重影响。

根据国家防总和自治区防指的部署，旱区各地党委、政府把抗旱救灾作为农牧业生产的重点，动员组织群众积极开展生产自救。抗旱服务队利用现有技术力量和设备有计划地实施了抗旱应急水源工程和节水灌溉工程，采取淘洗水源井、维修机泵、拉水等抗旱措施。全自治区 87 支县级抗旱服务队已成为抗旱工作中不可替代的生力军。锡林郭勒盟苏尼特右旗抗旱服务队的 37

名工程技术人员、50多台套机具设备全部投入到抗旱中，承担了抗旱节水工程建设、水利工程维修改造配套、为农牧民拉水送水等抗旱服务工作。截至目前，累计投入抗旱资金2360万元，共完成节水灌溉面积2.02万亩，新打饮水井78眼（其中抗旱应急水源井17眼），淘洗水源井177眼，维修和更新机泵127台（套），解决了0.8万人的饮水困难。

（原载于2015年7月10日《中国水利报》，本文另两位作者为生效有、王海军）

直观　简明　易懂　易记
内蒙古水利厅编制《山洪灾害防御图》

针对自治区7月、8月降雨集中和农村牧区易发山洪的实际，内蒙古自治区水利厅编制了《山洪灾害防御图》，把防山洪要点以文字和图画方式绘于一图，便于村屯墙头张贴，使防山洪要点一目了然，为各地山洪预警预报和组织群众安全转移提供了直观、简明、易懂、易记的范本。据了解，此《山洪灾害防御图》是目前全国针对山洪灾害预警的首张图表。

《山洪灾害防御图》开宗明义：山洪防御常警惕，群策群防要牢记，预防演练做基础，坚持做到五个有。

一是有人报。雨量、水位超过汛限警戒值时，水利和气象部门及时通过电话、短信、无线预警广播等渠道向基层群众发布。

二是有人看。接到预警信息后，村屯组织立即指派专人到上游巡查，一旦发现山洪预兆及时回报。

三是有人喊。明确专人向广大群众通知，通过敲锣、打鼓和大喇叭等方式通知到所有群众。

四是有人领。明确专人引领群众按预先制定好的转移路线迅速有序转移，既要跑得快，更要方向对。

五是有人管。村屯组织切实负起责任，在汛期明确信息接收人员、站岗放哨人员、险情通知人员、转移引领人员，确保万无一失。

《山洪灾害防御图》在今年主汛期前已印发到全自治区易发山洪旗县嘎查村，对广大农牧区群众普及山洪防御知识、减少山洪造成人员伤亡起到了积极有效的作用。根据对 7 月 15 日至 8 月 14 日自治区山洪灾害防治非工程措施效益发挥情况统计，共有 21 个旗县发布预警，发布预警 2562 次，发布短信 7031 条，旗县级发布预警涉及相关防汛责任人 903 人，启动预警广播站 466 次，转移人数 212 人，避免伤亡人数 5236 人。

据统计，2018 年主汛期自治区洪涝灾害死亡 21 人，失踪 1 人；2019 年主汛期内实现零伤亡。

（原载于 2019 年 8 月 28 日《中国水利报》）

两手抓两不误！内蒙古自治区水利厅全力推进疫情防控与黄河防凌工作

随着抗击新冠肺炎进入关键时期，内蒙古自治区水利厅加强各项防控措施，切实做到守土尽责，严防死守。与此同时，根据黄河内蒙古段即将进入开河防凌期，为确保开河安全，水利厅提前部署，靠前指挥，进一步优化细化各项防凌制度、手段，全力打好防控新冠肺炎和防凌工作两场战役。

2 月 10 日，水利厅党组书记、厅长刘万华主持召开黄河防凌工作领导小组工作会议，听取了黄河防凌准备工作情况，分析了开河期防凌形势，安排部署做好开河期防凌的有关工作。

会议指出，全力以赴打赢新冠肺炎疫情防控阻击战是当前工作的重中之重，要统筹做好疫情应对和黄河防凌工作，做到“两手抓”“抓两手”两不误，要克服当前新冠肺炎疫情给水利系统黄河防凌工作组织带来的困难，切实履行水利部门职责，要严格守土有责、守土担责、守土尽责，积极配合自治区防汛抗旱指挥部工作，确保黄河开河期防凌工作取得胜利。

会议强调，黄河防凌事关沿黄人民群众生命安全，事关社会经济发展保障。水利厅机关和沿黄水利部门要站在维护经济社会稳定大局的高度，扎实做好开河期防凌工作，杜绝出现责任盲区和工作空档，为维护正常经济社会秩序、打赢疫情防控阻击战提供有力支持。

会议强调，当前黄河防凌工作要突出抓好以下几项工作。一要从最不利情况出发，全力做好开河防凌准备。要充分认识河道冲淘段落较多，偎水堤防段落较长，滩区居民仍有可能受凌水威胁，以及抗击疫情有可能给人员组织和物料调动带来影响的不利因素。一定要认清形势，克服麻痹思想和畏难情绪，时刻绷紧黄河防凌这根弦，攻坚克难。有关地区、单位要勤请示、勤汇报，将凌汛灾害防御工作一项项、一件件抓好落实。在凌汛灾害防御和抗击疫情两条战线取得胜利，确保沿黄人民群众生命安全。二要确保堤防、水闸等水利工程安全运行。根据当前防疫工作形势，夯实盟市、旗县水利部门和工程管理单位防凌工作责任，要将抢险物料储备、机械准备和抢险技术队伍落实到位，加强堤防工程巡查，严防死守，发现问题及时处置，确保不出问题。突出做好穿堤建筑物等薄弱环节的防守工作，进一步明确穿堤建筑物两个责任人责任，落实好隐患排查、巡查值守等工作，全面消除工程度汛隐患。要做好水利专网、应急通讯等设备运用，快捷、高效传达防凌信息，重要事项可直报水利厅，未开河段要实行零报告制度，决不能出现漏报、错报。要扎实开展开河防凌准备工作督查，发现隐患及时整改，确保度汛安全。三要坚守岗位，统筹做好疫情防控和黄河防凌工作。强化使命担当，以高度的责任感和使命感，在做好疫情防控工作的同时，抓好凌汛灾害防御工作，不能因工作疏忽，让沿黄人民群众的生命安全受到损失。

水利厅副厅长赵忠武，运行管理监督处、水旱灾害防御处负责人及河湖与防汛旱调度中心负责人参加会议。

（原载于 2020 年 2 月 12 日人民网，2020 年 2 月 12 日“学习强国”）

内蒙古水利厅抓实疫情防控抓牢黄河防凌

根据当前黄河内蒙古段已进入开河期的实际，内蒙古水利厅抓疫情防控不误抓好黄河防凌工作，在全力抓实抓细新冠肺炎疫情防控这个重中之重的特殊时期，紧紧抓牢谋划落实做好黄河开河防凌工作，把重在疫情防控，要在黄河防凌的举措挺在各项工作之首，合力确保开河安澜。

内蒙古水利厅日前要求，沿黄各地区、各部门、各单位必须提高政治站位，守土有责、积极作为，拿出异于常年的举措，使出更大的干劲，千方百计做好今年黄河开河防凌工作，确保人民生命财产安全，在疫情防控的重要时期决不能添乱。

水利厅强调，要保障防凌人员的防疫安全。各级各部门要加强与属地防疫部门的沟通协调，落实好防凌期间的疫情防控措施，一旦发生疫情，能够迅速隔断传染源，做到少感染、不扩散。关注防凌工作人员安全防护和健康状况，统筹安排人员，杜绝出现责任盲区、管理空白和工作空档；要加强巡查值守，监测预警和会商研判。各地各单位要严格执行防凌值班和领导带班制度，认真落实巡查值守人员，有效组织巡查值守，尤其是凌汛易发河段、薄弱堤段、险工险段、穿堤建筑物等重点区域的巡查，密切关注水位涨落态势及凌汛变化情况，按时通报信息。发生险情，及时上报，不得出现不报、漏报、迟报、瞒报现象。自 2 月 18 日起，实行防凌信息日报和零报告制度；水文部门要加强水情监测，及时作出分析预报，每日定时报送，紧急凌汛期，加密上报频次；要加强凌情会商研判，进一步完善会商机制，视凌情、工情变化，及时进行多部门会商研判，提出并落实有针对性的处置方案和措施；要加强穿堤建筑物和险工险段防护。要盯紧黄河防凌薄弱环节，以旗县为单元，对辖区沿黄所有穿堤建筑物和险工险段进一步落实行政责任人、管理负责人，切实加强对薄弱堤段、险工险段防守，把近期出险相对集中区段、历史卡冰结坝段、保护重要设施堤段、穿堤建筑物堤段作为重点部位，把管涌、穿堤建筑物渗漏等作为重要险情类别，安排专人 24 小时盯守，坚决避免发生重大险情。对发现的各类险情、隐患，务必及时果断处置，做到有台账、有记录、有交接班签名，直至险情隐患彻底排除；要做好应急抢险人员和物资准备。要进一步落实应急抢险，组织领导体系和人员队伍并进行演练，确保遇到险情拉得出、用得上。要切实加强物料储备，结合本地区实际，在现有物料储备的基础上，加大砂石料、编织袋、铅丝储备数量，并在品种上进行适当调整，确保抢险所需。自治区级两个物资储备库要做好物资出库等准备工作，随时办理抢险物资调拨。要保障机械良好，并登记造册，确保一旦发生险情，所有物资、设备能及时准确到达险情现场；要做好各蓄滞洪区分凌工作。要变水害为水利，争取多分凌水。沿黄有关盟市、黄河工程管理局，要进一步完善分凌方案，落实分凌期的各项工作措施，保证分得出、蓄得住、用得好。要及时报送分凌信息；要压实责任，强化督查问责。沿黄各盟市及相关单位进一步强化以行政首长负责制为核心的防凌责任，各层级责任人必须明晰职能、职责，必须落实到人头上，切实筑牢“责任大堤”，要采取适当方式，进行防凌工作督促检查，对玩忽职守、工作不力等造成严重损失的，依法依纪追究责任。

据水利厅消息，黄河乌海段自 2 月 5 日开河以来，截至 2 月 18 日 10 时，黄河内蒙古段开河至三盛公水利枢纽拦河闸上游 3 公里处，剩余封冻长度 563 公里。开河凌情平稳。

（原载于 2020 年 2 月 20 日中华人民共和国水利部网站）

内蒙古水利厅防凌检查组检查指导黄河防凌工作

3 月 5 日至 8 日，内蒙古自治区水利厅组成由厅长刘万华和副厅长赵忠武带队的两个防凌检查组，分别赴沿黄 5 盟市开展开河期黄河防凌工作检查。

检查组沿河实地检查了各盟市、旗县（区）的防凌工作，详细了解了堤防工程和穿堤涵闸巡查值守责任人到位履职情况、实地察看了抢险物资储备和堤防管理所值班情况，检查了应急分凌调度和蓄滞洪区运用情况，听取了各地 2020 年开河期防凌工作汇报。

检查组肯定了各盟市的防凌工作，并就进一步做好开河期防凌工作提出具体要求。一是提高思想认识，准确把握当前开河防凌形势。三湖河至头道拐段仍有近 7 亿立方米槽蓄水量在下泄，冰层仍有可能集中下推，未开河段仍有壅冰堵水出险的可能，已开河段仍可能出现降水塌岸险情，沿黄各地要切实贯彻落实习近平总书记 2 月 23 日讲话精神，认真落实自治区党委书记石泰峰提出的“严防死守”防凌工作要求，把防凌安全作为当前的一件大事来抓紧、抓实、抓细、抓好，在当前疫情防控特殊时期，采取异于常年的举措，确保沿黄人民群众生命安全。二是坚持严防死守，切实落实各项工作责任制。要继续认真督促落实各级堤防巡查值守责任人和穿堤涵闸防守责任人到岗履职，杜绝麻痹大意思想，要紧盯薄弱环节和险工险段，加强巡查值守，切实落实抢险物料和队伍，随时做好抢险准备。要做好河道水位回落期间巡查防护，出现险情，及时组织抢护，有效控制，避免险情扩大发展，保证工程安全。要及时通报凌情信息，配合当地政府及相关部门做好滩区居民的避险转移和迁安救助等工作，保证人民群众生命安全。三是切实履行职责，加强河道安全监督管理。各级水利部门要加强河道堤防安全管理巡查，积极宣传劝导，禁止群众到河道滩区游玩、垂钓和私家车辆在堤防或抢险通道停放。有关情况要及时向当地防凌前线指挥部或防汛指挥部报告，采取得力措施，加强对防凌工作人员以外进入河道内人员、车辆的管控，避免出现人员伤亡和影响防凌车辆通行的情况发生。同时，要关心堤防所有一线干部职工防疫安全，改善工作生活条件。四是优化工程调度，全力做好应急分凌工作。黄河工程管理局要积极与地方水利部门沟通协调，确保工程安全，坚持科学调度，按照分得进、留得住、用的好的原则，合理安排应急分凌流量，确保下游防凌安全；各有关盟市要切实做好辖区内应急分洪区围堤和引退水渠道的巡查防护工作，避免由引水引发的次生灾害；巴彦淖尔市要加强退水水质监测，确保乌梁素海退水和黄河干流水质达标。五是完善方案，确保海勃湾水利枢纽安全运行。针对水库淤积较为严重和库区左岸冲淘的实际，要及早准备，组织制定水库调水冲沙方案，报请黄委会同意，有效组织实施调水冲沙工作，减少库区淤积量；要按照设计要求，在调水冲沙前完成库区左岸护岸段落的石方续填料储备，安排专人做好巡查防护，保证护岸工程安全。六是强化沟通协调，形成工作合力。各级水利部门和单位要树立大局意识，健全资源共享、部门联动机制，加强与当地防汛指挥部和气象部门、水文单位的沟通联系，组织好开河形势会商研判。及时向水利厅和自治区防凌前线指挥部报送信息，服从统一指挥调度，确保顺利开河。

3月5日下午，刘万华来到自治区防凌前线指挥部，看望空军部队，听取了前线指挥部工作情况介绍，并与前线指挥部副总指挥、自治区应急管理厅副厅长巴丽平进行座谈。

相关盟市、旗县政府领导及水利部门负责同志，在本辖区内一同检查。自治区水文总局局长王南风、水利厅总经济师高海明和水利厅运行管理监督处、水旱灾害防御处、水文总局水情处负责人参加检查。

（原载于2020年3月16日中华人民共和国水利部网）

美丽家园篇

内蒙古海拉尔市着力打好生态建设牌

内蒙古海拉尔市针对草原退化、沙化和城市生态环境不断恶化等突出问题，把生态环境保护、建设与经济发展紧密结合起来，经过治理，取得显著成效。

一是三山绿化，构筑生态保护屏障。按照三北防护林总体规划要求，海拉尔市首先开展了大规模的造林绿化工作。基本建成了东山以杨树为主的农田防护林带 19 条，共 3 万亩，初步形成了农田防护林体系；在西山人工栽植樟子松 12 万亩，形成了海拉尔西北大型防风固沙林带，有效地保护了全市 20 万亩农田和近60万亩的草场，改善了人民群众的生活环境和生活质量。目前，海拉尔的森林覆盖率已达 9.2%。其次，做好封山育林、退耕还林还草工作。至今退耕还林还草 7.53 万亩。重点封育北山、敖包山、西山、东山及伊敏河、海拉尔河，对现在 40 多万亩管护封育林地草地实行管护和围栏封育。

经过几年封育管护，植被已经恢复，促进了畜牧业生产方式的改变，奶牛及肉牛饲养已逐步走向舍饲。从 1998 年开始，彻底清理了林业施工区内放牧户共 167 户、牛羊 1 万多头（只），有效地控制了人为破坏植被事件及土地沙化现象的发生。多年不见的动物和鸟类又回到森林、草原落户。退耕退牧后，海拉尔市政府对山上的放牧户给予妥善安置，并给退耕的农户给予适当补助。通过退耕还林还草，海拉尔市的沙化现象得到有效控制。

二是搞好市区绿化，美化人居环境。仅今年新增绿地面积 7.9 万立方米，新增园林面积 7.85 万立方米，植树 3026 棵，绿化覆盖率上升至 28.3%，人均公共绿地面积 19 平方米。

三是积极进行草原保护与建设，促进生态畜牧业大发展。“九五”期间，海拉尔市从社会、经济、生态协调发展的高度把草原建设列入了重要的议事日程。开展了以饲草、饲料、围栏草场、草地改良为主要内容的各项建设。到目前为止，全市人工种草面积 8.9 万亩，飞播种草面积 5 万亩，改良草场面积 15.47 万亩，围栏草场面积 6.8 万亩。今年种植饲料作物 4.7 万亩。今年还进行了草原生态示范区项目建设，对北山 17000 亩退化草场、沙化草场进行封育，恢复了植被。建立牧草种子基地 900 亩，牧草引种基地 2600 亩，为退耕种草和饲草料基地建设提供了种源。

四是建设农业高科技示范区，生态建设与发展地区经济、增加农民收入相结合。农业高科技示范区还是海拉尔市高效节水灌溉示范区，始建于 1998 年 4 月，经过建设与努力，园区已发展成初具科研、试验、示范、销售能力的农业科技企业。园区固定资产已达 110 万元，拥有 8600 平方米的保护地，采用统一供暖，达到了在高寒地区全年生产新鲜蔬菜的目的。

五是秋季生态建设大会战战果显著。为保持秋季生态建设大会战的顺利完成，成立了以市长为组长的会战领导小组及其专业技术组织，并采取了与相关单位签订责任状、会战成绩与领导干部年度目标考核责任状挂钩的措施，全面开展了三山、301 国道及城区的绿化工程会战。会战共投入 16000 人次，动用车辆 1610 台次，植树 5.25 万株。仅大苗樟子松一项就折款 100 余万元。大苗木移栽加上移栽的高质量，可以达到当年移栽当年成林的目的。

（原载于 2002 年 1 月 4 日《黄河报》）

内蒙古自治区政府召开全区水利工作会议，提出

生态建设要提速　加快解决饮水难

1 月 16 日 ~ 17 日，内蒙古自治区政府召开全区水利工作会议。会议要求加大水土保持生态建设力度，加快退耕还林（草）步伐，抓紧解决农牧区饮水困难。

会议提出，2002 年全自治区水利工作要紧紧围绕找水、蓄水、用水、治水、管水的方针，继续加强防洪体系建设，搞好水资源优化配置工程建设，加大水土保持生态建设力度，确保国家计划投资安排的工程项目建设。争取完成新增农田灌溉面积 200 万亩，发展节水灌溉面积 300 万亩，发展饲草料灌溉面积 15 万亩；治理水土流失面积 650 万亩。解决 50 万人、150 万头（只）

牲畜的饮水问题。加快重点大中型工程的前期工作。继续搞好以节水灌溉为中心的农田草牧场水利基本建设。加强抗旱水源工程建设，大力发展节水灌溉，提高水的利用效率和灌溉效益。今年计划在每个牧业及半牧业旗选100个牧户，每户建100亩饲草料种植基地节水示范工程。加快水土保持生态工程建设，一是抓好中央财政预算内资金专项水土保持项目，环京津沙源治理项目，黄河水土保持生态建设。二是坚持预防为主、保护优先的方针。封山育林、育草，加快退耕还林（草）步伐，实行山水田林路统一规划，综合治理。

（原载于2002年1月22日《中国水利报》，2002年1月22日中国水利网）

国家投入加大　治理速度加快

内蒙古超计划完成年度任务

水土保持生态建设是内蒙古自治区实施西部大开发的根本和切入点，是最大的基础设施建设。2001年国家对内蒙古水土保持生态建设的投资大幅度增加，自治区全年完成水土流失治理面积864.36万亩，是年度计划任务的133%。

内蒙古各级水利（水保）部门在时间紧、建设任务重的情况下，在搞好水土保持投资项目前期工作的同时，按照项目实施管理办法，积极组织项目建设。由于国家投资的大幅度增加，各级党委、政府高度重视，社会各界及广大人民群众治理水土流失、建设生态环境的积极性空前高涨，全自治区2001年水土保持无论是声势、规模，还是治理速度和效益都是空前的。在建设过程中，各级水利（水保）部门加强管理，项目建设普遍实行了监理制。去年上半年，按照自治区政府的统一部署，水利厅从全自治区水利（水保）系统抽调70名工程技术人员对2000年环京津防沙治沙工程小流域综合治理、水源工程建设项目和1999年中央财政预算内专项资金水土保持项目进行了检查验收。2001年，全自治区有4个旗县、13个小流域被命名为全国水土保持生态建设“十百千”示范工程。这些工程发挥了很好的典型示范作用。

（原载于2002年1月23日中国水利网，2002年1月24日《中国水利报》）

内蒙古海拉尔市启动生态建设工程

内蒙古海拉尔市为改善生态环境，绿化、美化海拉尔，树立呼伦贝尔盟首府新形象，针对近年来生态环境逐步恶化的实际，出台了《2002-2005年生态会战实施方案》。

实施方案共分四个阶段，从2002年到2005年，每年实施一个阶段。该方案主要包括以下项目：

1. 西山生态园区：总面积22万亩，其中湿地3万亩、森林10万亩、草原9万亩。内分生态旅游区、林草示范区、湿地保护区、防护林建设区、沙地治理区、母树林采种区和育苗科研区。

这一生态园区有森林、草原、湿地三大生态系统，今年主要实施外围防护林、围栏、作业路、动迁等工程。外围防护林将造林3000亩，建围栏4万米，修路15公里。

2. 敖包山林业生态示范基地：总面积1万亩。主要是防护林建设，采用工程措施恢复植被。樟子松大苗造林1000亩，建围栏8000米、防护林2000亩，到2003年完成。

3. 东山城防林：从山脚向上延伸1.5公里的狭长地段，面积9000亩，坡地3430亩，4年内建设完成。今年完成坡地的重点地块造林1700亩及配套设施；2003年完成坡地其他地块造林1730亩；2004年至2005年完成台地造林。

4. 海拉尔市绿色通道工程，即301国道两侧的绿化工程；全长44公里，两侧各造林60米，总面积8000亩，建围栏24万米。每年完成造林2000亩、围栏6万米。

为确保生态大会战的顺利实施，该市还制定了具体的措施：一是生态建设项目由市林业局承担，负责项目的统筹规划、质量监督、检查验收、资金管理、技术培训等。

二是实行报账制，即先施工，验收合格后报账。资金专款专用，专户管理，严格财务制度，自觉接受审计部门的审计。

三是建立动态监测体系，实行定位监测制度，监测生态建设的实施进度、质量和实施效果。

（原载于 2002 年 4 月 2 日《中国水利报》，2002 年 4 月 5 日《黄河报》）

三年建成绿色长廊

呼伦贝尔市构筑北疆生态屏障

内蒙古自治区呼伦贝尔市对全市 10 多个旗、市、区的生态状况进行实地调查研究，编制了《呼伦贝尔市嫩江及额尔古纳河流域“301”水土保持生态环境建设绿色长廊工程实施方案》。该《方案》为治理全市水土流失，带动沿线经济带建设，构筑我国北疆生态屏障都具有十分重要的战略意义。

301、111 两条国道穿越呼伦贝尔市，该市市委、市政府把国道两侧的绿色长廊工程作为形象工程来抓，成立了“301”“111”绿色长廊工程领导小组，由一把手亲自挂帅，水利、林业、交通、畜牧、农业等部门密切配合。各旗、市、区也成立了领导小组并多次召开会议，专门研究本旗、市、区绿色长廊工程各项准备工作及进展情况。

工程涉及 10 个旗、市、区的 32 个乡镇、222 个村（嘎查），总治理面积 932 平方公里。其中治理基本农田 579 平方公里，水土保持林 34 平方公里，经济林 3.71 平方公里，人工种草 33 平方公里，封山育林 181 平方公里，修谷坊 7075 座、沟头防护 421 处、水源井 521 处。建设工期为 3 年，采取预防保护和重点治理相结合，生物措施与工程措施相结合的立体式防治措施。项目建成后，可产生总经济效益 2530 万元，其中可使农业增收 671 万元，封山育林、人工造林增收 1330 万元，人工种草、草场封育增收 528 万元，人均收入提高 2.5%。项目区经过治理后，能极大地改善呼伦贝尔市生态环境，植被覆盖率将达到 77.34%，每年可保土 1113 万立方米。

（原载于 2002 年 7 月 13 日《中国水利报》）

内蒙古六十四亿元打造北疆生态屏障

根据水利部水规总院日前审查通过的《内蒙古自治区牧区生态建设水资源保护规划》，内蒙古将在今后几年内投资64亿元，在全自治区10个盟市、54个牧业、半牧业旗（县、市、区）的纯牧区，共计546个苏木（乡、镇），面积为82.8万平方公里，占内蒙古土地面积的70%的广大牧区，全力构筑起我国北方最重要的生态防线，从根本上改善和遏制草原生态持续恶化的状况，维护边疆稳定和国家生态安全。

内蒙古牧区草原面积达13亿亩，是全国最大的草原牧区畜牧业生产基地，也是我国北方重要的生态屏障，在国民经济和社会发展中具有非常重要的战略地位。牧区草原生态建设是国家西部建设的重要部分。内蒙古牧区主要分布在干旱、半干旱地带，由于受所处地理环境和自然条件影响，水资源严重短缺，水土流失严重，加之人口的增加，草地超载过牧和不合理的开发利用，以及长期以来牧区水利建设投资不足，导致草地植被破坏，草原退化、沙化严重，目前纯牧区退化沙化草原面积已达4.8亿亩，占牧区可利用草原面积的61%，饲草料地灌溉面积仅占可利用草原面积的0.43%，远远达不到维护草原生态平衡和适应畜牧业发展的需要。草原生态环境的恶化，沙尘暴等灾害频繁发生，不仅对牧民生存和生活环境造成直接影响，而且直接威胁京津周边地区和“三北”地区生态安全和可持续发展，成为全国性的重大环境问题。内蒙古自治区党委和政府以国家新时期的治水思路为指导，遵循以水定规模、以水定发展的原则，把发展生态畜牧业作为重要的战略部署，为实现发展畜牧业和保护建设生态环境的“双赢”目标，重点发展饲草料地节水灌溉，走“小建设，大保护”的水利生态建设之路，有效地遏制草原生态环境恶化，确立了以水资源的可持续利用支持牧区经济社会可持续发展的规划蓝图。

《内蒙古自治区生态建设水资源保障规划》是自治区成立以来第一个牧区水利建设规划，是指导新时期牧区水利工作的纲要。规划以旗（县、市）为基本建设单元，2003 年为项目起动年。分两期实施，2003—2005 年为一期工程，2006—2010 年为二期工程。按照因地制宜、分区分类的指导原则，分为东部区、中部区、西部区 3 个大区，7 个流域区进行总体布局。将对现有饲草料灌区完成挖潜配套和节水技术改造；在有水利条件的地区，新建一批灌溉工程。到 2010 年末，牧区发展优质高效灌溉饲草料地总规模达到 1223 万亩，年产饲草料 150 亿公斤，加上天然草地提供的饲草，可解决 4119 万羊单位的饲草问题。有水源条件地区实现户均一处灌溉草库伦，畜均达到 0.3 亩灌溉饲草料地，使 7.5 亿亩天然草场得到季节性休牧和轮牧，草场植被覆盖率达到 60%，草场依靠自然修复能力得到休养生息，遏制草原生态恶化的趋势。通过草原生态建设促进畜牧业稳步发展，基本实现水、草、畜的平衡，改善牧民生产、生活条件，提高牧民收入，实现草原绿起来、畜牧业兴起来、牧民富起来的战略目标。规划根据水资源承载力，灌溉饲草料地建设主要采用 3 种管理运行机制。一是以家庭为单元的灌溉饲草料地（灌溉草库伦），规模为 50 ~ 100 亩，以开发利用浅表地下水为主。二是联户开发经营的灌溉饲草料地，规模为 1000 ~ 5000 亩，综合开发利用地表水和浅层地下水。三是饲草料地的经营机制，规模为 1 万 ~ 10 万亩，以利用地表水为主。

规划一期发展饲草料节水灌溉面积 280 万亩，新建灌区 5 处，小塘坝 70 座，续建配套 22 处，新增地下水源井 1.81 万眼。二期新增饲草料地节水灌溉面积 586 万亩，新建灌区 7 处，小塘坝 214 座，灌区续建配套工程 15 处，新增地下水源井 4.34 万眼。

（原载于 2002 年 10 月 31 日《中国水利报》）

草原秀色众手绘

在内蒙古广袤的大地上，牧区生态水利建设正在被越来越多的牧民群众所认识，这项将改变牧区草原环境的根本性战略正在顺利实施。

草原严重沙化、退化的严峻现实，迫使人们主动采取恢复生态的对策。内蒙古自治区水利厅根据水利部新时期治水思路，编制完成了《内蒙古自治区牧区草原生态保护水资源保障规划》。根据《规划》，到 2010 年将新增灌溉饲草料地 866 万亩，节水改造 252 万亩，使牧区灌溉饲草料地总面积达到 1223 万亩，年产饲草料 150 亿公斤。届时 7.5 亿亩天然草场将得到季节性休牧和轮牧，70%的可利用草场得以休养生息，草场植被覆盖率 60%以上。全自治区将有 65%的牧户拥有自己的饲草料基地，基本上扭转牧民靠天养畜的生产经营方式，并可减轻生态移民对草场的压力，基本遏制大规模沙尘暴的发生，使京津及周边地区免受危害。

目前，根据全自治区总体规划，各盟市、旗县（区）正在编制适合当地实际的子规划，并开始进行草原畜牧业二次革命，发展以水为主的生态型畜牧业。实施牧区生态水利战略较早的锡林郭勒盟 11 个旗县市在去年开始建设草原生态移民示范的基础上，今年提出了“围封转移”的发展战略，通过巧蓄天上水、拦住地表水、合理利用地下水，联合调配水资源，把 1200 多万亩耕地建成草场。自治区水利厅等 100 多个单位，分别对口帮扶贫困村分批实现“围封转移”，今年生态移民 2135 户，就地禁牧 2678 户。被授予“全国生态建设先进城市”称号的赤峰市，坚持打“草”牌，出“绿”品，引导牧民积极开展草地围栏、围封恢复、种草种树，涌现出内蒙古第一个荣获“全球环保 500 佳”的敖汉旗。赤峰市还转变畜牧业经营方式，走“禁牧舍饲”之路，在牧草生长的休牧期，出现了 8000 多万亩草地不见牛羊的景象。

近 5 年，国家和内蒙古自治区投入 85.6 亿元，治理区域涉及 96 个旗县，近两年治理退化、沙化、盐碱化草场面积达 2700 万亩。目前已发展灌溉饲草料地 342 万亩，年产饲草料 42 亿公斤。随着牧区生态水利建设的不断推进，一个绿草如茵、蓝天碧野的秀美草原将再现于世人面前。

（原载于 2003 年 1 月 4 日《中国水利报》）

草原雄鹰展翅高飞

——写在《内蒙古自治区牧区草原生态保护水资源保障规划》正式启动时

今年是《内蒙古自治区牧区草原生态保护水资源保障规划》正式启动年。从 2001 年内蒙古实施了牧区水利试点项目以来，到目前，共投入了 7000 万元，涉及 27 个牧业旗县，有 51 个试点项目区饲草料地节水灌溉试点工程建设开工。在水利部精心指导下，自治区各级水利部门采取了切实有效的措施，保证了试点项目建设顺利进行。

恢复和改善草原生态环境势在必行

内蒙古牧区干旱少雨，是我国北部的天然生态屏障和草地畜牧业生产基地。由于所处的特殊自然地理环境，加之人口和牲畜总数的增加、过度放牧和滥垦采等对天然草场的不合理利用，导致草场退化、沙化严重，草原生态日趋恶化，不仅严重威胁牧区可持续发展，而且直接影响京津和“三北”地区的生态安全。为牧区生态建设提供水资源保障，是促进牧区生产经营方式转变的需要，也是巩固边防、促进民族团结、保护和改善草原生态环境的需要。《内蒙古自治区牧区草原生态保护水资源保障规划》于 2002 年得到水利部批复，涉及全区 54 个牧业、半牧业旗县，工程总投资 64.3 亿元，规划基准年为 2000 年，2003 年正式启动，2010 年完成，规划期为 8 年。共新增水源工程 6.2 万处、新建地表水灌区 12 处、续建配套 37 处、新增灌溉饲草料地 743 万亩（新建灌溉饲草料地 511 万亩，恢复和扩大饲草料地灌溉面积 232 万亩），同时对现有 237 万亩灌溉饲草料地进行续建配套和节水改造。2010 年工程完成后，全区灌溉饲草料地总规模将达到 1085 万亩（包括现有节水灌溉面积 105 万亩），年增饲草料 133 公斤，相当于目前 3.69 亿亩天然草场的生产能力，可休牧保护草原 7.38 亿亩。《规划》的实施将大大减轻草场压力，实现草原的永续利用和畜牧业的可持续发展，对恢复和改善内蒙古草原生态环境，减少沙尘暴对华北和京津地区的危害起到十分重要的作用。内蒙古大草原将再现昔日“风吹草低”的秀美风光。

试点项目使牧区水利掀开新篇章

自治区 2001 年首次实施的 8 个牧区水利试点项目，到目前已全部完成并发挥了应有的效益。共完成投资 1002.3 万元，其中国家投资 660 万元，地方及项目区群众自筹 342.3 万元，新建水源工程 111 处，发展饲草料地灌溉面积 16585 亩，其中喷灌 9455 亩、管道灌溉 7130 亩，建成节水型家庭饲草料地 289 处，受益 1175 人、8.2 万头（只）牲畜。2002 年国家投资 2000 万元，地方自筹 1000 万元，目前 23 个试点项目已全部开工建设，水源工程和林路框架工程大部分已完成，部分节水措施已配套。今年 5 月底全部工程完成后，将发展饲草料地灌溉面积 4.8 万亩，解决 8500 多户牧民的生产需求，可圈养牲畜 8.7 万羊单位，禁牧保护草原 390 万亩。2003 年试点项目国家投资 2000 万元，地方自筹 1000 万元，20 个确定试点项目可望在今年 6 月份前开工建设。经过 2001 年至今的项目实施，全区以饲草料地节水灌溉为重点的牧区水利试点项目建设取得了显著成效，走出了一条以水为基础，保护和建设草原、恢复生态的成功之路。

干旱缺水的乌兰察布盟四子王旗，2001 年在江岸牧场实施试点项目，完成了饲草料地节水灌溉面积 2400 亩，种植饲料作物 1200 亩、优质饲草 1200 亩，年产饲料 48 万公斤、青贮玉米 360 万公斤，为 20 户搬迁牧民的生产生活提供了保障。使 20 户牧民原放牧地的 19 万亩草场实现了围封禁牧，草场沙化、退化得到了有效控制，植被覆盖率提高了 20%，达到了 60% 至 70%，生态环境有了明显的改善。

鄂尔多斯市鄂托克前旗试点项目区牧民赵巴图在承包的草场内打井 1 眼，发展节水灌溉面积 120 亩，发展模式化养殖。2001 年圈养肥羊 200 只，纯收入 1.68 万元，人均增收 5000 元。乌审旗项目区牧民额尔德尼积极改善生产条件，自筹资金 2.5 万元，建设节水灌溉草库伦 1 处，面积 100 亩，同时建设暖棚 1 座、青贮窖 1 处，配套了牧草加工机械，形成了灌溉饲草料地建设与草牧场建设一体化的格局，增强了家庭畜牧业综合能力。2002 年牧业总产值达 4.2 万元，人均纯收入 5300 元，生活水平有了明显提高。

有水就有绿色，有灌溉就能营造一片绿洲。现在，示范区节水工程运行良好，牧草长势茂盛，与周围环境形成鲜明对照。试点示范工程给牧区草原带来了喜人的兴旺景象，干部群众发展水利、建设草原的积极性空前高涨。在示范工程辐射带动下，全区灌溉饲草料地建设发展迅速，近年来每年以建设 6500 处、30 万亩左右的速度向前推进，构筑了有效的生态保护水资源保障体系，为改善畜牧业生产条件、提高牧民生活水平、恢复草原生态环境奠定了坚实的基础。截至 2002 年底，全区 33 个牧业旗、21 个半农牧业旗禁牧、休牧面积分别达到 13161 万亩、12010 万亩，圈养牲畜 1509 万闪（只）。在以饲草料地节水灌溉为主的牧区水利支撑下，内蒙古兴水、促牧、建草原的群众运动正在蓬勃发展。草原绿起来、畜牧业兴起来、牧民富起来的目标正在实施。

（原载于 2003 年 5 月 27 日《黄河报》）

经过几年治理，鄂尔多斯市暖水川流域植被覆盖率由 16%提高到 62%，群众生产生活条件得到改善——

暖水川变秀美川

昔日人穷、山荒、水浑、沟碎的内蒙古鄂尔多斯市暖水川流域，通过近几年大规模的治理，如今已变成人富、山绿、水清、沟齐的秀美山川。

暖水川水保生态项目区位于窟野河上游暖水川流域，是鄂尔多斯市准格尔旗最大的流域之一，总面积 108.7 平方公里。全流域环境恶劣，地形支离破碎、沟壑纵横。每当下雨，雨水挟带大量泥沙顺着荒秃的土丘、坡沟肆意流淌，造成大量水土流失，给当地农、林、牧业生产带来严重影响，制约了当地经济的发展，群众普遍生活在贫困线以下。

为改善恶劣的生态环境，使群众走出贫困，1998 年以来，准格尔旗水保部门积极响应“再造秀美山川”的伟大号召，积极把暖水川流域争取列入了国家生态工程建设重点项目。项目实施后，广大干部群众全力以赴投入到这一改变家园旧貌的治山治水战斗中。在治理过程中，他们逐步摸索出一系列行之有效的经验和做法。一是健全组织，狠抓落实。实行部门领导分片负责和乡镇分管领导包干制，通过目标责任状的方式，形成分管领导亲自抓、包片技术干部具体抓、乡镇部门配合抓的协调有序的组织领导体系，为完成治理任务提供了有力的组织保障。二是精心规划，实行规模治理。根据流域现状和自然条件，按照“因地制宜、因害设防、加强管理、注重实效”的原则，科学布设各项防治措施，使治理区形成了山水田林路综合治理，坡面与沟道浑然一体的水土保持综合防御体系。三是激励机制先行。对包片技术人员实行定流域、定任务、定标准、定工期和根据工作业绩进行奖罚的“四定一奖罚”管理制度，使技术人员责、权、利结合，激发了工作积极性。四是建立健全管护制度。“三分治、七分管”是巩固治理成果和预防新的水土流失发生的基础。治理期间，他们始终坚持治理管护并重的方针，治理流域内制定了禁牧管护办法，设置了专职管护人员，做到制度、措施、人员、经费四落实，有效地保护了治理开发成果。目前，项目区累计完成综合治理面积7036公顷，其中营造水保林6534公顷，建设基本农田211公顷，建骨干坝5座，中小型淤地坝28座，塘坝、谷坊103处，全流域治理程度达到了64.7%。

艰苦不懈的努力换来了翻天覆地的变化，过去荒凉贫瘠的暖水川，现在变成了葱郁秀丽的桃花源。有一组数字能说明暖水川治理前后的差别：植被覆盖率由治理前的16%提高到62%，年人均粮食占有量由治理前的430公斤提高到1200公斤，年人均收入由治理前的1500元提高到2200元。如今的暖水川，风沙危害明显减少，空气湿度相对增大，入黄泥沙大大减少。项目区生态环境正向良性循环转化，暖水川的人们正在把山川秀美、脱贫致富的梦想变成现实。

（原载于2004年2月21日《中国水利报》）

内蒙古注重生态脱贫双赢

内蒙古自治区近年来不断加快水土保持生态建设步伐，通过几年大规模综合治理，改善了区域生态环境，促进了农牧民脱贫致富。昔日荒山秃岭，今日喜披绿装。

内蒙古横跨“三北”，位于黄河、辽河、嫩江、海河等四大水系的中上游或源头，是我国北方最重要的天然生态屏障。自治区党委、政府始终把生态环境保护和建设作为重要的基础建设来抓。1998 年以来，全区各地根据实际，实施了不同类型、不同规模的水土保持综合治理项目，并取得显著的成效。在水土流失治理中，各地坚持经济效益与生态效益相结合，水资源开发利用与节约保护相结合，水土流失综合防治与农牧业结构调整相结合，发展区域经济与生态环境保护相结合的“四结合”原则，治一片，成一片，发挥效益一片，走出了一条适合自治区区情的水土保持生态建设新路子。5 年来，全区以每年 650 万亩以上的治理速度推进。到 2003 年底，累计完成水土流失治理面积 8.39 万平方公里，占全自治区水土流失面积的 45%，兴建各类小型水利水保工程近 17 万处，营造水保林 573.2 万公顷，实施生态修复面积 1.65 万平方公里，完成国家投资 10.73 亿元。随着投入的不断加大，治理速度也明显加快。第一是重点治理范围逐步扩大。全区重点治理工程由“八五”期间的 4 个发展到“十五”期间的 11 个，重点旗县由“八五”期间的 15 个扩展到 60 多个；新实施综合治理小流域 1000 余条。第二是资金投入加大。全区水保生态治理由“八五”期间的 7850 万元提高到 2003 年度的 3.2 亿元。第三是治理规模逐年加大。各地打破传统单一零散治理的做法，积极组织开展跨乡界、跨村界的大规模、高标准、集中连片的综合治理，整体治理水平实现了历史性的跨越。第四是创建精品示范工程的意识不断增强。几年来，自治区建成了一大批标准高、质量优、效益突出的精品示范工程，一批形式新颖、各具特色的治理模式纷纷亮相。截至目前，全区有 7 个旗（县、区）被水利部、财政部联合命名为“十百千”工程示范县，35 条小流域被命名为示范小流域。

在加强生态治理工作的同时，大力推进生态修复工作。目前，全区已有5个盟市出台了禁牧决定，49个旗县实施了全面禁牧，13个旗县实施了轮封轮牧、季节性休牧，重点水土保持生态建设工程项目区全部实行了禁牧，全区封育保护生态修复面积达到1.65万平方公里。各地因地制宜采取了“以建促封”“以改促封”“以调促封”“以移促封”等形式，通过建设水源工程、基本农田、饲草料基地，推行舍饲养畜、生态移民等配套措施，较好地解决了群众的生产生活问题，为大范围的封育保护创造了条件。鄂尔多斯市实施禁牧后，建设优质饲草料基地300万亩，发展涉农企业1000多家，形成产业化经营的龙头企业130家，通过企业带动和产业结构调整，农牧民人均增收160元，牲畜头数增长趋势明显，实现了生态修复和农牧民增收的“双赢”目标。

（原载于2004年7月15日《中国水利报》）

水保托举绿色鄂尔多斯

鄂尔多斯市地处内蒙古自治区西南，被母亲河三面环抱，是国家重要的能源重化工基地，也是黄河中游最严重的水土流失地区。脆弱的生态与环境一度成为制约鄂尔多斯市经济发展的瓶颈，然而这个曾经很少有人问津的资源富集之地，如今却成为争相投资的宝地。尘烟滚滚的城市旧貌，正逐渐被满目葱茏的视野所取代。是什么给这里带来了巨大的变化呢？

对绿色的企盼成为打响攻坚战的导火索

资源优势和生态劣势这两个显著的特点，凸现了鄂尔多斯经济建设与环境保护的重要战略意义，让鄂尔多斯的决策者们认识到对它们二者必须取长补短，才能实现真正的和谐发展。20世纪90年代末期，鄂尔多斯市确立了“建设绿色大市、畜牧业强市”的发展思路，把生态修复与“三农三牧”这个关系着农牧民生产生活和小康社会建设的突出问题综合考虑，统筹解决，提出了具有前瞻性、战略性的三项重大决策：一是要抓住人与自然矛盾的主要方面，大规模转移农牧民，达到收缩转移，集中发展，从减轻生态压力上促进生态平衡；二是率先在全自治区实行禁牧休牧和划区轮牧，推广舍饲圈养，从变革生产方式上促进生态恢复；三是抢抓西部大开发的发展机遇，积极争取和大力实施重点工程，以前所未有的气势和规模开展了生态与环境综合治理，全面打响了改善生态与环境，建设秀美山川，实现人与自然、经济社会和谐发展的攻坚战。

鄂尔多斯市按照水利部可持续发展治水思路，结合自身特点，以防治水土流失为基础，以减少入黄泥沙、恢复生态与环境和改善群众生活条件为目标，着力建设绿色生态大市，维持黄河健康生命，有力推进全市水土流失治理。围绕水土保持纲领，鄂尔多斯市以科技和人才两个发展战略为基石，在机构紧缩的情况下，设立了全自治区独一无二的水保局，全市 8 个旗县有 5 个也单设了水保局，并录用了一大批高学历人才，增添了水保技术力量，前期规划能力和水平明显提高。

扎实有效的前期工作，使重点项目落户鄂尔多斯成为可能。据统计，5 年来，年均实施重点项目保持在 10 个以上，累计争取国家投资达 4.7 亿元，是“九五”期间投资的 3 倍。项目建设形成了实施一批、验收一批、新上一批、储备一批的良好格局。走出了一条水保促生态、生态推经济的发展路子。

依法行政，依法监督，以水土保持法制宣传为切入点，使水保意识逐步深入人心，预防监督走上了法制化轨道，努力营造水土保持生态修复与保护的良好氛围。5 年来，共审批水土保持方案 474 件，有效控制和减少了人为水土流失。

集中精力打硬仗成为胜利的突破口

5 年的治理，在改善生态与环境、建设绿色城市和维持黄河健康生命的进程中发挥了重要作用，生态状况实现了由严重恶化向整体遏止、局部好转的历史性转变。

工程建设成效显著，防灾减灾能力大大增强。全市水土流失初步治理面积达到 902.6 万亩，较“九五”期末增加了 6.7%。其中，新增基本农田 11 万亩，营造水保林 587.39 万亩，修筑治沟骨干工程 124 座，较“九五”期间纯增 36 座，累计达到 339 座，控制流域面积 1957 平方公里，总库容 3.29 亿立方米。

国家重点工程准格尔旗西黑岱流域治理，在147平方公里的川掌沟里，建起了27座淤地坝，控制水土流失面积132平方公里，年减灾效益200多万元。与治理前相比，农民人均收入提高30倍，达到2280元，被誉为“黄河流域一枝花”。

八大片重点治理区黄甫川、无定河两大流域，一期工程10年综合治理43条小流域，治理面积1287平方公里，人均收入由310元增加到1973元；二期工程5年综合治理37条小流域，治理面积546平方公里，贫困人口脱贫率达95%。

发展产业致富　群众成为可持续发展的动力

鄂尔多斯市在水保生态修复的同时，也走出了一条发展产业、致富群众的可持续发展之路。

沙棘产业，是鄂尔多斯水土保持近年来引以为豪的一个拳头品牌。该市根据沙棘适宜生长的条件，依托项目建设大力发展林沙产业，沙棘资源建设和产业开发取得了显著成效，实现了年均以45万亩的种植速度向前推进的目标。2001年至今，累计种植沙棘225.4万亩，保存面积达到275万亩。沙棘成为鄂尔多斯市继柠条、沙柳之后的第三大当家灌木。沙棘不但担当了治理水土流失急先锋的角色，而且逐渐变成了当地群众致富的摇钱树，形成了沙棘资源建设与产业开发并驾齐驱、绿色与富裕同生共长的局面。

西黑岱、阿不亥、花亥图、合同沟等22条小流域全国示范工程，走出了一条以骨干坝为龙头、中小型淤地坝为补充的沟道坝系农业之路。淤地坝建设改善了小气候，兴起了绿色生态旅游业。以骨干坝为基础的坝系工程变成了独特的旅游资源，吸引了许多民营企业家，他们纷纷投资兴办特色养殖小区，发展绿色生态旅游业。东胜区的九成功、准格尔旗的正阳湖、伊金霍洛旗的阿圪兔等地已绿树成荫，芳草铺地，曲径通幽，茅舍林立。每到周末，人们都要聚集到各坝库区，或悬杆垂钓，或水面泛舟，或入水畅游，各坝库区成为远近闻名的消夏避暑胜地，为当地增加了经济收入，同时也解决了农村饮水困难。有些地方只要修建几座坝，不但可以蓄洪排清，而且可以抬高地下水位，使得过去长年干枯的河道流淌潺潺清水。当地群众只要在坝的下游打 3～5 米深的井，就可以喝到清澈甘甜的水。过去因争水、抢水常常发生纠纷的问题迎刃而解。

如今，项目区生态与环境得到了有效改善，群众生活水平明显提高。到 2005 年年底，全市森林覆盖率达到 16.2%，植被覆盖率 70% 以上，水土流失治理程度达到了 40.2%，绿色城市建设取得显著成效。

栽下梧桐树，引得凤凰来。今天的鄂尔多斯，水土保持封沙固土开始构筑起黄土高原的生态屏障。生态与环境的极大改善，为鄂尔多斯市创造了一个美好、和谐的自然环境。天空变蓝了，空气清新了，大地变绿了；投资增多了，经济壮大了。如今，鄂尔多斯市已成为呼、包、鄂金三角的重要经济支柱，其中的因素，与生态的极大改观有着密不可分的联系。水土保持打造出秀美山川，托举起新的鄂尔多斯。

（原载于 2006 年 7 月 18 日《中国水利报》）

绿色初染沟壑间

——鄂尔多斯重点支流治理项目建设初显成效

改变穷山恶水，再现秀美山川，这是鄂尔多斯市近年来实施“建设绿色大市、畜牧业强市”工程打出的又一张硬牌。鄂尔多斯市在进行全面水土保持综合治理的同时，还瞄准重点支流治理项目建设作为水保治理主攻方向，为逐步扭转荒山秃岭、满目疮痍的旧貌，该市抓住黄河水利委员会 2001 年启动实施的黄河水土保持生态工程的主体项目，实施了被列为该项目工程中 16 个项目区之一的窟野河流域一级支流勃牛川流域综合治理工程，经过 5 年多的治理，水保生态工程项目区的主体工程多种效益显著，成为该市水保生态建设中的又一处亮点工程。

（一）

窟野河是黄河上中游多沙粗沙区，境内荒山秃岭，沟壑纵横，水土流失极其严重。黄河水保生态工程重点支流窟野河流域综合治理工程伊克昭盟项目区于2000年立项，2001年开始治理。勃牛川流域被列为治理多沙粗沙区的重点，工程通过大规模的集中连片治理，使严重的水土流失得以控制，入黄泥沙大幅度减少，生态环境有所改善，人民群众的生活水平进一步提高。项目实施的指导思想是：以小流域为单元，以沟道治理为重点，基本控制水土流失，实现改善生态环境、促进区域经济发展、减少入黄泥沙的治理目标。

项目区地处毛乌素沙漠与黄土高原丘陵沟壑区的过渡带，土壤结构疏散，项目区自然植被稀疏。勃牛川项目区降雨量少而集中，受地形地貌的影响，该区水土流失多样复杂，水蚀、风蚀、重力侵蚀并举。项目区处在准格尔、东胜、伊金霍洛3个旗区的交界接壤区，涉及4个乡镇，有14条小流域。总面积906.5平方公里，水土流失面积就达833.98平方公里。项目区总人口17890人，其中农业人口17448人，项目区基本农田少，坡耕地多，农业生产条件差；人畜饮水比较困难。人均收入1338元，属于经济落后地区，且严重的水土流失使得该区生态环境日趋恶化，区域经济的可持续发展受到制约，群众生产、生活条件恶劣，生活水平低下。

为使水土流失这一严重制约当地经济发展的问题从根本上得到治理，2000年，鄂尔多斯市水保局积极做好了项目规划的前期准备工作。黄河上中游管理局编制了《窟野河流域勃牛川水土保持生态工程规划报告》，并上报黄委会审查。随后，又完成了《窟野河流域伊克昭盟项目区水土保持生态工程可行性研究报告》。2001年3月，黄委会批复了该可研报告，批复项目总投资8326万元，其中，国家投资4234万元，地方配套2300万元，群众自筹1792万元，建设期限为5年（2000年—2004年），规划新增治理面积160.41平方公里，修建骨干工程68座，淤地坝163座。小型蓄水保土工程564处，包括小塘坝18座，旱井425眼，截潜流21处，沟头防护100处。2001年8月，黄河上中游管理局批复了店沟、神山沟、活吉尔兔等11条小流域的初步设计。流域总面积709.5平方公里，计划治理面积127.96平方公里。批复总投资4081.17万元，其中国家投资1299.71万元，地方配套1437.34万元，群众自筹1344.12万元。2002年4月，黄河上中游管理局批复了泊尔洞、五克兔尔、准格尔旗的乌兰哈达3条小流域的初步设计。总面积193.19平方公里，3条小流域计划治理面积29.56平方公里。批复总投资746.32万元，其中国家224.60万元，地方匹配261.38万元，群众自筹260.34万元。

两批 14 条小流域合计总流域面积 906.5 平方公里，计划治理面积 158.52 平方公里。批复总投资 4827.49 万元，其中国家 1524.31 万元，地方 1698.72 万元，群众 1604.46 万元。这 14 条小流域的批复建设，对于进一步推动鄂尔多斯市黄土高原丘陵沟壑区水土保持生态建设具有重要的意义。

（二）

项目实施 5 年多来，在黄委会、黄河上中游管理局、自治区水利厅的大力支持和鄂尔多斯市、旗两级部门的共同努力下，从 2002 年 1 月自治区水利厅下达了第一年投资计划及治理任务，已累计下达治理计划 157.52 平方公里，累计完成初步治理面积 153.54 平方公里，占计划任务的 97.5%。骨干工程累计下达建设任务 65 座，占计划任务 68 座的 96%。已竣工 53 座，其中已经通过验收的 50 座，待验收的 3 座。正在施工的有 6 座，还有 6 座因各种原因未能开工建设。合计计划下达总投资 7400.23 万元（含设计、监理等费用 236.82 万元，其中国家 189.86 万元，地方 46.96 万元），其中国家 4005.6 万元，地方 2191.72 万元，群众 1202.91 万元。通过 5 年多的建设，到目前已基本完成了各项治理任务。

该项目在建设中，鄂尔多斯市总结以往治理经验、教训，坚持“因地制宜，分类指导”的原则，实行以沟道拦蓄工程为主、兼顾坡面治理，综合布局各项治理措施。

首先，在梁峁斜坡地采用人工和机械相结合的方法，开挖水平沟、鱼鳞坑，进行工程造林，就地拦蓄地表径流。在平缓、土壤条件较好的地块大面积播种柠条和优良牧草，为发展舍饲畜牧业提供了保障；其次，在沟道修筑骨干坝、淤地坝、塘坝等拦蓄工程，蓄水与淤地并举，减少入黄泥沙，变害为利；再次，充分利用水沙资源，在宽浅的沟道中，采用截伏流、治河造地工程，建成田、渠、林、路四配套的基本田，有效地改善了生产条件，改变了农业生产结构，为群众脱贫致富奠定了坚实的基础。

一是通过修筑水平梯田、治河造地和建设淤地坝工程，新增基本农田 438.95hm^2，使人均基本农田达到 3 亩，坡耕地全部退耕。不但实现了粮食自给有余，而且为退耕还林、退牧还草创造了条件。二是通过配套建设 65 座骨干坝、20 座小塘坝、46 眼大口井、18 处截潜流工程和 248 眼旱井，使过去的沟塔旱地变成了水浇地。即改变了生产条件，基本做到了旱涝保收，又解决了当地人畜饮水困难。东胜项目区在经济开发上，依托毛周沟骨干坝，发展水浇地 200 亩，窑子沟骨干坝实现了一坝一塘养鱼，年收入 8 万元。项目区人均增加收入 1000 元。伊金霍洛旗项目区特拉不拉小流域，结合当地生态移民，对小流域进行了综合治理和经济开发。特拉不拉骨干工程建成后，就是一座小水库，成为当地发展生产最重要的水源。为此，纳林陶亥镇政府在此建设了移民新村，移民新村规划建设了三个小区，并自筹资金修建了一个扬水站，全部铺设了地下灌溉管道，成为水浇地。同时还围绕新村进行了大面积的造林种草，草、灌、乔结合。现在的特拉不拉小流域面貌发生了根本变化。小区成片、农田成格、林带成网、农牧业产值逐年增加。2005 年底调查显示，人均收入 3580 元，人均粮食 972 公斤，分别比项目实施前的 2001 年增加 2262 元和 327 公斤。三是通过在坡面造林种草，实施封禁治理和舍饲圈养，大面积的自然植被得到了恢复，项目区总体生态环境得到改善，坡面植被覆盖度明显提高，生物多样性正在恢复，野生动物数量和种类显著增加。四是通过坡面的植物措施和沟道的工程措施，层层拦截了地面径流，洪水泥沙全部拦蓄在了各个沟道工程，有效减少了入黄泥沙。

（三）

在项目建设中，该市的主要做法是：强化资金管理，发挥投资效益。按照《黄河水土保持生态工程中央财政资金报账制管理暂行办法勃牛川项目实施细则》，用好管好国家投资，是项目建设单位的重要职责。首先，在资金管理上，实行了“专账、专户、专人”管理，确保专款专用。其次，把拨付制改为报账制，根据自治区下达的年度治理计划，市局向旗区拨付 30% 的启动资金，先行治理。经过监理公司的跟踪监理和建设单位的阶段验收后，由承包技术员，实施负责人签字报市水保局主要领导审核签字后方可报账。这一制度提高了资金使用率，杜绝了截留、挪用、浪费等现象的发生。

强化职能，加强领导，实行目标化管理。重点支流项目自批复实施以来，鄂尔多斯市各级党委、政府对项目实施高度重视，市政府专门召开了“勃牛川项目实施启动会”，专题研究部署项目实施工作。把项目建设列入了各级政府工作的议事日程，作为当地农村牧区经济工作的重要任务来抓，并列入了市、旗、乡各级部门年终考核的主要内容。市水保局作为项目建设单位，按管理权限，从六个方面行使了建设管理职责：一是组织开展前期工作，做好项目年度计划报批；二是组织工程招投标、宣传发动、技术培训工作；三是抓好项目实施督查，控制工程投资、进度和质量，负责协调解决各旗区工程建设中存在的问题，协调各方面关系，做好项目的监督检查和指导工作；四是组织年度竣工检查和复验，申请报账和回补，对项目实施情况进行评价；五是督促管理单位抓好工程的管理运行，督查落实防汛措施，加强工程维护，充分发挥项目效益。六是为项目监理提供较好的工作条件，对项目主管单位负责并承担相应的责任。项目启动后，市水保局专门责成生态科负责管理综合治理工作，工程科负责管理治沟骨干工程建设，计财科负责项目资金报账、拨款和审计，相应的分管领导各把一关，协调工作。市水保局一把手作为项目建设法人，对项目建设管理负总责。旗区作为项目建设实施管理单位，责成一名局领导专抓项目实施管理工作，每一条流域派驻 1 名技术人员长住项目实施乡，包乡、包流域负责技术指导和技术把关，各项目乡里派一名领导专抓项目治理，负责组织、发动群众，协调解决流域投工投劳和处理淹没损失问题。由于项目机构健全，管理规范，责任明确，措施得力，上下配合紧密，保证了重点治理工程的顺利进行，基本完成了治理任务。

实行技术承包，调动治理积极性。针对治理区生态环境恶劣，计划任务重、实施难度大的特点，各旗区根据自身实际，分别制定了推动治理开发的奖罚措施，调动技术干部积极性。普遍推行了“四定一奖罚”的承包责任制，即：定人员、定流域、定任务、定奖金。根据项目完成情况兑现奖罚。若阶段验收达到标准，流域承包技术员奖励 1000 元，且在同等条件下，优先取得相应职称评聘资格。

加强环节管理，突出质量监控。为提高流域治理质量，该项目从五个环节上监控治理质量。首先是技术服务指导关，要求技术人员必须按照技术规程指导服务，施工期间要进驻早，时间长，紧守岗位，并积极推广实用技术，增加科技含量；其次是苗木种子关，实行“统一订购、统一标准、统一调运、统一检验”，再次是督查关，治理期间，市旗两级部门领导经常深入治理第一线，进行检查指导工作，遇到问题及时解决，对不能迁就的施工问题坚决返工，确保了工程进度和质量，最后是检查验收关，年终，由水保部门牵头，监理人员、承包技术员及流域所在乡苏木领导参加组成验收组，深入各项目区，按施工图纸，逐项逐块进行详查核实，当场填表，验收结果做为工程报账和技术员奖罚的依据。

实行“三制”，加强管理，确保工程进度和质量。该市在工程建设过程中，按照项目管理办法，推行了“项目法人制、监理制、招投标制”三项基本制度。市局作为项目法人，紧紧依靠各旗区水保部门落实各项实施任务。第一，在骨干工程建设中，试行了施工招投标制度，对 3 座骨干工程进行了招投标。但是，由于条件不成熟，施工招投标之后所带来的一系列问题，至今无法解决。为稳妥起见，继续实行了施工承包合同制。第二，聘请了西安黄河工程监理有限公司对项目实施进行全面监理。第三，依据黄委会颁发的《黄河水土保持生态工程》4 个管理办法，市水保局结合勃牛川项目区实际情况，分别按照工程质量监督管理、工程年度检查、工程竣工验收、工程资金报账等四个方面制定了实施细则，对规范工程建设起到了一定的指导和促进作用。

目前，项目区各项工作基本走上正轨，项目管理、工程施工、建设监理以及资金使用等基本上符合项目要求，各项措施能够按照设计标准规范施工，基本达到验收要求。通过 5 年实施，项目区总体生态环境得到改善，坡面植被覆盖度明显提高，有毒牧草比例减少，生物多样性正在恢复，野生动物数量和种类显著增加。沟道工程拦蓄效益显著，运行管护责任明确。生态效益、经济效益和社会效益比较明显，基本上达到了预期目标。

（原载于 2006 年 10 月 8 日中国水利网，2006 年 10 月 12 日《黄河报》）

内蒙古呼伦贝尔市境内两条河相继复流

记者日前从内蒙古水文部门了解到，从蒙古国流经呼伦贝尔市新巴尔虎右旗的克鲁伦河从 4 月 1 日开始复流，发源于大兴安岭的莫尔格勒河也于 4 月中旬复流。至此，断流 8 个月之久的克鲁伦河、莫尔格勒河又逐渐焕发生机，呈现涓涓细流的景象。

国际界河克鲁伦河发源于蒙古国境内肯特山，总流域面积 92000 平方公里，在我国境内流域面积 5486 平方公里（其中局部闭流区面积 2319 平方公里），占总流域面积的 5.96%，全部在呼伦贝尔市新巴尔虎右旗境内。克鲁伦河全长 1264 公里，我国境内长 206 公里，河道宽 30 ~ 60 米，下切深度 1.5 ~ 3.0 米。克鲁伦河多年平均年径流量为 5.002 亿立方米，是呼伦湖水源主要补给河流之一，多年平均流入呼伦湖水量 4.91 亿立方米，也是新巴尔虎右旗人民生活和生产的主要水源。新巴尔虎右旗共有 3 个镇 2 个苏木，其中有 3 个镇 1 个苏木 2.5 万人分布在克鲁伦河两岸，占全旗总人口的 74%；牲畜约 90 万头只，占全旗牲畜的 45%；饲草料地及蔬菜田灌溉面积 2.8 万亩，占全旗的 70% 以上。

2007 年 9 月 8 日，克鲁伦河断流，这是有记录以来克鲁伦河第一次断流。断流后，新巴尔虎右旗派调查组出境调查断流原因，根据调查情况和国内掌握的相关资料分析，造成克鲁伦河断流的主要原因：一是上游蒙古国境内主要产流区 2000 年以来持续高温干旱，降水量少、蒸发量大，致使河道径流量减少；二是由于连续 7 年干旱，加之流域内地下水用量和矿区疏干水不断增加，克鲁伦河流域中下游地下水位平均下降 2.0 米左右，地下水位低于河床，且该河河道输水距离长、比降小，中途损失较多，使大量河水下渗，削减了河道流量。另外，每年 1 ~ 3 月份经常出现断流现象，这是地表径流停止后，地下水补给量少或停止造成的。

克鲁伦河断流后，对流域地区造成了严重影响：一是造成地下水位大幅下降，新巴尔虎右旗所在地及沿河其他 3 个苏木人畜饮水均受到不同程度影响。二是减少了呼伦湖水源补给量，一定程度加剧呼伦湖水环境恶化。断流后，呼伦湖水位下降超过 0.5 米。三是对该地区河道两岸生态环境和生物多样性产生不同程度的破坏及影响。

由于克鲁伦河是国际界河，断流后对新巴尔虎右旗人民生产、生活影响很大。呼伦贝尔市水利局及时向水利部、内蒙古自治区水利厅、松辽委提交了克鲁伦河断流调查报告，同时提出了应急措施和中长期措施。

内蒙古自治区水利厅、呼伦贝尔市和当地政府及水利部门积极采取措施，切实解决受断流影响造成的人畜饮水困难。一是内蒙古自治区安排专项资金，重点解决因断流造成的沿河 4 个苏木、镇的 38 个嘎查村（其中居住较集中的有 9 个村）、1.13 万人的饮水困难问题，共打 8 眼深水井，有效缓解了饮水困难问题。二是要求新巴尔虎右旗严禁任何人在克鲁伦河流域进行捕鱼活动。三是要求水文、气象、水务、环境保护等部门迅速搜集降水量、地表水蒸发量、地下水水位等相关数据资料，为专家进一步查明克鲁伦河水位下降的根本原因提供参考。四是市、旗两级相关部门联合向上级部门汇报克鲁伦河的水位动态信息，并组成调研组赴蒙古国对这一问题进行深入调研。这些措施的实施，取得了明显的成效。

据当地阿拉坦额莫勒水文站水情显示，今年4月1日，克鲁伦河开始复流。克鲁伦河复流的主要原因是上游及沿河两岸大量积雪融化后形成了径流。经过20多天的连续观测数据表明：克鲁伦河水位上涨0.3米，水流速为每秒1.3立方米，与往年同期相比基本持平。截至5月上旬，水位略呈上涨趋势。

素有“天下第一曲水”之美誉的莫尔格勒河，发源于大兴安岭西麓，河长319公里，流域面积4987平方公里，自东北向西南流经陈巴尔虎旗全境。流域内地势较平坦开阔，河流比降较小，河道迂回曲折，两岸水草丰美，是良好的天然牧场。下游注入呼和诺尔湖，是呼伦贝尔市重点草原旅游点之一，从湖东南端流出后汇入海拉尔河。

莫尔格勒河受气候影响属封冻河流，每到冬季出现连底冻现象而产生断流，多年平均断流137天。莫尔格勒河多年平均径流量为1.3296亿立方米，2007年径流量为0.1794亿立方米。莫尔格勒河于2007年7月31日开始断流，8月13日干涸。据当地头站水文站水情测报，莫尔格勒河于2008年4月6日复流，断流期长达9个月，截至5月14日，流量为0.144立方米每秒。

（原载于2008年5月19日黄河网）

筑绿色屏障　显多种效益

——内蒙古京津风沙源治理水利水保工程建设走笔

“走了一圈看了一遍，总以为又回到原地，其实是山山都一样，坡坡都相似，沟沟差不多，村村欢笑声。”仲秋季节，记者随内蒙古水利厅水保处检查组赴京津风沙源治理区检查，同行的地方媒体记者大伟对每个项目区的水利水保建设都不住地发出赞叹，“要不是亲眼看到，我真不会想到水利水保工程在京津风沙源治理中起到的命脉作用。这样的治理效果，这样大的治理面积，我还是第一次见到。”

对于京津风沙源水利水保工程，不光是大伟，就连我们水利行业的专家和领导们，说起来也都兴奋不已。毋庸置疑，京津风沙源水利水保工程建设已突现了其显著的效益。

据自治区水利厅厅长戈锋介绍，2000 年实施的京津风沙源治理工程，规模之大、投资之多、涉及范围之广、生态效益之显著，是新中国成立以来国家在内蒙古自治区实施的一项水土保持生态建设的宏伟工程。工程实施 8 年来，项目区水利部门通过开展以水为中心的小流域治理、水源工程建设、节水灌溉等一系列行之有效的水利综合治理措施，极大地改善了项目区 4 个盟市、33 个旗县（区）的生态环境，累计完成投资 13.28 亿元，项目治理区林草覆盖度由治理前的 20% 平均提高到目前的 90% 左右，为保护京津地区生态环境做出了突出贡献，为实现北京绿色奥运提供了强有力的生态环境支撑和保障。工程为当地经济社会发展和新农村新牧区建设创造了极为有利的条件。

蓄水保土小流域　治山治沟大生态

自治区水利厅副厅长冯国华向记者介绍，内蒙古是全国水土流失最为严重的地区之一，全区大部地区自然条件恶劣，植被稀疏，生态环境脆弱，加之滥垦滥伐和超载放牧，以及多种人为因素，使得各类灾害频繁发生，尤其是 20 世纪 70 年代以来，自然环境急剧恶化，水土流失严重，沙尘暴频发，直接威胁到首都北京及整个华北等地区的生态安全，严重制约了经济社会的持续健康发展。为尽快遏制京津周边地区日趋严峻的土地沙化和退化势头，减少沙尘危害，2000 年，国家启动了京津风沙源治理工程。项目涉及内蒙古 4 个盟市的 33 个旗县。

工程实施以来，在党中央、国务院及水利部等有关部委的大力支持下，自治区各级党委、政府高度重视，将其作为“打造祖国北疆绿色生态屏幕”和新农村新牧区建设的重要内容，科学规划，周密部署。针对干旱少雨和水土流失造成生物措施成活率低这一主要问题，各地在山丘区小流域治理中，开展以水平沟和鱼鳞坑为主的保持水土、涵养水源的治理措施。根据流域土地利用现状和水土流失特点，本着“山、水、田、林、路、沟”综合治理，治坡与治沟相结合，乔、灌、草相结合，片、网、带相结合，立体开发，梯级保护等多种措施。各地以水利建设为中心，坚持从实际出发，因地制宜集中连片，突出重点，全面治理、治满治严、不留死角的原则，实现建一片成一片、保一片的治理目标，取得了非常明显的成效。锡林郭勒盟太仆寺旗小流域治理突出以改善生态环境、控制浑善达克沙地南侵、优化京津及内地生存环境为主要目的，目前全旗已没有明显的裸露土地，植被覆盖率70%以上，其中林地保存率高达80%；赤峰市已建成万亩以上治理工程204处，5000~10000万亩工程387处，特别是大流域治理示范区建设的开展，形成了一大批几十万亩集中连片的超大规模的工程。克什克腾旗十地小流域和万合永镇小流域，治理前荒山秃岭，一遇降水即成山洪，威胁村屯和耕地，造成水土流失。经过几年大规模的治理，林草覆盖度由原来的30%提高到现在的96%，仅小流域内年产饲草就达100多万斤，产值近20万元。当地农民年人均收入由原来的1000多元，提高到3000多元。如今这里是山绿了、草高了、树多了、野生动物出现了、风沙减少了、村路畅通了。林西县水土流失面积占全县总面积的75.76%，严重的水土流失已危及到全县人民的生存环境，成为制约全县经济社会发展的瓶颈。县委、县政府将小流域治理当作全县的一项中心工作，一任接着一任干，一张蓝图绘到底。他们始终树立大流域的观念，坚持围绕水源修梯田，围绕梯田建水源的“两围”工程模式，大力发展水浇地，极大地改善了当地的农业生产条件。2000年，林西县率先在全市出台了封山禁牧政策，水土保持治理和封山禁牧密切结合，抓住国家实施京津风沙源治理项目的契机，以风沙源水保治理工程为重点，实行了治严、封死、禁牧的封、禁、治相结合水保治理模式。到2007年底，全县风沙源水保治理面积已达到168万亩。2001年，林西县被命名为“全国水土保持生态环境建设示范县”。这个县蓄水保土小流域治理效益十分显著，年均减少土壤侵蚀量195万吨，年拦蓄地表径流1874万立方米，治理后的小流域内植被得到了恢复和发展，林草覆盖率80%以上，增强了水土保持功能，形成了良好的生态环境。乌兰察布市察右后旗小流域经过几年的综合治理，目前已初具规模，形成了万亩以上、集中连片的四大流域，共完成治理面积25.26万亩。特别是东山流域，北起白镇杭宁达莱生态园，南至贲红镇邓家沟小流域，南北走向长约30公里，东西均宽约2.5公里，流域面积约11万亩。各小流域内山杏、柠条、沙棘、油松、榆树、杨树、樟子松、落叶松等经济林和乔木林因地栽种，草木繁茂，植物趋于多样化。随着流域内环境的改善，销声匿迹多年的野生动物数量和种类逐年增多，成为当地的一个生态旅游景点。

我们到了住在包图小流域的农民养殖户陈爱龙家，他兴奋地对我们说："我全家 6 口人这几年真是沾了小流域治理的大光了，现在养了 9 头奶牛，300 只羊，人均收入超过 2 万多块钱，是小流域治理前的 10 倍。这在以前是做梦都不敢想的事。我们成了这里的名人了。"

在小流域综合治理过程中，各地水利部门根据流域的自然条件及社会经济情况，围绕水利做文章，确定了项目区以林为主的发展方向，坚持梁、峁、坡沟兼治的原则，植物措施坚持草、灌、乔相结合，宜林则林，宜关则灌，宜草则草，实行梯级防护体系，修建水保拦蓄工程和高标准的水平梯田，工程措施与生物措施相结合，从而达到蓄水保土，增加植被覆盖率，有效控制水土流失，改善生态环境，达到农、林、牧、副综合发展的目的。

自治区水利厅水保处处长李旭说："到目前，内蒙古京津风沙源治理工程水利水保项目累计完成小流域治理3046平方公里。通过集中连片、综合治理，项目区的林、草覆盖度目前已增加了 20% 以上，初步形成了阴山北麓长 300 公里、宽 50 公里和浑善达克沙地边缘长约 400 公里、宽 1 至 10 公里的绿色生态屏障，重点治理区域的水土流失、沙化等危害得到有效遏制。"

水源工程—多种效益的直接体现

这几年是锡林郭勒盟太仆寺旗永丰镇牧民包、巴特尔最高兴的时候，他承包的百亩草库伦在水利水保工程的护佑下，连年喜获丰收，每年仅产优质饲草就让他纯收入 4 万多元，加上舍饲圈养的牛羊，人均年收入近 3 万元。

像包·巴特尔这样靠水源工程建设富起来的牧民在京津风沙源治理项目区不在少数，仅太仆寺旗就有占全旗 10% 以上的牧民在京津风沙源项目治理区将荒坡承包后，建起了围栏从事牧草种植。

干旱少雨是内蒙古生物措施成活率低的主要原因。水源工程建设是京津风沙源水利水保项目中重要的工程措施之一。各地在治理中，始终坚持以水为中心，合理开发利用水资源，大力推广节水灌溉措施，因地制宜、科学布局，突出水源工程建设。按照建设生态防线的根本目的，合理安排建设内容，努力做到工程措施与生物措施相结合，植被建设与水利建设相结合。在农区和半农半牧区，通过打水源机电井，并实施节水技术措施，把流域滩地和 3~5

度缓坡耕地改造为水浇地，增加农民收入，促进水资源的优化配置。在牧区，大力推进以水为中心的家庭灌溉草库伦建设，通过开发水源和采取节水灌溉措施提高单位面积饲草产量，为畜牧业向舍饲、半舍饲的集约化发展转变提供保障，从而使广大的天然牧场得以休养生息。在山丘区，通过进行小流域治理，保持水土，涵养水源，围绕水源修梯田，围绕梯田建水源，发展高标准基本农田，同时，合理开发生态用水，为大面积植被恢复提供必要的水利支持。乌兰察布市商都县在项目实施中，十分重视水源和节水工程建设。该县结合生态移民，近两年来在县城周边发展节水灌溉面积 1.2 万亩，从生态环境恶劣地区移民 800 多户，每户建大棚 2 座，露地种植 1.4 亩，加上养殖业，户均年收入达 4000 多元。迁出地经过治理后，植被得到了恢复，同时每亩还可年产鲜草 500 斤。商都县的这一做法，受到了自治区领导的高度评价，称其为农民脱贫致富、小城镇发展和生态建设三效合一的成功之路。

赤峰市克什克腾旗达里镇岗嘎查牧民桑布拉承包了 1000 亩荒漠草场，在水利部门的帮助下，打了 3 眼水源井，并全部实现配套。几年来，他带领全家 5 口人，网围草场 5500 多米，在草库伦周边建起防风林带，同时还对 700 亩人工种植多年生牧草面积全部进行了节水喷灌。近几年来，他的草库伦年产饲草 15 万公斤，产值 8 万多元。有了水源保证，桑布拉养牛 110 头，养羊 80 多只，年人均收入超过了 9000 元，成为当地有名的富裕户。

各地还通过建蓄水池、打机电井、筒井、大口井、截伏流、建谷坊、修塘坝等拦蓄水工程措施及开展与之配套的基础设施建设。

到目前，京津风沙源治理工程共完成水源工程 24250 处。水源工程的建设，使干旱缺水地区焕发了勃勃生机，产生了显著的生态效益、经济效益和社会效益，为京津风沙源治理区的经济社会发展带来了巨大的支撑动力。水源工程成为京津风沙源治理工程的命脉所系。

节水灌溉工程—风沙源治理中的“亮剑”

在京津风沙源治理工程中，节水灌溉工程是其中的一大亮点。各地实施的节水灌溉工程，有效地改善了农牧民生产生活条件，提高了生活水平，增强了抵御自然灾害的能力，有力促进了农村牧区产业结构的调整。

节水灌溉是提高作物产量的唯一措施。乌兰察布市四子王旗把节水灌溉作为风沙源治理水利建设的重点来抓，大力推广以指针式喷灌机为重点的节水灌溉工程建设，加大了防渗渠、地埋管道和软管微孔喷灌工作力度，兴建了一批标准高、效益好的节水灌溉工程。全市共安排落实了大中小型喷灌机100多套，建设喷灌工程200多处，喷灌面积达10万亩。节水灌溉建设有力地改善了当地农牧业生产条件，有效缓解了水资源短缺的矛盾，为全市现代化农业和设施农业建设起到了重大的推动作用。忽鸡兔乡800亩节水灌溉示范区主要种植饲草，毛圪庆村村民闫明焕表示，节水灌溉没有实施以前，十年九旱的自然条件使他全家一筹莫展，全年人均收入仅3000元左右，自发展了节水灌溉后，现在人年均收入9000元以上。

察右后旗建成29个喷灌圈，土地产出效益十分显著，智能化、自动化程度极高的大型指针式喷灌设备对农业的装备以及土地的高效产出，深深吸引和激发了当地群众大搞节水灌溉工程建设的积极性。补力图行政村把荒地改造成3万亩节水灌溉胡萝卜基地，亩产胡萝卜1000斤，收入4000元左右，既有效利用了土地，发展了节水灌溉，又实现了人均收入超1万元的致富目标。

锡林郭勒盟太仆寺旗500~1000亩以上的大型节水灌溉园区发展迅速，目前已达132处，节水效益显著。近年来，这个旗的节水灌溉工程全部使用时针式喷灌机，实行微机操作，自动化运行。这种喷灌工程具有控制面积大，自动化程度高，可连续24小时不间断作业，操作简便、省水、省工、省地，可扩大单位流量灌溉面积的特点，使水资源配置更加科学合理，水资源利用率大大提高，达到了高效节水的目的。大型节水灌溉园区通过采取先进的节水灌溉设备和科学的生产经营手段，已经初步具备了现代农业的雏形。实践证明，发展节水灌溉，尤其是喷灌、管道灌溉技术，可以减少输水过程中的水资源渗漏和蒸发损失，大幅度节约田间灌溉用水，平均节水率40%左右，从而有效提高灌溉保证率，扩大灌溉面积，增强抗旱能力，促进农业稳定生产。这个旗大型节水灌溉园区建设涉及全旗六个苏木乡镇、35个嘎查村，建设面积10.2万亩，园区覆盖农牧户7055户，人口25224人，劳动力13825人，人均增收1230元，同时园区内饲草料产量比旱区产量增产70%以上，增收2000元，当地经营企业每亩平均效益1000元，企业收入达到4000万元。

从2000年京津风沙源治理项目开始启动，到目前，全区累计完成节水灌溉工程18150处。节水灌溉工程成为京津风沙源治理工程中生物措施成活的唯一源泉，也是农牧民增收的有力保障，为新农村建设和京津风沙源治理提供了强有力的支撑。

科学管理为风沙源治理保驾护航

京津风沙源治理水利水保工程的实施，得到了自治区党委、政府及项目区各级党委和政府的高度重视，将其作为“全力打造北疆绿色生态屏障”战略的重要内容，加强领导，相关部门密切配合，水利部门认真组织实施，以确保建设质量、增加林草盖度、改善生态环境、提高群众收入为目标，统一部署，严格标准，落实责任，强化管理，使工程顺利进行。

据自治区水利厅水保处负责京津风沙源工程项目的副处长云智峰介绍，自治区在京津风沙源治理水利水保工程管理中，第一是加强组织领导，明确目标责任。工程实施以来，自治区政府专门成立了由主要领导任组长，水利等部门领导任副组长，各职能部门负责同志参加的领导小组，全面负责京津风沙源生态环境建设工作，并定期研究解决项目实施中出现的问题，组织经常性的督促检查。各项目旗县主要领导亲自抓，负总责。通过签订责任状，使治理任务逐级分解，层层落实，做到了任务明确，职责明确，奖罚明确。形成了党政主要领导亲自抓，分管领导具体抓，各级领导都过问，千军万马齐参战的良好建设氛围。林西县水利局在每条小流域都安排了2—3名专业人员，负责技术指导，并实行绩效挂钩。乡镇、行政村的负责人和技术人员协同作战，分工负责，责任到人，为工程顺利实施提供了强有力的组织保证和技术支持。

第二是完善水利政策措施，建立激励机制。针对沙源治理工程任务重、要求高的实际情况，各地坚持把完善水利水保政策措施、建立激励机制作为工作的重点来抓，把水保工程建设与广大农牧民群众的切身利益紧密结合，通过政策引导、利益驱动，充分调动群众参与水保治理的积极性。在坚持土地所有权不变和群众自愿的基础上，在统一标准、统一规划的前提下，通过承包、租赁、拍卖、划拨等形式，将“四荒”（荒山、荒沟、荒滩、荒地）资源使用权落实到户，将水保治理任务承包到户，使群众在水保治理的同时也得到了实惠。各级政府把工作重点放在政策制定与宣传、发动群众、编制规划、技术指导、检查验收等方面。在水保工程的具体实施中，水利部门始终坚持将治理与调整农村牧区产业结构、转变农牧业生产经营方式和农牧民脱贫致富紧密结合，有力地推动了水保工程建设的顺利进行。同时，在水保工程建设中引入招投标机制，降低了建设成本，节约了开支，提高了资金使用效率。克什克腾旗在工程建设中，在农村牧区取消义务工和劳动积累工之后，坚持明晰所有权、转换经营权、搞活建设权的原则，实行市场化运作，由农户或专业队通过竞争承担治理项目，既减轻了政府的工作压力，又提高了工程质量，增加了农民收入。乌兰察布市察右后旗根据本地实际情况，不失时机地出台了一系列优惠政策，调动广大群众的建设积极性，仅2001、2002年，就建设以水为中心的小草库伦1700处，年产优质牧草23万吨，近年来，草库伦建设更加得到快速发展。牧草产量的提高，为牧民群众调整养殖结构，变过去的传统放牧为舍饲圈养创造了条件，在天然草场休养生息的同时，牧民收入也有了很大提高，受到了广大群众的欢迎。

第三是科学规划设计，确保可持续发展。各级水利部门坚持高起点、高标准设计、制定严格的技术标准和规范，设计规划综合考虑长远的经济社会发展和当前农牧民承受能力，力求使设计规划具有较强的科学性和可操作性。在规划设计中坚持以水定林草的原则，进行生态用水平衡分析，根据降雨量的大小和水源情况的优劣确定各项措施的配置，在很大程度上避免了措施选择方面的盲目性和随意性。切实可行的项目和工程建设规划，做到了因地制宜，分类指导，突出重点，注重实效，符合实际。

第四是依靠水利科技支撑，提高工程质量。在工程建设的过程中，自治区水利厅始终坚持把提高水利科技支撑的力度作为工作的重点抓紧抓实。在工程实施中，自治区、盟市、旗县三级都经常选派富有实践经验的水利专业技术人员，深入项目区，全程提供技术指导和跟踪服务，举办形式多样的水利水保培训班，宣传普及水利科技知识，进行技术指导和把关。同时，各旗县还与相关的水利科研院所建立科技依托关系，水利科研单位在项目的规划、设计、实施、检查验收等各个环节给予帮助和支持。在具体工作中，水利部门制定科学的验收标准，通过年度验收评比等办法，对各地工程质量和进度严格检查。各地都特别注重水利适用技术的引进、消化、吸收和推广，努力提高工程的科技含量。

第五是落实管护责任，巩固治理成果。为切实巩固水保治理成果，各地都把工程的管护作为一项重要的工作来抓，制定了管护制度，健全了管护机构，充实了管护人员，落实了管护责任。农区各旗县均采取了不同程度的禁牧措施，牧区旗县也都全面实行了定期禁牧和划区轮牧，大力推行舍饲、半舍饲，使传统的畜牧业经营方式有了根本性的转变。农牧区都制定了水源保护的具体措施。许多地区还通过加强宣传，制定乡规民约等措施，提高了群众京津风沙源水利水保治理与保护的自觉性。

第六是加强项目管理，严格程序。水利水保项目设计是保证工程质量的基础。自治区水利厅严格要求每一项水利工程设计。各地在资金管理上严格按照工程资金使用管理办法执行，采取报账制、设立专户，专款专用，由行业主管部门审核、财政部门报账，杜绝了不正之风。

京津风沙源水利水保工程通过采取小流域综合治理、水源工程、节水灌溉建设等措施，使项目区可治理的沙化土地基本得到了治理，生态环境明显好转，风沙天气和沙尘暴天气明显减少，从总体上遏制沙化土地的扩展趋势，使京津地区及其风沙源区生态环境得到明显改善。到目前，自治区京津风沙源项目水利水保工程累计完成投资 13.28 亿元，其中国家投资 11.32 亿元，地方配套及群众投劳折资 3.66 亿元。

（原载于 2008 年 10 月 28 日中国水利网站，2008 年 10 月 28 日黄河网，2008 年 10 月 29 日中华人民共和国水利部网，2008 年 11 月 4 日《黄河报》，内蒙古电视台新闻联播 2009 年 4 月 20 日、23 日播出）

内蒙古向黄河放流鱼种 50 多万尾

6 月 29 日，“2009 黄河内蒙古巴彦淖尔市段渔业资源增殖放流行动”在黄河三盛公水利枢纽工程举行。内蒙古自治区政府副秘书长于清理参加了放流仪式并讲话。

黄河内蒙古段属黄河中上游，全长 831 公里，境内流域面积 14.35 万平方公里。由于受气候、环境等多种因素影响，黄河水生生物资源大幅度下降，个体逐年减小。在原农业部和自治区党委、政府的大力支持下，自治区加大渔政执法力度，严厉打击在黄河上电鱼、毒鱼、炸鱼和私捕滥捞等违法行为，开展了渔业水域环境污染调查处理，加强了水利工程对水生生物资源补偿评估工作，建设黄河鄂尔多斯段黄河鲶国家级水产种质资源保护区，并对黄河鲤、兰州鲶进行长年禁渔。为恢复黄河流域渔业资源，2005 年开始，自治区有关部门开展了渔业资源增殖放流行动，已累计投入资金 2150 多万元，向境内各天然水域放流经济鱼类苗种 5.8 亿尾。开展黄河渔业资源增殖放流系列行动，对于加大黄河水域生态环境，维护黄河水域生物多样性和生态系统平衡，促进人与自然和谐，推进渔业可持续发展具有重要意义，同时也进一步增强了全社会参与和保护黄河渔业资源及生态环境的意识。

此次放流行动由内蒙古自治区政府和原农业部黄河流域渔业资源管理委员会共同主办，巴彦淖尔市政府和内蒙古农牧业厅承办。放流规格 5 克 / 尾鱼种 50 万尾，规格 100~500 克 / 尾鱼种 1700 公斤，拉开了 2009 年全区向天然水域投入各类鱼种 2.9 亿尾的序幕。

原农业部有关部门负责人参加了放流仪式。

（原载于 2009 年 7 月 1 日中国水利网站，2009 年 7 月 2 日黄河网，2009 年 7 月 7 日《黄河报》）

重新感知生活的这片土地

盛夏七月，骄阳似火。暑假的第一天，内蒙古自治区鄂尔多斯市准格尔旗圪秋沟水土保持科技示范园，迎来了康巴什区第二中学参加首届中学生水土保持国策教育与科普宣传夏令营活动的 40 多名师生们。酷热的天气没能阻止学生们参加活动的热情。

此次活动由鄂尔多斯市水土保持学会、准格尔旗水土保持局、康巴什区第二中学共同举办。该校一位负责人说：“活动旨在通过让同学们在项目区实地了解水土流失发生的危害及防治措施，接受水土保持国策教育，普及水土保持科学知识，让祖国的下一代从小养成关心生态、爱护生态、建设生态的良好行为。”

圪秋沟水土保持科技示范园位于准格尔旗暖水乡。进入园区大门，放眼四望，山坡上油松侧柏防护林、山杏山桃经济林混交而种，各类花灌木点缀其间，乔灌结合，绿树成荫；沟坡内酸枣丛生，沙棘顺坡而上封沟固坡，郁郁葱葱，一望无际；沟道中，淤地坝、小塘坝、土谷坊配套修筑，拦泥蓄水，淤澄良田，沿沟台地种植了成片沙棘原料林、果木经济林、云杉护岸林，因地制宜，综合利用，初步形成了梁坡、沟坡、沟道三道水土流失防治体系，交织出一幅山清水秀的亮丽风景。

圪秋沟是黄河二级支沟纳林川的一条山洪沟，是全国砒砂岩裸露最为集中、水土流失最为严重的区域，砒砂岩被中外专家学者称之为“地球环境癌症”。治理前，沟壑纵横，植被稀少，生态恶劣。曾有人说，这里鸟不拉屎，什么植物都难以生存，更不要说人生活了。2012 年，圪秋沟列入全市生态治理模式集成示范和水土保持科技园区。通过 5 年综合治理，这里生态环境发生了翻天覆地的变化。示范园区已经成为中科院水利部水保科研基地、国家科技支撑项目“黄河中游砒砂岩区抗蚀促生技术集成与示范”试验基地、内蒙古农业大学实践教学基地、鄂尔多斯市水土保持国策宣传教育基地。

在紧张、活泼的气氛中，同学们头顶烈日，不畏酷暑，有的用手机在硕果累累的杏林中拍照留影；有的扫描树木认知二维码，了解相关知识，求知若渴的情景跃然如画。大家围坐在园区标志碑前，认真聆听准格尔旗水保站站长刘军介绍园区建设情况。随后，同学们进入服务中心，详细翻阅《水土保持法》宣传图册，并参观水土保持宣传展板。

黄河水利科学研究院刘慧博士向大家生动讲解了砒砂岩被称为“地球环境癌症”的原因、流失危害以及水土保持治理模式，使同学们直观地感知了水土流失防治的必要性和重要性。

通过参加水土保持夏令营活动，同学们纷纷表示对自己生活的这片土地有了新的感受，对生态文明建设有了新的理解。回校后，要把这次活动的所见所闻、所想所感记录下来。当好宣传员，带动身边的人从小事做起，保护环境，爱护家园，为建设祖国北部边疆亮丽风景线上的璀璨明珠贡献青春力量。

（原载于 2017 年 7 月 25 日《中国水利报》）

黑河下游额济纳绿洲林草灌溉面积再扩大

黑河额济纳水量调度工作捷报频传：2016 年 11 月 11 日至 2017 年 11 月 10 日调水年度，狼心山下泄水量再创新高，居延绿洲生态环境进一步改善，额济纳绿洲灌溉面积进一步扩大，各项指标再创历史新高。

狼心山下泄水量再创新高。自 2016 年 11 月 11 日开始，狼心山水文断面跨年度调水，阿拉善盟水务局合理安排进入下游的黑河水，努力实现生态效益最大化，截至 2017 年 11 月 10 日，狼心山断面首次实现跨年度调度不断流，全年过流时间 353 天，同比增加 63 天，为实施统一调度以来过流天数最长的一年，年径流量 10.71 亿立方米，这是自黑河流域水资源统一调度 17 年来下泄水量最多的一年，相比去年全年 9.83 亿立方米的水量增加 0.88 亿立方米。

居延绿洲生态环境进一步改善。今年按照调水计划安排，在维持东居延海现有水域面积的情况下，侧重向西居延海等生态脆弱地区补水，全年累计向东居延海补水 6452 万立方米，虽然同比减少了 2474 万立方米，但居延海水域面积仍达到 42.9 平方公里，同比增加 0.4 平方公里，最大蓄水量达到 9280 万立方米，同比增长 980 万立方米。实现了连续 13 年不干涸，东河绿洲核心区和东居延海周边生态环境得到了显著改善，额济纳旗国家级胡杨林自然保护区得到有效保护，原有退化草场部分得到恢复，牧草品种增多，越来越多的珍稀野生鸟类在东居延海现身，湿地野生鸟类由 10 余种增加到 73 种，栖息繁殖的鸟类超过 3 万只。

额济纳绿洲灌溉面积进一步扩大。今年在黑河来水颇丰的情况下，阿拉善盟水务局积极采取工程措施，通过三道河、七道河、八道河调水到东居延海以南蘑菇图地区，滋润着近 50 年未得到有效灌溉的脆弱草场，沿河两岸及过水地区周边的植被得到滋养，扩大了河水的浸润面积，许多濒临死亡的植物有了生机，绿洲边缘地下水得到了回升，进一步遏制了沙化的扩展。额济纳旗年内实现累计灌溉林草地面积 116.5 万亩，与去年同比增长 8.5 万亩。

（原载于 2017 年 12 月 6 日《中国水利报》，本文获《中国水利报》2017 年第四季度好新闻奖）

水清岸绿渐行渐近

河长制工作正在内蒙古自治区快速推进。

2017 年 5 月 24 日，《内蒙古自治区全面推行河长制工作方案》印发，通过构建责任明确、协调有序、监管严格、保护有力的河湖管理保护机制，为维护河湖健康生命、实现河湖功能永续利用提供制度保障

目前，内蒙古已全面建立了自治区、盟市、旗县、苏木（乡镇）四级河长体系。全自治区 12 个盟市出台了河长会议制度等 6 项工作制度。自治区还出台了河长制督导检查、基层河长巡河指导、河长制责任单位联席会议等制度。

“没想到，这里的水能变干净”

“做梦也没想到，这里的水能变干净。”居住在呼和浩特市扎达盖河入小黑河河口附近的老人李淑芬说，以前村民的生活污水和附近企业的污水直排入河，河道内垃圾淤泥堆积，腐烂发臭是常态。

呼和浩特市加快推进河长制，消除黑臭河道。目前，建成区河面无大面积漂浮物，河岸无垃圾，无违法排污口，建成区基本消除了黑臭水。

“担任河长，我不能有一丝懈怠”

从 2017 年 8 月开始，阿拉善盟额济纳旗东风镇的嘎查达（村主任）任荣多了一个新的身份——黑河宝日乌拉嘎查河段河长。

宝日乌拉嘎查是黑河经狼心山水利枢纽后流经的第一个嘎查（村）。随着黑河干流 2017—2018 年度调水工作的启动，任荣要在水头到来之前检查输水河道和所有闸门，保证水流安全顺利通过。

“河长不是冠名制，而是责任制。我必须守好河长这片责任田。要是有些闸门没及时提起来，大水就会淹了牧民的房屋。担任河长，我不能有一丝懈怠。”揣着一份沉甸甸的责任，任荣检查河道时格外仔细。

截至2017年年底，全自治区组织开展河长制督导检查258次，各级河长累计巡河2936人次。

“河长不仅要护河，更要治河。”任荣一语中的。除了巡河，各级河长还要牵头组织解决侵占河道、超标排污等突出问题，加大黑臭水体治理力度，实现河湖环境整洁优美、水清岸绿。

如今，包头、兴安盟、赤峰等盟市部分旗县区市聘用河道保洁员1000余人。乌兰浩特市多次开展河道水域环境卫生专项整治行动。

“每一条河流都有人管、有人治”

鄂尔多斯市乌审旗构建了“党政河长+民间河长+企业河长”模式，河长责任体系延伸到了基层，细化了河长制工作责任，多层次强化了河湖管理保护力量。

河湖有了“大管家”，市内28条河流、34个湖泊管理保护责任到人。

“民间河长”巡河实行“网格化”，在落实旗、苏木（乡镇）两级河长“管、治、保”三位一体职责的同时，面向社会聘请“民间河长”74人，作为旗级、苏木乡镇级河长的“眼睛”，实行“网格化”巡查、全天候监督，确保全旗每条河流、每个湖泊都有人巡、有人管，巡后有记录。

“民间河长”“企业河长”责任明确。“企业河长”对企业蓄水池负总责。各苏木（乡镇）河长分别与“民间河长”签订了《巡河责任状》，“民间河长”发现问题及时报告相关党政河长进行处置，特别是发现河道管理范围内出现新建工程、乱挖鱼塘、堆放垃圾、向河湖排放矿井疏干水等违法行为时，必须及时举报，坚持做到有案必报、有案必查，事事有回应。

“我们实行‘一河一策’‘一湖一策’的治理方式，恢复河湖水域岸线生态功能。要定期巡河，巡查出来的问题一定要整改，通过河道整治、环境整治，对有可能出现问题的河湖口着重治理。”鄂尔多斯市杭锦旗小南河河长王雄说，“江河湖泊不仅仅是打造亮丽内蒙古的生态支撑，更承载着我们对美好生活的追求。每一条河流都有人管、有人治，才能水岸常绿、江河长清。”

“逐步实现河畅、水清、岸绿、景美的目标”

巴彦淖尔市将河套灌区770条支以上渠沟道全部纳入河长制实施范围和管理体系，构建了市、旗县（区）、苏木（乡镇）、村四级河长制管理体系，确保每条河流、每座湖泊海子、每条渠沟道都有具体责任人、有工作职责、有考核标准，形成权责明确、区域统筹的河湖渠系管理体制。还开展了河湖渠沟排污、倾倒垃圾集中清理整治工作。

“到2020年，全自治区水环境质量得到阶段性改善，优良水体有所增加，污染严重水体较大幅度减少。”内蒙古自治区水利厅河湖处负责人赵海春说，“到2030年，全自治区河湖管理保护法规制度体系、规划体系健全完善，河湖管理范围内水事活动依法有序，水环境质量总体改善，水生态系统功能初步恢复，城市建成区黑臭水体总体得到消除，逐步实现河畅、水清、岸绿、景美的河湖管理目标。”

（原载于2018年2月8日《中国水利报》，本文获《中国水利报》2018年第一季度好新闻奖）

又见遗鸥戏水时

——内蒙古鄂尔多斯遗鸥自然保护区湿地补水侧记

“快看，又有几只遗鸥飞起来了。”同行的晓强禁不住有些激动地叫起来。只见一群黑头红喙红腿、羽毛亮洁的遗鸥从空中掠过，落到远处的岸边。

近日，记者在鄂尔多斯遗鸥自然保护区湿地看到，已初步形成的湖面，波光荡漾，清凌凌的湖水在黄绿相间的湖岸映衬下，如珍珠般耀眼。毕竟是干涸了多年的湿地，湖面上除了清风吹动的粼粼光晕，看不见一根探头的苇草。

鄂尔多斯遗鸥国家级自然保护区地处鄂尔多斯市中部，位于东胜区和伊金霍洛旗境内，总面积1.47万公顷。保护区建立于1998年，2001年晋升为国家级自然保护区，属于高原内陆湿地生态类型自然保护区，主要保护对象是遗鸥繁殖地及内陆湖泊。保护区地理条件独特，分布着众多的咸水湖泊湿地，区内鸟类资源丰富，是全世界遗鸥鄂尔多斯种群最集中的分布区和最主要的繁殖地。保护区境内主要湖泊有桃力庙－阿拉善湾海子、侯家海子和苏家圪卜海子。

据管理人员介绍，保护区有湿地鸟类83种，其中属国家一级保护物种有遗鸥、东方白鹳、白尾海雕，国家二级保护的物种有角䴙䴘、白琵鹭、大天鹅等10多种。2002年2月，鄂尔多斯遗鸥国家级自然保护区被列入《国际重要湿地名录》。这也是全球范围内第一个以保护遗鸥及其栖息地湿地生态环境为主旨的国际重要湿地。

保护区遗鸥数量最多时达到1.6万只，约占自然界遗鸥数量的60%。鸟类迁徙期间，在保护区内栖息觅食的各种鸟类有2万余只。自然保护区地区平均年降水量325.8毫米，蒸发量为2501毫米。由于气候等因素，从2003年开始，保护区水域面积逐年萎缩，湖心岛消失，遗鸥数量锐减。

为切实保护湿地和遗鸥等物种，2017年，鄂尔多斯市下大力气实施了遗鸥自然保护区湿地补水管线工程，这是一项为恢复泊江海子湿地功能而实施的重点生态环境保护工程。工程起点为泊江海子镇海子湾村，终点为泊江海子镇泊江海子村，水源引自中天合创引黄供水管线13号远控站处，将黄河水引入湿地，总投资8080.58万元。工程于2017年9月正式开工，2018年5月20日实现全线通水并向泊江海子湿地补水。截至目前，总补水量约51万多立方米。按照设计补水规模4万吨/日，工程运行400天可为湿地补水1600万立方米。届时，可使湿地水域面积由现在的3平方公里恢复至最适宜遗鸥繁衍的7平方公里，遗鸥数量可达约5000只，基本恢复保护区湿地功能，为珍稀鸟类提供良好的生存环境。

"真是'黄河之水天上来'啊。太不容易了，能把黄河水引进来恢复湿地，过去可没想到。还要让湖水永不干涸，这才是湿地永续发挥生态效益的关键，这也是人们的共同期盼。"晓强感慨地说。

站在补水口，望着清流汩汩地向湿地涌去，听着声声遗鸥的欢歌，记者心潮澎湃：如果不重视水资源节约、水环境保护和水生态修复，就不可能有水下泄去维护河湖健康生命，更不可能有人与自然和谐共生的水清岸绿、河畅湖美的美丽家园！

（原载于2018年7月27日《中国水利报》，本文获《中国水利报》2018年第三季度好新闻奖，本文另一作者为田小强）

全面推进河长制湖长制“落地生根”

作为我国北方重要生态安全屏障，内蒙古近年来在河长制建设方面取得了哪些成效？全面建立湖长制进展如何？有哪些典型经验？下一步工作如何开展？针对河长制湖长制相关问题，记者采访了内蒙古自治区水利厅党组书记、厅长刘万华。

刘万华表示，加强河湖管理保护、推进河长制湖长制是贯彻落实习近平生态文明思想的基本要求，是努力把内蒙古建成我国北方重要的生态安全屏障，在祖国北疆构筑起万里绿色长城的重要举措。在全自治区各级党委、政府和有关部门的共同努力下，内蒙古河长制体系已于 2017 年年底构建完成。2018 年，按照党中央、国务院在湖泊实施湖长制的要求，内蒙古积极落实湖长制各项工作，印发了《内蒙古自治区实施湖长制工作方案》，明确内蒙古河湖长体系为双总河湖长制，自治区党委书记、政府主席分别担任自治区第一总河湖长和总河湖长，6 位省级领导分别担任黄河等 5 条主要河流和呼伦湖等 4 个重点湖泊的河湖长。目前，内蒙古已建立起自治区、盟市、旗县、苏木乡镇四级湖长制组织体系、制度体系、责任体系，自治区苏木乡镇及以上四级共 534 位党政领导担任或兼任 655 个湖泊的湖长，实现了每个湖泊都有湖长，编制了湖泊名录和湖长名录，设置了湖长公示牌。内蒙古现已全面建立湖长制。

2018 年，全自治区河湖长制工作紧紧围绕“六大任务”，统筹水域与岸线系统治理，推进河湖长制不仅“有名”，更要“有实”。召开了全自治区总河湖长暨河湖长制工作电视电话会议，部署 2018 年河湖长制各项重点工作，明确各责任单位的年度工作任务和目标。自治区级河湖长多次赴现场巡查调研，研究部署河湖治理方案，明确治理目标。全自治区各级河湖长积极履职尽责，巡河巡湖中发现的问题有 88% 得到解决。在完成“建立四级河湖长组织体系”这一“规定动作”的基础上，还完成了“将河湖长制组织体系延伸到嘎查村”这一“自选动作”，打通河湖管护的“最后一公里”，夯实河湖管理保护工作。制定《内蒙古自治区河长制办公室工作规则》，积极探索与检察院和公安厅的合作机制，充分发挥河湖长制制度优势，形成河湖治理合力。扎实开展河湖清“四乱”、河道采砂等专项行动，清理河道垃圾484万吨，河道疏浚765公里，整治非法采砂点556处。各级纷纷举办河湖长制工作培训班，开展河长制进校园、进社区等宣传活动，引导社会公众参与监督，努力营造全社会关爱河湖的氛围。

内蒙古在开展河长制工作中因地制宜，创新工作思路，亮点纷呈。刘万华介绍，赤峰等市加大涉水违法行为的水行政执法力度，设立河道警长和水利公安派出所，在大兴安岭等边境地区确定了党、政、军、警、民“五位一体”的联防联控机制。锡林郭勒盟正蓝旗为解决高格斯台河那日图苏木段在旅游高峰期环境污染问题，在河道附近建立旅游景点垃圾采集站，定期对采集站垃圾进行集中外运处理。呼伦贝尔市河长制办公室联合市委党校，将河长制作为青干班培训内容，要求学员转变工作思路，树立绿水青山就是金山银山的理念，主动承担河湖管理和保护的责任。锡林郭勒盟西乌旗巴彦花镇创建“河长制+基层党建”模式，结合“公民道德宣传日”开展“机关党员齐争先、环境保护走在前”主题党日活动，发挥党员在生态环境保护中的先锋模范作用。

刘万华强调，下一步要不断探索推进河长制的有效模式和管用办法，在促进河长制湖长制“有实”上下功夫，重点抓好以下几个关键点：一是推动河湖长履职尽责。全面推进河长制湖长制的责任主体是地方各级党委、政府，自治区将河长制工作列入年度盟市党政领导班子年度考核指标，充分发挥考核机制，对工作不力的河长、湖长，采取通报、约谈、督办等多种形式问责，层层传导压力，促进河长、湖长履职尽责。二是着力解决突出问题。认真梳理河湖管理保护中存在的突出问题和工作中的薄弱环节，以群众关心、社会关注的问题为重点，坚持问题导向，强化对策措施，下决心解决一批难点问题，推进河湖长制“见成效”。按照水利部总体部署，按时完成河湖“清四乱”专项行动，积极推动“携手清四乱、保护母亲河”专项行动，继续开展呼伦湖、乌梁素海、岱海等重点湖泊的生态综合治理和生态补水，持续推动自治区水生态文明建设。三是强化部门分工协作。各级河长办要切实履行综合协调职能，河长制各责任部门各司其职，共同推进河湖管理保护工作，建立河长办与检察机关协作配合和信息共享机制，推进行政执法与刑事司法、行政执法与行政检察信息共享平台建设，依托检察机关法律监督职能，助力河湖环境治理和水资源保护。四是总结推广典型经验。鼓励各地创新实践，大力培育、深入总结典型经验，推广各地的先进做法，真正形成区域协同、流域协调、部门协作的管河治水新格局。

内蒙古已经全面建立了河长制湖长制，实现“有名”。随着重点湖泊水生态治理、河湖“清四乱”等专项行动的开展，河湖面貌有所改善，正在向“有实”转变。河长制湖长制已经在内蒙古大地上“落地生根”。

（原载于2018年12月25日《中国水利报》）

守河尽责　构筑祖国北疆生态安全屏障

从2017年8月开始，内蒙古自治区阿拉善盟额济纳旗东风镇的嘎查达（村主任）任荣多了一个新的身份——黑河宝日乌拉嘎查河段河长。

宝日乌拉嘎查是黑河经狼心山水利枢纽后流经的第一个村。随着黑河干流2017—2018年度调水工作的启动，任荣要在水头到来之前检查输水河道和所有闸门，保证水流安全顺利通过。“河长制不是冠名制，而是责任制。我必须守好河长这片责任田。担任河长，不能有一丝懈怠。”揣着一份沉甸甸的责任，任荣检查河道时格外仔细。

2017年年底，内蒙古已全面建立了自治区、盟市、旗县、苏木乡镇四级河长体系。推进河长制从“见河长”到“见行动”，并逐渐“见成效”，许多河湖从“没人管”到“有人管”，从“管不住”到“管得好”，“水草丰美、牛羊成群”的草原风光成为自治区亮丽风景线。

“一河（湖）一策”治理对症下药

内蒙古是我国北方重要生态安全屏障，河湖数量众多，地跨黄河、辽河、嫩江、额尔古纳河、海河、滦河等流域，流域面积50平方公里以上的河流4067条，总长度16.1万公里，水面面积1平方公里以上的湖泊有427个。

2017年年底，自治区全面建立了以党政领导为核心的四级河长体系。

2018 年 1 月，全自治区河长制工作顺利通过水利部、环保部组织开展的中期评估。

河湖有了“大管家”，内蒙古落实河湖长 6692 人。由自治区党委书记李纪恒、自治区主席布小林分别担任第一总河湖长、总河湖长，6 位省级领导分别担任黄河、西辽河、嫩江、额尔古纳河、黑河 5 条主要河流和呼伦湖、乌梁素海、居延海、岱海 4 个重点湖泊的河湖长。

确立“一河一策”“一湖一策”治理方案，使自治区河湖治理“对症下药”，迅速见效。2017 年 7 月，自治区河长制办公室先后印发《关于做好一河一策实施方案编制工作的通知》，组织刊印《内蒙古自治区河流湖泊特征值手册》，组织编制一河（湖）一策、一河（湖）一档。按照河长制河湖全覆盖的要求，对各盟市设立河长的河湖名录，与水利普查、河湖特征值手册的河湖数据进行对比分析，并将核查情况以一盟市一单的方式反馈给各地，进一步核实，确保河湖全覆盖。在此基础上，还编制了全自治区《河长名录》《河流名录》《湖泊名录》《河长公示牌位置统计汇编》。目前，自治区已有 5598 个河段的“一河一策”编制完成，编制完成率 84%。

此外，各级党政领导高度重视，积极履职尽责，2018 年各级河长巡河调研 5.02 万人次，推动解决了河湖存在的问题。今年，自治区党委书记李纪恒在岱海、黄旗海进行调研，自治区主席布小林先后 4 次在黄河、岱海、黄旗海、呼伦湖进行调研。呼伦贝尔市、兴安盟、通辽市、赤峰市、锡林郭勒盟、乌兰察布市、鄂尔多斯市、阿拉善盟分别发布了总河长令，呼伦贝尔市海拉尔区总河长与各河湖长签订了《河长制工作责任状》，推动各地河长巡河调研履职及解决河湖存在的问题。

“自选动作”创新治理模式

在河长制湖长制工作开展过程中，除了“规定动作”，内蒙古各地结合实际，不断创新治理模式，探索出了一系列有特色、见实效的“自选动作”，力促河长制“落地生根”，实现河畅、水清、岸绿、景美的目标。

赤峰市率先引进了第三方专业化服务，通过引进社会资本，实施环城水系治理工程，由专业化第三方负责河道生态修复和岸线环境整治，并提供河道维修、养护、保洁等服务，治理和恢复区域河流和岸线生态环境。赤峰市同时采取“河长制 +”模式，推进河长制工作全面深化。喀喇沁旗采取“河长制 + 精准扶贫”模式，落实贫困人员 96 名作为基层公益性河长，承担河道垃圾保洁、河湖巡查工作。

鄂尔多斯市乌审旗构建了“党政河长 + 民间河长 + 企业河长”模式，聘请巡河工作人员 74 人为“民间河长”，实行“网格化”巡查监督，确定 9 名“企业河长”，对其企业所属蓄水池的污染防治和安全负总责，将河长责任体系延伸到了基层；巴彦淖尔市河套灌区沟渠设立河长，将河套灌区所有支以上渠沟道 770 条全部纳入河长制实施范围和管理体系，解决河套灌区水资源保护和沟渠排污治理问题。

阿拉善盟加大黑河调水力度，2017 年度黑河水量调度取得显著成效和新的突破，狼心山水文站来水量创有数据记录以来最大值，全年过流 353 天，累计来水 10.71 亿立方米。东居延海自 2004 年 8 月补水以来，连续 13 年不干涸，为改善和恢复额济纳绿洲生态、促进当地农牧业经济的可持续发展和农牧民增收提供了坚实可靠的水资源保障。

呼伦贝尔市境内有我国第五大淡水湖暨北方第一大湖——呼伦湖，自 2014 年起自治区对呼伦湖实施为期 5 年的部分休渔，休渔期间自治区每年安排资金 1200 万元用于呼伦湖渔业公司职工工资补贴，渔业资源得到明显恢复；乌兰察布市在岱海流域实施“水改旱”工程，从 2016 年开始连续 3 年在岱海湖周边范围实施水地改旱作农业，对保护岱海流域地下水资源，保护和恢复岱海水生态具有支撑作用。

乌海市将河流治理与城市景观结合起来，实施了海勃湾区凤凰河（苏白沟）综合治理工程。工程以防洪为主要目的，兼顾生态供水、美化环境的工程任务，通过水库蓄洪、滞洪，提高水资源的综合利用率，优化渠、林、湖、路、景布局，将环城水系打造成集运动、休闲、旅游为一体，水清岸绿景美的滨河森林公园。

多地还投入大量的人力物力积极开展“清河行动”。包头市开展全市河道环境集中整治行动，截至 11 月 30 日，主城区内重点河道、河段共清理河道 156.4 公里，共出动人员 2036 人次，清理垃圾 39.04 万吨，清理河床淤泥 49.32 万立方米。同时，组织相关部门 12 人分 3 组对每条河道进行“地毯式”“轮回式”的督查。通辽市科左中旗开展了清理河道整治大会战，累计出动人员 1.07 万人次、车辆 1045 辆，清理垃圾 1135 吨，设置 500 米禁养禁牧标志牌 69 个，设立河湖管理保护界桩 148 个。

锡林浩特市积极开展入河排污口规范整治专项行动，关闭了神华北电胜利能源有限公司年排水量 17.59 万立方米的入河排污口，持续改善锡林河水质和沿线生态环境；兴安盟大范围开展河道卫生整治、水面保洁、水环境综合执法等工作，累计清淤 9.4 万立方米，清理河道垃圾 800 余立方米。

河湖综合治理再现“水草丰美”

“确保乌梁素海水质逐年好转，到 2020 年湖区水质稳定在Ⅳ类标准，让‘塞外明珠’重现苇青水绿、鱼翔鸟跃的往日风光。”今年 3 月，全国人大代表、内蒙古自治区巴彦淖尔市市长张晓兵曾对媒体表态，不让一滴污水再进入乌梁素海。

庄严承诺掷地有声！巴彦淖尔市近年来投资近 40 亿元，按照“生态补水、控源减污、修复治理、资源利用、持续发展”的治理思路，积极推进乌梁素海综合治理。尤其是 2017 年以来，市委、市政府把乌梁素海流域作为一个山水林田湖草生命共同体，建立覆盖乌梁素海全流域的国土空间开发保护制度，全面推行河湖长制，有效改善了乌梁素海水体环境。

目前，党政牵头、部门协同、社会参与的河长制湖长制推进格局基本形成，许多河湖从“没人管”到“有人管”，从“管不住”到“管得好”，河畅、水清、岸绿、景美的河湖景象逐步显现。

如乌梁素海，通过综合治理措施，目前湖区水质污染程度明显减轻，水质显著好转。数据显示，目前湖区整体水质已由原来的地表水劣Ⅴ类转变为整体Ⅴ类，局部区域水质达到Ⅳ类标准。岱海也采取了压减灌溉面积、电厂节水改造、补水等综合性措施。

2018 年，各地针对河湖管理保护中存在的突出问题，组织开展了河湖专项执法活动，综合运用经济处罚、刑事处罚等措施，严厉打击涉河湖违法行为。已查处非法采砂 319 人次，拆除河道内乱建 217 处。各地生态河流治理工程达 909.6 千米。

通过全面推行河长制湖长制，内蒙古自治区正全力构筑我国北方重要生态安全屏障，打造祖国北疆亮丽风景线！

（原载于 2018 年 12 月 25 日《中国水利报》）

巴彦淖尔市　做活“水文章”
“塞上江南”展新颜

巴彦淖尔系蒙古语，意为“富饶的湖泊”。在这片土地上，自然资源丰富，天蓝水净，拥有很多湖泊海子，是著名的“塞上江南”“瓜果之乡”。

2017 年以来，巴彦淖尔市大力推进河长制湖长制，加快建设现代化生态田园城市，“塞上江南”展新颜。

推进乌梁素海综合治理

乌梁素海是地球同纬度最大的自然湿地，也是全球荒漠、半荒漠地区极为罕见的具有生物多样性和环保功能的大型草原湖泊。近年来，巴彦淖尔市按照“生态补水、控源减污、修复治理、资源利用、持续发展”的治理思路，累计投资32.7亿元，积极推进乌梁素海综合治理。尤其是2017年以来，市委、市政府把乌梁素海流域作为一个山水林田湖草生命共同体，建立覆盖乌梁素海全流域的国土空间开发保护制度，全面推行河湖长制，有效改善了乌梁素海水体环境，乌梁素海点源、面源、内源污染和水土流失得到有效控制。

遏制点源污染。在乌梁素海流域上游源头实施乌兰布和沙漠综合治理，减少泥沙流入黄河，阻止沙漠侵蚀河套平原；在流域末端开展矿山和草原生态修复，扩大植被覆盖，减少水土流失。实施点源污水“零入海”行动，加强在线监管，推进工业园区和企业废水循环利用，2018 年全市中水回用率达到 60%，力争 2019 年年底全市 5500 多万吨生活污水、工业废水全部再生利用，中水回用率达到 100%，实现“零入海”目标。

推进内源污染治理。实施建设乌梁素海网格水道工程和乌梁素海生态过渡带人工湿地及面源污染控制示范推广项目，进一步加快湖区水体循环，减轻乌梁素海内源污染。

面源污染逐步得到控制。调整农业种植方式，改良耕地盐碱化，实施改盐增草兴牧工程，打造河套全域绿色有机高端农畜产品生产加工输出基地。全面开展“控肥增效、控药减害、控水降耗、控膜提效”四大行动，从源头控制化肥、农药、地膜的使用量，从而减轻对乌梁素海的外源污染。

持续加强生态补水，改善湖区水质。按照“补得进、蓄得住、排得出”的要求，近几年每年平均向乌梁素海补水 2.5 亿至 3 亿立方米，促进改善乌梁素海水质。据统计，2005 年以来，对乌梁素海连续 13 年的生态补水，已累计完成生态补水近 20 亿立方米。

通过综合治理措施，目前乌梁素海湖区水质污染明显减轻，水质显著好转。据环保监测，目前湖区整体水质已由原来的地表水劣Ⅴ类转变为整体Ⅴ类，局部区域水质达到Ⅳ类标准。

河套灌区纳入河长制管理体系

巴彦淖尔市地处干旱、半干旱地区，水资源相对贫乏，多年平均年降水量 150 毫米，蒸发量高达 2200 毫米，属于没有引黄灌溉就没有农业的地区。黄河流经该市 345 公里，堤防 279 公里，现有引黄灌溉面积 900 多万亩，年均引黄水量 48 亿立方米左右。河套灌区是全国三个特大型灌区之一和亚洲最大的一首制自流灌区，也是国家重要的优质商品粮油生产加工输出基地。

2017 年 8 月，巴彦淖尔市印发了《巴彦淖尔市全面推行河长制工作方案》。巴彦淖尔市结合水情实际，借助河长制平台优势，将河套灌区所有支以上的 770 条渠沟道全部纳入河长制实施范围和管理体系，并将市、旗县区、苏木乡镇三级河长制管理体系延伸到了村级，形成了市、旗县区、苏木乡镇、嘎查村四级河长制管理体系，确保每条河流、每座湖泊海子、每条渠沟道都有具体责任人、工作职责、考核标准，形成权责明确、区域统筹的河湖渠系管理体制。

此外，各旗县区河长办针对河长组织体系制作了“河长组织结构图”，河长体系一目了然，责任明确，各级河长齐抓共管河湖治理，形成一级抓一级、层层抓落实的良好局面。同时将有关河长工作政策、文件采用一问一答的形式汇集装订成册，制作了河长宣传口袋书、购物袋、纸杯、抽纸盒等，以多种形式对社会、农牧民等进行广泛宣传，提高群众知晓参与率，为深入推进河长制管理工作奠定良好基础。

在全面推行河长制的基础上，巴彦淖尔市正在打造河长制“升级版”。目前全市湖泊名录已核定编制完成，市级湖长制工作方案已出台，2018 年年底前全面建立了湖长制。

站在新起点，整装再出发。下一步，巴彦淖尔市将把巩固完善河湖长制与打好污染防治攻坚战、推动绿色高质量发展紧密结合起来，统筹推进乌梁素海流域山水林田湖草综合治理，抓好中央环保督察反馈问题整改工作，严格落实点源污染治理、面源“四控”行动、环境监管能力建设等 13 个工作办法。全面摸清和清理整治河湖管理范围内乱占、乱采、乱堆、乱建等“四乱”突出问题，发现一处，清理一处，销号一处，2018 年年底前“清四乱”专项行动取得明显成效。解决好河湖渠沟管理保护重大问题，努力实现河畅、水清、岸绿、景美的目标。

（原载于 2019 年 1 月 1 日《中国水利报》）

鄂尔多斯市吹响河湖综合治理号角

2018 年年初，鄂尔多斯市 2018 年第 1 号总河长令签发，决定在全市范围内开展河流湖泊巡查清理和治理保护行动，为三级河长开展常态化河湖巡查工作、加大河湖综合治理力度、完成污染防治攻坚任务吹响了号角。

推进河湖综合治理

在推进河长制建设中，鄂尔多斯率先建立了市、旗区、苏木乡镇（街道）三级河长体系，行政区域内河湖分级分段设立河长湖长 529 人，其中市级河湖长 7 人，旗区级河长 63 人，苏木乡镇（街道） 级河湖长 459 人。各级河湖长名录全部进行公示，设立 830 块河湖长公示牌。

鄂尔多斯组建专门力量，认真开展河湖调查，高质量完成了境内流域面积 30 平方公里以上 426 条河流和水面面积 0.5 平方公里以上 87 个湖泊，共计 860 个河湖段的调查工作，“一河一策”“一湖一策”实施方案编制工作基本完成。

2018 年 4 月 20 日，鄂尔多斯市召开河长办各成员单位联席会议，在充分讨论研究的基础上，从明确总体目标、夯实工作基础、加强调研指导、组织督导检查、开展专项行动、加大宣传力度等方面明确了 2018 年鄂尔多斯市全面推行河长制湖长制的工作要点。

同时，在全市范围内开展河流湖泊巡查清理和治理保护行动。各级河长湖长加大对包干河流湖泊的巡查力度，监管河道污染情况。市级、旗区级河长湖长一季度一巡查，苏木乡镇（街道）级河长湖长一月一巡查。各级河长制办公室负责对下一级河长湖长巡河情况进行督查，定期通报河长湖长巡查情况，跟踪督促重点难点问题落实和发现问题处置整改情况。

持续开展以“清四乱”为主的河道环境综合整治，清理垃圾 53.55 万吨，河湖清淤 44.94 万立方米，聘用专职保洁员 290 人，定期对河道进行保洁

各级河长制办公室成员执法单位在全市开展了河湖清理联合执法行动，主要清理河道挤占、河道乱采滥挖、河道设障、弃土弃渣、生活建筑垃圾、工业固废和危险废物等，实现河流湖泊保护范围内无垃圾、河道无障碍、河流湖泊无污染的目标。严厉打击涉河湖违规违法事件，依法依规处理，形成震慑作用，确保河流湖泊水生态环境得到进一步改善。

借助现有堤防工程，结合《内蒙古自治区水工程管理保护办法》和《内蒙古自治区水工程管理和保护范围划定标准》，鄂尔多斯市完成了黄河鄂尔多斯段 454 公里堤防管理范围划定工作和窟野河鄂尔多斯段 40.039 公里的管理范围划定工作。

构建“三条红线”控制指标体系

在建章立制的同时，鄂尔多斯市采取多项措施，加快河长制“落地”。构建“三条红线”控制指标体系，实行行政首长负责制，严格考核问效，确保最严格水资源管理制度有效落实。编制《鄂尔多斯市水功能区划》《鄂尔多斯市水功能区纳污能力核定和分阶段限制排污总量控制方案》《鄂尔多斯市 2018 年水功能区及入河排污口监测方案》，印发《鄂尔多斯市水功能区纳污能力核定和分阶段限制排污总量控制方案》《鄂尔多斯市 2018 年水功能区及入河排污口监测方案》。优化配置了 3621.29 万立方米水指标，确保有限水资源得到充分、合理使用。

同时，鄂尔多斯市将河长制湖长制工作与水污染防治攻坚目标任务有机结合起来，按照规定的目标时限和任务要求，开展工业和城镇污染源防治、重点流域断面水质改善、集中式饮用水水源地保护、农村环境综合整治等重点工作。制定印发《全市集中式饮用水源地综合整治方案》，编制《鄂尔多斯市农村环境综合整治2018年度实施方案》。

全市重点突出生态功能，以河道整治、恢复生态、改善水质为重点，把河湖综合治理和农村环境整治结合起来，加快推进黄河二期防洪、鄂尔多斯遗鸥自然保护湿地补水管线工程、伊金霍洛旗东西红海子水系连通工程、杭锦旗陶赖沟流域综合治理工程等重点水利水保项目建设，打造“河畅、水清、岸绿、景美”的美好风光。

（原载于2019年1月1日《中国水利报》）

内蒙古：描绘北疆新画卷

水资源短缺，生态环境脆弱，是内蒙古自治区的区情，也是制约内蒙古经济社会发展的最大瓶颈之一。筑牢祖国北疆万里绿色长城，解决好引水供水问题、建设好美丽家园既是党中央、国务院赋予自治区的重要使命，也是自治区党委、政府赋予水利人的重要任务。内蒙古自治区水利厅加快解决水资源开发利用过度、地下水超采和重要河湖水生态退化等突出问题，采取多项具体措施加以落实。

2018年，内蒙古自治区水利厅按照高质量发展要求，积极践行新时代治水方针，认真贯彻落实中央和自治区加快水利改革发展决策部署，统筹推进水利改革发展、建设管理、防灾减灾等，各项工作取得明显成效，如期完成了年度水利改革发展任务，为自治区经济社会持续健康发展提供坚实保障。

水利建设任务全面完成。辽河干流、嫩江干流治理工程全部建成。黄河二期防洪工程和尼尔基、绰勒水利枢纽下游灌区骨干工程基本建成。引绰济辽工程建设进度加快，东台子水库如期开工，辽西北供水工程可研报告报水利部审查。大江大河重要支流及中小河流治理、病险水库除险加固、山洪灾害防治等项目稳步推进。加快实施水土保持重点工程，超额完成水土流失综合治理面积 950 万亩。加强调度会商和督导检查，加快投资计划执行进度。自治区纳入水利部月报统计的年度中央水利投资计划共 133.12 亿元，投资计划完成率达到 92.7%，圆满完成年度建设任务。

河长制湖长制全面建立。内蒙古落实各级河湖长 6692 人，自治区设立双总河湖长。河湖“清四乱”专项行动排查问题 2647 个，64% 的问题完成整改销号。水利部 3 次暗访督查发现的问题，有 72% 完成整改。

“一湖两海”等生态治理取得实效。呼伦湖生态环境综合治理一期工程全年补水 10 亿多立方米，7 个水利项目全部完成；利用黄河分凌和灌溉间歇期为乌梁素海补水 5.94 亿立方米，较往年增加 2 倍以上；编制完成《岱海水生态治理与修复实施方案》，通过永兴水库向岱海泄放生态水量 130 万立方米，岱海水面面积小幅度扩大；泊江海子抢救性补水工程建成通水。

积极推进水生态修复，水生态文明建设不断加强。积极开展“量水而行”调研，组织编制完成《内蒙古自治区“量水而行”水生态修复治理压减农田灌溉面积方案》，按照“量水而行”原则，逐年退减各盟市地下水灌溉面积，修复地下水生态。深入落实最严格水资源管理制度，切实强化“三条红线”刚性约束，完成对各盟市 2017 年度实行最严格水资源管理制度年度考核并公布考核结果；配合国务院完成对自治区人民政府的考核，全自治区年度水资源管理目标全面完成，考核等级为良好。积极开展县域节水型社会达标建设，如期完成年度任务。推进节水型载体建设，评比表彰 25 家年度节水型单位。联合开展入河排污口调查摸底和规范整治专项行动，指导各地分类治理，并开展专项督查。加大地下水管理保护力度，起草《关于加强地下水生态保护和治理的指导意见》，各盟市将自治区确定的地下水总量控制指标及时分解到各旗县、各行业，组织编制县域地下水保护规划，以区域地下水资源承载能力和地下水总量控制指标为硬约束，合理安排经济社会发展布局。深入推进中央环保督察整改落实，加快地下水超采区治理，指导和监督有关盟市编制完成 33 个超采区治理方案并实行“一区一策”治理。截至目前，1 个超采区已完成治理，9 个超采区基本实现双控方案提出的治理目标，其余 23 个超采区有 18 个达到年度压采量要求，12 家违规用水企业全部完成整改。统筹抓好黄河、黑河水量调度，实现黄河引水不超指标、东居延海连续 14 年不干涸。水生态文明试点深入推进，呼伦贝尔市国家水生态文明城市试点任务全部完成。

民生水利建设取得新进展。加快完善农村牧区水利基础设施，深入推进大中型灌区续建配套和节水改造，加快实施西北节水增效、小型农田水利重点县、牧区节水灌溉饲草地项目。完成国家下达的新增高效节水灌溉面积 190 万亩年度建设任务。聚焦深度贫困地区，实施好水利行业扶贫、定点帮扶项目，深入推进水利脱贫攻坚，下达贫困旗县水利项目年度投资计划 43.5 亿元，制定印发《内蒙古自治区打赢水利脱贫攻坚战三年行动实施方案》，扎实做好行业扶贫、定点帮扶各项工作；以建档立卡贫困人口为重点，加快实施农村牧区饮水安全巩固提升工程，使 82.9 万人农牧民受益，其中建档立卡贫困人口 7.5 万人。

重点水利改革扎实推进。水利“放管服”持续发力，下放农村牧区饮用水供水工程审查、不同行政区域边界建设水资源开发利用项目批准等 2 项行政审批事项，水利厅行政审批事项进一步减少至 11 项。深化水权制度改革，国家水权试点黄河干流水权盟市间转让工程竣工验收，并通过水利部黄河水利委员会核验。积极推进农业水价综合改革，印发《内蒙古自治区农业灌溉水权分配和限额确定的指导意见（暂行）》，修订《内蒙古自治区农业水价综合改革绩效评价办法》；2018 年度实施农业水价综合改革面积 310 万亩任务如期完成。

加强水利工程运行管理。加快推进大中型病险水库水闸除险加固，全面落实水库大坝安全管理责任制，做好水库大坝安全鉴定和水库蓄水统计工作，积极开展垃圾围坝整治工作。

防汛抗旱夺取全面胜利。认真贯彻中央、自治区领导批示指示精神和国家防总、水利部、黄河防总工作部署，落实责任，强化措施，部门密切配合，军地协同作战，全力应对水旱灾害。春季黄河开河期，超前部署，科学调度，累计分蓄凌水 6 亿立方米，确保黄河防凌安全。有效应对了中西部牧区和东部部分地区出现的不同程度旱情，最大程度保障饮水和农田灌溉用水。面对入汛后局部地区发生的强降雨和洪涝灾害，及时启动防汛Ⅲ级应急响应，强化雨情、水情监测预报预警和会商分析，全力防御黄河、中小河流洪水和山洪灾害，积极组织开展抢险救灾，将灾害损失降低到最低程度。

水利管理服务水平进一步提升。依法治水管水不断强化，河湖保护、水资源管理、水土保持等专项执法行动深入开展，“双随机一公开”执法监管全面推进；强化水事纠纷排查化解，全自治区水事秩序持续稳定向好。推进建立法律顾问制度，水利厅聘任了法律顾问。狠抓水利工程建设管理、运行管理，强化质量安全监控，未发生重特大安全生产事故。加强水利建设市场监管，进一步健全水利建设市场信用体系。积极推进智慧水利建设，编制完成《内蒙古自治区智慧水利大数据应用2018年度项目实施方案》并加快实施。加强水利科技创新，自治区水利科技重大专项“引黄灌区多水源滴灌高效节水关键技术研究与示范”项目通过专家组验收，“黄河流域十大孔兑水土保持综合治理效果评价”“浑善达克沙地生态恢复与治理模式研究”等重大项目研究加快推进。

蓝图已铺展，众手来绘就。河湖清冽，岸秀景美。内蒙古水利人在为筑牢祖国北疆亮丽风景线，为2500万草原儿女迈向实现伟大“中国梦”而继续努力。

（原载于2019年1月15日《中国水利报》，2019年1月16日人民网）

秀美河湖点亮北疆亮丽风景线

黄河、嫩江、西拉木伦河，居延海、呼伦湖、乌梁素海……2017年、2018年，内蒙古自治区先后全面建立了四级河长制、湖长制，覆盖全自治区各个河湖。目前，自治区河湖长制工作正从“见河长”向“见行动、见成效”转变，从“有名”向“有实”迈进。

部门联合行动　开展河道整治

“问河哪得清如许？为有‘河湖长’治河来。”2016年12月，党中央、国务院作出了全面推行河长制的重大决策部署，内蒙古自治区党委、政府迅速行动，于2017年年底全面建立河长制，并通过了水利部、原环保部组织的中期评估；到2018年，湖长制也已全面建立。

河湖长制实施以来，各项工作有序推进。各地努力展现“河畅、水清、岸绿、景美”这一美丽画卷，还碧水蓝天于人民群众。兴安盟乌兰浩特市开展了河道水域环境整治工作；赤峰市敖汉旗水利、公安部门联合开展了河道专项整治行动，清理违规采砂场，取缔并封堵非法入河排污口；通辽市科尔沁左翼中旗开展了清理河道整治大会战行动，累计出动人员 1 万余人次、车辆 1000 余辆，清理垃圾 1135 吨，设置 500 米禁养禁牧标志牌 69 个、河湖管理保护界桩 148 个。

治理“一湖两海” 清理河湖“四乱”

“我从小在锡林河边长大。去年最大的感受就是锡林河边环境变好了，在河边走一走，心情格外舒畅。”锡林浩特市民宝日道真心希望河水能越来越清澈，环境越来越好。

“自治区党委、政府高度重视河湖长制工作。”内蒙古自治区水利厅副巡视员王亚东说，“落实自治区、盟市、旗县、苏木乡镇四级河湖长共 6694 人。”

鄂尔多斯市杭锦旗小南河河长王雄说：“定期巡河，巡查出来的问题我们要定期整改，通过河堤加固及环境整治，对有可能出现问题的河湖入口着重治理。”

自治区党委书记李纪恒、主席布小林先后多次对“一湖两海”治理工作作出批示，数次深入“一湖两海”和黄河等河湖实地调研督导。到 2018 年年底，全自治区四级河湖长已累计巡河 5.9 万人次，巡河发现的问题大部分已经解决。同时，开展了河湖“清四乱”、河道采砂等专项行动，共排查出“四乱”问题 1689 个。各地边查边改，立行立改，排查出的问题有 71% 已经整改销号。

“去年全自治区共清理河道垃圾 484 万吨，河道清淤疏浚总长度 794 公里，河道生态岸线治理 979 公里，处置非法排污 154 起、非法围垦 145 起，整治非法采砂点 447 处；‘一湖两海’等重点湖泊综合治理持续推进，河湖管理保护初见成效，河湖面貌有所改观。”王亚东说。

出台多项制度 建成信息系统

如何利用河湖长制这一工作平台，更加有效地整合行政资源？内蒙古积极创新，探索行之有效的做法。

河湖是城市灵动的“血脉”。内蒙古陆续出台河湖长制督导检查制度、基层河湖长巡河指导意见、河湖长制责任单位联席会议制度、河湖长公示牌规范设置指导意见、苏木乡镇级河湖长制工作方案编制指导意见、一河（湖）一策实施方案编制细则等。目前，自治区河湖长制管理信息系统已建成投入运行。

2019 年，内蒙古持续纵深推进河湖长制工作，进一步完善思路、强化举措、狠抓落实。“自治区将在上半年召开全区总河湖长会议，并印发年度工作要点，明确年度任务及分工，同时，加强暗访、考核等工作，使各级河湖长知责、履责、尽责。”王亚东说。

美不美，家乡水。内蒙古加强水域岸线空间管控，依法划定河湖管理范围，严格控制开发利用行为，让自治区的水更清、景更美。完成黄河、西辽河、嫩江等主要河流及呼伦湖、乌梁素海等重点湖泊岸线管理保护规划编制，并按照水利部要求的时限推进“清四乱”、河湖非法采砂整治等专项行动，继续开展“一湖两海”等水生态修复工作，加大重点湖泊综合治理工程建设力度，力争全年为重点湖泊生态补水 10 亿立方米以上。

（原载于 2019 年 4 月 30 日《中国水利报》）

内蒙古：“一湖两海”泛清波

呼伦湖、乌梁素海、岱海，是内蒙古三大淡水湖，对调节当地和周边气候、修复生态、涵养水源等有着重要作用，是内蒙古生态安全屏障的重要组成部分，生态功能极其重要。多年来，由于自然原因和人为因素，“一湖两海”不同程度出现了湖面缩减、水质变差等问题。

2018 年全国两会期间，习近平总书记在参加内蒙古代表团审议时指示，“加快呼伦湖、乌梁素海、岱海等水生态综合治理”。2019 年全国两会期间，习近平总书记在参加内蒙古代表团审议时再次强调，要抓好呼伦湖、乌梁素海、岱海的生态综合治理，对症下药，切实抓好落实。

对此，内蒙古对“一湖两海”的生态环境综合治理痛下决心。通过落实最严格水资源管理制度，加强水资源的合理开发和有效保护，“一湖两海”综合治理取得明显成效。

从 2018 年开始，内蒙古对水资源开发利用状况和水生态存在问题进行了全面梳理，完成了《内蒙古自治区水生态修复问题对策专题研究报告》《内蒙古自治区“量水而行”水生态修复治理退减农田灌溉面积方案》。

“这份报告包括了水生态面临的主要问题，涉及地下水治理、河流断流、湖泊萎缩等，为下一步水利工作、水生态治理奠定了基础。”自治区水利厅副巡视员王亚东说。

呼伦湖
大力实施生态修复工程

位于呼伦贝尔市的呼伦湖，是内蒙古第一大湖。呼伦贝尔市集中对保护区内所有旅游开发、采矿采石及其他违法行为开展全面清理整顿，坚决杜绝破坏保护区环境的违法行动。目前，已拆除保护区内其他经营设施 60 处，切实防止了人为活动对呼伦湖水质的影响。同时，在呼伦湖流域持续进行退耕还林（还草）工程，避免农药、化肥影响水质。

截至 2018 年，呼伦湖生态修复一期治理工程的 18 个项目全部完工，累计完成投资 12.08 亿元，年入湖水量增加到 11 亿立方米，周边湿地面积扩大近 300 平方公里。呼伦湖生态综合治理初见成效，湖水水位和湖面面积分别达到 542.6 米、2056 平方公里，分别较 2012 年提高 2.73 米、扩大 282.2 平方公里。

按照自治区的安排，呼伦湖在 2013 年至 2018 年实施了封湖休渔。休渔期间，严格按照休渔限产方案控制捕捞量，有力地促进了渔业资源与水生生态系统的恢复。为理顺管理机构，2014 年，呼伦贝尔市将原属市农牧业局的呼伦湖自然保护区渔政渔港监督管理局、原属市水利局的呼伦湖水资源配置工程管理局、原属新巴尔虎右旗林业水务局的乌兰诺尔水库管理站和呼伦湖自然保护区管理局 4 个机构整合为一家，强化管理与执法职能。

乌梁素海
山水林田湖草全流域综合治理

乌梁素海位于内蒙古巴彦淖尔市，其流域内城镇生活污水、工业园区生产污水和散排企业生产污水，是该湖三大主要排放源。

巴彦淖尔市提出，治理乌梁素海必须实施全流域山水林田湖草综合治理，由“治湖泊”向“治流域”转变。由此，该市实施生态补水、控源减污、修复治理等多项综合治理措施。坚持面源、点源、内源治理齐发力，面源治理上实施控肥、控药、控膜、控水行动，引导农民减少化肥农药使用量，控制河套灌区面源污染，农业面源污染得到了有效控制，2018 年化肥农药使用量实现负增长。该市计划于 2019 年年底，对全市 5500 多万吨生活污水、工业废水全部进行再生利用，使其不再进入乌梁素海，彻底斩断点源污染。目前，巴彦淖尔市已建成乌梁素海流域 20 个水质自动监测站，将流域全部纳入监控范围，实现了排水污染源在线监控；建成投用 8 座城市污水处理厂和 3 座工业园区污水处理厂，覆盖各旗县区，大幅度减轻了乌梁素海湖区污染。

通过综合治理，目前乌梁素海水质污染明显减轻，水质显著好转，新增湿地面积 10 万亩，新增鸟类 40 余种，每年有约 600 万只野生禽类来湿地栖息繁殖，其中疣鼻天鹅从 2000 年的 200 余只增加到近千只。乌梁素海周边的生态环境也明显改善，重现“塞外明珠”美景。2018 年，乌梁素海全年累计完成生态补水 5.94 亿立方米，退入黄河水量 8.11 亿立方米，相当于将乌梁素海湖区的水整体置换 1.5 次，水量加快置换，水质好转。据监测，乌梁素海 2018 年水质已由劣Ⅴ类提升为普遍Ⅴ类、局部地区Ⅳ类。2019 年，乌梁素海引黄河凌汛水补水 1.81 亿立方米。

4 月 16 日，河套灌区在红圪卜扬水站启动了乌梁素海流域山水林田湖草生态保护修复试点工程。工程主要包括沙漠综合治理工程（沙）、矿山地质环境综合整治工程（山）、水土保持与植被修复工程（林草）、河湖连通与生物多样性保护工程（水）、农田面源及城镇点源污染治理工程（田）、乌梁素海湖体水环境保护与修复工程（湖）、生态环境联网建设与管理支持共 7 大类重点项目，包含 17 大项 38 个子项。项目覆盖面积 1.47 万平方公里，总投资约 56 亿元。该试点工程的实施，将推动乌梁素海生态环境的持续改善，使乌梁素海流域生态系统的稳定性显著增强，改善乌梁素海流域水环境质量，保护流域中下游的水生态安全，实现区域绿色高质量发展。

岱海
“外引内治”实现长治久安

岱海湖是内蒙古第三大内陆湖和自治区级湖泊湿地自然保护区，素有

“塞外仙湖”的美称，被当地人誉为“凉城的眼睛”。岱海湖及其湿地对乌兰察布市特别是凉城县维持生态平衡、调节气候发挥着重要的作用。

为更好地保护岱海，2019年，乌兰察布市加快岱海水生态治理项目前期工作，坚决打好岱海水生态治理攻坚战。该市以“外引内治”为主导，持续实施“两节两补两恢复”保护措施，加快推动“引黄济岱”工程建设，从根本上解决岱海水生态问题。实施弓坝河生物净化工程、岱海湖滨带生态修复与建设工程、岱海电厂中水回用工程、水质监测站、地下水水位观测井等建设工程，完成退灌还水21万亩，实施节水改造项目4.7万亩，完成22条入湖河道重要河段疏浚治理工程，每年可增加补水350万立方米。另外，还完成4.3万亩生态林建设，对岱海滩涂100平方公里的湿地进行了清理整顿，并实施了围封网围栏55公里。经过持续整改，岱海流域水生态综合治理取得了阶段性成果，湖面面积首次出现不缩减，水质恶化趋势得到控制，水量及地下水水位有所升高，生态状况得到初步改善。

今年，乌兰察布市为加快推进岱海湖综合治理，有效改善岱海水生态环境，结合《乌兰察布市岱海水生态保护规划（修编）》，将实施岱海湖保护项目14项，计划投资15亿元。目前项目已完成节水改造1.43万亩，落实资金1714万元；完成堤防治理29.07公里，岱海周边4万亩耕地退耕还湿；投资8536万元建设污水处理厂，日处理生活垃圾210吨。

3月20日，岱海水生态综合治理9个项目集中开工。这9个项目分别是岱海综合治理鸿茅镇及旅游区生活垃圾处理、永兴水库加固、鸿茅镇弓沟沿村农业节水改造（滴灌）、岱海电厂膜工艺建设、岱海镇污水处理站、环岱海农村环境整治、岱海流域补水工程、环湖绿道项目、城西出口绿化项目。

其中，环湖绿道项目将在环湖路内侧及网围栏外侧，建设5米至9米宽乔灌木绿化带，绵延50公里，岱海湖南岸将恢复湿地1000亩，并建设巡护设施。

环岱海农村环境整治工程是岱海湖水生态综合治理恢复水质的重要项目，受益人口4912人，可减少对岱海湖的污染，有效改善人居环境。

岱海电厂是“西电东送”重点工程。电厂原有机组在运行中需要抽取大量岱海湖水进行冷却，年耗湖水约1200万立方米。目前，岱海电厂正对现有机组进行节能减排综合改造，其中两台机组从湿冷升级为空冷，提高燃煤效率，降低辅助冷却水消耗。机组改造后，岱海电厂年总耗水量将从1200多万立方米减少至 280 万立方米，比改造前净减少约 1000 万立方米，相当于一座中型水库的库容量。

（原载于 2019 年 5 月 10 日《中国水利报》）

黑河水滋润内蒙古额济纳绿洲

3 月至今，数量众多的候鸟在由南向北迁徙的途中都会在内蒙古额济纳旗境内的湿地栖息、繁殖。鸟鸣声此起彼伏，让居延大地充满了生机。截至目前，居延海水域内水鸟已达 4 万余只，种群数量达 89 种，较去年同期增加了十几种。

往来的候鸟见证了额济纳生态环境的变迁和生态环境逐年好转的喜人面貌。作为黑河尾闾的东居延海，现累计调水 9.95 亿立方米，连续 15 年不干涸，水域面积常年保持在 40 平方公里以上。

为使来之不易的黑河水被有效利用，额济纳旗坚持以生态优先、绿色发展为导向，积极践行“绿水青山就是金山银山”理念，坚持合理用水、科学用水，全面落实河湖长制，严格水域岸线等水生态空间管控，依法划定河湖管理范围，明确河流治理的目标责任，实现河湖管理体系全覆盖。积极组织动员广大农牧民群众疏通河道，尽力恢复和巩固脆弱区和绿洲边缘区生态植被，沿河两岸近 300 万亩濒临枯死的胡杨、柽柳得到抢救性保护，以草地、胡杨林和灌木林为主的绿洲面积增加了 100 多平方公里。额济纳旗森林覆盖率由 2001 年的 2.89% 提高至目前的 4.3%，植被覆盖度由 2000 年的 7% 提高至目前的 10%，草场植被覆盖度较分水前提高了 18.3%，植株高度平均增长了 4.63 厘米，林下伴生物种类由原先的苦豆子、芦苇、碱草、骆驼刺等逐渐演替为甘草、芨芨草、沙拐枣等优良牧草。

黑河调水 19 年来，额济纳旗坚持环境保护和生态建设双向发力，绿洲生态保护与建设取得显著成效。截至目前，全旗高效节水灌溉耕地面积 4.6 万亩，累计从生态脆弱地区转移搬迁农牧民 1534 户 4577 人，占全旗农牧业人口的 75%。

黑河调水不仅改善了额济纳地区的生产生活条件，使生态旅游业和边贸经济蓬勃发展，更促进了民族团结和边疆稳定。如今，在绿色发展理念引领下，在黑河水的持续滋养下，居延大地正奏响绿色发展新乐章。

（原载于 2019 年 6 月 14 日《中国水利报》）

内蒙古呼和浩特市积极推进水污染防治
蓝天碧水入画来

绿水绕青城，清风拂面来，一座城市有了水就有了灵气。内蒙古自治区呼和浩特市通过近几年的治理，大力开展碧水工程，积极推进全市水污染防治工作，目前列入“水十条”目标责任书的地表水断面水质已全部达标，劣Ⅴ类水体全部消除。

呼和浩特市以河流断面达标为核心，将地表水Ⅴ类标准作为污水排放的控制目标。城区 5 座城镇污水处理厂深度处理和提标扩建工程通过环保验收，出水水质全部优于一级 A 标准；旗县 5 座城镇污水处理厂全部提标至一级 A 排放标准，并安装在线监控设备实行实时监控；班定营污水处理厂三期工程项目建议书、可行性研究报告已编制完成并通过专家评审，正在办理前期手续。同时，严密监控水质变化，建成黄河头道拐、喇嘛湾、引黄入呼取水口（蒲滩拐）和大入黄口共 4 个水质自动监测站，强化水环境质量精细化管理。

呼和浩特市开展集中式饮用水水源地整治，划定了城区、城镇、乡镇、农村四级集中式饮用水水源保护区，黄河蒲摊拐水源地 16 个环境问题、哈拉沁水库水源地 4 个环境问题全部完成整改并销号，对列入“水十条”考核的 8 个地下水监测点位开展了周边环境调查。

截至 5 月底，全市组织排查河流 63 次，累计出动人员 334 人次，累计发现问题 125 个，并将问题书面反馈给各部门、各地区，监督整改落实。

目前，全市开展的工业污染源全面达标排放计划行动取得明显效果。内蒙古常盛制药在完成绿色酶法技术改造的同时，投资 1.1 亿元建成日处理能力 6300 吨的中水回用系统，实现了废水“零排放”；托电工业园区 7 家制药企业实现了污水第三方处理；10 个自治区级工业园区全部建成污水集中处理设施或依托城镇污水处理设施实现集中收集处理；1 个市级工业园区污水集中处理设施已建成。

城在水中映，人在画中游。在市南郊大黑河边，孩子们在这里嬉戏，老人们在岸边垂钓。远处，几只水鸟在河面上轻轻掠过，桥下碧波荡漾，沿岸树木葱郁。舒适的临水步道和堤顶路上，市民在悠闲散步。经常来这里垂钓的市民张新广老人说："以前大黑河根本看不见一只水鸟，现在这里经常有水鸟光顾，水质变好了。"

大黑河的蜕变只是一个缩影。放眼整个呼和浩特市，一幅幅天蓝、地绿、水净的美丽画卷，正徐徐展开。

（原载于 2019 年 7 月 11 日《中国水利报》）

让山水演奏灵动音符

——内蒙古兴安盟全力推进水生态文明建设

水光潋滟，美景如画。近年来，内蒙古自治区兴安盟全力推进水生态文明建设，全面落实河湖长制，对水环境进行综合整治，同时落实最严格水资源管理制度，全面开展节水型城市建设，利用中水回收系统让水系"活"起来。目前，全盟地表水水质总体达到良好标准，城镇集中式饮用水水源地水质全部达标，青山绿水已成为这里的亮丽名片。

治河有责：全面推行　落实到人

2017 年以来，兴安盟认真落实河湖长制，坚持把全面推行河湖长制作为维护河湖健康、实现经济社会可持续发展的重要保障和加强生态文明建设的重要抓手，强力推动河湖长制各项工作落到实处。全盟分级分段共设立各级河湖长 1228 名，各级河湖长认真履职尽责，累计巡河达 10830 人次。同时，全面开展河湖"清四乱"专项整治行动，对生态良好的河湖，加大水源涵养区、生态敏感区和饮用水水源地的保护力度；对生态恶化的河湖，加强水污染治理、节水减排、生态保护与修复；对城市河湖，着力维护城市水系完整性和生态良好；对农村河湖，加强清淤疏浚、环境整治，保护和恢复生态功能。

乌兰浩特市积极落实河长制，实施区域内河流“无缝覆盖”管理，在整治过程中，河长将河道内的生活垃圾、杂草等漂浮物收集整理后，集中转运清理，同时加强河道执法，依法拆除违章建筑，严禁河道采砂行为，实现水面无漂浮物、河岸无垃圾、河道无违章建筑的目标。

治水有策：量水而行　因水制宜

围绕建设生态文明示范区、绿色发展引领区，兴安盟以水生态建设和保护为重点，加强建设、强化治理、保障服务，制定并实施《水污染防治三年（2018—2020 年）攻坚计划》，进一步落实最严格的水资源管理制度。在水生态修复方面，坚持自然恢复与人工修复相结合，全面加强水源涵养、水土保持、水域岸线管制，积极推进重点流域和区域水生态保护和修复；严格地下水开发利用总量和水位双控制，逐步实现采补平衡；大力推进水生态文明城市建设和农村水系综合整治，建设人水和谐社会。

围绕“水利 + 旅游”融合新理念，兴安盟着力打造洮儿河、察尔森水库和翰嘎利水库 3 个国家水利风景区。景区内既可观赏水利工程风貌，又有别具特色的自然景观，还设置有结合本地历史文化的景点，形成集大型控水工程、渠网、田园、水文化及科普等景观的综合体。

在科尔沁右翼前旗归流河流域、洮儿河流域污染综合治理中，归流河流域治理项目总投资 105402.75 万元，包括给水工程 8 处、水源地保护工程 7 处、污水工程 8 处和固废工程；洮儿河流域治理项目总投资 63553.76 万元，包括给水工程 5 处、水源地保护工程 4 处、污水处理工程 5 处和固废工程。

治理有效：全民行动　守护碧水

兴安盟以水资源开发利用控制、用水效率控制、水功能区纳污限制“三条红线”为主线，全面开展节水型城市建设。通过严格地下水管理、探索水权转换、实行水资源税改革和强化水行政执法，万元 GDP 和万元工业增加值用水量逐年下降，中水回用量、灌溉水利用系数和水功能区达标率逐年提升。与此同时，积极推动各旗县市不断巩固提升节水水平，扎实做好水资源管理工作。乌兰浩特市近年来每年节约水资源 330 万吨至 440 万吨，于 2019 年 5 月荣获“首批国家级节水型社会建设达标县”称号。

全盟大力开展“世界水日”“中国水周”宣传活动，并于 2018 年将每年的 4 月份定为河长制宣传月。采取进乡村、进社区、进校园等方式，重点宣传《水法》《水保法》《河道管理条例》《内蒙古自治区节约用水条例》及河湖长制工作等，全盟累计发放传单 7 万余份、宣传册 2.5 万余册、应知应会挂图 3000 张，挂设宣传条幅、展板和咨询台 200 余处，并利用报纸、电视、网络、微信公众号等发布相关宣传信息，切实增强群众水生态文明意识，推动形成爱水、护水、节水的良好社会风尚。

（原载于 2019 年 9 月 5 日《中国水利报》）

鄂尔多斯：一道道绿油油的风景

陶赖沟不“癞”了

鄂尔多斯的早晨，蓝色的天空镶嵌着大片白云，空气湿润而清爽。

跟着鄂尔多斯水利局水资源科科长奇凤，从康巴什到杭锦旗，110 公里的路程，榆树影子从车身飞过，满眼飘绿。“杭锦旗的水生态环境治理是个典型。”奇凤一路上介绍杭锦旗治理库布齐沙漠和水生态治理与修复，滔滔不绝。

星期六，杭锦旗水利局局长刘海全已在办公室等候。今年四十刚出头的刘海全，说话带有浓重的蒙语腔调。

“陶赖沟的来历，是不是因为两岸开挖破坏严重，千疮百孔，像癞子，才得此名？”记者好奇地问。

“陶赖沟是蒙语，意思是‘兔子沟’，以前这里水草丰美，野兔野鸡成群，是条很干净的河流。”刘海全微笑着说。

相传，有一年草原上遭遇严重干旱，牧民们到处寻找水源，到了陶赖沟，发现唯有这个地方有兔子，便断定这里有水源，后来这里成了安居乐业的家园。然而这只是传说，陶赖沟从上游 50 公里处穿旗府所在地锡尼镇而过，属季节性内陆河流。

“镇区范围内 6 公里的陶赖沟，从 20 世纪七八十年代开始就有人在沟边建设蔬菜大棚。”刘海全说。在水利局宣传栏里一组今昔照片对比中可以看出，治理前的陶赖沟不堪入目。由于长期使用化肥、农药，造成面源污染，特别是农民大量饲养猪、羊、牛等，家畜粪便随意排放，大量水藻滋生。“多年来沟道内随意倾倒建筑、生活垃圾，夏天蚊虫乱飞，臭气熏天，该段沟道两岸的生态环境恶化。”奇凤补充道。

陶赖沟亟待治理！

杭锦旗从实际出发，整合资金，对镇区范围内 6 公里陶赖沟河道进行综合治理。“现在陶赖沟彻底变了模样。”刘海全憨厚地笑着说。

驱车不到半小时，紧邻陶赖沟，一片偌大的花海展现在面前，不远处的河边传来孩子们戏水的欢笑声，沿着陶赖沟，徜徉在集防洪、生态景观、休闲娱乐为一体的滨水区，让人心旷神怡。

突然，天空下起了大雨，人们躲进了凉亭，戏水的孩子们全身湿漉漉地跑了进来，发梢上挂着水珠，开心得合不拢嘴。“我叫张景博（音），今年 7 岁，放假了我们天天都到陶赖沟来玩。”眼前这个缺了门牙的孩子毫不生涩地说。雨稍停，几个孩子骑上小单车，又冲向陶赖沟。

综合治理，让陶赖沟河道沟道生态得到修复，环境得到彻底整治，河道更通畅，水质更清澈，河岸更翠绿，景观更优美，变成了孩子们的乐园，更是居民们游玩的绝佳去处。

沙漠变了样，沙海里可“牧蟹”

库布齐沙漠与黄河比邻，总面积 1.45 万平方公里，是中国第七大沙漠，也是离京津地区最近的风沙源。由于缺少水资源，库布齐沙漠生态环境极度脆弱，群众陷入了无法生存的困境，出现了沙进人退的恶性局面。

这一切，从黄河水引入沙漠后开始改变。如今这里一片桑田景象，沙丘倒成了点缀。

引黄河水进入库布齐沙漠，有着天然的原因。横亘杭锦旗东西的库布齐沙漠长达 200 多公里，与黄河并肩而行，最近处距黄河只有 3 公里左右。春冬两季，大量风沙滚动进入黄河，是黄河内蒙古河段河水含沙量偏大的重要因素之一。

“将黄河水引入沙漠，可以将两害化为利。”刘海全从小在吉日嘎朗图镇长大，对沙漠风沙和黄河凌汛这两大灾害深有感触。

黄河流经杭锦旗年过境水量约 310 亿立方米，每年凌期长达 120 天，平均槽蓄水量在 14 亿立方米左右。2014 年凌期，利用南岸总干渠和牧业分干渠，首次将凌水成功引入库布齐沙漠腹地。

这是个奇迹！沙水相连，自然生态系统全面恢复，更为农牧民带来了好日子。

“牧民们现在开始‘牧’蟹了。”刘海全神秘地说，“回去路上，我带你们去见一个人。”

车在沙漠中行驶，一片片榆树、胡杨和沙棘错落有致地将沙漠隔成块状，这是杭锦旗水利局的党员干部在这里种下的 2 万多亩防风沙隔离树。沙漠中的湖岸边，一位晒得黑黢黢的中年男子站在车前笑呵呵地迎接我们。他就是刘海全说的那位“牧蟹人”，名叫那仁满达胡。

今年 51 岁的那仁满达胡，说话语速很快。“沙漠里养殖大闸蟹真不简单啊，今年是第三个年头了。”那仁满达胡笑着说，“以前养牛放羊，现在‘牧’蟹了，这叫库布齐大闸蟹。”

十多年前，那仁满达胡挥泪告别过家园。2006 年，由于环境越来越恶劣，政府实施补贴生态移民。“当时心里很不舍，可那时两天才能打上一车草，养不了几头牲畜，日子越过越艰难。”那仁满达胡深有感触地说，“以前缺水少草，一头牛只能有 200 多斤肉，现在可达到 370 多斤，引水治沙，水草好，肉质也好。”

那仁满达胡展开拇指和食指，嘴角上扬，开心地说自家有 800 亩牧场。问他一年的收入有多少，他有些不好意思讲，最后还是用手打了个“八”字。“80 万元啊！”大家都会心地笑了。

离开大闸蟹养殖场时，那仁满达胡大声说：“都叫我老满，满意的满。”沙漠披绿，水润牧场，重返家园，牛羊肥壮，牧民们岂止是满意？那是满满的幸福。

伊金霍洛旗着力盘活一缸水

从康巴什到伊金霍洛旗，距离并不远。伊金霍洛意为“圣主的院落”，成吉思汗陵园就在这里，从这个名字看它的前世今生，该有多么神奇而美丽。

伊金霍洛旗水利局副书记石银山带我们从红碱淖去阿勒腾席热镇的路上，话题都是围绕水。石银山摊开手说：“这里属资源性、工程性和结构性缺水并存地区，且时空分布不均，我们只有把住‘水脉’，盘活‘水缸’，才能有活路。”

水，对伊金霍洛旗来说太珍贵了。

伊金霍洛旗素有“天骄圣地、煤海绿洲”美誉，利用生产煤形成的疏干水实施东水西调工程，将剩余的矿区疏干水引入红庆河镇和苏布尔嘎镇两个农业大镇，一方面补充灌溉用水、降低农业生产成本，积极发展方式多样、规模适度的农业经济，另一方面补充湖泊用水，进一步改善农村牧区生态环境，实现“以水哺农、以城带乡”的城乡融合发展。伊金霍洛旗全力破解水资源环境难题，突破“城区缺水、西部镇区缺水和东部矿区弃水”的瓶颈，全面激活城市水体。

水资源总量只有 3.31 亿立方米的伊金霍洛旗抓住了水脉，水缸自然就满。“以前一下雨就‘看海’、一放晴就干旱，现在这种现象改变了！”石银山解释道。

生态水系的建设，有效解决了“一方弃水、一方缺水”的问题。石银山说：“伊金霍洛旗有 76 家煤矿，疏干水富裕的就有 24 家。”伊金霍洛旗将矿区每日产生的约 20 万立方米疏干水“变废为宝”，从根本上解决了疏干水排放难的问题，有效化解了矿区弃水、城市和农村牧区缺水的矛盾，大大改善了干燥多尘的城市环境，一个“生态绿肺”“天然氧吧”的伊金霍洛旗伫立在干旱的高原上。

“水清河畅空气好，岸绿景美人宜居。”退休老人呼日格勒图（音译）开心地说。

生态补水唤来遗鸥还巢

眼前偌大的水域，是鄂尔多斯东胜遗鸥自然保护区。

东胜区水利局副局长康小平突然兴奋地指向远处："快看，那就是遗鸥！"只见几只白色身体、灰黑色小脑袋、脚儿细长的精灵轻盈地在水草间行走。遗鸥被誉为"湿地精灵"，是世界濒危物种，曾一度在全球消失，直到20世纪二十年代才又被人发现认知，是到目前为止被科学界认知时间最晚的一种鸥类。

这片湿地的守护者任永奇说起保护区，滔滔不绝。1962年出生的任永奇，以前在东胜县泊江海子治沙站从事防沙治沙、植树造林工作。2004年，任永奇被安排到新成立的东胜遗鸥自然保护管理站工作。其实之前，任永奇早就和遗鸥结了缘，他要为这些被遗忘的鸥类建立一个永久的家，一直参与遗鸥保护区的申报工作，2003年申报成功的时候，他激动得彻夜未眠。

任永奇难忘第一次和专家们给遗鸥戴环志，当这些毛茸茸的小遗鸥在他手掌欢愉鸣叫时，他天真得像个小孩，跟鸟儿对话："今后这里就是你们的家，你们都是我的孩子啦。"

然而任永奇的心里还是感到不安，这些遗鸥能不能一直留下来，关键就在一个字——水！

任永奇对湿地里的水域面积记得很清楚，他勾起手指说："1998年最大，10.5平方公里，现在有6.5平方公里。遗鸥适应性很狭窄，尤其对繁殖地的选择近乎苛刻，只在干旱荒漠湖泊的湖心岛生育后代。就遗鸥对环境和水域面积的要求来说，现在是最好的。"

没有水，就没有鸟儿的家。

从一个治沙、植树工人，成为一个湿地鸟类守护能手，任永奇付出了很多心血。他每天都定时赶往湿地保护区，观察鸟类生活习性，查看鸟类数量、种类、有没有偷猎者，他经常大半夜里出门，等鸟儿们安静了，没有了吵闹声，他才放心。

年复一年，任永奇对湿地的鸟类了如指掌，他一口气可以报出白琵鹭、蓑羽鹤、黑浮鸥、红脚隼等80多种鸟类的名字，越来越多的水禽候鸟在这里栖息安家。

2017年，鄂尔多斯市在这里实施了湿地补水管线工程，全面保护这片湿地，给遗鸥等珍贵水禽候鸟营造更安全的永久性环境。奇凤还介绍，2018年5月20日实现全线通水并向湿地补水，总补水量达到了1498万立方米，恢复了7平方公里左右的水域面积。今年4月，鄂尔多斯湿地迎来了800余只遗鸥，这是 13 年来，遗鸥首次大规模“回归”。

微风吹来，耳边传来遗鸥悦耳的鸣叫声，任永奇掩饰不住内心的喜悦，递给每人一张彩印《鄂尔多斯遗鸥国家级自然保护区部分鸟类图》，笑着说：“生态补水给了鸟儿们一个安稳的家，我要让这里越来越热闹。”

栖息的鸟儿们，成群结伴从湖心岛起飞……

（原载于 2019 年 11 月 26 日《中国水利报》，本文另一作者为刘祖国）

着力筑牢“一湖两海”生态屏障防线

“一湖两海”（呼伦湖、乌梁素海、岱海）是内蒙古三大淡水湖，是内蒙古生态保护的重要组成部分，在我国北疆生态屏障中占有特殊地位。“一湖两海”对调节当地和周边气候、修复生态、涵养水源方面有着重要作用，生态功能极其重要。

2018 年、2019 年全国两会期间，习近平总书记在参加内蒙古代表团审议时两次强调，要抓好呼伦湖、乌梁素海、岱海的生态综合治理，对症下药，切实抓好落实。“一湖两海”生态问题成为世人关注的焦点。

为改善“一湖两海”多年自然原因和人为因素造成不同程度的湖面缩减、水质变差等问题，内蒙古各级党委、政府下定决心，对全区水资源开发利用状况和水生态存在问题进行全面梳理，《内蒙古自治区水生态修复问题对策专题研究报告》《内蒙古自治区“量水而行”水生态修复治理退减农田灌溉面积方案》相继出台，并逐一确定了治理保护措施。

呼伦湖：遵循自然规律，实施生态修复。内蒙古各级政府、水利部门突出问题导向，坚决杜绝人为污染破坏，最大限度减少人类活动的干扰和影响。为给内蒙古第一大湖精准施策、对症下药，呼伦湖当地已完成进入呼伦湖的河流沿线污水处理厂提标改造，实施再生水回用工程。呼伦贝尔市集中对保护区内所有旅游开发、采矿采石及其他违法行为进行全面清理整顿，彻底杜绝破坏保护区环境的违法行为。已拆除保护区内经营设施 46 处，临时违建 60 处，切实防止了人为活动对呼伦湖水质的影响。同时，在呼伦湖流域持续进行退耕还林（还草）工程，避免农药、化肥影响水质。2018 年至今，呼伦湖实施两期综合治理工程。目前，一期工程中涉及水利的 6 项工程全部完成，二期工程中 2 项工程有序推进。截至 2019 年 12 月 25 日，呼伦湖水位 543.03 米，水面积 2036.2 平方公里，蓄水量 102.9 亿立方米，呼伦湖水域面积保持稳定。

乌梁素海：实施山水林田湖草全流域综合治理。在自治区水利厅大力支持下，巴彦淖尔市实施生态补水、控源减污、修复治理等多项综合治理措施，由“治湖泊”向“治流域”转变。坚持面源、点源、内源治理齐发力，面源治理实施控肥、控药、控膜、控水行动，引导农民减少化肥农药使用量，控制河套灌区面源污染，农业面源污染得到了有效控制，2018 年以来，化肥农药使用量实现负增长；积极推进污水处理厂提标改造，加快中水处理厂建设，同时，加大污水管网和中水管网铺设力度，大力推进中水回用，最大限度减少对乌梁素海的污染。2019 年年底，对全市 5000 多万吨生活污水、工业废水进行达标处理，实现城镇和工业园区中水最大限度回用，其余部分通过人工湿地净化，进入各级排干沟后再进入乌梁素海，基本实现点源污水“零入海”；在原有 20 个水质自动监测站的基础上，新建 18 个站点，通过 38 个点位对各排干沟入总排干口、人工湿地、乌梁素海周边入海口等重要节点进行实时监控，摸清流域内各个控制单元面源污染情况及对乌梁素海水质的影响。2019 年，乌梁素海全年累计完成生态补水 6.15 亿立方米，退入黄河水量 7.51 亿立方米，相当于将乌梁素海湖区的水整体置换 1.5 次，水量加快置换，水质好转。据监测，目前水质恶化的趋势得到了初步遏制，湖区水质总体由劣 V 类改善为 V 类。目前，乌梁素海水质污染程度明显减轻，水质显著好转，湖区各种鸟类恢复至 264 种、600 多万只，其中疣鼻天鹅从 200 余只发展到近千只，鱼类恢复到 20 余种。乌梁素海周边的生态环境也明显改善，重现“塞外明珠”的美景。启动了乌梁素海流域山水林田湖草生态保护修复试点工程共 7 大类重点项目，项目覆盖面积 1.47 万平方公里，总投资约 56 亿元。试点工程的实施，将推动乌梁素海生态环境持续改善，流域生态系统稳定性显著增强，稳定改善乌梁素海流域水环境质量，有力保护河湖流域中下游的水生态安全，实现区域绿色高质量发展。

2019 年，总投资 24.9 亿元的《乌梁素海综合治理规划（修编）》经内蒙古政府批复实施。通过规划实施，库容稳定在 3~4.2 亿立方米，平均维持水量 3.94 亿立方米，海域面积 293 平方公里，全湖水质和出湖水质达到地表水 V

类标准。目前，乌梁素海水位1019.11米，水面积293平方公里，蓄水量4.287亿立方米。

岱海："外引内治"实现长治久安。岱海是内蒙古第三大内陆湖和区级湖泊湿地自然保护区。乌兰察布市加快岱海水生态治理项目前期工作进度，以"外引内治"为主导，持续推进"两节两补两恢复"保护措施，并加快推动实施"引黄济岱"工程，从根本上解决岱海水生态问题，全力推进岱海水生态综合治理。实施弓坝河生物净化工程、岱海湖滨带生态修复与建设工程、岱海电厂中水回用工程、水质监测站、地下水位观测井等建设工程，结合《乌兰察布市岱海水生态保护规划（修编）》，集中开工建设岱海水生态综合治理9个项目。实施环岱海农村环境整治工程，是岱海水生态综合治理水质恢复的一个重要项目，受益人口4912人，可减少对岱海的污染，有效改善人居环境。对岱海电厂现有机组进行综合升级改造，并对其中两台机组进行湿冷到空冷的节能减排升级，提高燃煤效率、降低辅助冷却水消耗。机组改造后岱海电厂年总耗水量从1200多万立方米减少至280万立方米，相当于一座中型水库的库容量。经过持续整改，岱海流域水生态综合治理取得了阶段性成果，湖面面积首次出现不缩减，水质恶化趋势得到控制，水量及地下水位有所升高，生态状况得到初步改善。目前，岱海水位1213.91米，水面积49.3平方公里，蓄水量1.635亿立方米。

（原载于2020年1月8日《中国水利报》）

内蒙古呼和浩特市：水环境质量实现"全新一跃"

"闲暇时候到河边转一转，看看河边的花花草草，让身心放松放松。既呼吸了新鲜空气，又享受了美景。"家住内蒙古呼和浩特市大黑河边的王金喜说。

近年来，为促进水环境质量进一步增质提升，呼和浩特市坚持把水环境治理、水生态建设作为打好碧水保卫战的首要任务，系统谋划、统筹推进，突出实战性、创新性、科学性，因地制宜、分类施策，全力打好断面达标“守护战”、除黑剿劣“歼灭战”、补齐短板“攻坚战”等标志性战役，全面开启了水环境污染减量发展新模式，水环境质量实现“全新一跃”。

实施最严格的水资源管理，着力保护水环境。编制了《呼和浩特市地下水超采区和重要水源地下水位水量双控方案》《呼和浩特市地下水超采区综合治理方案》，建立了水资源责任考核制度，建立健全了政策法规和社会监督机制，加大了对源头水、现状水优良水体、重要生态功能区的保护与恢复力度。封停自备井 142 眼，完成了呼和浩特石化公司、金桥电厂等 6 家企业的地下水置换工作。

实施城镇污水处理提质增效 3 年行动计划。市区 5 座污水处理厂提标改造工程全部通过环保验收，污水处理能力从 26 万吨每天提高到 52 万吨每天，出水水质优于一级 A 排放标准；旗县 5 座污水处理厂全部提标至一级 A 排放标准。污水管网、雨污分流管网、中水管网铺设工作进一步拓展，保证了城市污水收集处理。截止到 2018 年底，全市再生水累计利用 6113.69 万吨，已建再生水管网 151 公里、取水点 129 个，再生水利用率达到 50%。

全面落实“河长制”。累计对大黑河流域巡河达 95 次，对发现的问题督促属地政府立行立改、全力整改，确保国控断面水质达标。全力推进加油站加油罐防渗漏改造。累计完成 206 家加油站 1030 个加油罐防渗改造任务，完成率 91.39%。编制完成《呼和浩特市城市集中式饮用水水源地环境状况评估报告》，对水源保护区规范化建设进行了排查，完成了黄河蒲滩拐饮用水水源地、哈拉沁水库水源地问题整改，加快推进水源地物理围封、智能化视频监控等规范化建设工程，确保全市饮用水安全。完成入河排污口复核工作，对内蒙古大唐国际托克托发电有限公司和中海石油天野化工有限公司工业废水入河排污口进行规范化整治。

通过综合治理，全市集中式饮用水水源地水质连续 13 年保持 100% 达标，地表水考核断面水质优良比例达到国家和自治区考核要求，完成消除劣Ⅴ类国控断面目标任务，真正让老百姓喝上放心水、健康水。如今，市民心中期盼的清水绿岸、鱼翔河底的景象已然呈现在眼前。

（原载于 2020 年 1 月 14 日《中国水利报》）

内蒙古乌拉特前旗：生态环境治理绘就如画美景

内蒙古自治区乌拉特前旗将保护生态环境、建设绿色家园放在优先发展位置，坚持不懈开展小流域综合治理、坡耕地综合治理、京津风沙源治理等24个工程。目前，乌拉特前旗生态环境持续向好。

2017年至今，乌拉特前旗水务局先后实施了赛忽洞、小庙沟等清洁型小流域综合治理工程，工程总投资2000万元，治理面积40平方公里，生态自然修复面积33.84平方公里，人居环境治理面积6.16平方公里。通过小流域综合治理，乌拉特前旗基本实现了农业经济效益和生态环境的双重改善，一个集旅游、观光、宣传于一体的生态教育基地正在形成。

赛音呼都格嘎查境内的赛忽洞沟是乌梁素海东岸入湖沟道之一，过去山洪沟较多，水土流失严重，造成乌梁素海湿地泥沙淤积、植被退化。为改善乌梁素海东岸生态环境，乌拉特前旗水务局开展了赛忽洞沟生态清洁小流域建设工程。工程实施后，赛音呼都格嘎查居民房前屋后绿树成荫，村道两侧全部实现了硬化。该嘎查生态环境的改善为国家制定的乌梁素海水环境综合治理与可持续发展试点工作奠定了基础。

乌拉特前旗水务局将控制水土流失和面源污染作为工作重点，实施修建河道护坡、修路架桥、硬化街面、培植经济林等工作，多措并举构建起生态流域绿色屏障。项目实施后，新增水土流失治理面积20平方公里，年蓄水量达到23.94万立方米，年保土量达到5.99万吨，有效遏制了泥沙入海，为乌梁素海这一“塞外明珠”构筑起绿色生态屏障。

乌拉特前旗水务局启动了小庙沟清洁型小流域综合治理项目，在山口筑坝围堰、小渠沿线新建蓄水池及配套节水灌溉低压管道和提水、发电设施；对现有引用小庙沟清水的小渠进行扩建；对河道部分段落实施河道护岸、岸坡整形等工程；村前村后、上山油路两侧被栽植了400多亩山桃、山杏树，在居民房前屋后种植500多亩苹果树。项目区内的乌日图高勒因此受惠，被评为中国少数民族特色村寨、自治区文明嘎查村。

（原载于2020年2月5日《中国水利报》）

内蒙古赤峰市：着力打造秀美城市水环境

内蒙古赤峰市着力打造环境优美、水清岸绿的中心城区防洪及环城水系治理工程，让城市因灵动之水而更加亮丽。到2019年年底，防洪工程、景观工程、生态工程基本完成绿化和配套设施建设，2020年正式进入十五年运营期。

赤峰市内穿城而过的河流共有11条，其中有6条急需治理。该市中心城区防洪及环城水系治理工程涉及锡伯河、半支箭河、阴河、英金河、海苏沟和小西沟6条河沟，治理河道总长度40.8公里，新建防洪堤55.26公里，建河道生态表流湿地面积170万平方米，滨河景观绿地面积590万平方米。其中，锡伯河防洪工程治理已进入了“最后一公里”，原来只有50米宽的自流河，现在平均宽度达到了165米，并具备防御百年一遇洪水的能力。

本次治理的工程改变原来“百年一遇”防洪工程“三面光”的建设形式，换为阶梯式挡墙，按照10年、50年和100年一遇的洪水水位，分别设计了三级高度的挡墙，搭配乔木、灌木、花草和地被等不同作物进行绿化，凸显景观层次。

项目建成后，将形成100公里高标准堤坝、50公里的连续景观水面、59公里滨河公园等，给群众提供一个休闲娱乐的场所。同时，中心城区防洪及环城水系治理工程景观的建设也将对全市水生态保护起到重要作用。

（原载于2020年2月19日《中国水利报》）

“1+1>2”——内蒙古探索“河湖长＋检察长”联动长效机制

地处内陆，干旱缺水长期困扰着内蒙古自治区，境内河流湖泊更显珍贵。如何保护河流湖泊，守护草原儿女心目中神圣的“蓝宝石”？

内蒙古近年来探索“河湖长＋检察长”联动长效机制，公益诉讼检察和行政执法“双卫士”协力保护内蒙古的河湖生态环境，充分发挥“1+1>2”的效应。

先行一步　合力攻坚

2018 年，在保护黄河公益诉讼专项行动中，呼和浩特市托克托县检察机关发现黄河蒲滩拐饮用水水源地附近的养鱼塘、农家乐餐饮无相关防污措施，存在破坏水源地环境的问题。

托克托县人民检察院向县环保局、县河口管委会发出诉前检察建议，县环保局、县河口管委会采纳检察建议积极履行职责，取缔了饮用水水源一级保护区 1 处无相关防污措施鱼塘，将饮用水水源二级保护区 5 处无相关防污措施鱼塘全部流转，督促 27 家农家乐安装污水收集装置，定期将生活污水拉运到污水处理厂集中处理，县河口管理委员会定期集中清运生活垃圾。

这是自治区水利部门和检察机关开展保护母亲河专项监督行动的一个缩影。在为期一年的保护黄河公益诉讼专项行动中，检察机关共收集破坏黄河流域生态环境案件线索 373 件，立案 308 件，进入诉前程序 269 件，恢复黄河沿岸非法开垦和占用的林地、草原 4.8 万亩，清理河道 26 公里，督促清理固体废物 1.9 吨。

此后，自治区水利厅与自治区人民检察院联合开展“携手清四乱，保护母亲河”专项行动，对黄河流经内蒙古的 7 个盟市 39 个旗县流域的“四乱”问题进行全面清理。专项行动中，检察机关自行发现线索 360 件，水利部门移送 90 件，立案 382 件，制发检察建议 372 份，为黄河流域生态文明建设与绿色发展提供了有力司法保障。

“1+1”建立河湖保护新模式

建好“四乱”问题清单，问题整改认领清单由责任河湖长签字确认，问题销号清单由责任河湖长、检察长“两长”签字确认……“一问题两清单”是自治区检察机关在专项行动中的新做法。从“携手清四乱，保护母亲河”到河湖“清四乱”专项行动，自治区各地水利部门协同检察机关集中力量啃下“硬骨头”，逐个“拔钉子”，打出“源头预防 + 打击犯罪 + 生态修复”的组合拳。

赤峰市市、旗县两级水利部门和检察院将流经境内的 854 条河流、32 个湖泊及全市大中小型水库都纳入专项行动范围，整治“四乱”突出问题，打击涉水领域扫黑除恶战役，破除非法采砂、涉河湖项目违建顽疾，斩断非法利益链条；呼和浩特市回民区开展“乡村环境整治”公益诉讼监督活动，助力美丽乡村建设；呼伦贝尔市鄂温克族自治旗则将河湖“清四乱”与守护绿色呼伦贝尔结合起来……

自治区河湖长与检察长牵手，再联合自然资源、生态环境等职能部门拉网式排查，将 2786 个“四乱”问题全部建立清单，督促行政机关依法履职，恢复被污染河道 7.5 万亩，清理被污染和被非法占用河道 692.84 公里，清理河道垃圾 31.7 万吨，整改拆除违法建筑 98.3 万平方米。2019 年 7 月底，“四乱”问题全部销号，自治区河湖生态保护实现了升级跨越。

“三年行动”更好守护母亲河

“我原以为在河边挖砂取土是正当的，通过‘清四乱’行动才知道这些都是违法行为……”家住鄂尔多斯市伊金霍洛旗纳林陶亥镇海勒素壕村的刘某在接受教育后说。

河湖“清四乱”专项行动从黄河几字弯“走”到了群众身边的小微水体，为群众普及了生态保护、公益诉讼知识，同时也调动起公众参与保护河湖的积极性。呼和浩特市赛罕区产业协会环保志愿者作为检察公益诉讼志愿者，参与公益诉讼辅助工作；锡林郭勒盟检察分院成立了公益诉讼守护人驿站；阿拉善左旗检察院聘请了26位联络员参与公益诉讼工作……

自治区检察机关还积极探索跨国境合作、跨区域合作。呼伦贝尔市检察院与蒙古国东方省检察院签署协议，共同保护界河、界湖；相关盟市和检察机关与东北三省相邻检察机关开展跨区域生态检察合作，与黑龙江省人民检察院大兴安岭分院就加强生态检察区域协作服务和保障大兴安岭生态文明建设签署了协作意见；与吉林省白城市检察院围绕洮儿河保护和综合治理，建立了生态和自然资源保护协作机制；与河北、辽宁建立了共同保护草原、森林、河流和野生动物等生态资源的跨区域生态检察司法协作机制。

今年年初，内蒙古“河湖长＋检察长”联动长效机制入选了2019年全自治区十大法治事件。长效机制将继续助力内蒙古的河流湖泊保持碧波荡漾、清水长流。

（原载于2020年5月21日《中国水利报》）

河湖“三管”开新局

——内蒙古锡林郭勒盟推动河湖长制迈向全面见效

“目前，河湖管护实现了从‘没人管’到‘有人管’，从‘管不住’到‘管得好’，从‘多头管’到‘统一管’的转变。”谈起河湖变化，内蒙古锡林郭勒盟水利局局长、盟河长办主任包广华如此说道。

全面推行河湖长制以来，锡林郭勒盟探索“河湖长制+N”机制，实现了全盟河湖水域河湖长全覆盖，初步形成了“河湖长统领、部门协同、上下联动、社会参与”的治水新格局。

健全机制　助力“管得好”

锡林郭勒盟共有124条河流，总长度9146.94平方公里；共有129个湖泊，水面总面积478.65平方公里。该盟本级实行双总河湖长制，盟委书记担任第一总河湖长，盟长担任总河湖长，全盟共设立各级河湖长 870 名。

各级第一总河湖长、总河湖长、副总河湖长都部署推进河湖长制工作，全力维护河湖健康生命。

锡林郭勒盟还签署了 13 份《跨区域河湖管护合作协议》，涉及锡林浩特市、东乌珠穆沁旗、乌拉盖管理区、多伦县等 11 个旗县市（区），以加强全盟跨区域河湖综合协调治理保护能力，构建“信息共享、责任明确、监管严格、联防联治”的管护长效机制。

执法监管　助推“管得严”

锡林郭勒盟河长办印发了河湖执法工作实施方案，要求河湖联合巡查执法行动以河湖“清四乱”为重点，进一步落实盟级第一总河湖长令，加大河湖管理保护监管力度，有效地打击涉河涉湖违法活动。

自实施河湖长制以来，全盟共计开展执法巡查行动 400 次，出动巡查人员近 2000 人次，共出动巡查车辆 458 台次，其中多部门联合执法行动共计 45 次，累计出动执法人员 220 人次。全盟共计查处涉水违法行为 296 起、涉水违法案件 14 起、拆除河道附近蒙古包 7 座及 162 个附属设施。

据了解，该盟河长办与检察院联合开展河湖“清四乱”专项行动，检察院对河湖“四乱”问题实行“一问题两单制”。目前 14 个河湖“四乱”问题已全部销号，共清理垃圾 170 余吨、淤泥 7 万余立方米。

完善“河湖长制 +N”　实现“管得细”

全盟各地结合实行“河湖长制 +N”，实现有效治水护水。多伦县、太仆寺旗采用“河湖长制 + 市场化”方式，建立河湖日常保洁长效机制，同时优先聘用有劳动能力的贫困户作为河湖环卫员；西乌珠穆沁旗、正镶白旗和正蓝旗等采用“河湖长制 + 社会团体”模式，成立“青年服务队”等，定期开展巡河志愿服务行动；西乌珠穆沁旗、锡林浩特市采用“基层党建 + 河湖长制”模式，河湖长制主动与党日活动相结合；乌拉盖管理区、东乌珠穆沁旗采取“河湖长制＋旅游 + 摄影”模式，宣传河湖长制工作成果及生态美景。

针对河道、湖泊周边的草场（土地）全部划分到牧户的实际，阿巴嘎旗、乌拉盖管理区、西乌珠穆沁旗采用“河湖长制 + 农牧户”形式，各级各段河湖长与沿河环湖农牧户签订了《河湖管护协议》。同时，各地不定期举办“河湖长制 + 学生实践”“河湖长制 + 亲水活动”等，持续增强公众对河湖保护的责任意识和参与意识。

在河湖长制的推动下，锡林郭勒盟境内水光潋滟，“蓝海绿洲”交相辉映，人居环境与生态美景融合，逐步实现“水清、岸绿、河畅、景美”。

（原载于 2020 年 7 月 2 日《中国水利报》）

层级管理　长治久清

——内蒙古呼伦贝尔市保护河湖水生态

内蒙古呼伦贝尔市落实市、旗市区、苏木（乡镇）、嘎查（村）“四级”河湖长 1987 人，实现了河流、湖泊等水域河长制的全覆盖。去年以来，该市生态文明建设持续加强，山水林田湖草系统治理成效显著。

精准施策 “清四乱”行动常态化

呼伦贝尔市地表水 298.19 亿立方米，占全自治区地表水总量的 73.34%；地表水和地下水总量 316.19 亿立方米，占全区水资源总量的 56.39%，丰富的水资源与森林、草原一起构成了中国规模最大、最为完整的生态系统。

为切实治理和保护好每条河湖，呼伦贝尔市制定了《呼伦贝尔市“清四乱”专项行动集中整治实施方案》，明确各级河湖长职责，推动“清四乱”工作有效落实，组织开展市、旗市区两级督查检查，共排查发现问题 646 个，现已全部整改完成。

河湖“清四乱”专项行动开展以来，全市各级累计开展专项行动 305 次，开展部门联合执法 315 次，出动执法人员 11645 人次，共清理垃圾 56.7 万吨、河湖清淤疏浚 25.84 万立方米，清除乱建 393 处，清除乱占 120 处，清理乱堆 187 处；处治乱采滥挖 29 处，整治非法采砂点 41 处，处置非法取水事件 17

起，查处非法倾倒、排污事件22起，封闭地下水源井68眼，整治非法捕捞109起，处治非法围垦102起，侦办涉水相关刑事案件13起，抓获犯罪嫌疑人33人。

今年3月，市河长办按照“春季”行动方案部署，在河湖“清四乱”专项行动的基础上，对河湖管理范围内的乱占、乱采、乱堆、乱建等涉河湖违法违规问题进行全面再排查、再清理；积极开展2020年河湖管理保护“春季”行动，切实加强日常巡查，做到“四乱”问题早发现、早制止、早报告，将“清四乱”工作常态化，持续开展清理整治。

多方联动　守护碧水清波

呼伦贝尔市实施河湖清理专项行动开展以来，水利、公安、环保等部门联合开展“清水蓝天”“百日会战”等专项行动；各旗市区主动作为、全力推进，对辖区内的涉河湖问题进行全面排查和整治，形成了河湖水生态环境保护的合力，使该市河湖生态环境得到了明显改善。

“明确了责任区域和责任清单，在全镇实行分组分段管理，建立河长巡查和例会制度，定期开展河道巡查、交叉巡查。”海拉尔区哈克镇水利服务站站长崔玉国说。为保障日常巡河湖工作顺利开展，他不断探索有效可行的工作方法，规划“一河一策”措施，建立“一河一档”台账；切实履行全镇河道的治理监督工作，与各村居签订安全生产责任书，每条河道、河岸均落实了保洁人员，每月开展座谈，对本月的河道治理情况和保洁工作存在的问题逐一点评、及时整改。

“每个月要巡河4次，共承担6条河湖巡查任务，约800公里，这6条河湖是道路最远、最难走的区域。”崔玉国说。为消除水污染源隐患，在“四项重点工程”中，他还动员镇村两级共同参与清理会战活动，各村动用翻斗车、铲车等设备及人员共清理村屯垃圾近20万立方米，清理粪堆500立方米，成效显著。通过不懈努力，海拉尔河流域及哈克镇范围内流域断面水质得到逐步改善，村屯环境治理大有改观，得到当地群众一致好评。

今年，呼伦贝尔市紧密结合实际，聚焦河湖管理保护，推动河湖面貌根本好转，全力打好河湖管理攻坚战，让呼伦贝尔市河湖实现“长治久清”。

（原载于2020年7月21日《中国水利报》）

荒原披绿衣　群众展笑颜

一座座山、一道道梁、一条条沟，弯弯曲曲，翠绿苍劲；一块块田、一汪汪水、一幢幢屋，充满生机，绿意盎然。

盛夏时节，记者来到内蒙古自治区巴彦淖尔市乌拉特前旗白彦花镇乌日图嘎查小庙沟附近的山脊上，挟带着花草香的清风扑面而来，山上山下满眼的绿韵在流动。这样的美景得益于小庙沟生态清洁小流域综合治理项目的实施。

“过去小庙沟水土流失严重，土地生产力低下，影响农业生产，当地牧民生活水平很低。”乌拉特前旗水利局局长王力军说。

在小庙沟生态清洁小流域综合治理项目实施过程中，当地将水土流失综合治理与改善生态环境、建设美丽乡村、打造旅游精品、提升项目区品位、助力脱贫攻坚结合起来，科学布设各项防治措施。

“项目实施时曾遇到很多困难，我们不等、不靠，积极组织受益区群众就地就近，以村户为主集中治理，工程建设高潮期，日出动人数180余人、机械20余台。”王力军说。

项目建成后，新增治理面积2000公顷，年蓄水总量24万立方米，年保土总量6万吨，项目区林草覆盖率显著提高，水土生态质量提升，人居环境改善，地方旅游产业发展初具规模，乌日图嘎查变成了“望得见青山，看得见绿水，记得住乡愁”的美丽乡村。

小庙沟山泉也吸引了不少旅游爱好者。“这股泉水流了很多年，村里曾修过一些渠道将泉水引到各家用于牲畜饮水，用不完的泉水就流到荒滩浪费了。”乌日图高勒嘎查党支部书记包音图介绍，当地水务部门因地制宜在山口筑坝围堰，在小渠沿线新建蓄水池及配套节水灌溉低压输水管道和提水、发电设施；对现有引用小庙沟清水的小渠进行部分扩建、营造跌水；在流域内配套了长廊、凉亭、停车场等，对河道部分段落实施护岸、岸坡整形等工程；在村前村后、上山油路两侧栽植了400多亩山桃山杏，在牧民的房前屋后种了500多亩苹果树。

一些牧民借助水保工程，依托附近的小庙沟瀑布及维信高尔夫度假村、大桦背等旅游资源，纷纷开办农家乐、民宿客栈、采摘园，发展绿色生态旅游产业，鼓起了腰包。

因病致贫的嘎查牧民吉仁泰家屋后种了10亩苹果树，“我的果园紧挨着游园，明年挂果后办个采摘园，不愁以后的日子不好过。”吉仁泰满怀信心地说。

小庙沟只是内蒙古自治区水土保持生态建设的一个缩影。

内蒙古自治区针对当地气候干旱、生态环境脆弱、水土流失严重的实际，坚持不懈开展水保生态修复，不断创新水土流失治理模式，把清洁流域建设与农村安全饮水、小流域整治、农村人居环境整治、农村基础设施建设改造、美丽乡村建设等有机结合起来，建成了鄂尔多斯市东胜区吉劳庆川、呼和浩特市赛罕区刘保窑子等一大批生态清洁型小流域。截至2019年年底，自治区累计完成水土流失综合治理面积14.69万平方公里。

生态增绿，百姓增收。自治区水利厅近年来在进一步加大水土流失综合治理工作力度的前提下，充分利用水利工程资源优势，大力发展节水灌溉、水土保持林等生态产业，增加当地群众收入。

呼和浩特市武川县得胜沟生态修复工程实施后，通过发展节水灌溉工程，新增节水灌溉面积30公顷，农民收入年增加15万元；新增坡式梯田110公顷，农民收入年增加19.8万元。

如今，行走在自治区的乡间和旷野，可见青山披绿、荒原吐翠、大地葳蕤，人们笑颜绽放……

（原载于2020年8月7日《中国水利报》，2020年8月7日学习强国，2020年8月8日人民网）

民生福祉篇

全区秋冬农田草牧场水利建设热火朝天

我区从连续3年大旱暴露出农牧业水利基础设施薄弱、抗御特大旱灾能力低的实际出发，早安排、早部署、早行动，自9月29日自治区政府下发《关于切实搞好今年秋冬和明年春季农田牧场水利基本建设的通知》以来，迅速在各地掀起了大规模的秋冬农田草牧场水利基本建设热潮。目前，全区已投入资金2.2亿元，投入劳动积累工1145万工日，完成各类水利工程2.4万处。

在今年的农田草牧场水利基本建设中，各地从农业生产和农牧民群众生活急需解决的问题出发，紧紧围绕保水源、找水源、建水源、管水源、用水源等关键环节，重点突出四个方面。一是加强抗旱水源工程建设，提高防旱抗灾能力。针对我区水利工程数量少、标准低、供水能力不足的实际，把水源工程建设放到了突出位置。二是大力发展节水灌溉，努力提高灌溉效益。坚持开源与节流并重的方针，把节约用水，提高水的利用率和效益，作为秋冬农田草牧场水利基本建设的重点，因地制宜地选择节水模式，真正将节水灌溉这项革命性措施落到实处。三是加强牧区水利建设，解决牧区人畜饮水困难。以建设家庭牧场饲草料基地节水灌溉为重点，大力发展生态畜牧业，提高畜牧业抗御自然灾害能力。各地根据实际情况，把人口、畜群相对集中，因旱造成人畜饮水困难的地区作为解决的重点，确保牧区正常生活用水。四是开展水土保持综合治理，努力改善生态环境。

到目前为止，全区已新打各类井2741眼，维修配套2390眼，新增有效灌溉面积36.7万亩，节水灌溉面积72.2万亩；新建灌溉草库伦1979处，发展饲草料灌溉面积2.13万亩；完成水土保持综合治理面积39万亩，解决了20.89万人、60.5万头（只）牲畜的饮水困难问题。

（原载于2001年11月13日《内蒙古日报》，2001年11月14日《黄河报》）

内蒙古巴彦淖尔盟
又有3万多人饮上健康水

内蒙古巴彦淖尔盟把人畜饮水解困工程作为为贫困地区农牧民办实事的头等大事来抓，去年又解决了3.02万人、17.3万头（只）牲畜的饮水困难问题，完成了自治区下达的农村牧区人畜饮水解困工程计划任务。

巴彦淖尔盟几个旗（县）属于边远地区和善旱区，都不同程度地存在着人畜饮水困难。近年，巴盟从解决群众实际困难入手，加大人畜饮水解困力度，在具体工程规划设计中，始终坚持把握三个“坚决”，即不符合工程设计规范的设计坚决不予审批；不符合施工操作规程的工程坚决予以返工；不达工程验收条件的项目，坚决不予验收，有力保证了工程设计、施工质量，防止了豆腐渣工程的出现。

巴盟还通过不断调整思路来开拓供水市场，注重充分利用水资源，一水多用，提高水的利用率。在山旱牧区人饮工程建设中，采取以解决人畜饮水为重点，兼顾饲草料地灌溉，增强了抵御自然灾害的能力。在河套灌区人饮工程建设经营管理上，充分考虑了灌区节水工程上马后，对地下水补给产生影响等不利因素，注重了对水源工程的科学、慎重选择，避免了因水质发生变化、水量不足造成重复投资现象的发生。在工程经营管理上，逐步改变过去的定时定量供水为全天候供水，并鼓励农户发展庭院经济，不断开拓供水市场，使人畜饮水工程经营管理工作日趋完善。全年共完成投资1310万元，其中国家投资670万元，群众自筹640万元。打成机电井68眼，其中供水井7眼，铺设饮水管道193.8公里，开挖土方52立方米，建机泵房1427平方米，安装压力罐41个，配套动力586千万、机泵37台套。

（原载于2002年3月13日《黄河报》，2002年3月27日《内蒙古日报》，2002年3月28日《北方经济报》）

呼和浩特市居民年内饮上黄河水

总工期6年、总概算投资17.77亿元的引黄入呼（呼和浩特）工程，目前工程进展顺利，预计到年底，呼和浩特市居民可饮上清澈甘甜的黄河水。

长期以来，该地区水源不足、供需矛盾突出。经过论证，国家计委批准建设引黄入呼工程。工程建成后可日引黄河水40万吨。工程两期建设。一期工程建设期4年，从1998年至2000年，投资14.14亿元，日引水20万吨，可满足的呼和浩特市87%的居民生活用水。二期工程建设期2年，从2002年至2004年，投资3.63亿元，日引水20万吨，竣工后，可全部满足呼和浩特市居民生活用水。

引黄入呼工程由托克托县蒲滩拐黄河取水，全线敷设近100公里的暗管，中间分设5个水处理工艺流程。

（原载于2002年4月8日《中国水利报》，2002年4月12日《黄河报》）

内蒙古百万群众告别饮水难

十五大以来，特别是2000年国家人畜饮水解困工程实施后，随着投入力度的加大，内蒙古自治区党委、政府结合实际，进一步加强项目管理，加快施工进度，到今年9月底，共解决了112万多人的饮水困难。

内蒙古地形复杂，大陆性季风气候明显，80%以上处于干旱、半干旱地区，大气降水少，蒸发量大，水资源量仅占全国的1.86%。水资源短缺严重制约着经济社会的发展。

经过数年摸索和实践，内蒙古在饮水解困工程建设过程中总结出许多宝贵经验，主要体现在六个方面：其一，提高认识、加强领导、协同实施是工程顺利进行的组织保障。近年来，自治区每年都要专门召开农村饮水工作会议和现场会，各盟市主管领导和水利部门主抓饮水工作的领导签订责任状，层层落实责任，一级抓一级，明确任务和时间要求，做到领导到位、组织到位、措施到位。实施部门和受益群众互动，形成合力。其二，加强项目前期工作是搞好农村牧区饮水解困工作的基础。针对近年连续大旱、地下水位下降、河道断流的实际，加强了对水源的科学性、合理性和稳定性论证，制定了节约和保护水源措施，实行水质定期化验、监测，建立规划卡和规划名册。规划卡由村长、乡长、旗县水利局局长签字，作为编制年度建议计划和安排资金的必要条件。年度实施计划项目严格按程序审查。其三，广开投资渠道、严格资金管理是加速解决农村饮水困难的有效措施。如阿拉善盟等9个盟市实行了盟市报账制，采取了“三专一封闭”的资金管理措施，取得了很好效果。其四，严格施工管理，提高工程质量是解决农村饮水困难的重要保证。全自治区实行逐级上报施工进度制，设备、材料集中招标采购制和工程质量终身负责制，以及领导包干负责制，并对工程质量实行全过程控制。其五，严格验收程序，加强建档立卡工作，是完成饮水解困任务的重要条件。其六，建管并重，开展多种经营是充分发挥农村饮水工程效益的有效途径。部分盟市积极引入市场机制，采取了灵活多样的方式深化饮水解困工程运行机制改革，所有权与经营权分离，通过承包、租赁、拍卖等形式交给有经验的“能人”管理。同时，按照“谁投资、谁建设，谁所有、谁经营、谁受益”的原则，积极鼓励广大农牧民、企事业单位和个人投资建设，实行自主管理，实现以水养水，充分发挥投资效益。

目前，内蒙古累计完成农村饮水解困工程投资3.5亿元，共建成饮水工程4607处。

（原载于2002年10月24日《中国水利报》）

兴安盟“温饱工程”见成效

内蒙古兴安盟近年来从解决群众最基本的生活需要出发，切实落实“三个代表”重要思想，在全盟广大农村牧区有水源条件的地区实施人人一亩以上水浇地的“温饱工程”，确保农牧民吃饭问题，从去年秋到目前，共打各类灌溉井3.15万眼，打井数量是历史上打井总和的65%。

兴安盟以农业经济为主，现有耕地面积1000万亩，农业人口114万人，但水浇地面积仅为157万亩，80%以上耕地没有水源保障，农民靠天吃饭。连续3年的严重旱灾给兴安盟农业生产造成巨大损失。

对此，盟委、行署首先是动员、引导群众大力开展水源工程建设，同时，积极筹措资金为群众购置配套设备。盟财政预借2200万元，用于订购设备，共配套2.07万眼井，新增水浇地面积75.35万亩，新解决水浇地人口33.68万人。全盟水浇地面积达到了232.34万亩，覆盖人口上升到了85.66万人。其次是给政策、放手脚，激发群众打井积极性。盟委、行署因势利导，及时制定了打井配套的鼓励政策，规定群众每打一眼符合标准和验收合格的井，盟、旗两级政府帮助配套。各旗、县、市结合实际，出台了打井减免劳动积累工、抵顶部分陈欠、补助打井费用等奖励措施，激发了群众干劲。最后是政府推动，加大水浇地建设的保障性。盟委、行署明确了“建设人人一亩水浇地既是经济任务，也是政治责任。目标不动摇，工作不迁就，考核不含糊”的要求，召开专门会议研究部署打井及配套工作。盟、旗两级领导亲临一线指导，乡级领导及村干部实行包村、包户。同时，在配套设备的发放上体现了4个优先原则，即优先贫困户，优先新打的人人一亩水浇地的井，优先联户打的井，优先布局合理、水量充沛的井。在管理上，明晰了产权，采取一次性作价归个人的办法，确保设备长久发挥效益。

（原载于2002年11月21日《中国水利报》）

听证会让农民得实惠

——内蒙古河套灌区推行用水户参与管理和水费收管用听证制度纪实

内蒙古河套灌区总灌溉面积如今已达877万亩，是我国三个特大型灌区之一，也是亚洲最大的“一首制”自流灌区。河套灌区灌排工程中有各级渠沟十几万条，分干渠和干沟以上属“专管工程”，分干渠以下输水工程分别由乡、村、村民责任管理，称为“群管工程”。然而，长期以来，灌区供用水分割管理的落后模式，不仅严重制约着当地生产力的发展，也制约着水管单位的发展。在新的形势下，如何使供水管理工作适应经济社会发展的需要，并保证灌区农民长期受益，成为河套灌区管理总局必须正视并解决的一个大问题。近年来，他们在大量调查研究的基础上，终于从改革用水管理体制上找到了突破口，即在灌区推行用水户参与管理和水费计收、管理和使用听证制度。通过举行听证会，灌区的各项决策真正体现了农民的意愿，有效地解决了各种难题。请看本刊特稿——

健全群管职能　理顺组织关系

九曲黄河，千回百转，但自古以来，仿佛就对河套人情有独钟，“黄河百害，唯富一套”这句古语就是最好的印证。黄河水是河套农民的生命水、幸福水，河套农民对黄河水的依赖一代一代传承下来，就如同渗透进了血液一般，在这里，没有引黄灌溉就没有农业生产。

鉴于河套渠区是一首制引黄灌溉，水源相对单一，灌溉规模庞大，灌排调度运行的各个方面必须高度统一。但长期以来，河套灌区在专管与群管方面存在着你管你的，我管我的，各把一摊儿的分割管理的局面。专管工程只负责将水分配到群管工程引水口，群管工程中的分水、配水、收费都由乡镇负责。由于水量充沛，引水方便，加之基本上属于自由引水，所以管理十分简单、粗放。这样造成了几种结果：一是水费不能按实际用水量计收，分摊水费面积与实际灌溉面积不符。临河市甜菜渠灌溉多年一直用 1.28 万亩面积分摊水费，成立了用水者协会后，“协会”对耕地重新丈量，结果为 2.43 万亩，出入近一倍。二是“搭车收费”造成亩均水费增高。三是田间工程不配套、管理不善等原因造成亩均水费增高。四是不合理用水造成水费增高。由于种植结构不合理，而各种作物需水期不同，行水期自然延长，用水量自然增加。五是分摊方式不合理，造成水费增高。不少地方，不是以渠按村组实行亩次收费，而是以面积均摊，不管种什么、浇几水，混饮“大锅水”，无人珍惜，水费自然增高。

简单、粗放的管理一方面造成农民负担重且水费难以收回，另一方面，造成了水管单位因水费不能及时足额回收而难以为继。近年来，随着黄河流域用水量的大幅度增加和黄河上游来水的逐年减少，河套渠区引黄灌溉水量已日益紧张。1998年，黄河水资源实行全流域统一管理、统一调度后，国家分配内蒙古总用水量由原正常年份的58.6亿立方米，下降到54.4亿立方米。2000年至2002年为50亿立方米。尽管这样，河套渠区仍然是黄河流域的超用水大户。供需矛盾如此尖锐，节水灌溉已势在必行，迫在眉睫。

如何把重投入轻管理的根本性问题转变为投入建设与管理并重，解决供用水方面的矛盾；如何使供用水管理工作适应经济社会发展的需要，在节约用水的基础上保证灌区农业生产的持续发展，保证灌区农民长期受益，成为摆在河套灌区管理总局领导面前的严峻问题。怎么办？经过长时间的苦苦思索和论证，内蒙古自治区河套灌区管理总局大胆借鉴了国外先进经验，以国家提出的“建立节水型社会，改革用水管理体制”为契机，从1999年开始实行以“农民用水者协会”为主体，专管和群管相结合，个人承包和管理等各种形式的群管体制改革。随着改革进程的推进，近几年，农民对专管工程管理的参与也不断深入。截至目前，灌区群管水利工程改制的单元累计1142个，辖群管渠道（斗渠以上）1738条，占灌区群管渠道（斗渠以上）总数的72%，辖灌溉面积641万亩，占全灌区总灌溉面积的75%。

为了更好地满足广大农民群众迫切要求了解灌区运行机制和状况的强烈愿望，同时，也使水管部门的一系列政策、制度在用水户的理解和支持下顺利实行，河套灌区推行听证制度并举行听证会的尝试，得到了巴彦淖尔盟盟委、行署的支持与肯定。继2001年河套灌区在全国大型灌区首次成功召开听证会后，2002年12月12日又一次举行了水管单位与用水户之间的直接对话。巴彦淖尔盟副盟长、河套灌区管理总局局长马祖融表示，时代是在创新和发展中前进的。听证会这种形式，既是工作实际的需要，也是时代发展的需要。进入市场经济之后，水管单位的关系已发生了根本性的改变，供水单位与用水单位之间是提供供水服务和接受服务的商品关系。作为水行政主管部门来说，任何关系到人民群众利益的重大决策，都要实行公示和社会听证，这也是学习贯彻党的十六大提出的关于决策民主化、科学化要求的具体体现。

同坐一条板凳　沟通从心开始

召开听证会，选举用水户代表就是件重要工作。灌区管理总局根据各旗县、各灌溉管理局的灌溉面积、灌户多少进行了全面细致的测算，随后确定了代表的总人数，就是每十万亩灌溉面积选出一名代表。也就是说每一位用水户代表的身后，是受惠于黄河水灌溉之便利的 10 万亩耕地。选举是很严格、很认真的。按照比例，代表的构成是村支书、村委会主任、社长共30人，占代表总数的 36.6%；用水协会会长、渠长、承包人共 42 人，占代表总数的 51.2%，普通农民 4 人，农管系统 5 人，分别占代表总数的 4.9%和 6.1%，其他占 1 人。全灌区总共选出农民用水户代表 82 人。

初选出的代表，还须经过各用水组织民主推选，报所在旗县市水行政主管部门审批，审批合格后，报筹备领导小组的资格审查组进行资格审查，最终确定代表的名单。按照规定，用水户代表必须是从用水组织中产生，政府部门工作人员只有在用水组织中兼职才能被选为用水者代表。

代表选出来了，举办多大规模的听证会？由哪一级主办？是政府还是水管部门？巴彦淖尔盟行署决定由政府主办，灌区管理总局上下随即开始了具体操作。首先成立了由分管领导总负责的筹备领导小组，下设了会务、秘书、资格审查和后勤 4 个小组，分别进行会务、会议所需材料，代表资格审查和后勤服务等工作。各小组分头行动，互相配合，他们深入灌区各旗县、乡镇开展调查，了解和掌握了大量当前农业生产现状和农民关心的热点、难点问题，并广泛征求灌户对灌区现有的各项政策、制度等执行情况与农业生产的实际之间是否存在不足或疏漏，同时征求用水户对下一步工程建设的重点和灌排管理、水费计收、管、用改进等方面的建议。更重要的是，资格审查小组负责督察代表选举的落实情况并审查代表的资格条件。

听证会由巴彦淖尔盟行署秘书长主持，河套灌区管理总局向代表们提交了 3 个全面而又翔实的报告：《用水户参与管理暨灌排运行管理情况报告》《水费计收、管用及末级渠系水价、水费情况报告》《工程建设和管理情况报告》。用水户代表们对报告进行了热烈、深入、细致地讨论。供用水双方就各自关心的热点问题和当前灌区发展面临的困难与问题及其应对措施进行了面对面、心与心的交流。用来自解放闸灌域农民代表徐开利的话说："作为一名支渠的承包经营者，我既是用水户参与灌溉管理的实践者，也是听证会这一新事物的受益者。在参加听证会的过程中，我深切地体会到了水利部门在供水、收费、管理工作中付出的艰辛和努力。听证会是一件顺民心、合民意的好事。"临河市乌兰图克镇甜菜支渠农民用水者协会会长陈明玉说："听证会让群众自己的事情自己知道，自己的事情自己参与，能够体现基层最广大群众的根本利益，能够得到广大群众的普遍拥护。”“作为一名普通的农民，能参加这么高规格的大型听证会，心情十分激动。真正有了当上灌区主人的感觉。听了各位领导的讲话和对灌区有关情况的介绍，使我对灌区的现状有了更进一步的了解，深受启发，受益匪浅。”乌拉特灌域用水户代表王长命神情激动地说。义长灌域用水户代表陈改政一板一眼地说：“30 年前，我就同水打上了交道，过去，这么大一笔水费收回来干了什么我们用水户不知道，也不可能知道。通过参加听证会，感觉到我们和水管部门平起平坐了，坐到一条凳子上来共同管理水利，共同研究如何管理好工程，用好工程，收好水费，用好水费，最后达到成本水价，这是灌区给老百姓造的福。”

观念转变了　思想统一了
供用双方都满意了

听证会收到了预期效果。通过听证，水管部门决策者们的思路更明晰了。他们从听证会制度上看到，第一是农民的水商品意识增强了，把水和化肥、农药一样认同是农业生产成本，这种观念已逐渐在农民中形成了共识，增强了农民用水交费的自觉性，促进了水费按时足额回收。第二是增强了水管单位的服务意识，有利于服务质量的提高。第三是通过听证会，用水户代表切切实实地感受到水资源的紧缺，从而对水资源的认识有了根本性的转变。有利于水行政主管部门各项政策措施的落实和工作的开展。第四是决策的出发点着重于农民的利益，决策对农民的意愿和要求有了更充分的体现。第五是转变了水管部门的服务意识。水管部门的职责也不再仅仅是工程建设和管理，而应该是放在如何合理配置好现有的水资源，如何更好地为农业生产和农民服好务。第六是转变了农民的传统种植观念，农民种什么不再只考虑市场的需求，而应优先考虑水资源的条件，以水定发展的观念在农民意识中初步形成。

看到了成效，河套灌区管理总局开始对灌区各项管理制度进行改革。

他们首先把着眼点放在改革群管水利工程管理体制上，以此促进用水户参与管理。将全灌区 1142 个单元分成了三大组织形式进行。第一种类型为用水者协会，主要建立在支渠或大型斗渠上。截至目前，共组建用水者协会338个，辖群管渠道817条，辖灌溉面积363.5万亩，占全灌区总灌溉面积的42%。第二种类型为个人承包或管理（联水承包、渠长负责制）。主要建立在行政隶属关系简单，灌溉面积较小且相对稳定，便于管理的渠道上。到目前，共组建786个单元，辖群管渠道841条，辖灌溉面积230.81万亩，占全灌区总灌溉面积的26%。第三种类型为专管和群管人员相结合的简称“专群结合”的管理组织。即对跨旗、县和乡、镇行政区域的群管分干渠和大型支渠，上下游供水矛盾难以协调，不便于成立用水者协会和个人承包管理的，组建由相关主管渠域的管理人员牵头，渠域有关乡、镇、村代表参加组成专群结合的管理组织。截至2002年，共组建18个单元，辖群管渠道80条，辖灌溉面积46.7万亩，占全灌区总灌溉面积的5.3%。

实践证明，管理制度改革后产生了明显的效益。由用水者协会为主体的各类群管组织的建立，使广大用水户参与到灌溉管理中来。群众的事情群众管理，乡镇干部则从繁忙的水务工作中解脱出来，而水事纠纷明显减少，干群关系明显改善。群管渠道的量水由“管用”双方共测互监，实行水价、水量、面积、水费四公开，供水缴费“管用”双方直接见面，减少了中间环节，避免了搭车收费。农民用的放心水，交的明白费，促进了民主管水，实现了水务公开。同时大大促进了水费计收的顺利进行，连续几年基本做到了水费全额计收。

紧接着，河套灌区管理总局又推进了水费的改革进程。

一是改革水费的核定办法。二是改革交费的责任主体。目前的责任主体主要有用水者协会、联水承包者、渠长及专群结合供水服务站四种形式，供需双方直接见面，签订用水收费合同。三是改革水费的计收方式，全面推行以灌溉轮次收费或水票供水。四是规范水费的计收程序。五是强化水费的计收措施。六是努力提高服务质量。通过调整水价，改革水费计收办法，以及在各级政府大力支持和广大灌户的积极配合下，不仅使水费每年都做到了按时足额收缴，而且收到了较好的经济和社会效益。

新实践提供了新借鉴

河套灌区推行的听证制度，其意义要远大于听证会本身。首先，听证制度体现了党的十六大精神。十六大报告中提出要改革和完善决策机制，建立与群众利益密切相关的重大事项社会公示制度和社会听证制度。河套灌区召开的听证会，在推进各级政府和决策的民主化和科学化方面做了很好的尝试。其次，听证制度体现了水利部党组新时期的治水新思路。从工程水利向资源水利转变，以水资源的可持续利用支持社会经济的可持续发展。把水资源的合理开发，优化配置、科学利用和有效节约作为核心，听证制度向代表们所作的3个报告，其核心就是围绕节水、提高水的有效利用率为目的。最后，听证制度充分体现了政务公开、水务公开、利益共享、责任共担的宗旨。对其他供水单位具有一定的借鉴作用。听证会在政府主持下，对当前面临的重大事项进行民主协商、民主讨论，这种形式是把供用水双方完全放在了平等的地位，而不是管理者与被管理者的关系，体现了供用水双方之间的商品关系。而这一关系又要求双方进行平等的协商，而用水户往往是分散经营的，所以，通过举行用水户代表参加听证会的形式是必然的选择。

正如中国灌区协会会长冯广志所说的那样，听证会的召开表明内蒙古河套灌区在以用水户参与灌区管理为主要内容的管理体制改革、运行机制改革上迈出了新的一步。水管单位与用水户在灌区管理工作中的角色和定位发生了十分重要的变化，这是灌区管理向现代化转变的标志之一。

巴彦淖尔盟盟委副书记、盟长胡毅峰在听证会上讲道："这次听证会是在我盟认真学习贯彻党的十六大精神，努力实践'三个代表'重要思想的新形势下召开的。召开这次听证会，就是要贯彻十六大提出的'改革和完善决策机制，建立与群众利益密切相关的重大事项社会公示制度和社会听证制度'这一精神，推进我盟各级政府部门决策工作的民主化进程。召开听证会，首要目的就是让灌区广大用户充分认识当前严峻的水资源形势，增强节约用水、科学管水的意识，同时，使大家了解灌区水费计收管用、灌溉运行管理、工程建设的政策与措施等，共同探讨应对水资源紧缺的具体措施，发挥群众在与自己切身利益密切相关的重大事项中的决策作用和主导作用，进一步增强灌区用水、水费计收和管理、使用等方面的透明度。实行了管理体制改革的地区在规范灌溉秩序、收费秩序，促进用水户节水、节费，推动农村水利建设等方面起到了积极的作用。特别是用水和管水双方直接见面，协调配合，共同努力，克服干旱，水资源短缺等困难，较好地完成了农业灌溉任务，为夺取巴盟农牧业丰收，为地区经济发展和社会稳定发挥了不可替代的作用。"

我们有理由相信，内蒙古河套灌区推行的这种符合地区实际、具有改革创新特色的听证制度，一定会结出更加丰硕的成果。

（原载于 2003 年 1 月 21 日《中国水利报》）

内蒙古牧区水利建设启动

《内蒙古自治区牧区草原生态保护水资源保障规划》在得到水利部批复后，目前已正式启动。该规划基准年为2000年，规划期8年，到2010年完成。《规划》涉及内蒙古自治区 54 个牧业、半牧业旗县，工程总投资 64.3 亿元。

由于对天然草场的利用缺乏科学性，导致了草场严重退化、沙化，严重威胁牧区的可持续发展，并影响到京津和“三北”地区的生态安全。为牧区生态建设提供水资源保障，既是促进牧区生产经营方式转变的需要，也是保护和改善草原生态环境的需要。为此，水利部把牧区水利建设作为重点来抓，并于去年批复了《内蒙古自治区牧区草原生态保护水资源保障规划》。

内蒙古牧区水利建设整个工程项目新增水源工程 6.2 万处，新建地表水灌区 12 处，续建配套项目 37 处，新增灌溉饲草料 743 万亩，同时，对现有 237 万亩灌溉饲草料地进行续建配套和节水改造。到 2010 年工程完成后，全区灌溉饲草料地总规模将达到 1085 万亩，年增饲草料 133 亿公斤，相当于目前 3.69 亿亩天然草场的生产能力，可休牧保护草原 7.38 亿亩。

2001 年内蒙古实施了牧区水利试点项目以来，共投入了 7000 万元，涉及 27 个牧业旗县 51 个试点项目区饲草料地节水灌溉试点工程建设。2001 年首批实施的 8 个牧区水利试点项目，到目前已全部完成并发挥了应有的效益：新建水源工程 11 处，发展饲草料地灌溉面积 16585 亩，受益人口 1175 人、牲畜 8.2 万头。2002 年国家投资下达 2000 万元，地方自筹 1000 万元，目前 23 个试点项目已全部开工建设，水源工程和林路框架工程大部分已完成，部分节水措施已配套。全部工程在今年 5 月底完成后，将发展饲草料地灌溉面积 4.8 万亩，解决 8500 多户牧民的生产需求，可圈养牲畜 8.7 万羊单位，禁牧保护草原 390 万亩。2003 年试点项目国家投资 2000 万元，地方自筹 1000 万元，20 个确定试点项目可望在今年 6 月左右全面开工建设。

经过2001年至今的项目实施，全区以饲草料地节水灌溉为重点的牧区水利试点项目建设取得了显著成效，走出了一条以水为基础，保护和建设草原，恢复生态的成功之路。到2010年规划期完成后，内蒙古大草原将再现昔日“风吹草低见牛羊”的秀美风光。

（原载于2003年5月20日《中国水利报》）

昨日拉水累断腰　今朝吃水瓮中舀

内蒙古阿拉善盟大部地区通上了自来水

内蒙古阿拉善盟抓住国家和自治区饮水解困工程实施的有利时机，把切实解决广大农牧民人畜饮水问题作为水利建设的突出问题，不断完善措施，加强管理，取得显著成效。近年来，共完成投资5343万元，建成人畜饮水工程250处，解决和改善了5.93万人、31.55万头（只）牲畜的饮水困难。

阿拉善盟干旱少雨，年均降水量100毫米左右，全盟地表水和地下水资源十分贫乏，大部分地区饮水困难，耕地亩均水资源占有量分别是全国和自治区的7.6%和30%，人均水资源占有量分别是全国和自治区的12%和20%。水资源的匮乏，加之连年干旱，水源补给量少，造成各大井灌区地下水位不断下降，各种水源井干涸或出水量不足。饮水最为困难的地区，群众经常往返一、二天，到几公里、最远40多公里的地方拉水。阿拉善右旗大部分牧户人均年收入仅2000元，而每年的拉水费用就高达2000多元。阿拉善左旗宗别立镇由于缺水，土豆是这里唯一的蔬菜。

阿拉善右旗是全盟的高氟区，全旗氟斑釉齿病发病率高达90.27%，氟骨症患病率达25%，同时，经常性出现数病并发症。由于缺水，农牧民惜水如油，一水多用已成习惯。缺水给当地群众的身心健康带来巨大影响，同时极大地限制了家庭农牧业的发展。

为使广大农牧民不再饱受缺水之苦，1996年以来，阿拉善盟在上级党委、政府和水利部门的大力支持下，积极争取自治区批复人畜饮水工程项目158项，总投资5343万元，到目前，建成人畜饮水工程250处，完成机电井69眼、供水基本井 80 眼、截伏流 3 处、筒井 98 眼，完成引水管道 562 公里，80% 以上的乡镇通上了自来水，使 5.93 万人和 31.55 万头（只）牲畜彻底摆脱了饮水困难问题。

为建设、管理和使用好人畜饮水工程，使之长期发挥效益，阿盟制定并不断完善制度，强化措施。近年来，各级党政领导始终把解决和改善人畜饮水困难问题作为一项政治任务来高度认识，作为稳定边疆和民族团结的一项重要任务来认真落实，并列入重要议事日程，保证重点，兼顾其他，加强前期工作，增加项目储备，确保工程顺利实施。根据盟委“转移发展战略”，盟水务局确立了饮水工程的总体思路，按照“先缺后改、先重后轻、先易后难、先集中后分散、饮灌结合”的建设原则，保证重点工程的实施。在实施工程的基础上，切实做好前期工作，分别编报了“十五”人畜饮水规划、项目规划卡、规划名册，共规划项目 72 项、储备项目 22 项，严格执行规划卡和规划名册上报年度计划和工程初步设计，做到工程建设有计划、有步骤、有目的。根据全盟地广人稀、交通不便、农牧民居住分散、人畜饮水工程建设难度大等实际情况，在工程实施中，本着高标准、高质量、高科技含量、高效益的原则，严把设计施工质量关，对重点工程实行招投标制。施工中，聘请监理工程师对重点工程进行监理，并由派驻的监理人员进行不定期抽查和监督检查。盟人饮办公室适时组织阶段验收。严格控制工程质量。制定了《阿拉善盟人畜饮水工程建设资金管理暂行办法》资金管理实行“三专一封闭”，保证了专款专用，杜绝了对工程项目的随意变更和占用、挪用资金，减少了资金的拨付渠道，资金按时直达建设单位，加快了工程建设进度。各项工程根据具体情况确定水价，收取的水费用于工程维修，确保了工程正常运行。

（原载于 2003 年 9 月 23 日《黄河报》，2003 年 12 月 6 日《中国水利报》）

黄土高原的老百姓与淤地坝

4月中旬，我们一行5人到陕西、山西黄土高原地区就淤地坝做了一次考察（由于时间关系，内蒙古是委托李建国同志跑的）。一个星期时间里，我们跑了两省的5个地区、7个县、11个流域沟，行程近3000公里，走访了15户（不包括内蒙古）农户。一路的所见所闻使我们切实体会到这里的老百姓与土地之间那种无法割舍的联系，他们珍惜每一寸土地，他们爱土地胜于自己的生命——用他们自己的话说就是：脚踩着黄土心里踏实。

黄土高原地区特殊的地貌使淤地坝在这里有了特殊的地位，能把沟岔变成肥沃的“保命田”，老百姓哪有不打心眼里喜欢的道理。

“打坝如修仓，拦泥如积粮”“淤地坝就是咱们的‘钱袋子’！”这是黄土高原老百姓对淤地坝的最直接的赞誉。

“一方水土养一方人”。连绵的黄土塬、滚滚的黄河水，养育了一方朴实憨厚的老百姓，他们就像茅盾先生赞誉过的白杨树一样，在属于自己的那片并不富庶的土地上生存繁息，传衍着中华民族不屈的精神。

我们没有任何理由不去关爱他们——

王占宽，内蒙古鄂尔多斯市东胜区撼家塔村海湾社村民。

王占宽说：“我们这一带以前是寸草不生，人烟稀少，就连牧民放牧也不到这里。满眼都是茫茫的明沙。一刮风，沙土满天，什么也看不见。1996年开始，区、镇的领导带领我们打坝、平地，后来还安装了喷灌设备，沟岔里有的变成了水库，有的变成了平地。我们在地里种上了树苗，因为能浇灌，树苗长势挺好。前几年，我们又从外地买来柏树、美国桃树、西班牙杏树等优质树种，在坝地里育苗。按眼下市场最低价每株15元计，我们现有的6亩（0.4hm^2）地就能收到20万元。这在以前，我们是想都不敢想。党的富民政策真的是好。”

老实巴交的王占宽反复向记者说着一句话：“真的感激政府啊！要不咱还

不知穷到啥时候呢。”

段有爱，内蒙古鄂尔多斯市准格尔旗纳林镇纳林村前麻黄塔社社长。

段有爱说：“布尔洞到处都是沟沟岔岔，以前基本没有能耕作的地块，农民见到成块的地就撒种，希望老天爷开眼，秋天能有点收成。可一下雨土连着苗又一起走了。年年如此，辈辈如此。农民人均年收入不足 80 元。从 1983 年开始，在上级支持下，我们开始打坝、淤地，到现在，布尔洞沟已有 600 多亩（40 hm^2）坝地。因为坝地，百姓手中才有了钱，才底气十足地搞起小型水利设施建设，打筒井，搞水浇地，育树苗，家庭收入大大增加。现在，种植坝地的农民人均年收入最高的已有 2500 元，最低的也有 1200 元。要是没有坝地，布尔洞沟还不知穷到什么时候呢。有了坝地，我们的日子一天比一天好！”

万玉锁，呼和浩特市清水河县范四窑村村民。

一说到淤地坝，万玉锁就激动不已。指着一眼望不到头的沟坝地，万玉锁对记者说：“这些地方，以前全是烂沟，一眼望过去满眼是沟沟壕壕、坡坡岔岔，几乎没有植被，村里人生活相当困难，每年每个人口粮才 30 多斤，我们家 4 口人，一年粮食才 100 多斤，根本就不够吃。从 1994 年开始，范四窑小流域被列为内蒙古重点治理流域，县里的干部带领老百姓治沟打坝，拦淤引水，修坡平沟，在坡地上种柠条、山杏、油松、沙棘和优质牧草，在淤地上种玉米、油料等高产作物，这一下子从沟到坡全变了样儿。全村现在人均产粮 500 多斤，人均收入 1000 多元，还通了电，有了水。我们家两年前还盖了新房，猪、羊也有富余粮食养了。打坝淤地那真是给咱老百姓办实事呀！”

看得出，万玉锁格外珍惜淤地坝带给他的幸福生活。

[原载于 2003 年第 9 期 A 刊（总第 491 期）《中国水利》]

内蒙古为粮食增产提供水保障

近日，内蒙古水利厅编制完成《内蒙古自治区发展粮食生产水资源保障工程规划》大纲，用以指导全自治区粮食主产区的农业节水灌溉工程和中低产田改造建设，为农民增收提供有力的水资源保障。

灌溉农业在内蒙古自治区农业生产中占有重要地位。但是，“十年九旱，年年春旱”的气候条件，严重制约了农业生产的发展，同时，农业，这个占全自治区用水总量90%以上的用水大户，依然还在走着粗放灌溉的老路。统计数字表明，全自治区灌溉水有效利用系数仅为0.35左右，农业灌溉节水潜力十分巨大。截至2003年末，全自治区农田有效灌溉面积为3853万亩，占自治区耕地面积的35%，但是却提供了全自治区50%以上的粮食产量、70%以上的农产品和60%以上的农区畜牧业饲草料。因此，加强农田草牧场水利基本设施建设，大力推广农业灌溉节水技术，改造中低产田，将对提高自治区粮食生产能力，实现自治区经济社会全面、协调和可持续发展产生巨大作用。

《规划》确定，坚持“以水定发展，以水定规模”的原则，充分考虑当地水土资源条件和经济发展布局，合理安排生活、生产和生态用水，特别是用好洪水资源。优先利用地表水，严禁开采深层地下水，以合理开发、优化配置、高效利用和有效保护水资源为核心，以节水改造、扩大农田灌溉面积为重点，统筹规划，突出重点，改善农业生产条件，增强农业抵御自然灾害的能力，提高全自治区粮食生产效益，为经济社会发展提供有力的水资源保障。

规划区涉及全自治区12个盟市的粮食主产区。计划到2015年，全自治区新增有效灌溉面积2000万亩，其中，通过供水工程建设新增农田有效灌溉面积1200万亩，节水改造扩大农田有效灌溉面积800万亩；全自治区农田有效灌溉面积累计达到5800万亩，新增粮食产量100亿公斤，粮食生产能力达到250亿公斤。

（原载于2004年6月3日《中国水利报》）

位于黄土高原丘陵沟壑区的内蒙古准格尔旗，山大沟深，沟壑纵横，水土流失十分严重。为了从根本上解决这一严重制约当地经济社会发展的“顽疾”，经科技部批准，内蒙古水科院于 2002 年开始实施“北方半干旱集雨补灌旱作区节水农业技术体系集成与示范”项目，并正式列入国家“863”重大科技攻关计划。项目实施两年多来总体情况如何，给当地群众带来多少收益？请看本报特稿——

“863”情洒黄土塬

盛夏 7 月的黄土高原丘陵沟壑区，太阳格外炽烈。应“北方半干旱集雨补灌旱作区节水农业综合技术体系集成与示范”课题组的邀请，记者随内蒙古水利科学研究院副院长、教授级高级工程师程满金驱车前往内蒙古鄂尔多斯市的准格尔旗，考察正在这里实施的国家“十五”重大科技专项“现代节水农业技术体系及新产品研究与开发”，了解节水农业技术集成与示范工程。一路上，程副院长给我们详细介绍了考察地情况和项目实施情况。

准格尔旗境内有被地质学家冠以“地球癌症”之称的砒砂岩，不仅无法涵养水分，且遇水极易流失，加上当地降雨多以暴雨形式集中出现，更加剧了水土流失。对此，内蒙古水利科学研究院从蓄水、节水、优化水资源配置等方面入手，在深入农户调查研究的基础上，结合当地农牧业发展的总体思路，并与正在实施的世行扶贫等 5 项重点工程相结合，编制完成了万亩集雨补灌示范区建设规划。2002 年，“北方半干旱集雨补灌旱作区节水农业技术体系集成与示范”项目经科技部批准，正式列入国家“863”重大科技攻关计划。该项目总投资 1400 万元，其中国家“863”计划安排 700 万元，于 2002 年 6 月开始实施至 2005 年底结束，届时将建成一个万亩以上人工集雨补灌旱作农业技术集成综合示范区，其成熟技术和模式可在全国同类型区全面推广应用。

（一）

车子在颠簸中行进着，眼前的绿色渐渐浓了起来。放眼望去，一垄垄玉米油亮滴翠，参差错落；一畦畦香瓜鲜亮可人；一座座塑料温棚大小有致，齐整洁净。程副院长告诉我们，这里就是沙圪堵镇贾明梁社核心示范区。

伴随着扑鼻而来的清香，我们走进一座蔬菜大棚，只见黄瓜、豆角、青椒、茄子等时令蔬菜琳琅满目，每一种都是那么新鲜爽嫩。大棚主人杨来福见到记者，有些激动地说："自 2003 年国家'863'项目在准格尔旗实施后，我首先申请课题组再次将我列为重点示范户。因为早在 1995 年，内蒙古水科院搞'112'集雨节水灌溉试验示范项目时，我就觉得这是最适合干旱缺水地区保产增收的好办法。这几年，我在打旱井、建水窖发展集雨节灌中积累了一些经验，对现在搞的'863'项目尤其是对覆膜滴灌等新技术有很强的接受能力，于是从 2003 年开始，我重点种植经济作物，开展舍饲养殖业，新建了一座塑料大棚，全部种了小香瓜，现在长势喜人，估计能提前一个月上市。过去我们这穷山沟里一年四季都吃土豆、酸白菜，新鲜蔬菜连影都见不着。搞了集雨工程后，我们也跟城里人一样，起码夏秋两季鲜菜不断。今年我还种植了覆膜西瓜、香瓜、葵花、籽瓜，栽植了红葱和脱毒紫花白马铃薯。"

说到这里，杨来福又掰着手指头算起了他的经济账："我去年良种推广占 80%左右，仅 7 亩覆膜滴灌西瓜和香瓜的毛收入就有 4500 元，平均每亩收入 643 元。我家 4 口人，养羊 50 只、生猪 3 口，有水窖 1 眼、旱井 9 眼，人均收入 4500 元，今年预计会超过 6000 元。这可是在实施庭院集雨节灌前年收入的 10 多倍啊！内蒙古水科院和准格尔旗政府还把我家定为'丘陵山区利用雨水资源发展庭院经济和舍饲养殖生态型示范样板户'。"一旁的程满金副院长补充道："杨来福还是帮助村里人打旱井集蓄雨水、推广新技术的典型户呢！"

杨来福不好意思地笑着，领我们看他的旱地玉米和滴灌地。他指着一块齐腰高的玉米地和旁边一块齐膝的玉米地说："这块高的玉米是靠集雨节水膜下滴灌才长得枝繁叶茂，而低的玉米则完全是靠天下雨，长得矮小瘦弱。很明显，一样的地却有不一样的收获。"

告别了杨来福，车子又翻过了几个山坳，向西营子镇四道包村农民淡三喜家驶去。淡三喜全家 4 口人，人工种草 20 亩，有天然牧草 60 亩。自 2003 年他家被定为集雨补灌示范户以来，种植良种玉米、脱毒紫花白土豆、小香谷、黑豆、荞麦、油料等作物近 30 亩，尤其是玉米种植采用覆膜＋坐水种＋滴灌模式的节水技术后，出苗率 95%以上，玉米单产也由过去的 270 公斤提高到500公斤。新建的2眼旱井蓄满了水，可新增节水灌溉面积10亩左右，改变了过去等雨播种、被动抗旱的状况。

淡三喜告诉记者，从今年5月份到现在这里就没下过一场大雨，有些地都撂荒了。现在长起来的，都是靠庭院集雨工程补灌的。实施舍饲圈养后，牲畜产量和质量也都有所提高。他养的19只羊，仅绒毛收入就有2000多元，加上生猪和其他收入，今年预计人均收入可达2800元左右，分别比2002年和2003年提高100%和23%。

淡三喜兴奋地说："水科院这个项目确实选准了，目标很明确，措施很得力，对增产增收和实现脱贫致富意义实在是太大了。"

（二）

走出淡三喜的示范园，我们驱车过塬，遇到了正在塬上开挖集雨水窖的几个农民。记者看到，在10亩左右的旱塬上，他们已开挖了直径约5米、深约3米的窖井，还在继续往下挖。据说这眼水窖建成后，一次就能浇灌10多亩地，雨水好的话还能保证来年春播和滴灌。随后我们又参观了附近几个农户的庭院设施，几乎家家有抗旱水窖，户户有节水设施，且大多水窖都经混凝土、水泥土等集流材料工艺技术处理，非常干净整洁。

据介绍，在准格尔旗实施的"863"节水农业重大科技专项，是目前我国在内蒙古自治区首次实施的重大水利科技项目。两年来，内蒙古水科院围绕雨水资源高效汇集、存贮和利用，以农户具体实施为单元、集雨工程为基础、节水高效为核心、综合适用技术集成为重点，在示范区共建成雨水集蓄利用综合实验场30亩、核心示范区2处，建成水窖、旱井等集雨工程837处，新建日光温室、塑料大棚和小拱棚51座。在项目组织管理和机制实施上，他们不断建立健全组织机构，专门成立了课题领导小组和示范区建设领导小组，制定了示范区建设原则和优惠政策，为典型户提供资金和技术指导，层层落实责任制，为示范区建设和研究工作顺利完成奠定了坚实基础。最近内蒙古水科院又确定了万亩集雨补灌示范区建设项目课题，并结合实际提出了3种不同类型的雨水利用发展模式。

庭院集雨经济型模式是最受农户欢迎的一种模式，它主要是通过在农户院内修建水窖，房顶和庭院采用水泥砂浆、混凝土或土壤固化剂进行集雨面建设，改善水质，解决农户饮水困难和农田灌溉用水问题。另一种是集雨高效种植型模式，主要是通过推广优良品种、地膜覆盖、节水灌溉与高产耕作技术，调整作物种植结构，提高作物单产，为粮食安全提供保证。第三种是集雨生态畜牧型模式，这也是本地区农民增收致富的主要途径之一，主要是配合退耕还林还草工程与世行扶贫贷款工程建设，把生态种植和恢复结合起来，走“为经营而种，为经营而养”的路子。

采访结束时，程副院长充满信心地对记者说：“我们将力争通过3年时间，使示范区农民人均收入打一个翻身仗。我们相信，有这样一支千方百计改善干旱地区落后面貌的水利科技队伍，准格尔旗的老百姓定会在全面建设小康社会的大道上阔步前进。

（原载于2004年8月21日《中国水利报》）

甘泉润老区

——内蒙古清水河县北堡乡人畜饮水工程纪实

内蒙古清水河县北堡乡是有名的革命老区。

这里，是自治区第一个基层党支部的成立之地；这里，也是自治区最缺水的地区之一。多少年来，生活在这里祖祖辈辈的人们，因为缺水，农业生产能力低下，家境贫困；因为缺水，人们长年不洗澡、不换衣，疾病流行；也因为缺水，常常发生争水抢水械斗；甚至因为旱灾缺水，学校停课，单位不能办公，商店不能营业，群众蜂拥到10公里以外的山西偏关拉运水，人多水少发生冲突，造成伤害。

水呵，让这里的人们敬若神明，但又让这里的人们苦不堪言。现在好了，随着国家和自治区人畜饮水工程的实施，这里的人们彻底摆脱了缺水的桎梏，再也不为水而愁苦，再也不为水而奔波。如今，水使他们从根本上改变了一切。

位于清水河县东南部的北堡乡，属高寒土石山区，山大沟深，沟谷纵横。地表水严重不足，地下水又极其贫乏。恶劣的自然环境和特殊的地理条件，使人们将这里视为水源“癌区”。长期以来，天然降雨是这一地区的主要水源，人畜饮水就靠这有限的“天水”。而十年九旱又是这里的主要气候特征。每遇干旱的年份，男女老少起早贪黑四处奔波找水，家家户户常常是“鸡鸣三更去，日落不见归”。1993 年，清水河县遭受了历史上罕见的旱灾，北堡乡出现了大面积人畜饮水困难，1 万多亩农作物不能及时播种，4000 亩覆膜绿豆项目未能点种。一担商品水的价格高达 2 元。为此，县政府出动了车辆往返 120 多公里紧急调运拉水，才勉强度过了危机。

1995 年，对于苦苦盼水的北堡乡人来说，是永世难忘的。这一年，清水河县水利部门抓住自治区人畜饮水工程实施的机遇，聘请了水利部牧科所的找水专家，寻遍千沟万壑，踏遍坎坎梁梁，终于找到了充足的水源。时刻关注找水信息，苦等苦盼找水的乡亲们，一听说找到了水，找到了能吃的水源后，整个北堡乡立刻沸腾了。人们冲出屋门，有的拍手大笑，有的相拥而泣。呼喊声、欢笑声，响彻了沟沟壑壑，传遍了山山谷谷。水呵，梦想了你多少回，水呵，渴盼了你多少年，今天，你终于让我们圆了这个梦。水利技术人员们经过数十天的艰苦奋战，一眼 260 多米深的深井出现在人们面前。为保证家家都能通上水，县水利局配套建设了高水位蓄水池 1 座，埋设管道 3.29 万米，设自来水集中供水工程 6 处，供水点 3 个，完成土方 7.85 万立方米，石方 1430 立方米，混凝土 25 立方米，共计完成投资 139.55 万元，其中，国家投资 65 万元，地方和群众自筹资金 74.55 万元。

供水工程建成后，形成了一条长达 17 公里的供水辐射带，日供优质生活用水 1200 吨，可充分满足每人每日 20 升，大畜 40 升、小畜 7 升的日最高用水需求。使 9 个村的群众受益，解决了 2673 万人、5230 头（只）牲畜的饮水问题。从此，北堡乡这个昔日深受缺水之害的地方，因为水而从根本上得到了解放。现在，北堡乡人给他们自己算了一笔账：一是供水工程的建设，使长年专管拉水的近 700 人的劳动力转移到了发展生产上来，使户均每年用于找水的 80 多个工日，投入到了农田建设中，相当于户均增加 1 到 1.5 个劳动力。不仅如此，供水工程还可为邻近地区提供水源，有效地缓解了其用水紧张的矛盾；二是供水工程为发展地方经济注入了新的活力。目前，受到水源惠泽的 9 个村共建起了庭院温室 32 个，发展庭院经济 34 亩，年产新鲜蔬菜 22 万多公斤。一年四季无菜可吃的乡亲们，终于常年四季菜不断。在解决吃菜问题的同时，依靠供水工程作为后盾，大面积推广地膜覆盖、坐水点种经济作物1500亩，户均达到了2亩，为粮食稳产、高产奠定了基础。近年来，9个村共发展养殖专业户15户，牲畜由原4000多头（只）增加到6800多头（只），发展小型粮油加工点10处，炼铁厂1个，新建商业网点19处，发展运输专业户8户，年输出劳务220多人，农村新的经济增长点正逐步培育形成。到目前，9个村的人均收入达到了2400元，较供水工程建成前提高了80%。三是供水工程有力地改善了当地的社会环境和生活环境。过去由于缺水导致的流行性疾病，如肝病、眼病、肠胃病及妇科等疾病发病率大大降低，供水区群众年人均医疗费支出由过去的60多元降至15元左右。常年被汗水污渍的衣服也终于露出了本来“面目”，并且也能经常享受洗澡的“福”了。四是供水工程促进了两个文明建设协调发展。上了自来水，没了水纠纷，促进了地区安定；有了水保障，退耕还林还草，开展多种经营的积极性明显提高，群众自发开拓致富门路的意识进一步增强，基础设施建设大为改观。

眼下的老区，山山水水皆披绿，到处呈现出一派安居乐业、生机盎然、欣欣向荣的景象。农民杨焕柱说：“过去养儿为防老，那多半是为解决老来吃水问题。现在有了自来水，等于是为我们生了个好儿子，我们还愁过不上好日子！”

（原载于2004年9月23日《中国水利报》）

内蒙古鄂尔多斯市：一水引来百业兴

鄂尔多斯，这个昔日贫瘠、落后、蛮荒的土地，如今，已成为一个不断崛起，并不断改变旧貌走向富裕和殷实的传奇。

是什么使这片土地有着如此的变化？是什么使这里“等天下雨，靠天吃饭”的人们不再为一个“水”字而受折磨和困扰？当春风吹遍神州的时候，鄂尔多斯也在吸纳着这清新的空气；当国家农村饮水解困工程实施的时候，这里的人们开始沐浴世代不曾想过的甘泉，并真正享受了这甘泉给他们带来的无边的惠泽。

饮水解困实施了　生产生活保障了

十年九旱的鄂尔多斯，是内蒙古境内地形地貌较为复杂、自然条件较为恶劣、生态环境十分脆弱的一个地区。全市86752平方公里的土地面积，牧区就占57000平方公里。这里的牧区处在硬梁草原区、沙区和丘陵沟壑区。如此的自然环境，如此的气候特点，缺水，自然成为这里最现实和最严重的问题。可以想见，水的问题就是困扰这一地区最为集中的焦点问题之一，已成为制约经济社会发展的最大因素。2000年，国家饮水解困工程开始在鄂尔多斯高原广袤的土地上遍洒甘霖，4年中，累计投入饮水解困建设资金2.3553亿元，其中国家投入1.0340亿元，协调捆绑地方涉农资金3813万元，群众自筹资金9400万元，建成了各类水源工程1296处，铺设输水管道3363.2公里。使28.7万人、165万头（只）牲畜告别了饮水难，同时，发展了水浇地10万多亩。

兴水旺百业。鄂尔多斯市在饮水解困工程建设中，立足于市情，结合实际，以高起点、高标准、高效益、规模化的整体建设格局，把饮水解困工程与农牧业产业结构调整、农牧民脱贫致富和经济发展紧密结合起来，不仅稳定和有效地解决了农村牧区的饮水困难，而且走出了一条饮水促发展、饮水促小康的高效集约化的经营之路，有力地推进了农牧业经济的跨越式发展步伐。饮水解困工程的建设，为鄂尔多斯成为绿色大市、畜牧业强市，搭建了腾飞的平台，为振兴百业、提高人民生活水平和实现快步奔小康，起到了重要的基础保障作用。

三个结构调整了　经济全面发展了

在解决了饮水问题后的地区，依靠饮水解困工程的富余供水发展特色农牧业，是鄂尔多斯市促进产业结构调整、实现饮水解困促调产，通过调产促增收的主要目标。近年来，他们行之有效的做法是实现了“三个调整”。一是调整了种植结构。得益于饮水解困的农牧民，通过工程的带动，适时转变了生产经营方式。他们围绕“为养而种，以种促养，靠养增收”的思路，大力发展了水浇地，种植了有较高价值的优质牧草和专用饲料作物，既解决了自家的牲畜饲料问题，又可出售获利，收到一举两得的效果。二是调整了饲养方式。对大面积草原实行了季节性休牧和划区轮牧，过去“羊儿满山跑，草儿渐渐少”的游牧散养的传统放牧形式得到了合理调整，舍饲、半舍饲和科学的喂养方式已成为牧民们新的生产方式。三是改良了畜种，调整了畜群结构。据调查，改良后的山羊，具有绒质好、产量高的优点，每只羊仅羊绒产量就由原来的只均 0.25 公斤增加到 0.5 公斤以上，只均羊绒收入 100 多元。成年羊产肉量由原来的 15 公斤左右增加到了 20 公斤以上，每只羊年可增加产值 80 元。牲畜改良较好的牧户，都把幼畜作为种公羊或基础母畜出售，增值效果明显。目前，全市受益于饮水工程后的改良畜比例达到了 92.4%，适龄母畜比例达到 50.8%。母畜结构进一步得到优化，促进了畜牧业的可持续发展。

鄂托克旗查布苏木牧民巴音巴图，2000 年前，一直在自家的 4300 亩草场上放养着 100 多只山羊，结果使草场日益沙化、退化。后来，通过饮水工程，发展了水浇地 1000 亩，开始走上建设养畜、舍饲养畜之路。几年来，他家的羊群不仅越来越大，饲草料实现了自给自足，而且还给临近的受灾户调出饲草 10 万公斤，饲料 40 万公斤，经济效益猛增，年纯收入达 10 万元。

杭锦旗将解决人畜饮水与产业结构调整、草原生态恢复和生产方式转变、群众生活水平提高统筹安排，在牧区大力推广实施了“一井、一塔、一园、一棚、一窖”的“五个一”工程。即每个牧户在自己的草场上打一眼机电井并配套，建一座 10~15 立方米的水塔（解决自来水），建一处 60~100 亩的高标准节水饲草料基地，建一个 100 平方米以上的舍饲暖棚和一个青贮窖。该旗浩绕柴达苏木牧民尔定巴特尔，全家 5 口人，承包草场 2800 亩，养山羊 200 只。过去的尔定巴特尔同其他牧民一样，无水浇地，人畜饮水困难，草场负荷大，沙化严重。2000 年，“五个一”工程实施后，每年可产草 6.3 万公斤，产饲料 2 万公斤，年产羊绒 1300 公斤，牲畜出栏 50 只以上，年收入 4.36 万元，人均收入稳定在 7000 左右。由于有了水源，饲草料充足，2004 年，他又购买 10 头鲁西黄牛，经营起肉牛项目，经济效益在不断增加。

“五个一”工程的建设，还大大减轻了劳动强度，农牧民有了灌溉饲草料基地，转变了传统的放牧方式，实现了生产方式的重大变革，缓解了草场压力，加快了植被恢复。同时，使农牧民生活水平得到极大提高，真正实现了“建设一小片、恢复一大片”和农牧民脱贫致富的双赢目标。目前，该旗已建成“五个一”工程达标户 530 户，鄂尔多斯市达到了 1000 户。

农牧民收入增加了　奔小康步子迈大了

实施饮水解困工程，还使大批农村劳动力和机械进一步得到了解放，转而投入到劳务输出，发展特色养殖业、种植业、庭院经济和农副产品加工业上来，开辟和拓宽了致富门路，增加了收入。据统计，全市 1296 处农村饮水解困工程的建成使用，至少可解放劳动力 10 万人，按年人均创收最低 1000 元计算，总收入可达 1 亿元。目前，有 70% 的地方利用饮水工程充足的水源，发展了特色养殖业、种植业、庭院经济、蔬菜大棚、实用蘑菇等多种经营和小型农副产品加工厂，每年至少可增加收入 5000 元以上。解决饮水问题的农牧户，比未解决的农牧户平均多养牲畜 4.3 只羊单位。依托饮水工程，农牧民直接或间接收入不断增加，2003 年，全市农牧民人均收入达到 3090 元，比 2000 年前增加了 437 元。

伊金霍洛旗苏布尔嘎苏木苏布尔嘎嘎查六社，通过实施人畜饮水工程，发展养殖户 27 户，建成了养殖规模为 300 头奶牛养殖小区。鄂托克旗将解决人畜饮水与生态移民相结合，建成苏米图苏木移民工程，不仅解决了 110 户移民的饮水问题，而且发展水浇地 1500 亩，养殖奶牛 200 头，人均收入由原来的 1000 元增加到 3500 元。杭锦旗在梁外地区实施集饮水、灌溉、节水三位一体的饮水工程，在四十里梁镇成功地打了第一眼 350 米的深井，结束了该地区无水和人畜饮水困难的历史，改善了当地的生活生产条件，使该地区提前两年脱贫。鄂托克前旗毛盖图苏木巴音十里嘎查牧民赵巴图，通过饮水工程建设，发展节水饲草料基地 120 多亩，除适龄母畜进行划区轮牧外，其余牲畜全部圈养育肥，人均收入达到 1 万元。东胜区依托饮水工程在罕台镇板素壕村建成养殖规模为 440 头奶牛的奶站，年收入 64 万元。在铜川什家壕建成 50 个温室大棚，种植蔬菜、蘑菇，年收入 46 万元，人均收入 3000 元以上。

生态环境改善了　草原建设加快了

过去，数户牧民共用一眼供水井，常常要赶着羊群去饮水，践踏了草场，破坏了植被。饮水工程实施后，草原生态环境得到明显改善，尤其是发展了灌溉饲草料基地，集中解决了牲畜的饲草料供应问题后，使天然草场实现了围封、休牧、轮牧，草原得以休养生息，植被覆盖率明显提高，全市植被覆盖率由原来的25%，提高到了现在的70%，天然草场生态环境逐步好转，有效地遏制了草原生态环境恶化的趋势。

兴水活脉。随着一大批饮水工程的建成运行和管理手段的不断完善，供水范围、供水领域得到进一步扩大和拓宽，实现了由单一的人畜饮水向粮、果、菜、饲等农牧业主导产业延伸，产业结构的调整向规模化发展。饮水解困工程为建设绿色大市、畜牧业强市发挥了重要的和积极的推动作用。

2004年，全市牧业年度牲畜总头数首次突破了1000万头（只），达到了1094万头（只），比2000年前增加了479万头（只），其中，牧区牲畜总头数达到744万头（只），超过了鄂尔多斯市政府“建设绿色大市、畜牧业强市”所提出的牲畜目标值，使全市畜牧业占一产的比例提高到50%，形成了种植业为畜牧业服务的生产体系。目前，全市高产优质牧草种植面积达到300万亩，种植结构由原来的粮、经二元结构调整为粮、经、饲三元结构，比例调整为30：27：43。今年，全市粮食产量创历史新高，预计达10亿公斤。

鄂尔多斯市水利局的一位负责人表示，实施饮水解困工程，绿了荒山，多了牲畜，丰了粮食，富了农牧民，有力地推进了鄂尔多斯市崛起的步伐。难怪经常到鄂尔多斯去的人说，过去一刮风黄沙四起，现在是一年一个样，一年比一年绿。从农牧民们红润的脸上，就能看出他们的日子的确是越来越好了。

（原载于2004年第21期《中国水利》，2004年10月11日中国水利网，2004年11月2日《黄河报》）

喝着安全水　洗尽几代愁

——内蒙古赤峰市兴隆庄村防氟改水侧记

喝着清冽的自来水，吃着用自来水做出来的白白软软的大米饭，内蒙古赤峰市阿鲁科尔沁旗兴隆庄村的村民笑了。多少年来，他们不再为长期饮用高氟水而苦恼，也不用再忍受高氟水的折磨了。国家防氟改水工程使他们彻底摆脱了高氟水给他们身心造成的伤痛。

兴隆庄村共有284户1074口人，耕地面积8794亩。全村有一半以上面积属低山丘陵区，地下水埋藏较深。由于特殊的自然条件，群众长年饮用浅层高氟水，全村氟中毒发病率占总人口的80%，重病患者达300多人。40岁以上的中年妇女，氟中毒症状最为明显，O形腿、佝偻腰、骨质增生等病症十分普遍。有的年仅30岁牙齿就已全部掉光，有的因腰腿痛已完全丧失了劳动能力，生活不能自理。饱受高氟水危害之苦的百姓们，迫切希望用上安全卫生的洁净水。多年来，兴隆庄村的干部们寻找适宜饮用水源的脚步一直没有停止，但由于资金的问题，改善用水条件的愿望一直没能实现。

1999年6月，人畜饮水解困工程项目进了兴隆庄村。到2000年8月，先后两次批复兴建的防氟改水工程全部竣工通水了。3个自然村1074口人的饮水问题彻底得到了解决。

防氟改水工程的兴建，使兴隆庄村饮用水的含氟量由原来的17下降到1.8。过去做出的米饭黄里泛红，磨出的豆腐黄而粗糙，烧水的铁锅黄白碱厚厚一层。如今，一切都变了，变得有滋有味了。喝上了安全水，村民们的身体状况也发生了明显变化，一些氟中毒患者的病情得到明显改善。

现在的兴隆庄村，养殖业、种植业等多种产业齐头并进，村民们外出务工和从事其他劳动的多了，收入大大提高。兴隆庄村人因水而尝到了生活的乐趣，畅想着美好的生活前景。

（原载于2004年10月14日《中国水利报》）

内蒙古魏家峁镇：深水井“深”入百姓心

自从6年前鄂尔多斯市准格尔旗魏家峁镇打成了内蒙古境内迄今为止第一眼440米的超深井后，祖祖辈辈生活在这里的人们，终于彻底改变了“过去吃水贵如油”的状况。

魏家峁镇位于准格尔旗东南部，处在黄土高原边缘地带，平均海拔1150米。这里山大沟深，水土流失严重。地表水和浅层地下水奇缺。长期以来，人们不是靠旱井和水窖蓄积雨水，就是靠人背畜驮到3公里以外的地方去运水。遇干旱年份，绝大部分农户只能买水吃，每吨水平均价格在10元以上，最高则达到30元。为了找水，当地干部群众想尽了办法，但都因地下水位深和水质差而作罢。人畜饮水问题一直深深地困扰着这个有着14个村、86个合作社、3046户10588口人的生活和生产，严重制约了当地农牧业生产和农村经济的发展。

国家人畜饮水工程实施后，魏家峁镇被列为首批重点解决人畜饮水困难的乡镇。准格尔旗委、政府及人饮办把该项目作为利民富民的“功德工程”高度重视，聘请了自治区找水专家对魏家峁镇的地下水资源分布及储量进行分析论证，最后确定了打井方案。接着，定井位、招投标、购材料，开钻施工。经过两个多月的艰苦奋战，总投资146万元的第一眼高原深井建成出水。井深440米，日出水量达480吨。为形成集中供水体系，又投资配套了深井泵、二级加压站、高位蓄水池和输配水管网等配套设施，一举解决了魏家峁镇镇政府所在地的5000多口人、2800头（只）牲畜及临近6个社的人畜饮水问题。清泉汩汩，进村入户。想水、探水、寻水、盼水的父老乡亲们为了这一天，苦苦期盼了多少年，终于，他们的愿望在1998年9月的这一天实现了。

为确保监理运营和维护，使工程长期发挥效益，走以水养水的良性循环之路，水利部门根据工程的类型和规模，从有利于农牧民使用，有利于工程发挥效益，有利于水资源可持续利用的“三个有利于”出发，成立了“国家农村饮水解困工程供水公司”，对工程的产权和管理方式予以明确，并落实了管理机构和人员，制定了各项管理规章制度。本着保本微利的原则，实行有偿供水，计量收取水费。供水工程建成后与建成前相比，平均每吨水是6元和19元之差，形成了鲜明的对比。同时，解放了劳动力，使大量的青、壮劳力投入到外出务工和经商上来，仅此项年人均增收500元以上。集中供水工程启用后，极大地改善了当地的人居环境。许多农户开始从事种、养、加等小型致富项目，发展了庭院经济。镇区人口和工业项目纷至沓来，餐饮、旅店、维修、商贸等第三产业与日俱增，拓宽了农户就业增收、脱贫致富的路子。从1999年至今，魏家峁镇镇政府所在地已新增人口2000多人，发展个体工商户50多户，引进水泥厂、硅钙厂等工业企业项目17项，各类招商引资的项目也在这里纷纷落户。到目前，供水工程的总供水量已近10万吨，净效益达到了30万元。随着镇区人口和企业的不断增加，供水范围也在逐步扩大，供水成本也在逐渐降低。预计到2005年，年供水量可达到10万吨，营业额将达到60万元，年净效益上升到35万元。

建一处，成一处，竖起丰碑一座。魏家峁超深井的建成，成为当地人畜饮水工程建设的精品和典范，它为黄土高原边缘缺水地区找水、探水做出了有益的尝试，获取了可贵的资料，并为提取深层地下水与建造大容量高位蓄水池有机结合打下了坚实的基础。工程通过最大限度地延伸和辐射供水管网，既降低了供水成本，避免了重复投资，盘活了资产，优化配置并统一管理和利用水资源，又为构建和完善农村集中供水网络提供了现实的基础经验。

准格尔旗借鉴魏家峁超深井建设的成功经验，近年来，又先后在薛家湾、马棚、窑沟等地建成了多眼深井并通过配套，解决了邻近地区6个乡镇、2.18万人、1.2万头（只）牲畜的饮水困难，解决了制约全旗经济社会发展的“瓶颈”问题。目前，超深井的建设已在鄂尔多斯梁峁地区推广运用。

（原载于2004年11月26日中国水利网，2004年12月2日《黄河报》）

水甜人乐奔小康

——内蒙古实施农村牧区饮水解困工程侧记

67 岁的张栓成老汉，2004 年说得最多的一句话就是："通上了自来水，就如给咱养了个儿子。活到老也不愁没有人给担水吃了。"

张老汉指的这个"儿子"，就是鄂尔多斯市伊金霍洛旗布尔台乡 2004 年建成的自来水工程。

像张老汉这样拧开水龙头就有水喝，打开阀门就可让自家牲畜饮上水的工程，如今在内蒙古已花开遍地。据内蒙古自治区人畜饮水办公室负责人介绍，自国家 2000 年开始实施农村牧区饮水解困工程以来，到 2004 年底，全自治区共建成各类饮水工程 10643 处，已解决了 363 万人、707 万头（只）牲畜的饮水困难问题。截至 2004 年 10 月，国家共下达自治区人畜饮水工程建设资金 15.81 亿元，计划解决 409 万人的饮水困难问题。目前已完成资金 13.42 亿元，建成 1.0643 万处各类饮水工程，累计解决了 743 个苏木、乡镇所在地的供水，改善和提高了 19 个旗县所在地的供水，全自治区农村自来水普及率达到 40%。

内蒙古人畜饮水困难地区多数处于丘陵山区、边境地区和革命老区。解决农村牧区饮水困难是各级政府贯彻落实"三个代表"重要思想的具体体现。饮水解困工程成为密切党群、干群关系的纽带和桥梁。饮水解困工程的建设提高了当地农牧民健康水平，促进了农村牧区两个文明建设，调整了产业结构，使相当一部分农村劳动力从繁重的取水中解脱出来，加快了农牧民脱贫致富的步伐。据调查，解决了饮水问题后的农牧户，农闲时每户有一个劳动力外出务工，年平均可收入 4000 元左右。呼和浩特市清水河县利用饮水工程发展庭院经济 480 亩，年产新鲜蔬菜 80 万公斤，不仅基本解决了缺水区吃菜难问题，而且还出售创收。到目前，清水河县饮灌结合新增发展节水灌溉面积 2100 亩，年可增加粮食 240 万公斤。

如今，当你走在满目披绿的村庄和牧区时，你就会发现，曾经人背驴驮，吃水贵如油的偏僻荒凉的山丘区，眼下已是沟沟岔岔到处都充满了活力；昔日那些忧愁的面庞已写上了安适和欢喜。当你接过老百姓递上的一碗水，并在他们的注视下，一口气喝光那清凉的甘泉后，你就明白了这里的人们曾经是多么渴望摆脱危害健康的“苦咸水”，像城里人一样喝上清清亮亮的自来水。现在，他们的眼睛已告诉了你，这个几代人的梦想，今朝在他们这代人的身上已完全变成了现实。饮水解困工程已使他们不再被吃水问题深深困扰了，他们可以放开手脚、敞开心智地全面奔小康了。

（原载于 2005 年 1 月 15 日《中国水利报》）

苦水何以化甘泉

——记内蒙古科尔沁左翼中旗保康镇改水工程

曾经，由于水质超标，“鲜花浇水后不到 3 天，花败叶落；养鱼不到两天肚皮朝天、气息奄奄；因为锈蚀，水表的指针永远停留在一个位置；因为锈蚀，家家户户不得不经常疏通自来水管和洁具。”

如今，得益于改水工程，“水比纯净水还干净，喝着爽快，更别说洗衣服了。”当地群众由此告别喝了几十年的超标水，改水工程真正做到了老百姓的心坎上。

虽然过去了一年半的时间，但内蒙古科尔沁左翼中旗保康镇居民仍对 2004 年的春节记忆犹新。那一天，当他们像往常一样拧开自家的水龙头，惊讶地发现，平日里铁锈般的自来水竟然变得如此清澈甘甜。居民们奔走相告，欣喜万分。他们做梦也没想到，喝了几十年的超标水，尝尽了其间的辛酸苦辣，终于如愿以偿地用上了放心水、干净水。

特殊地质　水质超标导致疾病频发

通辽市科尔沁左翼中旗保康镇地处松辽平原西端、科尔沁草原腹地，西辽河、新开河、乌力吉木仁河3条河流贯穿境内，水资源较为丰富，是内蒙古的产粮大旗。科尔沁左翼中旗助理调研员、水务局局长陶布和告诉记者，尽管这里水量充沛，但是矿物质严重超标，水中含氟量超标4倍，铁、锰矿物质超标6倍，家家户户的自来水都如铁锈般浑浊。长年饮用超标水使当地居民大多肠胃功能紊乱、口齿异常，患有肝病、皮肤病和关节肿大等病症的较为普遍。

对于水质超标，当地人形象地描述道：养盆鲜花点缀居室，浇水后不到3天，定会花败叶落；养几条鱼增添情趣，不到两天便会肚皮朝天、气息奄奄；因为锈蚀，水表的指针永远停留在一个位置；因为锈蚀，家家户户不得不经常疏通自来水管和洁具，避免堵塞淤积。更有些精明人，看中这里的水市场，专门拉水来镇里卖。喝上放心水、干净水，成了老百姓多年来最大的心愿。

水务统管　改水工程成为重中之重

近几年来，科尔沁左翼中旗、保康镇两级政府千方百计改善水源状况。为准确掌握全镇农牧民饮水现状，科尔沁左翼中旗水务局钻探队员凭借长期找水经验和对当地地质状况的了解，踏遍了保康镇的沟沟坎坎，边钻探边研究，收集到的第一手数据资料达十几厘米厚。2002年，通辽市实现水务统一管理后，科尔沁左翼中旗旗委、旗政府把保康镇改水工程建设列为全旗工作的重中之重，旗水务局摆脱了以往“多龙管水”的羁绊，在充分做好前期工作的基础上，进一步加大了找水力度。他们按照原城建部门的规划，决定将距保康镇35公里处的乌力吉木仁河西岸作为新的水源地，但经专家现场勘察和论证，当地的水量和水质并不理想。另外工程横跨乌力吉木仁河，水源地距离远，需要修建两级提水泵站才能将水输送到水厂，这无形中又增加了工程投入。

在旗委、旗政府的大力支持下，水务局邀请吉林省地质勘探研究院的地质专家一道，对镇内外的地下水源进行“地毯式”勘察，依靠丰富的经验和先进的找水设备，发现距保康镇15公里的东潘家村水质完全符合饮用水标准，但水量较少。水务局领导和找水专家们又开展了大量的调查论证，发现离该水源地10公里处地层180米以下为鹅卵石结构，地下径流通畅，水质晶莹且水量充足，完全符合国家饮用水一级标准，单井日出水量可达120吨，最终将这里确定为供水水源。

历尽艰辛　水源工程赢得六个最佳

好水是找到了，但是如何使群众取用方便呢？关键是一个“钱”字。作为一个贫困旗，资金问题始终萦绕在旗镇政府和水务局领导的心头。旗水务局紧紧抓住国家实施饮水解困工程的契机，积极争取上级部门的支持，一边委托自治区水科院技术人员编制项目可行性研究报告，一边向自治区水利厅、建设厅、发改委等部门汇报保康镇饮水困难情况，同时多方筹措建设资金。功夫不负苦心人。2003 年 6 月，内蒙古自治区计委、水利厅分别批复了保康镇改水工程资金和项目建设。自治区计委下拨专项经费 1000 万元，水利厅筹拨 1100 万元，地方配套 216 万元。建设资金的及时到位，保证了各项工程的顺利进行。2003 年 8 月 30 日，保康镇改水工程正式开工。从这一天起，从局长陶布和到打井一线的钻井工，全旗水利系统 300 多人全部上阵，提出了“大干 120 天”的大会战口号。他们自愿放弃了节假日和正常的休息时间，帮助各标段的中标单位，夜以继日地打机井、建井房、安装水泵和仪器、打压测试等，成功实现当年年底试通水，受益群众达 5.52 万人。

自治区水利厅领导将保康镇改水工程总结为全区 6 个“最”：全区旗县级水源地距离最远，水质最好，出水量最大，施工建设进度最快，施工质量最过关，设备科技含量（自动化水平）最高。

群众满意　水质改善带动经济发展

在旗二中教师班华明的家里，记者揭开大水缸，满满一缸水清澈见底。班老师说：“过去接这一缸水，一两天后才刚能看到缸中间，缸底全是厚厚的沉淀物。现在，想啥时候喝就啥时候喝，甜着呢！”

市水务局的同志说：“过去外地人来这里，大多自己带水，洗完的白背心晾干后就变成黄色，后来谁也不敢用这儿的水洗衣服了。可如今这水比纯净水还干净，喝着爽快，更别说洗衣服了。”

包子铺老板孙爱国得知记者的来意后，抑制不住内心的喜悦：“你们都看到了，现在还不到吃饭的点儿，客人就坐满了。不瞒你说，不是咱这包子味道有多好，而是如今这水实在是太好了！这水蒸出来的包子比以前的就是香，快要赶上‘狗不理’啦。这可真要感谢党和政府，感谢水利部门，为咱老百姓办了件大好事啊！”

在旗委宣传部的办公桌上，记者看到这样一份材料：据调查，仅 2004 年，保康镇招商引资项目较常年增加了近 10%，吸引外来人口 2000 多人，流动人口 5000 多人。保康人说，这些都是水源条件改善带来的变化和效益。

（原载于 2005 年 1 月 19 日中国水利网，2005 年 1 月 25 日《黄河报》，2005 年 5 月 10 日《中国水利报》）

黑河东干渠全线衬砌通水 额济纳绿洲灌溉告别土渠输水

额济纳绿洲抢救与生态保护工程的生命线，内蒙古水利建设史上最长的渠道衬砌工程——黑河东干渠灌溉工程，日前实现全线通水。这标志着以干渠、支渠为主，进行绿洲灌溉的一种新型模式，即将取代传统粗放式的土渠输水。

黑河是我国西北地区第二大内陆河，是额济纳旗唯一可以依赖的水源。东干渠工程位于阿拉善盟黑河下游额济纳旗境内，是黑河水利建设项目最大的一项骨干工程，也是黑河下游额济纳绿洲抢救与生态保护工程中的一项重点工程。渠道总长 110 公里，工程批复总投资 10803.73 万元，设计引水流量为 25 立方米每秒，加大流量 30 立方米每秒。自 2002 年 10 月 11 日工程开工建设以来，在建设、监理、设计、施工和管理等参建单位及地方政府的共同努力下，经过 21 个多月的艰苦奋战，到 2004 年 7 月 25 日，工程全部建成完工，并于 2004 年 9 月 15 日至 10 月 4 日，结合黑河调水，成功地进行了 20 天的通水试验。为进一步检验工程质量，做好竣工验收的最后准备工作，阿拉善盟黑河管理局在去年局部通水的基础上，利用今年额济纳旗春灌解冻之水，对东干渠进行了全线通水试验。

根据工程设计，东干渠工程在投入使用后，年均引水量可达 2.65 亿立方米，控制灌溉额济纳绿洲面积 62.5 万亩，可减少河段渗漏损失 7800 万立方米。东干渠工程的建设，大大减少了原来从河道向土渠引水带来的渗漏损失，大大提高了水资源的有效利用率，对黑河下游额济纳绿洲生态的抢救与保护，将起到极为重要的作用并产生积极深远的影响。

（原载于 2005 年 4 月 26 日《中国水利报》）

黄河水污染官司：一家告倒四家 包头供水总公司获赔 288 多万

发生在一年前、惊动国务院的 6·29 黄河内蒙古包头市段严重水污染事件，时间过去已一年了，究竟结果如何呢？一年后的 2005 年 7 月 29 日，包头市中级人民法院做出一审判决，判令被告巴彦淖尔市 3 家企业排放超标污水，导致地处下游的包头市水源污染，给原告包头市供水总公司造成巨大经济损失，并对负有连带责任的总排干管理局共同承担赔偿 288.75 万元。

2004 年 6 月 26 日，内蒙古包头市黄河段河水开始变得浑浊，泛着红色、绿色泡沫的水流涌动在河段上。到 29 日，黄河水污染已到了极致。从乌拉特前旗流进包头的黄河水，不光污浊不堪，气味刺鼻，还漂浮着死鱼。有 200 多万人口的包头市，城市 90% 用的都是黄河水。而严重的水污染危机正在使包头市经受着考验。怎么办？这么多人的饮水问题从哪里解决？此时，包头市只剩下唯一的一个水库还有水，但这里的水也只能维持五天，何况许多城区和这唯一的水库并没有管道连接，五天过后，包头将彻底瘫痪。为此，包头市政府不得不派出大量的送水车上街送水。许多包头市民就是这样端着盆、提着桶去领水，度过盛夏酷暑中那难耐的几天。与此同时，包头市迅速和上游的地方政府部门及排污企业进行了交涉，很快黄河水质又恢复了正常。这样，包头市才在最后的艰难时刻用上了黄河水。

这次黄河的水污染超标，是新中国成立以来黄河流域最大的一次污染事故。但五天来的黄河断水，让包头的工农业生产蒙受了重大损失。包头市统计结果表明：GDP 万元耗水率，损失达一亿三千九百元。这仅仅只是 5 天来包头工矿企业的经济损失，而断水对于200多万市民生活、工作的影响则无法估算。污染事件已经过去一年了，可它对黄河生态的破坏至今没有恢复。包头市水源监测站分析人员指出：污染导致鱼虾几乎全部死亡，这是需要很多年才能恢复的。

6·29黄河污染事件发生后，黄委会水资源保护局、内蒙古自治区党委、政府督察室、水利厅等对此专门进行了调查，认为这次污染事件的责任源头，在于乌拉特前旗的几家造纸企业和临海化工厂。

包头市供水总公司经过多方收集，在充分掌握大量证据的情况下，2004年9月8日，正式将内蒙古赛外星华章纸业股份有限公司、美利北辰公司、林海化工公司告上法庭。同时对总排干管理局在未征得上级部门同意，允许企业将污水排入排干沟一并提起诉讼，要求赔偿因此造成的经济损失。包头市中级人民法院受理了此案。2004年12月16日，原、被告双方当事人在包头市中级人民法院的主持下进行了证据交换。2005年1月18日，包头市中级人民法院依法公开审理了此案。

此后，法院多次与原、被告双方进行必要的调解，但均未达成共识。2005年7月29日，包头市中级人民法院开庭宣判，对上述3公司作为黄河上游企业，在生产和发展时必须要兼顾下游地区的环境，但被告违反国家环保法律规定，排放超标准污水，给原告造成巨大经济损失，应承担相应的民事责任；另一被告总排干管理局在没有征得上级主管部门同意的情况下，擅自做主，允许企业将污水排入排水沟，违反了有关法律规定。同时，该单位在这次黄河水污染事件中没有履行水质监测职能，故对水污染的损害与其他3被告连带承担赔偿责任。

这是迄今为止黄河流域第一起水污染赔偿案件。事件虽然过去，案情也已明了，但它给沿黄超标排污企业敲响了警钟。同时，它对于黄河流域水源保护，遏制污水排放、保障沿黄城市、农村的用水安全和生态保护具有一定意义。

注：本文得到时任黄委会主任李国英批示："这样的案例将对黄河流域的水资源保护起到积极的促进作用。请水资源保护局研究。"

[原载于2005年8月11日《黄河报》，2005年8月16日中国水利网，本文获黄河水利委员会2005年黄河好新闻特等奖、2005年度河南省专业报优秀作品消息类三等奖，并载入黄河出版社《黄河报获奖作品选（2003—2013年）》]

安全饮水成就农牧民的幸福生活

——来自内蒙古的报道

“潘在福”们的福气

仲夏的内蒙古自治区鄂尔多斯市准格尔旗长滩乡台子梁村，苗木青翠，田野披绿，沟沟岔岔都透着葱郁。尽管这个干旱山区从春至今还未下一场透彻雨，但家家户户都心平气和，全然没了以前那种“无雨炕上跳，有雨地下叫”的火急情绪。

潘在福的家就在这里。自来水管直接通到他的锅灶旁，打开水龙头，白花花、泛着凉气的水柱射入瓮中。潘在福舀了一瓢咕咚咕咚地喝了个饱，笑着对记者说：“这是深水井里的水，甜着呢，怎么喝也不会闹肚子。”他请记者坐在沙发上，倒上一杯开水，接着说：“过去，方圆百十里，没有哪家能用上自来水。看电影、电视里人家拧开水龙头就流出清凌凌的水，我们都眼馋得不行，但又没办法，只能喝那集下来的雨水和从十几里外拉回来的‘辛苦水’。乡亲们就盼着下雨，一下雨，家家户户盆盆罐罐都用上了。这里，好些地方的人们长年喝的是苦咸水和高氟水，传染病流行。2000 年，政府拨下钱来，市里和盟里来人帮助我们找水、打井。因有害水分布广，不知探了多少水层，才打出了好水。井打成后，村里的男女老少全部上阵，投入到开挖管道沟的劳动中。老乡们盼水心切，仅用了 2 个月的时间，就开挖管道沟 11 公里，自来水管网总长度达到 32 公里，2 个村的 700 多户群众直接受益。有了水，地能多种，庄稼也长得好。而且，这水就好像有灵气似的，引得到处都绿了。”

以前，潘在福和大儿子几乎天天得出去拉水，地里的农活基本上没工夫管，丢给妻子一人干，光景过得一年不如一年，还欠下 6000 多块钱的债。自打有了自来水，用水不愁了。这几年他按照乡里技术人员的指导，调整了种植结构，日子越过越甜。从去年起，他不光还清了债，还有了积蓄，置办了电器，出门也有了摩托车。潘在福的喜悦都挂在他的脸上。

随后，我们又走访了几家农户，但见家家有蔬菜棚，户户有养殖房。到处是一派祥和、一片绿色。

旗里一负责同志说，现在，长滩乡大多数群众的生活和潘在福一样，他们不再为缺水而忧愁。解决了缺水这个困扰人们的大问题后，老百姓在政府的帮助下，自己就琢磨着往小康路上奔了。

记者手头的一份最新统计资料显示，自 2000 年至今，像潘在福这样彻底解决了饮水困难的农牧户，在全自治区已多达 441 万人。全自治区各地共建成各类饮水工程 11709 处。这些工程的建成，有力地促进了广大农村牧区经济社会的发展，极大地改善了农牧民生产生活条件。

好思路促快发展

据内蒙古农村牧区饮水现状调查评估，全自治区大部分农村牧区水质不达标，存在饮水不安全问题。自治区饮水解困办公室负责人表示，通过数年来饮水解困工程的建设，内蒙古在总结经验的基础上，确立了解决农村牧区饮水安全的基本思路。

一是增加科技含量，广开水源。对当地找不到标准饮用水源，但人口居住又相对集中的农区，采用管道输水形式，从区域外输送标准饮用水源，兴建集中连片供水工程，既扩大供水范围，降低供水成本，又便于建后管理。对于人口比较分散的丘陵山区，通过勘探找水和打井分层取水的办法，寻找好的水源，建集中供水点，降低工程造价。牧区改水主要以开采深层地下水为主，兴建高标准五配套供水基本井，形成基本供水网络。对个别周边地区无法找到符合饮用水源、人口又比较集中的地区，主要采用电渗析法、反渗析法、混凝沉淀法、吸附过滤法等对水源进行处理，达到安全饮用水标准。

二是狠抓在建工程项目管理。进一步加强项目的可行性研究和设计审批，把好材料设备关，严格选择施工队伍，强化工程监督和工程验收工作。按照各负其责、各司其职、各尽所能、各计其功的原则，调动各有关部门、单位和个人的积极性。同时，千方百计扩大投资范围，建立多渠道、多层次、多元化的投资机制，发动和依靠受益群众兴建供水工程，广泛利用外来资金，鼓励单位和个人投资，设立农村牧区供水工程发展基金。

三是建立健全管理机构和管理制度。按照“谁投资、谁建设、谁所有、谁经营、谁受益”的原则进行管理，对苏木、乡镇和集中连片形成一定供水规模的供水工程，实行专业化与群众参与相结合的企业化管理模式，独立经营、单独核算、自负盈亏，实现以水养水的良性运行管理机制。对一些小型分散供水工程，实行受益户自行管理，水利部门做好有偿服务和技术指导工作，也可因地制宜地采取拍卖、承包、股份制等多种经营管理形式，确保农牧民喝上安全水。

四是加大建立节水型社会的力度，狠抓节约用水。采取行政、技术、经济等综合手段，挖掘节水潜力，扩大供水范围，降低供水成本，提高水的重复利用率。

据内蒙古自治区饮水解困办公室高级工程师窦林茵介绍，内蒙古实施饮水解困工程以来，国家共下达饮水解困建设资金 16.56 亿元，截至 2004 年 10 月，共完成投资 13.42 亿元。饮水解困工程的实施，提高了农牧民的健康水平，减少了疾病的发生，节省了劳动力，促进了农牧民脱贫致富。同时，饮水条件的改善，有效地保证了牲畜的成活率，提高了畜产品产量和品质。

（原载于 2005 年 8 月 16 日《中国水利报》）

沙棘缀绿荒原　富根植入心田

——内蒙古鄂尔多斯市生态工程建设走笔

盛日走访：满目是披绿的梁坡、沟川；沙棘装扮了闻名的鄂尔多斯高原

今年暑来早。6月下旬，记者赴鄂尔多斯，专程采访这里的生态工程项目治理区。正值高温热浪席卷北方的那段最为酷暑难耐的日子。

一个多月来，鄂尔多斯高原上也是仅下过两次刚打湿地皮的“毛雨”。越野车显示气温达摄氏39度。满眼望去，暑气冲天，烈日红彤彤地悬在当空，连吸进去的空气都觉烫人。沿着 109 国道，穿行在东胜区的路上，你会惊奇地发现，满目是披绿的梁坡、沟川，深绿、青翠、大小相间的灌木和不知名的野草随着热流摇曳在滚烫的沟坡上。

陪同的鄂尔多斯市水保局助理调研员张建国对记者说："和这里其他植物比起来，那些长得较高的、颜色深绿的就是被称为'高原圣果'的沙棘。这些已是种了三四年的沙棘了。你看，跟其他灌木等相比，数它们长得旺、长得好了。"张助调指指点点地介绍着，"要是赶在10月份来的话，就能看见漫山遍野通红通红的，全是沙棘熟透的景象，给冬季的高原增添了鲜艳色彩。"

张助调富有诗意地正说得起劲，突然，一只受了惊的、铅灰色的石鸡，从路边树丛里窜出，在车子前面跑过，掩入一片茂密的沙棘丛中。"这两年，像这些石鸡、山鸡、野兔、山鸟甚至野狼等动物都回来了，林子里到处都有。以前，多少年都见不上一只呀。"

我惊诧于这绿色装扮了闻名于世的鄂尔多斯高原。脑袋频频转动于车窗两边，大有目不暇接之感。张助调看出我欣喜和激动的神情，又说："现在，全市植被覆盖率70%以上。尤其是沙棘种植，过去每年平均种植10万亩，如今每年以45万亩的种植速度推进。全市累计营造沙棘达414万亩，保存面积240万亩。这可真是个了不起的成绩呀！"

等闲识得："灰姑娘"战胜神话，沙棘笑傲荒原

据说，鄂尔多斯的出名还来源于另外的一种地况，那就是"砒砂岩"。这种被国外环境学家称之为"地球环境癌症"的土不土、泥不泥、岩不岩的东西，它成岩程度低，极易风化剥落坍塌，而其上又难有植被生长，所以基岩裸露，一遇山洪暴发，便滚滚而下，直注黄河，造成了鄂尔多斯高原大量的水土流失，形成沟壑纵横，千疮百孔的"皱态"。

砒砂岩区，总面积3.2万平方公里，分布在晋、陕、蒙接壤区。其中，它在内蒙古鄂尔多斯中东部就占2万平方公里。它也是黄河粗泥沙的主要来源区，年均向黄河输送泥沙达1.5亿吨，占黄河上中游输入泥沙总量的十分之一。

如此之巨的水土流失，直接造成当地十几万农民群众生活常年徘徊在贫困线以下。面对严重的生存危机，迁徙成为老百姓们改变命运的无奈的选择。

而多少年来，致力于改变这一面貌的地方党委、政府探索和寻求治理砒砂岩，打破"地球环境癌症"不可战胜神话，使人民群众安居乐业的决心和脚步却从来没有停止。经过艰苦的探索、艰难的试验、艰辛的推广和努力，在众多的植物当中，沙棘，这一看似平凡的物种，以其在砒砂岩区的“综合素质”良好逐渐脱颖而出，同时，它在科技人员的心目中也越来越明晰、位置越来越重要了。1985 年，时任水利水电部部长的钱正英提出了这样的倡议：以开发沙棘资源作为加速黄土高原治理的一个突破口。鄂尔多斯砒砂岩治理的冰山从此开始消融了。

鄂尔多斯市水保局负责人说：我们水保人员通过十几年的试验与开发，充分证明了只有沙棘这种植物才是攻克‘砒砂岩癌症’的最有效、最有力和最直接的‘金刚钻’。”特别是对于鄂尔多斯市生态环境极端恶化的砒砂岩地区，它具有良好的抗逆性和较强的适应性，能在非常严酷的环境中生长，且耐寒、耐旱、耐贫瘠，对土壤、气候、水分等环境因子要求低。枝叶繁密，有着极好的保持水土，改良土壤的作用。老百姓形象地称它为“枝叶长在地上像把伞，落叶铺在地面像条毯，根系扎在地下像张网”。尤其值得肯定的是，在寸草难生的砒砂岩区，只有沙棘几乎是一无所求，笑傲荒原，在治理水土流失中扮演着“急先锋”的角色。由此可见，它在水土保持生态建设上具有其他植物不可替代的作用和难以取代的地位。

1998 年，鄂尔多斯市的准格尔旗、达拉特旗、东胜区和伊金霍洛旗被水利部沙棘开发管理中心列入“沙棘生态减沙工程项目区”。5 年之后，杭锦旗也被列入该项目的实施中，开始了大规模的种植和育苗。这为增加沙棘种植面积，扩大水土流失治理范围，加快治理砒砂岩区开出了“通行证”。

无边光景：“穷根根”长成“富苗苗”，荒沟秃岭绿装绕

打 1999 年开始，水保工作者们不仅认准了这一可以从根本上改变鄂尔多斯面貌的“圣果”独有的威力，而且看到了它是具有广阔前景的产业。他们极具眼界地意识到：搞好沙棘资源的建设和开发利用，对推动当地经济社会发展将具有十分重要的意义。水保人决心要把沙棘资源建设在重点治理项目区内所有适宜于种植沙棘的地方，并且让它的根系扎满鄂尔多斯高原的沟沟坎坎。

然而，万事开头难。成就一番事业总会遇到磕磕绊绊。沙棘项目在实施之初，却并不那么顺利。尽管科技人员对沙棘的实验和推广应用已得到了证实，它作为治理砒砂岩是属最有成效的树种，可是，群众对此抱有怀疑态度。他们不仅不支持种植，而且还认为种下沙棘就意味着种下了穷根。他们的看

法是：沙棘既挂羊的绒毛，又侵袭土地，更没有实用价值和利用的功效，所以不种为好，种了就是害。更有甚者，偷偷拔苗破坏的、阻止种植的现象也屡屡发生。

针对这一情况，乡干部和工程技术人员们认识到了问题不是出在老百姓身上，而是自己的工作没有做好，没有做到位。要想让群众认识到沙棘的真正价值，让他们心服口服地变抵制为自愿接受还需要做大量的工作，需要一个过程。于是，水保工作者制定了措施，他们各自承包了说教对象，挨家挨户地做农户的思想工作，耐心细致地讲解种植沙棘利国利民的好处。同时作出承诺，并与种植户签订了种植合同。通过一番努力，农户们思想渐渐有了转变，他们抱着试试看的态度，按照技术人员的要求，开始了尝试。

这一尝试，就尝到了甜头。这年年底，沙棘种植户们如数领到了种植费。这种植费就是沙棘管理中心把种植户应得的种植费提前存入银行，到秋天沙棘验收合格后连本带利悉数兑现给种植户。仅凭这一项就彻底打消了种植户们的后顾之忧。当他们怀揣着厚厚实实的票子时，切切实实地感受到了种植沙棘所带来的实惠。

最让他们感到心动的，是从 2003 年沙棘管理中心开始收购沙棘果和沙棘叶的那时起，农户们对沙棘的认识再一次得到了提升，开始积极踊跃地签订合同了。尤其是“谁种植、谁所有、谁受益”政策的实行，农户们既积极种沙棘，更积极管沙棘，舍得在管理养护上下功夫了。最为明显的是，连续几年的大旱，也没有挫伤他们自发拉水抗旱保苗的热情。乡干部们说：“农户们这种空前的积极性是从来没有过的。”

一户带动一片，一片牵动全体。艰苦的努力结出了成果，种植沙棘的路子从此大面积铺开了。农户们用他们自己的话说，就是“既种下了‘摇钱树’，又盖住了黄沙土。过去以为栽种沙棘是种下了‘穷根根’，现在看来是真正种下了‘富苗苗’，这是自己给自己银行里存钱”。

就这样，水保工作者在人们的心中种植起了沙棘的绿色世界，也种植起了人们渴盼富裕的希望。一场如火如荼的沙棘绿色革命在鄂尔多斯高原上轰轰烈烈地开展起来。

在准格尔旗采访的途中，随眼所见，或一垄垄、或一簇簇、或三三两两的油绿的沙棘随处吸引着我们的眼球。

随着沙棘资源建设的快速发展，在裸露砒砂岩区，昔日的不毛之地，如今沙棘成荫；过去飞鸟不过的秃岭荒沟，现在变成了野生动物的乐园。

鄂尔多斯市沙棘生态工程项目治理区办公室韩主任说：“准格尔旗是砒砂岩的主要分布区，全旗总面积 7692 平方公里，水土流失面积 7114 平方公里，占全旗总面积的 92.5%。这里沟壑纵横，水土流失严重，生态环境十分恶劣。自 1999 年沙棘项目实施以来，到目前，共营造沙棘林 42 万亩，项目区内砒砂岩上的沙棘生长茂盛，郁郁葱葱。到秋季，你再看，棵棵枝头弯弯，果实累累，一片火红。这顽强的沙棘给荒凉的黄土高原披上了绿装，极大地改善了生态环境，遏制了水土流失，给‘环境癌症’的裸露的砒砂岩区增添了无限生机和活力。它不仅改变了自然，也改变了老百姓的生活。”

喜看今朝：“沙棘圣果”造福一方，“柔性坝”扎根百姓心田

沙棘被称为“圣果”，还源于它神奇的药用价值，这在公元 8 世纪的藏医巨著《四部医典》里最早记载。唐代《月王药珍》、清代《晶珠本草》及现在的《中国药典》里均载录了它的医药用途。沙棘体内含有 200 多种生物活性物质。其中，所含有的对人类保健医疗至关重要的几种营养成分的含量异常之高，是其他许多植物无法比拟的，故有“高原圣果”和“黄金油”之称。所以，从营养角度讲，它是健康的法宝；从国家建设和促进当地经济社会发展出发，它是利国利民的“铺路石”。

水保局负责人介绍：“我市利用沙棘治理水土流失采取了多种措施，既有沙棘护坡，也有沙棘封沟，既有控制水土流失的水保林，也有供采摘果叶的经济林。可以说，实施沙棘治理项目以来，东部 4 个旗区，包括杭锦旗在内的 5 个项目区，历来寸草不生的坡面沟底，出现了生长旺盛、集中连片、长势繁茂的沙棘林和其他灌木野草。可以说，坡坡沟沟，到处是沙棘，到处是沙棘林带，也到处是充满了绿色的希望。”

最大程度地提高植被覆盖度，控制水土流失，改善生态环境，使老百姓尽快脱贫致富，是鄂尔多斯水保人孜孜以求的远大目标。这也是他们“把资源建设和水土流失治理与群众致富融为一体，以资源建设带动产业开发，以产业开发拉动资源建设”的基本思路。在具体实施中，水利部沙棘开发管理中心采取了“政府 + 公司 + 农户”种植沙棘的管理模式，全面推行了订单合同制，使项目区的群众从沙棘建设中真正得到了实惠，参与沙棘建设的积极性越来越高，腰包也越来越鼓。

那么，通过几年来沙棘的推广治理，沙棘实施项目区的群众究竟得到什么样的实惠？他们的腰包是怎样鼓起来的？

让我们看看不同地方的几个不同农户，他们的生活有什么变化。

先从育苗收入看起。

伊金霍洛旗纳林陶亥镇曹家塔社 27 岁的妇女杜美霞，3 口之家，丈夫在煤矿打工，她带着孩子经营着自家承包的 18 亩水田。一年下来，粮食打了不少，但除去投入，细算下账来，每亩实际收入仅为 150 元。2000 年，她在自家的地里试育了 1 亩沙棘苗。第二年开春就卖了 2000 元，纯挣 500 元，比粮食亩产多收入 3 倍多。从这起，杜美霞一发而不可收，逐年增加沙棘种植面积，到 2003 年，她已把种植面积扩大到 12.5 亩，年收入达 4.11 万元。3 年来，累计育苗 29.5 亩，收入近 10 万元。眼见的沙棘收入高于打工收入，杜美霞的丈夫辞去煤矿工作，回来一心一意和妻子经营起了沙棘。在她的带动下，全村有 12 户农民搞起了沙棘育苗。由于杜美霞带动群众共同致富，2004 年被旗委、旗政府授予“十佳青年”荣誉称号。

东胜区布日都梁镇皂火壕村皂火壕社 57 岁的老支书蔺海生，老两口经营着 9 亩水田和 6 亩水面鱼塘。2000 年以来，他每年都育 6 亩左右的沙棘苗，每亩纯收入 1600 元以上，成为远近闻名的沙棘种植领头人。他不仅自己致富，还带动一方百姓走上富裕之路。他发展的育苗户，还辐射到周边地区和其他旗。3 年间引领 133 户育苗户与沙棘中心签订育苗合同，育苗 406 亩，户均达 3 亩，育苗户年收入最高的达 2 万多元。

再看沙棘种植、管护补助费收入。

伊金霍洛旗马王庙村的白虎子，5 口人耕种 15 亩坡耕地，人均年收入不足 250 元，解决温饱问题是他们家头等大事。1999 年他种植沙棘以来，累计种植 4000 多亩，仅栽植补助费一项就收入近 5 万元，人均收入增加了 1350 元。

马王庙村有 1100 口人，过去是有名的穷困村，现在通过种植沙棘，大部分农户脱了贫。目前，全村已种植沙棘 5.4 万亩，平均每人增加收入近 600 元，整个马王庙村成了“沙棘种植专业村”。白虎子说：“种植沙棘我们得到的好处实在多得很，沙棘中心给每个种植户每亩补贴种植费、管护费 12~21 元，这就让我们放心地种了。”

三看采摘果叶收入。

每到沙棘果叶的收获季节，沙棘公司委托经纪人从农民手里收购沙棘果叶。东胜区布日都梁镇曲家壕社，2003 年秋出动 30 多个劳力，利用 5 天的时间共采摘鲜果 5500 公斤，收入 3850 元，最多的一户收入 840 元。

体弱多病的准格尔旗西召乡哈拉庆村高福生，2003 年采沙棘果收入达 3700 元。2004 年仅采摘一个星期的沙棘果就挣了 800 多元，老汉高兴得不得了，说：“今年采果收入一定要超过前两年。”

东胜区布日都梁镇刘家渠社共有 30 户人家，2003 年他们出动 40 多个劳力，采沙棘叶 2.5 万公斤，收入 1 万元。

象刘家渠社及高福生老汉这样得益于沙棘果叶的村、社和农户，在项目区比比皆是。

依靠种植沙棘鼓起口袋的农民，也像城里人一样，购买了摩托车、添置了家用电器以及移动电话等，这更使他们深刻认识到：沙棘生态工程完完全全是一项富民工程，那一道道、一座座的植物“柔性坝”，就是根植在他们心中的“致富坝”。

植物“柔性坝”。多么富有想象的名称，也是多么形象的比喻。就像座座堤防一样，沙棘发挥着拦泥挡沙、涵养水分和造福于民的巨大作用。

随着沙棘事业不断做大，鄂尔多斯市的沙棘产业也逐步兴起，已成为该市农牧业产业化的一项重要内容。

“种下梧桐树，引得凤凰来”。到目前，已有 3 家以沙棘原料加工、销售为主并已形成初步规模的企业落户该市。主要研发生产营养保健型纯天然绿色食品沙棘饮料、沙棘醋、沙棘酱油、沙棘茶等系列产品。年可加工沙棘鲜果 2500 吨，沙棘叶 1100 吨。近两年来，共从农户手中收购沙棘果 2000 吨、沙棘叶 60 吨，农民直接收益 215 万元。近日，该市又与 2 家国际和国内知名企业达成了合作生产协议，年可利用沙棘资源面积近 50 万亩，每年可为农民创收 1528 万元。

如今，沙棘这一小小植物，发展成了一项伟大的事业，是社会各界广泛关心和支持的结果，也是水保工作者艰辛努力换来的成果。由于水保人和种植户齐心协力，克服困难，真正实现了管理严格，管护到位，即使是在连续 5 年的大旱中，项目区沙棘的成活率仍在 80% 左右。

1999 年和 2002 年，鄂尔多斯市先后两次召开了全国沙棘资源建设现场会。2003 年，鄂尔多斯市水土保持局被水利部评为“全国沙棘生态建设与开发先进集体”。

目前，鄂尔多斯市在沙棘种植、加工等方面已走在了全国前列。显著的生态效益、经济效益和社会效益，引起了国内外专家学者的关注。为此，今年8月份，国际沙棘学术研讨会将在遍开圣果之花的鄂尔多斯市召开。这无疑将推动沙棘产业的进一步发展。

近年来，水利部和黄委会领导考察调研鄂尔多斯砒砂岩区沙棘开发治理工作时，对所取得的成效给予了充分肯定。水利部沙棘开发管理中心主任郜源临在检查砒砂岩区沙棘生态减沙工程项目实施情况时说："一年一个样，年年不一样。"对鄂尔多斯市通过短短的几年，将寸草不生的砒砂岩区治理成沙棘绕山梁、林带缠沟坡的诱人美景，赞叹不已，称为这是奇迹，一个人定胜天的奇迹，认为"沙棘生态建设是一项系统的伟大工程"。

（原载于2005年8月18日《中国水利报》）

绿涌高原坝蓄富

——内蒙古鄂尔多斯市淤地坝印象

越野车在黄土高原沟岔梁峁间的小道上起起伏伏地穿行，一望无垠的绿浪扑入眼帘，错落有致的坝系工程和梯田绿意攒动，到处一派葱郁的景象。这是盛夏时节记者在内蒙古鄂尔多斯市采访淤地坝建设时看到的。记者不止一次来到这里，却每次都有"年年岁岁绿相识，岁岁年年景不同"的感觉。

治沟治川治黄沙　蓄土蓄水蓄坝地

鄂尔多斯市长年干旱少雨、植被稀疏，风蚀沙化和水土流失极为严重。全市总面积逾8.6万平方公里，而严重水土流失面积占总面积的54.1%，强度沙漠化面积占31.6%，每年向黄河输沙1.5亿吨。其中粗沙产量最多、危害最大的当属砒砂岩区，主要分布在丘陵山区，被国内外专家称为"世界水土流失之最""地球环境癌症"。由于滥垦、滥伐和滥牧等不合理地利用水土资源，当地生态与环境遭到空前破坏，土地生产力不断下降，粮食产量降低，农民收入减少，形成了"越穷越垦，越垦越穷"的恶性循环。

恶劣的地质条件和严重的水土流失问题，引起了鄂尔多斯市各级领导和相关部门的高度重视。当“再造一个山川秀美的西北地区”的重要批示传到鄂尔多斯高原时，一场以封山禁牧、轮牧、休牧为主题的水土流失治理在全市 8 个旗拉开了序幕，也为淤地坝建设的顺利进行创造了必要的条件。

据市水保局负责人介绍，鄂尔多斯市水土保持在几十年的治理实践和探索中，走出了一条以骨干坝为龙头、中小型淤地坝为补充的沟道坝系农业的路子。淤地坝建设在围封禁牧措施的保障下，通过坝系建设与配套措施，有效地控制了水土流失，提高了粮食单产，促进了退耕还林等综合治理。在主要布局上，实行主沟道自上而下修建控制性骨干工程，以控制洪水、拦蓄泥沙；在支沟建设淤地坝，引蓄坡面下来的径流，发展灌溉增水增肥；在支毛沟布设谷坊等沟头防护工程，滞缓径流下泄，减弱水蚀冲力，控制沟头扩张。基本形成了层层设防、节节拦蓄的较为完整的坝库防护体系。同时，在沟道两侧坡度较陡的地方修筑水平沟、鱼鳞坑等防护工程，种植以油松、沙棘、柠条、山杏等为主的混交林；在坡度较缓的坡地修建梯田，改造坡耕地，因地制宜种植海红果、山杏等经济林，并在工程行间距内和零星地块及退耕地的坡耕地上种植野生苜蓿等多年生优良牧草。整个治理区从坡到沟，自上而下采取了生物与工程措施相结合、拦蓄排灌引相联系的办法，有效地控制了水土流失，提高了水沙资源利用率，做到洪水不下山、泥沙不出沟，实现了山水田林路综合治理的防治战略和总体目标。

在治理过程中，鄂尔多斯市坚持把水土流失综合治理与农民脱贫致富结合起来，制定了一系列符合当地实际的特殊政策，如“建立岗位责任制，实行目标管理”“谁治理、谁受益，允许继承”“租赁和拍卖治理成果”等，有效地促进了农业生态村的建设。在管理上，按照“谁受益、谁管护”的原则，明确了淤地坝工程运行管理的责任主体，即骨干坝由乡镇政府负责管理，中小淤地坝由村委会负责管理，乡镇监督，并以合同形式落实管护责任。

咬定荒山不放松　丘陵沟壑亮点闪

经过多年的实践与探索，鄂尔多斯市的淤地坝建设取得了较为明显的成效，建成了典型的坝系工程——控制面积 56 平方公里的准格尔旗川掌沟贺家圪塄淤地坝和坝高 29 米的纳林川忽鸡兔沟淤地坝。进入 21 世纪，在全面建设小康社会的方针指引下，水利部将淤地坝建设列为三大“亮点”工程加以实施。2003 年，国家安排专项资金启动黄土高原地区水土保持淤地坝工程，标志着黄土高原淤地坝建设进入了新的发展阶段。

我们驱车行驶在准格尔旗暖水镇山梁沟壑的路上，这里海拔 1500 多米。暖水镇榆树壕村正在修筑一座 28 米高的骨干坝。负责施工的老郭说，这座坝从 4 月底开工以来，严格按照设计要求，保证了三项制度的全面落实。施工人员正在加班加点赶工期，监理人员每天都蹲守在工地上，把好每一道关口。等到主坝打好夯实后，再在坝体上撒上草籽或栽种苗木，老百姓就能放心使用了。

来到准格尔旗境内的西黑岱沟，当地农户樊再芸对记者说：“以前这里是一条荒沟，土质很差。打坝前到处都是光秃秃的坡梁沟壕，蓄不住水。后来政府给我们搞了淤地坝，周围的沟坡梁峁上都种上了沙棘、油松，地里种了玉米、葵花、糜子等，漫山遍野绿茵茵的，就像走进了花园。”

在有“坝系农业”典型示范区之称的川掌沟，有历时 15 年建立起来的庞大而系统的综合坝系防御体系工程。据了解，过去这里地形破碎，沟壑密度大，是黄河中游典型的多沙粗沙区。1986 年，当地群众在各级党委、政府和上级水利部门的大力支持下，以愚公移山、艰苦奋战的精神气概，开始了大规模集中连续的治沟工程建设。通过 10 余年的不懈努力，如今的川掌沟已是绿树掩映、林海苍莽、库坝连环。目前已建成骨干坝 27 座、淤地坝 140 座、库容 3422 万立方米，年减灾效益达 200 万元以上，农民人均收入达 2280 元，比建坝前增长了 30 多倍。

荒原植被生态好　小康生活指日来

植被覆盖度和蓄水面积的大幅度增加，使鄂尔多斯市的生态与环境发生了根本性变化。“沟里筑道墙，拦泥又收粮”，贴切而生动地概括了淤地坝建设的意义。

在准格尔旗暖水川郭五沟小流域采访时，农户李三后生一家吸引了记者。走进宽敞的大院，一排整齐的砖瓦房让人感受到小康生活的气息。李三后生说：“过去我一贫如洗，没有几块像样的耕地，全家 6 口人常常为吃不饱饭发愁。2000 年，政府把我作为第一批水保生态移民户迁到这儿，仰仗 30 亩沟坝地和 20 亩水浇地，我建了 3 座大棚、1 个温室、4 亩苗圃，还搞起了育苗和蔬菜种植。现在全家年收入 4 万元。不瞒你说，去年我就脱了贫，今年我差不多跑在小康路上了，现在好多乡亲都跟着我学呢。有这淤地坝，这日子真是越过越好了。”据介绍，郭五沟小流域共建成中小淤地坝 7 座，淤地 130 亩，发展水浇地 60 亩、苗圃 30 亩，人均年收入超过 3500 元。

东胜区在淤地坝建设实践中，摸索出“一塘一坝，引水上梁”的发展模式，对各地淤地坝建设具有借鉴和推广作用。阿不亥坝系工程共新建骨干坝 15 座、淤地坝 30 座，发展基本农田 400 公顷，种植了大棚蔬菜、药材，培育了苗木、花卉，实施了水面养殖，年增产值 240 万元。坝系建设使当地农户人均纯收入增加了 1000 元。

汽车行驶在光洁的柏油路上，记者不时被路旁不远处的一幢幢厂房和一处处富有民族特色的庄园式的旅游度假村所吸引。随行的老张告诉我，这几年生态与环境改善了，群众生活水平提高了，像这种私营和合资企业也多起来了。每到节假日，城里人就携家带口、成群结队地赶来，在这“世外桃源”度过一个乐而忘返的周末。

据介绍，水保工程和淤地坝建设项目实施以来，鄂尔多斯市累计投入 12.77 亿元，减少入黄泥沙达 3 亿多吨。以 1998 年 7 月和 1984 年 7 月两次相当洪峰流量的洪水过程为例，罕台川流域 1998 年洪水最大断面含沙量每立方米 230 公斤，较 1984 减少了 65%，下游入黄口处安然无恙。而尚未开展综合治理的西柳沟，却形成了长 12000 米、宽 1500 米、厚度达 6.21 米的巨型沙坝，淤积量达 1 亿多立方米，损失十分严重。由此可见，通过实施淤地坝建设，鄂尔多斯黄土高原基本实现了“荒原盖被子、农民挣票子、黄河减沙子”的水土保持生态建设“三赢”目标。

粮食下川了，树木上山了，牲畜进圈了，乱沟拦坝了，红砖瓦房掩映在绿树丛中，一派祥和……目之所及，舒畅爽快，仿佛置身于宜人的花园。

淤地坝，带给人们的不仅仅是鼓舞和欢欣，更多的是一种来自心底的力量，一种向和谐社会进发的勇气。

（原载于 2005 年 9 月 22 日《中国水利报》）

内蒙古5年内：苏木、乡镇将全部通上自来水

喝了大半辈子高砷水、苦咸水的齐旺根老人，眼睛定定地瞅着这一大缸清凌凌的自来水，激动得泪水和着那水龙头“哗哗”的声音夺眶而出。他用干瘦变形的手，舀起一瓢水，挨个儿让人们尝尝，大家却执意让他自己先喝，老人“咕嘟咕嘟”一口气喝了个光，“这辈子总算知道自来水是啥味儿了。”老人顾不得被水噎着，还没等放下水瓢，抢先对人们说。

这是内蒙古在“十五”时期顺利解决370.8万人饮水安全问题中的一例。据自治区饮水解困办公室人员介绍，内蒙古现有苏木、乡镇1191个。经过几年努力，已有746个苏木、乡镇解决了自来水问题，目前，还有445个苏木、乡镇没有解决自来水。根据对全区农村牧区饮水安全普查，已确定了在“十一五”时期解决414万人饮水不安全问题。重点解决高氟水、高砷水和苦咸水，并用两年时间优先解决砷改水，解决58.7万人饮用砷超标水问题，解决引用氟中重度超标人口227万人。到2010年使全区农村牧区饮水不安全人口比例降低二分之一，农村自来水普及率达到60%。为加快全区苏木、乡镇自来水发展步伐，“十一五”期间将把苏木、乡镇作为自来水解决的重点，使苏木、乡镇所在地全部实现自来水化，为苏木、乡镇的经济发展奠定良好的基础。

内蒙古饮水安全工作主要结合新农村牧区建设，坚持以人为本，按照全面、协调、可持续的科学发展观和全面建设小康社会的要求，以加强农村牧区供水基础设施建设、完善农村牧区供水社会化服务体系、保障农村牧区饮水安全为目标，因地制宜地采取多种措施，使农牧民饮用上可持续的安全卫生水。

为使工程顺利实施，自治区饮水安全将采取以下主要措施。一是狠抓节约用水，建立节水型社会。水利部门紧密依靠当地政府加强对节约用水的管理，采取行政、计划、技术、经济等手段挖掘节水潜力，扩大供水范围，降低供水成本，提高水的重复利用率。二是要重视水源保护工作。按照《饮用

水水源保护区污染防治管理规定》等相关法规的要求，划定供水水源保护区和供水工程管护范围，制定保护办法，特别是加强对水源地周边设置排污口的管理，限制和禁止有害化肥、农药的使用，杜绝垃圾和有害物品的堆放，防止供水水源受到污染和人为破坏。在地下水水源地周围建设灌溉等各类机井，建设之前要进行科学论证，防止乱打井超采地下水或引起不同含水层水质混合，造成饮用水源的氟砷等有害物质超标。要限制发展高污染工业，防止和减轻对农村饮用水水源的污染。三是为了强化项目管理，加强前期工作，使人畜饮水工程建设进入规范化、科学化、制度化管理。自治区计划每年举办 1~2 期专业学习培训班，主要培训盟市、旗县负责人畜饮水工作的专业人员，提高专业人才的管理、业务水平。四是为了加强人畜饮水工程建后管理，根据国家有关要求，研究制定全区人畜饮水工程运行管理办法。从今年起，自治区将在每个盟市抓好 3~5 处不同类型的管理示范工程，进行经验总结，以点带面向全区推广。

同时，自治区饮水办巩固并进一步加强了责任制等 4 个方面的工作。第一，继续落实从自治区、各盟市到期、县（市、区）层层签订年度目标责任书，各负其责、各司其职。第二，建卡立档，以此作为编制年度建议计划和安排资金的必要条件，避免项目规划和安排资金的随意性。认真细致地做好项目科研、审计等前期工作。第三，饮水安全项目建设，必须立足当地实际，因地制宜地开发、引进、应用新技术、新材料、新设备。第四，加强资金管理，实行专款专用、封闭运行的管理形式。积极推行报账制。第五严格施工程序，保证项目建设质量。实行法人制、招投标制、工程监理制，使工程做到建一处、成一处、发挥效益一处。为此，自治区要求各地在搞好项目建设的同时，加强项目的建后管理，苏木（乡镇）供水和形成一定规模的集中供水工程，实行独立经营、单独核算、自负盈亏的管理机制；对一些小型分散工程，实行公有民营，又受益户自行管理，也可采取拍卖、租赁、承包等多种经营管理形式。

（原载于 2006 年 5 月 9 日中国水利网，2006 年 5 月 9 日《黄河报》）

科技水铺就农牧民小康路

——内蒙古“北方半干旱集雨补灌旱作区节水农业综合技术体系集成与示范”项目区见闻

如何让因水制约而受贫困的每个农民享受到科技成果?近年来,内蒙古不断加快节水高效型农业建设,把促进用水结构调整作为节水农业建设的重要目标。广大科技工作者结合建设社会主义新农牧区的基本方针,把科技成果融入农牧民的生产生活中,让科技扎根于广大农村牧区,造福人民。他们不仅多形式推广喷灌、管灌、渠道衬砌等实用的节水灌溉技术,还千方百计开展多项科研项目,努力创新水利科技。

科技这个词,对于农牧民来说,不能算是太陌生,但对于生长在鄂尔多斯高原上的农牧民来说,却是既陌生又神奇。同时,又是可望而不可即的。尤其是国家高科技“863”项目。

“他们给我们带来了发家致富的希望”

春风渐暖,应该是草木翠绿,鸟语花香。可是,记者在鄂尔多斯看到的,却是另一番景象:尽管草木们怎样努力地迎接着春风送来的绿妆,但无奈老天爷就是不肯降下雨来,干渴的地皮浑黄地起伏着,苦巴巴地企盼着雨露的滋润。

入春以来就没好好下过雨的鄂尔多斯,是多么需要水啊!

踏入准格尔旗沙圪堵镇北方半干旱集雨补灌旱作区示范区,突然眼前一亮,绿油油的蔬菜在拱形的塑料大棚里晃你的眼。一根寸把粗细橡胶管子通向菜棵间,细小的水滴静静地输入菜根,滋育着的菜苗苗们像是要舞蹈起来。

40 多岁的吕二喜从编织袋中捧出金灿灿的玉米和小香谷对记者说:“2005 年的收成比上年还要好。地里种上甚长甚,秆儿粗叶儿绿。这不是说人工和肥料的原因,前些年倒是没少下功夫,就是不长庄稼,这几年有了这个

‘863’的科技水，天再旱，也管保粮食收满仓。”

他领记者一行参观他的院落和通向田间地头的光洁道路，“这些都是2003年施做的。一下雨，雨水顺着光溜溜的屋顶流到了院子里，院子里的雨水又顺着斜坡或小沟归到水窖里，一举四得，实现了‘四能’，能有水吃了、能有水饮牲畜了、能洗脸洗衣服了、能灌溉保丰收了。”他接着介绍说：“再看这些路面，都有坡坡沟沟，全通到这几口井里。雨水蓄到里面，就能适时浇灌庄禾，不愁天旱收不到粮食了。”

过去的3年来，以“863”水利科技示范户为载体，以辐射为平台，以试点乡镇为单位，整体推进的水利科技入户工程，使这里在大旱之年百姓仍然安居乐业，靠家家户户的集雨节水工程既脱了贫又赚了钱。

3年来，课题组在雨水高效收集、存贮技术的筛选与集成；雨水高效利用工程技术；提高旱作农业综合配套节水灌溉技术实验研究、示范推广方面取得了突破性进展。在雨水高效收集与存贮方面，利用“3S”技术对示范区与水资源潜力进行了分析，开展了土壤固化剂、有机硅和地衣生物技术3种集雨面新材料和5种传统材料进行了试验与示范。并对3种蓄水结构形式和4种防渗材料进行了实地试验，提出了结构合理、蓄水容积大、施工简单、防渗效果好、工程造价低的砼水窖、水泥砂浆旱井和砖混结构水窖3种存贮形式，并在示范区推广。在雨水高效利用方面，示范推广了膜下滴灌、微喷灌和抗旱坐水种节水技术和适宜的提水设备；开展了玉米、谷子、西瓜和牧草4种作物集雨灌溉制度试验，分别探索并研究出粮食和经济作物及优质牧草灌水时间、灌水次数和灌水定额，制定了集雨补灌条件下4种作物优化灌溉制度，有效地提高了不同旱作区作物水分利用效率。

在旱作农业配套技术方面，筛选出8个适合当地条件的抗旱优良品种，提出了4种主要作物节水高产栽培模式、水肥耦合与高效施肥技术，土壤水库扩需增容技术、渐进式等高田建造和田间集雨保墒耕作技术等。开展了集雨生态畜牧业技术体系研究与示范，提出了退耕地林草带状建造、牧草高产栽培、引种与品种改良、舍饲棚圈与青贮窖建设和饲养管理等实用技术。使示范区降水利用率提高了15%以上，产量或产值提高20%~30%，为当地农民带来了真正的实惠。

示范户们感慨地说：“使用和不用技术就是没法儿比，他们不但给我们带来了增产增收，更带来了发家致富的希望。”

农牧民致富　来自水利科技

内蒙古水利科学研究院实施的“863”项目，使农牧民真正认识了水利科技并从中得到实惠。

这种实惠就是让他们从贫困走向了富裕。

2003年，国家“863”水利科技项目落户鄂尔多斯市准格尔旗后，这个因干旱少雨、水土流失严重、种植与养殖业技术落后而贫穷的地方，就逐步摘掉了穷帽帽，走上了快步奔小康的坦途。

汇集天水而科学地、多方位地利用之，是“863”项目的主要目标。

沙圪堵镇贾明梁社的杨来福不假思索地对记者说：“这个项目没得说了。我有了项目给的补贴启动资金，建起了水窖集蓄雨水，发展了节水灌溉土地2.8亩，一下子就使亩产达到了600公斤，比旱坡地整整增加了400公斤。我每年种植西瓜、香瓜、籽瓜、葵花和豆类的面积占70%，全部采用覆膜坐水加滴灌措施。这种香瓜比传统种植的香瓜要早一个月上市，仅此一项就增加收入3000多元。2005年种植和养殖业总收入达到了26000元，人均突破8000元。”

3年来，示范区建成集雨工程4682处，单产增加122.8公斤，提高了41%。辐射区建成集雨工程48600处，单产增加80公斤，达到了合同规定的技术指标。创新型科技入户工程显示出惊人的增产、增收威力和潜力，彻底改变了准格尔旗农民对水利科技种田的印象，为农牧民提供了脱贫致富的条件，点燃了他们增收的无比信心。

贾明梁社的王拴孝说：“国家高科技项目就是好，把水都给我们攒下了。以前，不是旱年也没水，遇上旱年，不但种不上庄稼，就连吃的水也解决不了，四处去找水。现在不愁了，水科院的技术人员不仅让我们有了水，还教我们种地，种上了能卖钱的‘金蛋蛋’，这日子更有过头了。”

受益的不仅是王拴孝一家，整个示范区的619户家家都享受到了这种高科技带来的实惠。并且，这种集雨节水技术已全区推广开来。

课题成果在内蒙古中西部9个旗县应用面积30.72万亩，单产由285.7公斤提高到365.7公斤，工程总集雨量达531.9万立方米，解决4800人、2.4万头（只）牲畜饮水困难，改善了农业生产条件，提高了农民生活质量，取得了明显的经济、社会和生态效益。

当记者走进西营子镇布尔洞沟村示范带头户蒙古族兄弟杨文正、杨文义家时，说起他们的收获，兄弟俩脸上像开了花，抢着说："项目组先后无偿为我们提供水泥 11.3 吨、砖 19500 块、水泵 2 台、节水设备及大量地膜和良种，合人民币近万元哩。我们投工、投物、投资 2.7 万元，建起了旱井、集雨面、标准化棚圈、青贮窖、沼气池、猪圈、厕所、温室等。我们哥儿俩全家人均纯收入分别达到 4147 元和 3332 元，比项目实施前增收 1~2 倍。"

项目组技术人员说："国家与农户的投资比例为 1：2.7，像杨家兄弟这样一套完善的集雨→存贮→节水补灌→农艺节水→旱作高产栽培→农产品高效转化→舍饲养殖发展模式，能使降雨利用率提高 40%，解决了农户人畜饮水困难和吃菜难的大问题，改善了农户的生活水平和居住环境，提高了农户收入，示范区人均纯收入由 1715.1 元提高到 4149.5 元，增长了 2.4 倍。目前，这种模式已在示范户中推广开来，这不但提高了他们的作物产品产值及生活质量，而且还通过他们带动了周边农户兴建集雨工程的积极性。现在，示范区典型示范户由 35 户扩大到 237 户。"

项目负责人、内蒙古水利科学研究院副院长、教授级高级工程师程满金向记者介绍，2005 年底，由中科院、科技部、水利部、中国农业大学、西北农林科技大学、内蒙古农科院、农大、水利厅等专家对"十五"国家"863"计划，生物与现代节水农业领域现代节水农业重大科技专项中"北方半干旱集雨补灌旱作区节水农业综合技术体系集成与示范"课题所形成的技术成果进行了鉴定。认为该技术成果总体达到了国际先进水平。首先是通过技术筛选与田间工程考核，建立了坐水种补灌、渐进式等高梯田、土壤固化剂与砼集流面等 4 项技术规程，并作为省级地方标准发布，改进了腐植酸微生物肥料现有生产工艺，并分别形成了 2 件发明专利。对利用 3S 技术估算雨水资源潜力、土壤水库扩蓄增容技术、集雨利用综合定额等重要前沿技术进行了有益的探索，拓宽了技术研究深度与领域。其次，在提出适于研究区雨水补灌技术、灌溉制度和主要作物的雨水补灌模式的基础上，通过对单项技术集成，创建了集雨高效种植型、集雨生态畜牧型、庭院集雨经济型 3 种发展模式。并依据上述模式建立示范区 1.02 万亩，雨水积蓄利用率与作物水分利用效率大幅提高，农作物增产 28.2% ~41.0%，技术进步效果明显。最后，充分发挥多方优势，创建了"政府 + 科研院所 + 大学 + 农户"有机结合的科技研发与示范新模式，对加强技术创新、促进科技成果转化与应用具有重要推动作用。

为北方半干旱集雨补灌旱作区节水农业的发展提供了成功的示范样板和技术支撑，对国际干旱半干旱地区农业发展也有重要的借鉴作用。

在“863”水利科技示范区采访，“村看村，户看户，群众都看示范户”已成风气。示范户不仅要种好自己的责任田，还要多掌握几套“手艺”，好传帮带周围的农户，充当“二传手”。为此，课题组在转变了农户们的思想观念后的基础上，不但手把手地教会了他们怎样科学种植和节水灌溉，还特别注重对示范区群众的技术培训工作，他们编写了 19 项实用技术培训教材，为示范区干部群众举办了 8 次培训班，发放科普读物 3000 多份，累计培训乡村干部和农民 560 多人。

由于技术培训的及时到位，示范区农民的农业种植水平有了较大的提高，种植结构也在不断地进行科学合理调整，成为准格尔旗农民收入增长最快、产业结构最为合理的乡镇。

（原载于 2006 年 6 月 2 日《中国水利报》，2006 年 6 月 14 日中国水利网）

一把钥匙解难题

——内蒙古扎赉特旗农建“一事一议”显实效

近年，内蒙古兴安盟扎赉特旗在破解新时期农建新问题和面临的困难方面，找到了一把“金钥匙”。他们所坚持的“一事一议”制度，已渐渐生根开花，成为当地开展农建工作的好办法。

一把钥匙解难题

在农村实行了税费改革，取消了农民集资和统一规定的“两工”后，针对工作中出现的一些困难，旗水务局把落实“一事一议”政策机制作为一项主要内容和重要工作来抓。

在农田水利基本建设中，全旗 20 个乡镇、苏木（工作部）党委、政府在水务部门的密切配合下，以尊重农民的市场主体地位，尊重农民的意愿，维护农民的权利，体现农民的利益为根本，彻底改变以往行政命令等强制手段和做法，通过政府引导、部门指导、村民自治，所办之事基本都是通过“一事一议”解决的。

目前，该旗的“一事一议”机制已得到推广和应用，在思想观念、工作方式和方法上做到与“一事一议”制度相适应，并在实践中取得了基本经验。一是各级党委、政府充分尊重农民意愿，把公共利益和农民的切身利益紧密结合起来，按照“谁受益、谁负担”的原则，按受益范围开展工作，充分发挥了农民在农村建设中的主力军作用。二是水务部门主动配合，密切协调，热情服务，照章办事，重规划、重建设、重质量，让农民看到效益，得到实惠。三是不断完善“一事一议”制度的科学性、规范性、合理性和可操作性，使“一事一议”制度落实到基层、深入人心，有效运行。四是积极推广和大力宣传先进地区好经验、好做法，使“一事一议”制度在新农村建设中起到积极的推动作用。通过良好的运行和科学合理的实施，近两年，全旗农建收到了良好实效，90% 以上农建任务是靠“一事一议”筹资筹劳完成的。

农建成为农民自己的事

巴彦高勒镇充分发挥村民代表作用，根据各村实际，制定出村民代表大会章程、村民自治制度，要求各村在农建出工前召开村民代表大会，实行“一事一议”，凡是农民自己的事情一律实行民主决策，尊重群众的意愿和要求，不强加主观意志。所需出工建设的工程由代表讨论后表决，征得三分之二代表同意后，村委会将出工的目的、意义向广大群众进行广泛宣传，增强了群众出工出劳的积极性和主动性，通过严密的组织和得力的措施，确保了出工人员数量和工程质量，确保了农建任务按期完成。

二龙山工作部坚持农民自愿、注重实效，不搞强迫命令，不劳民伤财，农民自愿为改善生产条件投工投劳，在政策允许范围内寻找到一种解决问题的出路和办法。具体为：一是认真学习，充分理解掌握政策。二是加强宣传，提高群众认识。三是做好组织发动。首先，召开乡村两级干部动员会，统一干部思想，形成整体合力。其次，由工作部干部带队，逐村召开村民大会，执行“一事一议”。在村民了解开展水土保持工作的重要意义和作用后，由村委会组织群众集体讨论形成决议，明确任务量、施工办法和处罚意见并进行公示，对出工情况进行公开，增强透明度。由村民选出由4~7人组成的执行监督领导小组。领导小组成员由旗乡两级人大代表、村民代表、党员代表、富裕户和贫困户代表组成，职责是监督执行情况，对拒不出工的村民，根据决议进行相关处罚。充分体现了农民群众的事情自我做主、自我决策、自我执行，化解了干群矛盾。工作部从过去的执法者变成了现在的指导者和裁判员，深得农民群众的理解支持。乡村两级干部在农建会战时与群众一道，共同劳动，既当指挥员又当战斗员，得到了群众的信赖和依赖。

（原载于2007年1月19日《中国水利报》）

“水保让穷根根长成富苗苗”

资源富集、经济快速发展的内蒙古鄂尔多斯市，近年来，高举打造生态强市的大旗，把水土保持生态建设作为经济发展的重要支撑，不断提升其高度，加大建设力度，使水土保持生态建设呈现出一派风起云涌的势头。

（一）

皇甫川、无定河是两条直接入黄的多沙粗沙支流，是黄河粗泥沙的主要来源区之一，流经鄂尔多斯市境内的总面积11470平方公里（其中皇甫川2831平方公里，无定河8639平方公里），总人口20万人，其中农业人口16.35万人，劳动力7.4万个，人口密度19人/平方公里。皇甫川侵蚀模数18800吨/平方公里·年，无定河侵蚀模数5890吨/平方公里·年。两流域常年干旱少雨，植被稀疏，水土流失异常严重，生态环境极其恶劣，农牧业生产滞后，农牧民生活异常贫困。有的地方已成为“无水可饮、无地可种、无草可牧”的“生态禁区”，生态环境已恶化到人类无法生存的状态，不少农牧民举家迁居他乡谋生。

1983年，国家将皇甫川、无定河两大流域列为全国八片水土保持重点治理区，使当地群众看到了生存与绿色的希望。经过多年坚持不懈的治理，项目区生态环境得到了明显改善，产业结构得到合理调整，土地利用率大幅度提高，重点治理区的农牧民提前脱贫，并逐步迈开了致富的步伐，有 95% 的农户走出贫困，走向富裕。为全市生态环境建设起到了示范表率作用。

皇甫川、无定河流域重点治理项目到目前已顺利完成了一、二期工程。两期工程的实施，得到了国家有关部门的大力支持和各级党委、政府的高度重视。鄂尔多斯人为再造一个秀美山川，为后代子孙造福，付出了艰苦的劳动和辛勤的汗水。20 年来，在 103 条小流域、3649 平方公里的土地上，共完成水土流失治理面积 2472 平方公里。其中，新增基本农田 88 平方公里，水保林 1704 平方公里，经济林 98 平方公里，种草 582 平方公里，修建小型蓄水保土工程 15616 座（处）。取得了较好的生态、经济和社会效益。

——生态环境得到根本改善，水土流失基本得到控制，蓄水保土能力增强，缓洪减沙效益显著。所开展的 103 条重点流域范围内治理程度均达到 80% 以上，植被覆盖度从治理前的 14% 提高到 76% 以上。由于植被覆盖度的增加，生态环境得到了改善，拦蓄泥沙量达 75%，蓄水效率达到了 70% 以上，有 83% 的流域实现了洪水不下山，泥沙不出沟的良好态势，既减缓了干流的洪峰，保护了下游农田与公用设施的安全，又有效地减少了入黄泥沙。

——水土资源得到合理利用，项目区农业生产条件得到明显改善。风沙区通过拉沙造田、治沙造林种草，丘陵区通过打坝蓄水、淤地，建旱井、水窖，修水平梯田等措施，实现了“农田下川，林草上山”。治理区内土地利用率由原来的 24% 提高到 85%，有效地减少了人口对自然环境的压力。环境的改善使得群众的思想观念发生了根本变化，改“粗种”为“细种”，彻底扭转过去倒山种田的陋习，实现少种、高产、多收。同时也大力发展庭院经济，建成座座“绿色小银行”。

——产业结构得到合理调整，农林牧副各业全面发展。在大力发展基本农田、提高粮食产量的同时，农业生产效率得到了显著的提高，为农民从农业生产中节省出更多的劳动力从事养殖业和第二、三产业提供了可能，达到进一步解放生产力的目的。项目区农林牧副各业产值比例由治理前的 1：1.76：1.1：0.5 转变为 1：3.55：1.66：1.26，使各产业的发展初步步入良性循环的轨道。

——发展了区域经济，加快了脱贫致富的步伐。项目区水土保持综合治理成果发挥效益后，各业产值明显提高。无定河项目区人均粮食由治理前 350 公斤增加到 2534 公斤，人均纯收入由治理前 438 元提高到现在的 4385 多元；

皇甫川项目区人均粮食由治理前 298 公斤增加到现在 900 多公斤，人均纯收入由治理前 268 元提高到现在的 4000 多元。重点治理项目区的农牧民真正摆脱了贫困，开始步入小康。

——治理区农牧民的生产与生活发生了根本性变化，出现了“二转三变”。一转是由粗放经营向集约经营转变；二转是由单一的农牧业经济向多种经济，面向市场转变。一变是思想观念有明显变化，科技意识普遍增强；二变是生产生活条件显著变化；三变是生活习惯、文化生活有明显变化。这些变化在周边地区发挥了极大的辐射带动作用。

在治理开发中，准格尔旗和乌审旗旗委、政府为了保证治理的连续性和稳定性，始终以治理水土流失，改善生态环境、为群众脱贫致富达小康为目标，按照“统一规划，集中连片，注重规模，统一治理”的原则，坚持“科学技术是第一生产力”，坚持治理和开发一体化，发展小流域经济，着力把资源优势变为经济优势和商品优势，初步实现治理一条小流域，建立一个基地，发展一方经济，致富一方百姓。

水土保持是一项群众性的公益事业，只有发动群众、调动群众的积极性才能保证可持续发展。重点治理区的各级政府制定了一系列符合当地实际，能够促进治理开发的配套政策，采取“以奖代补、以物代补”的形式，实行大干大支持，小干小支持，不干不支持，奖励治理好、管护好、开发好的乡村及个户。在治理工程上本着谁开发、谁治理、谁受益的原则，允许个人投资和股份制开发，引入竞争机制，实行承包管理。极大地调动了群众的积极性，变过去的“要我治”为“我要治”。与此同时，实行多渠道集资，实行了户包小流域和股份合作制的办法，加快治理开发速度。加大依法预防监督管护力度，坚持治理一片，管护一片，成功一片。

（二）

八片重点治理项目取得了可喜成绩，也涌现出许多典型流域和个人。

——被誉为“黄河流域一枝花”的川掌沟小流域，地处皇甫川流域北端。这个昔日荒凉的岩石沟如今已是一片葱茏。在 200 多平方公里的山坡上种植了油松 8 万亩，沙棘 8 万亩，柠条 5 万亩，果树 5200 亩，缩河造地 4600 多亩，植被覆盖率已高达 85%。土地生产率由治理前的 103.5 元 / 公顷，提高到现在的 1633 元 / 公顷，拦蓄径流总量由治理前的 4.9 万立方米提高到现在的 714.42 万立方米，拦蓄泥沙总量由治理前的 21.8 万吨提高到现在 232.2 万吨。生态环境的改善，引来了众多从未出现过的野生动物。放眼望去，小流域内草木茂盛，气象万千，令人叹为观止。

——纳林河是乌审旗南部无定河的一条一级支流，流域面积 328 平方公里，昔日这里植被覆盖率仅为 7%，是典型的“两岸明沙中间沟”，人均产粮不足 150 公斤，人均纯收入仅有 172 元。治理后，开发河阶台地 2 万多亩，营造沙地防风固沙林带 18 万亩，人工种草 7 万亩，封沙育林、育草 4 万多亩，开发小片果园、庭院经济林 1600 亩，修引洪渠 13 公里，修建蓄水塘坝 6 座，拦洪坝 1 座，新修公路 20 公里，营造道路防护林带 40 公里，护岸林 50 公里。现在的纳林河是水清山碧放眼绿，植被覆盖率达到 70%，人均产粮达到 2200 公斤，人均纯收入 4385 元，流域内有 95% 的农户达到了小康水平，好似一个“塞外小江南”。

——在皇甫川韩家塔小流域项目区，三间红砖瓦房掩映于绿树丛林之中，清清的河水顺沟而出。这就是靠小流域治理而脱贫致富的周四晓家。周四晓是韩家塔村的一名社员，在重点小流域治理项目前，是村里有名的贫困户。随着二期工程批复的喜讯传来，夫妻俩将自己承包的 110 多亩荒山进行了全面治理。功夫不负有心人，辛勤的劳动换来丰硕的成果。他所承包的五荒地披满了绿装，现有乔木林 70 余亩，灌木林 65 亩，草地 23 亩，经济林 22 亩（杏树 20 亩，果树 2 亩），并在一支沟上修建了一座小谷坊，实行自流灌溉，人均 4 亩基本田，年纯收入达 1.5 万多元。

——苏力德苏木通史嘎查牧民金锁，全家 4 口人，劳动力 2 人。2004 年春季在水保部门的统一规划和支持下，采取喷灌措施种植沙打旺 50 亩，开发小片水地 70 为，打流沙井 1 眼，通过项目的实施，实现了粮料自给，为养殖业打下了坚实的基础。现在他饲养的鄂尔多斯细毛羊已发展到了 160 多只，牛 15 头，人均纯收入 5000 多元，养殖业逐步向高效益家庭牧场发展。

——杨玉成是布尔陶亥乡昆都仑沟流域的农户，全家 4 口人，生活较为困难。流域治理项目的上马，为他敞开了致富大门。他抓住这一有利时机，经过几年的辛勤劳作，兴建大口井 1 眼，发展水浇地 40 余亩，修水平梯田 12 亩，养羊 100 多只。人均产粮由治理前 175 公斤增加到 1000 公斤，人均纯收入由治理前 750 元增加为 4200 元，提高了 5.6 倍。率先体验到生态建设带来的实惠和喜悦的杨玉成，说出最朴实的话：“水土保持就是好，让我们这些穷根根长成了富苗苗。”

——乌审旗蒙古族青年尔德尼依托治理项目，发展舍饲绒山羊400多只，育肥牛50多头，制种玉米30多亩，年纯收入10万余元，成为当地的致富领头人。群众在他的带领下，积极治理水土流失，大力种树种草，发展养殖业。他们利用栽植的树木枝叶和优质牧草作为饲料，科学合理利用，牲畜头数为治理前的2.3倍，出栏率达41%，商品率80%以上，有43%的农户发展成养羊、养牛专业户，步入了小康水平，从而推动了当地经济的快速发展。水保工作者也被他们亲切地称为“红太阳”。

（三）

八片重点治理项目的实施，验证了在自然条件十分恶劣的地区，水土保持是山区农民生存与发展的根本。只有坚持水保生态建设，改善生态环境这一根本，才能使恶劣条件下的群众走出贫困，走向富裕。皇甫川、无定河流域重点治理区，如高原上的两颗明珠，其可喜变化向世人昭示着鄂尔多斯的美好未来。

据统计，截至2006水利年度，鄂尔多斯市实施水土流失初步治理面积180.33万亩，占自治区计划任务的111.3%。其中，新发展小片水地1.11万亩，淤澄坝地1万亩。营造沙棘45.3万亩，柠条45.1万亩，乔木1.01万亩，其他灌木11.81万亩。种草115万亩，开展生态修复面积60万亩；实施围封保护面积400万亩。

鄂尔多斯，这个充满诱惑的名字，这个使人极富想象力的地方，如今正以它特有的资源优势，凭借较为雄厚的实力，努力构筑着以水为依托的绿色生态的屏障。

（原载于2007年3月12日中国水利网，2007年3月12日中国水土保持生态环境网，2007年4月7日《黄河报》）

农田水利铺就牧区小康路

——内蒙古自治区冬春农建回眸

农建有为　农民受益

“搞农田水利建设就是给我们铺小康路哩！”内蒙古乌兰察布市商都县小海子镇农民武三娃高兴地咧着嘴，逢人就说他的喜悦。怕人们不明白，武三娃又补充说：“过去有些人认识不到这个‘洋玩意’的好处，说花那么大的成本买个‘铁架架’，管甚用？你看，一用上后，谁都竖大拇指！”武三娃说的“洋玩意”，指的是喷灌设备。

乌兰察布市节水灌溉在2006年取得了新突破。市领导充分认识到了农田水利基本建设在这个多年平均降雨仅300毫米的地区的重要性，在财力紧缺的情况下，多方筹措资金2000万元，采取政府补贴资金2/3，群众自筹1/3的办法，引进国外大型指针式喷灌机104台，小型喷灌机45台，发展高标准马铃薯生产基地节水灌溉面积5.7万亩。此举是现代化节水设备在该市首次大范围推广，节水设备当年就取得了显著效益。项目区马铃薯亩产达2000公斤，比旱地增产1300公斤，群众户均年增收1500元。同时，软管微孔喷灌、膜下滴灌、日光温室微喷灌等新工艺、新设备得到大力推广应用，日光温室建到哪里，节水工程就做到哪里，建设规模、设备引进、投入资金均创历史最高水平。2006年，全市投入水利建设资金1.84亿元，较上年增加了31%。

不仅仅是乌兰察布市。近年，内蒙古积极探索新形势下农田草牧场水利基本建设新机制，认真落实“以奖代补”“民办公助”政策，推行“一事一议”制度，扶持引导农牧民主动参与，调动农牧民兴办水利的积极性，群众投资投劳有了恢复性增长。各地区结合实际，制定出台了一系列优惠政策。兴安盟对农田草牧场水利基本建设成绩突出的地区，在资金和水利设施配套上给予倾斜；扎赉特旗、突泉县制定了“群众打井，水利部门验收，政府补助配套”的政策，调动群众大搞水源工程建设的积极性；乌兰察布市采取

“群众投资打井、政府补助配套，产权一步到位”的激励措施，扶持农民发展水浇地；固阳县、正镶白旗、太仆寺旗、克什克腾旗坚持“大干大补、小干小补、不干不补”的原则，地方财政对群众自发兴建的灌溉工程给予补助；准格尔旗、鄂托克旗、额济纳旗对农村饮水、抗旱水源工程等进行财政补助，进一步完善以奖代投政策。此外，经过近几年的探索，“一事一议”在各地实践中已经普遍开展起来，群众民主管理、主动参与的意识明显增强。全自治区利用“一事一议”引导农牧民建成各类工程 1.4 万处，群众投工 5125 万工日，同比增加了 133 万工日。

在河套灌区走访时，灌区管理总局一位负责人说：“咱们基层搞水利的，基本上是成天和农民打交道。新农村建设要服务‘三农’，以我最直接的理解，为农民着想就是体现新农村建设。”

据统计，2006 年，内蒙古农田草牧场水利基本建设共投入资金 22.36 亿元，比上年增加 6.01 亿元。农牧民投工 9665 万工日，完成土石方 2.73 亿立方米。农村饮水、节水灌溉、水土流失治理等建设任务均超额完成，全自治区农田草牧场水利基本建设保持了平稳发展的良好势头。

政策扶持　资金保证

据自治区水利厅农牧处处长康跃介绍，去年农建工作中，自治区各级水利部门主动适应新形势，积极研究新对策，指导农田草牧场水利基本建设健康开展。水利厅通过对策研究和措施落实，加强对农田草牧场水利基本建设服务新农村、新牧区建设的宏观指导和引导。锡林郭勒盟完善了“工业区抓供水、苏木城镇区抓安全饮水、农牧业种植区抓节水”的大水利发展理念；乌海市政府出台了相关意见，明确规定要加大财政支农资金增量和总量；呼和浩特市和林格尔县落实措施，建设现代化水利园区，为新农村样板建设奠定了基础。

多渠道筹资、投入明显增加，是 2006 年内蒙古农建的显著特点。为增加水利投入，各地区开拓创新，多方筹集资金，走“水利为社会、社会办水利”的路子，充分利用国家投资，增加地方财政投资，吸纳社会融资，保障农田草牧场水利基本建设持续开展。一是积极争取国家重点工程专项投资和扶持，国家投资达到 8.8 亿元，同比增加 1.15 亿元。锡林郭勒盟、乌兰察布市、包头市、鄂尔多斯市、巴彦淖尔市等地按照“渠道不乱、用途不变、统筹使用、各计其功”的原则，整合水利、以工代赈、农业开发、沙源治理、扶贫、土地整理等建设项目，捆绑使用资金，用于农田草牧场水利建设。察右后旗、额托克旗等地捆绑使用资金都在500万元以上。二是各级地方财政投入增加。各地贯彻中央“工业反哺农业，城市支持农村”“多予、少取、放活”的方针，不断加大支农财政投入力度。赤峰市、锡林郭勒盟、包头市、乌海市等4个盟市地方财政投入与上年相比明显增加，增幅均超过500万元。三是完善水利投融资机制，吸纳社会资金。呼伦贝尔市、赤峰市、锡林郭勒盟、乌兰察布市、鄂尔多斯市、巴彦淖尔市等地积极探索适应市场经济体制的水利投融资机制，放开水利市场，按照市场化运作、股份制经营的方式，吸纳社会资金，完成融资额都在3000万元以上。社会融资占水利总投入的比例明显增加，已经成为水利投入的重要渠道。

因地制宜　突出重点

各地从实际出发，因地制宜，突出建设重点。乌海市以节水灌溉配套为基础，打造城郊型精品农业，服务城市菜篮子工程。巴彦淖尔市狠抓灌区节水改造工程，大力推进灌区行风建设和管理体制改革。鄂尔多斯市完善水权转换机制，拓宽水利服务领域。包头市重视城市供水和节水工作，创建节水型城市。呼和浩特市立足新农村建设，大力发展节水型农业园区。锡林郭勒盟狠抓灌溉饲草料地建设，落实禁牧、休牧措施。赤峰市深化各项水利改革，全面实施水土保持生态修复工程。兴安盟从水源工程建设入手，“人人3亩水浇地”工程建设取得实质性进展。呼伦贝尔市积极探索市场融资新路子，保障了一批大型水利工程的顺利实施。

按照“抓质量、上规模、提标准、增效益”的要求，内蒙古农田草牧场水利基本建设整体规模和标准迈上了新台阶，工程建设与农牧业生产和农牧民需求更加紧密地结合，成效更加显著。锡林郭勒盟贯彻“以建设促保护，以保护促发展”的方针，新增灌溉饲草料地8.99万亩。种植的青贮玉米平均亩产突破了4000公斤，为落实禁牧、休牧措施提供了物质保障。同时，坚持水资源开发、保护并重。东乌旗、西乌旗各投资12万元和18万元，在城镇、工业和灌溉饲草料地集中用水区，开展地下水动态监测工作。赤峰市坚持“生态立市”，开展全方位、大规模的水土保持生态修复，并且使之与退耕还林还草、种草养畜、禁牧舍饲相结合，促进生态修复成果的巩固和效益的发挥。2006 年，赤峰市新增万亩以上小流域治理 12 处，新增 5000 亩以上工程 17 处。阿拉善盟孪井滩灌区开展的灌区节水信息化和现代化管理，以及在其他地区饮水安全工程中推广使用的自动变频供水技术和设备等，都在很大程度上提升了工程建设标准和管理水平，成为农田草牧场水利基本建设的新亮点。

我们欣喜地看到，有各项政策、措施的保证，有各种资金“铺底”，有各级干部和群众脚踏实地的苦干精神，内蒙古农建才取得这样大的成效，才有千千万万个“武三娃”得益于其中。

（原载于 2007 年 3 月 16 日《中国水利报》）

洁净水甜润阿荣人

——内蒙古呼伦贝尔市阿荣旗实施饮水安全工程侧记

世代居住在内蒙古呼伦贝尔市阿荣旗那吉镇东华村的刚臻和老人伸出发颤的手，拧开了“哗哗”地喷射着水柱的水龙头，发出了由衷的感慨：“八辈子不敢想的事儿，今天咋就像梦一样的实现了？”

与刚臻和老人同样感慨的是阿荣旗近 6 万群众。喝上安全的洁净水，生活质量有了一个新的提高，此中的变化来源于农村饮水安全工程的实施。

阿荣旗地处呼伦贝尔市东南部，属浅山丘陵区，多年平均降水量 400 毫米，而年蒸发量却高达 1900 毫米，全旗人均占有水资源量不足全国人均水平的三分之一，加之连年的干旱使地下水位持续下降，全旗 9 个乡镇的 23 万人口严重缺水，部分村屯群众吃水要靠人挑、车拉到几里、十几里外的村屯或河道取水。尤其是以六合镇珍珠村为中心的高氟区，群众由于长期饮用高氟水，导致黄板牙、骨质疏松等疾病发生。缺水给群众的生产生活和身体健康都带来了严重的影响。

1997 年国家开始实施饮水工程，阿荣旗抓住这一大好机遇，成立了由主管旗长为组长，相关部门责任人为成员的农村安全饮水工程领导小组，负责全旗饮水工程的组织实施。一方面积极争取国家投资，另一方面集中全旗人力物力，统筹安排农村安全饮水工程建设工作。为了把这项事关缺水群众切身利益的饮水工程这个大事办好，该旗在工程实施过程中严把“四关”：一是做好规划设计关。由水务部门派出技术人员实地勘测后进行设计。在水源地点选择上，采用了科学的磁化法电测找水定井位，大大提高了工作效率和质量。二是把好工程质量关。集中采购工程材料设备，坚持使用正规厂家产品，择优选择建筑材料。严格选择施工队伍，每处工程均由旗水务局与打井队签订法人责任书和施工合同，由打井队全面承诺工程质量。三是严把工程验收关。全部工程都由旗农村安全饮水领导小组按照《农村安全饮水项目建设管理办法》严格验收，达不到标准的不准投入运营，并限期整改，有效保证了工程质量。四是加强建后管护关。按照要求制定了一系列制度，组建了专业供水管理组织，改革管理体制，将国家、集体统一管理为用水户参与管理的自主管理体制，明晰了工程的所有权。同时采取承包、租赁等形式，加强了对水源和水质的保护。

据阿荣旗水务局局长于洪介绍，近年来，我们在工程实施过程中，主要采取 6 项措施推进饮水安全项目建设。

一是推行督查督办机制。各项目乡镇与旗政府签订饮水安全推进目标责任书，并把完成情况作为乡镇主要政绩考核指标；相关部门按照各自工作职责，通力协作，密切配合，形成合力。二是推行“竞标”投入激励机制。全面推行“竞标”，将“干群积极主动，筹资投劳到位，项目管理规范，质量安全达标”的乡镇纳入推进计划。三是推行项目预安排制度。按照规划方案和建设计划，先将项目单子预安排给乡镇，由乡镇负责查找水源、制定工程建设初步方案、组建工程后续管理机构、做出工程占地和纠纷处理承诺，再根据乡镇前期工作的落实程度，下达项目建设计划。四是推行专业化队伍施工。对所有项目均实行项目业主制、招投标制、合同管理制、项目监理制，确保工程建设进度、质量和资金安全，全面推行专业化施工，并在纪检监察部门的监督下，通过招标方式选择专业施工队伍。五是推行项目质量巡监制。进一步完善现场监理，建设业主实行定期和不定期的巡查监理，严格过程监管，切实加强对工程质量、进度、投资、安全的管理，确保资金的投入效益。六是推行协会管理。“先建机制，再建工程”，由乡镇组织发动，按照“一事一议”，充分尊重群众意愿，让受益群众积极参与工程建设和管理，特别是邀请了人大代表或政协委员参与，积极引导受益群众加入饮水安全协会，把协会作为饮水安全工程建设和管理的责任主体。

到目前，阿荣旗已建人畜饮水工程 79 处，其中 380 饮水井 62 眼，供水工程 17 处，全旗 6 个乡镇 17 个村屯安装了自来水。目前已完成投资 1600 万元，解决了 5.9 万人、8 万头（只）牲畜的饮水安全问题。

记者了解到，总投资 72 万元的向阳峪镇关家沟村三组、得力其尔乡东北沟三组、霍尔奇镇富贵村永生组、查巴奇乡小石砬子村二组、六合镇红旗村七组、六合镇曙光村一组、亚东镇万兴村永胜组、后山里屯四组、东山组等水源工程建设完成。总投资 362 万元的向阳峪镇两方六村、得力其尔乡蒙红村、霍尔奇镇镇区、库伦沟林场供水工程即将招标开工，届时将解决 0.4 万人的饮水安全问题。

经过多年的建设和不懈的努力，昔日远近闻名的缺水村如今各家各户已是满院绿色，有的种了果树，有的屋前房后种满了蔬菜，家家户户的菜篮子满了，饭桌丰盛了，富余劳动力外出打工增加了经济收入。农村安全饮水工程的实施，既解决了老百姓自己解决不了的难题，又改善了饮水卫生条件，提高了农民的健康水平，为群众办了一件实实在在的好事，更缓解了抗旱灌溉等农田用水，从而密切了党群干群关系。

（原载于 2009 年 8 月 29 日中国水利网站，2009 年 8 月 30 日中华人民共和国水利部网）

为加快新农村建设奠定坚实基础

——内蒙古阿荣旗农田水利基本建设纪实

近年，在呼伦贝尔市委、市政府的领导下，在自治区水利厅的指导下，内蒙古自治区呼伦贝尔市阿荣旗水务局坚持“突出抓好防汛抗旱救灾减灾工作，着力打造平安水利；重点抓好水利项目的争取、实施及管理工作，着力打造民生水利；坚持抓好水政监察及水事纠纷调处工作，着力打造法制水利”的工作思路，逐步探索具有自身特色的防洪救灾保障体系、水资源供给保障体系和水环境保障体系，圆满完成了各项工作任务，农田水利基础设施建设进一步加强，为全旗加快社会主义新农村建设，促进农村经济发展、农业增效、农民增收奠定了坚实基础。

“一事一议”民主决策　水管体制改革取得成效

阿荣旗辖 5 个镇、4 个少数民族乡，总人口 32 万人，是典型的旱作农业区。全旗现有耕地面积 425 万亩，水资源总量 21.22 亿立方米。多年来，为改善农业生产条件，增强农业发展后劲，促进农业可持续发展，旗委、旗政府从水资源合理开发、优化配置、高效利用和战略安全的高度出发，紧紧围绕加快农牧业产业化进程及农业增效、农民增收，全面建设和谐社会这一中心任务，以提高农业综合生产能力为重点，因地制宜大搞农田草牧场水利基本建设，取得了明显成效。

截至 2009 年 8 月，全旗共建抗旱水源井 4880 眼，发展节水灌溉面积 56.4 万亩，建成节水灌溉示范项目区 3 个，并通过全旗农田草牧场水利基本建设会战，纯增有效灌溉面积 56.4 万亩，新增灌溉饲草料基地面积 3.5 万亩。截至 2008 年，全旗水土流失治理面积达 111 千公顷，封育保护面积达 80 千公顷，解决了 5.9 万农村人口的饮水困难问题；农村饮水安全工程建设全面贯彻基建“三项制度”，基建工程合格率达 100%，专项资金到位率 100%。

阿荣旗把小型水利工程产权制度改革作为当前农村中小型水利基础设施建设的突破口，实现了所有制形式多样化、经营方式多样化的突破。全旗单个人饮水源井全部转让给水源井所在乡、镇、村集体或农户所有，并由水源井所在乡、镇、村集体或农户负责维修、经营、管理；上级投入的节水喷灌设备，低价发放给农民自行管理，使之发挥抗旱减灾作用。同时，旗委、旗政府积极支持水利管理体制改革工作，制定出台了《阿荣旗水管体制改革实施方案》，对 3 个水管单位实行定额公益补助，每年补助 23.6 万元；建立了 18 个农户用水合作组织，积极引导广大农户参与水利建设，较好地发挥了水利资源的经济效益和社会效益，并在深入调查研究的基础上，制定了《阿荣旗小型水利工程管理体制改革方案》，确保了小型水利工程管理体制改革工作的顺利开展。

为保证农村饮水安全工程的运行维护，阿荣旗将已经建成并经验收合格投入运行的农村饮水安全工程整体移交给所在乡、镇、村集体，科学制定水价、水费计收及管理、管线维护等制度，明确水利部门，乡、镇、村，用水户三者之间的关系。

为全面加强排灌渠道工程建后管理，阿荣旗水务部门与工管单位签订协议，将工程设施的日常管理工作交由工管部门负责，水务部门提供技术支持，并帮助建立健全水库、灌区管理制度，负责指导维修等工作，使水利工程管理步入正规化轨道，提高了水资源利用效率，为农业增效、农民增收提供了保障。

为全面加强水资源管理，阿荣旗水务局认真贯彻落实水法和相关政策法规，对全旗水资源开发利用实行统一规划，严格取水审批，依法强化对水资源开发利用、节约保护的指导和监督，促进水资源的优化配置，提高水资源利用效率。同时，大力宣传建设节水型社会的重要意义，增强了全社会节约用水意识。

近几年，自然灾害频发、农副产品价格下跌、农业投入不足和农民增收难的问题日渐突出，严重影响了阿荣旗农田水利基本建设。对此，阿荣旗多措并举，采取上级投一点、农户集一点的办法，并通过“一事一议”的方式，组织群众对农田水利基本建设具体项目进行民主讨论、民主决策，使群众明白工程需要多少钱、多少工，破解农村小型水利工程建设难题。新发乡大轱辘车屯河道整治工程采取“一事一议”的办法，在很短的时间内完成了动迁工作，保证了建设进度，使困扰沿岸群众多年的水患问题得到了很好解决。通过水务部门协调，乡镇组织群众投工投劳以及民建公助资金、本级财政投入、群众投工投劳的有机结合，阿荣旗成功地破解了当前农村小型水利工程建设的问题，解决了农村水利建设中普遍存在的筹资难题。

统筹兼顾，突出重点　为群众办好事办实事

提高认识，加强领导。阿荣旗各级领导始终把农田水利基本建设作为一把手工程和农业、农村工作的重中之重来抓。一是落实责任制。实行各级领导包片责任制，旗领导包乡镇，乡镇主要负责同志包片，脱产干部包村、包工程，形成了人人身上有责任、个个肩上有担子的工作局面。二是严格考核奖惩。旗委、旗政府把农田水利基本建设工作作为考核领导政绩的重要内容，年初定指标，年末考核奖惩并兑现。三是搞好服务。对重点工程，旗、乡都成立领导机构，及时调度工作进展情况，协调解决各种困难和问题，保证各项重点工程顺利进行。旗、乡领导干部，包片包村人员还深入农田水利基本建设第一线，与广大群众一同奋战在施工现场，真正为群众办实事、办好事。各有关部门也充分发挥各自优势，强化支农意识和服务观念，以实际行动支持农田水利基本建设。

政策引导，规划先行。阿荣旗水务部门坚持开源节流并举的方针，以水资源的高效利用为核心，以改善农村生产生活条件为突破口，以保障农村饮水安全、提高农牧业综合生产能力和建设社会主义新农村为目标，根据“统筹兼顾、突出重点、分步实施、讲求实效”的原则，编制了《阿荣旗农田草牧场水利基本建设“十一五”规划》，高质量完成了《阿荣旗“十一五”农村安全饮水工程规划》，并本着山、水、田、林、路统一规划，农、林、牧、副、渔协调发展的要求，认真制定了《阿荣旗生态与环境建设总体规划》。科学合理的规划，使阿荣旗农田水利基本建设拓宽了思路，明确了目标，成效更加明显。近年，旗、乡、村和广大群众认真实施规划，治理荒山荒坡，使植被覆盖率有所提高，水土流失现象得到有效遏制，生产条件和人居生存环境得到显著改善。

资金落实，保证重点。阿荣旗多措并举，保证农田水利基本建设的投入。一是用足用活税费改革后新的用工政策，通过政策引导、效益引导和市场机

制引导，让群众充分认识到兴修水利是改善农村生产生活条件、保障农村经济长远发展的重要途径。本着既有利于减轻农民负担又有利于农村经济社会发展的原则，从群众反映最强烈，要求最迫切，制约农业生产、影响群众生活最关键的问题着手，通过“一事一议”，采取村民代表提出建设项目、村委会讨论形成意见、村民大会形成决议并付诸实施的办法，较好地解决了群众投劳筹资的问题。二是努力保证农田水利基本建设资金的投入。全旗建设项目多年一直按照规模以上严格执行招标投标制度，规模以下实行委托政府采购监督、财政及审计部门监督的办法，最大限度地实现了资金效益的最大化，基建工程合格率、专项资金按形象进度到位率均达到100%。三是鼓励民营水利发展，建立社会资金投入水利运营的机制。采取以奖代补、先干后补、多干多补等激励政策，调动农民户办和联户办水利的积极性，参与水利项目建设。同时，阿荣旗十分注重研究新形势下农田草牧场建设的新思路、新办法，抓住国家、自治区支持“三农”发展的政策机遇，积极鼓励水利、财政、农业、国土、环保、交通等部门集思广益，把节水灌溉、黑土地治理、水库除险加固、农村饮水安全和堤防工程等列为重点，通过各种渠道向上争取项目和资金。

加强农田草牧场水利基本建设，不是一时之策，而是长久之计。旗委、旗政府将水利建设摆上重要日程，纳入“十一五”规划，要求大家真正做到班子变思路不变，时间变干劲不变，确保农田草牧场水利基本建设再上新台阶。

拓宽思路，明确目标　各项工作全面推进

扎实做好防汛防旱工作。在防汛防旱工作中，阿荣旗坚持做到“两个转变”，即由控制洪水向洪水管理转变，由以农业抗旱为主向城乡生活、生产、生态全面抗旱转变，最大限度地减轻灾害造成的损失。同时，进一步完善以行政首长负责制为龙头的防汛抗旱各项责任制，规范工作程序，明确各部门的职责和任务，提高防汛抗旱的整体效能；不断健全和完善防汛抗旱监督机制，加强责任制落实情况的检查，建立从防汛检查到安全度汛全过程督察制度，提高了各级各部门贯彻防汛抗旱责任制的自觉性和责任感。

着力抓好重点水利工程建设。2009年，阿荣旗水利建设计划总投资4300

万元，包括防洪、水库除险加固、小流域治理、农村饮水安全、节水灌溉等五大类工程建设，重点实施圣水、兴隆、四合等水库除险加固，得力其尔堤防、红毛沟小流域治理等项目建设。在建设中，全旗注重落实长效机制，加强水利工程建设管理，理顺职能，规范制度，加强督察，使全旗水利建设管理制度化、规范化，真正保障工程安全。

努力提升工程管理水平。阿荣旗始终把工程管理作为全旗水利工作的重点，逐步实现从以建设为主向建管并重、长效管理转变，进一步强化河道、湖泊、水库的管理，维护河湖水系健康生命，并强化管理目标考核，加强水利工程管理制度化、规范化和现代化建设，为经济社会发展提供防洪安全、供水安全和生态安全保障。按照《阿荣旗水利工程管理体制改革实施意见》，实施水管单位体制改革，并进行完善和总结，做好验收准备。严格前期工程技术审查，规范审批过程管理，加强审批后续管理。集中办理行政审批事项，明确行政审批程序。建立行政许可监督检查制度，对已经批准实施的各类建设项目及时进行跟踪督察和全程监督。结合水库除险加固，完善管理配套设施建设，健全预报预测系统，提高应急处置能力，建立长效管理机制。

全面提高水资源管理能力。在切实加强水资源管理和节约保护方面，阿荣旗水务部门一方面大力推进节水型社会建设，以节水型高校（学校）、节水型社区、节水型家庭建设为重点，抓好节水型社会各类载体建设，加强节水的日常宣传教育，增强公众参与意识，另一方面围绕节约型社会建设、生态旗建设、节水型城镇创建中的水资源保护目标和指标的实现开展工作，以强化水功能区水质监测为重点，加强对饮用水水源地的水质监测，做好水资源保护工作。同时，加强用水总量控制，在做好地下水可开采总量和取水户年度用水总量控制的基础上，明确用水总量考核目标，力争年内单位 GDP 水耗下降 5%，万元工业增加值用水量下降 5%。

全力推进依法行政工作。阿荣旗水务部门紧紧围绕旗政府确立的“依法治旗”的发展战略，切实转变政府职能，强化依法行政，依法治水，依法管水。一是继续推进政务公开，阳光行政。进一步完善首问负责、错案追究、投诉举报处理制度，形成有权必有责、用权受监督的控制和考核体系。二是推进水利综合执法。整合执法力量，推动水利综合执法工作，使水法规赋予的水土保持监督检查、水资源管理、水工程管理、规费征收等职能得到全面履行。三是加大执法力度。从“抓好两头，规范中间”入手，加强执法巡查工作，及时发现和制止违章行为。提高执法效能，强化队伍管理，规范水事案件查处过程，做到主体规范、程序规范、行为规范。四是认真处理好严格执法、依法执法和文明执法、执法服务的关系。在执法中树立“服务意识、程序意识、效率意识、形象意识”，做到惩罚与教育相结合，法律效果与社会效果相统一。

不断完善规划体系建设。阿荣旗充分利用国家对贫困地区、西部地区实施优惠政策的机遇，牢固树立“以项目工作为中心，强化项目兴水，强化项目强水”的观念，超前研究，有的放矢地做好政策和项目的争取工作，科学建设项目库，做到立项一批、申报一批、储备一批，保证项目工作的连续性，切实把项目资金引进来，确保项目建设好、管理好。近年，阿荣旗重点抓好总投资 10.1 亿元的晓奇水利枢纽、晓奇下游 30 万亩灌区、九三站堤防、孟克店堤防、农村饮水安全、节水灌溉、小流域治理等水利项目的前期工作，抓紧完成青山堡等 7 座中型水库除险加固工程的初设，逐步改变水利工程项目前期工作滞后的情况，争取工作的主动。

加快水土保持生态与环境保护体系建设。一是按照综合治理与生态修复相结合的原则，继续抓好天台岭小流域的水土流失综合治理，实施完成两个中型水库库区周边水土流失综合治理。二是依靠政策并利用市场机制，调动社会各界参与水土保持生态建设的积极性，按照“预防为主、保护优先”的方针，进一步加大对各类开发建设项目水土保持方案审批和监管的力度，加强水土流失动态监测，重点加强对城镇周边开发建设项目和破坏性较大的矿山、采石场等项目的监管。

加快基本农田灌溉保障体系建设。充分利用农闲季节，按照要求，突出重点，强化组织领导，不断完善“一事一议”政策，发挥用水户协会作用，调动农民群众兴修水利的积极性，全面完成冬春农田水利基本建设任务。继续抓好那吉、兴安、六家子、复兴、向阳峪、东山根等 6 个灌区的配套改造和 7 个节水灌溉示范区的建设，争取新开工 1 ~ 2 个大型灌区建设，大力推进“六小工程”建设，努力提高全旗的农业综合生产能力。

确保项目安全。一是资金安全。在控制好工程投资的同时，在资金的使用上不违规、不违纪，不得挤占、挪用专项资金。二是工程安全。加强施工管理，落实安全生产责任制，建立健全紧急救援预案制，确保施工安全；切实加强质量监督，进一步推行强制性检测，保证工程质量安全；高度重视工程的度汛安全。三是干部安全。深入开展党员先进性教育活动，加强廉政建设，不断增强各级领导干部的廉洁自律意识和自我保护意识。

大力加强党风廉政建设。把党风廉政建设责任制作为“一把手”工程，常抓不懈，并紧紧抓住责任分解、考核和追究三个环节，确保责任制落到实处。严格各类水利项目资金的管理，完善各项管理制度，加强对资金拨付、使用全过程的监管，加大重点项目的稽查、监督和专项审计力度，严肃查处各类违纪违规案件，切实做到“工程安全、资金安全、干部安全”。按照“政治坚定、求真务实、开拓创新、勤政廉政、团结协作”的要求，以提高素质、优化结构、改进作风、增强团结为重点，切实加强领导班子和领导干部队伍建设，增强领导班子凝聚力、战斗力和依法行政、廉洁从政的能力。

1998—2008 年，阿荣旗农田草牧场水利基本建设连续 11 年受到自治区政府表彰，并自 2003 年起连续 5 年获自治区农田草牧场水利基本建设一等奖。2007—2008 年度阿荣旗被评为全国农田水利基本建设先进单位。

（原载于 2009 年 9 月 11 日《中国水利报》）

内蒙古：高效节水确保粮食安全

“我家搞了 6 亩膜下滴灌，在这几年的干旱中获得前所未有的丰收。这个工程搞起来后，我感到干劲更足了，再也不怕天旱了。”内蒙古赤峰市宁城县大明镇五间房村村民刘庆有说。赤峰市去年专门成立了高效节水灌溉领导小组，市政府整合各类项目资金 4 亿多元，市县两级财政安排专项资金 1.5 亿元，集中力量办大事，完成玉米膜下滴灌高效节水灌溉面积 110 多万亩，形成了规模大、进展快、效果好的发展态势。

2010 年，内蒙古自治区政府印发了《内蒙古自治区新增“四个千万亩”节水灌溉工程发展规划纲要（2010 年—2020 年）》。自治区水利厅厅长戈锋表示，内蒙古将按照《规划纲要》的发展思路、原则、目标和措施等要求，全力推进农牧业高效节水灌溉工作。到 2020 年，节水灌溉总规模达到 6000 万亩，农牧业灌溉用水总量控制在 150 亿立方米，基本解决自治区农牧业靠天吃饭的局面，为粮食安全提供有力的水利支撑。

2011年7月28日，自治区政府在赤峰市举行新增“四个千万亩”节水灌溉工程启动仪式，并召开全区农牧业高效节水现场会。自该工程实施以来，各地各部门加强领导，落实措施，增加投入，强力推进，全区农牧业节水灌溉发展取得了明显成效，共完成投资110亿元，发展节水灌溉面积885万亩，其中滴灌140万亩、喷灌203万亩、管道输水灌溉280万亩、渠道防渗262万亩。喷灌、滴灌等高效节水灌溉取得了突破性进展，涌现出一大批高效节水灌溉示范典型。全区建成高效节水灌溉示范区220个，以粮、油、薯、菜、草、料特色种植为重点的高效农牧业产业化生产示范基地初具规模，形成了节水灌溉打基础、农牧业增效益、农牧民得实惠的发展格局，发挥了节水、增产、增收、增效的综合效益。实践证明，发展农牧业节水灌溉，得到了广大基层干部和群众的认同与支持，有政策、技术、经济等条件支撑，是可行的。

“十二五”期间，自治区农牧水利将以农牧业节水为抓手，建立农牧业灌溉供水安全保障体系；以配套灌溉设施为基础，建立防旱避灾粮食安全保障体系；以灌溉饲草基地建设为重点，建立草原生态安全保障体系。突出抓好高效节水灌溉工作，重点做好新增“四个千万亩”节水灌溉工程建设和“节水增粮”行动，保障粮食安全和生态安全。自治区将按照《新增“四个千万亩”节水灌溉工程规划纲要》总体要求，不断完善政策保障、实施办法和实施方案，强化部门协调和资金整合，加大科技对节水灌溉工程的支撑力度，全力推进高效节水灌溉工程建设，优化农牧业用水布局，调整用水结构，提高水资源利用效率和效益，夯实农牧业稳产高产的水利基础。同时，按照国家的安排，切实做好东北四省区“节水增粮”行动内蒙古800万亩建设任务，细化实施方案，强化建设与管理，保质保量完成“节水增粮”行动各项建设任务。

（原载于2012年3月22日《中国水利报》）

农业节水“节”出丰硕之果

内蒙古乌拉特前旗大佘太镇瓦窑滩村农民白振亮一年来一直被幸福的喜

悦萦绕着，他种的十几亩番茄去秋全部卖完后，初步算账，亩产 8 吨以上。白振亮高兴地说：“滴灌好啊，不光省工省时省水省肥省电，最主要的是还能增产！”

实施节水工程迫在眉睫

乌拉特前旗地处河套灌区最下游，按自然特征分为山旱区、山牧区和黄灌区，其中山旱区、山牧区总面积占到全旗的三分之二，涉及 5 个苏木镇，50 个村（嘎查），人口 10 万多人，耕地 87 万亩，有农灌机电井 3483 眼。

过去，由于过度开采地下水，山旱牧区地下水水位每年以近 2 米的速度迅速下降。井越打越深，抽水越来越难，缺水问题日益凸显，地下水资源开采被权威部门亮起“红灯”。

面对这一形势，乌拉特前旗委、旗政府果断作出决策：山旱牧区不能再无度开采地下水，发展农业必须采取高效节水配套工程措施，要为子孙后代负责。旗委、旗政府连续 3 年补助 900 万元，引导群众实施机电井低压管道节水配套。这些措施取得了一定成效，但地下水水位持续下降的趋势仍未得到扭转，甚至影响到农村饮水安全。

乌拉特前旗经过认真调研，决定在山旱牧区开展一场全力推动农牧业生产方式变革的革命——实施农业高效节水灌溉膜下滴灌工程，以彻底解决山旱牧区地下水水位不断下降这一严重问题。旗政府出台奖励办法：对于集中连片配套滴灌在 2000 亩以上 5000 亩以下，且机电井关闭三分之一的项目区，每亩补贴 200 元；对集中连片配套滴灌在 5000 亩以上，且机电井关闭三分之一的项目区，每亩补贴 300 元。这一政策出台后，山旱牧区农牧民非常欢迎，膜下滴灌等高效节水技术迅速推广开来。

滴灌工程让农牧民喜上眉梢

在额尔登布拉格苏木公忽洞嘎查膜下滴灌项目区内，记者和机井管理员谷彦中聊起来。据谷彦中介绍，过去他管着 6 眼机井，12 个人也忙不过来，特别是天旱的时候，每天连白加夜地浇地，不能休息，机井 24 小时不停泵，连续浇几天水，水也供不上。农户因为抢水还经常发生争吵，甚至打斗。

说起滴灌的好处，谷彦中高兴地打开了话匣子："过去浇 12 亩地得两天两夜，用电 100 多度。现在只用 6 个小时，50 度电，电费省一半，时间也省了很多。我现在还是管着 6 眼井，但只需要 6 个人，这样人工又省了一半。现在不用白天黑夜地浇地了，浇几天还可以歇几天。以前施肥，农民自己一把一把地将化肥撒在地里，费工费时，如果水不及时，化肥成分又挥发很多，肥也不能被充分吸收利用。现在农民只需要把化肥拉到井边就不用管了，我们浇水时，把化肥装入施肥罐中，肥随水走，直接带到作物根部，这样化肥开支又省了近一半。"

谷彦中的几个"省一半儿"，具体生动地道出了膜下滴灌带给农牧民立竿见影的好处。

白彦花镇阿贵高勒嘎查有耕地 8000 亩。2009 年，这里的农牧民在水务部门的指导下，带着几分疑惑开始小面积实施膜下滴灌工程。两年后，嘎查的滴灌面积就达到 5000 多亩。当记者问到嘎查滴灌发展快的原因时，嘎查长布和不假思索地说："积极性高嘛！滴灌这么多的好处，再不搞不就成了傻子了！"布和嘎查长告诉记者，去年他们这里滴灌种植的庄稼，产量都高于常规种植的庄稼，番茄亩产 8 吨以上，个别亩产上到 9.6 吨，而常规种植，亩产也就四五吨。

额尔登布拉格苏木公忽洞嘎查种植大户杨福喜说起滴灌也眉飞色舞："中下等地上了滴灌产量增幅更大。就拿我的玉米地来说，往年每亩只能打 800 斤，今年每亩差不多要上 2000 斤！"

调查数据显示，2011 年，大佘太镇和额尔登布拉格苏木实施的膜下滴灌种植，与传统灌溉种植效益对比：葵花亩均增产 150 斤，同比增产 42.8%，亩均纯收入增加 651 元；玉米亩增产 350 斤，同比增产 35%，亩均纯收入增加 395 元；葫芦亩增产 60 斤，同比增产 46%，亩均纯收入增加 621 元；番茄亩增产 2.5 吨，同比增产 56%，亩均纯收入增加 1096 元。

开支减少了，省工了，产量却增了不少。在大佘太、小佘太、明安、白彦花镇及额尔登布拉格苏木滴灌项目区，受益农牧民都以切身感受夸赞着滴灌工程。

乌拉特前旗滴灌项目区管理人员提供的灌溉情况显示，膜下滴灌较往年传统地面灌溉可节水 50% 左右。2011 年，全旗山旱牧区实施的 7.07 万亩大田膜下滴灌工程，全年约节水（减少地下水开采量）1414 万立方米。膜下滴灌节水工程，取得了超预期的经济效益、生态效益和社会效益。

农业现代化发展必须走节水之路。据了解，“十二五”期间，乌拉特前旗计划完成山旱牧区剩余80万亩的滴灌配套任务，在实现山旱牧区地下水采补平衡的同时，实现农业增效、农牧民增收。

（原载于2012年5月4日《中国水利报》）

内蒙古阿荣旗高效节水普及　农业转型升级

近日，记者在内蒙古阿荣旗向阳峪镇富山村永生组采访时看到，村民盖利军家的大院里人头攒动，40多位村民代表一起围坐在院子里，等待着宣讲团来“传经送宝”。由水利、农业、农机等单位组成的宣讲团，一大早便装上膜下滴灌项目区图板，带上技术培训手册，向富山村进发，开始了一天的膜下滴灌宣讲活动。

宣讲团里的崔新建是位来自新疆的高级农学专家，也是负责膜下滴灌管道设备安装的工程师，他详细讲解了新疆和内蒙古赤峰市膜下滴灌的成功做法。从膜下滴灌循环系统安装到水肥一体化的应用，从现代农业的发展趋势到农业节水灌溉具体措施，在场的农民听得津津有味。程景清是位年龄偏高的高级农艺师，从事农学研究近40年，全旗148个村每年他都要走一遍，为老百姓宣讲，百姓称他是农业战线的“土专家”“晴雨表”。他从年度积温到降雨量，从合理密植到精量播种，甚至一亩地块用多少粒玉米籽、多少粒黄豆籽都算得很精准，老百姓心服口服。

六合镇东山屯村村民高晓光说：“宣讲团讲到了老百姓的心坎里了，膜下滴灌的项目真好，国家投入力度这么大，让我们多种粮、多增收，我们一定会精耕细作完成好这个项目。”查巴奇乡猎民村党支部书记杜双荣说：“党的富民政策又照耀我们民族村了，我们已经把项目区里的5000亩土地全部流转给种粮大户来经营，我们会做好协调配合工作，抓出膜下滴灌样板工程。”

阿荣旗节水增粮办公室技术人员还将《膜下滴灌技术培训手册》发放到老百姓手中。全旗开展的“五下乡”活动和旗直各部门的工作引领队，下基层时都把“膜下滴灌实用技术”当作一项宣讲内容。旗里还组织乡镇、村组干部、种植大户到周边的黑龙江地区学习和观摩，进行膜下滴灌工程经验交流，引导农民进行对比算账，对农民进行技术指导和培训，真正达到节水增粮的示范作用。

“节水增粮行动”工作启动后，阿荣旗立即成立领导小组，抽调财政、水利、农业等部门的业务骨干，负责规划编制、项目实施、资金拨付、组织验收等工作，并编制《阿荣旗农田水利建设规划》和《阿荣旗高效节水发展规划》，明确项目建设中各个工程的具体内容、完成时限、工作要求和具体责任人，并层层签订责任书，成立工程质量监督站，建立责任追究制度，确保项目按期高质量完成。在保证农民收入不减的前提下，还加大对项目区土地的集中流转力度，进一步解放农业生产劳动力，让农民从事养殖业、第三产业等，当现代农民。

阿荣旗积极推行“以奖代补”政策，对项目区购买地膜、滴灌管等给予补贴，去年用于高效节水灌溉的资金达6271万元，共推广节水灌溉面积6万亩，建设提水泵站7座、蓄水池38座、水源井118眼，铺设干管近3万米，建设排水井320眼、阀门井35眼。高效节水工程助力阿荣旗迈出了农业生产由粗放型向集约型、农业生产质量由低等级向高等级转变的坚实一步，初步实现了“膜下滴灌、水肥一体、丰产增收、富国富民”的目标。去年全旗粮食产量超过30亿斤，较2000年增加19亿多斤，农民人均纯收入年均增长17%，“雨养农业”“靠天吃饭”“广种薄收”的局面正在因节水增粮行动项目的实施而逐步改善。

值得一提的是，去年实施高效节水灌溉工程中，傍河取水方式打破了以往高效节水单一利用地下水的局面，实现了节水、节肥和降低耗能，并延长灌溉周期和作物有效吸收水分时间，提高了灌溉均匀度。浅山丘陵地带搞膜下滴灌是一项新的节水增粮课题，今年，阿荣旗分别在亚东镇和向阳峪镇进行了60亩大豆及60亩水稻的播种膜下滴灌实验并取得成功。节水灌溉正在更加快速高效地得到推广。

（原载于2013年7月4日《中国水利报》）

“滴”出的丰收年

——内蒙古敖汉旗发展膜下滴灌纪实

开栏语：近年，内蒙古兴水惠民政策措施进一步落实，水利投资逐年增长，防汛防凌、民生水利建设成效显著，重点水利项目加快推进，最严格水资源管理制度逐步落实，各项水利改革深入推进。从本期开始，我们开设“内蒙古水利进行时”栏目，较为全面地介绍内蒙古水利改革发展取得的成绩。

金风送爽，五谷飘香。同时拥有生态环境“全球500佳”和“全球重要农业文化遗产”两块联合国所授奖牌的内蒙古赤峰市敖汉旗，又迎来了一个收获的秋天。全旗47.5万亩膜下滴灌工程田间实测亩产750公斤，总产量3.53亿公斤，占今年敖汉旗13.4亿公斤粮食总产量的26.3%，亩均增收500元，总增收达2.375亿元。

敖汉旗认真贯彻落实赤峰市建设“中国北方高效节水灌溉示范区”和该旗“6171”富民工程发展思路，2013年完成玉米膜下滴灌巩固面积28万亩，新增面积19.5万亩，巩固、新增面积和完成总量均居赤峰市各旗县区首位。同时，计划到2015年建设百万亩玉米膜下滴灌，实现全旗50万农民人均2亩“保收田”。

敖汉旗的丰收之路，展示出膜下滴灌这项惠民工程的广阔前景。

系列政策给力　送技术　发补助　农民受益腰包鼓

敖汉旗在节水农业工程中推广膜下滴灌、渗灌、喷灌等多种节水形式。2013年年初，敖汉旗政府在确定涉农项目资金使用时明确规定，必须与膜下滴灌工程建设结合。专项用于膜下滴灌的资金，以财政为平台，设立膜下滴灌项目资金专户，集中使用。同时，为巩固2011、2012年玉米膜下滴灌面积，该旗政府斥资1600万元，每亩补助50元。在水利局的指导下，农业综合开发项目与膜下滴灌紧密结合，完成膜下滴灌面积 9.7 万亩，玉米产量亩均 750 公斤，亩均增收 500 元，总增收 4850 万元。

四家子镇南大城村利用国家水利节水增粮项目，投资 60 万元在山嘴村民组一坡地打井 2 眼，种植膜下滴灌谷子，采取统一品种、统一配方施肥、统一机械播种、统一化学除草、统一病虫防治等措施，使该旗农业发展史上首次实现谷子精量播种，有效减少了后期田间管理间苗用工负担。村民孙兴海、孙义宗、魏广孝等难掩丰收喜悦，他们给记者算了一笔账："我们每家种植面积大约十二三亩，根据多年种地经验，每亩有机谷子收益约 2760 元。"他们说："这是订单种植，'名粟'早已'有主'了。因为有这片膜下滴灌有机谷子，小凌河川上南大城、池家湾子、牛夕河、阎杖子 4 个村的 1.2 万亩山地谷子都成了抢手货，价格不菲。"

管理方式给力　样板田　合作社　田间地头生意做

膜下滴灌面积最大的长胜镇，在 8 万亩玉米膜下滴灌中合理安排多片集中示范样板田，产量亩均 850 公斤，起到了较好的示范带动作用。六合号村民组长张荣凤说："我家的 60 亩玉米膜下滴灌亩产千公斤，明年争取租包更多的地，扩大膜下滴灌面积。"该旗水利局在膜下滴灌实践中总结推广经济合作组织型、种植大户型和互助合作型等 3 种经营管理模式，因地制宜、灵活有效的管理形式加快了膜下滴灌推广步伐。

四道湾子镇吴家营子村党支部书记张子诚牵头成立了"清禾诚农民杂粮种植专业合作社"，组织 7 户农民租包耕地 4780 亩，全部实施膜下滴灌，平均亩产 850 公斤，扣除耕地租金、地膜等投入，亩均纯增收 700 元，最高的每亩纯增收 1100 元。合作社带动全镇农民发展膜下滴灌面积 19117 亩，亩均产玉米 800 公斤，比露地玉米亩均增产 300 公斤，农民增收 1100 万元。

古鲁板蒿乡农民张海军牵头的"敖汉旗民天种植业合作社""敖汉旗富华杂粮种植农民专业合作社"等10余个互助合作型膜下滴灌组织今年都获丰收。他种植的600亩大葵花，还未成熟，就以每公斤5.2元的价格被客商全部收购。该乡 1.2 万亩膜下滴灌大葵花均在田间售罄，该旗 10 余万亩膜下滴灌大葵花都在田间被客商抢购一空，农民收获了金秋第一桶金。

配套设施给力　农机农艺“大一统”　宣传指导样样通

敖汉旗将膜下滴灌与农机、农艺相结合，各地采取统一作物品种、统一配方施肥、统一机械播种、统一化学除草、统一病虫防治等技术措施，实现了农机农艺“大一统”，为大面积推广起到了很好的示范引导作用。

实行机械播种、机械收割，加快了农业机械化进程。春季覆膜高峰期间，全旗每天出动玉米膜下滴灌播种机械2270台，面积超过几十亩的农户都购买了机械，有的甚至购买了三五台。下洼镇今年建设玉米膜下滴灌3240亩，通过政策支持、科技促进、高产创建、良种推广、配方施肥、统防统治、农机应用等综合技术措施，切实巩固了粮食大镇的地位。

敖汉旗水利局加大节水农业技术指导力度，发放玉米膜下滴灌技术光盘1万张、手册1万份，并制作专题片在电视台黄金时段反复播放。各乡镇还采取培训班、现场指导等形式，对种植大户进行膜下滴灌技术培训。

努鲁尔虎山北麓典型山区的贝子府镇开展坡地玉米膜下滴灌项目展示活动，在山坡地实施玉米膜下滴灌集中连片1000亩，埋设地下管路1.2万延长米，铺设滴灌带58万延长米，推广“一增”“六推”等系列栽培技术。“一增”即合理增加种植密度，亩增500株，玉米亩保苗达到4500株；“六推”即推广膜下滴灌、测土配方施肥、机械化作业等6项系列技术。玉米亩产750公斤，较普通种植亩增产260公斤。旱坡地实施玉米膜下滴灌工程的成功，收到了节水、省力、省钱、增收的“四赢”效果，为今后大面积推广起到了很好的示范引导作用。

贴身服务给力　水利干部俯下身　技术人员跑下去

敖汉旗各级干部紧密结合“下基层、办实事、转作风”活动，为群众切身利益着想，收获颇丰。

旗水利局联系点玛尼罕乡，今年新建膜下滴灌1.04万亩，巩固面积2.02万亩，总面积3.06万亩，平均亩产750公斤。指导结对帮扶的贫困村哈拉勿苏村，新发展膜下滴灌1000亩，巩固面积1000亩，膜下滴灌2000亩，全村基本实现人均一亩膜下滴灌，成为脱贫的重要项目。敖汉旗水利局局长朱久昌指导村民陈奎种植玉米膜下滴灌140亩、高粱膜下滴灌140亩、葵花膜下滴灌 30 亩。村支书丛富算了一笔账：“常规一亩水浇地玉米，一年浇两次，水费 80 元，膜下滴灌上 3 遍水，电费仅用 21 元，节省 59 元。310 亩总节水费 18290 元。节水、节电、省钱的同时，310 亩膜下滴灌地块还能省 600 个工，折款 48000 元，两项合计节约开支 66290 元，平均亩增产按 500 元计算，310 亩总增收 15.5 万元，3 项合计总增收 22.129 万元。”仅此一个项目就有这么大的增收幅度，其经济效益可见一斑。

敖汉旗水利局派出 23 名工程技术人员分赴全旗各乡镇指导。工作队借助远程教育网络资源，查阅、收集和下载有关良种购销、农业气象等信息，面对面、手把手进行现场讲解演示，开展技术培训。

今年，敖汉旗遭遇了罕见的伏旱。水利局积极跟进服务，全面启动水源工程开展抗旱夏浇，变浇“保命水”为浇“增粮水”，确保 47.5 万亩膜下滴灌工程增产增收。水利局派出抗旱服务小分队，深入田间指导广大农户科学夏灌，开动 3581 处水利设施，为农作物上足“增粮水”。膜下滴灌发挥了巨大的抗旱增收作用，挽回粮食损失 1 亿多斤。六道湾子村农民告诉记者，全村 6700 亩膜下滴灌让“望天收”变成稳产高产田，每亩增产玉米 300 公斤，总增收 400 万元，节水 220 立方米。

膜下滴灌保证了粮食丰收，“滴”出一个丰收年。

（原载于 2013 年 11 月 29 日《中国水利报》，本文获《中国水利报》2013 年第四季度好新闻奖）

内蒙古民生水利解民忧

内蒙古近年紧紧抓住水利改革发展的机遇，围绕民生水利建设重点，加快中小河流、水土流失治理，推进饮水安全、高效节水灌溉等工程建设，提高了防洪减灾能力，改善了生态环境，促进了新农村新牧区建设。

加快中小河流治理

“要不是加固了堤防，2011 年发洪水的时候，这里肯定要受灾。”家住内蒙古通辽市扎鲁特旗鲁北镇的王根久指着河堤说。

王根久说的是鲁北镇西桥段治理工程。工程的防洪效益在抵御 2011 年洪水中得到充分体现。虽然当时工程尚在建设，但经过治理的鲁北河提高了防洪标准，堤防加高加厚，行洪能力有了很大提高。加之扎鲁特旗防汛抗旱指挥部全力组织抗洪抢险，使洪水安全过境。

中小河流治理工程提高了治理河段防洪减灾能力，为维护社会稳定、推动地方经济社会协调发展奠定了坚实基础。巴彦淖尔市乌拉特中旗乌不浪沟北部为暴雨多发区，流域内水土流失严重。乌不浪沟防洪治理工程实施后，沟道防洪能力提高到 10 年一遇，有效保障了下游 1 万多人、14 万亩耕地以及重点企业所在园区的防洪安全。

“中小河流治理工程实施以前，洪水灾害造成了严重损失。工程实施后，沿岸 13 个村 2.66 万人口以及 15.5 万亩耕地都得到了有效保护。”呼伦贝尔市阿荣旗水务局局长于洪说。

中小河流治理工程的实施，不仅提高了城乡防洪减灾能力，而且改善了生态环境，提高了城市品位，促进了水生态环境保护与修复，发挥了防洪、除涝、生态综合效益。呼和浩特市清水河县实施城关镇段防洪工程，将原来不足 5 年一遇的防洪标准提高到 20 年一遇，防洪工程与城市景观相结合，环境得到美化，效益显著。

力推饮水安全工程建设

“以前吃的水，卫生没保证，村民闹病多。现在家家户户通上了自来水，再也不用为吃水犯愁了。”锡林郭勒盟太仆寺旗幸福乡村民薛有贵高兴地说。截至目前，该盟已解决 2 万多人的饮水安全问题。2009 年至 2013 年，内蒙古已让 592.5 万农牧民、33.18 万学校师生喝上了安全水。

自治区党委、政府把农村牧区饮水安全工程列为自治区“十项民生工程”之一和为群众办的“十件实事”之一，每年与各盟市签订目标责任状，从资金、政策等方面确保实现饮水安全工程建设顺利开展。5 年来，自治区投资 46.95 亿元，其中中央补助 28.12 亿元，地方配套 18.83 亿元。饮水安全工程的实施，极大地改善了农牧民的生产生活条件，提高了农牧民的健康水平，促进了新农村新牧区建设。

内蒙古因地制宜实施饮水安全工程，平原区、人口居住相对集中的地方，建设集中连片的集中供水工程；牧区、山区人口居住分散，水源水质不达标，不宜建设集中供水工程，就给农牧民配备家用水处理设备。目前全区建成农村牧区自来水工程7367处，为牧区分散牧户新打供水基本井6601眼。

内蒙古加强项目管理，成立了由政府负总责，水利、发改、审计等部门组成的农村牧区饮水安全领导小组。全区12个盟市、98个在规划内的项目旗县成立了相应的领导组织机构和办事机构，形成了自治区、盟市、旗县三级工作网络。制定、修改了《内蒙古农村牧区饮水安全项目建设管理实施细则》等一批规范性文件，出台了《内蒙古农村牧区饮用水供水安全条例》。全区农村牧区已建成集中式供水工程约1.2万处，已有94个旗县区的农村牧区供水工程落实了居民用电或农业排灌用电价格，减轻了农牧民负担。同时加强县级水质检测能力建设，初步建立了水厂自检、县域巡检、卫生部门监督监测等相结合的水质管理体系，确保供水水质安全。

加强水土流失综合治理

内蒙古土壤侵蚀面积64.35万平方公里，占全区土地总面积的54.4%。水土流失造成区域内生态环境恶化，加剧了洪涝干旱灾害和水资源的供需矛盾，严重制约着区域内社会经济发展。

多年来，在国家水土保持重点建设工程、中央财政预算内水土保持专项资金项目、黄河流域水土保持生态工程、东北黑土区水土流失防治工程、坡耕地水土流失综合治理工程等重点工程的带动下，内蒙古水土保持工作全面推开。2013年共完成水土流失综合治理面积650万亩。

水土流失治理项目不断增加，涉及范围不断扩大，投入也大幅度增加。国家对自治区水土保持生态建设的投资由“九五”期间每年3600万元增加到现在的2亿多元。各地以国家重点治理项目为龙头，积极组织群众开展跨乡、跨村的综合治理，整体治理水平稳步提高。建成了一大批标准高、质量好、效益佳的精品示范工程，涌现出一批特色鲜明、实用性强的治理模式。水土流失治理改善了区域生态环境和农牧民的生产生活条件，推动了山丘区的发展，增强了抵御自然灾害的能力。

内蒙古水土流失综合治理以小流域为单元，因地制宜，因害设防，工程措施、植物措施和保土耕作措施相结合，综合治理与生态自我修复相配合，“山、水、田、林、草、路”合理布局，实现从坡面到沟道层层拦蓄径流。全区已建立了自治区、盟市、旗县（区）三级监督执法机构，形成了较完善的水土保持监督执法队伍。同时加强水土保持宣传、水土保持监督执法和制度建设，进一步完善了项目前期立项审批制度。

促进节水灌溉发展

内蒙古从1998年开始启动大型灌区续建配套与节水改造工程以来，有14处大型灌区列入大型灌区续建配套与节水改造工程，规划总面积1624万亩。2009年至2013年，共下达投资18.62亿元，5年的投资达到了项目实施以来投资总量的一半以上。项目实施以来，配套改造建筑物3000多座，亩均增产近200公斤，年节水量5亿多立方米，起到了节水、增产、增收、改善生态环境的作用，有力地促进了农村经济社会的发展。

2010年自治区政府实施新增“四个千万亩”节水灌溉工程，明确了农牧业节水灌溉发展的思路，提出了农牧业节水灌溉建设的目标任务。2009年以来，全区已连续多年年新增节水灌溉面积超过300万亩。

“节水增粮行动”涉及自治区东部四盟市和乌兰察布市，共有38个旗县区，发展喷滴灌高效节水灌溉面积800万亩。自治区成立了以党委、政府领导牵头的“节水增粮行动”领导小组，各级政府间层层签订责任状，落实行政责任人，对责任落实不到位的盟市、旗县予以通报批评。下达1100万元用于节水灌溉技术研发和集成模式研究，在主要媒体开辟了宣传专栏，举办技术培训班，为一线基层技术人员与广大农民提供技术指导。

“成立了农民用水户协会，将分散的土地进行流转，改变传统的耕作、管理方式，采用联户经营土地的方法。由于国家水利项目的支持，农民享受高效节水灌溉技术带来的便利，不再靠天吃饭。喷灌、覆膜滴灌技术使玉米增产、农民增收，打破以往‘三春比不上一秋忙’的境况，农民也捧上了铁饭碗。如今城里人都羡慕我们农民呢！”村民金虎说。扎兰屯市2013年共发展高效节水灌溉面积10.25万亩，利用高效节水灌溉技术，玉米亩产量超过800公斤。

（原载于2014年1月9日《中国水利报》）

膜下滴灌带来大旱之年绿色希望

炎炎赤日，滚烫土地。内蒙古赤峰市的大地上，黄绿色成为今年的主色调。黄色是被干旱“摧残”的庄稼，绿色则是被节水滴灌带滋润着的庄稼。

成片成片 2 米多高的玉米，像道道屏障，阻挡着热浪，又传递着正能量。

“今年更能看出膜下滴灌工程的威力。节水增粮行动实施以来，平地节水效果相当明显，与以前大水漫灌相比，亩均至少节水 130 立方米以上，增产 300 斤。”赤峰市水利局局长李延庆介绍说。

对于十年九旱、水资源严重匮乏的赤峰市来说，发展节水增粮效果明显的膜下滴灌工程尤其必要。2010 年至今，赤峰市已累计建设玉米膜下滴灌 400 万亩，既节约了水资源，增强了抗旱能力，又省时、省力、增产、增收，经济、生态和社会效益十分显著。

突破瓶颈制约　膜下滴灌齐抓共管

作为自治区农业和人口大市，赤峰市有 2100 万亩耕地，但人均水资源不足 850 立方米。水资源匮乏成为农业生产可持续发展的瓶颈制约。赤峰市提出以集约节水高效为核心、促进农牧业提档升级的发展战略，包括在“十二五”期间发展玉米膜下滴灌 500 万亩，全面提高农业生产抗灾能力和粮食总产量。一场改变农业发展方式的战役由此打响。

2010 年，赤峰市开展了玉米膜下滴灌试点工作，2011 年开始大面积实施膜下滴灌工程。4 年来，项目推广成果基本得到巩固，项目区农民得到了实惠。

赤峰市委、市政府高度重视膜下滴灌项目建设，落实组织领导、相关政策、技术培训和服务的“三到位”。各地早规划，早部署，早实施，扎实推进膜下滴灌工程建设。市委、市政府将高效节水灌溉工程项目实施工作纳入实绩考核，将目标任务层层量化分解，明确责任和奖惩措施。水利部门负责综合协调，做好玉米膜下滴灌工程规划、设计和技术模式制定，发改、财政等部门各司其职，迅速形成推广膜下滴灌项目齐抓共管的良好局面。

按照国家和自治区的规划要求，赤峰将相关项目和资金整合，集中用于推广和巩固膜下滴灌工程项目。市级和各旗县区在财政紧张的情况下，每年安排 500 万元作为引导资金，支持各地和广大群众发展巩固高效节水灌溉工程。各地采取每巩固一亩、财政给予适当补助的政策，待通过验收后便将补助款发放给农户。截至目前，全市各级财政每年用于节水灌溉成果巩固的资金超过 1.5 亿元。

针对玉米膜下滴灌的技术特点，各地形成了以水利部门为主导的技术培训工作机制。4 年来，自治区水利厅及市、旗县区每年举办各类培训班 200 多次，培训人员 2 万多人次。通过培训，广大干部群众对膜下滴灌的认识不断提高，农民对膜下滴灌的技术能力和信心得到极大增强。此外，赤峰市节水增粮项目县已建立 1800 多个基层水利服务机构，强化了项目技术指导、监督和服务。

怎样发挥土地集约化、规模化效益？赤峰市通过大力宣传鼓励农民成立合作社、大户租赁承包等方式，实行统一规划、建设、管理和技术服务，探索实现膜下滴灌项目巩固和发展的最佳路径。喀喇沁旗乃林镇政府积极引导各村组自主选定具有经营能力的 8 家农业合作社，与农户签订膜下滴灌播种及全程负责田间管理合同，农户每亩支付 450 元的机耕、机播及管理等费用。全镇只用 112 人就可负责 3.72 万亩膜下滴灌项目田间管理，极大地减少了劳力。敖汉旗助推农民跨村联合，打造了四家子镇 5000 亩、金厂沟梁镇 1.5 万亩等多个集中连片的优质谷子种植产业带。

典型示范带动　强化技术创新

“这 4 年中，我们通过典型示范引路，让广大群众得到了实惠，并掌握了技术要领，逐渐消除了大家在采用新生产方式和种植新作物时的顾虑。”李延庆向记者介绍。

翁牛特旗积极鼓励支持种粮大户发展膜下滴灌项目。头分地村种粮大户王振华在 2012 年承包了 300 亩“望天收”山坡地，他投资 300 多万元，打了 4 眼机电井，装上滴灌设备，间种树苗，2013 年获得了与水浇地相同的收入。

今年，周围的村民纷纷从他那里反租倒包，全村巩固膜下滴灌面积 3570 亩。林西县大营子乡党委、政府深入乡村与农民面对面算细账，从每亩的节水量到节省电费额度，从节省工时算到增产增收额度，大账细算，小账精算，最终农民打心眼里认可了水浇地每亩膜下滴灌纯增收 400 元以上的事实。和平村膜下滴灌开始不足千亩，今年则达 7000 亩。

“以前水利部门动员搞膜下滴灌，我们不太乐意。因为一直有水就能浇地，没水就靠天下雨。后来村里有几个‘能人’开始搞了，我们也不以为然，等到人家收成了，确实比传统的浇地好得多，增加不少收入，大家才开始学着搞起来。这个项目的的确确是为咱老百姓办事的好项目。”宁城县三座店村村民王长贵感慨地说，“要是早几年就更好了，我们口袋就更满了。”

“膜下滴灌不仅要发展和巩固，还要强化技术创新。地埋式滴灌试验示范项目就是其中之一。”李延庆说。今年，赤峰市新完成地埋式滴灌项目 5800 亩，保有面积达 7000 亩。水利局专门组织召开了技术培训班，各级水利部门派出技术骨干，现场指导工程实施，及时记录各项检测数据，大面积推广经验。同时组织开展水稻膜下滴灌实验研究，并在松山区落实 200 亩。

“2010 年以前，全旗粮食生产一直徘徊在 10 亿斤左右。‘节水增粮行动’实施后，我们扎实推广，2013 年全旗膜下滴灌项目增粮达 3 亿斤以上，粮食年产量达到了创纪录的 21.5 亿斤，首次跨入全国粮食生产先进县行列。”翁牛特旗水利局局长李军有些激动地说道。

2012 年，赤峰市粮食产量首次突破 100 亿斤，成为全国粮食生产百亿斤的地级市。今年，赤峰市新建膜下滴灌 100.81 万亩，巩固 191.08 万亩，膜下滴灌亩均年可节水 130 立方米以上，全市年节水 3.79 亿立方米。

建设信息化系统　推进现代化管理

“赤峰信息化展示中已展示他们工作进展情况，每一个已验收的工程有工程建设资料，有工程运行情况，有预警预报系统，做得很好。”今年 8 月 14 日，水利部副部长李国英在赤峰举办的东北四省区节水增粮行动建设管理培训班上这样评价。

赤峰市依托节水增粮行动项目，2012—2015 年建设市级、县级信息化管理平台，在节水增粮行动项目区的农业灌溉机井，全部配套安装远程智能灌溉水量计量设施及地下水分区自动监测设施，实现农业取用水信息和地下水水位变化信息的“采集自动化、传输网络化、存储数字化”，为实现最严格水资源管理制度的控制目标提供可靠的技术支撑。

记者观摩节水增粮行动信息化管理系统时看到，该系统具有一个数据库、一套地图和三级管理模式，兼有空间展示、水资源管理、灌溉管理、水务管理、运维管理等功能。在电子地图上，可以清晰地看到全市高效节水灌溉项目区、地下水水位监测站、环境综合监测站等的分布，可查询管理主体、用水情况等相关信息。

赤峰市信息化系统建设，不仅满足了“数据入库、工程上图、工作留痕”的基本工作要求，又实现了灌溉工作实时监控，强化了农业用水需求和用水过程管理，为严格实行用水总量控制和定额管理，提高水资源利用效率，保障水资源可持续利用奠定了坚实基础。

截至目前，赤峰已建成 1 个市级平台、12 个旗县级平台，安装布设 311 套地下水水位自动监测设施和 1988 眼机电井的计量监控设施。预计到今年年底，将累计完成 4132 眼机电井的计量监控设施，累计布设地下水水位自动监测设施 958 套，全面覆盖 2012—2014 年度 132 万亩节水增粮行动项目区。

（原载于 2014 年 9 月 5 日《中国水利报》，本文获《中国水利报》2014 年第二季度好新闻奖）

内蒙古敖汉旗　孙上组喜迎甘甜水

“送水万家情系百姓，为民解忧恩重如山。”日前，村民孙洪喜、陈景全、刘海申代表 26 户人家给内蒙古赤峰市敖汉旗水利局送来了一面锦旗。孙洪喜说：“我们能吃上水，水利部门真是操了好几年的心。”

孙洪喜、陈景全、刘海申是敖汉旗玛尼罕乡玛尼罕村孙上组的农民。孙洪喜介绍：“孙上组 26 户人家，居住在半山腰上，多年持续降雨偏少，自 2003 年起，各家的水井先后都没水了，于是轮流从 500 米外的大沟里拉泉水喝，旗水利局、乡领导为这事没少往上级相关部门跑。”

“2012 年，孙上组被自治区水利厅列为饮水安全工程重点建设区域，工程投资 13 万元。”分管饮水安全的敖汉旗水利局副局长白永宏说。此后，敖汉旗水利局领导、技术人员多次到孙上组勘察，总找不到理想水源地。2014 年年初，敖汉旗水利局农村饮水安全办公室主任赵景山、抗旱服务队队长韩敬东再次到孙上组，在村民组组长孙洪喜的带领下，在山上山下、大沟跑了个遍。两人根据多年找水经验，终于决定在离大沟里有泉眼的地方 20 多米处打大口井。

61 岁的农民陈景全说：“当时听说在那儿打井，我们都不相信，我们没人敢打。当时赵主任他们专门从辽宁北票市请来打井队，挖了 2 米多，就有水了，但是再挖就是石头了。”刘海申接过话茬：“当时高兴半天的心又凉了。”根据这种情况，赵景山、韩敬东根据水量同施工队商量，决定用风镐在石头上凿一个 12 米深、直径 2 米的大石缸囤水。

机械设备怎么运到现场？修条路得 8000 元，钱从哪出？孙洪喜、陈景全、刘海申等村民看到又有了希望，急忙找来推土机，借来 8000 元钱，把路修到了井位，把机械运到了现场，一时间机械隆隆，1 米、2 米……12 米，22 天时间，一眼 12 米深、直径 2 米的大口井打成了。经过测量，这口井一天能囤水 18 立方米，水质清凉，化验后符合人饮标准。

井打好了，但是要把水送到组里还要爬 42 米高程，铺设 1100 米主管路、1700 米入户管路。技术员任宝慧、汤树宇对每一关严格把关。“我俩当时一个多月没离开工地。”任宝慧说。汤树宇也表示：“事关老百姓吃水的事，自己即使苦点心里也高兴”。

2014 年 11 月 14 日，孙上组显得尤其热闹。电工合闸不到 10 分钟，甘甜的泉水就涌入了各家。村民奔走相告：“有水了！”

有水了，孙上组家家户户的拉水车终于靠了边。“现在我们组里还成立了农民用水者协会，每天定时供水 1 小时，1 立方米水 1.5 元钱，电费、管理费都不用愁了。”孙洪喜高兴地说道。

（原载于 2015 年 1 月 20 日《中国水利报》）

喜看内蒙古敖汉旗的铁牛闹春耕

“今年全旗巩固膜下滴灌节水增粮面积67.5万亩，新建20.199万亩。截止到5月8日，已经巩固膜下滴灌面积24万亩，新建11万亩。”内蒙古自治区赤峰市敖汉旗水利局副局长马鸿鹏说。敖汉旗连续3年获得全国产粮大县的殊荣，正是大力推广膜下滴灌节水增粮技术的成果。

作为农业生产大县的敖汉旗，地处科尔沁沙地南缘，属典型的干旱和半干旱区，水资源匮乏。在农业用水量逐年增加的同时，该旗自2011年起开始实施膜下滴灌等节水增粮项目，大做“节水增产增效”的文章。

从4月30日起，四家子镇每天出动精量覆膜播种机30多台，到下房申、南大城、池家湾子、林家地4个村，集中连片对膜下滴灌的谷子适时开机播种。在下房申村播种地块，笔者看到：12台新式的精量覆膜播种机不断穿梭，专用肥、谷种、滴灌输水管带随着机车匀速运转，均匀地铺洒在了潮湿的地膜下。

据了解，四家子镇成立了谷子专项推进领导小组，小组以分管水利和农业的副镇长为组长，农业站、水利站、农机站为成员单位参与其中。小组成立后，先后组织种植谷子项目村的书记、主任、工作队、包村领导召开工作会议；项目村分别召开了村民代表、党员、老干部参加的宣传、发动、落实专题工作会议。通过层层落实，及时同各种植户签订了种植协议，并将化肥、农膜等费用款全部收齐。

5月8日，走进历史上素有“敖汉粮仓”美誉的长胜镇，只见白茫茫的膜下滴灌地块，规模蔚为壮观。长胜镇副镇长刘柏华介绍，全镇24万亩耕地有17万亩是膜下滴灌节水增粮项目，其中，巩固面积12万亩，新建3万亩，还有2万亩是群众自发建设的。

当日，丰收乡各个膜下滴灌项目区也是人声鼎沸，呈现出一派铁牛闹春耕的繁忙景象。该乡把膜下滴灌工作当作今年农业生产的一项重要任务来抓，及时组织召开会议，建立了膜下滴灌工作专项推进组织；建立膜下滴灌物资发放流程组织，确保物资准确及时发放到每个项目户手中；组织农业、水利相关专业技术人员分片下乡包组包地块进行现场技术指导。丰收乡水管站站长马德存介绍：“目前，全乡已播种膜下滴灌面积 3.4 万多亩。”

在古鲁板蒿乡种粮大户梁国强万亩膜下滴灌地，机车穿梭，也是十分繁忙。他高兴地说道：“今年在水利局的帮助下，我又新建了 2500 亩膜下滴灌工程。”在山嘴村，副乡长张秀军指着一大片黑膜滴灌地介绍：“这是我们乡与新疆天业农业高新技术有限公司合作，搞的膜下滴灌水稻示范田 100 亩，还有 100 亩耐盐碱膜下滴灌水稻试验田。”

“当前，全旗高效节水膜下滴灌工程播种进入高潮，每天播种 4 万多亩。膜下滴灌的范围不止高粱、玉米，还包括了谷子、葵花、土豆、甜菜。目前，有膜下滴灌节水增粮工程的村组正抓时间、抢速度进行播种，预计 5 月下旬可结束播种。”敖汉旗水利局高效节水办主任徐建和介绍。

（原载于 2015 年 5 月 19 日《中国水利报》）

节水又致富　旱涝保丰收

——内蒙古实施“节水增粮行动”侧记

红顶白墙，宽敞的院子，一大群绵羊在圈里啃食着秸秆，院子中央堆着小山一样黄澄澄的玉米。不久前，记者随内蒙古自治区赤峰市水利局负责人来到赤峰市喀喇沁旗十家满族乡的刘锁柱家。

“看看这苞米，个儿又大颗粒又饱满。没装滴灌以前，苞米长得又瘦又细，遇上这几年连续的干旱，去哪儿找这么好的收成啊。”刘锁柱在自家院子里掂着粗壮的玉米棒子高兴地说。

“十二五”期间，内蒙古自治区以新增“四个千万亩”节水灌溉工程为抓手，以推进“节水增粮行动”、小型农田水利重点县等各项节水灌溉工程建设为重点，以完善基层水利服务体系建设为依托，节水灌溉工作特别是“节水增粮行动”取得突出成绩。

统筹规划　全力推进

内蒙古自治区水利厅厅长戈锋介绍，“十二五”期间，为加快农田水利建设，内蒙古自治区政府批复了水利厅编制的《内蒙古自治区农村牧区新增“四个千万亩”节水灌溉发展规划》。全区各盟市、旗县相继编制了《“四个千万亩”节水灌溉发展规划》《县级农田水利建设规划》或《旗县区新增“四个千万亩”节水灌溉工程发展规划》。2014年5月，《内蒙古“节水增粮行动”省级总体实施方案》通过水利部、财政部、原农业部的审查。

据水利厅农牧处负责人介绍，“十二五”期间，内蒙古“节水增粮行动”项目涉及5个盟市38个旗县，总体建设任务为800万亩，其中，水利批复实施567万亩，农业综合开发实施233万亩。水利批复2012—2014年度410.33万亩（节水改造314.4万亩，新增有效节水灌溉面积95.93万亩）建设任务已基本完成，2015年度157万亩（节水改造126.33万亩，新增有效节水灌溉面积30.67万亩）建设任务主体工程基本完成，2016年春播前完成全部建设任务。

“节水增粮行动”项目中央财政下达的52亿元和自治区级配套资金16亿元已全部到位，盟市、旗县承诺的年度投入资金也已兑现，项目区群众踊跃投工投劳，积极参与项目建设。

同时，针对自治区“节水增粮行动”项目区困难旗县相对多的实际情况，根据自治区领导批示，2012—2015年自治区财政安排了7.7亿元对困难旗县给予补助。

严格管理　精准实施

在建设中，内蒙古自治区要求各个项目旗县要依照制度执行，全面落实项目法人责任制、招标投标制、建设监理制、合同管理制。

在管理制度方面，各项目旗县区根据自身特点制定了适宜的建设管理模式。成立专门机构，落实管理责任；明确项目法人，落实了建设责任；规范资金管理监督，确保资金使用安全。

在质量管理方面，实行“政府部门监督、建设单位负责、监理单位控制、施工单位保证”的质量保证体系。项目法人具体组织项目实施，并与各参建单位签订合同，设计单位负责技术交底，监理人员长驻把关，盟市质检工作站定期或不定期派员进行监督检查，水利部门具体负责现场技术指导和检查督办。

在加快工程进度方面，按照水利部统一要求，实行进度月报、旬报制，对进度缓慢的项目旗县进行通报，并通过绩效考评建立“节水增粮行动”项目动态管理机制，明确基本原则、评价依据、主要内容、评分标准、评价程序、组织实施和评价结果应用，对评价结果为优秀的项目县，在资金上给予适当奖励。

内蒙古自治区水利厅、财政厅结合绩效考评和中期评估，组织有关专家每年对项目旗县进行两次专项检查，全面了解项目建设的资金落实、到位以及前期工作、建设管理、建设进度、工程质量、工程管护、实施效果等情况，检查结果向各盟市通报。自治区水利厅还不定期对建设单位备案的中标施工企业及工程材料设备进行核查，对发生产品质量不合格、安装施工达不到使用要求等质量问题的，按照《内蒙古“节水增粮行动”项目工程材料设备供应及安装施工企业准入要求的通知》文件要求督促进行整改，整改不力的不得进入自治区节水灌溉市场。

内蒙古自治区在抓好工程建设的同时狠抓工程管理，每年从土地出让收益中安排资金用于工程运行维护费用。多数项目区因地制宜制定了管护制度，落实了管护人员，加强设备设施运行维护管理。

在喷滴灌等高效节水项目区，实行统一管理模式（农民联户管理、种田大户管理、公司管理等管理模式），并在地下水项目区安装了机电井水量计量设施和水位监控设施，实现了项目区农业取用水信息和地下水水位信息“采集自动化、传输网络化、存储数字化”，为水资源高效和可持续利用创造了条件，为逐步实现“总量控制、定额管理”奠定了基础。

增产增收　持续发展

“靠‘节水增粮行动’项目，我家 2015 年纯收入就有 5.5 万元，比没上这个项目前多收了 2 万多元。”赤峰市喀喇沁旗锦山镇王存虎坐在家里沙发上，扳着手指给记者算着他家的经济账。

在调研采访中，记者了解到，水利干部和群众对“节水增粮行动”非常赞同。水利厅农牧处负责人表示，“节水增粮行动”项目取得了显著的社会、经济和生态效益。项目区新增高效节水灌溉面积 141 万亩，改善灌溉面积 659 万亩，新增节水能力 7.74 亿立方米，部分地区地下水水位略有回升，年平均增产粮食 20 亿公斤，年人均增加收入 1000 元。

据了解，为切实强化科技支撑，2013 年以来，内蒙古自治区财政安排 2000 万元启动了新增“四个千万亩”高效节水灌溉科技支撑项目。

赤峰市水利局负责人介绍，喀喇沁旗节水增粮项目建设过程中，在建设面积较大、集中连片的项目区，大力推行农民专业合作社建设管理模式，加大对农民专业合作社的扶持力度，积极鼓励各村的专业大户、技术能人、村两委成员等“农村能人”领办、创办合作社，企业负责提供相应的管材、部件，水利技术人员负责工程技术指导和质量把关，整个工程实施和后期管理都由合作社组织群众进行，确保了项目推进效果。

通辽市开鲁县通过“节水增粮行动”压减机电井 6600 眼，并将压减农业机电井工作指标纳入各级干部责任考核体系。该县以节水项目区或受益村为单元，实行了台账管理，采取 GPS 定井位、规划上图、影像资料立档等方式落实到具体地块，压减每眼井必须拍摄现场实况照片。同时，还制定了压减 1 眼机电井奖励 1000 元、优先压井优先配套节水项目等激励措施，有力推进压井工作，进一步优化了水源布局。项目区管道输水灌溉工程单眼井控制面积由原来的 90 亩提高到 150 亩以上，滴灌工程单眼井控制面积则提高到 200 亩以上，将过去井群密集、出水量小、能耗高、控制面积小的机电井彻底压减封闭，限制了地下水过度开采。

与此同时，强力推行定额管理和阶梯水价制度，在项目区安装应用了智能 IC 卡管理系统，浇地农户一户一卡。播种之前，农户按玉米年灌水定额 120 立方米折算成电费存入 IC 卡，按作物各生长周期需水量刷卡浇地。在整个作物生长周期内，对于 IC 卡内使用水量在 120 立方米定额以外超用的，超出部分水价在每度电 1.17 元基础上加收 0.20 元，用于节水工程管护；对于 IC 卡内使用水量在 120 立方米定额之内节余的，节余部分水量转入下一年度使用，在下一年度持 IC 卡预购电费时予以核减，或将节余水量通过 IC 卡转让给其他用水户。这种超罚节转的灌水管理方式，实现了水资源节约利用，有效维护了灌溉用水管理秩序。

（原载于 2016 年 4 月 13 日《中国水利报》，本文获《中国水利报》2016 年第二季度好新闻奖）

内蒙古：分步实施　先行试点　形成合力

洁净的马路，明亮的房屋，整齐的院落，走进内蒙古自治区通辽市扎鲁特旗巨日河镇巨日河村江文靖家里，温馨的气息扑面而来，从外到里给人的感觉就是小康人家。“这样的小康户不少哩，这个村里就有十几户。”旗水务局负责人说。

“这几年国家搞农田水利改革，这一改，就把老乡们的日子改得更好过、更舒坦了。”江文靖笑呵呵地说。

近年来，内蒙古深入贯彻落实水利部关于深化小型水利工程管理体制改革的决策部署，明确改革目标，有序推进农田水利改革，努力实现农田水利工程良好管理、良性运行、良效发挥。

分三步走　破解困局

辽阔的地域，广袤的草原，重要的粮畜基地……内蒙古虽有得天独厚的区位优势，但也有许多制约因素：干旱缺水、水资源短缺、自然灾害频发等。为此，内蒙古坚持不懈狠抓农田水利建设，修建水库、泵站、水闸、塘坝、窖池、机电井，建成规模以上灌区 451 处，发展有效灌溉面积 4500 万亩，显著改善了农业基础条件，为保障国家粮食安全做出了重要贡献。

然而，小型农田水利工程分散、量多面广，普遍存在着产权不清、管护主体和责任不明、管护经费缺乏等问题，致使农田水利工程效益未能充分发挥，基础保障功能受到严重制约。

如何才能破解农田水利工程管护困局？自治区党委、政府将水利改革作为重点改革工作之一进行了部署和落实。自治区水利厅成立了以戈锋厅长为组长的改革领导小组，下设深化小型水利工程管理体制改革推进组，落实工作责任，做好统筹协调。印发了《内蒙古自治区深化小型水利工程管理体制改革工作方案》，明确了调查研究、摸清底数，完善政策、制定实施方案，组织实施、督促检查三个阶段具体工作步骤，启动了农田水利工程管理体制改革工作。各盟市也通过建立健全组织领导制度和工作制度，形成了层层分工负责、上下协调推进的工作格局。

自治区水利厅主要领导带队多次深入基层开展调查研究，了解工程建设管理现状、存在问题，在充分听取农牧民、基层干部、水管单位、管理人员的意见和建议，掌握农田水利工程建设管理基本情况和改革的诉求与需求后，出台了《内蒙古自治区深化小型水利工程管理体制改革实施方案》，明确了改革的总体思路、基本原则、目标任务、范围内容、实施步骤和保障措施，对全区农田水利工程管理体制改革工作做了全面部署。各盟市、旗县也结合水利普查成果，对不同类型的农田水利工程数量、功能特点、产权归属、管护主体和责任、管护经费落实渠道、管理模式等情况进行了调研摸底汇总，针对本地区工程特点和实际情况，因地制宜，研究制定改革方案。

以点带面　辐射带动

根据水利部工作要求和自治区改革部署，内蒙古阿荣旗、扎鲁特旗、乌拉特前旗 3 个旗为全国农田水利设施产权制度改革和创新运行管护机制试点县。自治区又将准格尔旗等 11 个旗县作为自治区级改革试点县。按照试点先行、典型引路、示范带动的工作思路，及时启动了试点改革工作，探索路径方法，积累经验做法，发挥以点带面、辐射带动的示范效果。

在上述工作基础上，自治区把控重点环节，由点到面，对全区 36.55 万处农田水利工程进行管理体制改革。在实施中，严把三关，抓牢三项重点任务，长远考虑三个方面长效机制的建立，特别重视从三个层面的协调推动，使改革工作不断深入并取得实效。

严格把握产权界定、产权明晰、产权发证三个关键环节。对改革范围内的农田水利工程进行分类定性、登记造册、界定产权、颁发产权证书，明晰产权归属，奠定改革基础。已有 36.5 万处工程完成产权界定并明晰了产权，已颁发产权证书 3 万余册。

严格措施，抓牢工程管护主体、管护责任和管护经费落实三项重点任务。目前，已将 25.8 万处工程管护主体、管护责任分别落实到了水管单位、基层水利站、村民小组、用水户协会、用水户，改变了过去工程使用家家有份、工程管护人人无责的尴尬局面。同时将管护经费落实作为改革的重要突破口，自治区把落实的维修养护经费 2.95 亿元和农田水利项目安排与改革工作直接挂钩，鼓励先进，鞭策后进。

自治区水利厅从长远考虑管护模式、政策制定、制度完善三个方面长效机制的建立。按照有利于工程管护、有利于工程效益发挥的原则，针对不同类型工程特点，采取联户管理、民主推选管理、用水合作组织管理、专业合作社管理和企业（个体业主）承包管理等多种运行管护模式；重点在旗县层面制定出台了农田水利工程确权发证、维修养护补助标准及资金使用管理、以奖代补、绩效评价等政策、制度和办法，使改革工作常态化、改革程序规范化、改革成果长效化。鄂尔多斯市准格尔旗实行分类改革，建立机制，把改革后小型水利工程管理模式分为国建企管模式、国建乡管模式、国建村管（或民管）模式、企建企管模式四类，共颁发所有权证书 1088 份。

主动作为　形成合力

自治区高度重视政府主导、部门协作、群众参与三个层面协调推动。明确旗县级人民政府主导改革的主体责任和乡镇政府执行主体的落实责任。水利部门主动作为，加强与财政、国土、农业、林业、工商等部门的联系与协调，形成推动改革的合力。发挥村级组织、经营团体、受益农牧户建设主体、管理主体、受益主体作用，调动其参与改革的积极性和创造性。

扎鲁特旗因地制宜，确定了 6 种水利工程管护模式：

一是竞争承包管护模式。由嘎查村制定工程管护标准和要求，确定收费标准，公开征集承包人或确定最高收费标准，采取竞标的方式确定承包人，经公示后，签订管护合同。二是井长制管护模式。由农田井受益户自行推荐井长，经村委会同意，由村委会与井长签订管护承包合同。管护标准和要求由村民代表大会统一制定，收费标准按村民代表大会制定的指导价。三是委托管理管护模式。饮水安全工程一般采取这种模式。如巴彦塔拉苏木西巴彦塔拉村，采取的是按户收费的方式进行承包；巨日河镇巨日河村则采取的是按表收费的方式进行承包。四是合作社管护模式。部分村民联合成立种植或养殖合作社，由合作社对经营土地上的水利工程进行统一管理。五是土地流转管护模式。水利工程管护与土地流转相结合，土地经营者在土地流转的同时，承担流转土地上水利工程维修管护工作。六是集体管理的管护模式。堤防工程可采取村这种模式，旗政府根据实际情况，给予一定的岁修费。

农田水利改革为农牧民群众带来了更多更实在的利益。“不仅老百姓受益，得到了实惠，还更大限度地发挥了工程效益，有效提高了基层水利管理工作水平。”扎鲁特旗水务局负责人说。

（原载于2016年3月8日《中国水利报》，本文获《中国水利报》2016年第一季度好新闻奖）

用上黄河水，百姓有盼头

内蒙古自治区准格尔旗十二连城乡二道拐村的村支书卢金祥站在黄河防洪大堤上，远眺堤内4000亩土地，难掩脸上的笑容。

围坐在村委会办公室的火炉前，卢金祥向记者一行人道出了他的心里话。

“我们这儿的黄河大堤是2003年续建的，大堤建起来后，堤内的4000亩地由于得不到有效灌溉而迅速盐碱化了，玉米都种不出来。看着大片荒地，心里愁啊！愁又能怎么办呢？引不来水，都是白搭。”现在说起来，卢金祥还是有些激动，“那时候就盼着政府能帮助引水，后来真的盼来啦，这真得感谢水利、农发部门帮我们把大问题解决了。”

原来，2014年，准格尔旗的土地治理高标准农田建设项目在二道拐村实施。项目通过在黄河边的泵船将黄河水抽入预先建好的地埋管道和衬砌渠道，可以实现项目区的灌溉，将贫瘠土地变为高标准农田，达到土地治理的效果。“现在盐碱地变成了水田，水渠、排水渠都修好了，旱能灌，涝能排。我们村民非常满意，平均每个人多了4亩土地，一年下来每人保底能多收入两千块，这还不是天大的好事？”卢支书笑着告诉记者。

土地治理项目带来的实际好处远不止这些，更重要的是，它帮助农民节约劳动成本，减负增收。在土地治理之前，十二连城乡的杨子华村和五家尧村也深受缺水之苦。现在，杨子华村支书池勇忠对农民浇地效率大大提高感受很深，他说：“以前浇灌只能依靠深井水，水量非常有限，田地越浇越旱，土地不保墒。到了夏天，农民们为了那一点水非常辛苦，每户派专人半夜起来等着浇水，要是稍有耽搁，土地减产的可能性就大大增加，那个时候水比油都金贵。现在不一样了，黄河水灌溉，能把地浇透，不仅保墒，成本还低。以前浇一亩地 12 元，一星期一浇水，现在 7 元浇一亩，20 天一浇水，成本低了几折。”土地不缺水，产量就高，还能节约生产力。

据池勇忠介绍，现在每亩玉米平均增产 300 斤，达到亩产 1500 斤，以前每户专门负责浇水的农民也被解放出来去村里的合作社打工，每个家庭又多了一份收入，有效实现了农民增收。

近 3 年来，准格尔旗土地治理项目惠及越来越多的村民。五家尧村副支书郭云荣告诉记者，高标准农田项目还会继续延伸，村里现在已将改造好的 4000 亩土地承包出去了，项目延伸后还会有 6000 亩土地受益。“用上黄河水，我们更有盼头了！”郭云荣说。

（原载于 2017 年 2 月 14 日《中国水利报》，本文另一作者为帅政）

膜下滴灌减本增收

新年伊始，内蒙古自治区乌兰察布市察右中旗土城子乡黑山子村的农民宋交祺坐在打扫一新的自家炕头上，扳着手指头算了一笔账：“以前浇地都是半灌，就是庄稼浇水只能浇一半，水浇不足，产量上不来，我们农民的收入咋能上来呢？现在庄稼都是饱灌，土豆产量由原来的亩产 1000 公斤达到现在的 2500 公斤。每亩能增收 500 元，这意味着我们的收入可以翻番啦。”

“去年我家葵花和土豆总共种了 40 亩。多亏当年春天察右中旗借助节水增粮项目给我们上了膜下滴灌，要不然遇上去年那样的旱灾年，想有这样的收成，那就是个梦。”宋交祺说。

与宋交祺一样，乌素图镇大房子村的村民也在节水增粮项目中受益不少。大房子村共 8 个自然村 380 户，其中，7 个自然村在 2015 年开始安装膜下滴灌。村主任张来锁逢人就说膜下滴灌给全村带来的变化：“以前一半是旱地，一半是漫灌地，土豆、葵花亩产能有 1000 公斤就不错了，哪像现在能达到 2000～2500 公斤。以前一户一年也就收入 1 万来块钱，现在户均年收入 3 万多元。有了膜下滴灌，就是遇上灾年也能丰收！”

2012 年，国家在东北四省区启动实施了节水增粮行动项目。项目以发展节水灌溉为主要建设方向，通过合理控制水资源开采量，更新改造、配套原有水利设施，推广膜下滴灌技术，增加灌溉面积提高粮食产量。几年来，察右中旗从完善制度入手，在推广新技术上发力，科学组织，精心实施，规范管理，较好地完成了各项建设任务，不仅取得了节水与增粮的双重效果，而且还显著增强了广大农民的节水意识，使发展节水型现代农业成为全旗的共识。

2014 年以来，察右中旗节水增粮项目涉及铁沙盖镇 6 个村委会 22 个自然村，宏盘乡的二道沟、合义、三道沟、民乐、海流图 5 个片区 14 个自然村。通过节水增粮项目建设，完善了配套设施，建设了高标准农田，使有限的水资源得到综合利用，农牧民彻底结束了过去靠天吃饭的历史。同时，减少了用水成本，提高了土地利用率，保证了农田稳定增产。

“多少年夜里等水的日子终于过去了，多少年想种葵花又不能种的日子过去了，多少年因为没水地都荒了的日子也过去了。过去村里人均收入只有 2800 元，现在已经达到 5000 多元了。有节水增粮项目作保障，我打算换个土豆品种，纯收入 15 万元没问题。”说起今年的打算，乌素图镇书记村村民高武浑身充满干劲儿。

（原载于 2017 年 2 月 7 日《中国水利报》，本文获《中国水利报》2017 年第一季度好新闻奖）

分质供水　优质优用　市场运作

内蒙古包头直饮水实现城区常住人口全覆盖

“我们家 13 年来一直装有两个水龙头。拧开直饮水龙头，就能喝上直饮水，而另一个是用来洗涮的自来水。”内蒙古在包头市的居民温常在对记者说。

包头市是全国严重缺水城市。从 20 世纪 70 年代中期开始，包头城区生活用水的主要来源就是黄河水，而十分有限的优质地下水大部分用在了农业、工业、绿化或者洗浴业。然而，随着黄河水流量的减少，加上上游工业和生活污水污染，黄河水源水质到2003年已达不到水源净化水要求的Ⅲ类水标准。

怎样才能让200多万包头市民喝上安全的饮用水？2004年，包头市启动了直饮水工程。这项利民工程以年均20万人的速度推进，使得包头市在全国城市管道直饮水行业中处于领先地位，2015年成为国内首个基本实现分质供水的百万人口城市。

为了使老旧小区和已列入拆迁规划的小区居民都能喝上安全水，包头市首创自助式饮水屋，形成管道直饮水与自助水屋一同供水的格局。

包头市政府通过考察调研并结合实际，逐步走出一条水源置换、分质供水、分质定价、优质优用、市场运作、保障城市居民饮用水安全的节约型路子。

2015年，包头市直饮水工程进入攻坚阶段。老城区东河区和九原区就是“最后一公里”。2013年前，这两个地区的管道直饮水工程设施覆盖人口仅为9.35%和3.93%。2016年11月，随着管道直饮水通进多家小区，东河区管道直饮水比率从2015年的25%攀升至45%，九原区管道直饮水覆盖率提升到56%。

包头市水务局负责人说，大面积、高密度的普惠之后，直饮水工程将向“末循环渗透、管道高比率、科学化管理”迈进。到2022年，全市管道直饮水占比力争提高到80%。

“光说这健康水吧，我们就享受着好多城市都没有的待遇。”包头人经常得意地和别人这样说。到目前，包头市直饮水工程实现了城区常住人口全覆盖，直饮水工程惠及人口197.27万人，占全市总人口的70%。

（原载于2018年4月11日《中国水利报》）

内蒙古河套灌区　智慧灌溉惠民生

最近，“测控一体智能化配水信息系统”研发人——内蒙古河套灌区管理总局刘永河团队忙得很：技术咨询电话、设备订购电话应接不暇，农民专业合作社、金融部门、农资经销商纷纷上门商谈合作……该团队成员告诉记者，这番景象源于巴彦淖尔市委、市政府力推智慧灌溉技术，让河套灌区智慧灌溉惠民生。

巴彦淖尔市南部平原就是闻名遐迩的河套灌区，盛产优质小麦、葵花、番茄、瓜果等农产品。同时，灌区也存在水资源浪费、土壤肥力流失、灌区面源污染等技术瓶颈。"怎样用最节省的水，获得最高产量，生长出最优质的农产品？"这是内蒙古河套灌区管理总局科技文化处原处长、高级工程师刘永河埋藏心中多年的梦想。

早在 2010 年，刘永河与团队一起申请了自治区科技厅重点研发计划项目——"河套灌区农业精准化配水集成技术研究与示范"。课题组颠覆传统的经验型灌溉制度和粗放的管理模式，以适宜作物生长的土壤水分（相对含水率 70%）为调控阈值，综合考虑土壤墒情、气象、地下水水位、土壤盐碱化及其不同水文年份精量化灌溉制度等指标。他们通过自主研发、引进和集成应用智能化测控一体闸门及其他自动化监测、传输、调控设备，田间配水、管理和用水户参与信息化系统软件，实现农业配水、水费计收全过程自动化、智能化，可以精准到每一个农户、每一块农田，还可以发布农业新技术、先进农业生产资料、优质农产品营销信息。经磴口县补隆淖镇坝塄村核心区 6 年试验，节水 30.2%，增产 10.8%，管理用工减少 50%，用水户参与管理达到 100%，水事纠纷实现零案率。该项技术得到中国工程院院士康绍忠等国内专家的高度认可，鉴定意见为："该成果总体达到国际先进水平，其中农民用水协会信息化管理系统达到国际领先水平。"此项目获得内蒙古自治区 2017 年度科技进步一等奖。

面对成功和荣誉，课题组没有停下创新的步伐。借助承担国家"十三五"重点研发计划项目中的"末级渠系高效节水灌溉技术运行保障机制研究与集成应用""灌溉输配水系统与田间工程关键技术研究与应用"两个子课题，他们联合四川成都万江港利科技股份有限公司、河北唐山现代工控技术有限公司，在临河区双河镇进步村核心示范区合作完成了"测控一体智能化配水及水费计收信息化解决方案"这一创新成果。该成果在老式闸门上升级改造，通过微缩工作元件，增加防盗、防护措施，减少闸门、闸房及配水计算机成本；研发手机 App 用水智能管理系统及其终端，替代了原来的触摸屏信息化管理终端；研发了太阳能供电、远程实景传输可视设备，减少供电成本，减少现场巡查，从根本上改变了农民用水者协会管理人员的工作条件。在具有通信网络的条件下，包含 10 年运行维护费用，“测控一体智能化配水及其水费计收信息化解决方案”整套设备成本可控制在 10 万元以内，亩投入控制在 2 元以内，真正成为农民朋友用得起的技术。

巴彦淖尔市委、市政府的高度重视这项具有自主知识产权的科研成果，2018 年拨出 50 万元专款进行推广。河套灌区管理总局将农业精准化配水技术推广列入 2019 年的重点工作计划，并争取到了自治区科技厅 180 万元的推广经费，迄今已落实示范基地 7 处，示范面积 15 万亩。

巴彦淖尔市委、市政府今年又推出硬举措：依托测控一体智能化配水信息系统建设高效节水农业示范园区，每个系统控制面积达到 5000 亩，给予实施设备补贴 5 万元。这一举措很快掀起了智慧灌溉技术推广的热潮。即将退休的团队负责人刘永河感慨地说：“有市委、市政府和河套灌区管理总局的大力支持，我心中的梦想终于可以实现了！”“用上这种智慧灌溉技术，我们现在不光省时省力省水费，还更加方便快捷了，这个技术最适合我们农户了。”临河区双河镇进步村核心示范区张红军说。

（原载于 2019 年 3 月 27 日《中国水利报》，本文另一作者为侯利）

幸福水真香甜

——内蒙古托克托县加快解决农村饮水难题

“这水真透亮、真甘甜！活了 60 岁，梦里的水就是这个样。”家住内蒙古自治区呼和浩特市托克托县伍什家镇西大圪达村村民张常在高兴地说。今年 3 月，村里通了“引黄入呼”的自来水后，他再也不用担心饮水安全问题了。“喝上了黄河水，村里人都特别高兴，这是天大的好事！”

受自然地理条件的限制，过去伍什家镇村民祖祖辈辈长期饮用高氟水，许多人对此仍记忆犹新，老张就是其中之一，他说：“过去村里人一直喝的是深井水，这水喝起来发咸，许多人患上了腰腿疼，身上起白斑，牙齿发黄，据说这些都跟饮用水有关。现在好了，喝上达标的黄河水，不用担心身体出毛病了。”

“过去使用深井水做的豆腐太软，口感不好，羊羔喝了这种水都站不起来。如今通上了达标的黄河水，做的豆腐又韧又筋，养牛养鸡都不成问题。”57岁的伍什家镇伍什家村村民刘文高，是村里有名的“豆腐师傅”，他家还养了两头奶牛、十几只鸡，每年可收入6万多元。

伍什家镇党委书记樊瑞平说：“伍什家镇共有15个村，目前已有12个村喝上了净化达标的黄河水，剩余3个村的自来水管网正在升级改造，预计今年11月全部通水。”

农村饮水安全是保障广大农村群众身心健康的重要民生工程。近年来，托克托县委、县政府高度重视，加大投入，全力解决农村饮水安全问题，先后实施了北部防砷防氟改水、村级管网改造、新营子西部集中供水等20项农村安全饮水工程，在全县建成水厂及加压泵站12座，铺设大羊场、毛不拉、中滩等农村自来水大型管线6条，解决农村13.2万人的安全饮水问题。县水利部门办公室负责人表示，托克托县农村饮水安全工程水源主要以黄河水为主，年供水量为155万立方米，供水主管网完成400多公里，涉及全县5个镇和河口管委会160多个村。

（原载于2019年5月14日《中国水利报》）

以实为本　以严为基　以新为源

内蒙古喀喇沁旗实现河长制全覆盖严监管

内蒙古自治区喀喇沁旗坚持把全面推行河长制工作作为生态文明建设的主要内容，以实为本，以严为基，以新为源，建立起河长制全覆盖、严监管的工作格局。

以实为本，强化领导，健全体系

喀喇沁旗是赤峰市中心城区重要的水源和生态保障区，有老哈河、锡伯河等8条主要河流，总长867公里，流域面积3050平方公里。

针对辖区内河道流域现状，喀喇沁旗扎实推进河长制，设立旗、乡、村三级河长260名，其中8名县处级领导担任8条主要河流河长、45名乡镇领导干部和182名村干部担任各支流河段河长，安排96名贫困村民担任河道管理员，构建起区域与流域相结合、三级河长为主体、社会广泛参与的组织管理体系，实现了河道管理管护全覆盖。

以严为基，落实责任，推进机制

喀喇沁旗突出目标导向和问题导向，坚持集中整治和长效机制相结合、政府主导与社会参与相结合、重点突破与整体推进相结合，围绕垃圾清理、河道整治、规划建设、制度完善四个重点，积极建立河长制工作联席会议、信息通报、问题督办三大机制，从严整治河湖乱象。

2018年以来，喀喇沁旗集中开展清垃圾、清乱建、清违占、清乱垦、清乱采“五清”专项行动7次。其中今年截至目前共整治涉水排污企业11家、规模养殖场15家，关闭锡伯河入河排污口5处、和美园区自备水源井12眼。

启动老哈河上游生态保护和环境整治“三年行动计划”，开工建设老哈河河道治理项目、环城水系锡伯河综合治理项目、马鞍山河道治理项目，治理堤坝、恢复生态近20公里。

以新为源，坚持创新，开拓路径

喀喇沁旗立足实际，不断创新，探索开展“河长制+”工作模式。

“河长制+党建引领”。组成党员宣讲团，对全旗48所中小学2.4万名中小学生进行巡回宣讲；印发《致全旗中小学生教师及家长的公开信》；开展“世界水日”“中国水周”主题党日活动，大力宣传河长制工作。

“河长制+精准扶贫”。在全旗范围内聘用96名贫困户作为河道管理员，每人每月工资760元，助力脱贫攻坚。

“河长制+联合执法”。针对河道采砂这一多年顽疾，喀喇沁旗各级河长积极组织开展联合执法5次，取缔采砂场43家，拆除采砂设备26台套，有效遏制了采砂乱象。还在全旗范围开展“河湖‘清四乱’回头看”行动，取得了显著成效。

（原载于2019年7月30日《中国水利报》）

瞄准群众烦心事　解决难题见实效

——内蒙古水利厅推进主题教育瞄准解决群众操心事烦心事

内蒙古自治区水利厅开展“不忘初心、牢记使命”主题教育以来，锁定“为民服务解难题”目标，深入开展“为民服务解水忧”活动，聚焦群众最关心、反映最强烈的热点难点水问题，以扎实、担当、诚信、有为的实际行动服务于民、惠及于民。

排查解决问题　做到立行立改

“每天就3个小时有水，用水成了我们的‘心病’。这个问题刚反映，自治区水利厅和当地马上就想办法解决了，我们再也不用为水发愁啦。”内蒙古自治区赤峰市松山区居民孙静欣慰地说。

在开展“不忘初心、牢记使命”主题教育中，自治区水利厅坚持问题导向，把“改”字贯穿始终，把为民服务解难题落到实处，“开门纳谏”充分听取群众意见建议，推动解决群众的操心事、烦心事。

自治区水利厅积极联系赤峰市水利局，了解到赤峰市老旧小区不同区域出现水压不足问题。市委、市政府也召开专题会议，研究居民生活用水问题，尽最大可能保证居民正常生活用水。经过积极沟通协调，目前，孙静等所居住的大部分老旧小区，已基本恢复24小时供水。

今年6月，群众反映“巴彦淖尔市临河区狼山镇迎丰村一组居民吃水难”问题。自治区水利厅立即了解相关情况，全力解决吃水难题。

据了解，当地管网建成时间长，输水能力减弱，农民用自来水浇菜园、搞建筑等，导致“下游”用水户吃水困难。在解决该村集中供水工程输水能力差、管网末梢用水户吃水难问题后，水利厅积极协调，加大用水稽查力度，纠正违规用水行为，严厉打击偷盗水事件。目前，迎丰村一组自来水已恢复正常供水。

解决饮水安全保障突出问题，是水利厅深入开展主题教育活动的重点之一。自治区水利厅组织各盟市、旗县对涉及建档立卡贫困人口供水工程的水量、水质、方便程度、保证率等关键指标进行了排查，着力解决好农村牧区饮水安全工程存在的水源易干（干涸、短缺）易断（断水）、集中管网供水易损易坏、水质易超（超标）易变（水质变化）等群众反映强烈的热点难题问题，共排查集中供水和分散供水工程 30872 处，检测水质 17317 份，排查出 2757 处工程存在饮水安全保障问题。

自治区水利厅会同自治区卫健委、扶贫办对部分地区排查结果进行了抽查核实，共核查项目 70 个，实地查勘工程 48 处，查阅水质化验报告 73 份，走访农牧民 39 户，确认排查结果基本属实。自治区水利厅要求各盟市、旗县落实饮水安全保障主体责任，加大资金投入，加快问题整改，对 2757 处饮水安全问题（已整改 360 多处）分别落实属地责任，建立问题清单，整改台账，逐项整改消号；突出整改重点，对停水断水、冬季冰冻、水质严重超标的问题 10 月底前整改到位。目前，各地正在加快推进问题整改，已落实资金 1.7 亿元。

自治区水利厅印发了《关于做好农村牧区应急供水保障的通知》《关于加强农村牧区应急供水工作的指导意见》，要求各地在发生紧急停水和水质事件时，最大限度减少因突发事件造成的饮水困难及损失，水利干部押车开展应急送水服务，确保群众及时喝上放心水。

回应群众期盼　做百姓关切之事

“民有所呼，我必应之”，是自治区水利厅主题教育的践诺。多渠道了解群众需求，倾听群众呼声，重点聚焦人民群众关切的水资源、水生态、水环境方面热点、难点问题，以实际行动为民解忧，以为民谋利尽责的实际成效取信于民、践诺于民。

河湖“清四乱”是河湖长制从“有名”到“有实”的第一抓手。自治区河长办与自治区检察院开展了河湖“四乱”清理专项行动，与 12 个盟市和相关旗县的有关河湖长对每个“四乱”问题进行逐一对接，明确“四乱”问题整改的责任河长、监督单位和完成时限等，并实行“一问题两清单制度”（问题认领清单和销号清单），压实责任河湖长和相关部门的责任。自治区检察院针对“四乱”突出问题启动公益诉讼程序。截至7月底，全自治区排查出的2709个“四乱”问题和水利部3次暗访发现的77个问题已全部整改销号。

通过开展专项行动，全区清理疏浚河道5380公里，清淤342万吨，清理非法占用河道2.1万平方米，拆除违法建筑1579处，河湖面貌明显改善。河湖“四乱”清理专项行动基本解决了“存量”问题。

地下水超采是自治区在水资源水生态方面亟须解决的难题。自治区水利厅结合环保督察“回头看”整改，组织开展2019年度地下水保护专项行动，由厅级领导带队，分3组与各盟市政府就超采区治理、违规取用水企业整改、取水监测计量设施建设以及灌溉机电井规范管理等重点工作进行督办，对专项行动中发现的问题，形成“一盟市一单”，并以地下水保护专项行动反馈意见函的形式反馈各盟市进行整改落实；采取高效节水、压减农业灌溉用水、水源置换、封停违规机电井等有效措施，治理全自治区33个地下水超采区。目前，17个超采区已基本达标，其中8个超采区已完成治理并销号，其余16个超采区正在积极开展治理工作，逐步开展技术评估工作。此外，已编制完成《自治区地下水生态保护和治理实施纲要》初稿，将于10月前上报自治区政府审定，建立地下水生态保护长效机制。

围绕“量水而行”，自治区水利厅编制完成《内蒙古自治区水生态修复问题对策研究报告》《西辽河流域“量水而行”以水定需方案》，对存在的水生态问题进行全面梳理总结，分析形成原因，并初步提出解决的对策措施。近日组织技术人员开展了大量工作，采用多种途径和方法对全自治区地下水井灌面积、灌溉机电井数量和位置进行调查复核，并落实到地形图上，对农业灌溉这一全自治区地下水开发利用大户用水量进行了科学调查评估；结合3次水资源评价和重新复核后的灌溉面积，对全自治区地下水资源量及承载能力进行重点调查评价和复核。

国家要求资源量和开发利用情况分析计算到盟市即可，内蒙古“超额完成”任务，进一步缩小水资源计算分区并细化计算到旗县，为下一步全自治区科学开展“量水而行”工作奠定坚实基础。

守初心担使命　为民服务解水忧

“怀着感情，肩着责任，负着使命”。自治区水利厅重点解决群众来信来访，在上级巡视、督察反馈和各处室工作调研、检查过程中发现的人民群众在安全饮水、水环境等方面存在的困难、诉求，对于能够帮助解决的，想方设法解决；对于需要地方水行政主管部门解决的，及时反馈并跟踪落实；对于短时间内难以解决的，耐心向群众说明情况，并给予力所能及的帮助，做到件件有落实。

兴安盟科右前旗白先生反映，屋前的河流汛期洪水泛滥，多处耕地受损，严重威胁到沿河群众的生命财产安全。自治区水利厅积极和地方水利部门沟通，要求尽快推进中小河流治理的前期工作，并向水利部汇报相关情况，争取到中央专项资金用于该河道的治理。

自治区水利厅切实把“为民服务解水忧”目标落到实处，以实际行动践行“守初心、担使命”总要求，组织开展“为民服务解水忧”活动，并以此为载体，推动主题教育与部门工作紧密结合，向深里走，往实里做。积极与鄂尔多斯市、巴彦淖尔市、包头市水利局沟通协调，督促加快河湖连通工程前期工作；督促阿拉善盟水利局加快推进科泊尔沙漠滞洪区工程前期工作；更新水利脱贫攻坚专项推进组，计划全面完成建档立卡贫困人口的饮水安全问题；加快推进引绰济辽、东台子等重大水利工程建设进度，积极推进中小河流、水土保持等水利工程建设，落实好自治区《打好打赢水利精准脱贫攻坚战三年行动计划》中涉及水利厅的各项工作。

（原载于 2019 年 8 月 15 日《中国水利报》）

内蒙古农村牧区自来水普及率达到 81%

通过 70 年的不懈努力，内蒙古农村牧区饮水工程建设经历了从无到有，从少到多，从分散到集中的迅速发展，全区农村牧区饮水安全保障水平显著提高。截至 2018 年底，已建成农村集中式和分散式供水工程 93.86 万余处，解决了 1820 万农村人口的饮水困难问题。同时，农村牧区饮水安全工程实现全覆盖，自来水普及率达到 81%。

除农村牧区饮水安全得到有效保障外，内蒙古的水灾水患也得到有效防治。新中国成立后，经过几十年的努力，自治区初步形成了以堤防、水库、蓄（滞）洪区为主的防洪工程体系以及防洪调度、抢险、抗灾等防护体系。防洪标准由 5 至 20 年一遇提高到 20 至 50 年一遇，黄河防洪标准提高到 30 至 50 年一遇，发挥了显著的防灾减灾效益。2019 年，全区水库、淤地坝没有一座发生溃坝，河道没有溃堤，全区因山洪灾害死亡 1 人，死亡人数为 1981 年以来最低。

此外，为切实提高水资源利用效率，内蒙古先后实施了跨盟市水权转让试点、灌区节水改造、节水型社会建设等涉及农业、工业、生活节水的多项举措。近几年，通过实施河湖连通、生态补水、水土保持综合治理等工程，累计向乌梁素海补水 19 亿立方米，向呼伦湖补水近 88 亿立方米，向岱海补水 400 多万立方米，东居延海实现连续 15 年不干涸，全区水土流失治理面积累计达到 1408.86 万公顷。这些举措的实施，在改善和遏制内蒙古自治区生态环境恶化、全力构筑我国北方重要的绿色生态防线、维护边疆稳定等方面起到了重要的保障作用。

（原载于 2019 年 10 月 12 日中华人民共和国水利部网站）

从“无根水”到“安全水”

——内蒙古准格尔旗加快推进农村牧区安全饮水全覆盖

“这可再也不用为吃水发愁了。”内蒙古自治区鄂尔多斯市准格尔旗龙口镇大口村庄子梁组 69 岁村民张富贵拧难掩激动，“活了大半辈子，终于用上了自来水。”

张富贵的用水变化，得益于今年准格尔旗政府实施的惠民工程。多年来，准格尔旗共建成农村牧区安全饮水工程 429 处，极大地解决了当地饮水困难问题，但因地形地貌、居住分散等原因，仍有少部分村民存在用水困难。今年，准格尔旗政府决定全面解决全旗农村饮水安全问题，由旗水利局牵头建设 2019 年农村饮水安全工程。工程总投资约 6280 万元，受益人口 4.11 万人。

大口村家家户户都有一口旱井，下雨时用来储存房顶雨水，当地村民叫这种水为“无根水”，意思是雨水没有落地就被接取。过去，这是村民常用的取用水方式。遇到干旱，村民就只能到河沟去找水。"旱井的水不够吃，就去几里外的河沟里担水，寒冬腊月吃水更难，现在岁数越来越大了，担不动水了，就花钱买水。平时能省就省，一盆水洗完脸洗手，然后再洗衣物。"说起以前，张富贵感慨万千。

今年，庄子梁组建起了一个库容为100吨的水窖，解决了67户150人的饮水问题。"这水真清亮啊。"记者见到大口村沙咀梁组村民杨天成时，他正开着自家拉水车在离家不到1里路的集中供水点拉水，一边取水一边高兴地说。

大口村属于梁峁山区，干旱缺水，辖16个组，村民居住分散，其中不少离水源井较远。针对此类村组，准格尔旗水利局建设集中供水点，并保证他们在500米以内就可以从集中供水点取水。"以前拉一车水需要到七八里以外的地方，来回需要2个多小时，现在就在家门口，几分钟就能拉回来一车水，太方便了。"杨天成说。

目前，大口村共建起9个水窖，解决了全村16个组的村民饮水问题，这让村党支部书记邬来师高兴不已。"大口村饮水工程基本完成，也给产业发展带来了很好的机遇，特别是养殖业方面，可以为村民增加收入。"邬来师说。

大口村饮水工程只是全旗饮水工程的一个缩影。今年春季，在旗委、旗政府的安排下，旗水利局深入各苏木乡镇街道进行了前期摸底排查，随后在排查出来存在安全饮水困难的村组重点施工。"先是对过去没有解决到的村组新建饮水工程；其次是在过去饮水工程基础上进行管道延伸和维修；还有就是解决居住特别分散的农户饮水问题，针对这些无法建立集中供水点的农户，每户安装一个玻璃钢储水罐。我们想方设法让每一个村民都能饮用上安全放心水。"旗水利局副局长耿波说。

据了解，准格尔旗2019年实施集中供水工程215处，其中，新建集中供水工程72处、管网延伸工程与维修工程133处、分散供水工程557处。工程将于11月中旬全部完工，届时将实现农村牧区安全饮水全覆盖。

（原载于2019年11月12日《中国水利报》）

“再也不会说家里的水不好喝啦”

“以前，我家的水很难喝，装了净水器以后，这个水变甜、变干净了，喝了也健康，有了健康的身体才能好好过日子哦。”内蒙古自治区鄂尔多斯市乌审旗乌兰陶勒盖镇巴音敖包嘎查一组建档立卡贫困户那慕日激动地说。

那慕日居住的嘎查地势较低，水井密封性不好，之前接的水几乎每次都有沉淀物。

乌审旗水利局工作人员对那慕日家的原水进行检测后，发现水的各项指标均不达标，就免费给他家安装了净水器，让他们一家人喝上了干净放心的自来水。

稍后，在建档立卡贫困户高娃家，记者看到高娃正在洗菜准备晚饭。谈起饮水安全保障项目，高娃的心里乐开了花：“快过年了，娃娃们回来再也不会说家里的水不好喝啦。”

近年来，乌审旗不断加大力度解决贫困户饮水问题，大力开展农村饮水安全攻坚行动，把饮水安全作为全旗脱贫攻坚重点统一部署，全力完成“两不愁、三保障”中的饮水安全任务。

特别是 2019 年 3 月以来，乌审旗水利局联合旗扶贫办、疾控中心对全旗 438 户建档立卡贫困户饮水安全现状进行了入户排查。针对检测出 67 户建档立卡贫困户的饮水水质不达标问题，乌审旗水利局采取了安装净水器、将深井水接到家中以及接入自来水管网等措施。

“目前，全旗 438 户建档立卡贫困户都已喝上了安全的饮用水，我们还需要加强监管，继续进行饮水安全排查回头看，发现问题立即整改，确保贫困户的饮水安全。”乌审旗水利局水质检测中心主任姚瑞说。

乌审旗贫困居民感受到了从“喝水难”到“喝上水”，从“喝上水”到“喝好水”的升级。换“水”不仅给群众换来了安全、放心的饮用水，也为美好幸福的新生活打下坚实基础。

（原载于 2020 年 1 月 17 日《中国水利报》）

浅埋滴灌 “甜”到心坎

“传统的施肥技术肥料利用率低，浪费严重而且费用高。滴灌最大的好处就是把水直接滴到作物根部，同时还能把肥料、农药放入，水肥一体，提高肥的利用率，省水省肥又省钱，管材回收还环保。”内蒙古自治区通辽市科尔沁区钱家店镇项家村村民史克明笑呵呵地说。浅埋滴灌技术的推广让他实实在在地尝到了甜头。

科尔沁区大力推进浅埋滴灌工程，转变农业用水方式，减少地下水消耗，将建设任务落实到镇、村、地块，逐地块、逐眼井核准工程量。工程实施推进了农牧业向现代化、绿色化的可持续发展。

“以前用膜下滴灌，塑料薄膜不能完全降解，会造成污染。在政府的大力支持和推进下开展高效节水浅埋滴灌工程以来，增产幅度和经济效益都有了很大突破，明显比以前节水、省工、省肥，减轻了劳动强度，还能进行劳务输出。”村党支部书记王建华说。节水增收环保，“一箭三雕”。

当大家你一言我一语谈论浅埋滴灌种植给自家带来的变化时，村民李可仁打开了话匣子，讲起了往事：“玉米大幅度增产，我们却比以前轻松得多。以前浇地全家老小顶着热辣辣的太阳集体出动浇地，时间长，效果还不好。现在种地最省事的就是浇水，水阀一开一关，一个妇女或老人就可以完成。”“半个小时就可以浇一亩地，一天可以浇 20 亩。年轻人外出打零工还能为家里增收上万元。”李可仁总结起新技术的优点挺像一个“数学家”。

大家对数字记忆深刻，源于滴灌技术带来的巨大收益。“王家店村 2017 年开始使用浅埋滴灌，刚开始政府投入材料，年底还给补贴。村民们看到收成好又省钱，便离不开这项技术了，自己出钱也要推广。一亩地投入 60 元，地面软带可循环利用 2～3 年，秋季不用时，由农户或井长负责收回保管，来年重复利用，绿色无污染，用的都是可回收管，平均每亩地的滴灌管材最后还能卖 20 元，一亩地相当于只投入 40 元左右就可以实现水肥一体化。”说起浅埋滴灌的好处，开鲁县开鲁镇王家店村党支部书记汤天悦滔滔不绝。

如今，浅埋滴灌技术已经被农民普遍认可，传统的浇地变成了浇苗。据测算，浅埋滴灌工程与管灌工程相比较，每亩地可节约用水 120 立方米以上，平均亩增产 120 公斤。

科尔沁区素有“内蒙古粮仓”的美誉，现有耕地 230 万亩。前些年，地下水严重超采，节水显得尤为紧迫。滴灌技术解决了缺水难题，让植物在大旱之年不减产。然而，之前推广的膜下滴灌耗材较多，而且黑色的塑料薄膜容易造成“白色污染”，通过不断探索，节水、省钱又环保的浅埋滴灌技术脱颖而出。

甜度还在提升。科尔沁区正全力推进 3 年 210 万亩农业高效节水浅埋滴灌工程建设，浅埋滴灌滋润农作物的故事还在继续。

（原载于 2020 年 1 月 23 日《中国水利报》，本文获《中国水利报》社“讲述新时代治水故事”征文二等奖）

清水进农家　生活大变样

——内蒙古杭锦旗全力打好农村饮水攻坚战

内蒙古自治区鄂尔多斯市杭锦旗始终把农牧区饮水安全作为重要的民生工程、脱贫攻坚的底线任务。今年，杭锦旗水利局继续聚焦坚决打赢脱贫攻坚战目标任务，在 2019 年“清零达标”基础上，力争实施新一批饮水安全巩固提升工程，进一步巩固贫困群众的饮水安全保证率，为饮水安全脱贫攻坚取得全面胜利和满足人民群众对美好生活需要提供更坚实的饮水安全保障。

人饮“清零”
脱贫路上不落一户

伴随着钻井机的轰鸣声，一眼 80 余米深的水井冒出了水花，工作人员随即埋设了一根根长水管，其中一根从井里直接接到杭锦旗塔然高勒村村民王军家的净水器上，旁边一根接到了他家牲畜的饮水槽。一口深井，同时满足了王军一家的生活生产用水。“现在只需要在家里一合闸，就能喝上干净水，省事又安全。”王军乐呵呵地说。

过去，因残致贫的王军夫妇都行动不便，王军双目失明多年，作为家里唯一的劳动力，一家人的吃水还全靠王军去离家 2 公里远的老井上担水，在妻子的搀扶下一天来来回回至少得跑六趟。夏季高温时，地表水蒸发量加大，老井水位下降，水量大幅度减少，王军一家的吃水变得更加困难。

近日，记者来到王军家，王军的母亲正拉着水管给牲畜喂水。新井投入使用后，冬季担水难、夏季吃不上水、自家牲畜在别家寄养的困境迎刃而解。

王军一家的饮水困难情况是杭锦旗水利局在 2019 年“清零达标”行动中新排查出来的。行动中发现，类似的情况在全旗范围内还存在一些。

近两年，杭锦旗锡尼镇部分外出居民返乡，用水量加大，但原有供水工程规模小，一处水源同时为几个自然村提供饮水，同时承担着灌溉任务，加之地下水水位下降，用水需求得不到满足，尤其在夏季用水高峰期还会出现饮用水短缺的问题。针对此难题，杭锦旗水利局 2019 年新打饮用水水源井 5 眼，新建水塔 2 座，使 83 户农牧民的饮水安全得到保障，涉及贫困户 9 户，彻底解了锡尼镇群众喊“渴”的燃眉之急。

给锡尼镇群众“解渴”是杭锦旗全力打好农村饮水攻坚战的缩影。2019 年，杭锦旗水利局紧紧围绕脱贫攻坚饮水安全“清零达标”的任务要求，以调查摸排、水质检测为手段，对新出现的水量不足、水质不达标等问题，建立脱贫攻坚饮水安全“清零达标”台账，采取“发现一处、解决一处”的方法，使项目区近 1.3 万户农牧民（包括建档立卡贫困户 618 户）的饮水安全得到进一步巩固提升。

改造提升　让群众喝上“安全水”

进入新时代，要满足人民群众对美好生活的向往。杭锦旗水利局在饮水安全工作中提出了从“有水喝”转到喝上“安全水”的目标。

在杭锦旗的梁外地区，尤其是塔然高勒和巴拉贡镇的乌吉尔、巴音恩格尔嘎查等地，农村饮水长期取用地下水。但地下水水质较差，氟化物和硝酸盐氮超标，严重影响当地群众的生活和生产。

杭锦旗水利局工作人员多次入户，鼓励农牧户家庭安装家用水处理设备。

净化后的水，经水质化验，符合人饮标准。2019 年共实施 758 户，其中贫困户 138 户。

“之前的水，水质不好，家里生的豆芽，很容易变坏。自从安装了净水器，水质明显不一样了，水喝起来变得柔软了，豆芽也长得饱满。”巴音恩格尔嘎查的居民笑着说。

杭锦旗巴拉贡镇、呼和木独镇、吉日嘎朗图镇位于黄河南岸，属黄河冲积平原区，地下水水质较差、矿化度高，且氟含量、氯化物超标。2018 年，沿河三镇自来水提质增效工程正式启动，项目按照一次性规划、分期实施的办法进行建设，让当地群众喝上放心水，增强农村群众的幸福感与获得感，也为脱贫攻坚和乡村振兴助力。

一期工程已完成水源井 9 眼、1000 吨高位水池 1 座，铺设输水管道 115 公里。2019 年，当地在一期水源工程建成运行、解决水源水质问题的基础上，启动二期工程，即管网改造工程，解决现状管网存在的老化、冻胀等各种问题，提高供水保证率，受益居民 3.45 万人，其中贫困户 471 户 1126 人。

二期工程改造管网 195 公里，更换智能水表 8500 套，目前已投入使用。工程建成投运后，106 项水质指标均符合饮用标准，彻底结束了沿河三镇老百姓饮用苦咸水历史，保障了他们的身心健康，供水保证率也提高到 95% 以上。

（原载于 2020 年 3 月 17 日《中国水利报》）

四家子村的“新生”

夏日清晨，记者漫步在内蒙古自治区兴安盟突泉县永安镇四家子村整洁平坦的村道上，周边的杨柳等树木葱郁茂密，掩映着座座农家院落。走进几户农家院中，一群雏鸡紧随着母鸡在啄饮；牛栏里的几头牛见有人过来从水槽里抬起了头，嘴角滴答着水串……

十年来，昔日贫穷落后的四家子村发生了翻天覆地的变化，在全速脱贫奔小康的路上，内蒙古自治区水利厅的精准施策、倾心帮扶留下了不可或缺的印记。

好水入户　兴水富民

“过去一直用院子里的压水井打水生活。我们两口子都是残疾人，压水也不方便，有时候打不上水还得求助别人。现在水龙头一拧，在家里就能吃上好水，比压出的水甜多了！”说这话的是四家子村的贫困户刘广合，他和妻子赵凤珍因残疾基本丧失劳动能力。

“我们这儿农牧民的饮水设施停留在较低水平，长期使用手压井提取浅层地下水，由于地下水水位低，出水量小，供水能力严重不足，群众取水困难。再就是水质不好，饮水问题一直阻碍着群众生活条件的改善。近些年，自治区水利厅大力帮扶支持，给我们解决了这个大问题。”四家子村支书曲维明说。

四家子村全村建档立卡贫困户 123 户，贫困人口 259 人，主要是因病、因残和缺乏劳动力致贫。村里以种植玉米、养殖牲畜为主。2011 年，自治区水利厅开始定点帮扶四家子村，对该村情况进行全面摸底后，制定了逐步实施脱贫攻坚的计划和目标。

“现在，我们村水浇地面积从过去的 840 亩增加到 6832 亩，亩产玉米提高了五六百斤，人均收入也由 2011 年的 3000 多元提高到 10000 余元。”曲维明说。

站在不远处的山丘眺望，一片片起伏的绿色令人心旷神怡，规整的渠道蜿蜒穿行于其中。

10 年来，自治区水利厅制定实施了 20 个帮扶项目，投入资金 1839 万元，推动当地水利基础设施建设。紧紧依托水利行业优势，先后在四家子村实施了抗旱水源井、节水增粮、河道治理、水土流失综合治理、山洪沟治理等项目，共新增节水灌溉面积 7000 亩，水土流失综合治理面积 8.72 平方公里，治理村内山洪沟 4 公里，治理河道 3.529 公里，河段内村屯和耕地保护对象的防洪标准提高到 10 年一遇，并对塌岸严重的河段进行了岸坡护砌。同时，先后派出 8 批驻村帮扶队员，逐户走访贫困户，因户施策，确保脱贫目标落实。

精心设计，倾力而为，一个崭新美丽的乡村由此诞生。2017 年，四家子村被国家民委命名为中国少数民族特色村寨。

新模式开启“造血式扶贫”

发挥驻村龙头企业成功的养殖经验和饲养技术，带动贫困户发展肉羊产业实现稳定增收……通过走访了解，结合四家子村的种植、养殖业结构，经济状况和地理条件，自治区水利厅探索出精准扶贫的新模式。

自治区水利厅与内蒙古三阳牧业股份有限公司达成合作，采取养殖菜单、入股分红、劳务用工、土地托管和自荐菜单等五种模式，通过龙头企业带动贫困户自我发展，为贫困户购买肉羊 330 只，年户均分红 1800 元，连续 3 年累计带动 33 户贫困户，加快了四家子村的脱贫步伐。

四家子村大榆树沟的贫困户苏恒才，全家以前仅靠种粮和几只羊生活，年均收入仅 6821 元。如今，在驻村龙头企业的带动下，年年有分红，在公司上班有工资，加上养羊，年人均收入 10000 多元。

老百姓的欢欣就是水利人的安心，更是水利人的动力。自治区水利厅积极协调突泉县，整合相关资金用于四家子村集体经济发展，以解决该村集体经济薄弱、发展活力不足、村集体组织无钱为村民办事的突出问题。以村委会名义投资到当地龙头企业，作为村集体入股股份，每年按 10% 的标准固定分红，一部分资金可在扶贫攻坚期结束后，继续帮扶困难群众，巩固脱贫成效；其余资金可用于村基础设施建设，完成从“输血式扶贫”向“造血式扶贫”的转变。

与此同时，自治区水利厅始终坚持扶贫与扶智、扶志相结合，针对贫困户内生动力不足、发展能力不足的状况，努力补齐“智”和“志”上的短板。加强各类知识和技能培训，先后为四家子村举办各类培训班 80 场，累计培训人数达 1800 人次。对考上大学的贫困学生，每人提供 10000 元助学金。向村部捐赠图书 20000 余册，电脑、复印机等办公设备 10 余台，提升了村部办公效率。

“在我们镇，四家子村脱贫奔小康走在了前列。2018 年全村脱贫出列，2019 年年底高质量全面脱贫。”永安镇镇长齐军说。

（原载于 2020 年 8 月 5 日《中国水利报》，2020 年 8 月 6 日“学习强国”，2020 年 8 月 8 日人民网）

长水当歌篇

为了金色的河套

——三盛公水利枢纽工程写实

广袤富饶的巴彦淖尔，因黄河而得名，人民傍黄河繁衍生息。

桀骜不驯的黄河曾经给人民带来过多少灾难？“黄河百害，唯富一套”这一说，源于新中国成立后，国家对黄河水利的大力开发和对黄河水旱灾害的根治。

河套灌区的水利开发可追溯到两千多年前的西汉时期，虽有漫长的开发史，然而，在黄河三盛公水利枢纽工程建成前，灌区一直处于“水大涝成灾，水小无法浇，年年挖渠口、岁岁清淤泥”的状况，严重制约着灌区农业的发展。

新中国成立后，国家制定了整体治黄规划，在河套灌区兴建三盛公水利枢纽工程，成为国家首批开发黄河水利、根治黄河水害的重点项目。

黄河三盛公水利枢纽工程是一座以农业灌溉为主，兼有防洪、发电、交通，为包钢供水、旅游等综合效能的大型低水头闸坝型水利枢纽。工程1959年6月动工兴建时，正值国家三年困难时期。河套人民和来自全国各地20000多名建设大军，没有被困难吓倒，他们风餐露宿，日夜奋战，克服重重困难，终于在1961年5月夏灌前实现放水灌溉。工期仅两年，举世瞩目的黄河干流上第一座一首制大型水利枢纽工程——黄河三盛公水利枢纽从此开始了她造福一方的历史使命。

枢纽工程的建成，彻底结束了河套灌区干渠口自流引水、水源没有保证的历史，灌区有了可调节一首制引水的“龙头”工程，形成了适时灌溉引水的新格局，灌区灌溉面积也因此逐年增加，到1998年，灌区农林牧灌溉面积已发展到880万亩，比建闸前翻了一番，年均递增10万余亩。灌区农作物产量稳步增长。粮食总产量由1961年前的2.45亿公斤发展到1998年的16亿公斤，是建闸前的6.5倍多，单产由原54.5公斤增加到1998年的400公斤，年均增加10%。油料总产量由1961年前的331万公斤，增加到1998年的2.67亿公斤，是枢纽工程建成前的80.6倍多。甜菜总产量由1961年前的798.5万公斤，增加到1998年的11.57亿公斤，是建闸前的147倍。河套灌区被列为国家重要的商品粮、油、糖基地，成为全国三个特大型灌区之一。枢纽调控灌溉面积的不断扩大，还有力地推动了乌兰布局和沙区的农业生产和生态建设步伐，一个新兴灌区正在形成。

伊克昭盟沿河引黄灌区过去仅靠少量的提水灌溉，灌溉面积仅7.8万亩。三盛公枢纽工程建成后，灌溉面积快速增长，到1998年已增至30余万亩，粮食总产量近亿斤。

枢纽工程建成38年来，河套灌区有了安全可靠的防洪屏障。建闸至今，工程承受了1964年、1967年、1981年3次特大洪水和1988年、1993年两次冬季特大凌汛的考验，保证了河套灌区百万人民生命财产的安全。

1968年，枢纽工程总干渠首一期水电站建成并投入运行。到1998年，发电量达1.33亿千瓦时（度），创产值1000.5万元。

枢纽工程建成前，黄河两岸交通运输业十分落后。枢纽工程运行后，工程工作桥贯通了黄河两岸，成为临时通道。110国道兴建时，将枢纽工作桥作为黄河内蒙古段的正式公路桥，枢纽工程由此成为北京通往大西北的咽喉要道，带动了当地交通运输业的大发展。

寒来暑往，三盛公水利枢纽工程制服了桀骜不驯的黄河水，造福了一方百姓。和着新世纪的脚步，这座百姓心目中的“生命闸”“幸福闸”，将为河套大地的金色再谱新的篇章！

（本文获巴彦淖尔盟“庆祝建国50周年”全盟《伴着共和国的脚步》征文二等奖），（原载于1999年11月6日《巴彦淖尔报》）

夜游拦河闸

夜幕，款款地踱着步子，给“万里黄河第一闸”——三盛公水利枢纽工程带来了一种舒心的气息和柔和的色彩，使得轻掩在淡淡天光中的这座大型水上建筑，透出了令人难以描绘的神韵。

坐落在内蒙古巴盟磴口县与伊盟交界处黄河上的三盛公水利枢纽，主体工程是由 18 孔拦河大闸、9 孔总干渠进水闸和圆楼中央控制室组成。其工作桥贯通了 110 国道。南面有近千亩的果园，闸旁有新开挖的人工湖。整个工程掩映在一片绿树丛林中，形成了得天独厚的旅游景观，吸引了远近的游客。

和着清爽的晚风，去迎那匆匆的时光，好让轻柔的夜幕恰好地展示在我们眼中。

晚饭后的时光，是需要有闲情逸致的。于是，就在这拦河闸让身心享受一下难得享受到的景致：彻耳的蛙鸣，似闻未闻的河水声，满目夜色下的光彩；轻波粼粼的河面，铺映着光柱，悄曳的树木，报着风息。人移，灯闪。不要讲话，静静地，任助兴的风丝儿舔着脸。各人有各人的心境，各人有各人的意趣，让人们的思想更远更远地驰骋吧，消遣的快逸尽在不言中。月亮似乎有意迟到，好让人们更多地饱览这薄暮笼罩中的一切吧？不错，这里的一切，无疑是属于你的。草儿的气息、水儿的气息和那杨树柳树的气息，同组成一支音韵优美的旋律，悠悠地，音乐般飘入感官。

移步于小亭、石凳，头顶便是如伞的树冠，清风拂处，斑驳地映出天穹，情味别然。假山身着夜衣，似扮演特殊的角色，隐身其间，远处点点灯火的距离兀然近前了，像是轻浮在夜的帷幕上，点缀着假山，又如虚嵌在山体上的明珠，闪烁煜煜，趣味盎然。

人工湖静静地泊在拦河闸的臂弯里，神态安详。排在湖面上的鸭子船，引颈张望。蛙声此起彼伏地从船舷从水边响起，像在歌唱夜的幽静。

徐步溯流，枢纽上游的京包线黄河大桥上那盏碧蓝色的灯光，宝石般缀在河心，衬着这夜色，给人以螟暝中的神秘之感。此时，这钢铁之躯，温顺如一条沉睡中的巨蟒，夜色，更烘托出其宏大的雄姿。

钢桥与枢纽中间，有一段土坝导流堤（俗称“象鼻子”）延伸入水。这里水面宽阔，蛙声若鼓，河风没遮拦地漫过来，略有寒意，激得那河水也聒噪不休。伫立于此，觉黄河水势更加浩渺了，对岸只是一个遥远的黑魆魆。此时回首，再望拦河闸及与之衔接的总干渠进水闸，二闸宛若母子双龙横卧河上，二首相对，似在嬉戏着这座圆形别致的雄伟建筑。二者巧妙地融为一体，相映成趣。

浓浓的夜色，引得华灯绽放。霎时，桥上的灯光如龙鳞龙甲般大展异彩。

温馨的夜风，牵我的嗅觉在那圆楼前的花栏。近步于前，灯光下的丁香，正开着娇媚的花朵，散发着浓郁的芳馨，留恋着游人。

漫步在拦河闸上，我不禁遐思飘荡，这座浇灌着河套 880 万亩农田的大型水利枢纽工程，虽历经三十余年的风风雨雨，仍焕发着勃勃生机，魏然矗立在河套大地上，养育着这里的数百万人民。

夜幕低垂。乘着兴归，让更多的未尽之情在每个人的心底流萦。

让这未尽之情，在来年得到满足吧，在那将建的楼台水榭、垂钓台、游乐场上，让你更惬意地度过一个乐而忘返的清凉夏夜。

[原载于 1998 年第 1、2 期《水利水电政工研究》本文获广东省人民出版社《希望》杂志社“希望杯”短文大赛佳作奖（1994 年 1 月）]

勤于为民谱忠曲

——记全区民族团结进步先进个人云雪峰

巍然矗立了 41 年的内蒙古黄河三盛公水利枢纽工程，在日夜不息的轰鸣声中，迎来了生命的重大转折——除险加固，开始步入了她第二个青春期。

云雪峰，就是赋予工程新生命，使她再次焕发青春的人。

两年前，云雪峰赴内蒙古黄河工程管理局任局长兼党委书记。一个亟待解决的问题摆在他面前；作为黄河流域最大的一首制闸坝型水利枢纽的三盛公水利枢纽工程，它不仅是河套灌区各族人民的“生命闸”和“致富闸”，更重要的是它在自治区水利史上有着里程碑的意义，对自治区经济社会的发展和水资源可持续利用具有举足轻重的影响，但长期以来，在计划经济体制下，枢纽工程只讲产出、不计回报的生产方式，严重制约了工程的良性运行，导致工程长期超负荷运转，疾患缠身，病险状况日趋严重。

他随即召集班子成员研究，并果断决定，把除险加固工作列为全局工作的重中之重。为做好除险加固工程的前期工作，在水利厅的大力支持下，他开始不歇气地奔波；组织专家对《黄河三盛公水利枢纽除险加固项目建议书》进行研究论证；通过招标，在较短的时间内，圆满完成了枢纽工程除险加固地质勘察工作。2000 年底，《黄河三盛公水利枢纽除险加固项目建议书》顺利通过了水利部审查。为尽快促使《项目设计报告书》通过国家审查和立项，云雪峰又三番五次地往返水利部和国家有关部门。经过不懈的努力，《项目设计报告书》经审查批准立项。艰苦细致的工作换来了丰硕的果实。在他的带领下，不到两年时间，先后完成了工程招投标等各项施工准备工作。2002 年 11 月 8 日，在全国人民喜迎党的十六大召开之际，喜庆的鞭炮同时炸响在彩旗招展、机声隆隆的三盛公水利枢纽除险加固工程的开工现场。

为使枢纽工程发挥更大的效益，更好地造福于河套人民，云雪峰把不断推进工程科学管理，坚持合理控制运用放在首位。针对枢纽工程 40 多年来防凌防汛一直靠人工观测，存在一定局限性和不足的实际，经过考察和设备比较，投资 10 余万元，安装了防凌防汛监控系统，在黄河内蒙古段首先实现了防凌防汛现代化监控管理。此举不仅大大提高了工作效率，而且使观测精度提高了 20 倍，收到显著成效。

针对拦河闸 15~18 号孔泥沙淤堵严重，影响安全运行和行洪实际，云雪峰召集技术人员研究对策，大胆提出并进行了集中冲沙清淤试验。在上级部门的支持下，经过 40 天的灵活调度闸门，试验取得圆满成功。

作为一名民族地区成长起来的干部，他不仅非常尊重一起工作的不同民族同志的风俗习惯，尊重当地群众的民族风俗习惯，与大家坦诚相处，团结友爱。同时，更积极支持和关心自治区当地政府扶贫攻坚任务的实施，积极帮助少数民族地区人民尽快脱贫致富。为此，先后拨出专款近 10 万元，为扶贫点农牧民打井及购置配套设施，深入困难户家中问寒问暖，帮助开发项目，并带头为贫困家庭捐款捐物。在他的带动下，帮贫济困救灾等活动的全局职工中蔚然成风。两年多来，由于管理局各项工作成绩显著，效益突出，职工生活水平跃居当地前列，云雪峰连续两年被职工推荐评为全区水利系统先进工作者、管理局先进工作者。2002 年，被评为“民族团结进步先进个人”受到自治区党委和政府的表彰和奖励。

（原载于 2003 年 9 月 1 日《内蒙古日报》，2003 年 8 月 21 日《黄河报》）

探访黄河第一闸

黄河三盛公水利枢纽工程，为内蒙古一大景观。久慕其名，未得亲见。前些时候，听说该工程被命名为自治区、巴彦淖尔盟和磴口县三级爱国主义教育基地，遂邀友前往参观。

沿 110 国道驱车急行，越过巴彦淖尔盟的磴口县城，驶上素有“二黄河”之称的总干渠堤公路。接近与伊克昭盟杭锦旗交界处、从路边树木中闪现出横亘水上的高大建筑，枢纽工程已近在眼前。斜阳把余晖倾泄在这座巍峨的建筑上，使人平添一种激奋之情。下车细观，工程主体由 18 孔拦河闸、9 孔进水闸和两闸中央圆楼总控室构成，整个工程像一个巨大的“L”横跨黄河之上，贯彻了 110 国道。

管理人员向我们介绍，三盛公水利枢纽是目前黄河干流上最大的一座制低水头闸坝型水利枢纽。工程自 1961 年建成至今，总引水量 2126 亿立方米，灌溉总面积达 910 万亩，远景灌溉面积可达 1200 万亩。工程具有农业灌溉、交通、防洪、发电、旅游，为包钢供水等综合效能。管理人员一边讲一边领我们参观了总控室。室内，陈设着工程全貌的模型。墙壁上，悬挂着江泽民等党和国家领导人视察工程的大幅照片及工程建设者和管理者的奋战身影。

登上富有民族特色的圆楼，举目望眺，黄河铁路桥长桥卧波，浩浩荡荡的河水从桥下朝这里直奔而来，驯驯服服地分进两闸，一泻而上，蔚为壮观。河水携着泥土清新的甜味，随风轻轻吹来，一种微醉的感觉涌上心头。

管理人员用舒缓但又略带激动的语调给我们讲述道，38 年前的巴盟灌区、黄河不是这般乖顺，田地不是这般丰沃，人民不是这般富足。在河套地区，没有灌溉就没有农业。据水利史记载，历代统治者曾对河套黄河进行过整治，但都没有使这里“天旱引水难、水大流满滩”的面貌得到改变，灌区引水依然没有节制，灌溉得不得保证，非旱即淹。三盛公水利枢纽就是国家为根治黄河水害、早期开发兴建的水利工程。老一辈无产阶级革命家周恩来、乌兰夫等对工程的建设给予了极大的关怀。1959 年工程动工兴建到 1961 年建成，正值国家困难时期，两万多名河套各族儿女和建设大军以毛主席“要把黄河的事情办好”的伟大号召为动力，风餐露宿，克服重重困难，仅两年时间就建成了这座可调节引水的龙头工程，从根本上结束了河套灌区旱涝难保的局面，河套地区的农业生产从此得到迅猛发展。38 年间，由于枢纽工程的合理调控，灌区灌溉面积发展了 380 余万亩，年增加 10 余万亩，粮食总产由工程建成年产 2.45 亿公斤，增加到现在的年总产 16 亿公斤，使河套灌区跃进了全国 3 个特大型灌区的行列。

今昔对比，管理人员不无自豪地表示，现在，工程在各方面都已发挥出巨大作用，灌区经济蒸蒸日上，人民丰衣足食。枢纽工程就是党和政府造福河套人民的集中体现。

他指着耸立在圆楼前的“龙头”工程纪念碑说：“这就是河套人民向他们心中这座‘生命闸’和‘幸福闸’表达的心愿。”

望着这座“万里黄河第一闸”，耳边回响着江泽民总书记视察工程时深情的话语：“有水就有生命，有水就有绿洲。过去说‘黄河百害，唯富一套’，看来，我们只有把水驯服，才能把河套地区建成真正的‘塞北江南’。”我思想的潮水仿佛是那奔腾不息的黄河，浩浩荡荡，一泻千里。

（原载于 1999 年 12 月 3 日《内蒙古日报》）

黄河岸边人潮涌

凛冽的寒风，吹扬着黄河岸边的沙土，扑打在一张张热汗涔涔的脸上。黄河三盛公水利枢纽工程闸上右岸控导续建工程工地上，一面面彩旗迎风飘舞，150 多个身影在不停地忙碌。2 米长的编织布土枕装得满满的，在整齐的号子声中准确地抛落到位，挖掘机不歇气地伸开长臂开挖壕沟，推土机轰鸣着把一堆堆土推向凹处……

这是内蒙古黄河工程管理局的干部职工在进行冬修水利大会战。

从 11 月中旬至今，半个多月过去了，干部职工的干劲不减，局机关职工和基层职工心里都“拧”着一股劲儿。

“坐机关的人能干这活？”

“让你们看看咱机关的人是咋样的！”

结果，机关的职工没有输，基层的职工没有赢。

局领导和大家一样的装束：帆布手套、帆布围裙，在飞舞的尘土中不停地忙碌……

外单位的一位领导到黄管局办事，从机关找到工地，才找到局长云雪峰：“你们真难找啊，何不让其他单位承包？”

云局长接过话茬：“我们想自己干，这样既增强了职工适应市场竞争的能力，又锻炼了职工队伍。现在各地都在兴修水利，我们组织大家到工地上来，以此来激发职工热爱水利、积极投身水利事业的热情。”

干部职工放弃休息日，加班加点，半个多月的时间，完成了原计划一个月的任务：护岸长度 340 米，编织布土枕 2304 条，完成土方量 2073.6 立方米，石料 4000 多立方米，为枢纽工程今后的安全运行提供了有力的保障。

（原载于 2000 年 12 月 15 日《黄河报》）

龙头劲舞战犹酣

——三盛公枢纽除险加固水下工程通水纪实

随着施工指挥员一声令下，橙红色的挖掘机伸出巨臂，在凛冽的寒风中挥舞出一个优美的弧线，闸门前的围堰随着巨臂的拱动轰然倒下，被封堵在堰外近 400 个日夜的水流，哗哗地涌进了闸门。霎时，掌声、欢呼声、机械的隆隆声，一齐在工地上空响起。

这是 2003 年岁末内蒙古黄河三盛公水利枢纽除险加固主体工程拦河闸 10 号 ~ 18 号孔闸下施工围堰拆除通水现场的场景。

三盛公水利枢纽工程是国家早期开发治理黄河的重要工程之一，也是目前黄河干流上唯一一座低水头平原闸坝型水利枢纽。1961 年建成运行，主要担负河套灌区、鄂尔多斯南岸灌区、三湖河灌区的灌溉用水和包钢工业供水任务。运行 40 年来，工程老化病害问题日趋突出。2002 年，国家批准总投资 1.9562

亿元的除险加固项目，总工期 2 年。同年 11 月 8 日，除险加固工程正式开工。

内蒙古把该工程作为实施西部大开发和自治区“十五”重点水利工程建设项目。工程开工以来，各参建单位的建设者斗酷暑、战严寒，不计节假日，不分雨雪天。工地上的工人们说：“任务下来了，就得抢时间赶速度，争取在凌汛前完成水下工程。再加班加点，我们都得按质量要求，这么大的工程可不能马虎。”实施除险加固是枢纽建成以来投资规模最大、治理最彻底，充分体现其综合效益的一个标志性工程。一年来，在建设者的共同努力下，工程整体推进，已完成投资 7000 万元。

除险加固工程的水下工程部分，主要做了闸基上下游高压旋喷灌浆板墙围封、闸底板补强灌浆等六大项。根据施工导流的需要，工程在施工前采取了闸上、下游处草土围堰进占挡水的方法，先后对北岸进水闸、拦河闸水下部分进行了除险加固工程施工。

北方寒区施工，尤其是水下工程施工，既要考虑地质变化、冻蚀等多方面因素，更要考虑在零摄氏度以下保证工程质量这个大问题。各施建单位紧紧围绕基础围封和排水这两大关键性施工技术难题，制定出科学周密的排水方案和围封灌浆施工方案，确保了工程质量达标和按期完成。2003 年 12 月 7 日，自治区水利厅进行了通水阶段验收，据所完成的分部工程验收情况统计表明，工程质量优良率 75%以上，工程具备了通水条件。

内蒙古黄河工程管理局局长云雪峰告诉记者：“水下工程如期完成，是关系到三盛公水利枢纽工程安全度过凌汛期的根本。更为重要的是，这将对下一阶段拦河闸水上工程的安全实施提供有力的技术保证。可以说，破堰通水预期进行，标志枢纽除险加固工程取得了阶段性的胜利，它是除险加固进程中的一个重要里程碑。”

目前，除险加固工程已完成的水下工程占总工程量的 40%。到 2004 年底除险加固工程全部完工前，建设单位将对枢纽工程外围设施和水上闸室部分及沈乌进水闸、南岸进水闸、电站跌水闸等工程进行维修加固。云雪峰说：“除险加固工程竣工后，枢纽工程在灌溉供水、防凌防汛、交通运输、水力发电等方面将发挥更加显著的社会效益、经济效益和生态效益，对灌区经济社会的发展及水资源保护和可持续利用必将产生新的更大的影响。”

（原载于 2004 年 1 月 13 日《中国水利报》，2004 年 1 月 1 日《黄河报》）

扬帆破浪远航

——记内蒙古黄河工程管理局局长、党委书记云雪峰

2000年6月，云雪峰接到内蒙古自治区水利厅党组的任命书，调他到地处偏僻的磴口县担任内蒙古黄河工程管理局局长兼党委书记。从工作和生活环境都十分优越的自治区首府到一个贫困县工作，其间的落差可想而知。但云雪峰抱定了一个信念：哪里需要就到哪里去，在哪里都要做出让群众满意的事。

明确思路谋发展

就这样，他悄无声息地去了新的工作单位，甚至连管理局值勤的门卫都要问他个究竟。全局干部群众只听说来了个年轻的新局长，但谁都没见过。在局里的各个家属区，离退休职工和家属们见到一个中等身材的人走家串户地问这问那，还不时掏出个小本子做记录。在三盛公水利枢纽工程的各个管理站所，职工们经常遇见一个爱打听事儿的人，向他们询问工程运行情况、存在问题以及职工生活、工作待遇等。事后人们才知道，他就是新来的局长云雪峰。

他就是这样进入局长角色的。经过一番全面细致的了解，云雪峰很快明确了工作切入点，即以除险加固为重点，推动全局各项工作稳步快进。

找准目标敢为先

针对黄河三盛公水利枢纽工程运行近40年来所发挥的巨大效益和病险老化的实际，云雪峰迅速组织专门技术人员，开始了紧张的除险加固前期准备工作。短短几个月时间，《黄河三盛公水利枢纽除险加固工程项目建议书》编制完成，并在2000年底顺利通过水利部审查。

防凌防汛是三盛公水利枢纽工程的主要任务。为提高黄河防凌方式的科学化和精密度，云雪峰结合工程实际，购置了防凌防汛自动监控系统，实现了用无线音频传输系统自动监视黄河凌情的目标，这在黄河内蒙古段尚属首次。由于三盛公水利枢纽工程坐落在多泥沙的黄河干流上，河床淤积给防凌防汛工作带来很大压力。云雪峰召集技术人员多次研究后提出冲淤方案，即从拦河闸淤积最为严重的# 15—# 18孔入手，集中下泄冲沙。经过40天的调度试验，基本消除了影响凌汛的安全隐患，保证了工程安全运行。这样大胆的试验和大规模的泄库冲沙，也成为工程建成40年来的首创。

求真务实气象新

为加快推进水管单位管养分离步伐，云雪峰结合实际，对管理局4个实体单位的100名职工实行定编、定岗、定责、转岗分流，成立了以工程维护、民用建筑、旅游服务等为主的多种经营实体单位，管理局发放80%的工资，其余20%和奖金、补助等由各单位自创解决。改革试行当年，4个单位不仅圆满完成了差额部分经济指标，而且还盈利近20万元，有效缓解了管理局事业经费紧张的局面。

以人为本，不断创新是云雪峰一贯倡导的工作态度。初到管理局，他就提出在全局职工中广泛开展“每周一题”活动，要求职工每周完成1篇不限体裁、题材，有创新意识和实效的文章或1项发明创造、设计作品，并每周评选优秀者予以奖励。这项活动极大地调动了职工的工作积极性和学习热情，大家广开言路，很快在全局上下形成了“比学习、争创优、谋发展、论进步”的良好氛围。评选出的优秀稿件和合理化建议均在班子成员认真审阅、研究后予以采纳和运用。截至目前，该活动共收到各类稿件或意见、设计等4500余篇（件）。云雪峰的“每周一题”也不胫而走，作为精神文明建设的一个重要组成部分，成为许多单位和部门争相效法的经验之一。

在财务管理上，云学峰指导建立了多项财务制度，实行局长、分管副局长、财务科长、科室领导签字审批制，对财务报销体制层层把关。在不断加强合同管理、严格执行项目招投标制度中，对大型采购实行3个以上厂家报价，严格价格、质量对比，统一验收，使资金支付从源头上得以控制。2000年至今，云雪峰同志先后2次荣获内蒙古自治区水利系统先进工作者称号，

3次被评为内蒙古黄河工程管理局优秀共产党员和磴口县级优秀共产党员。2002年，他又荣获内蒙古自治区“民族团结进步先进个人”荣誉称号。荣誉面前，云雪峰始终保持清醒的头脑和旺盛的精力，不断开拓创新，使管理局在市场经济大潮中继续保持强劲势头，破浪扬帆，勇往直前。

（原载于2004年7月1日《中国水利报》）

汗洒荒原水成金

——记内蒙古水利科学研究院副院长兼总工程师程满金

老百姓叫他“水黑子”

“民以食为天，食以水为先。”对这句古语最有深切体验的，当属内蒙古鄂尔多斯丘陵沟壑区干旱缺水的父老乡亲了。他们对水的珍爱，是通过一个人认识的，这个人就是当地老百姓亲切地称之为“水黑子”的程满金。是他和他所带领的一班人，让水变成了“金”。

程满金之所以叫“水黑子”，是来源于他为了水，饱受了高原日照而黝黑的脸膛。为了水，他连续数月蹲在示范区里，没明没黑地研究节水和雨水集蓄利用；为了水，他常常走到田间地头和农户的院落中，给他们讲授集雨灌溉和节水方法，与他们共同探讨通过集雨节灌扩大灌溉面积，调整种植结构，提高农作物产量，从而加快脱贫致富的步子；为了水，他二十多年如一日，对水利科研工作始终倾注着全部心血。每年里，有200多天他都坚持在生产第一线，从事水利科研和推广应用工作。这些年来，尽管职务有所变动，但他热爱水利，心系群众，把科技兴农、科技兴区作为追求目标的情怀始终没有变。从水科所第一研究室副主任、所长办公室主任、副总工程师到现在水科院副院长兼总工程师，他时刻牢记着“从政应有绩，无功就是过”这一训诫，在水利科技工作上做出了突出的贡献。他先后荣获“内蒙古自治区农委优秀党员”“自治区有突出贡献的中青年专家”“自治区科技兴区特别奖”及水利部、内蒙古自治区科技进步奖等20多项荣誉，并享受国务院政府特殊津贴。在自治区的12个盟市中，他先后在11个盟（市）主持完成了30多项水利试验研究和成果推广工作，这些项目都是当地农业生产和水利建设中亟待解决的重大技术难题和关键性技术，其中，有12项成果20次获国家、自治区、盟市及水利厅奖，多项科研成果有突破和创新，达到国内领先和国际领先水平。同时，主持编写出版了《大型灌区节水改造工程技术试验与实践》《雨水集蓄工程技术规范》《半天旱丘陵山区集雨节水灌溉工程技术规范》等专著10多部。还在国家及自治区学术刊物上发表论文46篇，获优秀论文奖15次，并申请了两项国家实用新型专利。

一心扑在科研上

1977年，22岁的程满金从大连工学院水利系水工建筑专业毕业，来到了内蒙古水利科学研究所，从此这个河北青年开始了以试验所、示范区为家，以农户、农田、渠道、沟壑为伴的水利科研生涯。

内蒙古准格尔旗和清水河县是自治区境内地形地貌及气候特征较为特殊的旗（县）。两旗（县）大多处于黄土丘陵沟壑区，山多梁多，沟壑纵横，地下水资源极度匮乏，是典型的干旱梁峁山区。多少年来，这里几乎成为无水区，人们等天下雨，靠天吃饭。

如何使少量的天上水发挥有效的作用呢？程满金一头扎进了研究中。他广泛搜集资料，仔细研究雨水储蓄利用问题，并积极争取经费，搞起了试验示范。在水利厅领导和自治区水科院的大力支持下，完成了“半干旱丘陵山区‘112’集雨节水灌溉工程试验示范”：一个农户建一眼蓄水量30—40立方米的旱井或水窖；采用滴灌等先进技术发展2亩水浇地；充分利用天上水资源，通过建设水窖、旱井等微型水源工程，拦蓄天然降雨，秋雨春用，重点解决大田作物、蔬菜和果树等庭院经济作物缺水关键期的补水灌溉，以提高单产，实现人均一亩水浇地的目标。

1995年，该项目被列入水利厅“九五”期间重点科研项目。作为项目技术主要负责人，程满金主持项目的实验研究工作。从项目的试验研究工作开始，到具体实施的3年里，他几乎天天泡在示范区里。高原上的太阳不热也毒，何况是在火辣辣的烈日下。为了了解覆膜滴灌下的作物长势，充分掌握其温度和湿度，程满金不顾烈日灼烤，挨地块观测，挨苗垄查看，仔细记录着气候条件下农作物的生长情况。农户们劝他到屋里凉快凉快，他却执意记录完最后一行数据。

当地老百姓说："他把我们这穷山沟当成家了，整天就琢磨水，不是指导打旱井，就是给我们搞集雨面、搞滴灌。我们吃啥他吃啥，累得比我们都黑瘦，不像个城里人。"

功夫不负有心人。经过1995年和1996年两年的建设，两个旗（县）共打旱井、挖水窖、建蓄水池等微型集雨工程4014处，发展集雨节水灌溉面积11200亩，达到了人均一亩水浇地，17个乡99个村2892个农户，共有10705人直接受益于集雨节水灌溉工程，提前实现了自治区制定的"311"水利扶贫目标。1997年，参加全国水利工作会议的代表们参观该工程后给予高度评价。"112"集雨节水灌溉工程试验示范与推广，开辟了内蒙古半干旱贫困地区雨水集蓄利用工程建设的新途径，成为山丘区水利建设的重大突破，该工程作为示范样板，很快在自治区广泛推广运用。据不完全统计，全区已建成集雨工程15万多处，发展集雨灌溉面积40多万亩，累计新增产值3亿多元。该成果被自治区评为1999年度自治区科技进步一等奖。

汗洒荒原水成金

处在黄土高原丘陵沟壑区的鄂尔多斯市准格尔旗西营子镇和沙圪堵镇，是区域性和季节性干旱缺水最为严重、水资源十分贫乏的地区。这里90%以上的农田等天下雨，农业生产水平和经济发展水平非常滞后。

2002年6月，一项重大的科技革命掀开了改变这里落后面貌的新篇章。国家"十五"重大科技专项"北方半干旱集雨补灌旱作区节水农业综合技术体系集成与示范"课题示范区在这里落户了。这是内蒙古第一个入选国家"863"计划的水利项目。

为了抢抓机遇，尽快拿出申报材料，程满金推掉了派他出国考察的机会，推掉了参加亲友婚事等多方面的应酬。他一边跑示范区，一边挤出时间赶写材料。经过数月的紧张工作，一份沉甸甸、高质量、高水平的课题申报材料终于提前完成了。这份报告在国内9个省区的激烈竞争中，以专家初审排名第二、复审排名第一的绝对优势，获得了国家节水农业技术集成与示范专题A类资助课题，国家"863"计划安排经费700万元，地方匹配700万元。

按照课题计划要求，要首先选择确定涉及2个乡镇11个村24个自然村的万亩以上的示范区，确定30亩试验场和30户不同类型的示范户。程满金既要亲自指挥协调各项工作，又要编写报告，还要深入一线和调查组一起选点，到选定的试验场和示范户指导工作，忙得不亦乐乎。

天有不测风云。正当课题组有条不紊按计划进行时，突如其来的“非典”给课题的实施带来了巨大的阻力。一时间，人心惶惶，有的人提出干脆撤回算了。面对这一情况，程满金及时召集课题组的成员单位研究对策，他说：“灾情延误项目的顺利开展，会给国家造成损失，我们无法向国家和人民交代，无法面对干旱区群众一双双渴盼的眼睛。因此，在这种特殊情况下，我们既要做好预防‘非典’的工作，还要坚持把课题研究下去。只有把工作做好了，才是对抗击‘非典’斗争的最大支持。”在他大无畏精神的感召下，课题组经过70多个日夜历战，圆满完成了规划设计和建设任务。

示范区的工作是繁杂和艰苦的。熟悉程满金的人都知道，他有10多年严重的糖尿病史。但是，只要工作起来，他早把病痛丢在了脑后。夏季里，白天每隔2小时就得顶着烈日蹲在了密不透风的玉米地里观测水温和气温；晚上，忍着蚊虫的叮咬观测完后，再整理计算记录下的数据。偶遇下雨，程满金则高兴得像个孩子，“下雨了，下雨了”地喊着，跑到集雨面试验场观测雨水汇集存贮情况，要么就跑到附近的农户地里，观察田间集雨面雨水径流量，察看庭院集雨工程情况，浑然不觉早已全身湿透。

收获的季节是程满金和示范区乡亲们最高兴的时候，也是他最闲不住的时候。农户们收割庄稼他记数，农户们算账他记录，看一看、比一比谁家收获大。沙圪堵镇贾明梁组庭院集雨经济与生态畜牧型示范户杨来福自豪地说：“我今年收入上了2.4万元，每人收入超过6000元了。比2003年人均收入多1500多元呢。”集雨高效种植型示范户魏二换接过话茬说：“前些年，我家每年人均收入不到1000元。2003年人均收入2400多元，今年我收入比2003年增加了45%。这要不是程副院长手把手教我搞集雨工程，搞大棚建设，调整作物种植结构，传授高产耕作技术，我还不是守着这点旱地过穷日子。”

矢志不移为水利

搞出科研就得让科研成果得到推广运用，就得把科研成果转化成为老百姓看得见、摸得着、用得上的东西。早些年，国际重要的贸易城市满洲里市一直存在吃菜难的问题。为解决这一影响边贸城市发展的问题，程满金带领技术人员在当地农户中推广蔬菜滴灌技术。但农民们认为，就那么几个塑料杆杆和小管管，能节水，能提高蔬菜产量、解决吃菜问题？任凭程满金他们怎么讲解，农民们就是不听，而且还有抵触情绪。于是，程满金就一边在大棚里搞示范，一边请农民们来参观，并抓住机会给他们讲授。农民们看到滴灌大棚地的用水量比自己灌溉大棚地的用水量少用近一半，蔬菜产量却是灌溉大棚地产量的两倍左右时，这才信服了，纷纷要求程满金给他们做技术指导。先前技术组给农民们无偿提供的节水“塑料杆杆和小管管”等设备没人愿意要，现在却争相掏钱购买。由此，节水灌溉蔬菜技术很快像雨后春笋般地在全市得到推广运用，有效地缓解了蔬菜紧张的矛盾。人们在丰富“菜篮子”的同时，也牢牢记住了程满金和他的节水技术。

近 30 年的水利生涯过去了，昔日风华正茂的青年，如今已成为水利战线上一名功绩赫赫的骁将。在内蒙古广袤的大地上，从南到北、自西向东，到处有他的足迹。20 多年来，经他总负责的科研项目多达几十个，经他掌管的资金数千万元，但他克勤克俭、一尘不染，从不谋取任何私利，他所从事的多项科研成果已累计为自治区增产粮食 3 亿多公斤，创经济效益达 4 亿多元。

（原载于 2004 年 11 月 2 日《中国水利报》）

记者手记：今年，从内蒙古黄河防凌工作开始，《中国水利网》站特开辟“关注黄河凌汛”专栏，以文字和大量的图片形式刊登记者在内蒙古黄河防凌前线采写的专栏文章。本篇是为首篇——

记者手记（之一）：

进驻防凌前线指挥部（2 月 26 日）

又到了一年一度的黄河解冻开河防凌时节。

今天是 2 月 26 日，记者随内蒙古防汛抗旱指挥部成员、水利厅副厅长陈欣率领的自治区防汛抗旱指挥部的工作人员，从呼和浩特市出发，行程100多公里，进驻了设在包头的防凌前线指挥部，开始了紧张而又有序的防凌工作。

指挥部设在内蒙古镫口扬水灌区管理局的二层防凌办公楼内，它直接指挥今春全区的黄河防凌工作。

这里位于黄河包头段，除到一线外，我们的工作和生活基本上就在这里。

小楼依傍黄河，距黄河北岸约百米，可直接观测黄河流凌情况。楼房虽小，但却掌握着沿河6个盟市、17个旗县（市、区）和5个水文站（包括包钢所属的昭君坟水文站）、16个水位观测站以及青铜峡、万家寨等的水情和水位、流量等方面的情况。每天，来自各方的无数条信息都要汇集在这里。指挥部的决策者们每时每刻都要对报来的信息和数据进行仔细分析、认真研究。

为直接掌握水情和冰情，了解开河情况，前线指挥部最高指挥、自治区水利厅副厅长陈欣同志和自治区防办主任郑春茂等同志冒着刺骨的寒风，经常要到沿黄各盟市黄河岸边去察看冰情，检查防凌工作，或到河堤上慰问巡堤查险的工作人员，有时行程达数百里。

今天一大早，陈欣副厅长就率自治区防办副主任景立山等一行深入到包头市黄河防凌一线，检查这里的防凌工作落实情况，并提出了具体意见。

指挥部人员告诉我，自治区政府已和中国人民解放军空军某部进行了会商，空军部队地勤人员和执行侦察任务的“运五”机组人员也将于近日进驻防凌前线指挥部。

与自治区防凌前线指挥部的同志们到这里参加黄河防凌也有数次了，可每次都有不同的感受。尽管这儿在黄河边上，地处偏僻，但能感觉到，来这里的每个人都精气神儿十足，他们不仅有很强的使命感和责任感，同时，也深知自己肩负的重担，所以，在对待每件事、每个问题上，他们都要做细致的分析和思考。即便是吃饭，便携式电话机总不离手，可以随时确保信息的畅通。

（原载于2006年2月28日中国水利网）

记者手记（之二）：

查勘土右旗河段凌情（2 月 28 日）

今天上午，记者与内蒙古水利厅陈欣副厅长到包头市土右旗境内的黄河堤防段，沿河察看河势和冰情，检查当地防凌工作情况。

一大早就刮起了大风。越野车在通往河堤的小道上颠颠簸簸中行进，车后荡动着一条长长的“土龙”。车子背风一侧的玻璃上，挂满了潮湿的土尘。无遮无拦的黄河堤坝上，风裹挟着黄土，还夹带着昨天落下的雪粒，一阵阵、一股股地扑打在人们身上，冰冷刺骨。好厉害的“白毛风”啊！

在李五营子堤防上，陈欣一边察看冰情，一边倾听土右旗刘副旗长及当地防汛部门负责人的汇报，不时提出一些具体的问题。当了解到该堤防段有 15 公里吃水时，他强调，要加强对吃水段落的巡查，决不能因解冻凌汛还未到来，就放松警惕。

五惧牛段是黄河内蒙古段的首封河段。这里和李五营子河段的冰厚相同，达 85 厘米。当地负责人反映，冰层厚的主要原因是气温低，封冻时间长；其次是封河形式为“立封”。同时，它既是最早的封河段，也是最晚的开河段，冰凌在此滞留的时间最长，也最容易发生险情。

庆龙店涵洞是每年查险防护的重中之重。陈欣要求：首要任务是看护好涵洞，稍一麻痹大意，就会酿成大祸。

在皿己卜险工段，但见丁字坝上整整齐齐码放着一垛垛用铅丝笼子“套住”的石头，威武地镇守在堤坝上。只有这样才符合标准，才能在凌水淘堤时达到整笼下水，水撼不动的效果，发挥的作用很大。

皿己卜险工段是土右旗防凌的重点。旗防办何主任说：“这个段落是我们严防死守的关键，我们既要守好它，还要防止凌水从它的后面侵入格堤，形成包抄的态势那就麻烦了。”

在五大成堤防管理所，大家一起仔细研究包头市的防凌形势图。包头市境内河段较为复杂，整体呈 3 个大弯、6 个小弯，极易造成卡冰结坝，这给防凌工作带来了一定难度。目前，土右旗有近 50% 的堤防段吃水。陈欣强调，在凌近的时候，要高度注意特殊情况下出现的特殊问题，加大巡堤查险的力度，要加强各项预案的检查落实，关键时刻要保证预案能启动实施。不能启动的预案是假预案。大家都要抓真的、干实的。

另据旗防办何主任介绍，他们已实行了24小时值班和护堤巡防制，河堤上搭起了帐篷，巡堤人员吃住都在河堤上。

管理所所长叫张铁牛，是个有30多年“工龄”的老防凌。老张对于管辖的河段了如指掌。交谈中，我们了解到，老张和其他护堤人员至今仍是临时工，今后的生活还是个问题。陈欣对刘副旗长指示，旗里要尽快研究解决他们的问题，不能让辛辛苦苦看了几十年堤的老同志，回到家后没饭吃。

下午，在返回的路上，望着冰面上被风吹成一条条状如哈达的雪，陈欣表示，通过两天的实地察看和了解，包头段的防凌情况已基本上心中有数了。

（原载于2006年2月28日中国水利网）

记者手记（之三）：

延续半个多世纪的命令（3月1日）

3月1日上午，防凌前线指挥部上上下下都在认真细致地做着迎接中国人民解放军空军某部指战员的准备。

根据自治区政府的要求，中国人民解放军空军某部地勤人员和“运五”机组人员担负黄河内蒙古段防凌侦察和地面引导任务。他们是为支援自治区黄河防凌工作而来，是给内蒙古沿黄地区人民群众保驾护航来了。

今天，他们进驻前线指挥部，协同自治区防凌部门共同做好黄河防凌工作。

中国人民解放军支援内蒙古黄河防凌工作由来已久。早在共和国成立初期的1951年，根据内蒙古自治区人民政府的请求，结合自治区黄河防凌工作的实际，政务院总理周恩来特批准中国人民解放军空军部队执行内蒙古黄河解冻开河的防凌命令，并根据凌情需要，完成轰炸冰坝的任务。这一命令延续了半个多世纪。

黄河内蒙古段全长 830 公里。由于处在非常特殊的地理位置上，黄河内蒙古河段出现的凌汛，主要是河段的特定地理位置、河道形势、气温及流量、流速等因素决定的。内蒙古河段冬季年年封冻，一般封冻日期为 12 月上旬，开河日期在下一年 3 月中下旬，历时四个多月。现在凌汛开河期利用水库调节河道水量，使内蒙古河段冰情发生了变化，凌汛灾害有所减轻。但是，由于凌汛十分复杂，影响因素较多，有时还会出现较大的凌汛。淌凌量增大、河道流速缓慢，造成冰块叠加，是直接导致卡冰结坝的主要原因。当河道内出现冰凌堵塞，人工炸药爆破无法作业，炮击效果又不甚明显时，采取飞机投弹炸冰，是目前采用次数最多，也是效果最为明显的办法。另外，包头市九原区和包钢供水公司也采用人工爆破、炮击，联合破冰。炸开冰坝，释放了凌水，使冰凌畅通，从而缓解了凌水对堤防的压力，达到安全行凌的目的。

20 世纪 90 年代中叶，曾对冰坝实施过轰炸。进入 21 世纪的 2004 年和 2005 年，空军部队连续两年出动轰炸机，在黄河鄂尔多斯市杭锦旗道图河段和达拉特旗中和西镇张四圪堵河段成功地实施了轰炸冰坝行动，解除了该段的凌汛险情，有力地保护了当地人民群众生命和财产安全。

平时，在早餐过程中，或早餐后，指挥部都要以一个不成会议的形式，简短地说说新一天的工作。今天，再次就部队到来后的后勤服务做了强调，从床铺、被褥、电视机到水果糖茶等等，考虑的全全面面，想得周周到到。事实上，这些工作早在指挥部进驻时就已经安排好了。自治区防汛抗旱指挥部副总指挥、水利厅厅长戈锋及自治区防凌前线指挥部总指挥、水利厅副厅长陈欣就曾多次指示，要珍惜军民鱼水情，一定要安排好空军部队指战员，使他们生活好、工作好。但指挥部的领导们总怕还有哪些地方做得不够好，还有哪些地方做得不到位。

中午，负责去包头机场接“运五”机组人员和地勤人员的自治区防办副主任景立山把部队的 5 位同志接回来了，指挥部的领导和同志们破例喝了点儿酒，大家一起举杯，既是欢迎，又是为并肩战斗、全力赢得抗击凌魔战役的胜利而鼓劲。

（原载于 2006 年 3 月 3 日中国水利网）

记者手记（之四）：

千里查凌情（3月7日）

连日来，记者跟随自治区防汛抗旱指挥部副总指挥、政府副主席雷·额尔德尼及自治区防汛抗旱指挥部副总指挥、水利厅厅长戈锋等检查沿黄各地防凌工作。

3月1日至4日，雷·额尔德尼率队深入鄂尔多斯市、乌海市、巴彦淖尔市等沿黄两岸，行程1000多公里，督察并指导黄河防凌工作。

3月2日一大早，雷副主席一行的车队行驶在黄河北岸凹凸不平的大堤上。

这天天气格外的好，也是黄河上不多见的好天气。

灰白色的河面上，一眼望不到边儿。这是由于封河时水位较高，部分堤段的凌水早已不受河槽的约束，漫溢在河滩上，才显得河面宽而不成形。

督察组一行重点察看了堤防和冰情，每到一处，都要对重点险工段、穿堤涵洞、水闸进行认真察看。

鄂尔多斯市杭锦淖河段（桩号206+000—207+000），凌水紧贴堤坝，目测距堤顶不及2米。

在独贵塔拉河段上，当地防凌部门组织了100余民工，出动了20辆四轮车、数台装载机，正在对堤防进行加固。雷副主席对当地政府和防汛部门领导强调，要确保堤坝安全，绝不可因小问题而酿出大祸。

陈欣副厅长介绍，独贵塔拉河段对岸就是三湖河口段。开河以来，随着上游河段槽蓄水量的释放，河道流量不断增加，这一河段从2月中旬开始，水位开始上涨。其中，2月28日，三湖河水文站水位已达到1020.72米，超过凌期历史最高水位2厘米，而且水位还在缓慢上升。到3月2日，已达到1020.80米，造成两侧堤防吃水较多，部分险工段被淹。这是个既严重而又值得认真思考的问题。究竟什么原因使这一地段水涨起来的？要仔细分析，让水情测报站密切监测，及时报送水情。要加大巡堤查险力度。

3 日上午，察看了乌海市堤防建设，听取了当地领导的汇报。

3 月 3 日下午，黄河防凌工作会议在乌海召开。会议传达了国家防汛抗旱指挥部总指挥、国务院副总理回良玉 3 月 2 日对防凌工作做出的重要批示精神。要求沿黄各地各级部门深入贯彻落实。雷·额尔德尼就今春黄河防凌工作做了重要讲话。强调各地要把防凌工作作为当前压倒一切的重要工作，确保安全度过凌汛。

戈锋厅长通报了当前防凌形势和防凌准备情况，进一步部署了防凌工作。自治区气象台、水文总局及沿黄 6 盟市防汛部门、有关单位的领导参加了会议并汇报了防凌工作。会议还部署了黄河冲沙的有关工作。这项工作将是自治区水利厅为配合黄委会定于今年 6 月份进行调水调沙的工作开展的。

3 月 4 日，检查组驱车南岸，来到了素有“万里黄河第一闸”之称的三盛公水利枢纽工程。

国家首批开发治理黄河建成的三盛公水利枢纽，于 1961 年竣工运行。是河套灌区的一首制引水的“龙头”工程。年引水量 50 多亿立方米。灌溉着河套地区 880 多万亩良田沃土。同时，还浇灌着鄂尔多斯市南岸的 30 多万亩耕地。工程集供水、防洪、交通运输、发电和旅游等一体。是黄河内蒙古段骨干型控制工程，在自治区经济社会发展中具有重要的影响。在防汛方面，先后成功地调蓄了 3 次特大洪峰。为当地乃至全区经济社会的发展做出了突出的贡献。该工程 2002 年实施除险加固以来，已完成了工程的主体部分。黄河工程管理局局长、总工程师王继军向检查组简要汇报了工程库区的防凌工作和除险加固进展情况。

巴彦淖尔市临河区马场地险工是该河段防凌的重点。在凛冽的河风中，检查组一行勘察了堤防，询问巡堤查险情况，堤坝上有巡堤人员搭设的帐篷。

乌拉特前旗三湖河渡口，这里正是水位上涨的河段。站在已停渡的、即将拆除的浮桥上，脚下是已泛了白的冰层。雷副主席对当地的负责人指示，要加大对河道的管理与防护力度，确保行洪畅通与凌汛安全。黄河河道中修建的桥梁、枢纽、取水水源等工程都是防凌的重点，必须高度重视，加强防守。

此时，正值全国“两会”召开之际。黄河防凌工作事关重大，影响巨大。但同时，也给防凌工作增加了无形的动力。

（原载于 2006 年 3 月 13 日中国水利网）

记者手记（之五）：

感悟做与说（3 月 10 日）

在跟随督察组检查防凌工作的几天里，记者不仅仅感受到自治区各级领导对关系着广大人民群众安危的防凌工作的高度重视。同时，更感受到他们对水利工作的重视，对水利行业的谙熟和对新闻宣传工作的重视。

就说雷副主席吧，据记者所知，他不分管宣传工作，但无论在什么场合，无论走到哪里，都强调，一定要搞好宣传，加大对防凌工作的宣传力度。

他说："防凌本身是一件大事。我们年年都在防凌，但没有多少人知道，没有多少人了解。就是由于缺乏新闻意识，不懂得宣传，不会宣传，甚至不敢宣传。往往是埋头搞工作，干完了，怎么干的，采取了什么措施，有没有值得人们学习的地方、值得推广的经验等等都没有宣传出来。新闻宣传不是吹嘘，不是夸大，是客观公正的反映事实，所以，不要怕让人知道。知道了才能监督，才能提高工作能力，才能干得有声有色，才能取得效益。"

诚如斯言。

（原载于 2006 年 3 月 13 日中国水利网）

记者手记（之六）：

炸冰演练一波三折（3 月 16 日）

3 月 9 日，内蒙黄河防凌前线指挥部与空军部队商定，在这天进行防凌试投弹演练。

一大早，指挥部的"秘书长"闫新光同志就将拟好的关于做好空军部队试投弹演练警戒的紧急通知，传真至试投弹地点附近的防汛指挥部，要求做好附近群众的疏散和戒严工作。

可是，偏偏天公不作美。临近中午，得到消息：将要大风降温。

中午 12 点左右，从二楼的窗外望去，但见远处灰蒙蒙一片，一会儿工夫，就见树摇风舞，黄尘滚滚。大家说，这下飞不成了，能见度太低。电询空军部队，双方互通了信息，取消了这次飞行。

据预报，这次降温带来的恶劣天气，大概要持续 4~5 天。看来，得等几天再说。内蒙古电视台和其他媒体的记者们这几天也不住地给我打电话，询问飞机试投弹的事。大家盼着天气转好。

3 月 12 日，终于抓住个好天气。天空晴亮，但寒风凛冽，冰冷刺骨。空军试投弹炸冰演练可以实施了。

清晨，指挥部人员和空军部队地面引导组人员乘车赶赴鄂尔多斯市达拉特旗乌兰河段，在河堤上铺设开了大大的、鲜红的“T”字布，为飞机投弹设定了目标。下午 5 时许，在地面引导组的直接导引下，随着马信臣参谋长的号令，3 架战鹰对河道设定的目标进行了投弹炸冰演战。12 枚教练弹，全部命中设定目标，弹落之处，冰面上激起一个个灰白色的水柱。圆满完成了投弹任务。17 时 25 分，安全返航。

防凌试投弹炸冰演练，是年年防凌工作所必需进行的一项工作。它将为飞机轰炸冰坝、决战开河特大凌汛险情做好充分准备。

（原载于 2006 年 3 月 16 日中国水利网）

记者手记（之七）：

做防凌前线“新闻官”（3 月 17 日）

内蒙古黄河防凌前线指挥部人员基本上由 3 个方面组成：自治区防汛抗旱指挥部办公室人员、空军部队地面引导组与执行空中侦察任务的“运五”机组人员以及水利报内蒙记者站人员。

记者加入到防凌前线，同指挥部人员并肩作战已有许多年了。

进驻指挥部后，就进一步明确了各自的职责。防办郑春茂主任主管防凌各项工作；马信臣参谋长负责部队人员和与空军方面联系及地面引导指挥；新闻宣传工作这一块就由我负责。

新闻宣传工作除及时报送防凌期间新近发生的新闻消息外，还负责接待和回答各个新闻媒体记者的询问和采访，另外，厅办公室领导也要求，要及时向自治区党委、政府上报有关信息。

职责一明确，我就感到肩上担子的力量了。尤其是今年防凌的宣传工作与往年都不同。自治区副主席雷·额尔德尼和水利厅厅长戈锋同志以及陈欣副厅长亲自部署防凌的宣传工作。当面对我提出了具体要求，一定要加大力度，全方位、多角度进行报道。要把各地各级防凌部门和防凌一线人员的情况及时报道出去。要让新闻媒体的记者们能参与的尽量参与到防凌工作的宣传报道中来。

在巴彦淖尔市乌拉特前旗检查黄河防凌的时候，雷副主席和戈锋厅长对我说，我们内蒙古的黄河防凌工作，对于全国哪个流域来说，都是少有的。都是值得大书特书的。防凌不要怕别人说，更不要自己不说。以前，我们就常犯这个错误。防凌这么大的事，关系到老百姓生命财产安全的事，关系到地区发展的事，而且是动用部队的事，是小事吗，就不能说吗？所以，宣传报道要把防凌工作的真实情况反映出去，让人们认识到我们干这个工作是为了什么，认识到这个工作的重要性和艰巨性。

这一番话语说的我心里沉甸甸、热乎乎的。让人感到重任在身的同时，又让人感到踏实和激励，给人以鞭策和鼓舞的力量。

领受了任务，反而觉得心里十分舒坦。我向领导们表示，决不辜负期望，一定要圆满完成这次光荣的任务，给自治区防凌工作增光，给奋战在防凌一线的同志们增光，让社会、让所有关心和支持防凌工作的各级领导和同志们时刻能了解到防凌工作情况。同时暗下决心，要保质保量地完成任务，拿出像样的东西来，为防凌工作交上一份满意的答卷。

众人拾柴火焰高。我深知，一个人的力量是有限的。尤其是黄河防凌工作，沿黄两岸上千公里，点多、线长，涉及面广。我就是跑断腿，也难以做到把各地的防凌动态及时报道，更何况，这还要通过电视、广播、图片等多种形式表现，发动各媒体力量，充分发挥信息传媒的作用。这样，才能较为全面地把防凌工作报道出去。

我一方面积极了解情况，掌握开河凌汛变化，多角度报道外，一方面协调中央和地方各级新闻媒体的记者，接待各媒体记者并协助电视台记者拍摄电视新闻等。及时快速地开展工作，准确有效地展开报道，使防凌宣传在短时间内就发挥了很好的作用。按照领导的要求，收到了全面开花、重点突破的效果。中央电视台、新华网等国内数十家主流媒体和香港等报刊上都刊载报道了内蒙古的黄河防凌情况，形成了较好的宣传强势。以至好多人一见我，头一句话就说，又在 X X 上看到防凌的新闻报道了。

特别是当我的第一篇专写防凌工作情况的“随记”发到中国水利网后，中国水利网特意为我在“关注黄河凌汛”专题里，开辟了《记者手记：在测凌一线》，实时刊出报道，使我很受鼓舞，同时，也促使我更加不停歇地做好防凌宣传报道工作。

（原载于 2006 年 3 月 17 日中国水利网，本文获《中国水利报》2006 年度优秀新闻作品奖）

记者手记（之八）：

大风降温黄河内蒙古河段开河缓慢

记者就大风降温给黄河内蒙古河段开河带来的影响，采访了内蒙黄河防凌前线指挥部赵洪峰高工。

据他介绍，黄河开河是个很复杂的过程，它和气候变化有着一定关系。大风降温有它有利的一面，也有不利的一面。有利的一面，其一是，大风扬起的沙尘覆盖了冰面，使冰面容易吸收太阳的热量，促进冰面融化；其二是，风力也能作用于冰面、水面，加大冰的运动。特别是西北风，对开河有着推动和助力的效果。不利的方面是，降温减缓了冰融速度。但反过来说，减缓冰融速度对开河有利。这样就造成凌水释放缓慢，促进“文开河”态势的形成。反之，如果气温高，开河速度快，水位升高，加之河道过流能力差，冰凌堆积，则会成为“武开河”，导致险情发生。

据 3 月 10 日至 14 日的开河记录显示，5 天来，仅仅开河 40 多公里。

（原载于 2006 年 3 月 16 日中国水利网，2006 年 3 月 18 日《内蒙古日报》）

记者手记（之九）：

见识“管涌”（3 月 18 日）

黄河开河到了内蒙古巴彦淖尔市河段后，防凌处在了最关键和最紧张的时期。因为这一段堤防比较薄弱，河道弯曲多变，凌块易卡冰结坝，加之水位较高。

3 月 17 日下午，记者同内蒙古黄河防凌前线指挥部的高级工程师闫新光驱车赶到包头市九原区打不素河段，察看堤防管涌渗漏抢护情况。

黄河未开的河面白茫茫一片。车子行走的堤防吃水段落很长，多处段落主流贴堤而行，水流哗哗。堤防上早已储备着一堆堆砂土料。

闫新光告诉记者，这里部分河段主流已拉通。河水贴堤段很容易出现管涌和渗漏险情。

前面的大堤下，果见几人在忙活着。近前一看，一股细流顺着堤脚汩汩流出。出水处围堵着砂料，清水从砂中流出。九原区防办主任杨志带着几名护堤员和群众正在装砂填堵。

杨志说：“这处管涌是前几天发生的，前面还有两处，直径大约都在 20 厘米左右。我们每小时都要仔细查看，24 小时不间断。”

闫新光介绍说：“管涌处理方法是在出水孔内填反滤料，最好是按级配先填细沙，然后粗砂，再填砂砾石，最后用碎石压重。主要是不让水流将堤防的土带出，带出了泥土要不及时填堵，就会形成孔洞以至决堤。”

正说着，九原区武装部的牛部长查堤也来到这儿。这段堤防归他负责。他说：“民兵早已做好准备，随时都能上阵。”

杨主任说：“这一段有近 4 公里堤防段标准低，是沙坝，坝质差，属碱性土质。'打不素'，蒙语是咸盐的意思。可见这一带土质是啥样了。就这 4 公里，水位距堤顶 1.3 至 1.5 米，已接近警戒水位了。”

进了堤防管理所，见几盏防汛抢险应急灯正在充电。护堤员说：“夜里巡堤全靠它。这是国家防总前些日子紧急拨来的防凌抢险物资。”

据指挥部高级工程师谢占有介绍，黄河内蒙古段开河以来，三盛公水利枢纽以下水位上涨，超过了凌期历史最高水位，导致堤防渗漏管涌险情频发。鄂尔多斯市杭锦旗、达拉特旗和巴彦淖尔市乌拉特前旗等堤防几乎全线吃水。这些河段都存在管涌渗漏的情况，仅杭锦旗就处理了 39 处管涌险情，经过地方干部群众全力抢护，控制了险情。

（原载于 2006 年 3 月 19 日中国水利网）

记者手记（之十）：

第三次空中察凌情

3 月 18 日早晨，从堤防上赶回后，我急匆匆奔向包头机场。

上午 8：30，陈欣副厅长已登机察看河道。这是“运五”侦察机第三次空中侦察河道冰情。

为让人们能从视频上直观地看到黄河开河的近期情况，内蒙古电视台记者要专门对此进行报道。十点半，我们在飞机降落前赶到了机场。指挥部的越野车有进出机场的通行证，我们径直开进了停机坪，等候飞机的降落。

11 点 30 分，随着“嗡嗡嗡”的声音传来，一架绿色的飞机出现在人们视线中。飞机距地面百十米，飞过机场后又向左折转，沿着航线滑进了机场。

摄像机、照相机拍录了“运五”降落的过程。镜头随后转向了带着满脸疲惫跨出机舱的陈欣。

“运五”飞机是一种机型较小的机种，多用于军事运输和地方飞播造林、空中灭虫、消毒等农牧林水方面。乘坐这个飞机，一般人很难消受得了。身强力壮的记者去年享受了一把。两个小时的飞行仅刚上去痛快了一会儿，接下来的一个半钟头愣是没抬起头来，吐了个一塌糊涂，跳下去的念头直到飞机进了跑道才打消。同机的几位地方防凌人员也比我好不到哪里去。所以，乘坐它的甘苦我是品尝够了。

50 多岁的陈副厅长，刚刚经过近 3 个小时的飞行颠簸，可想而知他是怎样挺过来的。

他向记者简单介绍了察看河道的情况。他说："下游的包头段、呼和浩特段主河道已基本拉通，但有岸冰和滩冰。上游的部分河段尚未解冻。像猫不拉孔兑入口处有堆冰现象，部分河段弯道也有堆冰。整个河段呈"乱开河"状。如上游的堆冰与弯道的堆冰叠加，就会形成凌汛灾害。不过，目前水位下降，指挥部要结合地面观测和凌情测报情况进行综合分析，已确定下一步应对的措施。"

当日，内蒙古电视台新闻联播播出了这条消息。

（原载于 2006 年 3 月 22 日中国水利网）

记者手记（之十一）：

冰河的浪漫

3 月 18 日早晨，去河段堤防查看冰情。

我们从扬水灌区管理局院子里穿过。小道两旁的松树墙在静静地迎候着我们。每天，它都是这样用温和的目光在等待着每一个经过的人。有时，它也会用全身的力量来和人们打招呼，那是风儿怕它寂寞，有意引逗它跳摇摆舞。可今天，风静气清，天蓝河阔。

从指挥部到河边，往返仅几分钟时间。早点后，除值班人员外，天气好的话，人们几乎都要到这里来，既能直接看到水位涨落，掌握附近冰情，从而分析上下游凌情变化，又能舒展一下筋骨，呼吸新鲜空气。

我们到了官地险工段，站在堤防上瞭望，天空湛蓝湛蓝，河风清冷清冷。远处，空旷的河面上传来了阵阵天鹅的叫声。"嘎嗷嘎嗷"时断时续。

为接近它们，我们把车子开到离它们更近一点的堤岸，但仍只能远远地眺望了。看着这群使者的身影在凌水间自由自在地游弋、觅食，我们直后悔走得匆忙，没有带望远镜数码相机，要不，这一曼妙绝美的画面一定会让人惊叹的。而随身的便携式相机拍摄下的镜头也只能略微补偿一些遗憾。

据说，像天鹅、灰鹤、鸿雁等珍禽异鸟这些年才渐渐多了起来。每年一到开河期，它们都来到黄河上，寻觅小鱼、小虾等食物。一般要在这里待上10多天，休养生息，补充体力，然后才继续迁徙。

怪不得前两天在上游的河段上，也看见成群飞舞的禽鸟，瞧了半天也没想起这种中间长着红羽的鸟儿的名字来，以前也多次见过。问了护堤人员，才明白：乃鸿雁也。

车子又向下游行驶几分钟。忽然，堤防内的连坝中，一个惊喜冲入我们眼帘。

白天鹅。3只美丽的白天鹅正在连坝沉积的碧水中嬉戏。

连坝像池塘一样，将一顷河水沉积起来，形成了似湖的清水。清风吹动水面，泛起稠密的弧纹。它们就在这儿逍遥无忌，就在这儿纵情恣意。

刚才，那些远处停歇的天鹅让我们留了许多遗憾，眼下的这3只大概是替它们来给我们做补救的吧。

因为距离比较近，我们没敢惊动它们，只是静静地观赏，悄悄拍下了它们在水中浪漫的倩影。

（原载于2006年3月20日中国水利网）

记者手记（之十二）：

领略冰凌的暴戾和轻灵

3月18日上午，记者与自治区防办主任郑春茂、高级工程师谢占有一同去河边查看冰情。

从岸上瞭望河面，脚下这一河段到上游目之所及，大大小小的冰块被已解冻的河水载负着向下游流去。稀散零落，酥脆无棱。

这是我许多天来不曾见过的流凌现象。郑主任说：“这是晚上温度低而到早上凌水开化形成的。为了了解下一河段流凌情况，我们决定到下游去看看。

车子沿着黄河大堤，走了大约半小时左右，到了官地险工段。这是属包头市九原区管理的一个堤防段，也是距指挥部最近的一个险工。

这里看不到太大的凌水涌动，水流也相对平缓。

我们起身再向下游走出约 3 公里，来到了包头市土右旗新河口险工段。

远远地看到河边有一个黑乎乎的土堆崛了起来。近前才看清是一处险工上的土石被凌块顶起。冰凌将堤土冲顶起来，拱破了网在铅丝里的石块，形成一个新的土石混合体。

这就是水毁工程。谢占有告诉我，等开春后，还得重新施作、维修。

冰块产生这样大的力量我还是第一次亲眼目睹，以前只是间接见过或听说。前几天，去上游的打不素险工时，曾见到封河时被冰凌拦腰斩断的树干和涌起的土楞。真为这凌块的威力所折服。

新河口段流凌密度较大。一条条、一块块的冰凌随着浑黄的河水悠然漂流而下。

再向下游走出几十米，我才完全将头脑中的“界面”这个概念清晰化了。

凌块停滞在一处或河面还未解冻，而它的下面却已是冰融水流，通常就把这叫作“界限”，就是所说的界面了。

我连忙用相机记录下了这一场景。

返回的路上，我窃喜，此行我的收获还不少哩。

（原载于 2006 年 3 月 24 日中国水利网）

记者手记（之十三）：

指挥部来了慰问团

3 月 21 日这天，内蒙古黄河防凌前线指挥部里很欢快。

受水利厅党组委托，厅纪检组长王东江率厅办公室、人事处、农牧处、机关党委领导和其他处室的领导从呼和浩特专程赶来，慰问防凌前线指挥部的工作人员。

这也是惯例，厅领导几乎年年都来看望防凌前线指挥部人员。

王东江书记表示，在防凌前线工作，是需要有一定吃苦精神的。别看这三四十天，每天又要值班、又要纪录、又要作图，还得接电话、安排具体工作，工作很紧张，也很单调，而且还需要每个人都熟悉了解情况。一直待下来可不容易。

在看望部队指战员官兵时，王东江说："空军部队官兵多年来一直坚持和内蒙古人民并肩战斗，共同防凌抗灾，成为我们防凌的主力军。正因为有你们作坚强的后盾，防凌才得以取得一次又一次的胜利。你们付出的辛劳，得到了人民群众的高度评价。"

中午的气氛既热烈又高涨。十几个人的慰问队伍，再加上指挥部的十几个人，大家欢聚在指挥部的小餐厅，济济一堂，把酒浅饮。女同胞们亮开了清脆的歌喉，男同志们对唱应和，把气氛一次次推向了高潮。

临分别前，大家一起合影留念，把欢乐的聚会定格在每一个人的记忆中。

这还是自指挥部进驻包头以来鲜有的一次聚会。

（原载于 2006 年 3 月 24 日中国水利网）

记者手记（之十四）：

防凌的胜利宣言（3 月 27 日）

3 月 24 日，在内蒙古境内持续了 34 天的黄河流凌终于结束了。

这一天是宣布黄河内蒙古段全线解冻开河的日子。

上午，防凌前线指挥部电询鄂尔多斯市防办副主任白卫东，对方称，杭锦旗河段尚有一处堆冰，但很难形成大的威胁。出于全面考虑，发布全线开河的消息延后。

中午，杭锦旗防办说，该河段主流已全部解冻，堆冰下移、变小。

下午两点，根据内蒙古段黄河已全线开河的实际，自治区防凌前线指挥部宣布了黄河全线开河的通知。并针对河水尚未完全归槽，个别河段水位仍然较高，要求沿黄各地高度重视中小水淘岸，防止水位骤降时堤防滑坡等险情发生。

自治区防凌前线指挥部总指挥、水利厅副厅长陈欣向采访的记者们介绍了今春黄河开河的情况。

他说："2 月 19 日，黄河开河进入内蒙古境内，大量槽蓄水量开始向下游释放。三湖河段水位持续偏高，到 2 月 28 日，达到了凌期历史最高水位 1020.70 米，3 月 5 日，水位升至 1020.81 米，由于受持续的高水位和大风降温影响，黄河鄂尔多斯市杭锦旗、达拉特旗和左岸巴彦淖尔市乌拉特前旗堤防全线吃水，最大吃水深度达 2 米左右，凌汛水位最高处距堤顶不足 1 米。堤防渗漏、管涌等险情频频发生，仅杭锦旗段就有 39 处管涌险情发生，有 12 条连坝被冲断。当地防汛部门迅速组织了抢险队伍，采取各种有效措施，全力抢护，使险情基本得到控制。同时，加大了巡堤查险值班和水位观测的力度，做好吃水段堤防的维护与防浪工作。沿黄各地加强了值班、巡堤查险和物料储备，对出现的渗漏、管涌及薄弱堤段及时进行了抢护加固，在一些险情严重的段落抢修了临时抢险道路。国家防汛抗旱总指挥部办公室紧急调运 30 万条编织袋、50 顶帐篷和 200 套应急抢险灯，支援自治区黄河防凌抢险。另外，黄河防总及时调度水库、枢纽水量，为平稳开河创造了有利条件。"

防凌期间，水利部副部长周英和黄委会副主任苏茂林深入抢险现场，指导并看望一线的防凌群众；国家防汛抗旱总指挥部办公室副主任邱瑞田及黄河防汛总指挥部办公室副主任王震宇等率防凌检查组，深入黄河两岸检查指导防凌工作。自治区防汛抗旱指挥部常务副总指挥、政府副主席雷·额尔德尼率水利厅厅长戈锋等沿黄督察各地的防凌工作。自治区防凌前线指挥部及时派出工作组检查指导两岸的防凌工作。空军部队执行空中冰凌侦察任务，与地方干部群众密切配合，共同防凌。防凌前线指挥部和沿黄各地通力协作，各地积极行动，全面落实防凌各项责任制等，所有这些，为今年开河平稳顺利提供了有力保证。

（原载于 2006 年 3 月 27 日中国水利网）

记者手记（之十五）：

再见，2006 凌汛（3 月 27 日）

紧张的防凌工作虽然结束了，但留给我的记忆却是深刻的。

参加防凌工作几年来，尤以今年感触最深、感想最多。

我所做的，是把防凌的新闻事实及时展示给人们、展示给社会，让社会进一步了解到防凌工作的重要性；了解到什么是防凌，怎样防凌；让公众知道防凌不单单是一个部门、一个行业、甚或是一部分人的事情，它是涉及方方面面，关系到经济社会的发展、关系到稳定和谐的大局，关系到沿黄人民群众生命财产安全的大事。所以，做好防凌的宣传报道工作，责任的重大可想而知。也是我应尽的职责和义务。我所做的，还远远不够。

另一方面，通过参加防凌，也让我深切感受到沿黄人民群众和各级领导干部在面对凌汛时所表现出来的大无畏的气概，表现出来的既能战天又可斗地、勇敢地面对大自然的可贵品质。感受到好的士兵还要有好的将帅，防凌前线指挥部的每一位成员，大家都相互尊重、相互配合，地方领导和部队官兵团结友爱，步调一致，这些都是打赢一个又一个战役的基础，都是取得最后胜利的有力保障。

2006 年凌汛过去了，下一个凌汛期还会再见。

（原载于 2006 年 3 月 27 日中国水利网）

草原欢唱水利赞歌

——内蒙古自治区成立60周年水利建设成就综述

蓝天白云，阳光明媚。2007年盛夏，内蒙古自治区迎来了60周年庆典。

伴随着60年辉煌历程，内蒙古水利建设也在60年的光辉岁月中不断得到提升，为自治区经济社会发展和各族人民生活水平的提高发挥了重要的支撑和保障作用。有了水的滋润，辽阔的大草原更加美丽。

让百姓安心　水利骨干工程点缀江河

70多岁的水利人老何，指着标注了水利工程的内蒙古电子地图，兴奋地对记者说："现在，全自治区建成的骨干水利工程犹如繁星，闪烁在自治区各地，点缀着大江大河。"

是啊，内蒙古自治区成立后，即在20世纪五六十年代前后，先后修建了自治区的第一批水利工程，包括黄河流域的三盛公水利枢纽、黄杨闸，西辽河流域的红山、莫力庙、孟家段、打虎石、吐尔基山、舍力虎等大型水库。这批骨干工程的建成，为自治区水利事业乃至全区经济社会发展奠定了坚实基础。之后，自治区又相继在黄河流域兴建了河套总干渠、红圪卜扬水站、小沙湾取水枢纽、万家寨水利枢纽等；在西辽河嫩江流域修建了察尔森、海日苏等水利枢纽。星罗棋布的骨干水利工程，在防洪、供水、发电等方面发挥了显著效益。

"十五"以来，内蒙古自治区的重点水利工程建设明显加快，自治区累计水利投资71.68亿元，尼尔基、绰勒、美岱、哈拉沁、乌兰木伦、三座店等一批大中型骨干水利工程相继开工。全自治区大江大河及重要支流加固堤防1046公里，重要江河干流防洪标准从5年~20年一遇，提高到20年~50年一遇。

"我在这里住了50多年了。从前差不多十年就要发一次大水，每次发大水，都从窗户往屋里灌水，三更半夜也不敢睡觉，地全被淹了。现在好了，有了尼尔基工程，我们总算过上安心的日子了。”住在尼尔基水利枢纽工程主坝附近，内蒙古自治区莫力达瓦达斡尔族自治旗尼尔基镇的陈龙江老人，不住地感叹着尼尔基工程给全村带来的变化。

2001年6月开工建设的尼尔基水利枢纽，已经于2006年7月并网发电。作为国家实施西部大开发的标志性工程之一，也是嫩江干流唯一的控制性工程，饱受洪水和缺水困扰的嫩江两岸人们，在尼尔基水利枢纽开工建设后，终于安下心来。

探索水权转换 水资源管理实现多赢

汽车行驶在内蒙古杭锦旗的南岸灌区，修葺一新的黄河引水工程让记者眼前一亮，100多公里的干渠，已经全部改造完成。

“我们是通过水权转换的方式实现了渠道衬砌，所需的工程建设费用全部由企业支付。”鄂尔多斯市水利局副局长王继峰介绍说：“目前黄河南岸灌区已经完成了100多公里的总干渠衬砌和一万亩示范区干支斗农毛各级渠道的衬砌，可望节约1.3亿立方米的水资源。这些节约出来的水资源将被转换出来，用于投资灌区节水改造的企业的生产经营。”这些企业除了投资灌区节水工程建设外，每年还要向水利工程管理单位缴纳一定的管理费用，用于节水工程的日常检修维护。

内蒙古自治区本就干旱缺水。一方面农业用水利用率不高，许多水资源被白白浪费掉；另一方面工业急需用水，却没有可用的水源。如何用工业的资金提高农业用水灌溉率，实现农业、工业多赢？内蒙古正在做着“水权转换”的文章。

农业巨大的节水潜力，为水权转换提供了可能。通过水权转换，企业出资为灌区兴修输水渠系、衬砌渠道，提高渠道水的利用系数，节约出来的水资源，恰好可以满足企业生产经营的需要。仅2005年一年，内蒙古大饭铺电厂、鄂绒硅电、达电四期及亿利（一期）PVC项目等，累计投资渠系节水改造2.44亿元，而这些企业也通过水权转换取得了新的用水权，效益出现了几十倍甚至上百倍的增长。

无疑，水权转换是内蒙古水资源管理中的一大亮点。2004年，自治区组织成立了自治区、盟市、旗县三级水权转换工作机构，制定并实施了一系列相关配套制度。从2003年4月达拉特发电厂与鄂尔多斯市水利局达成水权转换协议开始，到目前，全自治区共有37个项目拟采用水权转换方式。其中，正式签订水权转换协议并实施节水工程的有达电、鄂绒、亿利等6个项目，转让资金总额达4.05亿元，转换水量0.778亿立方米。

牧区水利为农牧民奔小康奠定基础

“天苍苍，野茫茫，风吹草低见牛羊。”——拥有13亿亩草场的内蒙古草原，是我国最大的牧区。但是，多年来由于牧区水利建设滞后，牧区旱灾频繁，造成草原大面积退化、沙化，给草原生态、环境和畜牧业生产带来极大危害。

大力发展牧区水利，发展饲草料地灌溉和草原灌溉，是畜牧业生产和牧区经济稳定发展的关键。近年来，内蒙古自治区在国家的大力支持下，以解决草原群众饮水和提高畜牧业抗灾能力为主，充分利用天上降水、地表江湖水和地下水，修水库，建塘坝，打筒井，开展草原节水灌溉，现已初步建成牧场供水、抗旱灌溉工程体系。积极开发各种水源，因地制宜地发展饲草料灌溉和天然草原灌溉，为畜牧业生产建立了可靠的饲草料基地和防灾、抗灾基地。

“十五”期间，内蒙古农田草牧场水利基本建设更是得到了持续快速的发展。截至2006年，河套灌区等14个大型灌区续建配套和节水改造工程年度建设已完工，全区万亩以上灌区达173处。占全自治区总耕地面积1/3的水浇地，生产了约占全自治区总产量2/3的粮食，内蒙古已从过去的粮食调入省（自治区），跨入了全国产粮大省（自治区）的行列。

内蒙古自治区的牧区水利从无到有、从小到大。牧区水利的发展，改变了农牧民千百年来靠天养畜的习惯，改善了畜牧业的生产条件，促进了畜牧业的良性发展，同时，也为保护和恢复草原生态作出了突出贡献。

据不完全统计，内蒙古自治区共有119.86万农牧民从牧区水利建设中受益，人均收入由之前的1795元，提高到现在的2620元。

饮水解困民心工程保障民生

地处祖国北疆的内蒙古自治区，80%以上的国土面积处于干旱、半干旱地区，水资源十分匮乏，这也造成了全自治区许多地方农村和牧区人口的饮水困难。

对于广大的农牧民来说，2000 年国家实施的农村饮水解困工程，无疑是他们的“甘霖”和“及时雨”。从这一年开始，内蒙古自治区在 95 个旗（县、区）中建设饮水解困工程，老百姓们告别缺水历史，享受接水进瓮、舀水进锅、压水饮畜的生活。

包头市达茂旗查干淖尔苏木开令河嘎查位于达茂旗北部，这里风大沙多，干旱少雨，水资源严重匮乏。2001 年前，全嘎查仅有一眼水量不大的饮水井，而且含氟量高、水质差。牧民们起早贪黑为水奔波，缺水严重时，一些正常的生产、生活活动都要被迫停止。

2001 年春天，开令河嘎查饮水解困工程被列为达茂旗饮水解困的“民心工程”。紧接着，草原打井队开进来了，水利工程技术人员驻进来了。盼望已久的牧民们奔走相告，兴高采烈。嘎查的壮劳力扛着铁锹出来了，外出务工的年轻人回来了，争先恐后竞相出工。施工人员克服了岩层和冻土层给施工带来的困难，仅用 46 天的时间，就打成了一口 120 米的深井。当 2400 多米长的管道进村入户、清冽的自来水流进 45 户牧民家的时候，全嘎查沸腾了……

在内蒙古自治区，像开令河嘎查这样甩掉了贫穷帽子的地方还有很多。全自治区农村牧区饮水工程建设从无到有，从少到多，从分散到集中，农村牧区供水工作也经历了从大规模建设供水基本井到建设饮水工程的历程。“十五”期间，国家启动的饮水解困工程，共下达内蒙古建设资金 16.56 亿元。截至 2006 年底，全自治区共建成各类饮水水源工程 1.679 万处，改善和提高了 19 个旗县所在地的供水状况，全自治区农村牧区自来水普及率达到 40%，解决了 680 万人的饮水困难问题。

水土保持构筑生态屏障

内蒙古横跨东北、华北和西北，是全国水土流失最严重的地区之一，其生态与环境，不仅关系着全自治区千万各族人民的福祉，而且关系到首都北京、华北乃至全国的生态安全。近年来，内蒙古采取有效措施，不断加大水土流失治理，努力构筑祖国北方重要生态屏障。

在自治区党委、政府的领导下，自治区人民开始了坚持不懈的水土流失治理，先后实施了小流域综合治理、国家八片重点治理、黄土高原水土保持世行贷款一、二期项目、水土保持生态重点建设、黄土高原淤地坝建设、东北黑土区水土流失综合防治、黄土高原砒砂岩地区沙棘治理项目、水土保持生态修复等多项水土流失治理工程。近几年，在水力、风力复合侵蚀区，实施了京津风沙源治理、生态与环境建设、退耕还林还草、草原恢复保护等工程，水土流失状况得到了明显改善，风蚀沙化得到有效遏制。全区已有60多个旗县实行了封山禁牧。截至2006年年底，全区累计治理水土流失区面积9.5万多平方公里。

“十五”期间，全自治区水土保持生态建设完成投资13.93亿元，比“九五”时期增加了7.7倍。投入的大幅度增加，使治理规模逐年扩大，建成了一大批标准高、质量好、效益显著的精品示范工程，形成了许多形式新颖、特色鲜明的治理模式。全区有7个旗县（市、区）被水利部、财政部联合命名为水土保持“十百千”工程示范县，35条小流域被命名为示范小流域。2006年，有3条小流域被列入全国水土保持生态清洁型小流域试点工程建设。

从呼伦贝尔到锡林郭勒，再到鄂尔多斯，夏日的艳阳下，满目葱绿，时不时可见用于退耕还林、退牧还草的网围栏，草原上的草正在复苏。

察右后旗石门口乡脑包图小流域，抓住被列为京津风沙源治理工程重点项目的机遇，实施小流域综合治理，治理水土流失面积2万亩，生态与环境出现喜人景象。如今，沟道里栽植的小美旱杨长势喜人，坡面上的柠条、山杏有1米多高，草木樨、沙打旺等多年生牧草一派茂盛，有的沙棘已经挂果。

大规模的水土保持生态修复，改善了区域生态、环境和农牧民的生产、生活条件，增强了当地抵御自然灾害的能力，加快了群众脱贫致富的步伐，也为这些地区的可持续发展预留了空间。

翻动着记载内蒙古水利发展60年的史料，一位把大半辈子都献给水利事业的老专家情不自禁地说：“从自治区成立开始了真正意义上的水利建设，这60年，尤其是改革开放以来，水利建设日新月异，为内蒙古发展铸就了辉煌。”

（原载于2007年8月11日《黄河报》，2007年8月14日《中国水利报》，2007年8月14日中国水利网，2007年8月14日黄河水文网，2007年8月号《中国水能及电气化》，本文获《中国水利报》2007年第三季度优秀新闻作品奖）

锡林河唱响水韵欢歌

锡林郭勒，这个素以“辽阔草原，美丽山岗，群群牛羊”著称，又因有绵延曲折的锡林河而饮誉天下的地方，人们只知道它那宛若蓝色彩绸的河流和如茵绿草，美丽的犹如天堂的草原，可有谁知道，这里竟是最缺乏水护佑的地方。

锡林河是锡林郭勒草原上典型的内陆河，也是内蒙古高原东南部重要的河流。这条奔腾不息的河流，滋润得两岸土肥草旺、繁花点点，两岸人民亲切地称之为“母亲河”。多少年来，锡林郭勒盟首府——锡林浩特市的居民就是靠这条河繁衍生息。

供水工程解决缺水矛盾

锡林浩特市地处半干旱地区，夏季少雨且蒸发量大，多年平均蒸发量为1700～2700毫米，水资源极为短缺，时空分布不均，是全国严重缺水城市之一。多年来，城市用水主要以开采地下水为主，致使地下水长期处于超采状态，对地质环境产生了极大的影响。为改变这一状况，解决锡林浩特市地下水严重超采的问题，1998年9月，总投资4233万多元的锡林河供水工程正式开工建设。2003年10月，工程完工并供水试运行。

锡林河供水工程从锡林浩特市南10公里处的锡林河水库取水，经管道输送到净水厂区，再经过水处理加工成自来水后，加压送入管网向城市供水。工程供水保证率达到95%。设计日处理水量2万立方米，最大日处理水量可达2.4万立方米，年可供成品水730万立方米。

从2004年开始，锡林河供水公司配合市自来水公司正式向城市管网供水。当清冽甘甜的水流入居民家中后，居民们都满意地说：“这水和以前喝的地下水没什么两样。”水厂运行以来，每天向市区内供水5000多立方米，夏季高峰时日供水达1万多立方米。

截至2007年7月，工程已连续向城市供成品水670万立方米，为城市绿化供水20万立方米。几年来，锡林河供水工程为缓减市区供水压力不足和用水紧张的矛盾起到了重要的作用，为该市经济社会发展、城市环境建设作出了贡献。2006年以来，通过输水管道每年为锡林湖供水150万立方米，为锡林湖水环境和草原生态建设提供了有效的保障，从而打造了草原城市独特的湖光景色，提升了这座“草原明珠”的城市品位。

优化配置是破题关键

锡林浩特市不仅具有较强的地域优势，同时，又有较为丰富的煤炭、石油、贵金属等矿产资源，目前已成为继鄂尔多斯市之后内蒙古自治区乃至国家重要的经济发展基地之一。

怎样使本地区经济实现又好又快发展？首先，水的问题就是制约发展的重要因素之一。近年，随着锡林浩特市由牧业经济向工业化迈进的步伐不断加快，许多新开工的工业项目都需供水工程提供支撑和保障才得以实施。只有实现水资源的优化配置才是解决水资源问题的根本途径。

自治区政府领导在锡林浩特市考察时强调：水对于内蒙古，特别是锡林浩特市是弥足珍贵的，要进一步加强水资源的综合开发利用，一定要合理开发利用好。锡林郭勒盟行署，锡林浩特市委、市政府也着手重新考虑更好地将锡林河供水工程利用好，使之发挥应有的作用。为此，2006年下半年，锡林河供水工程已改为向工业供水。到目前，已向工业供水120万立方米。

记者从锡林河供水公司了解到，现在锡林河供水工程日供水量仅为3000～4000立方米，不足设计供水的1/6，工程处于半闲置状态。另据锡林浩特市发改委的一份报告显示，该市水资源的状况是：规划日控制开采量约为4.27万立方米，而目前城市规划区内有运行的机电井360多眼，日总开采量约为7.15万立方米，与规划地下水可开采量相比，日超采2.88万立方米。

一方面是水资源的严重短缺，已成为制约该市发展的瓶颈问题；另一方面是水库多年平均径流量2000多万立方米，得不到充分利用，大量蒸发，这里的年蒸发量近20000毫米。

有关专家认为，解决锡林浩特市的水资源问题，一是建立健全地下水监测网络。及时准确掌握地下水变化动态和时空分布规律，制定合理的地下水资源开发利用规划，更好地为经济社会发展服务。二是认真贯彻取水许可制度。水行政主管部门加大执法力度，避免增加不必要的地下水开采。三是压缩地下水开采量，充分利用地表水。对开采地下水集中的用水大户，以及一些新建工业企业应封闭自备水源井，充分利用地表水。四是严格控制城市周边地下水开采量，逐渐恢复地下水环境平衡，促进城市周边生态恢复。五是加大水资源费征收力度，利用经济杠杆调节水资源利用量，引导和促进地下水资源的合理开发和高效利用。

明珠添活力

兴建于1958年的锡林河水库，总库容2003万立方米，是以城市供水、城市防洪为主，兼顾水产养殖、旅游等综合利用的中型水库。如今，除险加固后的锡林河水库犹如一颗璀璨的明珠，镶嵌在茫茫草原的腹地。它对振兴锡林浩特市经济，发展草原特色旅游，调节市区气候，保障市区防洪安全具有举足轻重的作用。它激活了周边林草山色，为辽阔草原增添了亮丽的风景，更为锡林浩特市构筑着和谐的氛围和美丽的音符，为锡林河唱响了水韵欢歌。锡林河供水工程就在这欢快的乐曲中谱写着人水相亲的新篇章。

在工业化进程持续加快的今天，随着水资源优化配置的不断深入，锡林浩特市在水的承载下，必将成为一艘破浪的巨轮。

（原载于2007年8月22日中国水利网，2007年8月31日《中国水利报》，2007年9月7日《内蒙古日报》）

文明花开红山湖

——“全国文明单位”内蒙古红山水库管理局创建精神文明活动侧记

红山湖，像祖国北疆的一颗璀璨明珠，镶嵌在内蒙古辽阔的大地上。有着国家水利旅游风景区美誉的红山湖，坐落在赤峰市境内的老哈河畔。内蒙古红山水库管理局，这个连年获得殊荣的全国文明单位，就是扮靓红山湖美景的丹青妙手。

红山水库是内蒙古自治区第一大水库，也是我国东北地区的大型水库之一，是国家“二五”时期的重点防洪骨干工程。1965 年竣工投入运用，设计库容 25.6 亿立方米，控制流域面积 24486 平方公里。是一座以防洪为主，兼顾灌溉、发电、渔业、旅游等综合利用，同时，承担着下游的通辽市、郑家屯等 11 座城镇和郑大、京通等 6 条铁路干线、305 万人口、800 万亩耕地、近 30 家大中型企业的保护重任。保护区内年 GDP 达 200 亿元。

红山水库防洪兴利效益十分显著。在 40 多年调度运用中，防御了 7 次大于 2000 立方米 / 秒的洪水，累计直接减灾效益达 100 亿元，为保护区经济建设做出了巨大贡献。库区扬水灌溉 10 万亩，与下游平原水库联合运用灌溉 225 万亩，多年平均灌溉供水 3 亿立方米。

内蒙古红山水库管理局共有职工 401 人，在职职工 265 人。管理局不仅在水库工程养护、防汛抗旱调度、水土保持和生态建设以及综合经营等多方面取得了成效，连年被自治区水利厅评为全区水利管理先进单位，而且在长期坚持和倡导的“三个文明”的“民心”工程建设方面，也结出了丰硕的成果，成为自治区水利战线上的一面旗帜。

众手栽培文明花

红山水库管理局地处偏僻，距赤峰市 90 多公里。管理局职工远离喧嚣，甘于“寂寞”，几十年来，新老干部、职工换了一茬又一茬，但他们始终忠实地守卫着这方热土。自 1995 年，管理局围绕“以精神文明建设为主题，增强凝聚力，塑造新形象，共育文明花”这个重点，坚持突出两手抓，两手硬，使管理工作与精神文明紧密结合，由此描绘了红山水库崭新的容颜。

文明单位的创建成为管理局部署全盘工作的主题。局党委书记、局长挂起这枚精神文明建设委员会主任的帅印，副书记具体承担文明委工作的重任，精神文明建设办公室成员包含了各单位的负责人，按分工具体做好日常工作。随之，目标管理责任考核组、社会治安综合治理委员会、民事调解委员会、青少年帮教会、老干部管理、离退休人员管理委员会、老年体协、关工委、职工文体活动领导小组等一系列环环相扣的组织机构应运而生。形成了党委领导下辐射全局的人员稳定、精干高效的精神文明建设常设网络。

精神文明建设重在培育，文明之花盛开要靠肥沃的土壤。管理局充分认识到加强思想道德建设和职业道德建设是牢固精神文明建设的根基。制度建设和思想教育并驾齐驱，使人们对文明行为从不习惯到习惯，从不自觉变成自觉。局党委通过上党课、专题学习、开展创建活动等途径，教育引导干部职工爱岗敬业，当好主人。

业余党校定期布置作业和单元理论过关，激发了全体党员理论学习的热情。各类联系实际的主题知识竞赛生动活泼；以塑造优良职业道德和落实岗位责任制的争先创优活动红红火火地开展起来。

经济目标和精神文明建设目标齐抓共管，实行“双百”考评制，具体到安全生产、组织保证、宣传思想教育、综合治理、环境建设、理论学习、社会公德、计划生育、公益活动等，层层签订责任状，形成了横向到边，纵向到底的考评体系。管理局采取平时跟踪考核、半年检查、年终总评的步步为营考核方式，并直接和每个职工的切身利益挂起钩来，同时作为评价和考核干部的主要依据，使职工深切体会到了精神文明建设的重要性和必要性。从而促进和保证了各项工作健康、有序、持久地开展。

10 多年来，管理局提倡的“讲社会公德、改十大陋习、树文明新风”“树行业新风、创美好家园”等活动已深入人心；《文明职工守则》和《居民文明公约》制度为营造和谐、清洁、文明的工作环境奠定了基础。

民主是衡量文明的标石。重大决策、事项，班子成员都要集体研究，公开讨论；涉及职工利益的问题，都要征求群众意见，或职代会表决通过。

严明而又宽松的工作环境和团结一心的职工队伍，不仅推进了各项工作，而且公益活动和义务劳动也成为职工争先上阵的舞台。抗震救灾、扶贫济困、希望工程等个个伸援手，人人献爱心；植树造林、绿化美化、挖沟修渠等竞相抢在前。几年来，全局各种捐款累计达 20 多万元，绿化造林共投入 20 多万个义务工，造林 3200 多亩，封育林木 6100 亩，种植草坪 6000 平方米，使管理局周边森林覆盖率由原不足 1% 提高到现在的 67%。花园式的办公和居住环境成为吸引各方游人的一个亮点。

丰富多彩的文体活动，是精神文明建设根植于群众的又一个具体体现。管理局相继成立了文艺队、体育队、网球协会等文体组织，在局领导的带动下，不仅经常在大的节日开展全体职工参加的文体活动，而且多次在自治区水利厅、赤峰市举办的体育赛事上大显身手，取得较好的成绩。

惠心凝结文明果

把精神文明建设融入工程建设中，让文明之花开遍红山湖畔。在除险加固二期工程建设中，为活跃施工单位业余文化活动，管理局邀请乌兰牧骑到工地慰问演出，组织参加各类文体活动，既丰富了施工人员的生活，也密切了双方的关系。整个施工现场清洁卫生，施工场地物料堆放整齐有序，未发生任何责任事故和人身伤亡事故，被上级部门评为文明施工单位。文体活动起到了健身示范和拉动两个文明建设的作用。

舍得投入，是红山水库旧貌变新颜的又一个突出之处。在连续数年的干旱中，管理局收入受到了严重影响，但局党委仍多方筹资，几年共投入近2000万元，修建了防洪调度值班楼、职工住宅楼，还美化了北滩公园，将污水坑改造成荷花池，兴建了两个生态园，彻底改变了居住小平房、脚下灰土路、职工没有休闲地的状况。

创新载体，真正做到了虚功实做，是管理局精神文明建设有声有色、血肉丰满的主要途径。近年来，管理局建立了阅览室、业余党校、文明职工夜校和职工活动室；为大多数办公室配备了计算机，接通了宽带网，安装了局域网，实现了财务电算化和水电站微机管理化。利用橱窗和简报开展宣传，以评奖形式鼓励职工投稿，自办的《红山水库简报》成为职工重要的舆论阵地，深受群众欢迎。

军民鱼水情，企地一家人。和当地驻军建立密切的军民关系已成为管理局的优良传统。部队帮我植树、修路、种花种草，我为部队提供最好的训练场地、用水用电和住宿，接待官兵来队家属；慰问驻训部队，与部队开展联谊、体育活动等，形成了“军爱民、民拥军”的和谐局面，被中央五部委评为全国“军民共建社会主义精神文明先进单位”。

企地共建和谐发展。与地方综治联防、渔政联护、生态联建、招商引资、公路同修、帮扶济困、互访交流、文体联欢等，企地关系亲如家人。在干旱和来水量小，水库接近死水位的情况下，管理局牺牲自身利益向灌区供水，赢得了当地群众的尊重。被赤峰市委、市政府评为“社会扶贫先进单位”，被赤峰市红十字会评为“支持公益事业先进集体”，并连续九年被地方评为

“社会治安综合治理先进单位”。

鲜花盛开，当珍惜来之不易的荣誉。近年来，管理局把规范管理、健全制度作为保持荣誉、巩固成果的一大任务，相继推出了涵盖全局各个方面的多项制度。同时，组织人员汇总了历年的规章制度，并自下而上征求各方意见，四易其稿，经职代会讨论通过，编制完善了涉及党务政务、工程管理、精神文明建设、综合治理等 37 个方面的《管理制度汇编》，使全局各项工作有章可循，管理工作更加趋于规范化、适应新形势。

文明铺就鲜花路

下得优良种，方结精品果。红山水库管理局自 1997 年被所在地赤峰市翁牛特旗命名为“文明单位”后，一路走来一路歌，文明之花次第开。1999 年，被命名为“赤峰市级文明单位”；2001 年，被命名为“内蒙古自治区级文明单位”；2002 年，被水利部命名为“全国水利系统文明单位”；2003 年，被中央文明委命名为“全国创建文明行业工作先进单位”；2004 年被水利部评为第四批“国家水利风景区”；2005 年 7 月，被中央 5 部委命名为“全国军民共建社会主义精神文明先进单位”，同年 10 月，被中央文明委命名为“全国文明单位”。

全国人大常委会副委员长布赫在红山水库安全运行三十周年之际，欣然书写了“开发利用水利资源，为各族人民造福”的题词。红山水库管理者始终秉承着这一信念。他们一任接着一任干，一张蓝图绘到底。围绕有利于经济发展、有利于人民群众生活水平提高、有利于环境建设这个中心，努力向着管理一流、效益一流、环境一流的目标奋斗。并确定以防洪、灌溉、发电、养鱼、旅游、多种经营为经济增长点，不懈地向更高更强迈进。

“登堤满眼好风光，如镜平湖波不扬……”这是已故当代著名文学家、教育家叶圣陶先生面对红山湖神奇景色发出的由衷赞叹。

红山湖不仅有湖光山色、红雁鸥鸟、银鱼湖蚌，更有令人流连忘返的花果长廊、九曲回廊及体育场地，连同优美的办公和生活环境，加上她所盛开的精神文明之花，共为这里平添了无尽风光，吸引着八方游人。

漫步在幽静的葡萄长廊，徜徉于秀美的北滩公园，若神游于世外桃源。

伫立在湖边岸上，眺望于浩渺烟波：天蓝水碧，白帆点点，粼粼鱼跃，好一派胜似江南的湖光山色；又一处人间曼妙的绝美画图。红山水库管理局正在这绘就的画卷上不懈地描绘着未来……

（原载于2007年10月25日中国水利网，本文获《中国水利报》2007年第四季度优秀新闻作品奖）

程满金：拼搏不息的科研情结

2008年5月，我们与程满金相约，去河套灌区实地了解他的科研项目。一路相聊，让我更真切地触及他的心底深处。

与水结缘，无悔一生

大凡每个人在成长过程中都有其追求的目标和确定的方向。对程满金来说，学水利，投身水利，是他最荣幸的选择。他的一生都和水利科研分不开了。

和许多从"文革"那个轰轰烈烈的年代走过来的人一样，程满金的成长历程中也没落下上山下乡这一段。正是这一段，成就了一个终身都离不开"水"的水利专家。

1972年，高中毕业的他响应党的号召，来到了内蒙古乌兰察布盟凉城县革命老区郭县夭公社太平寨大队插队落户。3年的知青生活，使他对农业、农村和农民有了较深的感性认识。就是在这个干旱少雨、水资源匮乏的偏僻地方，他对水利这个基础命脉有了深刻的认识。

1974年，作为工农兵学员，他被推荐上了大连工学院水利系，学习水利工程建筑专业。当时正是"文革"时期，学校教学还未走上正轨，在纷扰面前，程满金选择了埋头苦学。

"我为自己在那个年代的坚持骄傲。没有当时的那股劲头，就不可能有后来的选择和对所从事工作铁了心的热爱。"

在老师们的培养教育和同学们的帮助下，他认真刻苦学习，积极参加各种教学实践，较快地掌握了水利基础知识，逐步提高了分析问题和解决问题的能力，学习成绩排在全班前列。除了学习课本知识外，他还翻阅了很多课外水利方面的书籍，并做了大量笔记，为他毕业后从事水利科研工作打下了坚实的基础。

“3 年农村生活经历让我初识了水，认识了水的重要性；3 年大学生活更加激发了我为水利和水利科研事业拼搏一生的信念。”程满金娓娓的话语里流露着他浓浓的水利情结。

1977 年，22 岁的程满金揣着一颗炽热的投身水利事业的心，从大学校园迈进了他梦寐以求的水利科研部门——刚刚恢复建制的内蒙古水利科学研究所。在科学的春天里，他开始浓墨重彩地挥洒起自己的人生。

他从一名普通技术人员干起，逐渐成长为一名水利专家，期间吃过不少苦头，也得到了很大满足。更重要的是，对如何做好水利科研，他有了更为深刻的认识。“要想搞好科研工作，就得踏踏实实静下心来，钻进去，多研究，多思考，多实践，多动手，这样，才能有发现，有收获。也只有这样，干出来的活儿才经得起检验，才有价值。”

雨水变金，造福人民

农村雨水集蓄利用是他水利科研工作的重点之一，他开展了很多的科研项目，倾注了很多精力和心血。

1995 年启动实施的“112”集雨节水灌溉工程试验示范区建设，就是自治区为探索山丘区水利建设方向和节水农业新路，加快解决贫困地区农牧民温饱和脱贫致富的重要举措。作为项目负责人的程满金在清水河县和准格尔旗这两个示范区，一干就是 3 年。“看到黄土丘陵沟壑区的群众靠天吃饭，看到他们的生产技术落后，生活水平十分低下，连喝水都困难，我感到十分痛心。这么多年来，咱们搞水利科研工作的，连老百姓最迫切需要解决的吃水问题都解决不好，心里有愧啊。”

3 年里，他提出了 5 种节水灌溉技术和 11 种灌溉类型。在国内首次提出了集雨优化灌溉制度，全面推广配套的农业实用技术，并提出了“112”集雨工程推广模式图。它为内蒙古中西部 50 多个旗县开展雨水集蓄利用工程建设提供了科学依据和示范样板，极大地改善了示范区农牧民生产和生活水平，为当地群众脱贫致富和新农村建设起到了积极的推动作用。这项成果因在多方面都取得突破和创新，达到了同类研究的国际先进水平而获得 1999 年自治区科技进步一等奖。

“112” 集雨工程的成功示范和广泛推广运用，既为程满金从事的节水技术研究积累了丰富的经验，也为以后实施的项目创造了条件。

2002 年，经项目投标和竞争，国家“863”计划项目“北方半干旱集雨补灌旱作区节水农业综合技术体系集成与示范”课题在地处黄土高原的准格尔旗实施，由程满金主持。

项目区沟壑纵横，水资源贫乏，农业生产条件落后，农民生活贫困。干旱缺水严重制约了经济发展，综合利用雨水资源是唯一的出路。

2003 年春，在课题实施最紧张时期，“非典”疫情降临，一时人心惶惶。上级要求人员撤回，项目面临巨大困难。面对疫情和项目，如何抉择？为确保这项来之不易的课题顺利实施，程满金安排部分同志返回，他和 5 名同志留下来坚守工作岗位。他们冒着被感染的风险，连续在示范区工作 2 个多月，把因“非典”造成的损失降低到最低程度，为高质量完成课题任务奠定了基础，受到科技部专家组的表扬。

4 年中，他们围绕雨水资源高效汇集、存贮与利用，创建了“集雨高效种植型、集雨生态畜牧型和庭院集雨经济型”3 种技术集成模式和“政府 + 科研院所 + 大学 + 农户”有机结合的科技研发与示范新模式。成果在内蒙古中西部 6 个盟市 34 个旗县推广应用，解决了农牧民饮水困难和作物的补灌用水问题。成果的推广应用改善了农牧民生产和生活条件，取得了十分显著的经济、社会和生态效益，为解决半干旱地区农村与农民饮水安全、粮食安全和生态安全提供了科技支撑。这个项目被评为 2005 年自治区十大科技新闻。

程满金是个能使集体发挥极大动力的团队带头人，无论做哪个项目，他都与各项目承担单位密切协作与配合，使之充分发挥优势；他坚持原则，以身作则，尊重老同志，帮助年轻人，为大家营造良好的工作和生活环境，赢得了普遍的尊重和信任。课题组也以求真务实和卓有成效的工作受到了地方党委、政府和示范区广大农户的高度信赖。科技部检查项目后给予很高的评价，认为“863”进农户在示范得到充分体现，内蒙古示范区已位居全国 15 个节水农业示范区前列。

“搞水利科研工作，主要是为广大的农村服务。你把自己学到的东西发挥出来，给老百姓解决了问题，办了好事，看到他们得到了实惠，日子过好了，从他们笑谈的话语里知道咱们的工夫没有白下，咱们的付出见到了实效，那感觉比自己得了什么奖都高兴。”朴实的话语里透露出真实的心迹。

从1995年至今，程满金一直从事农村雨水集蓄利用试验研究与示范推广工作，主持编制了国家行业标准《雨水集蓄利用工程技术规范》，这是国际上该领域第一部正式技术法规，在德国和印度召开的国际雨水集流系统大会上交流后反响很大，已在水利部举办的多次规范宣贯班上介绍过。内蒙古农村雨水集蓄利用研究与示范工作走到全国前列，与他的努力是分不开的。

节水防水，壮志不已

程满金说他注定是“水”命。集雨是水，灌区防渗也是为了水，这么多年来，一桩桩、一件件都是沉甸甸、厚厚实实的“水事”。

大型灌区节水改造是近年来国家十分重视的工程项目之一。1999年，程满金主持自治区“九五”重点科技项目“河套灌区节水改造工程综合节水技术试验与示范研究”，针对河套灌区冻胀破坏和渗漏严重、管理粗放等问题，开展了干、分干、支、斗渠和农渠衬砌结构型式，防渗、抗冻新材料、新技术与新工艺，田间工程节水改造技术，衬砌渠道防渗效果，节水改造工程实施后对环境影响与群管水利体制改革和灌区用水管理等方面试验研究，取得了一批极具实用价值的成果。

这项成果在防渗、抗冻新结构和新材料两方面的研究开发利用取得重大进展。在大型骨干渠道衬砌方面，利用防渗膜，采用聚苯乙烯保温板和现浇钢丝网混凝土保温抗冻一体化结构，达到了“防渗、抗冻、经济、可行”的目的。在渠道防冻、防渗衬砌断面和结构型式及新型材料结构的研究和开发方面有很大创新，整体成果达到国际先进水平，为国内同类灌区的节水改造提供了科学依据和重要经验。特别是建成的河套灌区隆胜节水示范区为全国北方渠灌区节水改造工程建设提供了示范样板作用，水利部领导和国内外专家学者多次到示范区实地考察，给予很高的评价。

这项成果为大型灌区节水改造规划设计提供了科学依据，已在自治区14处大型灌区节水改造工程建设中得到全面推广应用，总计衬砌渠道长度达1200公里，节水灌溉面积800万亩，累计节水量14.7亿立方米，取得直接和间接效益3亿多元。该成果获得了自治区科技进步一等奖和自治区丰收一等奖。

近年来，内蒙古大型灌区节水改造技术试验研究与示范推广工作进入全国前列，这些成绩和程满金等人的拼搏息息相关。

拓宽领域，民生信念

他总觉得人不能一辈子就干一件事，而要从主项上再发展分支，并且努力使它枝干丰满。他主抓的水稻田节水灌溉技术如今已成为内蒙古自治区在这个领域的示范样板。他认为这条路走对了。

兴安盟水资源丰富，适宜发展水稻，但由于土层薄、渗漏大、水浪费严重，一直被视为水稻生产的“禁区”。程满金1987—1989年主持开展了旨在解决这个问题的重要课题——“内蒙古岭南地区水稻田防渗技术试验研究”。

3年中，他带领课题组潜心研究，对6种防渗措施和田间灌溉技术进行试验，提出了薄土层地区水田防渗与灌溉模式，每亩节水30%～70%，将漏水田改造成渗漏适中的爽水田，水稻每亩单产提高60～130公斤，增产10%～30%，水的生产效率提高0.5～5.2倍，效益显著。这项突破性的研究成果，属国内首创，达到国内领先水平，为国家审批上马察尔森水库下游水田灌区提供了决策依据。累计推广面积达150万亩，节水16.5亿立方米，增产稻谷1.95亿公斤，增加收入2.928亿元，为兴安盟绿色优质水稻基地建设提供了示范样板和技术支持。这项成果获得自治区科技进步三等奖和自治区水利科技进步一等奖。

1989—1995年，他在呼伦贝尔盟阿荣旗和扎兰屯市主持开展的“高寒地区甸子地水稻田开发利用与节水灌溉综合技术研究”项目，在井灌水增温措施和节水灌溉综合技术的开发应用方面具有创新性，在高寒地区甸子地水稻开发利用方面具有突破性，填补了自治区空白，整体成果达到了国内领先水平，为自治区建设寒地优质水稻基地提供了技术支撑，为当地农民“以稻治涝，以稻致富”开辟了新路。

他负责实施的“满洲里市蔬菜保护地滴灌技术研究”工作，至今让他记忆犹新。“我一直忘不了那儿的居民们盼望吃上新鲜蔬菜的期待眼神，忘不了菜农们起早贪黑却事倍功半的焦灼目光，忘不了政府官员们急切的话语和鼓励。我更加坚定了无论有多难也一定要用科技的力量来满足他们需求的信念。

我们主要开展了不同滴灌优化设计、先进滴灌设备应用、灌溉制度、农艺与管理节水等研究内容，亩均节水45%、增产37.1%，增收3000多元，解决了满洲里市蔬菜的供应，仅满洲里东湖区蔬菜种植面积已由3000亩发展到2.4万亩，并对出口俄罗斯创汇起到了积极作用。”该成果获水利部松辽委优秀成果一等奖和呼伦贝尔盟行政公署二等奖。

荣誉是鞭策，道路在延伸

30年来，他从技术员到工程师到教授级高级工程师，从副主任到总工到副院长，虽然岗位在变化，也收获了很多荣誉，但他从来没有停止过追求的步伐。

30年来，程满金先后在11个盟市主持完成了20多项水利试验研究和成果推广，多项研究成果在技术集成和引进消化吸收方面有突破和创新、填补了自治区空白，达到国内领先和国际先进水平。许多成果已在生产中大面积推广应用，累计为自治区节水30多亿立方米，增产粮食5亿多公斤，创效益8亿多元，取得了显著的经济、社会和生态环境效益，为自治区水利建设、地方经济发展和农民奔小康提供了示范样板和技术支撑，为自治区水利事业的发展和为科技兴区作出了突出贡献。

他主编和参编了《大型灌区节水改造工程技术试验与实践》《高寒地区水稻田开发利用与节水灌溉综合技术》《内蒙古小型水利工程100例》《水利科学技术在内蒙古的研究与应用》《农村集雨工程简明读本》《雨水集蓄利用工程技术》等9部专著和11册60万字的水利科普读物。主持和参与制定了《雨水集蓄利用工程技术规范》和《渠系工程抗冻胀设计规范》两项国家行业标准和《半干旱丘陵山区集雨节水灌溉工程技术规范》等自治区地方标准9项。拥有两项国家实用新型专利。

他享受了国务院政府特殊津贴，荣获了自治区有突出贡献的中青年专家、全国水利科技工作先进个人等多项荣誉称号。

水利科研不能急于求成的，要想取得一些成果，就得加倍付出时间和艰辛。这些年来，程满金之所以能取得这些成果，就是靠上级领导的大力支持，个人的执着和追求。他有多年的高血压、糖尿病史，是靠打胰岛素和药物控制病情，在乡下药品储存和生活饮食十分不便，几次病情加重住院治疗，但他仍然靠着毅力，事业至上，忘我工作着。

已过天命之年的他总觉得欠家人的太多。长期从事的水利科研与推广工作都是在远离城市的农村进行，每年有三分之二的时间在项目区，很少顾得上家庭。妻子是一名小学教师，身体不好，为支持丈夫的工作，默默地担当起抚养孩子、照顾老人和料理家务的全部责任。家人的理解和支持，是他在工作上取得累累硕果的有力保障。

“我是一个认真做事的人，并努力将每一项工作做好，善始善终，取得成效。这么多年的工作成绩，得到了各级政府认可和农民的欢迎，为此自己所付出的艰辛和努力是值得的，有一种自豪和满足感。我得到各类荣誉奖励几十项，有人称我是‘获奖专业户’。这是对我所从事工作的认可和褒奖，是科研团队的光荣，是组织培养和同志们帮助的结果，对提高科研单位的知名度和竞争力，争取国家科研项目起到了积极作用。同时，对我也是一种鞭策和鼓励，在今后的工作中，继续不懈努力，为水利科技事业作出新的贡献。”

“北方渠灌区节水改造技术集成与示范”课题是程满金这两年来主持在河套灌区实施的“十一五”国家科技支撑计划项目，主要围绕灌区田间节水灌溉技术、灌区高效输配水技术集成与示范等5个方面开展试验与示范工作。课题已在田间渠道衬砌新材料应用、田间土壤墒情自动化监测系统建设、田间节水改造技术集成模式建立等方面取得阶段性成果。通过田间渠道衬砌、量水与各类建筑物配套建设、平地缩块等建设，提高了示范区节水改造的标准，组建了农民用水者协会，加强了灌区科学用水管理，举办了实用技术培训班，调整了农业种植结构，示范区灌溉水利用率和单方水粮食生产效率明显提高，已取得了良好的经济、社会和生态效益。建成的3000亩农田水利化、灌溉节水化和管理信息化高标准的示范区，为北方大中型灌区节水改造工程建设提供了科技支撑和示范样板。目前，程满金正带领他的科研团队，全力做好河套灌区节水改造这篇大文章。

他的科研路在不断延伸。

档案

程满金，1955年10月生于内蒙古呼和浩特市。1977年毕业于大连工学院水利工程建筑专业；1978年至今在内蒙古水利科学研究院从事水利科学试验研究和成果推广应用工作。现为内蒙古水利科学研究院副院长，教授级高级工程师。30年来，主持和参加了“863”计划、科技支撑计划、农业科技成果转化、科技成果推广、星火和丰收计划等20多项国家和内蒙古自治区科研项目，主要研究领域为节水灌溉理论与技术、农村雨水集蓄利用、大型灌区节水改造和高寒地区水稻田开发技术。有15项成果获自治区、水利部等科技进步奖、星火奖和丰收奖，其中获自治区科技进步一、二、三等奖各两项，主（参）编国家和自治区地方标准11项，获国家专利2项，主（合）编学术专著9部和11册水利科普读物。发表论文79篇，获奖论文23篇。1985年获全国边陲优秀儿女铜质奖章；1994年获国务院政府特殊津贴；1994-1997年获自治区人民政府深入工农牧业生产第一线有突出贡献的科技人员、自治区有突出贡献的中青年专家和科技兴区特别奖。2007年被评为水利部“5151”人才工程首批部级人选和全国水利科技工作先进个人。自治区第八、九届政协委员。现为中国水利学会雨水利用专业委员会副秘书长，内蒙古水利学会副秘书长。

（原载于2008年8月14日《中国水利报》）

凌汛，人与冰的大决战

引言

滔滔黄河，千里冰封，奔腾咆哮的壶口瀑布也陡然安静，被冻成凝固的冰瀑。但这看似宁静祥和的冰雪风光之下，却隐藏着一线杀机——凌汛。前人曾这样描述凌汛：“天寒地冻，水鼓冰开，冰水齐下，冰摧浪涌，冲堤溃坝，势不可挡”。历史上，凌汛给两岸的民众造成了一次次惨痛灾难。而现在我们为了应对凌汛，也是“十八般武艺”轮番上场。

冰水齐下，冰摧浪涌，冲堤溃坝，势不可挡。没有亲历过凌汛的人，无论如何也难以想象这是怎样一场危机四伏、惊心动魄的灾难。

炮火连天，飞机轰鸣，炸弹尖啸，烟尘四起。没有亲赴过防凌第一线的人，无论怎样也想象不出人们和凌汛的斗争，竟是如此轰轰烈烈、声势浩大。

黄河防凌是人与自然的斗争，也是自然与人进行的一次战役。每年的防凌工作恰如对敌作战——一场人与冰的大决战。我参加黄河内蒙古段防凌工作已有 8 个年头了。作为“战地记者”的我，每年都要随自治区防凌前线指挥部深入黄河防凌一线。在防凌的每一天，乃至每一时每一刻，我都在感受着凌汛对人们的威胁，体验着人们抗击凌汛的顽强。

看似宁静的冰河下隐藏着看不见的凶险

“北国风光，千里冰封，万里雪飘。望长城内外，惟余莽莽，大河上下，顿失滔滔。”千里冰封的大河，失却了滔滔之势，看上去平静而驯良。就在这平静的冰盖下，河水却在不断地积蓄着力量，寻找着时机向人类发起猛烈的攻击，这就是凌汛!

凌汛，简单地讲就是由冰凌壅塞河道而引发的洪水。自然条件下，河水冻结消融可以分为结冰期、封冻期和解冻期三个阶段。在不利的河道条件下，河水封冻时会形成冰塞，开河解冻时会形成冰坝，冰塞和冰坝都是直接导致凌汛的“罪魁祸首”。

冰塞常发生在河道弯曲、水面比降由陡变缓的河段，在未封冻的河道中，冰花、碎冰沉入水中，在表面冰层下不断聚集，最终导致冰盖下的河道堵塞，使上游水位陡升，造成洪水。1967 年冬至 1968 年春，宁夏中宁县石空至枣园黄河河段发生连续 3 次冰塞壅水。冰塞体长达 16 公里，冰盖厚度为 0.4 米，冰盖下冰花最厚却有 1 米多。冰塞最高壅水位，比畅流期 5240 立方米每秒的相应水位还高 1.3 米。庆幸的是，由于抢险及时，应对得当，没有造成灾难性后果。

冰坝则形成于河水解冻之时，破碎的冰块随着流动的河水漂浮下泻，遇到弯道、狭窄河道或固定阻挡物阻拦时，就会停留下来形成堆积，堆积的冰块越来越多，最后阻断了整个河面，就像形成了一座用冰块堆成的堤坝。冰坝顺河堆积长度一般超过 1 公里，以 2~3 公里居多，冰坝下游水位回落，上游水位上涨，会对河堤造成严重威胁。据黄河史志资料记载，1970 年济南老徐庄弯曲河段，冰坝长度竟然达到 17 公里，堆冰厚度有 2~3 米，最厚达 8.3

米，冰坝以上北水位陡涨 4.21 米。而且冰水的推力会随冰坝的增高而增大，当增至一定限度时，坝体崩溃，冰坝上游积蓄的大量冰水就在短时间内全部释放，造成严重洪水。1955 年 1 月 29 日，山东省利津县城至麻湾村间冰凌插塞成坝，堵塞河道，致使水位陡涨，在利津五庄处决口。淹没村庄 360 个，受灾人口 17.7 万，死亡 80 人，淹没耕地 88 万亩，倒塌房屋 5355 间。

此外，在河流解冻时凌汛还可能表现为融冰洪水，即由于上游气温升高，冰凌消融，槽蓄水量（河网或河槽蓄冰雪量、流域土壤冻结水量及解冻期降雨、雪转化的径流量）释放，而引起的洪水。但由于冰凌是自行消解的，故洪水规模一般不大。

凌汛只发生在黄河上吗

看到这里，你也许会产生疑问，为什么我所列举的凌汛事例全部发生在黄河上，凌汛是黄河独有的吗？其他的大河是否也会发生凌汛？

实际上，产生凌汛的自然条件取决于河流所处的地理位置及河道形态。位于高纬度地区的河流，在河流从低纬度流向高纬度，并且河道形态呈上宽下窄、河道弯曲回环的地方，都可能发生凌汛。低纬度河道冷得晚，回暖早，零下气温持续的时间短；高纬度河道冷得早，回暖晚，零下气温持续的时间长。相应的冰情变化规律也就是低纬度河道封冻晚，解冻早，封冻历时短，冰薄；高纬度河道封冻早，解冻晚，封冻历时长，冰厚。如某一河段因气温升高或流量增大而开河时，融冰水加河槽蓄水挟带大量冰块急剧下泻，而下河段可能因气温差异尚未解冻，在上游来水的动力作用下，水鼓河开，形成冰坝阻塞河道，致使水位陡涨，甚至漫滩偎堤，造成严重的凌汛灾害。据资料显示，我国的黄河、黑龙江、松花江，俄罗斯的涅瓦河、叶尼塞河、勒拿河，欧洲易北河下游德国汉堡河段，加拿大圣劳伦斯河蒙特利尔河段等都容易发生凌汛。其中，尤以中国黄河凌汛最为严重。

黄河东西跨越 23 个经度，南北相隔 10 个纬度，流域内最冷月份的平均气温都在 0℃以下，因此，黄河干支流冬季都有程度不同的冰情出现。并且黄河河道自上而下呈“几”字形，在宁夏至内蒙古河段、河南至山东河段，黄河都是从低纬度流向高纬度。因而黄河凌汛多发生在宁夏、内蒙古和山东河段。

黄河在内蒙古以上段落流向是从西南向东北，特别是从甘肃省兰州市至内蒙古基本流向是从南向北，南北直线距离达500多公里，气温差异很大，其上游甘肃、宁夏段温度高，内蒙古段温度低。这种北冷南热的气温条件，就造成了封河时，流凌常由内蒙古段溯源而上，从下游向上游堵着封，而开河时则由甘肃、宁夏段逐渐向下发展，从上游向下游压着开的不利局面。在自然情况下，内蒙古段包头的流凌封冻时间通常比兰州早20多天，而解冻开河时间却晚一个多月。这样，黄河在封冻时，由于河水中冰凌的存在，致使水位上涨，可能引发洪水。而等到翌年春季，上段已是春光明媚，下段却还是冰封千里，融水就带着冰凌顺流而下，时而阻塞，水位抬高，时而溃决，横冲直撞，使下游冰层遽然胀破，又形成巨大的冰排，向下猛冲，造成严重的凌汛。

黄河流进山东省境内后又一次转向东北，黄河东营入海口的纬度比郑州高了近3℃，1月平均气温则偏低3℃～4℃，因此，山东段开河时间便比上游河南要晚。加上黄河下游河道上段宽浅，河势散乱，下段弯曲，狭窄不畅，这样更增加了凌汛的可能性。此外黄河下游河床逐年淤积抬高，滩槽高差减小，极易发生漫滩。

黄河下游凌汛在历史上曾以决口频繁、危害严重、难以防治而闻名。但是近年来受气候变暖导致冰期变短、黄河上中游来水减少、三门峡水利工程的调控以及防凌破冰技术的发展等因素的影响，黄河下游的凌情有了明显好转，多年以来，即使发生凌汛，也未曾决口。所以，目前黄河凌汛最严重的地段，还是黄河内蒙古段。

“三军”立体式破冰战

目前，人们的防凌措施主要有：修筑堤防、分水分凌、水库防程以及破冰防凌等，还有就是要加强冰情观测、开展气象和冰情预报、建立冰情预警系统，其中最行之有效、立竿见影的要数破冰防凌措施。

世界上采取的破冰手段主要有破冰船破冰、定点爆破等。其中俄罗斯、加拿大等国主要利用破冰船进行破冰防凌，而我国则是唯一采用飞机轰炸手段进行防凌的国家。

中国人民解放军支援黄河防凌工作由来已久。早在共和国成立初期的

1951 年，根据内蒙古自治区人民政府的请求，结合自治区黄河防凌工作的实际，周恩来总理特批中国人民解放军空军部队执行内蒙古黄河解冻开河的防凌命令，并根据凌情需要，完成轰炸冰坝的任务。这也是我国在黄河防凌中首次使用飞机轰炸冰坝。谁曾想，这一命令一直延续至今。防凌炸冰，几乎成了中国空军每年的“固定演习项目”。

除了空军轰炸外，内蒙古黄河防凌还运用了地面炮击、炸药包破冰、气垫船破冰等手段。2009 年 3 月 19 日 12 时至 12 时 30 分，内蒙古自治区防汛抗旱指挥部在黄河巴彦淖尔市乌拉特前旗大河湾河段（毛不拉孔兑黄河入口处）的弯道卡冰处首先实施了轰炸机轰炸破冰，3 架轰炸机投掷了 36 枚炸弹，全部命中目标，堆冰溃泻。14 时 30 分至 16 时 30 分，又对乌拉特前旗三应河头段易卡冰结坝的弯道实施了炮兵轰击破冰，6 门大口径火炮共发射 105 发炮弹，弹无虚发，疏通了河道。随后，根据鄂尔多斯市杭锦旗 208 险工处堆冰严重，水位上涨较快，水位距堤顶仅 1.8 米，形势严峻的实际，在不符合轰炸机和炮兵出战要求的情况下，18 时至 20 时，利用气垫船载人进行冰上布设炸药破冰。经过 3 次大药量爆破，成功消除了堆冰，排除了险情。这也是“亮相”不久的气垫船在防凌中刚刚露出的“尖尖角”。并且由于气垫船的参战，形成了轰炸机、炮兵和气垫船空中、地面、水面“三军”立体式破冰的实战。

进入 20 世纪 90 年代，内蒙古河道凌汛发生的频率、凌害损失呈现上升趋势，水利工作者正在研究和摸索更多行之有效的破冰方法和防凌措施。还有一点需要特别指出，由于全球变暖，我国区域气候发生了明显改变，并且黄河正处于我国增温比较明显、气候带明显北移的地区。因此近年来，黄河封河日期推迟而开河日期提前，封河天数明显缩短，封河长度也明显缩短，封河时的流量减小，封河时的最大冰量也明显减少，最早封河地点虽然没有明显变化，但最上开河地点近年来却明显地向下游方向转移。这些变化，又将给未来的防凌工作造成怎样的影响呢？我们严阵以待。

（原载于 2009 年 12 月号《中国国家地理》）

畅游万里黄河第一闸

朋友，如果你想在同一景地，体会不同的季节，那么，你就去万里黄河第一闸（三盛公水利枢纽国家水利风景区）吧；如果你想到一个舒心畅意的去处，领略水之浩、闸之宏、景之秀，那么，你就去万里黄河第一闸吧！假使你百无聊赖或郁郁寡欢，那么，你更应该去一趟黄河第一闸。

去万里黄河第一闸，不论哪个季节，你都会有别样的感受，你都能饱览其雄姿挺拔的巍峨，谛听她奔流不息的脉搏。万里黄河第一闸哪个季节都适合你。

一

早春，我遏制不住放纵的自己，驱车奔驰在磴口县境内110国道的“二黄河”堤公路上。号称“二黄河”的河套灌区总干渠，河面平铺着厚厚的冰层，像一条带子从我身旁向后飘去。朝阳沐浴着周身，冷风吹着嫩绿的柳枝。这塞外的春天，还在包裹着意犹未尽的冬意，还在尽力掩藏着春的气息。

拦河闸、总干渠进水闸、中央控制圆楼组成的黄河三盛公水利枢纽工程，这一雄伟建筑，让我在静静中寻觅着一种对她的歌唱之情。因为，这座宏伟的工程，河套人民已为她歌唱了近50载，这项工程已赋予我对这块土地太深太厚的感情，使我一时不知从哪里去歌唱。尽管她已逾不惑，可她仍是魅力难挡！尽管她青春已逝，可她依旧美名远扬！

明媚的春光为黄河第一闸增添了新的活力。闸下汩汩的水流，静静地流淌，一些感触又不由得萦绕心头。生于斯长于斯的我，置身在黄河第一闸的怀抱里，就像婴儿置身在母乳下，这母乳，从未中断过对我的滋养。是的，近50年来，她一刻都不曾忘记自己的使命，不曾忘记百万河套人民对她寄予的殷切期望。正如一位老者所说：“有这黄河第一闸，才水丰而地肥。只因为这水养育了一方，也才有‘八百里河套赛江南’的赞歌。”

是呵，有了万里黄河第一闸，就有了适时灌溉的水；有水，就有了河套人民的幸福。看，那要冲破冰层的激流，不就是要急着去润泽这片金色的土地吗？

二

夏季，璀璨的阳光把万里黄河第一闸描绘得分外耀眼。在这里，我踏踏实实品味了碧波渺渺、日朗气清。滔滔的黄河水滚滚奔来，到黄河第一闸下，她竟像一条被驯服的巨龙，拍击着，轰鸣着，欢腾而去。湍急的水流，挟带着清凉的气味，沁人心脾，感觉身心都像是在随风飘拂。

到闸上游库区的人们乘快艇，把自己融入大河之中。这时，又觉河之浩渺、博大，闸之雄伟、壮丽。观岸上树绿，望空中鸟飞，身心醉于逍遥。在闸下游垂钓，去沙滩嬉戏或水中游泳，尽可极乐情怀。或凉亭休息，或树丛轻语，或随你尽享美味：酒水自不必说，金色鲤鱼、红眼、沙锥子、白条、草棒、银虾等等，尽情让你享用。乘快艇黄河冲浪，骑摩托沙滩畅游，观创意金属雕塑，涉八卦水域迷宫，赏“天下第一古筝”，睹黄河冰凌奇观，憩滨河观光景带，游“天下第一同心锁”，览“万里黄河第一闸”……乐趣由水而生，因水而起。黄河第一闸的夏天，是让人流连、让人尽兴、让人忘怀的美好季节。

叶落秋至。黄河第一闸镶嵌在柔媚的阳光里，格外秀丽，秋也别有意味。风有些感伤，绕在人耳际，纠缠在树间，时不时吹下一片、两片黄绿交杂的叶子，飘摇于地，飘摇于凉意浸肤的河水上。石凳泛凉，游人不宜久坐。冷饮不敢贪多，可烧酒但喝无妨，让你暖意泛起，好去登高，再上肃穆的圆楼。秋日放眼，举目而望，漫漫林木连接着远方，在秋的氛围下，有种道不出的感觉。仰卧沙滩，尽看蓝天、白云、鸟飞。攥一把湿漉漉的细沙，一股脑儿溜进项背里，更添一丝秋意。

初雪后的黄河第一闸，沉浸在银色的世界里。晶莹的雪粒儿闪动着七彩之光，从闸顶、树端、屋脊闪闪烁烁地荡下来，扑在脸上，凉爽刺激。你早已等不及了，有一种欲望想要表现：欢跳着，在洁白的雪地上深深地印上几个脚印。那不是破坏，那是在舒畅中寻欢。捧一把雪，擦擦脸，搓搓手，或捏成一团，掷出去，在雪地上远远地留一个白窝儿，或攒在他（她）身上，谁都不会嗔怪，你可以尽情撒欢，行人不会讥笑你。登楼远眺，大河上下银装素裹，只有黄河第一闸下河中心一段，水流湍急。静与动，在这里更显得和谐。

“天高地迥，觉宇宙之无穷。”雪后的天空闲云飘逸。车辆舒缓地流淌在公路桥上。停车走出，或悠然弥望，久久不愿离去，似在寻回夏日的喧闹。

要领悟万里黄河第一闸的冬日，需静心体味。让肺腑尽情地在这新鲜、洁净的空气中，深情地呼唤，抒发无穷的畅快和激奋；让身心尽情地融入清凉、美丽的自然，感受无穷的欣然和惬意。

三

季节轮回，转眼又是一个春天。

大大小小的冰块，相互挤撞着、碰击着，“轰轰”“砰砰”。冷不丁这里架起一座冰山，转瞬间那里“砌起”一堵冰墙，参差错落，此起彼伏。涌流载浮着冰舟，碰撞着桥墩，发出沉闷的巨响，陨落闸下……

黄河第一闸的春天，就从这惊心动魄中开始。

想到这里来吗？朋友，这里绝不会让你失望！

景区名片

黄河三盛公水利枢纽工程于1959年兴建，1961年建成投入运行，是新中国成立之后，在黄河干流上游建设的主要工程之一，是全国三个特大型灌区之一——内蒙古河套灌区的引水龙头工程，灌溉面积达870万亩，是黄河上唯一的以灌溉为主的一首制引水大型平原闸坝工程。工程造型别致，宏伟壮观，堪称万里黄河第一闸，也是国家水利风景区。

（原载于2010年5月28日《中国水利报》）

山中，那37年的坚守

——内蒙古乌拉特前旗大佘太水文站纪实

一座小小的土房子孤独地静立在大山的怀抱中，一条绵延的河沟缓缓地从远处流过，又欢快地潺潺而去。3个已不再是壮年的男子守着那条河沟，守着那座孤零零的房子，更是守着他们的信念与责任，在那里生活着、工作着。

这是记者未到大佘太水文站前对那里的粗略想象。

（一）

从巴彦淖尔市乌拉特前旗乌拉山镇出发，越野车走了一段柏油路后，驶上了弯弯曲曲的山中小路。沿着坑坑洼洼的山路蛇行，1小时后，车子七拐八拐进了山中深处，在一条蜿蜒流淌的浅浅的水流旁，我们到了目的地——大佘太水文站。“这个水文测站也是内蒙古自治区建得比较早的一个水文站。现在河沟里水量不足一个流量。”自治区水文总局局长生效友介绍着。

这和我对这条河沟的想象几乎一样，只是河沟两旁低矮茂密的小草装扮了河沟，周围土色的山峦在小草的映衬下，给人一种老朋友般的感觉，也把立在沟坡上那座站房点缀得温情脉脉。

抬眼望去，一幢红砖砌就的，不算大的站房就在我们眼前。两个50多岁的男子一前一后小跑似的迎过来，脸上挂满了笑容，不住地和我们握手说：“来了就好，来了就好。”

走近站房，进门处是一个简单的厨房，右边屋里摆着3张单人床、两张桌子，左边屋子既是办公室也是饭厅，摆放着测流设备和饭桌。简陋的生活陈设和工作环境使我对这幢房子和住在这里的仨水文勘测工有了深入了解的愿望。

“可以想见，生活在这里是清苦的。”我自言自语地说。

“是啊，这个地方能见到除了石头就是牛倌、羊倌。”56岁的刘栓小说。

“刚来时感觉生活很不方便，最初点的煤油灯，后来点蜡烛，再后来用上了电灯，也能看上电视了，但还老是收不到台。”

“他是我们的站长。”见刘栓小说开了，坐在一旁的尚茂林才渐渐放开了拘谨，指着刘栓小介绍。然后就和记者拉开了家常：“我们吃饭一直是自己做，仨人一起吃，谁回家就从自己家里拿来米和面。这儿离镇上 23 公里，以前路不好走，现在交通便利了。”

“现在啥东西都能买到，自己也种些菜，一般吃不上肉。想吃自己出去买点。”一个双手沾着白面的人从厨房出来说完话又进了厨房。

“他叫武茂，你们来时他在厨房忙着做饭，我们 3 人都是测工。”站长刘栓小说，“平时武茂做饭多，他厨艺比我俩好。”

“现在都闲下来了，一过汛期就不用太担心了，就能回家看看了。汛期必须保证有两个人在岗位上，有洪水的时候必须仨人都在测站。我们打交道多一些的还是来附近种地的农民和放羊的牧民，他们一来，我们就能唠唠话，了解了解镇上的事了。”刘栓小接着说。

“家里对你们这种常年生活在测站，关心不了家人的工作没有看法吗？”记者忍不住问道。

“咋能没看法呢，一开始老是抱怨，回去给冷脸子，甚至还吵架。后来慢慢也习惯了，回去一次家里都挺高兴的。”刘栓小说，“再说，现在子女都长大了，也工作了，我们参加工作后就农转非了，现在我们每人每月 3000 多元工资，汛期还有 400 多元补助津贴，感觉也越来越好了。”

“待在这儿这么多年，已经什么都习惯了，现在去人多的地方还不适应，嫌人多麻烦。”尚茂林说。

（二）

大佘太水文站位于内蒙古巴彦淖尔市乌拉特前旗大佘太镇，承担着下游大佘太水库入库水位，流量的测、报、整理，降雨资料的收集、整理工作。刘栓小介绍着。

这个测站成立于 1980 年 1 月，隶属巴彦淖尔市水文勘测局，属国家基本水文站，也是发源于固阳县的乌苏图勒河上唯一的水文站。乌苏图勒河在乌拉特前旗流入乌梁素海，全长 116.5 公里，流域面积 1933 平方公里，集水面积 1837 平方公里，测流断面距河口 3.5 公里。乌苏图勒系蒙古语，也作“乌孙吐如”，意为急流、水头。大佘太沟坡陡流急，汇流时间短，洪水过程陡涨陡落，一次洪水过程仅几小时。

2011 年，巴彦淖尔市水文勘测局利用中小河流治理，建设了水文监测系统。项目包括：站房 96 平方米，院落和进站道路硬化约 350 平方米，观测道路约 100 平方米，雨量观测场一处，雷达水位计一处，水文浮标测流缆道一处。

刘栓小说：“过去根本没有这样的条件。现在国家投资改变了这里的环境，又在旧段面上盖了新站房，条件真是好了。”

“这么多年，你们仨‘光棍’是怎么相处的？”记者开玩笑地说。

“我们仨人都是 1957 年出生的，一起工作、生活 30 多年了，3 个人从没红过脸。你别说，30 多年的夫妻闹离婚的多得是，我们 3 个就离不开，一个人有事回了家，剩下的两个人还想得不行哩。”尚茂林说。

“从 1977 年参加工作后，一直没离开这个站，”刘栓小接过话茬说，“确实舍不得离开啊。”

“这里最大问题就是没信号源，只能到处找有信号的地方接打电话。”刘栓小向记者坦言他们存在的困难。“但我们从来没有误了报汛，总是想办法及时把水情和汛情报出去。”

“自治区水利厅正在进行水利信息化建设，建好后你们这里就不用再为没信号犯愁了。”生效友局长告诉他们。

“那可就太好了，太好了。”仨大男人高兴得像孩子似的。

（三）

让刘栓小他们最难忘怀的是 1986 年 6 月 26 日的一次大洪水。“平时，我们就是看水尺、记水位。要是在汛期，一晚上得看六七次。可是那天雨下得非常大，大佘太沟满沟的大水，当时的流量达 700 多立方米，我们从来都没见过，非常害怕。峰头过后，水面上翻着白浪，就像一个个落水的大骆驼翻滚着、跳跃着、嘶叫着一样。我们仨当时什么都顾不上，就想着尽快测出洪峰进站的流量数据，想着怎么把汛情赶快报出去。”刘栓小回忆着。

仨人紧张地忙碌着，一个紧盯着水尺记录着；一个不停地跑上跑下观测水位、水流流速、流向和波浪等；一个不歇气地向水文局报告着水情。沟岸上湿滑，稍不留神就会滑进洪水里；站在水边，洪水翻着浪头，雨像鞭子似的打在身上，浇得眼睛都睁不开，随时都有被洪水卷走的危险。“那天可是紧张坏了，真怕有一点疏忽和遗漏，也真怕汛情报不出去。虽然是第一次遇到这样大的洪水，好在仨人配合默契，各司其职，及时准确地测出了洪水水位和流速。”刘栓小至今记忆犹新。

“一辈子干下来，也挺喜欢这个工作的，就像有职业病了。有时候在家听到打雷声，一晚上就睡不着觉，提心吊胆、心慌意乱的，直怕有洪水。要是在站里吧，反倒踏实些了。”

“说实话，我们这也是为后代人打基础了。孤独寂寞近乎与世隔绝，没有点为啥要守在这儿的精神，真坚持不下去。”尚茂林有些激动。

“是啊，没有这些淳朴的基层水文人，怎能支撑起水利事业？”生效友说。

见记者有些好奇地看着屋后的鸡舍，刘栓小说：“我们平时打发简单的日子也有办法。过了汛期就闲点，但也更孤独了。这不，我们在站里养了400多只红公鸡，每只鸡成本就八九十元，4个多月就能出栏，一只鸡能卖120块左右，纯收入每只鸡三四十块钱哩。”

“说句心里话，如果水文站返聘我们，就继续干下去。要是不聘，就回去种地、放牧。”记者禁不住问起他们退休后的打算，仨人几乎同时说。

正说着，武茂端出了自己的“成果”：冒着热气的馒头、清脆的小油菜和院子里摘的西红柿、小黄瓜等，像变戏法似的转眼间就摆了一桌子。

“你们这么老远来看我们，真是比过年都高兴、感动啊！”仨人你一言我一语地念叨着……

从风华年少的汉子，到默默而又执着的37年守护，仨汉子把青春和人生书写在大山深处，书写在一条河沟中，书写在水利事业上。他们平静地守护着责任与信念，守护着他们平凡但又精彩的日子……

（原载于2014年12月16日《中国水利报》，2014年第2期《河套灌区科技与文化》，本文获《中国水利报》2015年第一季度好新闻奖）

辽阔草原唱响水利赞歌

辽阔的内蒙古，以其独具的风情和特色，雄立于祖国北疆。从1947年成立自治区以来，70年间，这片边陲大地如雄鹰展翅、骏马奔腾，日新月异，神采飞扬。

70年光辉历程，70年华彩乐章。伴随着自治区前进的步伐，内蒙古水利事业在这70年间，不断创造着辉煌。70年来，在国家的大力支持和全自治区各级党委、政府的重视和领导下，内蒙古广大水利职工解放思想，抢抓机遇，迎接挑战，紧紧围绕自治区经济社会可持续发展的中心工作，以改善农牧业生产条件、调整农牧业生产结构为重点，组织动员广大群众，坚持不懈地开展了大规模的水利建设，使全自治区防洪减灾能力不断增强，一大批重点水利骨干工程相继竣工投入运营，最严格水资源管理制度有效落实，水权转换试点工作取得初步成效，农田草牧场水利基本建设持续快速发展，饮水安全工作成效显著，水土流失得到有效治理，水利市场化进程逐步加快，投融资渠道进一步拓宽，水利法制化进程不断加快，水利科技创新能力明显增强，水利改革与发展开创了崭新局面，为自治区经济社会实现可持续发展和人民群众的幸福安康作出了重要贡献。

强基固本　功在千秋

自治区成立之初，就把水利建设作为奠定经济社会基础、保障百姓安全、改善人民群众生产生活的重要基础设施来抓。70年间，内蒙古相继完成了一批水利骨干工程建设，建成水库615座。其中，大型15座，中型89座，小型511座。兴修了三盛公、红山、海日苏、打虎石、察尔森、尼尔基、吐尔基山、红花尔基、德日苏宝冷、绰勒、三座店等水库及万家寨水利枢纽、海勃湾水利枢纽、河套总干渠、黄河内蒙古段防洪工程、辽河干流治理工程、嫩江干流治理工程等一大批重要的水利工程。到目前，在自治区境内的主要江河已修筑堤防7584.79公里。其中，黄河堤防2403.81公里，松花江堤防

1879.47 公里，辽河堤防 2799.83 公里，其他堤防 501.68 公里。为保障和支撑全自治区经济社会健康发展，保障粮食安全、饮水安全及生态安全发挥了突出作用，为沿河地区经济社会发展及人民生命财产安全提供了有效的保障。

内蒙古大部地处干旱半干旱地带，灌溉农业在全自治区农牧业发展中占有极为重要的地位。自治区成立初期，各盟市只有零星的水浇地，且工程简陋，保证率低，全自治区有效灌溉面积 28.47 万公顷。在相当长的历史时期内，自治区为发展农牧业，通过兴建水利工程、打井配套和加强灌区改造等手段，使农牧业灌溉面积迅猛增长。目前，已配套灌排机电井 193.47 万眼，建成万亩以上灌区 211 处；有效灌溉面积达到 313.15 万公顷，供水基本井 6872 眼，充分显示了水利工程在促进自治区农牧业生产发展过程中的基础地位和突出作用。

自治区成立后，相继建成河套、黄河南岸、包头镫口、土默川、西辽河、英金河、察尔森、孪井滩扬水等一大批大中型灌区，为农牧业发展奠定了基础，成为国家重要的粮、糖及油料生产基地。

随着自治区经济社会快速发展和水资源供需矛盾的日益突出，农业灌溉方式逐渐从大规模地开发利用地下水、地表水向节水灌溉转变。特别是从“十一五”以来，国家先后批准自治区 40 个中央财政小型农田水利重点县建设和 38 个旗县的节水增粮项目。到目前，全自治区建成节水灌溉面积 68 万公顷，建成水窖、旱井等小型集雨工程 12.8 万处，发展补充灌溉面积 5.4 万公顷。随着新建尼尔基、绰勒水库下游灌区及河套灌区等 14 个大型灌区续建配套与节水改造工程的陆续实施，万亩以上灌区达 211 处。全自治区新增有效灌溉面积 74.46 万公顷，新增和改造节水灌溉面积 249.5 万公顷。截至 2016 年年底，节水灌溉面积达到 263.87 万公顷，农田灌溉水利用系数由“十一五”末的 0.47 提高到 0.532，为自治区粮食产量“十二连增”提供了有力支撑。

畜牧业是内蒙古的主要经济支柱。自治区成立 70 年来，牧区水利从无到有，从小到大，迅速发展。大力兴建了各种饮水工程，建成比较完整的牧场供水网，使大部分草场资源得到合理利用。积极开发各种水源，因地制宜发展饲草料灌溉和天然草原灌溉，为畜牧业生产建立了可靠的饲草料基地和防灾抗灾基地。特别是随着牧区节水灌溉项目、京津风沙源治理项目、农业综合开发项目、扶贫项目等一批重点农牧业基础设施项目的实施，在大力发展灌溉饲草料基地的同时，也为草原生态恢复和环境保护开辟了新的途径，实现了生态效益和经济效益的双赢。到目前，全自治区牧区累计修建水库 140 座，修建塘坝 237 座；发展灌溉面积 53.09 万公顷，其中，节水灌溉面积 34.24 万公顷。牧业旗县（市）实施牧区水利节水示范等项目 361 个，发展节水灌溉饲草料地 13.68 万公顷。

完善管理　持续加力

内蒙古耕地亩均水资源量为全国平均水平的 1/3。70 年来，随着自治区经济社会的快速发展和人民群众生活水平的逐步提高，水资源供需矛盾日益突出。科学合理地开发利用和节约保护有限的水资源，落实最严格水资源管理制度，实现水资源的优化配置、全面节约、有效保护和科学管理是缓解水资源紧张局面的必由之路。

1992 年，自治区发布施行了《内蒙古自治区水资源费征收标准、管理和使用的暂行规定》《关于加强征收水资源费财务管理有关问题的通知》。2003 年，制定了《自治区行业用水定额标准》，并于 2009 年和 2015 年进行了两次修订。“十五”以来，积极组织力量开展了自治区水中长期规划等基础性工作。为推进节水型社会建设，积极建立政府调控、市场引导和公众参与的节水机制。按照自治区取水许可制度与水资源费征收管理条例有关规定，全区基本实现了取水许可分级管理制度。2011 年和 2014 年，对水资源费标准进行了三次调整，对利用价格杠杆促进全社会高效利用水资源和增强取用水户节水意识起到重要作用。水资源管理制度不断完善，先后编制出台了《自治区节约用水条例》《自治区水土保持条例》《自治区地下水管理办法》《自治区水功能区管理办法》《自治区水资源综合规划》《自治区水功能区划》《自治区农业节水灌溉条例》《自治区城市饮用水水源地安全保障规划》《自治区农村牧区饮用水供水条例》《自治区境内黄河流域水污染防治条例》《全区入河排污口普查登记》《黄河水量调度应急预案》《自治区境内西辽河流域水污染防治条例》《自治区取水许可及水资源征收管理实施办法》《北方煤炭基地水资源评估报告》，以及“十一五”节水型社会建设规划、自治区节水型社会建设“十二五”规划、自治区节水型社会建设“十三五”规划等，水资源管理走上了规范化、制度化的轨道。

自治区各级水行政主管部门依法推行用水总量控制和定额管理制度，全面落实最严格水资源管理制度，用水总量得到有效控制，用水效率大幅度提高。与2005年相比，万元GDP用水量由449立方米下降到96.9立方米，万元工业增加值用水量由102立方米下降到22.4立方米。

呼包鄂是内蒙古沿黄重要经济带。根据“八七”分水方案，国家分配给内蒙古沿黄六盟市黄河可用水量指标为58.6亿立方米。随着呼包鄂工业项目用水需求大幅度增加，很多工业项目因无用水指标而无法开展前期工作。另一方面，内蒙古黄河河套地区农业灌溉渠系配套水平低，渠道渗漏损失大。建立合理的用水机制，进行合理改革成了地方经济社会发展的迫切要求。2003年，内蒙古率先在鄂尔多斯市启动了黄河流域水权转让试点工作。由新建工业项目的企业投资鄂尔多斯市内黄河农业灌区，进行灌区节水改造工程建设，企业获得结余水量使用权。通过2005年、2010年两期水权节水改造工程建设，工业企业累计投入节水工程改造资金24亿元，共节水2.28亿立方米，既提高了黄河农业基础设施管理水平，又解决了新增工业项目的用水问题。

鄂尔多斯的成功实践为水权改革积累了宝贵经验。2013年12月17日，内蒙古水投集团投资1000万元组建了内蒙古自治区水权收储转让中心有限公司，标志着内蒙古水权转让步入了市场化阶段。2014年1月20日，内蒙古自治区政府批准了《内蒙古自治区盟市间黄河干流水权转让试点实施意见（试行）》，拟对河套灌区进行节水改造，向其他盟市实施跨盟市水权转让。试点工作的开展解决了内蒙古50多个工业项目用水，为沿黄灌区筹措了30多亿元节水改造资金，为约1440亿元工业增加值提供了水资源保障，拉动自治区GDP增长约353亿元。通过在内蒙古黄河干流农业用水向工业项目的有偿转让，形成了水资源跨行业的有序合理流动，促进了本地区经济社会、资源环境协调发展，走出了一条工业发展反哺农业，以农业节水支持工业发展用水，互利双赢的用水管水新路子。

破解难题　释放活力

改革破解难题，改革释放活力。在内蒙古西部大胆实践、成功探索水权转让的同时，在内蒙古东部赤峰市，一场农业水价综合改革试点示范正在悄然实施。小山灌区位于赤峰市敖汉旗西北部古鲁板蒿乡境内，红山水库下游，是内蒙古重点中型灌区。进入21世纪，由于多年连续干旱，灌溉水资源严重不足，小山灌区东他拉扬水灌域年灌溉用水 60% 需向红山水库购买。灌区一直按亩收费，大水漫灌，灌溉水利用系数低，成本高，农民水费支出较大。2014 年 10 月，小山灌区东他拉扬水灌域被确定为国家农业水价综合改革试点项目区。

试点以来，小山灌区东他拉扬水灌域组建了四个农田灌溉专业合作社，组织用水户参与工程建设、用水管理、工程管护；明确了水权，实施用水总量控制；完善了农业水价形成机制，对小山灌区骨干工程和末级渠系进行测算后确定了供水成本，执行超定额累进加价制度，对计量供水足额交纳水费的用户实行精准补贴，建立了节水奖励机制；明确了小型水利项目的产权和使用权，谁使用、谁管理，谁受益、谁维护。推进末级渠系节水改造工程建设，为农业水价改革提供了硬件支撑。农业水价综合改革为小山灌区带来了新的气象、新的生机。截至目前，内蒙古共实施了 30 个农业水价综合改革试点和示范项目。

加快推进节水型社会建设，是破解水资源短缺的有效途径。包头是内蒙古最大的工业城市，随着经济格局越来越大，水供需矛盾日趋突出，人均拥有水资源量不足全国平均水平的 1/8。建设节水型社会成为包头市经济社会发展的必由之路。

2010 年，包头市被确定为内蒙古首家暨全国第二批节水型社会建设试点城市。

按照试点建设要求，包头市遵循全面规划、重点突出、分步实施、示范带动、整体推进的建设思路，从提高水资源利用效率入手，修订和完善了一系列节水和水资源管理的法规和制度；投入巨额资金，全面开展了工业农业与服务业节水工程建设；注重全社会节水意识的普及和自觉意识的养成；加强了对全市供水节水、水资源开发利用和凿井施工队伍的执法监督，对入河排污口和重点排污企业实行严格管控；加大城市污水管网和污水处理厂的建设改造力度；依靠科技进步，大力发展节水型工业和农业；强化生活节水器具的推广，提高水资源的承载能力，全面提高用水效率。运用经济杠杆调节手段，建立健全了合理的水价体系和形成机制，增强了整个社会的节水意识。和 2005 年相比，包头市万元 GDP 取水量从 123 立方米降至 36 立方米，万元工业增加值取水量从 74 立方米降至 21 立方米，工业水重复利用率提高到 88.8%，农业节水灌溉率从 44.3% 提高到 68.6%，农田灌溉利用系数从 0.42 提高到0.57。

除了包头市，呼和浩特市、鄂尔多斯市、二连浩特市全国节水型社会建设试点均通过了水利部验收，包头市、呼和浩特市、鄂尔多斯市被评为全国节水型社会建设示范区。

在内蒙古，越来越多的城市正在因水而变。2013年和2014年，乌海市和呼伦贝尔市被水利部分别确定为“全国水生态文明城市建设试点”。

素有“黄河明珠”美称的乌海市，黄河穿市而过105公里。随着经济社会的快速发展，乌海市对水生态建设提出了新的更高要求，带来了一些亟须解决的水问题。突出表现在：水资源指标硬约束与节水求发展的问题，湖泊水系治理及水安全保障需求迫切，脆弱生态背景条件下的安全屏障不足，多水源多用户资源配置格局不合理，生态文明意识及管理制度建设尚薄弱。

试点期间，乌海市从水生态系统保护和节水防污型社会建设两大系统出发，重点抓好水安全、水管理、水环境、水生态、水景观、水文化、水教育等六个方面，形成功能完善、协调统一、健康和谐的水生态系统总体格局。其中，在水生态系统保护方面，以乌海湖水利风景区建设以及龙游湾湿地公园建设为重点，形成了一湖、一地、一网、多点，具有干旱区特色的水生态网络格局，建成了山、泉、湖、河、城相融合的美丽乌海；同时，以海勃湾区中水回用工程、热电厂中水深度处理回用工程以及乌海市农业节水灌溉工程为重点，建设节水防污型社会。

目前，乌海市以乌海湖为核心，大力加强以沿边、沿路、沿山、沿河防护林和生态林为主的生态绿化带建设，正在形成以森林公园、湿地公园、城市公园、自然保护区为重要节点的生态功能区，整座城市呈现出湖在城中、城在水中的美丽景观。水正逐步改变着乌海的发展，推动着乌海的新变化。

国家“六五”普法规划启动以来，内蒙古各级水利部门坚持宣传教育作引导，强化普法基础工作，创新宣传教育手段，开展了丰富多彩的普法活动，形成了良好的学法普法环境。水利部门积极推进水利综合执法，对非法取水、非法采砂、违法设障、侵占河湖水域岸线等违法行为的打击力度不断加大。落实地下水保护行动计划，关闭自备水源井和地下水超采区机电井3万余眼。自治区水利建设市场信用信息平台建立，水利建设市场信用体系逐步健全。水利工程建设领域突出问题专项治理成效显著，水利工程建设管理、资金管理、质量安全管理全面加强，未发生重特大生产安全事故。随着内蒙古最严格水资源管理“三条红线”控制指标实现自治区、盟市、旗县三级行政区全覆盖，全自治区用水总量得到有效控制，建设项目水资源论证和取水许可管理全面强化，工业园区和规划水资源论证工作有序推进。建立了水库调蓄与湖泊补水结合、水量与水质并重的水调新模式，圆满完成了黄河、黑河水量调度工作。自2003年调水以来，额济纳旗黑河连续13年碧波荡漾，令大漠绿意盎然，胡杨金光闪耀。呼伦湖实施了水生态综合治理，乌梁素海实施了生态补水。内蒙古重要江河湖泊水功能区水质达标率达到了54.8%。

守护安澜　除害兴利

黄河内蒙古段流经6个盟市19个旗县（区），受河道、气温、流量及流速等影响，每到封河、开河期间，均要出现凌汛。凌汛严重时往往会导致河道结成冰坝，河水壅高，甚至发生堤坝漫溢决口等险情，对沿岸居民构成威胁。

自治区成立以来，沿黄各级政府十分重视防凌工作。从1950年起，年年修筑、加固防洪堤，组织人员进行巡堤查险；自1951年以来，几乎每年凌汛开河期都要请调中国人民解放军空军部队出动轰炸机进行黄河破凌。自治区成立70年间，黄河干流共堆积冰坝290余次，但由于准备充分、措施得当、抢防及时，均避免了重大损失。

内蒙古属于干旱半干旱地区，水资源时空分布不均，加之降水量少，“十年九旱，年年春旱”。70年来，旱灾总损失140.1亿元，平均每年3.41亿元，旱灾已成为全自治区危害最严重的灾害。

70年来，在自治区党委、政府领导下，内蒙古全面加强防汛防凌抗旱减灾的薄弱环节，对小型病险水库和中型病险水闸进行了除险加固，对大江大河主要支流、内陆河及中小河流重要河段开展了治理；大力实施了中小河流水文预警预报系统，初步建起了自治区到盟市的防汛抗旱指挥系统骨干网，实现了盟市级防汛抗旱工作异地视频会商；开展了山洪灾害防治非工程措施项目及山洪沟治理、抗旱水源建设，建成一批盟市和旗县视频平台，和一批雨量站、水位站、墒情站、视频站，实现了山洪灾害防治项目盟市旗县区与自治区防汛视频会商系统互联互通；开展了防汛抗旱法规建设，编制和修订了《内蒙古自治区防汛抗旱应急预案》《黄河防凌预案》《黄河蓄滞洪区调度方案》《内蒙古自治区抗旱条例（初稿）》《内蒙古自治区特大抗旱补助费使用管理实施细则（初稿）》等一系列法规制度；加强防汛抗旱物资储备建设，建设了呼和浩特、三盛公、红山水库和呼伦贝尔等4个自治区级防汛抗旱物资仓库，为保障发生严重洪涝和干旱灾情时东、中、西各地应急抢险救灾物资调运打下了一定基础。加强抗旱服务组织建设，组建各级抗旱服务队191支，购置了打井机具、输水软管等抗旱设备。

这些综合举措使得内蒙古防凌防汛抗旱减灾能力显著增强。70年来，科学防范了局部地区发生的多次不同程度干旱灾害，战胜了1964年、1967年、1981年、2012年大洪水；成功抵御了2013年东部地区严重融雪性洪灾、嫩江流域超50年一遇洪水、额尔古纳水系重要支流超100年一遇洪水，成功保卫了人民生命财产的安全，保障了城乡居民正常生活用水，保证了农牧业生产的顺利进行。

民生建设　深入民心

对于赤峰市翁牛特旗桥头镇桥头村村民李俊国来说，近年来最高兴的一件事莫过于喝上了甘甜的自来水。

就在几年前，李俊国所在的村子还没有自来水，全村人吃水靠的是一眼辘轳井。回忆起那时的情形，李俊国感触很深。

“那时候，老乡们吃水都到四里外的村东头拉水。一眼辘轳井只能轮流提水，一次出水也就两水车，还要再等几个小时才能提水。寒冬腊月，等水的老乡们冻得满地跑，夏天又晒得没处躲。为了吃水，受得那些罪就别提了。现在可好了，水利部门给我们家家都通上了自来水，拧开水龙头就能喝上和城里人一样的水了。”　李俊国说。

在翁牛特旗，近年来共有10.3万像李俊国这样规划外的贫困山区、沙化区老百姓吃上了安全、放心的自来水。

农村牧区供水工程是农村牧区经济社会发展的基础设施。自治区成立70年来，经过各级水利部门坚持不懈的努力，全自治区农村牧区供水工程经历了从大规模的供水基本井建设到饮水工程建设的发展历程。“十五”期间，为解决长期以来存在的农村牧区严重缺水问题，加快农村牧区饮水解困步伐，国家启动了饮水解困工程，共下达建设资金16.56亿元，建成各类饮水水源工程 1.171 万处，解决了 440 万人及 820 万头（只）牲畜的饮水困难问题。“十一五”期间，本着“先急后缓、先重后轻、先集中后分散、分步实施”的原则，重点解决了包括砷超标、氟中重度超标在内的农村 581 万人的饮水安全问题；“十二五”期间，大力实施农村牧区饮水安全工程全覆盖。2011—2015 年，国家共下达自治区规划内饮水安全工程投资计划 31.70 亿元，农村牧区饮水安全工程完成总投资 47.71 亿元，解决了 501.7 万农牧民和 34.8 万学校师生的饮水安全问题，农村自来水普及率达到 70%。70 年来，内蒙古解决了农村牧区饮水基本安全人口 1522.7 万人，同时解决了 2557.6 万头（只）牲畜的饮水问题。农村牧区饮水安全工程的实施，极大地改善了农牧民的生产、生活条件，为社会主义新农村新牧区建设作出了重要贡献。

来到赤峰市敖汉旗四家子镇的一处梯田，层层叠叠、错落有致，五谷旺盛、满目滴翠，犹如一幅精彩的画卷铺展开来。而在过去，这片山坡地却是跑水、跑土、跑肥的三跑田，村民们种一坡，收一车。

“以前，我们这地都基本上没多少收成，撒上种子，施上肥，大雨一来，全都冲走了，连苗都不剩。现在，老乡们可高兴哩，水利局又打井又铺管道，坡耕地都有好收成了。”赤峰市敖汉旗四家子镇扣河林村党支部书记张百东说。

在敖汉旗，像这样水土流失严重的坡耕地有 100 多万亩。敖汉旗从 2013 年起，通过新建水平梯田、打机电井、铺设灌溉管路等举措，每年完成水土流失综合治理 8000 亩，取得了实实在在的效益。

“过去，这土地没治理前都是熟土，最大产量也就三四百斤。现在尽管变成生土了，但治理好了，水土也不流失了，粪肥也不跟着水流失了，我们现在这产量，一亩地能达到七八百斤。” 敖汉旗新惠镇新地村党支部书记岳国余说。

自然气候的差异及区域地貌的特殊分布，使内蒙古成为全国水土流失最严重的地区之一。从 20 世纪 50 年代初期开始，各族人民就开始了坚持不懈的水土流失治理。从 1979 年开始，为改变治理措施单一、治理地点分散的问题，自治区开展了以小流域为单位、以户承包为主要特点的综合治理。与此同时，自治区水行政主管部门根据水土流失现状，将全自治区划分为若干水土流失重点治理区，并通过国家八片水土流失重点治理工程，中央财政预算内专项水土保持项目，水土保持生态重点建设，黄土高原水土保持世行贷款

1、2 期项目，黄土高原砒砂岩地区沙棘治理项目，黄土高原淤地坝建设，东北黑土区水土流失综合防治，黄河流域水土流失重点治理项目以及水土流失综合治理示范县和全国“十百千”示范工程、小流域治理等重点项目的实施，使重点治理区的水土流失状况得到基本改善，为这些地区的经济可持续发展创造了条件。在水力、风力复合侵蚀区，实施了京津风沙源治理、生态环境建设、退耕还林还草、草原恢复保护工程，水土流失得到有效遏制，生态环境明显改善。70 年间，全自治区共治理水土流失面积 1308.3 万公顷。

1991 年 6 月《中华人民共和国水土保持法》颁布以来，自治区先后制定了《内蒙古自治区实施〈中华人民共和国水土保持法〉办法》《内蒙古自治区水土流失防治费征收使用管理办法》《内蒙古自治区生态环境建设项目管理办法》《内蒙古自治区水土保持生态建设项目管理办法》《关于加强生态文明制度建设的意见》《关于加强生态文明建设的意见》。2010 年 12 月，《中华人民共和国水土保持法》修订后，自治区重新出台了《内蒙古自治区水土保持条例》《内蒙古自治区水土保持补偿费征收使用实施办法》《内蒙古自治区水土保持工程建设管理办法》《内蒙古自治区水利厅关于水土保持项目建设管理工作的通知》《内蒙古自治区水利厅关于加强生产建设项目水土保持工程建设监理工作的通知》等一系列地方和行业配套法规、规范性文件，使水土保持法律法规体系建设更加完善。

内蒙古生产建设项目水土保持“三同时”制度进一步落实，违反水土保持法规行为得到有效遏制，水土保持方案申报率、实施率和水土保持设施验收率明显提高，自治区立项的生产建设项目水土保持方案申报率达到 90% 以上。“十一五”时期，按照充分发挥生态自我修复能力的原则，在加强重点水土流失区、草原沙化退化区、地下水超采地区、生态脆弱地区等综合治理的同时，进一步强化生态环境保护的监督管理，促进生态系统的良性循环，使自治区真正成为我国北方的生态屏障。

科技创新　提升实力

位于内蒙古自治区草原腹地的通辽市享有“内蒙古粮仓”的美誉。这里地处世界黄金玉米带，是我国的玉米主产区。然而，通辽市是全国 110 个严重缺水城市之一，全市农业用水量 26.33 亿立方米，占总用水量的 85%，高出全国平均值近20个百分点。改变传统粗放的农业种植方式是通辽市改变缺水状况的当务之急。

2012年，国家节水增粮行动实施，为通辽市现代节水农业发展注入了强大动力。在科尔沁区、开鲁县、科尔沁左翼中旗三处整镇整建制建成的10万亩集中连片玉米膜下滴灌示范区，到处展现着现代高效节水农业的壮美风光。这里用水实行总量控制、定额管理、阶梯水价，实施最严格的水资源管理，滴灌项目区内，所有农田都安装了智能计量管理系统，应用了水资源无线自组网络管理技术，通过市、县、村三级水资源管理信息化平台之间的信息交换，实现精准灌溉、科学施肥和高效节水。

膜下滴灌是地膜栽培技术与滴灌技术的有机结合，通过管道输送到滴灌带，以小流量均匀适量地直接向作物根部补充水肥，减少了输水渗漏和地面蒸发损失，比低压管道输水灌溉节水50%左右。

在这里，拿着手机不出家门就能灌溉农田，轻点鼠标，用水量就能清清楚楚，看一眼电脑，土壤墒情就明明白白。新科技发挥的节水威力把几年前还面朝黄土背朝天的农民从繁重的农业劳动中彻底解放出来，让通辽农业走上了精准灌溉、高效节水的可持续发展道路。

70年来，内蒙古水利事业坚持科学治水方针，实施科教兴水战略，水利科技事业从起步到不断创新，实现了许多跨越式的突破。70年来，围绕水资源短缺、干旱洪涝灾害、生态环境恶化等问题，广大水利科技工作者对水资源优化配置、水环境保护、节水灌溉、水土保持与生态建设、水利工程建设与管理等专题的重点与关键技术认真开展了研究、引进与推广，先后完成科技部、水利部、自治区科技厅与水利厅等各类科研与技术推广项目430项。其中，获得国家科技进步奖4项，省部级科技进步奖24项，自治区农牧业“丰收奖”21项。国家重大科技攻关项目“内蒙古阿左旗荒漠区滴灌示范区建设与研究”“内蒙古新增四个千万亩节水灌溉工程科技支撑”等18项成果达到国际先进水平；“盐渍化地区水盐联合胁迫效应与节水灌溉应用研究”“十一五”期间获国家科技进步二等奖；“内蒙古岭东南地区旱作农业节水灌溉试验示范研究”“引黄灌区多水源滴灌高效节水关键技术研究与示范”等30多项成果达到国内领先水平。这些水利科技的丰硕成果是一代代水利科技工作者在孜孜不倦的探索与实践中取得的，不仅科研档次高，投入大，而且都关系到国计民生，在提升自治区水利事业水平，促进自治区经济社会可持续发展中发挥了不可估量的作用。

这是建于20世纪50年代的河套灌区总干局一闸，魏文斌在这个管理所工作了几十年，负责调闸、观测水位、汇报水情。作为一名老职工，近些年的水利信息化建设给他带来了极大的便利。

“以前六七个人都不够用，现在基本上就两个水调人员就够用了。”魏文斌说。

70年来，内蒙古水利信息化建设实现了大跨步迈进。在防汛抗旱信息化建设方面，黄河防洪防凌水位监测与视频监控系统，实现了全天候不间断的数据采集和视频分析，在防洪防凌期间水利厅会商室与前线指挥部可以实时视频会商决策，确保了凌情汛情快速有效地传递。水利信息化引领和带动了水利现代化。70年来，水利业务信息系统建设取得显著成效，自治区水资源管理系统一期工程、国家水资源监控能力建设项目、国家防汛抗旱指挥系统二期工程、中小河流水文监测系统等基本建成，水利信息化支撑和服务水利改革发展的能力显著提升。

守望相助　团结奋进

70年来，辽阔的内蒙古大地旧貌换新颜，2500多万各族儿女守望相助，携手同心，共同绘就了祖国北疆亮丽的风景线。70年间，内蒙古水利事业在自治区党委、政府的正确领导下，在水利系统全体职工的共同努力下，呈现了一幕幕气吞山河的伟大壮举，谱写了一首首荡气回肠的壮丽诗篇，在祖国北疆亮丽风景线上闪耀着夺目的光芒。70年间，内蒙古水利系统始终如一，不忘初心，全面加强组织建设，扎实推进从严治党，锤炼了一支作风优良、素质过硬的水利职工队伍。在未来充满希冀与挑战的伟大征程中，全系统广大职工将继续脚踏实地，负重前行，用智慧和汗水，用责任和担当创造新的伟业，努力为内蒙古经济社会可持续发展作出新的更大的贡献。

（原载于2017年8月11日《中国水利报》）

织锦共绣亮丽北疆

8月的草原，天高，气清，壮美，亮丽。内蒙古自治区迎来70周年诞辰。

缕缕舒缓飘逸的云锦，像轻曼的哈达，在与2500多万草原各族儿女同声欢歌；条条环绕碧绿的河流，似舞动的音符，与自治区水利人相拥喝彩；座座遍撒大地的水利设施，共为自治区繁荣助力添色。

与自治区一同前行70年的内蒙古水利，以一代又一代人的坚韧奋斗和攻坚克难，创造了一个又一个辉煌。辽阔的草原大地，在水的润泽下，日新月异，华章迭出。

70年栉风沐雨　70年沧桑巨变

倚祖国之巍峨，聆大地之铿訇。70年，内蒙古水利未曾间断探索，不断跨越新台阶。

自治区成立之初，就将水利建设作为重要基础设施来抓。70年来，自治区相继完成了一大批水利骨干工程建设，建成大中小型水库615座。到目前，自治区境内主要江河已修筑堤防7584.79公里，为自治区经济社会健康发展和人民生命财产安全提供了有力保障。

"你要是走遍自治区118万平方公里的大地，就会深切地感受到，像珍珠般随处可见的水利设施，在为各地经济社会持续发展、为广大人民群众奔小康提供有力支撑和服务。水利对于内蒙古来说，尤其是对于干旱半干旱地区来说，太重要了。这70年，真是不简单哪！"年近九旬的蒙古族离休干部乌力吉仓深情地说。

灌溉是农牧业的生命。自治区成立初期，有效灌溉面积仅28.47万公顷。为发展农牧业，自治区通过兴建水利工程、打井配套和加强灌区改造等，使农牧业灌溉面积迅猛增长。数据表明，目前，全自治区已配套灌排机电井193.47万眼，建成万亩以上灌区211处；有效灌溉面积达313.15万公顷，建成节水灌溉面积68万公顷，建成水窖、旱井等小型集雨工程12.8万处，新增有效灌溉面积74.46万公顷，新增和改造节水灌溉面积249.5万公顷。到2016年年底，自治区节水灌溉面积达263.87万公顷，农田灌溉水利用系数提高到目前的0.532，为自治区粮食产量“十二连增”提供了有力支撑。水利工程的基础地位和突出作用，使内蒙古成为国家重要的粮、糖、油料、畜产品生产基地。

“以前，我们每天要去30多里外的地方拉水，占用了很多时间，花了很多钱，长年累月身体也吃不消。2012年，旗水利局给我家打了一眼深水井，配套了太阳能提水设备和太阳能自动饮畜设备。现在，一个水窖能装60吨水，够用一个冬天的。就是赶上雪灾，也能度过。这要在以前，真是想都不敢想的事情。”锡林郭勒盟苏尼特右旗赛汉塔拉镇牧民白乙古拉说。

70年来，自治区大力发展牧区水利，积极开发各种水源饮水工程，发展饲草料灌溉和天然草原灌溉，建成了比较完善的牧场供水网。特别是牧区节水灌溉等一批重点项目的实施，为草原生态恢复和环境保护开辟了新途径，实现了生态、经济和社会效益的多赢。

70载筑牢基业　70载持续发力

水利兴，百业兴。70年来，内蒙古科学合理开发利用和节约保护有限水资源，落实最严格水资源管理制度，把实现水资源的优化配置和科学管理作为缓解水资源供需矛盾的“命门”来抓。先后制定施行了自治区行业用水定额标准、节约用水条例、地下水管理办法、水功能区划、农业节水灌溉条例等，开展了水利中长期规划等基础性工作，建立政府调控、市场引导和公众参与的节水机制，自治区基本建成了取水许可分级管理制度。三次调整水资源费标准。水资源管理进入规范化、制度化轨道，用水总量得到有效控制，用水效率大幅度提高。

受制于水资源短缺，内蒙古积极思变，2003年率先在鄂尔多斯市启动了黄河流域水权转让试点。由新建工业项目企业投资鄂尔多斯市黄河农业灌区，实施灌区节水改造工程，企业获得结余水量使用权。通过2005年、2010年两期水权节水改造工程建设，工业企业累计投入节水工程改造资金24亿元，节水2.28亿立方米，既提高了黄河农业基础设施管理水平，又解决了新增工业项目的用水问题。在鄂尔多斯的成功实践，为水权改革积累了宝贵经验。2013 年，内蒙古水务投资集团有限公司投资 1000 万元，组建了内蒙古水权收储转让中心有限公司，标志着内蒙古水权转让步入了市场化阶段。2014 年，自治区批准了《内蒙古自治区盟市间黄河干流水权转让试点实施意见（试行）》，拟对河套灌区进行节水改造，向其他盟市实施跨盟市水权转让。试点工作的开展，解决了内蒙古 50 多个工业项目用水问题，为沿黄灌区筹措了 30 多亿元节水改造资金，为约 1440 亿元工业增加值提供了水资源保障，拉动自治区 GDP 增长约 353 亿元。

“内蒙古通过在自治区黄河干流农业用水向工业项目的有偿转让，形成了水资源跨行业的有序合理流动，促进了本地区经济社会、资源环境协调发展，走出了一条工业发展反哺农业，以农业节水支持工业发展用水，互利双赢的用水管水新路子。”水利部发展研究中心的专家说。

70 年光辉历程，70 年华彩乐章。

在乌兰察布，永兴湖补水出来的一条清澈见底的蜿蜒小河缓缓汇入岱海。近年来，通过疏浚 16 条河道、异地调水等措施，岱海治理效果初现。

自治区以改善水环境为核心，保护和治理齐抓共管，建立了区域水污染防治联动机制，实现了分流域、分区域、分阶段科学治理，推进河长制管理制度，系统推进水生态保护和水资源管理。

随着内蒙古最严格水资源管理“三条红线”控制指标实现自治区、盟市、旗县三级行政区全覆盖，自治区用水总量得到有效控制，建设项目水资源论证和取水许可管理全面强化，工业园区和规划水资源论证工作有序推进；建立了水库调蓄与湖泊补水结合、水量与水质并重的水调新模式，圆满完成了黄河、黑河水量调度工作；黑河下游额济纳河沿岸绿洲构成了阿拉善的生态屏障。自 2003 年调水以来，额济纳黑河连续 13 年碧波荡漾，大漠绿意盎然，胡杨金光闪烁。

70 载护佑民生　70 载勠力前行

改革不仅仅是改变。内蒙古在西部大胆实践、成功探索水权转让的同时，在东部兴起实施农业水价综合改革试点示范。组建农田灌溉专业合作社，组织用水户参与工程建设、用水管理、工程管护；明确了水权，实施用水总量控制；完善了农业水价形成机制，对骨干工程和末级渠系进行测算后确定供水成本，执行超定额累进加价制度，对计量供水足额交纳水费的用户实行精准补贴，建立节水奖励机制；明确了小型水利项目的产权和使用权，谁使用、谁管理，谁受益、谁维护。推进末级渠系节水改造工程建设，为农业水价改革提供了硬件支撑。目前，自治区共实施了30个农业水价综合改革试点和示范项目。

黄河之害，历代皆有；化害为利，始于今朝。自治区成立后，沿黄各级政府高度重视防凌工作，组织修筑、加固防洪堤，并针对黄河内蒙古段的特殊性，每年凌汛开河期请调解放军空军部队出动轰炸机进行黄河破冰。70年间，虽历经290余次卡冰结坝，但由于准备充分，措施得当，抢防及时，避免了重大损失。

针对“十年九旱，年年春旱”的区情，70年来，自治区全面加强防汛防凌抗旱减灾的薄弱环节，对病险水库、水闸进行除险加固，对大江大河主要支流、内陆河及中小河流重要河段开展治理；大力实施中小河流水文预警预报系统，初步建起自治区到盟市的防汛抗旱指挥系统骨干网，实现了盟市级防汛抗旱工作异地视频会商；开展了山洪灾害防治非工程措施项目及山洪沟治理、抗旱水源建设。70年来，科学防范了局部地区发生的多次不同程度干旱灾害，战胜了1964年、1967年、1981年、2012年大洪水，成功抵御了2013年东部地区严重融雪性洪灾、嫩江流域超50年一遇洪水、额尔古纳水系重要支流超100年一遇洪水，保护了人民生命财产安全

赤峰市翁牛特旗桥头镇桥头村村民李俊国，近年来最高兴的事就是喝上了甘甜的自来水。

几年前，李俊国所在的村子全村人吃水靠的是一眼辘轳井。想起那时的情形，李俊国说：“过去，老乡们吃水都到四里外村东头拉水。一眼辘轳井只能轮流提水，一次出水也就两水车，还要再等几个小时才能提水。寒冬腊月，等水的老乡们冻得绕井跑，夏天又晒得没处躲。为了吃水，受的那罪可别提了。现在好了，水利局给我们家家都通上自来水，拧开水龙头就能喝上和城里人一样的水了。”

内蒙古目前共有1522.7万人像李俊国这样吃上了安全、放心的自来水，自治区农村自来水普及率达到70%。

绿色是内蒙古的底色和价值，生态是内蒙古的责任和潜力。作为全国水

土流失最严重的地区之一，自治区成立初期，就坚持不懈地开展了以小流域为单位、以户承包为主要特点的综合治理，并根据水土流失现状，将自治区划分为若干水土流失重点治理区，通过国家八片水土流失重点治理工程，中央财政预算内专项水土保持项目，水土保持生态重点建设，黄土高原水土保持世行贷款 1、2 期项目，黄土高原砒砂岩地区沙棘治理项目，黄土高原淤地坝建设，东北黑土区水土流失综合防治，黄河流域水土流失重点治理项目以及水土流失综合治理示范县和全国“十百千”示范工程、小流域治理等重点项目的实施，重点治理区的水土流失现状得到基本改善。实施京津风沙源治理、生态环境建设、退耕还林还草、草原恢复保护工程，水土流失得到有效遏制，生态环境明显改善。70 年来，自治区共治理水土流失面积 1308.3 万公顷。在加强重点水土流失区、草原沙化退化区、地下水超采地区、生态脆弱地区等综合治理的同时，进一步强化生态环境保护的监督管理，促进生态系统的良性循环，使自治区真正成为北疆重要的生态屏障。

“过去，我们的地基本上都没啥收成，遇到大雨，冲得苗都不剩。如今，水利局给我们打了井，铺了管道，坡耕地都有好收成了。”赤峰市敖汉旗四家子镇扣河林村党支部书记张百东说。

放眼望去，赤峰市敖汉旗新惠镇新地村的一处梯田，层层叠叠，错落有致，满目苍绿，宛若一幅精美的画卷扑入眼帘。而在过去，这片山坡地却是跑水、跑土、跑肥的三跑田，村民们种一坡，收一车。

“这土地没治理前，亩产最多也就三四百斤。现在治理好了，粪肥也不跟着水流失了，如今一亩地能收七八百斤哩！百姓的日子越来越好了！”村支书岳国余高兴地说。

科技兴水，惠及民生。70 年来，内蒙古坚持科学治水，科教兴水，水利科技从起步到不断创新，实现了许多跨越式的突破，水利信息化建设实现大跨步迈进，支撑和服务水利改革发展的能力显著提升。

这是一次跨越 70 年的回望，这是一次面向未来的重温。在特殊的时刻回望过去，是拥抱未来最好的姿态。70 年来，辽阔的内蒙古大地旧貌换新颜，草原各族儿女守望相助，携手同心，共同绘就了祖国北疆亮丽的风景线。气壮山河的内蒙古水利，在这条亮丽风景线上闪耀着夺目的光芒。

（原载于 2017 年 8 月 24 日《中国水利报》，本文获《中国水利报》2017 年第三季度好新闻奖，2018 年获自治区党委宣传部“宣传内蒙古奖”）

初心凝聚引绰情　使命担当奉献心

在水利行业的各方面，都“隐藏”着一群或一些默默的奉献者。水利水电勘测设计人员，在多数人眼中是一群伏案默默设计、规划的工作者。可就是这样一群幕后英雄，担当着许多人想不到的重任。

2011 年，内蒙古水利水电勘测设计院设计处承担了国务院确定的 172 项重大水利工程之一的引绰济辽工程。该工程能优化配置区域水资源，对促进蒙东地区经济社会可持续发展、改善少数民族地区生产生活条件、促进区域生态环境修复进程等具有重要意义。

自承担这项设计任务后，设计处全体党员和技术人员就暗暗憋足了一股劲：一定不能给设计院丢脸，一定要为设计处党总支争光，一定要圆满地保质保量完成任务。

“工欲善其事，必先利其器”。设计处抽调了党员技术人员作为项目排头兵，把前期研究论证工作这个重担交给了以党员为骨干的年轻水利技术人员。项目从规划、项目建议书、可研、初设到施工，经历了 7 年，设计处党员们也初心不改、砥砺前行，忠诚奉献了 7 年。

初心不改　忠诚奉献

引绰济辽工程输水总长度 390 公里，是内蒙古自治区迄今输水距离最长、设计最复杂、投资规模最大的引调水工程。

在项目的初设阶段，年轻的技术人员们常常吃住在现场，往往一去就是数周。现场除了沙土就是沙土，根本没有路，这群年轻人肩扛器材，手抱资料图纸，整日奔波在荒无人烟的沟沟坎坎中。

项目前期的设计工作，每个阶段都是在和时间赛跑。为赶时间抢进度，项目组成员在党员的带动下，常常是几周甚至数月加班加点，基本没有节假日。经常干到腊月二十九才收工，大年初二就又开始了加班。

对于设计处项目组的人来说，过节似乎已退出他们的生活。项目建议书阶段，适逢中秋佳节，他们在工地现场进行线路查勘；可研阶段，巧遇正月十五，他们又在北京参加立项审查会；初设阶段，正是清明节，他们却在工地现场进行占地实物量调查。年年都要去现场查勘、复核好几次，他们有时自己开玩笑说，现场的老鼠都快认识咱们了。

回想起各阶段经历的风风雨雨，项目组的苏海涛说："规划阶段设计周期短、任务重，在党员的带领下连续 3 个月不休息，日夜赶工，最终提前完成规划报告。"

7 年来，为了圆满完成任务、不辱使命这个初心，许多人经常为了工作而忘了时间，忘了吃饭，甚至忘了回家。许多家人半开玩笑半带怨言地说，他们和家里人待在一起的时间远不如他们在一起的时间多。

砥砺前行　收获成果

引绰济辽工程输水建筑物中的隧洞采用硬岩掘进机（TBM）施工，输水管道采用直径 3.2 米的大型预应力钢套筒混凝土管道（PCCP），这均是内蒙古水利工程中首次使用。

围绕工程设计这一中心，设计处党总支积极发挥基层党组织战斗堡垒作用，为项目设计提供了强大的人力保障。党员们充分发挥主观能动性攻坚克难，砥砺前行，争当先锋，在项目组中起到了模范带头作用。为了把工程建成精品工程、样板工程，设计处全体人员不会做就到处学，到处请教。一次，他们到陕西调研引汉济渭工程，去的时候不知道通往工地的盘山路已塌方了，本来就不宽的路面更是无法行车，他们就沿着路断的地方往山上爬，沿着老乡们临时开出来的小路，绕过断路硬是爬到了工地。施工单位的人见到他们都大吃一惊，说从没见过这么敬业的设计单位。

设计处党总支鼓励党员积极思考、勇于创新，并针对设计中出现的各类难题组织成立了党员攻关组，把党建工作融入各项实际工作中。攻关组根据不同的技术及业务方向又组建了不同方向的攻关小组。每个小组成员都主动去思考，积极去创新，利用团队协作优势，认真分析存在的问题，研究落实解决措施，涌现出许多典型人物。

苏海涛带领的水力过渡分析小组，通过长距离水力过渡分析模拟，优化了设计方案，提出了管线设置调压塔的观点，把管线分段，降低线路整体压力，节约工程投资约 2 亿元。

梁栋同志带领的 TBM 攻关小组，结合国内的先进施工工艺，研究引绰济辽工程隧洞采用岩石掘进机施工的可行性，最终确定采用 5 台 TBM 设备代替常规的钻爆法施工，加快了进度，提高了施工安全性，减少了工程占地，也避免了许多社会问题。

辛勤的汗水，换来了喜悦的成果。2017 年 6 月 19 日，项目终于通过了国家发改委审批，开工建设。

初心凝聚引绰情，使命担当奉献心。目前项目已进入实施阶段，工程主体已开工建设，项目组党总支又带领党员们全身心地投入到现场设计代表服务的工作中。

（原载于 2018 年 7 月 11 日《中国水利报》）

北疆草原唱响水利赞歌

——新中国成立 70 年内蒙古水利成就综述

70 年栉风沐雨，70 年沧桑巨变。新中国成立 70 年来，内蒙古水利不断探索，勇于实践，改革开放带来水利巨变，体制改革激发水利创新。

70 年来，作为自治区经济社会发展的重要基础设施，水利事业不断跨越新台阶，为经济社会发展和人民生活水平提高提供了有力支撑和重要保障。70 年来，自治区党委、政府始终把水利发展摆在极其重要的地位，作为事关人民福祉的大事来抓，水利事业成效显著。

最严格水资源管理制度有效落实，水权转换试点工作取得显著成效，农田草牧场水利基本建设持续加速，饮水安全工作成效凸显，水保生态环境明显改善，水利市场化进程逐步加快，投融资渠道进一步拓宽，水利法制化进程不断加快，水利科技创新和信息化能力明显增强……水利改革发展开创了崭新局面，为内蒙古经济社会可持续发展和人民群众幸福安康作出了重要贡献。

强基固本　功在千秋

新中国成立之初，内蒙古就把水利建设作为保障经济社会发展、改善人民群众生产生活的重要抓手。70 年来，水利部门坚持不懈开展大规模水利建设，以改善农牧业生产条件、调整农牧业生产结构为重点，使自治区防洪减灾能力不断增强。目前，境内主要江河已修筑堤防 7811.40 公里。其中，黄河堤防 2494.19 公里，防洪标准达到 30 年一遇 ~ 50 年一遇；松花江堤防 1944.97 公里；辽河堤防 2845.24 公里。这在支撑自治区经济社会健康发展，保障粮食安全、饮水安全及生态安全方面发挥了突出作用，为沿河地区经济发展及人民生命财产安全打下了坚实基础。

此外，自治区相继建成一大批大中型水利骨干工程。在黄河上修建了海勃湾、三盛公、万家寨等大型水利枢纽工程；在西辽河、老哈河上新建了红山水库、打虎石水库、三座店水库；在西拉木伦河上建设了德日苏宝冷水库，东台子水库即将动工；在嫩江干流上新建了尼尔基水库，在嫩江支流绰尔河上新建了绰勒水利枢纽……这些工程的修建，不仅减轻了自治区洪涝灾害的防御压力，也减轻了黑龙江、吉林两省的洪涝灾害防御压力，为防灾减灾发挥出有效的调节控制作用。

自治区各级水利部门科学应对 1981、1998 等年份较大洪水，将洪灾损失降到最低程度，发挥了显著的减灾效益。据不完全统计，从新中国成立以来，自治区境内黄河干流共堆积冰坝 300 余次，特别是 2008 年特大黄河冰凌汛灾，由于准备充分、措施得当、抢防及时，均未造成重大损失。

“十年九旱、年年春旱”，内蒙古旱灾同样不能忽视。多年来，旱灾每年造成自治区经济损失约 3.41 亿元，2001、2004、2008 等年份均出现重大干旱灾害。水利部门深入灾区分析旱情，研究部署切实可行的实施方案，工程措施与非工程措施并举，节流开源并重，因地制宜合理调度水资源，有效地遏制了旱灾进一步扩展。

70 年水利成就奠定千秋功业，70 载辉煌历程史册流芳。伴随国家前进的步伐，内蒙古水利建设乘风破浪，在稳中有进中实现又好又快发展。

农牧水利　助力小康

内蒙古地处干旱半干旱地带，灌溉在自治区农牧业发展中占有重要地位。新中国成立初期，各盟市只有零星的水浇地，且工程简陋、保证率低，有效灌溉面积仅 28.47 万公顷。自治区通过兴建水利工程、打井配套和加强灌区改造等，使农牧业灌溉面积迅猛增长。

70 年来，建成一大批大中小型农田水利工程，共发展灌溉面积 3816.6 万公顷，是新中国成立前的 133.9 倍。截至 2018 年年底，已建成万亩以上灌区 210 处，农田有效灌溉面积达到 4794 万亩，是 1949 年的 11.2 倍；节水灌溉发展 4389 万亩，其中高效节水灌溉 2610 万亩，建成旱涝保收的高标准农田 3723 万亩。自治区粮食总产从新中国成立之初的 42.5 亿斤，增长到 2018 年的 710.6 亿斤，增长 16.7 倍。内蒙古从吃粮主要靠调入，发展成为全国 13 个粮食主产省区和 6 个粮食净调出省区之一，充分显示出水利工程在促进自治区农牧业生产发展中的基础地位和突出作用，助力内蒙古成为国家重要的粮、糖、油料、畜产品生产基地。

为使水资源从粗放利用向高效利用转变，从工程管理向资源管理转变，自治区编制了新增“四个千万亩”节水灌溉工程发展规划纲要（2010—2020 年），科学指导和规范农牧业节水持续健康发展。同时，实施了东北节水增粮、西北节水增效工程；实施了河套灌区节水改造工程，并以此为重点示范项目，带动了全自治区 14 个大型灌区的节水改造工程建设。农田灌溉水利用系数从 20 世纪 70 年代末的不足 0.35 提高到 0.543。此外，建成灌溉饲草料地 45.4 万公顷，为草原生态修复和环境保护开辟了新途径。

自治区党委、政府还高度重视农村牧区饮水安全工作，始终将饮水安全列为解决民生、改善民生的重中之重。新中国成立之初，主要结合兴修灌溉工程兼顾解决饮水困难，从 1996 年开始，实施了“380”饮水解困工程，由此，自治区农村牧区供水工作经历了从饮水解困工程建设到饮水安全工程建设的发展历程，累计投入建设资金 120 多亿元，使农村牧区饮水工程建设从无到有、从少到多、从分散到集中迅速发展。

特别是实施脱贫攻坚战以来，通过实施农村牧区饮水安全巩固提升工程，受益农牧民 289.9 万人，解决了 18.3 万建档立卡贫困人口的饮水安全问题，为打赢脱贫攻坚战和全面建成小康社会提供了强有力的水利基础支撑。截至

2018 年年底，建成农村集中式和分散式供水工程 93.86 万余处，解决了 1820 万农村人口的饮水困难问题，农村牧区饮水安全工程实现全覆盖，自来水普及率达到 81%。

水土治理　修复生态

内蒙古有组织、有计划地治理水土流失始于 1956 年，至今已走过 60 余年的发展历程。水土流失治理由单纯防护性治理向开发性治理转变，由单项措施向综合措施转变，由单纯以蓄水保土为目标向实现综合效益转变，因地制宜，因害设防，工程措施、植物措施和保土耕作措施科学配置，综合治理与生态修复相互补充，“山、水、田、林、路”综合施策。在国家水土流失重点治理工程的带动下，自治区水土保持工作全面展开、有序推进。截至目前，已累计完成水土流失治理面积 14.69 万平方公里。

内蒙古水土保持预防监督管理工作从确立到法律支撑，再到全面推行始于 20 世纪 80 年代末。1989 年，鄂尔多斯市成立水土保持监督机构，成为全国成立最早的监督机构。《中华人民共和国水土保持法》颁布实施后，内蒙古各盟市、旗县逐步建立了水土保持监督管理机构。全区已建成完善的自治区、盟市、旗县三级水土保持监督管理体系，水土保持监督管理队伍 114 个，专兼职水土保持监督管理人员 2300 余人。累计督查生产建设项目 2 万余项（次），查处违反水土保持法案件 1800 余个，申请法院强制执行 170 余个。

党的十八大以来，内蒙古水土保持生态工作坚持“五位一体”的发展思路，水土流失综合治理工作取得成效，每年完成水土流失综合治理面积为 924 万亩。引入水土保持科技示范园和清洁小流域等一批创新型治理工程，共建成清洁小流域 60 余条、科技示范园 2 个。相继出台了《自治区鼓励和引导非公有制资本参与农田草牧场水利和水土保持建设实施细则》《自治区水利厅水土保持前期工作技术审查管理实施细则》《自治区水土保持工程建设管理办法》，有效提高了工程管理水平。《内蒙古自治区水土保持条例》《内蒙古自治区水土保持补偿费征收使用管理办法》的实施，是自治区水土保持法制建设的重大成果，对进一步依法保护水土资源、加强水土流失防治、保障经济社会可持续发展有重大意义、深远影响。

加强管理　注入动力

新中国成立70年来，内蒙古积极落实最严格水资源管理制度，把实现水资源的优化配置和科学管理作为缓解水资源供需矛盾的“命门”来抓。先后制定施行了自治区行业用水定额标准、自治区节约用水条例、自治区地下水管理办法、自治区水功能区划、自治区水权交易管理办法、自治区水资源税改革试点实施办法等，开展了中长期规划等基础性工作，建立了政府调控、市场引导和公众参与的节水机制，基本实现了取水许可分级管理制度。

内蒙古水资源税改革试点实施后，充分发挥水资源税调控作用，按不同取用水性质实行差别税额，严格控制地下水过量开采，对利用杠杆促进全社会高效利用水资源和增强取用水户的节水意识起到重要作用。水资源管理进入了规范化、制度化轨道，用水总量得到有效控制，用水效率大幅度提高。

创新思路，敢为人先。2003年，内蒙古率先在鄂尔多斯市启动了黄河流域水权转让试点。由新建工业项目企业投资鄂尔多斯市黄河农业灌区，进行灌区节水改造，企业获得结余水量使用权。2014年又开展盟市间水权转让试点，目前已解决近60个大型工业项目的用水指标问题，为约2600亿元工业增加值提供了水资源支撑，同时为沿黄灌区筹措了60多亿元的节水改造资金，引黄耗水量从转让前的约60亿立方米降为现在的40多亿立方米，形成了水资源跨行业的有序合理流动，走出了一条工业发展反哺农业、以农业节水支持工业发展用水互利双赢的新路子，实现了区域经济社会高质量发展与生态保护的多赢效果。

结合《国家节水行动方案》任务及分工，自治区组织完成了节水行动实施方案，因地制宜细化具体的措施和分工，把水资源节约贯穿到经济社会发展全过程和各领域，为建设生态文明、推动绿色高质量发展奠定坚实的基础。包头市、呼和浩特市、鄂尔多斯市、二连浩特市作为全国节水型社会建设试点，对自治区节水型社会建设起到了带动示范作用。

水利工程建设领域突出问题专项治理，成效同样显著，水利工程建设管理、资金管理、质量安全管理全面加强。随着内蒙古最严格水资源管理“三条红线”控制指标实现自治区、盟市、旗县三级行政区全覆盖，自治区用水总量得到有效控制，建设项目水资源论证和取水许可管理全面强化，工业园区和规划水资源论证工作有序推进。

内蒙古还积极推进水利投融资体制改革，加快水利工程建设市场化运作步伐，逐步建立了政府主导、社会筹资、市场运作、企业开发的良性运行机制。组建成立了内蒙古水务投资有限公司，目前资产已达290亿元，为加快水利市场化步伐搭建了一个有效的融资平台。近年来，与国开行、农发行合作，在多个供水项目使用国债基金11.3亿元；进一步建立与银行、证券等各类金融机构的合作，取得银行授信额度超过125亿元。2012年，在中国银行间交易协会注册中期票据20亿元，成功发行11亿元。2016年，成功推动内蒙古蒙水水资源股份有限公司在“新三板”挂牌，实现了与资本市场的直接对接。2019年，在上海证券交易所成功发行15亿元非公开债券，为自治区水利发展注入了强大动力。

河湖治理　扮靓北疆

内蒙古2016年全面启动河长制各项工作。目前，已建立以党政领导负责制为核心的四级河长组织体系和工作制度体系。2018年8月，自治区河湖长体系从单总河湖长升级为双总河湖长，将建立湖长制纳入河长制工作体系同部署、同推进、同考核。自治区党委、政府8位领导担任自治区级河湖长，自治区党委书记李纪恒担任自治区第一总河湖长，自治区主席布小林担任总河湖长，党委副书记和分管水利工作的政府副主席分别担任副总河湖长，分管外事、工业、环保工作的政府副主席也分别担任自治区重要河湖的河湖长；各级河湖长均由党政领导担任。

在内蒙古，各地党政牵头、部门协同、社会参与的河湖长制推进格局基本形成。按照中央要求，当地落实了自治区、盟市、旗县、苏木乡镇四级河湖长共6694人，同时为织密河湖管护网，将河湖长体系延伸到嘎查村，设立村级河湖长9202人。通过开展河湖“清四乱”专项行动，实施河道清理、河湖清淤疏浚、河道生态岸线治理，开展巡河巡湖综合执法检查等措施，河湖管理保护初见成效，已从“见河长”转变到“见行动”“见成效”上来，河湖面貌明显改观。

内蒙古还建立了水库调蓄与湖泊补水结合、水量与水质并重的水调新模式，圆满完成了黄河、黑河水量调度工作。黑河生态调水构成了下游额济纳河沿岸绿洲和尾闾东居延海的生态屏障，东居延海连续15年碧波荡漾，大漠绿意盎然，胡杨金光闪烁。同时，加大重点河流湖泊生态综合治理力度，自2007年已累计为乌梁素海补水25.63亿立方米，其中2019年补水4.82亿立方米；通过永兴水库调水工程累计为岱海生态补水648万立方米；由札萨克水库向红碱淖实施生态补水300万立方米；对泊江海子（鄂尔多斯遗鸥保护区）实施抢救性生态补水1152万立方米。外源治理、内源修复和生态补水等措施成效显著。

值得注意的是，内蒙古还以积极推动水生态文明试点城市建设与河湖综合治理为核心，建立了区域水污染防治联动机制，实现了分流域、分区域、分阶段科学治理，推进河长制管理制度，系统推进水生态治理恢复和水资源保护。针对水资源不足与用水需求增加的矛盾制约区域不平衡不充分不协调发展这一问题，组织开展了西辽河量水而行、地下水生态保护与治理等重点工作，推动实现区域水资源节约、水生态良好。如今，在内蒙古，越来越多的城市正在因水而变。

"环境就是民生，青山就是美丽，蓝天也是幸福""绿水青山就是金山银山"。在习近平生态文明思想指引下，内蒙古水利发展的改革实践，让一幅青山绿水、江山如画的水生态文明图景，在边疆草原铺展；一场关乎2500多万自治区各族人民福祉、建设亮丽内蒙古的水利事业，正阔步迈向新的征程。

70年间，辽阔的内蒙古大地旧貌换新颜，自治区各族儿女守望相助，携手同心，共同绘就了祖国北疆亮丽的风景线。70年间，内蒙古水利呈现了一幕幕气吞山河的伟大壮举，谱写了一首首荡气回肠的壮丽诗篇，在祖国北疆闪耀着夺目光芒。70年间，内蒙古水利系统始终如一，不忘初心、牢记使命，全面加强组织建设，扎实推进从严治党，锤炼了一支作风优良、素质过硬的水利职工队伍。在未来充满希冀与挑战的伟大征程中，全系统广大干部职工将继续脚踏实地砥砺前行，用智慧和汗水，用责任和担当创造新的伟业，努力为内蒙古经济社会可持续发展作出新的更大的贡献。

（原载于2019年10月17日《中国水利报》）